2025
신춘문예 당선소설집

2025
신춘문예
당선소설집

사단법인 한국소설가협회

| 차 례 |

◆◆◆ 책머리에

빈 원고지를 마주하며….

이상문
(한국소설가협회 이사장 · 소설가)

신춘문예는 문학인들의 등용문입니다. 2025년 신춘문예를 통해 어려운 관문을 통과하신 모든 분께 축하의 말씀을 드립니다.

한국소설가협회는 소설가의 권익 옹호, 신인 발굴, 후진 양성을 목적으로 하여 월간 『한국소설』 발간, 문학 심포지엄 개최, 한국소설문학상 시상 등의 활동과 함께 매년 『신춘문예 당선소설집』을 펴내고 있습니다. 새로 등단한 소설가들이 모두 모여 하나의 작품집을 통해 독자들에게 첫인사를 건넬 수 있는 기회를 마련하는 것입니다. 이 책은 신인 소설가들의 작품 활동을 알리는 첫 책인 만큼 그들이 소설가의 길을 걷는 여정 가운데 언젠가 초심을 되찾고자 할 때 기준과 중심이 될 것이라 믿습니다.

사상이나 감정을 언어로 표현한 예술을 '문학'이라고 합니다. 어떠한 사물에 대하여 가지고 있는 구체적인 사고나 생각 그리고 어떤 현상이나 일에 대하여 일어나는 마음이나 느끼는 기분을 언어로 표현한다는 것이 얼마나 고귀한 작업인지 우리는 알고 있습니다. 사상이나 감정 속에 있는 모든 존재의 형태와 향기가 작은 먼지에서부터 거대한 사회와 우주에 이르기까지 우리의 마음과 생각이 '선'과 '점'으로 연결되어 작품으로 나타나는 것입니다. 귀하고 중요한 일이라 할 수 있습니다.

이탈리아의 조각가, 화가, 시인이었던 미켈란젤로는 다음과 같은 명언을 남겼습니다. '예술가는 빈 캔버스에서 한 걸음 떨어져 서서 무엇을 그릴까 생각할 때가 가장 어렵다. 모든 돌덩이는 이미 조각상들을 품고 있다. 그것을 발견하는 사람이 조각가이고, 나는 다만 필요 없는 부분을 제거할 뿐이다. 나는 대리석에서 천사를 보았고, 내가 그를 자유롭게 할 때까지 조각했다. 내가 얼마나 많은 노력을 했는지 안다면 당신은 나를 절대 천재라 부르지 못할 것이다. 천재는 끊임없이 노력하는 사람이다.'

소설가의 삶도 그렇습니다. 사물이나 현상이 품고 있는 본질과 진실을 발견하기 위하여 필요 없는 부분을 제거하며 선과 점으로 이루어진 글을 써 나가는 것입니다. 그 과정에서 빈 원고지를 마주하는 시간의 흐름을 끝없는 노력으로 채워야 비로소 결과에 이를 수 있습니다.

우리 모두 개인의 삶뿐만 아니라 시대상을 반영하는 작품을 만들어 내는 소설가로서 고귀한 일을 하고 있다는 점을 잊지 말기를 바랍니다.

2025년 신춘문예에 당선된 모든 분께 다시 한번 축하의 말씀을 드리며 소설가로서 작품 활동을 알리는 첫 책인 『2025 신춘문예 당선소설집』을 시작으로, 빈 원고지를 마주하는 시간의 흐름 속에 숨어 있는 귀하고 중요한 작품들을 자유롭게 탄생시키는 기쁨을 끝없이 누리길 기원합니다. 아울러, 소설가의 길을 걷는 여정 가운데 언젠가 초심을 되찾고자 할 때, 본질과 진실을 발견하기 위하여 돌덩이 한쪽의 필요 없는 부분을 제거하고자 할 때 기준과 중심을 찾을 수 있도록 한국소설가협회가 응원하겠습니다.

강원일보 **김화순**

울산시 출생.
주택관리사.
아파트 신문 기자.

네모난 우주가 만든 둥근 세상

김화순

너, 그거 알아? 수정이가 물었다.

어떤 거.

난 네모에서 우주를 느껴.

뭐!

나는 그녀의 밑도 끝도 없는 질문에 당황했다. 그녀는 가끔 그런 뜬금없는 말로 나를 아노미 상태로 몰아가곤 했다. 과일가게를 지나가다 진열해 놓은 과일들을 한참 들여다보곤 "이놈들도 암놈과 수놈이 존재하네." 신기한 듯 중얼거리거나, 산책하다가 담쟁이덩굴이나 바위틈에 낀 이끼를 보고 "단단한 건 비바람에만 약해지는 건 아닌가 봐" 했다.

딱 거기까지였다. 그냥 그렇게 궁금한 부분을 말로 쏟아냈다. 그래서 가끔 엉뚱한 말을 해도 그냥 흘러들었을 뿐 그녀의 질문을 심각하게 생각해 본 적은 별로 없었다. 이번에도 그럴 거라 짐작했었다. 왜냐하면, 그녀는 결혼을 두어 달 앞둔 예비 신부이기 때문이었다. 결혼을 앞둔 신부들은 으레 그렇듯 미래의 단꿈과 알 수 없는 불안이 혼재된 상태이기 때문이다. 이번엔 좀 달랐다.

지구가 둥그니까 다들 우주도 당연히 둥글다고 결론을 지어버리잖아. 난 아니라고 봐.

무슨 뚱딴지같은 소리야. 왜, 기섭이가 뭐라고 하던?

아니. 그냥…. 미향아, 하늘을 한 번 올려다봐.

수정이 꿈꾸는 표정으로 하늘을 올려다봤다. 나도 그녀를 따라 고개를 들어 하늘을 올려다보았다. 하늘은…. 그냥 깜깜했다. 도시의 빛 공해에 가려져 아무것도 보이지 않는, 그냥 깜깜한 밤하늘이었다.

온통 깜깜하지? 근데, 오히려 환한 세상보다 더 많은 이야기가 숨어 있을 것 같지 않아?

그런가?

깜깜한 세상 속에 내가 원하는 그림을 그리고 싶어.

무슨 말이 하고 싶은데.

기섭이랑 결혼 안 해.

너 정말! 미쳤구나.

그녀가 미친 것이다. 미치지 않고서야 어떻게 임신한 처녀가 결혼을 안 한다고 말할 수 있단 말인가. 내가 화가 나서 소리치자, 그녀는 그저 빙긋 웃기만 했다.

수정은 환경이 바뀔 때마다 항상 누군가를 사랑했다. 그녀와는 대학입시학원에서 처음 만났는데, 그때도 대학입시학원 수학 강사를 좋아하고 있었다. 그는 여고 시절 우리가 살아온 인생마저 인수분해 할 수 있을 만큼 실력이 있다고 소문난 강사였다. 아이돌처럼 자그마한 얼굴에 문제를 풀다 막히면 가늘게 뜬 실눈 위로 길게 드리우던 속눈썹이 매력적인 남자였다. 그녀와 나는 한 학기가 지나갈 동안 그냥 얼굴만 아는 학원생이었다. 그녀와 친하게 된 계기는 그녀의 엉뚱함 때문이었다. 그날은 낮에 먹은 굴이 말썽이었다. 생굴을 좋아하는 내가 아이러니하게도 생굴을 먹으면 자주 배탈이 났다. 학원에 가야 하는데 뱃속에서 신호가 왔다. 급하게 볼일을 보고 나서 학원에 도착하니 수업이 한참 진행 중이었다. 헐레벌떡 빈자리를 찾아 앉았는데 수정의 옆자리였다. 그녀는 나를 흘깃 쳐다보더니 무표정한 얼굴로 다시 수업에 집중했다. 쉬는 시간이었다. 갑자기 그녀가 큰 눈을 말똥말똥 굴리며 내게 "너 바둑 둘 줄 아니?"라고 물었다. 웬 바둑? 어이가 없어 한참 그녀를 쳐다보았다. 더 어이없는 건, 이번에는 마치 꿈을 꾸듯 이렇게 말했다.

만약에, 만약에 말이야. 스카이 콩콩을 장착한 신발이 있었다면 내가 원할 때 언제든지 좋아하는 사람의 모습을 볼 수 있었을 거야.

나는 피식 웃어 버렸다. 수정의 그런 엉뚱한 모습이 희한하기도 했지만, 왠지 나에게 카타르시스를 안겨 주었다. 그 후로 그녀와 나는 같은 대학, 같은 과, 같은 동아리 기수로 이제껏 마음을 터놓고 지내온 터였다. 주로 그녀가 먼저 결정하면 내가 따라가는 식이었다.

내가 동아리에 가입한 일은, 지금 생각해 보면 나에겐 변화의 한 축을 이루었던 것 같다. 부모님의 틀 안에서 안주하던 시절에서 벗어나 하나의 객체로 인식해 가는 계기였다고나 할까. 동아리는 사람의 인체와 우주의 상관관계를 연구하는 모임이었다. 그렇지만 동아리가 만들어진 순수한 목적보다도 제삿밥에 더 관심이 많던 시절이었다. 기억나는 것은 동아리 수련회를 갔던 일과 늦은 밤 근처 포차에서 고주망태가 되도록 술을 퍼마신 일, 그리고 회원들끼리 바둑을 두고 있어서 끝날 때까지 기다리느라 지겨워했던 일이 전부다. 그런데 왜 동아리에 가입했냐고? 내가 동아리에 가입한 이유를 묻자면, 음, 시시했다. 수정은 좋아했던 남자가 동아리 회장이어서였고, 나는 단짝 친구였던 수정이 가입해서였다. 수정은 입학식 날 처음 눈에 띈 남자가 동아리 회장이라고 했다. 그를 만난 다음날부터 그녀는 매일 나에게 동아리에 가입하자고 졸랐었다.

천상 비밀연구소. 동아리 이름도 희한했다. 별들을 관측하고 연구하는 건 알겠는데 비밀까지야. 동아리 사무실에는 천상 비밀연구소라는 거창한 이름과 달리 바둑판 하나만 덜렁 놓여 있었다. 그래서인지 사이비 종교단체 같아 보였다.

신입생 환영회 날, 회장은 동아리 이름의 연유와 바둑 기원이 적힌 자료를 회원들에게 나누어 주었다. 자료에는 별자리의 흐름에 따라 봄, 여름, 가을, 겨울의 사계절과 이십사절기가 생겨난 연유에 대해서 간략하게 설명하고 있었다. 북극성을 중심으로 모계사회 삼신으로서 북극성과 변하지 않는 하늘로서의 북극성, 그리고 육체가 사라짐으로써 북망산천인 북극성이 기록되어 있었다. 또 하늘의 우물인 은하수는 곧 여성 자궁을 상징하고, 모계사회였던 고대엔 처녀자리의 처녀가 하늘에 제사를 지내는 제천의식을 통해 아이를 낳으면 그 아이를 지도자로 섬겼다는 설이 전해 내려온다고 했다. 그래서 고대에는 아버지에 대한 기록이 없이'알'에서 태어났다는 기록만 있다는 것이었다. 하긴, 바둑이나 윷놀이 같은 놀이의 기원이 고대 우주와 천체의 움직임을 관측하는 도구로 발명되었다는 내용을 어디서 읽은 적이 있기는 했다. 그러니까 천상 비밀연구소에서는 생명의 탄생과 죽음의 의미인 북극성을 연구하는 모임이라고 볼 수 있었다.

수정에게는 사랑이 그랬다. 사랑이 종교처럼 버팀목이고 도피처였다. 왜 그런지 모르지만, 그녀는 천문학에 관심이 많은 남자를 좋아했다. 그렇지만 정작 그녀 자신은 천문학이나 별자리, 바둑 같은 것에는 별 관심이 없는 것 같았다. 오히려 미용이나 디자인, 의류 같은 자신을 아름답게 꾸미는 일에 더 관심이 많았다. 그래도 수정은 꿋꿋하게 동아리를 지켰다. 많은 회원이 동아리에 가입했다 마음에 들지 않으면 바로 탈퇴한 것과 달리 수정은 졸업하는 그날까지 동아리를 떠나지 않았다. 그 이유를 아는 이는 나밖에 없었다. 언젠가 그녀가 나에게 아버지 이야기를 한 적 있었는데, 처음 내게 눈물을 보인 날이기도 했다.

아버지는 천문관에 잡다한 설비들을 수리하는 설비공이었어. 아버지의 어릴 적 꿈은 천문학자였나 봐. 근데, 가난해서 공부를 많이 못 하셨대. 미련이 남으셨는지 서재엔 온통 별들에 관한 책뿐이었어. 근데 웃기지. 정작 아버지가 책을 읽는 모습을 난 한 번도 본 적 없어.

수정이 잠시 말을 멈추었다. 감정을 추스르고 있는 것 같았다.

더 웃기는 건 뭔 줄 알아. 우리 아버지는 물탱크를 수리하다 죽었다는 거야. 천문관 직원들이 사용하는 커다란 물탱크 말이야. 물탱크 압력을 잡아주는 와이어가 터진 거야. 고쳐야 했지. 그러다가 밀폐된 공간에서 질식사하셨어.

동아리 회원들은 마치 전생에 각자 자신의 별자리에서 날아온 듯 뚜렷한 성격을 지니고 있었다. 그런 성격은 동아리 모임 때 확연히 드러났다. 명왕

성처럼 있는지도 모르다가 사라지는 이가 있는가 하면 화성처럼 용암을 품고 있는 이도 있었다. 반면, 동아리 회장은 잔잔했다. 그는 수정뿐만 아니라 별들에도 시큰둥했다. 그저 회장이라는 직함이 좋아서 동아리에 남아 있는 것 같았다. 수정이 두 번째 좋아했던 남자. 동아리 회장과의 인연은 시시하게 끝났다. 동아리 회장이 군대에 갔던 이유도 있었지만, 수정이 더 관심이 많았다고 표현하는 게 맞는 것 같다. 그녀가 서로 피드백이 오가는 공전을 간절히 원했다면, 그는 항상 자전만 했다. 수정은 점점 지쳐갔다. 그러다가 그녀의 사랑은 별똥별처럼 자신만 불태우다 은하수 속으로 사라져 버렸다.

수정은 동아리 회장과 헤어지고 난 뒤 자신의 틀 안에 갇혀있었다. 숫제 방 안에서 나오지도 않았다. 나는 가슴을 조이며 매일 그녀에게 안부를 물었다. 드디어 그녀에게 변화가 찾아왔다. 어느 날인가 나에게 미용실에 가자고 했다. 긴 머리를 고수했던 그녀가 짧은 커트 머리를 한 것이었다. 그것은 그녀 안에서 일어나는 작은 일렁임이었다. 그것뿐만이 아니었다. 나에게 "넌 어때?"라던가, "넌 괜찮아?"라고 자주 물어본다는 거였다. 처음엔 그녀의 변화가 어색해 눈을 동그랗게 뜨고"응?"이라고 되물었다. 그러다가 차츰 익숙해졌다. 나중에 그녀가 말하길, 그 일렁임은 안개처럼 희미한 의식 같은 무엇이라고 하면서 "난 행성이 아니라 항성이 되고 싶어." 했다.

그녀가 기섭을 만났다. 삼학년이 되고 난 뒤 동아리 첫 모임이었다. 봄의 전령이 아직 제대로 힘을 내지 못하고 쩔쩔매던 날이 계속되고 있던 때였다. 쌀쌀했던 아침나절과 달리 점심때가 되면서 점점 따뜻해지더니 오후엔 손에 땀이 날 정도로 갑자기 무더웠다. 그러다가 회원들이 모이는 저녁무렵이 되자 다시 쌀쌀해졌다. 마치 수정처럼 변화무쌍했다. 그때 수정은 동아리 총무를 맡고 있었다. 그녀는 여느 총무와 아주 달랐다. 으레, 임원진이 그렇듯 모임에서 끝까지 남아 회원들을 챙기곤 했지만, 그녀는 그렇지 않았다. 모임을 시작하고 십 분쯤 지나면 계산부터 먼저 했다. 그리곤 저녁을 먹고는 별말 없이 자리를 떠나 버렸다. 그날만 그랬던 것이 아니라 동아리 모임 때마다 자주 그랬다. 총무가 왜 저래? 모두 황당해하며 한마디씩 했다. 기섭은 그런 그녀를 제지하지 않았다. 다른 회원들이 어쩌다 집안일로 모임을 빠질 때

꼬치꼬치 챙겨 묻던 때와는 너무 달랐다. 수정은 점점 베일에 싸여 갔다. 어쩌면 수정이 베일에 싸이도록 돕는 역할을 하는 이를 꼽는다면 바로 기섭이었다. 회원들이 아는 건 그녀가 동아리의 모든 경비를 책임지고 있다는 거였다.

밥값 내주고 술값 내주는 놈이 최고 아냐.

그녀에 대해 회원들이 불만을 토로할 때마다 기섭은 그렇게 잘라 말했다.

어느 자리나 변화는 시작되기 마련이었다. 어느 밤 은하수가 처녀자리 쪽으로 살짝 기울어지며 안개가 희뿌옇게 그 자리를 덮었다. 그런 날이 이삼일 반복되었다. 그리고 수정이 임신했다. 사 학년 마지막 여름 MT 때였고, 광란의 밤들이었다. 부드러운 모래밭 너머로 파도가 출렁이고 있었고, 모닥불에 불꽃이 피어오르고 사람들은 모두 취기가 오른 상태였다.

고대에서 제천행사를 지금처럼 했을 거야. 그치?

누군가가 소리쳤고, 모두 미친 듯이 웃어댔다.

내가 수정에게 "피임 안 했어?"라고 물었을 때, 그녀는 가만히 고개만 끄떡였다.

기섭의 아이야?

수정에게 물었을 때 그녀는 살짝 미소만 지었다.

기섭은 수정의 임신을 받아들였다. 하지만 그는 가정을 책임질 만한 경제력이 없었다. 그의 어머니는 수정에게 낙태를 권했다. 아직 대학도 졸업하지 않은 앞길이 창창한 기섭이 가족에 얽매여 사는 것을 원치 않는다는 이유였다. 그녀 앞에서 기섭은 철부지 아이였다.

수정아. 너도 기섭이도 아직 너무 어리잖아.

아직도 어려. 둘 다 어른인데.

그녀의 얼굴에 그늘이 지고 있었다.

나중에 기섭의 어머니가 수정이네가 상가를 다섯 채나 가진 부동산 재벌이라는 소식을 접하고서 수정에게 간드러진 웃음을 보였다. 그런 일이 있었더라도 나는 수정이 기섭과는 당연히 결혼해야 한다는 생각에는 변함이 없었다. 아직 우리 사회는 미혼모에게 그리 관대하지 않으니까.

이 아이는 내 아이야. 하늘이 내게 준 아이.

수정은 이 말을 남기고 사라졌다. 제일 당황한 쪽은 기섭이었다. 그는 한동안 수정의 집 앞에서 서성거린 모양이었다. 그렇지만 수정을 만날 수는 없었다. 기섭이 아무 말 없이 동아리를 떠났다. 그들은 마치 목동자리와 처녀자리 같았다. 두 사람이 떠난 후 천상 비밀연구소는 그들의 공백을 체감해야 했다. 동아리 회원들은 별다른 성과도 없이 표류하며 정체성을 잃어 갔다. 나도 그랬다. 회원들이 하나둘 동아리를 떠났다. 급기야 대학 행정실에서 동아리 사무실을 비워달라는 연락을 받고서야 돌이킬 수 없다는 걸 알았다. 천상 비밀연구소는 내가 졸업하던 그해 영원한 비밀을 간직한 채 해체되고 말았다.

선배. 선배는 너무 무책임하셨어요. 선배가 우리를 잘 이끌어 주셨어야죠?

나는 후배들의 원망을 달게 받았다. 그리고 나도 스스로 뭔가를 결정할 수 있어야 한다는 생각이 들었다.

별이 유난히도 초롱초롱했던 밤이었다. 내 방 창가에서 턱에 손을 괴고 앉아 무심코 하늘을 올려다보고 있었다. 밤하늘에 떠 있는 별 하나가 나의 시선을 사로잡았다. 그 별은 숨바꼭질하듯 빛을 내 품었다 감추기를 반복하고 있었다. 아! 갑자기 가슴이 먹먹해졌다. 그녀가 없는 시간. 어쩌면 나는 충분히 어두웠는지 모른다. 내 안에서…. 은하수가 희미하게 흐르고 있었으니까. 언젠가 수정이 말하던 깜깜한 밤하늘엔 우리가 모르는 수없이 많은 이야기가 숨어 있다는 말이 떠올랐다. 그리고 나도 하늘의 이야기를 찾고 있었다.

수정에게서 연락이 온 것은 이 년 뒤였다. 그때 나는 조그만 유통 업체에 다니고 있었는데, 별이 사라지면 그때부터 바빴다. 회사에 내 출입 카드가 카운터가 되는 순간부터 물건을 분류하고 라벨을 붙여 택배회사에 넘기기를 반복했다. 그리고 별이 뜨면 퇴근했다. 나는 자연스럽게 일하는 기계로 변해 가는 중이었다. 그녀와 내가 만나기로 한 곳은 도심과 조금 떨어진'산아래'라는 이름의 2층 카페였다. 카페 입구의 정원에선 보라색 라벤더 물결이 출렁이고 있었고 청춘 남녀들은 연신 그곳에서 스마트 폰을 들이대며 사진을 찍고 있었다. 카페에 들어서자 나를 기다리는 사람은 수정만이 아니었다. 그녀는 자신보다 두 살이나 아래인 남자를 데리고 왔는데 이름이 상우라고 했다. 그녀는 내가 자리에 앉자마자 기섭의 안부를 물었다. 나는 헤어진 남자의 안부를 그토록 자연스럽게 물어보는 수정에게 내심 놀랐다.

해외 출장 중이래. 업무가 바쁜가 봐.

수정은 이 년 전과 많이 달라져 있었다. 좀 더 단단해 보였고 거침이 없었다. 그녀는 상우와 함께 지낸다고 했다. 내가 기섭은 어떡하고? 라는 물음의 눈을 동그랗게 치켜들자, 그녀는 "상우가 아이를 너무 좋아해서."라며 미소를 지었다.

그는 그냥 쉬고 있다고 했다. 뉴스에서 그냥 일을 안 하는 젊은이가 많다더니 그가 그랬다. 내가 "생활은 어떻게 해요?"라고 묻자, 그는 "수정이 있잖아요."하고 대답했다. 수정에게 기생한다고? 대수롭지 않게 내뱉는 그가 못마땅해 인상을 찌푸렸다. 내가 책임이라던가, 타인의 눈 이런 단어를 말하려고 했지만, 그가 "틀에 얽매여 인생을 낭비하고 싶지 않아요." 했다.

아!

나는 더 이상 그와 수정을 세상의 틀에 갇힌 관점에서 생각하지 않기로 했다.

상우는 꿈을 꾸고 있었다. 그의 이야기가 궁금했다. 그래서 휴일마다 수정을 찾았다. 그가 심취해 있는 세계는 샤머니즘이었다. 그렇다고 그가 무속인이거나 점성술사는 아니었다. 상우가 들려주는 이야기는 우리가 배운 책 그 어느 구절에도 없었다. 그는 세상에 존재하는 모든 것들은 어떤 의미를 담고 있다고 했다. 다만. 전하는 사람의 입에서 사심이나 어떤 의도가 있어 왜곡되고 변형된다는 거였다. 종교도 마찬가지라고 했다. 태초의 종교는 인간이 주어진 환경에서 살아남기 위한 처절한 몸부림에서 생겨난 거라고 주장했다.

고대에는 하늘에 순응해야 살아갈 수 있었으니까요.

그가 실눈을 가늘게 뜨고 이야기를 시작했다.

무리를 떠나면 곳곳에 죽음이 도사리고 있는 세상에서 변하지 않는 북극성은 고대인들에게 하늘 그 자체였죠. 거기에 의지해서 인간의 마음이 하나씩 보태져 이야기가 만들어진 거예요. 샤머니즘도 마찬가지고요.

너무 멀리 간 거 아니야? 너무 허무맹랑한데.

내가 그렇게 쏘아붙이자 상우는 피식 웃었다.

상우 넌 어디서 그런 이야기를 알고 있는 거야?

할머니요.

할머니는 뭐 하시는 분인데. 부모님 이야기는 왜 없어?

할머니는 사람들의 길흉을 봐주세요. 흔히 무당이라고 하죠. 그의 눈빛이 일순 미세하게 흔들렸다. 그가 다시 허리를 곧추세우며 "아직 제가 태어난 세상에 자신이 없었나 봐요. 이젠 안 그러려고요." 했다.

그의 아버지가 태어나고 자란 곳은 대대로 교육자 집안이었다. 집안에선 그의 아버지도 당연히 교육자가 될 거로 생각했다. 하지만 아버지는 틀에 박힌 일을 싫어했다. 어쩌면 그의 아버지가 무한한 상상의 세계를 가진 어머니에게 매료된 것도 틀에 박힌 일을 싫어했기 때문일 거라고 했다. 아버지가 어머니와 헤어질 수 없다고 하자 본가에서는 아버지와의 모든 연을 끊었다. 그 후로 아버지는 할머니 댁에 어머니와 함께 살았다. 무속의 세계는 멀리서 보았던 환상의 세계와는 달랐다. 가정의 평화를 염원하는 이, 자식의 출세를 바라는 이, 아픔을 공유하고자 하는 이, 부자인데도 더 많은 부자가 되기를 원하는 이, 더러는 남에게 해코지를 원하는 이도 있었다. 아버지는 할머니가 때때로 그들이 원하는 답을 알려주지 않는다는 것을 알았다. 그래서 손님이 돌아간 다음 왜 사실대로 이야기해 주지 않으셨냐고 묻자, 할머니는 어떤 건 직접 맞닥뜨려야 하는 것도 있다고 알려주었다.

그가 태어나고 아장아장 걸어 다니기 시작할 즈음 갑자기 아버지가 사라졌다. 사람들은 아버지가 친할아버지에 의해 외국으로 보내졌다고 했지만, 외할머니는 아버지가 스스로 떠났다고 했다.

네 아비는 네 어미의 무한한 세계를 감당하지 못해.

아버지가 떠나고 어머니는 툇마루에 앉아 하염없이 아버지를 기다렸다. 나뭇잎이 떨어지고 눈이 오기를 몇 번이나 반복했다. 어머니의 외사랑을 하늘도 시기한 모양이었다. 어머니의 죽음을 할머니는 어머니가 북극성으로 돌아갔다고 했다.

할머니. 사람이 죽으면 별이 되는 거야. 그가 물었다.

그럼. 원래의 자리로 돌아가야 해. 그래야 다시 태어날 수 있는 거야.

할머니는 그렇게 대답했다.

그가 유치원에 갈 무렵 한 남자가 찾아왔다. 할머니는 그가 아버지라고 했다. 아버지는 할머니와 긴 이야기를 나누더니 그를 한 번 안아주고는 떠났다. 그가 본 아버지의 마지막 모습이었다.

상우의 이야기는 가슴이 먹먹했다. 깜깜한 밤하늘에 펼쳐진 수많은 숨겨진 이야기들. 이름 모를 별들과 북극성, 은하수, 바둑, 윷놀이 이런 고리타분한 옛날이야기에 마음까지 담긴 건 그때가 처음이었다. 가끔 그가 엉뚱하게 둘러대는 것을 알았지만 개의치 않았다. 나중에 내가 다시 공부를 시작해서 천문 연구원이 된 것도 그의 이야기 때문인지도 몰랐다. 상우는 기섭이 책임이라는 틀에 묶어 수정을 옭아매려 했을 때도"하늘이 내려 준 아이예요. 수정이 선택할 수 있게 해 주세요?"라고 했다.

별천지에 사는 놈이야.

기섭은 그런 상우를 신기한 놈이라고 했다.

수정과 상우가 헤어졌다. 서로에게 필요충분조건이 되어 보였던 두 사람이었다. 이번에는 그녀에게 왜? 라고 묻지 않았다. 워낙 독특했던 두 사람이었으니까. 어쩌면 견우와 직녀처럼 서로를 그리워하며 헤어졌는지는 모른다. 상우와 헤어진 후 그녀는 아이를 한 명 더 낳았는데 내가 보기엔 상우의 아이 같았다. 내가 그렇게 추측하는 이유는 수정이 다른 남자와 사귀지도 않았고 그렇다고 기섭과 다시 썸을 타는 관계도 아니었기 때문이었다. 수정에게 상우의 아이냐고 물었다. 내 말에 그녀는 이마를 찡그렸다.

상우가 이야기 안 하던. 하늘의 아이라고.

수정이 또 정색하며 대답했다.

하늘의 아이. 또! 수정이 너 정말 왜 그래?

나는 화가 났다. 수정이 아무리 엉뚱해도 그렇지. 이건 아니지 않는가? 아이의 인생은 생각하지 않는가 말이다. 나는 그녀가 누구보다 아버지를 그리워하는지 안다. 대학 입학식 날. 교정을 들어서는 학생들 사이로 고급 세단 한 대가 미끄러져 들어오며 내 앞에서 멈췄다. 수정이 고개를 내밀어 나에게 타라고 했다. 그때 부모님은 좌판에 있는 꽃다발을 사느라 조금 떨어져 걸어오시던 중이었다. 나는 부모님이 걸어오는 쪽으로 고개를 돌리며 수정에게 먼저 가라고 했다. "부모님이 계셔." 수정이 몸을 비틀어 뒤를 돌아보았다. 저 멀리서 수수한 차림의 중년 부부가 한 손에 꽃을 들고는 나를 향해 손짓하며 뒤뚱뒤뚱 걸어오고 있었다. 수정의 얼굴에 복잡한 표정이 스치고 지나갔다. 그때 나는 보았다. 그녀의 생기발랄한 엉뚱함 뒤에 숨겨진 깊은 슬픔을. 그녀가 천천히 고개를 끄덕이는가 싶더니 고급세단이 나에게서 조금씩 멀어져 갔다. 그 후로 그녀는 다시 나에게 아버지 이야기를 하지 않았다.

요즘 아이가 귀하잖아. 나라도 애국자가 되어야지.

그녀가 더 이야기하지 말라는 뜻으로 내게 농담을 건넸다. 어이가 없었다. 그러다가 퍼뜩 정신이 들었다. 나는…. 그녀를 있는 그대로 받아들이기로 해놓고 나도 모르게 또 그녀를 세상의 틀에 가두고 있었다.

수정이 늦은 나이에 공무원이 되었다. 서른 살이 되기 육 개월 전이었다. 그녀는 공무원이 된 이유를 시간이 좋아서라고 했다. 그녀가 처음 맡은 보직은 주민자치센터 민원실의 서류를 발급해 주는 일이었다. 그녀는 그곳에서 부모의 그늘에서 보던 세상과 다른 여러 경험을 하고 있었다. 민원인의 무리한 요구들. 이를테면, 남편이 부인의 인감을 위임장도 없이 발급해 달라고 억지를 피운다던가 아니면 기초생활 수급 자격이 탈락한 이가 사회복지를 담당하는 공무원에게 주먹을 날리는 일들이었다. 그녀도 점점 현실 세계의 사람이 되어가고 있었다. 반면 천문 연구원이 된 나는 예전의 수정처럼 점점 엉뚱해지고 있었다.

너는 나이 서른에 아직도 별 타령이야?

내가?

깜짝 놀랐다. 그때까지 나는 나의 변화를 스스로 눈치채지 못하고 있었다. 놀란 눈으로 수정을 바라보자, 그녀는 "너와 이야기하면 점점 괴리감이 느껴져."하고 핀잔을 주었다. 하긴 변변찮은 연애 한 번 못 해 본 내가 어떻게 수정을 이해할 수 있을까. 그렇지만 나는 정말 별들과 대화하는 시간이 좋았다. 아니 어쩌면, 결혼이라던가 아이, 이런 현실적인 문제로 고민하는 것이 두려워 회피하는 건지도 몰랐다. 그녀에게 핀잔을 들을 정도로 나는 점점 내 속으로 빠지고 있었다.

수정이 또 남자와 동거를 시작했다. 태성이라는 이름의 행정고시를 패스한 꽤 유능한 남자였다. 그와 처음 인사하던 날, 내가 "수정이 어디가 좋았어요?" 하고 장난스럽게 이유를 물어보았다. 나는 그가 "이쁘잖아요." 라던가 "매력 있잖아요."라고 대답할 줄 알았다. 하지만 그의 대답은 너무 뜻밖이었다.

서로 필요충분조건이 되는 것 같아서요.

나는 그의 대답에 화들짝 놀라 하마터면 마시고 있던 커피를 품어 버릴 뻔했다. 그는 내심을 숨기지도 않고 결혼이 비즈니스라고 정의한 거였다. 나는 인상을 살짝 찡그리며 수정을 보았다. 그렇지만 그녀는 그의 말을 수긍한다는 듯 고개를 끄덕이며 웃고 있었다.

아!

지금 수정은 어떤 색깔의 사랑을 하는 걸까? 확실히 그들의 사랑은 심장이 펄펄 뛰는 붉은색은 아닌 것 같았다. 그럼, 하늘의 별들처럼 노란색인가? 그것도 조금 애매했다.

거실 한쪽 벽면에 붙은 결혼사진 아래 하트 모양으로 장식된 혼인서약서가 눈에 띄었다. 혼인서약서에 쓰인 그들의 관계는 까만 바탕에 깨알처럼 쓰인 노란 글씨가 별처럼 유랑하고 있었다. 그리고 그 방랑을 막으려는 듯 하트 모양의 장식이 두텁게 울을 이루고 있었다. 정해진 틀을 싫어했던 그녀가 자신을 스스로 정해진 틀에 가둔 것이다.

수정아, 깜깜한 세상 이야기는 어떻게 해?

뭐?

네가 말한 밤의 이야기 말이야.

무슨 말이야? 정신 차려!

나는 배알이 뒤틀렸다. 조금 스산함이 느껴지는 가을밤. 그녀는 밤하늘 폐가수스 이야기를 버린 것이다, 슬펐다. 이젠 나만의 밤하늘만 있을 뿐이다.

나는 심한 몸살을 앓았다. 아직 여름날의 무더위가 채 가시지 않을 무렵이었다. 며칠을 앓아누웠는지 모른다. 아마 잠결에 내 방문이 열리고 닫히는 소리가 스무 번도 더 났었던 것 같다. 그때 내가 할 수 있는 유일한 일은 눈을 뜨면 창밖을 바라보는 일이었다. 어디서 귀뚜라미 소리가 아련하게 들려왔다. 늘 깜깜했던 방안이 환하게 빛이 나기 시작했다. 햇빛이나 전등 빛과는 다른 빛의, 그러니까 물안개가 피어오르는 그런 아련한 밝음이었다. 빛은 내 방 창문가에서 흘러들어왔다. 눈부시게 흰 백조 한 마리가 날개를 활짝 펼친 채 나를 보고 웃고 있었다. 황홀했다. 나는 백조의 목덜미와 날개 끝의 하얀 깃털을 쓰다듬고 싶었다. 그래서 백조에게 손을 내밀었다. 잡히지 않았다. 백조는 내가 한발 다가가면 다가갈수록 한 발 더 멀리 달아나고 있었다. 눈을 떴다. 꿈이었다. 침대에서 일어나 창문을 열었다. 사위는 아직 깜깜한 밤이었다. 밤하늘에 커다랗게 네모가 그려지고 있었다.

수정이 아이를 낳았다. 태성을 닮은 짙은 눈썹에 갓난쟁이치고 제법 이목구비가 선명한 아이였다. 수정은 여느 아줌마처럼 변해가고 있었다. 그녀는 바빴다. 그녀와 어쩌다 통화 중일 때 칭얼거리는 아이의 목소리가 전화기 너머로 들려왔고, 통화 중에 갑자기 "잠깐 있어봐. 아기 변기통 챙겨주고."하고 전화를 끊었다. 쉬는 날, 내가 그녀의 집을 찾았을 때 그녀는 한 아이를 업고 다른 아이는 침대에서 재우는 중이었다.

육아 휴직은 이번 달까지야?

응. 다음 달부턴 엄마가 봐 주기로 했어.

힘들지 않아?

괜찮아.

큰애는 어디 갔어?

아차! 모른척할걸. 나는 아직도 기섭의 아이와 상우의 아이에 대한 꺼림직한 찌꺼기가 남아 있었다.

아빠랑 놀이터에.

그녀는 아무렇지 않게 대답했다.

내가 문젠가? 그때 수정의 스마트 폰에서 음악이 흘러나오고 있었다. 태성의 전화였다. 급하게 일이 생겨 큰아이를 엘리베이터에 태워 보냈다고 했다. 수정은 갓난아이를 아기 침대에 눕히고는 서둘러 현관으로 달려갔다. 그러고는 현관문을 살짝 열어 놓고는 이마에 땀을 닦았다. 이윽고 엘리베이터가 멈추고 한 아이가 현관문 안으로 들어왔다. 아이의 눈엔 눈물이 그렁그렁했다. 기섭을 닮은 아이였다.

수정은 아이를 욕실로 데려가더니 익숙하게 아이를 씻기고는 옷을 갈아입혔다. 그러고는 유아용 컴퓨터 앞에 앉히고 영어로 된 동요를 틀어 주었다. 아이는 너무 익숙해서인지 시큰둥했다.

엄마! 나 게임할 거야.

안돼.

아이가 계속 보챘다. 수정이 나의 눈치를 살피더니 별나라 여행 게임을 틀어줬다. 게임은 공룡이 우주선을 타고 황도 십이궁의 별자리를 여행하는 게임이었다.

티라노사우루스! 염소자리까지 날아라. 얏!

아이는 신이 나는지 혼자 소리치며 게임에 빠져 있었다.

기섭인 자주 만나니? 갑자기 그녀가 물었다.

가끔. 기섭이 결혼했어.

나의 말에 그녀는 천천히 고개를 끄덕였다. 그녀는 무슨 생각으로 기섭의 소식을 물었을까? 수정이 소중한 걸 자꾸 잃어 가고 있다는 생각이 들었다.

갈게.

나는 옷가지를 주섬주섬 챙기며 일어섰다. 그때였다. 한 아이가 잠에서 막 깨어난 듯 하품을 하며 이쪽으로 걸어오고 있었다. 아이가 나를 보며 방긋 웃었다.

아! 상우. 아이의 까만 눈엔 상우처럼 내가 알 수 없는 세상이 담겨 있었다.

꼬맹이 일어났어?

수정이 미리 만들어 놓은 바나나 머핀을 전자레인지에 데우면서 말했다. 아이가 쪼르르 달려가 수정의 다리를 감쌌다. 그녀는 아이의 눈가에 붙은 눈

곱을 떼면서 아이와 시선을 맞췄다. 컴퓨터 게임을 하고 있던 기섭의 아이가 이쪽을 흘깃 쳐다보았다. 혼자 무리에서 떨어졌다고 느낀 걸까? 아이가 잠깐 망설이는가 싶더니 이쪽으로 달려왔다. 그리고 수정의 허벅지를 안았다. 수정에겐 등에 업은 태성의 아이와 왼쪽 무릎에 매달린 상우의 아이, 오른쪽 허벅지를 안은 기섭의 아이가 매달려 있었다. 그들은 수정이라는 북극성을 중심으로 서로 유기적인 관계를 형성하는 별들처럼 보였다.

수정의 집을 나왔다. 거리에는 하늘의 별 대신 전등 빛이 요란하게 빛을 내뿜고 있었다. 하늘을 올려다보았다. 금방이라도 소나기가 쏟아질 것처럼 검은 구름이 가득했다. 오피스텔에 막 도착하자마자 후두두 소나기가 퍼부었다. 나의 세상이 비에 젖어 온통 흐물흐물해지고 있었다. 어머니가 즐겨듣던 유행가 가사처럼 가로등도 졸고 있는 그런 밤이었다. 온몸에 힘이 빠졌다. 핸들에 머리를 처박고는 한참을 기대어 있었다.

얼마나 기대 있었을까? 누군가 문을 두드렸다. 경비 아저씨였다.

차에서 주무시면 안 돼요. 술 드신 건 아니죠?

비가 그쳤는지 경비 아저씨는 우산을 쓰지 않고 있었다. 나는 괜찮다는 뜻으로 미소를 보였다. 그가 내 시야에서 멀어졌다.

별을 보고 싶었다. 그래서 하염없이 하늘을 올려다보았다. 문명에 가려 보이지 않는 빛 사이로 별빛이 어렴풋이 보였다.

당선소감 | 김화순

당선 소식을 전해 받고 토요일 부모님 산소에 들렀다.

아침부터 진눈깨비가 날리고 하늘은 온통 뿌옇게 덮여 있었다. 날씨가 험해 다른 날 갈까도 생각해 봤지만, 좋은 소식은 부모님께 빨리 알려드리는 게 도리일 거라는 생각에 차를 몰았다.

눈발이 점점 거세졌다. 돌아가야 하나? 고민하다가 계속 앞으로 나갔다. 그렇게 한참을 나아가자 거짓말처럼 눈발이 사라지고 햇빛이 비쳤다. 그래. 두렵다고 포기하지 말자. 앞으로 나아가자. 그리고 후회하지 말자. 내겐 경험이라는 소중한 걸 얻을 수 있으니까. 기쁘다는 말로는 부족하다. 떨리고, 멍하고, 뭐라고 한마디로 정의할 수 없다. 이제 시작이다. 잘해 나갈 수 있을까 하는 두려움이 앞선다.

그렇지만 한 가지 분명한 것은 이미 길을 걸어왔기 때문에 앞으로 나아가야 한다는 것이다. 길은 언제나 깜깜한 밤이고 내가 아니면 나의 길은 밝아질 수 없으니까.

토요일 내가 가야 할 곳이 있다는 안도감을 준 오영수 문학관, 무한한 상상력을 길러주신 엄창석 선생님, 늘 선배로서 소설가의 꿈을 잃지 않도록 조언해 주신 소설가협회 여러 선생님. 모두 모두 감사합니다.

심사평 | 이경자 · 김도연

"재기 발랄 상상력 · 톡톡 튀는 대사로 독자 사로잡아."

350여 편의 응모작 중 예심을 통과한 작품은 '그라운드호그 데이', '호상', '오직 모음의 작품', '프리다', '물의 물고기', '떼', '진주', '네모난 우주가 만든 둥근 세상', '100미터씩 걸어가는 길'이다. 이 작품들은 장단점을 골고루 지니고 있었다. 이 말은 작가가 다시 작품을 꼼꼼하게 들여다보면 더 좋은 소설로 거듭날 수 있다는 얘기다. 마지막까지 남은 작품들 중 '그라운드호그 데이'는 초반부의 너무 직접적인 진술, 화자의 생활환경에 대한 도식적인 설명이 봄을 기다리는 겨울 다람쥐라는 좋은 상징을 방해하고 있었다. '100미터씩 걸어가는 길'은 아빠와 바람났던 여자의 장례식장을 엄마와 함께 찾아가는 밤길이 대단히 인상적이었다.

올해의 당선작으로는 '네모난 우주가 만든 둥근 세상'으로 선정했다. 이 소설은 도입부부터 독자를 사로잡는 힘을 지녔다. 재기 발랄한 상상력, 톡톡 튀는 대사, 모계사회를 꿈꾸는 듯한 세계관 등등이 다소 우스꽝스럽기도 하지만 고개를 끄덕이게 만들었다.

행성行星이 아니라 북극성 같은 항성恒星의 삶을 꿈꾸던 수정의 변신도 흥미로웠다. 다만 화자인 미향의 역할이 내레이터 정도에서 머물러 있는 게 다소 섭섭했다. 자, 이제부터는 네모난 우주 속에서 수정이 만든 둥근 세상으로 우리도 함께 여행을 떠날 시간이다.

경남신문 **강정아**

1971년 경남 통영에서 태어났다. 2003년에 부산대학교 대학원에서 논문 〈자본주의 도시공간에 대한 문학사회학적 고찰–김소진 소설을 중심으로〉를 쓰고 석사학위를 받았다. 대학 때부터 소설을 써왔다. 2024년에 장편소설 『책방, 나라사랑』(강출판사)을 펴냈다.

모르는 사람

강정아

월요일

내 방으로 돌아왔다. 서둘러 돌아온 다음에야 서둘러 돌아올 이유가 없었다는 생각이 들었다. 겨우 삼 일 떠나 있었을 뿐인데 방의 풍경이 낯설다. 잠옷이 방바닥에 떨어져 있고 침대 위 홑이불은 거칠게 벗겨져 있다. 식탁 겸 책상으로 쓰는 테이블 끄트머리에 물잔이, 그리고 그 물잔 부근에 물 얼룩이 두 방울져 있다. 행주는 쥐어짜진 채 바싹 말라서 살짝 밀면 굴러갈 것 같다. 예상하지 못한 때에 끊어진 일상이 다시 이어지기를 기다리고 있다. 시간의 틈은 금세 메워질 것이다. 그러나 나는 사흘 전 이 방을 떠났을 때와는 다른 사람이 되어 돌아온 기분이다.

손님처럼 침대 옆구리에 조심히 앉았다. 부모상은 오 일 휴가라고, 문상 온 김 팀장이 알려 주었다. 그러고는 보너스처럼 덧붙였다. 근무일 기준, 공휴일 빼고. 침대 머리맡에 세워 놓은 달력을 보며 날짜를 짚어보았다. 토, 일 빼고, 일, 이, 삼, 사, 오, 그리고 다시 토와 일. 맙소사, 지나간 삼 일을 빼고도 무려 육 일의 휴일이 남아 있다. 하마터면 감사합니다, 하고 외칠 뻔했다. 달력 아래쪽 여백에 리치 가 106이라는 글자가 씌어 있다. 휘갈겨 쓰기는 했지만 내 글씨라는 것을 알아볼 수 있다.

리모컨을 집어 들고 침대 위로 올라갔다. 텔레비전을 켜자 주연급 영화배우 한 명이 실종된 지 이틀 만에 숨진 채 발견되었다는 뉴스가 나왔다. 낮에 짜장면을 먹으면서 핸드폰을 보고 있던 동생이 진찬혁이 죽었대, 하고 말했던 게 생각났다. 그때는 뜬금없이 무슨 말인가 했는데 진짜였다. 진찬혁은 죽은 배우가 출연했던 드라마 속 배역 이름이었다. 그 이름으로 그는 단번에 주연급 배우로 부상했다. 죽은 배우보다 더 인기 있는 배우인 그의 아내가 누군가의 부축을 받으며 걷는 영상이 반복적으로 나왔다. 몇 년 전 둘의 결혼은 큰 화젯거리였다. 발목까지 오는 하우스 가운을 걸치고 맨얼굴로 나타난 미망인의 입술이 하얗게 말라 있었다. 나는 옆으로 웅크린 자세로 누워서 비장하고 슬픈 음악이 흐르는 화면을 뚫어지게 바라보았다.

아버지가 발견되었던 날, 진찬혁은 사라졌던가 보다. 선량한 인상의 그 배우를 특별히 좋아한 건 아니지만 늘 웃고 있는 듯한 눈매가 보기 좋았다. 자기 집이 보이는 야산에 올라 목을 맸다니 순한 그의 이미지와 어울리지 않는 마지막이었다. 사업을 하면서 큰 빚을 졌고, 그의 사업을 돕다가 어머니와 형이 사기 혐의를 받고 있었고, 그 모든 것 때문에 아내와 불화설이 있었다고 했다. 그 정도면 죽기에 충분한 이유가 되는 걸까. 타던 차 안에 유서를 남겼다고 하는데 내용은 공개되지 않았다. 나는 한참 더 그 배우의 죽음과 관련된 뉴스를 보면서 그대로 누워 있었다. 옷을 갈아입지도, 씻지도 않았고 심지어 양말도 벗지 않은 채였다.

텔레비전을 켜 놓은 채 잠이 들었다가 깼다. 마침내 멈추어 있던 내 방에서의 생활을 이어가게 한 것은 준제의 전화였다. 집에 왔어? 언제? 연락하지 그랬어, 기다리고 있었는데. 밥은? 지금이라도 그리 갈까? 혼자 괜찮겠어? 나 내일 연가 냈어. 그냥, 너랑 같이 있으려고. 느지막이 먹을 거 사가지고 갈게. 준제는 내 옆에 있어 주어야 할지 혼자 두어야 할지 갈피를 잡지 못했다. 나도 그랬다. 준제가 옆에 있는 게 좋은지 혼자 있는 게 좋은지 알 수 없었다. 좋은 건 없는지도. 아버지의 뼛가루가 담긴 도자기 그릇을 찬장 같은 데 넣어두고 돌아온 밤, 좋을 궁리를 하는 것도 어울리지 않는 일 같았다. 이러나저러나 모든 게 다 이상하고 어색했다.

방에 불을 켜고 바닥에 떨어져 있는 잠옷을 집어 들고 욕실로 갔다. 옷을 벗고 샤워기에서 떨어지는 물을 맞으면서 오래전 일처럼 지난 토요일을 떠올렸다.

금요일에 준제와 싸워서 늦게까지 혼자 술을 마셨다. 이참에 헤어져 버릴까, 헤어지고 나면 연애 따위 다시는 하지 말아야지, 다짐하면서. 토요일 오전에 전화벨 소리에 잠을 깼지만 준제일 것 같아서 받지 않았다. 세 번, 네 번 전화벨이 끊겼다가 다시 울렸다. 발신인은 뜻밖에도 오빠였다. 왜? 마침내 짜증이 끝까지 오른 목소리로 전화를 받았다. 전화를 왜 이렇게 안 받아? 아버지가 죽었대. 경찰이 전화할 거야. 네 전화번호를 알려 줬으니까 먼저 가 있어. 나는 어안이 벙벙해서 대꾸도 없이 전화를 끊었다. 주말 늦은 아침에 느닷없이 아버지가 죽었고 경찰이 연락할 거라는 전화를 받았다면 누구라도 그럴 것이다. 그대로 누워 있다가 다시 전화를 받았다. 경찰이 아버지의 이름을 말했을 때, 처음 들어보는 이름 같아서 잠시 대답을 하지 못했다. 그 이름의 남자가 자신의 집에서 숨진 채 발견되었다고, 속히 오라고, 경찰이 말했다. 주소를 모른다고 했더니 경찰이 주소를 불러 주었다. 누운 채 몸을 뒤집고 손을 뻗어서 간신히 침대 머리맡 선반 위에 있던 달력과 볼펜을 잡을 수 있었다. 달력의 여백에 주소를 받아 적었다. 돌돌 말고 있던 홑이불을 단숨에 걷어차 버리고 벌떡 일어나 물컵에 수돗물을 받아 마셨다. 한 모금 삼키는 순간 냉장고에 있는 생수 생각이 났지만 그대로 더 들이켰다. 물잔을 식탁 겸 책상으로 쓰는 테이블에 내려놓을 때 물방울이 뚝뚝 떨어졌다. 행주로 닦으려다가 그만두었다. 급히 잠옷을 벗어 던지고 욕실에 가서 대충 씻었다. 전날 입었던 옷을 걸쳐 입고 지갑과 차 열쇠를 챙겼다. 허둥지둥이란 이런 것이구나 생각하면서.

되짚어 생각해 보니 오빠도 웃겼다. 어차피 나에게 전화할 거면서 왜 경찰에게 내 전화번호를 알려 주었을까. 오빠도 당황했을 것이다. 아버지의 죽음은 우리 모두 처음 겪는 일이었고, 파생해서 생긴 일들도 다 처음 겪는 일이었다. 우리는 아버지가 꼭 그런 식으로 죽을 수도 있다고 씁쓸한 농담처럼 이야기한 적이 있었다. 그러면 진짜 큰일이라며 오빠는 심란해했다. 가끔 상상했으며, 충분히 일어날 가능성이 있었던 일이라 해도 실제로 일어났을 때 대책이 없기는 마찬가지였다.

모든 일이 끝나고 모든 사람들이 돌아가 우리 식구만 남았을 때, 그냥 헤어지기도 뭣하고 밥때도 되었기에 다 같이 엄마 집으로 가서 짜장면을 시켜 먹었다. 짜장면을 먹으면서 오빠는 뒤늦게 중요한 일이 생각난 것처럼 말했다. 그런데 넌 아무리 휴일이어도 그렇지 그때가 몇 신데 전화도 안 받고 자고 있었던 거야? 정작 나는 무슨 말인지 감을 잡지 못했는데 엄마는, 아직도 술 처먹고 돌아다녀? 하고 나를 흘겨보았다. 올케가 풋, 웃었다. 그래도 날이 날이어서인지 지 애비 닮아서, 라는 말은 붙이지 않았다. 동생은 다른 곳에 있는 사람처럼 반응이 없다가 진찬혁이 죽었다고 말했고 나는 빨리 내 방으로 돌아가고 싶은 욕구를 느꼈다.

화요일

조용한 것이 싫어서 텔레비전을 켰다가 시끄러운 것이 싫어서 다시 껐다. 또다시 조용한 것이 싫어서 라디오를 켰다. 그런 식으로 컴컴한 방안에서 일어났다 눕기를 반복하다가 날이 훤히 밝아오는 것을 보고 기절하듯 잠이 들었다. 준제의 전화를 받고 눈을 떴다. 목이 말랐지만 일어나기 싫어서 참았다. 핸드폰으로 죽은 배우의 장례식 관련 영상들을 찾아봤다. 그러다 다시 잠들어서 준제가 도착할 때까지 계속 잤다. 시간이 뒤죽박죽으로 섞여버린 것 같았다.

아버지가 살던 집은 변두리 사 층짜리 다세대주택 일 층에 있었다. 리치빌라 가동 106호. 집을 구하고 이사를 하는 일은 엄마가 주도했다. 이사를 하고 얼마 되지 않아 엄마가 다시 집을 나왔고, 아버지가 동생네 집에 가서 엄마 있는 곳을 대라고 소란을 피웠고, 그 일로 내가 아버지와 전화로 언쟁을 벌였고, 그 후로 피차 외면하고 살았다, 또다시. 그 바람에 나는 그 집에 한 번도 간 적이 없었다. 대들고 모욕한 건 나인데 다 한통속이라 생각했는지 아버지는 다른 가족의 방문이나 전화도 매몰차게 거부했다. 일 년쯤, 아니 이삼 년 전인가, 기억이 잘 나지 않았다.

빌라 정문 앞에 경광등을 켠 경찰차가 서 있었다. 심장이 거세게 쿵쾅거렸다. 주차를 하고 육칠 라인 현관을 찾아 들어갔더니 경찰 한 명이 백육 호 앞에 서 있었다. 아버지가 맞는지 확인하라고 해서 안으로 들어갔다. 연 끊고 살자고, 한 번만 더 동생이든 엄마든 건드렸다가는 내 손에 죽을 줄 알라고 소리를 꽥꽥 질렀던 그때도 이미 만나지 않은 지는 오래였었다. 몇 년 만인지도 모르겠고 너무 처참해서 제대로 볼 수도 없었지만 한 순간에 아버지라는 것을 알아보았다. 아니면 누구겠는가. 그토록 뻔뻔하게 아버지의 집 거실에 벌렁 드러누워 있을 사람이. 거실 벽에 제부와 올케까지 다 같이 찍은 가족사진이 걸려 있었다. 그것은 우리도 가족이라는 테두리 안에 서로를 묶어 보려는 시도를 몇 번은 했었다는 증거였다.

경찰은 악취가 난다는 이웃 주민의 신고로 출동하여 자택 거실에서 숨져 있는 고인을 발견했고, 고인의 휴대폰에 잠금장치는 없었지만 통화 내역과 저장된 전화번호 목록에 가족의 연락처가 하나도 없어서 애를 먹었다고 했다. 가족분들은 통 왕래가 없었나 봐요. 경찰이 톤을 바꿔 작은 목소리로 말했다. 질문인가 싶어 곧바로 네, 하고 대답을 했는데 굳이 대답을 바란 질문은 아닌 모양이었다. 변사자의 시신은 부검이 원칙이지만 현장에 범죄로 의심할 만한 정황이 없고 유족이 부검을 원하지 않으니 일단은 장례를 치르라고 했다. 과학수사대가 다녀갔고, 식탁 위 유리컵과 사체 주변에서 수거한 소주병 등을 국과수 의뢰해서 결과가 나오면 연락할 거라고, 그때 가족 중 한 명이 경찰서에 와야 한다고 했다.

경찰의 설명을 듣고 있는데 중년의 몸집 좋은 남자가 계단을 내려오다가 적의에 찬 표정으로 나를 쳐다보고 말했다. 딸인가 보네, 코빼기도 안 보이더니, 저 혼자 큰 줄 알지들. 금세 얼굴에 열기가 올라왔다. 아저씨, 다 속사정이 있는 거예요, 잘 알지도 못하면서 말조심하세요. 경찰이 그 남자에게 말했다. 모르긴 뭘 몰라, 아가씨 그렇게 사는 거 아니야, 아무리 못나도 아버지는 아버지야. 그럴 만한 자격이 있다는 듯 남자는 반말을 썼다. 더 할 말이 있는지 도전적인 눈으로 경찰을 째려보다가 그는 지나갔다. 뒤따라 경찰도 철수했다. 나는 집 안으로 들어가 현관문을 닫았다. 자동잠금장치가 없는 문이었다. 가족들의 전화번호를 모두 지운 아버지가 죽은 채 누워 있었다.

아버지의 죽음을 사람들은 고독사라고 부른다. 가족들이, 우리가, 내가, 아버지를, 한 사람을 그런 죽음으로 내몰았을까. 가족이, 가족이 아니더라도 살아서 정을 나눈 사람들이 곁을 지켜주는 가운데 눈을 감으면 고독하지 않을까. 나는 언제 어떤 식으로 죽을까. 악다구니가 오가고 폭력과 파괴가 일상이었던 부모를 둔 나는 가족을 만들지 못했고 앞으로도 가족을 만들 마음이 없다. 같은 이유로 동생은 이른 나이에 집을 나가 떠돌다가 이른 나이에 가족을 만들었다.

수요일

일상의 시간 감각이 돌아왔다. 늘 일어나던 시간에 저절로 눈이 떠졌다. 눈을 뜨자마자 낯선 허전함이 밀려왔다. 커튼 틈 사이로 아침 햇살이 빠져나와 바닥에 길게 드리워져 있는 것을 한참 동안 바라보았다.

텔레비전을 켰다. 죽은 배우의 발인식 영상을 내보내는 채널을 찾았다. 검은 옷을 입은 한 무리의 사람들이 장례식장 인근을 메우고 있었다. 화려한 옷을 입고 밝게 웃던 연예인들이 검은 옷을 입고 눈물을 흘리며 일반인 사이에 섞여 있었다. 테두리를 국화로 장식한 커다란 영정을 들고 앞장선 이도 고인의 친한 친구로 알려진 유명 배우였다. 머리에 하얀 리본 핀을 꽂은 여배우는 양쪽에서 부축하는 사람들에게 의지한 채 무너지기 직전의 자세로 울고 있었다. 아버지 장례식장에서 보았던 다른 호실 유족들처럼 다 안 되어 보였다. 진짜 끝이라는 느낌과 충격은 화장장의 가족 대기실에서 절정에 다다를 것이다, 며칠 먼저 일을 치른 나는 저들이 지나온 이틀과 앞으로 겪을 일들을 그릴 수 있었다. 검은 리무진이 대기하고 있었다.

아버지의 몸은 버스에 실려서 화장장으로 갔다. 상조회사의 장례지도사가 수시로 상품 팸플릿을 들고 와서 다음 절차에 필요한 용품을 고르게 했다. 장례지도사는 작은 체구의 젊은 남자였다. 검은 양복을 벗고 퇴근을 하면 여자 친구와 데이트를 하거나 친구들과 떠들썩한 만남을 가질 나이였다. 발인 때 운구를 리무진으로 할지 버스로 할지 물었다. 리무진은 너무 튈 것 같다고 했더니 장례지도사가 절대 그렇지 않다고 했지만 나는 리무진을 빼달라고 했다.

결정할 일이 많았다. 장례식을 일반실에서 할지 특실에서 할지, 영정 장식을 3단으로 할지 5단으로 할지, 상복을 검정색으로 할지 흰색으로 할지, 장례를 종교식으로 할지 전통 방식으로 할지, 수의를 삼베로 할지 인견으로 할지, 시신과 함께 태워질 관은 집성목으로 할지 오동나무로 할지, 상주들의 아침 식사를 죽으로 할지 누룽지로 할지, 조문객에게 나갈 음식에 편육을 넣을지 수육을 넣을지, 그것을 종이 그릇에 담을지 플라스틱 그릇에 담을지도 결정해야 했다. 유골함을 일반으로 할지 진공으로 할지 물었을 때 나는 그냥 다 싼 걸로 해달라고 하고 싶었지만 차마 말하지 못했다. 장례지도사가 샘플로 가져온 도자기 뚜껑을 열었다 닫았다 하며 일반 유골함에 담으면 유골이 금세 상한다고 말했다. 상한다는 말을 듣고도 그냥 일반으로 해달라고 말할 때는 작은 용기가 필요했다. 장례지도사가 진공 유골함도 부패를 완벽하게 막는 건 아니라며 나를 위로했다. 그리고 곧바로 디자인과 색깔을 정해 달라고 했다.

누군가 죽어야 돈을 버는 사람들이 많고도 다양했다. 내 뒤로 제일 먼저 아버지의 집에 도착한 건 운구 업체에서 나온 사람들이었다. 교통사고가 나면 경찰보다 앰뷸런스와 견인차가 먼저 도착하듯이. 모두 위생복과 마스크를 착용하고 있었다. 고인 모실게요, 따로 장례식장 결정하신 곳이 있으실까요? 마스크 중 한 명이 사근사근한 투로 말을 걸었다. 어어 하는 사이에 그들은 아버지의 몸을 커다란 비닐로 감싸서 시신운구 가방 속에 집어넣었다. 가까운 대학병원 장례식장보다는 최근에 새로 생긴 장례식장이 시설이 좋다고 아까와 같은 목소리가 말했다. 그들의 당당하고 자연스러운 등장과 일사불란한 동작 때문에 변사자의 장례는 이런 식으로 진행되는 건가 싶어 보고만 있었다. 한 남자가 내민 서류에 막 사인을 하려는데 오빠의 전화가 왔다. 회사에서 가입한 상조회사에서 사람들을 보낼 거라고, 그 사람들이 올 때까지 기다리라고 했다. 대학병원에 자리가 있대, 나는 그쪽으로 바로 갈 거야. 수상한 사람들이 벌써 와 있는 줄 알고 있는 사람처럼 오빠는 말했다. 상조회사에서 시신을 빼앗길까 봐 그것부터 조치하라고 시켰을 것이다. 정말 그럴 뻔하기도 했다. 내가 뭐라 말하기도 전에 옆에서 통화 내용을 들은 마스크 남자가 미련 없이 서류를 도로 집어넣었고 다른 사람들이 아버지를 다시 가방에서 꺼내 원래 자리에 눕혔다. 사과도 해명도 따질 새도 없이 그들은 우수수 빠져나갔다.

입관식을 할 때도, 화장장에서도, 추모공원에서도, 아버지가 살던 빌라의 관리위원회에서도, 집을 내놓은 부동산에서도 이러쿵저러쿵하면서 웃돈을 요구했다. 유품 정리와 소독을 맡은 특수청소 업체와 도배장판 업자에게서 견적도 받지 못하고 달라는 대로 입금해 주었다. 거기다 엄마는 사십구재 준비를 한다며 아는 무당에게 뭉텅이 돈을 보냈다. 아버지처럼 한 맺힌 넋을 탈 없이 저승으로 보내려면 그 정도 돈이 든다고 했다.

침대 위에서 뒹굴뒹굴하다가 준제가 남겨 놓은 쪽지를 뒤늦게 발견했다.

〈네가 너무 서럽게 울어서 내 마음이 너무 아팠어. 잘 자고, 내일은 좀 더 힘을 내보도록 하자. 내일은 출장이 있어서 좀 늦을 거야. 아무튼 전화할게. 냉장고에 죽 있으니까 데워서 먹어. 사랑해.〉

어제 준제가 와서 낮부터 같이 술을 마셨던 것만 생각나고 다른 일은 기억나지 않았다. 나도 할 말이 없고 준제도 할 말이 없어서 계속 술만 마셨다. 원룸 건너편 산 중턱에 있는 절에서 저녁예불을 알리는 종소리가 울렸고, 그 소리가 슬펐다. 장례식장에서는 꺼질 듯 바닥에 잎드러 울음을 토해내던 다른 호실 유족들을 한참 동안 보고 있기도 했다. 나도 그렇게 죽을 듯이 울어보고 싶었다. 준제를 앞에 두고 내가 울었던가, 드디어 서럽게? 그게 기억나지 않다니 무척 섭섭했다.

아버지가 죽어도 눈물이 나지 않을 것 같다고, 몇 번인가 누군가에게 말했다. 대개들 늦기 전에 아버지와 화해하라고, 나중에 크게 후회한다고 충고했다. 그러면 나는 절대 후회할 일 없다고 대답했다. 실제로는 역시나 후회 같은 감정이 생기지는 않았지만 예상과 달리 눈물이 줄줄 나와서 당황스러웠다. 다른 호실 유족들처럼 애끓는 통곡은 아니었다. 내가 울면 오빠는 이상한 광경을 보는 표정으로 나에게 왜 우냐고 물었다. 동생은 오빠가 한심하다는 듯 쳐다보았다. 그럼 이 판국에 웃어야 정상이야? 오빠는 문상 온 친구들과 술을 마시다가 때때로 웃음을 터뜨렸다. 오랜만에 만난 친구들과 선술집에 모여 앉은 것처럼 정다웠다.

억울하게 얻어맞은 사람처럼 절을 할 때마다 눈물이 나왔다. 살아 있는 아버지에게는 그렇게 다소곳이 몸을 굽힌 적이 없었다. 아주 어릴 적, 우리가 적대적인 관계가 아니었을 때는 그러기도 했었다. 어느 해 설날, 한복을 입고 아버지 손을 잡고 큰집 뜰에서 찍은 사진이 있었다. 그때는 서툰 몸짓으로 절을 하고 세뱃돈을 받고 아버지 무릎 위에 앉았었다. 아버지가 얼굴로 내 볼을 비볐을 때 까끌까끌한 감촉 때문에 간지러워서 목을 웅크렸다. 그런 기억이 하나도 없고, 술에 취해 부수고 때리고 욕을 하는 아버지만 기억하는 동생은 끝내 울지 못했다.

오빠와 동생에게서 유산상속 포기 각서와 인감도장이 각각 도착했다. 아버지가 살던 집을 처분하려면 필요한 것들이었다. 엄마 것은 장례식이 끝난 뒤 미리 받아왔다. 다들 나더러 알아서 처리하라고 했다. 가족들은 서둘러 아버지를 정리하고 싶어 했다. 아버지가 살던 집은 대출도 있었고 싼 집을 더 싸게 내놔서 남을 것이 없었다. 빚을 남기지 않은 것만 해도 우리가 상상했던 최악은 아니었다. 그 집을 사서 수리할 때 오빠와 나도 돈을 보탰다. 친척과 친구네 집을 전전하고 있던 엄마가 지낼 곳도 마련해야 했다. 적어도 부엌과 침실이 구분된 공간에서 살고 싶어서 부지런히 돈을 모았는데 그 때문에 나는 아직도 원룸을 벗어나지 못했다.

대부분의 시간 동안 연예계 뉴스를 보면서 빈둥거리다가 말 잘 듣는 애인처럼 준제가 사다 놓은 죽을 데워 먹었다. 늦은 밤에 술에 취해 준제가 전화를 했다. 오고 싶다고.

목요일

며칠 만에 원룸 밖으로 나갔다. 갈 데가 많았다. 먼저 경찰서에 갔다. 국과수에 의뢰한 물건들에서는 특이한 점이 나오지 않았다. 형사가 보여 준 사건 기록철에 아버지가 처음 발견되었을 때의 사진들이 있었다. 여러 각도에서 찍은 여러 장의 사진들이었다. 유서인지 메모인지 낙서인지 모를 글귀가 적힌 아버지의 수첩 사진도 있었다. 당연히 당사자의 허락을 받지 않은 사진들이었다. 보고 있기가 미안했다. 조사는 형식적이었다. 묻는 말에 대답 몇 번 하고 내 할 일은 끝났다. 조서에 어울리지 않는 대답을 하면 형사가 모범답안을 알려 주었다. 담당 형사가 한글 문서 작성하는 데 서툴러서 시간이 조금 더 걸렸다. 조서에 사인을 하고 민원실에 가서 사망확인서를 뗐다. 몇 통이요? 하는 질문에 머뭇거리고 있으니 민원실 여경이 넉넉하게 열 통 해드릴까요? 하고 도로 물어서 그러라고 했다. 사망확인서의 사인死因란에 불상不詳이라고 적혀 있었다.

사망확인서를 들고 동사무소와 두 군데 은행, 우체국, 휴대폰 회사 고객센터, 법무사 사무소, 부동산, 국민연금관리공단까지 돌았다. 가는 곳마다 아버지가 죽었다는 소식을 전하고 증명서니 내역서니 결산서니 하는 서류들을 받았다. 사망확인서를 제출할 때마다 불상이라고 적힌 글자가 도드라져 보였다. 동생과 오빠에게 한 통씩 보내고도 사망확인서 세 통이 남았다.

빈 시간에 핸드폰으로 죽은 배우의 기사를 찾아 읽었다. 묵은 스캔들과 알려지지 않았던 문제들이 다시 소환되고 새롭게 들춰졌다. 유서의 일부도 공개되었다. 죽기로 결심한 진찬혁은 모친과 형, 아내, 그리고 실종되기 전까지 촬영이 상당히 진행되었던 영화 관계자에게 각각 마지막 인사를 남겼다. 한계에 부딪혔다고, 이기적인 선택을 용서해 달라고, 자기를 하루빨리 잊고 평안하게 살아가라고, 미안하다고.

사람이 어떻게 미안하다는 말 한 마디가 없냐고, 그런 말도 했었던 게 생각났다, 아버지에게. 처음이자 마지막이었다. 평생 딱 한 번 아버지는 미안하다고 했다. 미안하다는 말을 들으니 더 화가 났다. 나는 미안하다고 하지 말고 미안할 짓을 하지 말라고 더 크게 소리쳤다.

엄마가 보낸 문자가 들어와 있었다. 초재에 참석하라는 내용이었다. 어찌되었건 아버지 아니냐며, 죽은 사람한테 잘해야 일이 잘 풀리고 병이 없으니 이유불문하고 초재와 막재는 참석하라고 적혀 있었다. 말미에 극락암의 주소가 딸려 있었다. 불교와 유교와 미신이 범벅 된 엄마의 단골 기도처였다. 이유불문. 언제나 이유를 들이대는 나를 겨냥한 것일 수도, 기독교 신도인 올케에게 던지는 메시지일 수도 있었다. 동생이 전화를 해서 어떻게 할 건지 물었다. 엄마를 말리기는 늦었고 내가 알아서 둘러댈 테니 신경 쓰지 말라고 했더니, 자신은 참석하고 싶다고 했다. 아버지 때문에 일이 안 풀리고 병나고 그런 일이 생기는 건 싫어, 미신이라고 해도 확실하게 해두고 싶어, 그리고 아버지하고 엮인 일은 이게 마지막일 거 아냐, 하고 동생이 말했다. 뭐라는 건가 싶었다.

아버지와 마지막으로 싸운 사람은 나지만 동생은 훨씬 전부터 아버지와 말을 하지 않았다. 같은 공간에 있지 않으려 했고 어쩔 수 없이 같은 공간에 있게 되면 유령 취급했다. 아버지가 무얼 묻거나 이름을 불러도 대답하지 않았다. 대학교 들어가고 얼마 되지 않은 때에 동생은 아버지에게 대들다가 소주병으로 머리를 맞았다. 그 뒤로 집을 나가 살았다. 명절에도 집에 오지 않았다. 자기 결혼식에 아버지가 오지 않으면 좋겠다고 말해서 결혼식을 코앞에 두고 또 맞을 뻔했다.

동생이 집을 나간 몇 달 뒤 어느 저녁에 집에 들어갔더니 엄마는 없고 아버지 혼자 텔레비전 앞에서 마른 멸치와 고추장을 놓고 술을 먹고 있었다. 음식이 담긴 채 박살이 난 사기그릇 무더기가 종량제 봉투에 담겨 있었다. 엄마는 전화를 받지 않았다. 다음 날 아침에 보니 새벽녘에 문자가 들어와 있었다. 한동 삼촌네 왔다, 달랑 한 문장이었다. 학교에 다닐 때도 나가 살다시피 하던 오빠는 취업을 해서 다른 도시에 가 있었다. 주말에 빨랫거리를 들고 집에 왔다 가곤 했는데 엄마가 집을 나간 이후에는 오지 않았다. 내가 제일 늦게 집을 떠났다. 냉장고 옆에 즉석밥 한 상자와 참치 통조림 한 묶음을 놓고 나왔다.

나름 평화로운 시절이었다. 나는 사회복지사처럼 한 달에 한두 번 정도 아버지의 집에 가서 마트에서 산 즉석밥과 밑반찬과 과일 같은 것을 냉장고에 채워 넣었다. 아버지를 만나면 껄끄러워서 빠져나오기 바빴고 아버지가 집에 없으면 운이 좋다고 생각했다. 오빠가 결혼을 한 후에는 올케가 그 역할을 맡았다.

올케는 우리가 아버지와 남처럼 사는 것을 이해하지 못했다. 우리는 올케가 우리를 이해하지 못하는 것을 이해했고, 그녀가 가족의 화합을 위해 기획한 여러 이벤트에 참여했다. 오빠와 동생의 결혼을 전후해서는 밖에서 온 가족이 함께 밥을 먹기도 했고, 가족 누군가의 생일 파티를 하기도 했고, 가족 사진을 찍기도 했다. 왜 그랬는지 모르겠지만 동생네만 빼고 일본 여행도 다녀왔다. 결과는 항상 파탄이었다. 매번 우리 중 누군가가 아버지의 심기를 건드렸고, 아버지가 폭발하면 모두 합세해서 아버지와 싸웠다. 그가 여전하다는 것을 확인할 때마다 다시는 아버지와 무얼 함께 할 생각을 하지 말자고 다짐했다. 그 중 어느 것이 마지막이었는지 모르겠다. 올케도 승산 없는 싸움에 오래 애쓰지는 않았다.

그냥 살던 곳에서 살도록 내버려두었더라면 이런 일이 생기지 않았을까. 거기서는 게이트볼 동호회 모임도 나갔고, 단골 술집도 있었고 그 술집에 가면 꼭 만나는 술친구도 있었다. 어디든 갔다가 돌아오는 버스와 지하철의 노선도 아버지는 훤히 알았다. 가족이 없더라도 아니 없으니까 화낼 일도 없이 살았을 것이다. 남에게는 경우 바른 사람이었으니까. 그런데 엄마가 다시 아버지와 살아보겠다고, 며느리 사위도 그렇고 손주들 보기 민망하니 같은 집에서 살긴 살아야겠다고, 그렇지만 그 동네에 다시 들어가 살기는 남우세스러우니 아는 사람이 없는 곳으로 이사를 해야 한다고 주장했다. 보살인지 무당인지 하는 사람이 그래야 집안 식구들이 평안하다고 했을 것이다. 아는 사람이 없는 곳에서 아버지는 또 혼자가 되었다. 엄마 빼고 우리가 다 예상했던 일이었다. 엄마는 예상 같은 걸 하는 사람이 아니었다.

더 이상은 원망도 하고 싶지 않았다. 복수는 됐고, 그냥 모르는 사람으로 살아 주는 것도 사실 많이 봐주는 거였다. 이해도 했다. 자기도 그러고 싶어서 그렇게 산 건 아닐 거라고. 아버지 연배의 남자들에게는 가족을 보살피고 아껴야 할 동반자가 아니라 함부로 해도 되는 대상으로 여기는 게 아주 드문 일도 아니라고. 다 지난 일이고, 밥 대신 술 먹기를 일삼은 아버지는 늙고 마르고 작고 힘도 없었고, 여차하는 일이 생겨도 무섭지 않았다.

무섭지는 않았지만 분했다. 예전에 당했던 일들이 생각이 나서 작은 일에도 단번에 화가 머리끝까지 올라왔다. 우리가 얼마나 무섭고 절망적이었는지 아버지는 죽어도 모를 사람이었다. 모르니까 반성도 후회도 하지 않았고 갈수록 자기에게 굴복하지 않는 가족들에게 더 화를 냈다. 취한 아버지가 찾아와서 엄마 어디 있는지 대라고 소리를 질렀다는 이야기를 듣자, 참을 수 없었다. 무엇보다 어린 조카가 있는 앞에서 행패를 부렸다는 대목에서 이성을 잃었다. 내 악다구니를 듣고만 있다가 아버지가 말했다. 대학 나온 사람이 말을 그렇게 험하게 하면 안된다고. 그리고 전화를 끊었다. 경우 바른 사람 같은 말투였다.

금요일

망설이다가 결국 극락암에 갔다. 집을 나올 때는 부동산에만 들렀다 올 생각이었기 때문에 맨발에 슬리퍼를 신고 있었다. 승복 비슷한 옷을 입은 무당 아줌마가 새 양말을 주어서 신었다. 동생은 열심히 절을 하고 드디어 조금 울기까지 했다. 오빠는 오지 않았다. 올케가 말렸을 것이다. 장례식에서도 올케는 우리가 절을 할 때마다 혼자 허리를 펴고 꼿꼿이 서서 묵념만 했다.

거기서는 절을 해도 눈물이 나오지 않았다. 처음부터 끝까지 못마땅했다. 비참하게 죽은 사람에게 산 사람들의 안녕을 챙겨달라고 머리를 조아리는 우리도 마음에 들지 않았고, 죽은 사람을 팔아 돈을 버는 무당도 마음에 들지 않았다. 배가 고프지도 않았는데 재가 끝나고 나서 나물에 밥을 비벼서 생선찜과 같이 먹었다. 그리고 과일과 소고기 산적과 새우튀김, 문어숙회 같은 비싼 음식 위주로 한 보따리 싸 들고 왔다. 새 양말도 몇 개 더 챙겼다.

원룸에 돌아와서는 핸드폰으로 죽은 배우와 관련된 뉴스를 찾아 읽었다. 침대 머리에 비스듬히 기댄 자세로 깜깜해질 때까지, 연관 검색어를 옮겨 다니며 비슷한 기사들을 모두 읽었다. 준제가 오지 않았다면 밤새 그러고 있었을 것이다. 진찬혁의 형이 언론사 여러 곳에 자기 동생이 살해되었다고 제보했다. 강력한 증거로 유서를 꼽았다. 유서에 쓰인 문체가 평소 동생이 쓰던 호칭이나 어투와 다르고, 가족들만 알고 있는 일에 관한 언급이 하나도 없는데다 온통 아내를 감싸는 내용인 것이 너무나 이상하다고 했다. 동생이 쓰던 노트북이나 사무실 컴퓨터 어디에도 유서를 작성한 흔적은 물론 출력의 흔적도 찾지 못한 것이 타살의 증거였다. 가족과 유대 관계가 깊었던 동생이 어머니를 두고 그런 무서운 짓을 했을 리 절대로 없다고, 자살도 유서도 조작된 것이라고 단언했다.

나도 잠시 그런 생각을 했었다. 어쩌면 아버지가 살해당했을 수도 있다고. 장례식에 온 사람들 중 그 누구도 아버지가 어떻게 돌아가셨는지 물어보지 않았다. 한때 아버지와 죽이 맞아 같이 술을 먹고 다녔던 친척 어른도 장례에 참견이나 하려고 들었지 아버지가 마지막에 어땠는지 묻지 않았다. 아버지의 죽음으로 충격과 당혹감을 느끼는 사람은 아무도 없었다. 당뇨와 고혈압이 있었다지만 나이를 생각하면 심한 편은 아니었다. 이런 식이라면 고령에 지병이 있고 혼자 사는 사람은 살해를 당해도 모를 일이었다. 석연치 않은 점들도 있었다. 은행 잔고가 하나도 남지 않은 것도, 지갑과 집 열쇠가 끝내 발견되지 않은 것도, 외출복 차림 그대로 거실에 반듯하게 누운 자세였던 것도 그랬다. 죽지 않고 하루 더 살았다면 무슨 돈으로 살려고 했을까. 아버지는 주정뱅이이긴 했지만 열쇠나 지갑을 잘 잃어버리는 타입이 아니었고 집에 돌아오면 항상 잠옷으로 갈아입었다.

나에게 혼자 큰 줄 안다는 둥 대놓고 비난했던 덩치 큰 남자가 생각났다. 사람이 죽었는데 왜인지도 묻기 전에 가족 탓으로 몰지 않았던가. 길 건너 부동산 사장이 같은 빌라에 사는 사람과 아버지가 자주 어울렸다고 했다. 덩치가 크고 목소리가 쩌렁쩌렁한 사람이냐고 물었더니 맞다고 했다. 그런 사람이 그 집에서 악취가 새어 나올 때까지 그 집 문을 한 번도 열지 않았다고? 그가 아버지와 술을 먹다가 무슨 일이 생겼다면? 우발적일 수도 있고 사고가 났을 수도 있었다. 거실에는 경찰이 수거 해간 것 말고도 빈 소주병이 더 있었다. 아버지는 그런 것들을 집안에 방치하는 사람이 아니었다. 집이 어지럽혀져 있다는 것이 버릇없다는 것 다음으로 자주 들먹이는 폭력의 이유였다. 아버지의 집은 그 소주병들 말고는 일하는 아줌마가 금방 다녀간 것처럼 깨끗하게 정돈되어 있었다.

그러나 진찬혁의 형을 보면서 생각을 고쳐먹었다. 아버지의 은행 잔고는 전에도 몇 번 바닥을 드러냈다. 아마도 다음 날까지 살았다면 누군가를 찾아

가서 돈을 빌렸겠지, 집을 팔아서 갚겠다고 큰소리치면서. 집 열쇠와 지갑은 언제부터 없었는지 알 수 없고, 많이 취한 날은 횡설수설하다가 잠옷으로 갈아입지 않고 그대로 쓰러져 자기도 했었다. 설사 타살이고 전말이 밝혀진다 한들 무슨 소용인가. 죽은 사람은 살아 돌아올 수 없고, 더욱이 아무도 아버지가 살아 돌아오기를 원하지 않았다, 이 우주에 단 한 명도. 살아 돌아오기를 원하기는커녕 아버지가 한때 우리와 함께 살았다는 사실조차도 없던 일처럼 지워지기만을 바랐다.

밤에 준제와 극락암에서 싸 온 음식들을 펼쳐 놓고 술을 마셨다. 준제는 그렇게 해서 가족들 마음이 편해진다면 의미 없는 의식은 아닌 것 같다고 했다. 정신과에 가서 상담받고 진료비 냈다고 생각하라며. 죽은 사람도 있는데 살아있는 사람 마음이 꼭 편해져야 하는 걸까, 나는 혼자 생각했다. 죽여 놓고 용서해 달라고 하는 기분이었다. 나는 준제에게 이렇게 잔뜩 챙겨 와서 그나마 본전을 좀 뽑은 기분이라고 말했다.

토요일

아버지 상을 치른 딸은 어떤 표정이어야 할까. 주말이 지나면 출근해야 하고 아버지의 사망확인서를 회사에 제출해야 한다. 신발장 안에서 상자를 꺼내 왔다. 아버지의 유품 몇 가지가 거기에 있었다. 아버지의 여권, 아버지의 수첩, 주로 아버지가 모은 기념주화들과 외국에서 생긴 잔돈들을 한 데 넣어둔 틴케이스, 금반지와 가죽 줄 손목시계, 그리고 사망확인서와 사망이 기재된 호적초본, 가족관계증명서, 은행에서 받아 온 거래 내역서 같은 것들. 사망확인서 한 통을 꺼내서 흰 봉투에 집어넣었다. 서류들 말고 다른 유품은 그 집에서 내가 가져 나왔다.

아버지의 여권과 수첩은 아직 보고 싶은 마음이 생기지 않았다. 상자에서 호적초본을 꺼냈다. 옛날 공무원이 손 글씨로 기록한 부분은 한자가 많이 섞여 있고 흘림체여서 읽기가 쉽지 않았다. 거기에는 아버지의 부모와 형제들이 어디에서 살다가 어떤 이름과 결혼을 하고 분가를 하고 죽었는지 기록되어 있었다. 아버지가 결혼을 하고 자식들이 차례로 태어나 이름을 얻은 기록도 있었다. 그들 중 둘은 결혼을 했고 분가를 했고 손주들이 태어났고, 마지막에는 본인이 사망했다. 사건 서류철에 붙어 있던 아버지의 마지막 모습들이 떠올랐다. 그의 삶은 여러 이름과 날짜로만 남았고 죽음은 정확하고 상세하게 기록되었다. 아버지의 죽음은 불상不祥이다. 나는 아버지의 죽음에 대해 진착혁에 대해 아는 것만큼도 알지 못했다. 호적초본을 상자에 넣고 뚜껑을 닫았다.

아버지의 집에는 나머지 가족들이 하나씩 집을 떠날 때 다 챙기지 못한 과거의 물건들이 많이 있었다. 누구도 관심이 없었다. 엄마는 재 지낼 때 태울 옷 한두 벌만 가지고 나오라고 했다. 아마 자기들이 무엇을 두고 왔는지 잊어버렸을 것이다. 텔레비전 장식대 서랍 안에 나의 중학교 때 일기장이 있었다. 서랍 속에는 동생의 머리핀과 싸구려 장식품 같은 것들이 들어 있는 상자도 있었고, 가족 앨범 여러 권과 어릴 때 우리가 받았던 상장들을 모아 놓은 스크랩북도 있었다. 오빠가 한때 열심히 모았던 우표책도. 오빠는 그 우표책이 수십 년의 시간을 건너뛰어 자기 손에 돌아온 것을 잠시 감개무량한 표정으로 보더니 이내 아무렇게나 방치했다. 장례식장 가족 휴게실 한쪽 구석에 처박혀 있었는데 나중에 챙겨 갔는지 모르겠다.

작은 방의 옷장에는 유행이 지난 외투들이, 동생이 고등학교에 다닐 때 교복 위에 입었던 코트와 오빠가 옛날에 다녔던 직장의 회사 잠바와 엄마가 입었던 각종 현란한 색깔의 옷들이 걸려 있었다. 나와 동생이 같이 입었던 무거운 니트 코트와 내가 말랐을 때 샀던 정장도 있었다. 하나하나 세탁소 비닐이 씌어져 있었다. 그런 것들을 왜 버리지 않고 정돈해 놓은 걸까. 아버지는 우리가 애지중지 모았던 종이 인형들과 딱지 같은 것들을 지저분하다며 몽땅 내다 버리던 사람이었다. 그런 것들을 상자에 보관하거나 정리를 하라고 일러주는 사람이 아니었다. 말년의 아버지는 내가 알던 것과는 여러모로 다른 사람이었을까.

아버지의 옷 한 벌은 태워졌고 나머지 옷들과 우리의 과거를 담고 있는 모든 물건들은 폐기물 처리장으로 갔다. 내가 쓰다 말다 했던 일기장만 간신히 살아서 돌아왔다. 미치겠다와 죽고 싶다가 난무하는 내 일기장을 아버지가 읽었을까.

오후에 준제와 추모 공원에 다녀왔다. 오는 길, 차 안에서 전화를 받았다. 부동산이었다. 아버지가 살던 집에 디지털 도어락을 설치하자고 했다. 문을 잠그지 않으면 누가 들어와서 엉망으로 만들어 놓을 수도 있다고, 돈을 보내면 알아서 달아놓겠다고 했다. 고맙다고 하고 전화를 끊었다. 부동산 사장은 시종일관 자기 집처럼 꼼꼼하게 일을 처리했다. 특수청소팀과 도배장판업자도 직접 수배해 주었고, 일이 끝난 뒤 검사도 맡아주었다. 그 후에도 매일 아침저녁 모든 문을 열었다 닫았다 하며 환기하는 수고를 했다. 거래가 성사되면 수수료에 웃돈을 얹어달라는 언질을 받기는 했지만 약속한 액수보다 좀 더 주어야겠다고 생각했다.

일요일

부동산에서 아버지가 살던 집을 사겠다는 사람이 나타났다는 연락이 왔다. 벌써요? 내가 놀라서 묻자 싸게 내놓으면 어느 집이나 금방 임자가 나타난다고 했다. 왜 싸게 나왔는지 그쪽에서 아느냐고 물었다. 아마 알 거라고, 직접 이야기할 필요 없도록 알아서 하겠다고 대답했다. 매수자 쪽에서는 계약과 동시에 잔금까지 정리가 된다고 하니 일요일이지만 임자가 나타난 김에 바로 계약해 버리자고 했다. 갑자기 일사천리로 일이 진행되는 것이 당황스러웠지만 다행한 일이었다. 필요한 서류는 법무사가 챙길 것이니 인감도장과 등기부 원본만 가져오라고 덧붙였다.

마지막으로 준제와 함께 그 집에 갔다. 나에게는 추억이 없는 집이지만 현관문 앞에 서서 새로 설치된 도어락을 보니 마음이 쓰렸다. 문은 잠겨 있었고 나는 비밀번호를 몰랐다. 그렇게 잠깐 서 있다가 돌아 나왔다. 준제가 등을 쓸어주는 바람에 조금 울었다. 도어락 설치 비용을 입금하지 않은 것도 생각이 났고 중개수수료도 내야 해서 가까운 은행 ATM을 찾아갔다. 폰뱅킹으로 입금할 수도 있지만 그간의 수고에 고마움을 표하고 싶어서 현금을 찾아서 두 개의 은행 봉투에 나눠 넣었다.

부동산 사무실에는 매수자 부부가 이미 와 있었다. 여자 쪽은 키가 작고 통통했고 남자 쪽은 큰 키에 호리호리했다. 둘 다 나보다 훨씬 어려 보이는 젊은 커플이었다. 신혼집일 수도 있겠다는 생각이 들어서 마음에 걸렸다. 부동산 사장이 기본적인 내용을 미리 입력해 놓은 계약서를 출력했다. 각자의 이름 옆에 자필로 이름을 쓰고 사인을 하고 간인도 했다. 위임장과 정산서에도 도장을 찍었다.

부동산 사장이 구석에 있는 책상으로 가서 계약서와 다른 부가 서류들을 두 개의 서류봉투에 담느라 자리를 비운 사이에 마주 앉은 여자와 눈이 마주쳤다. 눈코입이 다 동글동글했다. 나는 결국 참지 못하고 먼저 말을 꺼냈다. 알고 계시죠? 저희 아버지가 사시던 집이에요. 꺼려질 수도 있는데 결정해 주셔서 감사합니다, 하고. 테이블 뒤쪽의 책상 앞에 서 있던 부동산 사장이 고개를 획 치켜들어 이쪽을 쳐다봤다. 그와 등지고 있던 여자는 내 말에 곧바로 대답했다.

아니에요. 저희가 고맙죠, 경황이 없으실 텐데. 저는 그런 거 상관 안 해요, 사람은 누구나 죽으니까요. 좋은 조건에 집이 생겨서 다행이라고 생각해요. 지금은 나동에서 전세 살고 있거든요. 마침 전세 기간도 끝났고. 거기 사시던 할아버지도 몇 번 뵌 적 있어요, 점잖고 정 많은 분이셨는데 다 사연이 있으려니 생각해요. 우리 사무실에도 몇 번 오셨어요. 시세가 얼마나 되는지 물어보러 오셨을 때 과일을 사 가지고 오셨어요. 그런 사람 거의 없거든요. 굉장히 매너 있는 분이라고 생각했어요. 그죠, 아빠?

여자가 몸을 돌려 부동산 사장을 바라보며 동의를 구했다. 그러고 보니 그랬다. 계약서에 적힌 주소가 리치빌라 나동이었다. 예사로 보아 넘겼다. 예사로 보아 넘긴 것이 더 있었다. 동글동글한 여자의 얼굴이 낯익다 했다. 며칠 전 부동산 사무실에 들렀을 때 나가던 여자. 나 들어갈게, 아빠, 하던. 부동산 사장이 얼른 다가와서 서류봉투를 건네주며 수수료 입금 부탁한다고 말했다. 나는 뭔가 어이가 없는 기분이었지만 자리에서 일어났다. 그리고 미리 준비해 간 봉투 두 개를 내밀었다. 부동산 사장이 내 눈을 보지 않고 말했다. 내일 은행 문 여는 대로 대출 정리한 잔액이 입금될 거라고.

뒤늦게 분했다. 차 안에서 무슨 일이냐고 준제가 자꾸 물었다. 그러니까 자기 딸에게 넘기려고 그렇게 열심이었던 거다. 누가 이런 집을 사겠냐며 집값을 어이없을 정도로 후려쳤고 수수료 외 웃돈을 요구했고 마지막에는 새로 단 도어락 비용도 청구했다. 아니지, 뒤늦게 도어락 비용을 받아야겠다 싶어서 계약을 하루 미룬 거네. 그것도 모르고 나는 웃돈에 웃돈을 얹어 주었다. 준제는 좋은 쪽으로 생각하라고 했다. 어차피 그 가격에 팔기로 했고, 도어락을 달아준 것도 아침까지는 고맙다고 생각하지 않았느냐고.

헛웃음이 나왔다. 아버지가 마지막까지 남에게는 경우 바른 사람이었다는 것은 확실했다. 웃다가 눈물이 났다. 아버지는 언제부터 문을 잠그지 않은 채 살았을까. 누구라도 그 집의 문손잡이를 돌려 봤더라면 잠겨 있지 않다는 것을 알았을 것이다. 아무도 열어 보지 않는 그 문의 안쪽에서 아버지는 살았다. 단 한 명도 그가 어떤 삶을 살았고 어떻게 죽었는지 알고 싶어하는 사람이 없었고 그는 어디에도 없는 존재가 되었다. 만약 죽음이 무無가 되는 것이라면 아버지는 완벽하게 죽었다고 할 수 있었다. 그러나 한 존재가 그토록 철저하게 소멸할 수 있을까. 고독 속에 아버지는 사멸했다지만 생의 반쯤을 삭제한 우리의 삶 또한 외롭고 쓸쓸하지 않을 수 있을는지. 아버지의 일은 끝났고 이제 나의 일만 남았다. 나는 차창을 열고 원망과 의문과 회한을 섞어 토해낸 숨을 밖으로 밀어냈다.

당선소감 | 강정아

처음으로 소설 한 편을 완성했던 때가 떠오릅니다. 〈입원기〉라는 단편이었는데 생애 첫 소설로 생애 첫 낙선을 경험했고, 스무 살이었습니다. 몇 년 뒤 〈뚱뚱한 여자〉라는 단편 소설로 신춘 문예에 처음으로 떨어졌고, 설렘이 불안으로, 불안이 절망으로 이어지는 연말이 오래 반복되었습니다. 새해 첫날, 심사평을 찾아 보고 당선작을 읽어 보면 내 작품보다 잘 쓴 것 같지도 않아서 상처 입은 마음이 더욱 깊이 파이곤 했습니다. 이제는 작품을 보낸 후에 연락이 오기를 기다리지도 않고 심사평을 찾아보지도 않습니다. 길이 들었나 봅니다. 삼십 년이면 길이 들기만 했겠나요, 깍이고 파인 자리가 맨들맨들하게 다듬어져 제법 견딜만해졌습니다. 그럼에도 불구하고 기어코 받은 당선 소식이 아주 많이 좋습니다. 당선 연락을 받고 제일 먼저 떠오른 건, 이렇게 결정이 나서 당선자에게 연락이 간 줄도 모르고 혹시나 하는 마음으로 낯선 곳에서 걸려 오는 전화에 마음이 떨릴 다른 응모자들이었습니다. 먼저 나가 있겠습니다. 곧 따라오십시오. 포기하지 마시고요.

문학을 전공하지도 않았고 작법과 이론을 체계적으로 공부해 본 적도 없습니다. 오로지 많이 읽고 흉내 내어 써 본 것이 전부입니다. 그러니 감사와 영광은 세상의 모든 작가들에게 돌려야 할 것입니다. 보태어, 다듬어지지 않은 원고를 던져주면 언제라도 성실하게 숙고해 준 수수와 윤에게 특별히 감사를 전합니다.

생애 첫 당선작이 된 〈모르는 사람〉은 '죽음으로 완성되는 삶'을 전제로, 죽음의 형태가 한 존재의 삶을 설명할 수 있을지에 대한 의문으로 쓴 작품입니다. 이 글을 읽는 분들이 어떤 답을 내어놓을지 궁금합니다.

장을 열어 준 경남신문사와 저의 가능성을 살펴 주신 심사위원께 감사드립니다. 세상에 내보내 준 보람이 있도록 부지런히 갈고 닦겠습니다.

심사평 | 손흥규 · 김문주

단편소설 185편 중 예심을 거쳐 본심에 올라온 작품들은 문학적 완성도가 일정 수준에 도달해 있었다. 작품의 소재는 가족, 학폭, 외국인 노동자, 난민, SF에 이르기까지 다양하였고, 암울한 시대 속에 단절된 개인의 아픔을 내밀하게 파고든 작품이 많았다.

최종심에 올린 작품은 〈작은 것들의 노래〉, 〈캥거루 가족〉, 〈돌아오는 길〉, 〈모르는 사람〉 네 편이다.

아프가니스탄 난민을 소재로 한 〈작은 것들의 노래〉는 복잡해진 한국의 현실을 잘 보여주는 작품이다. 아프가니스탄에서 할아버지의 죽음을 목격했던 사히라가 자신이 키우던 햄스터의 죽음에 트라우마를 겪는 후반부의 구성이 돋보이고, 난민을 배척하는 한국의 현실도 잘 드러났다. 다만, 중간 부분까지 주인공의 상황을 세심하게 그리는 데 치중하여 글의 긴장감이 다소 떨어지는 아쉬움이 있었다.

〈캥거루 가족〉은 보기 드물게 톡톡 튀는 문체로 유쾌하게 이야기를 풀어나간 작품이다. 고등학생 서술자의 눈으로 바라보는 가족의 이야기가 매끄럽게 읽히지만, 작품 전체를 이끄는 큰 얼개가 없어 각각의 에피소드로 글이 구성된 느낌이 들었다.

〈돌아오는 길〉은 학폭으로 아이를 잃은 부모들이 삼 년 후에 아이의 납골당에서 마주치는 데서 시작된다. 우리 사회의 중요한 화두인 학폭 문제를 적나라하게 보여주며, 가해자와 피해자의 부모가 겪은 감정의 대립도 팽팽하게 전개된다. 다만, 시간적 배경을 학폭이 일어난 삼 년 후로 설정한 개연성이 모호하여 그 시간의 정체성에 의문이 들었다.

〈모르는 사람〉은 다른 식구와 분리된 채 고독사한 아버지를 통해 인간관계의 문제와 삶의 의미에 대한 물음을 던진다. 아버지의 죽음 이후 살아남은 자들이 견뎌야 하는 삶의 비루함, 현실을 포기하지 않고 살아가야 하는 인물들의 심리가 돋보였다. 탁월한 문장 역시 이 작품의 장점이다. 사유가 담긴 문장을 쓰기 위해 작가가 오랜 시간 단련했으리란 신뢰가 들었다. 심사위원들은 이 작품이 단편소설이 가지는 매력을 모두 갖춘 수작이라고 판단하여 〈모르는 사람〉을 당선작으로 하였다.

탈출구 없는 시대에도 문학은 새로운 세상을 지향한다. 소설의 힘으로 세상을 밝히는 작가가 되길 바란다. 끝까지 쓰는 사람이 진짜 작가이니, 모든 응모자에게 격려의 박수를 보낸다.

경상일보 **허지영**

서울 출생, 멕시코 거주
경희사이버대학교 대학원 미디어문예창작학과 졸업
그림책 〈비밀이 들려요〉 번역

빛의 그을음

허지영

언니의 결혼식이 일주일 남았다. 한 달 전까지만 해도 엄마 집에 널브러진 언니는 붙박이였다. 엄마와 언니에게는 나만 아는 암모니아 같은 냄새가 있다. 낫토처럼 끈적이는 점액으로 이어진 듯한. 엄마는 언니를 늘 아픈 손가락처럼 감쌌다. 언니가 진짜 어디 아픈 거냐고 내가 모르는 병이라도 걸린 거냐고 그런 게 아니면 내가 어디서 주워 온 딸인 거라고 엄마에게 따진 적도 많았다. 스물다섯이었던 언니가 귀가 시간보다 조금 늦었다고 잠긴 현관문 밖에서 싹싹 빌고 들어온 후 며칠 지나지 않았을 때였다. 스물이었던 나는 친구들과 놀다 자정이 넘은 것을 알았고 쿵쾅거리는 가슴으로 엄마에게 전화했었다. 친구 집이라고 자고 가겠다고. 엄마는 흔쾌히 그러라 했다. 그날 이후 난 아주 영리하게 내게만 주어진 자유를 마음껏 누렸다. 사랑은 여러 번, 차는 것도 차이는 것도 매번 처음처럼 실컷 앓고 나왔다. 그때마다 언니에게 달려가 비밀이라고 털어놓았고 그로 인해 언니는 내 흑역사를 줄줄이 꿰고 있었다. 인간은 본능적으로 자기 사랑이 우선이라 자기애끼리 부딪치면 상처가 된다고, 상처는 안 주고 안 받겠다며 비혼주의를 선언했던 언니였다. 나는 언니에 대해 잘 안다고 생각했다. 아니 언니의 투명한 일상은 내가 아니라도 누구나 예측할 수 있다. 언니는 대학 전공과는 거리가 먼 숍인숍 마사지사가 되었다. 엄마가 하는 화장품 가게 안에서.

사랑은 식초 같은 거 아닐까. 새콤달콤할 거라 착각하는 식초. 아무 준비 없이 삼키면 그 신맛에 부르르 떨게 되는. 노란 레몬이든 빨간 사과든 오랜 발효의 시간을 거쳐 비로소 식초가 되었겠지만, 해피엔딩은 아직이다. 청이나 술과는 다르다. 혼자서 맛을 낼 식초는 세상 어디에도 없으니까. 꿀이나 설탕 한 스푼 필요하거나 올리브오일로 기름칠을 해야 할 때가 있다. 어떤 상황이든 한데 버무리는 것쯤은 기본. 맛을 극대화하기 위해서는 약간의 소금을 뿌리기도 한다. 곱지는 않아도 고유의 맛을 찾아주는 데에 소금만 한 게 없다. 아주 소량이라도 식초의 마지막을 결정한다. 싱숭생숭했던 나에게 소금 같은 인간은 언니였다. 희생까지는 모르겠으나 내 사랑과 연애와 결혼에 걸림돌이 있을 때마다 비혼주의 입장이라며 적당한 거리에서 녹여낸 언니의 위로가 피가 되고 살이 되었다. 시간이 누구에게나 공평하지는 않다고 생각하게 만든 것도 언니였다. 두 살, 네 살, 서른네 살 남자를 챙기느라 부스스한 머리를 빗어 넘길 시간조차 없는 내가 보기에 스스로만 챙기면 되는 언니의 시간은 범접하기 어려운 귀족의 여유였다. 똥 기저귀를 두세 개씩 갈 때마다 언니의 꿈 같은 일상이 진심으로 부러웠다. 게다가 손에 물 한 방울 안 묻히고 엄마가 차려주는 밥상까지 독차지하고 있으니. 그런 언니였지만 이상하게 짠 내가 났다.

꿋꿋하게 비혼주의라고 외치던 언니는 가게 손님의 소개로 만난 남자와 놀랍게도 한 달 만에 결혼한다고 했다. 헤어 디자이너가 언니의 머리카락에 사정없이 가위질을 해댔다. 바람 소리 같은 가위 소리가 오늘따라 스산하게 들렸다. 머리를 좀 길어 보라고 할걸. 언니가 거울 속에서 입꼬리 한쪽을 짧게 올려 웃었다.

"언니 첫사랑 오빠 소식은 있어? 어디에서 뭐 해?"

"알고 싶지 않아."

언니는 첫사랑을 물을 때마다 안면근육이 심하게 굳었다. 어릴 때 다섯 살 위의 언니는 분명 어른이었고 나에게 없는 신비가 있었다. 언니의 물건들까지 모두 빛이 나서 새로 산 신발보다 언니가 신던 신발이 더 좋았다. 언니 옷을 입고 언니 신발을 신어도 거울 속 나는 언니처럼 보이지 않아 속상했었다. 풀지 못해 낑낑대는 어려운 문제들이 언니 손으로 가면 단순하게 수정되어 깔끔한 답과 함께 내려왔다. 언니는 엄마와 달랐지만 내 눈에는 분명 어른이었다. 내가 어렸을 때까지는 말이다. 언니는 고등학교 3학년 때 많이 아팠다. 방 안에 누워서 학교에 가지 않는 날이 많았다. 엄마의 아픈 손가락이 된 건 그때부터였다. 나는 넘지 못할 줄 알았던 언니의 키를 넘었고 언니보다 먼저 결혼해서 언니에게 없는 아들 둘을 낳아 기르고 있다. 언니의 시간은 다른 궤도에서 더 천천히 흘렀다.

유난히 많은 머리숱인데 좀 길어 보지. 웨딩드레스 입을 때 웨이브 한 머리가 어깨에 흘러내리면 어릴 적 언니를 다시 만날 것 같기도 했다. 언니는 결혼 이야기가 나온 후 모든 일을 일사천리로 진행했다. 들떠 있다가 갑자기 축 처지기도 하면서. 늦은 나이에 하는 결혼의 중압감이 있으려니 했다. 오늘은 언니를 따라다니기로 했다. 엄마가 아침부터 오늘만큼은 집에 있겠다고, 나 대신 아이들을 보겠다고 했기 때문이다. 며칠 동안 엄마는 언니와 함께 신혼집에 들어갈 물건을 보러 다니기도 하고 한복집에서 한 번 입을 분홍색 한복을 맞추기도 하면서 여기저기 돌아다녔는데 엄마 나이에는 힘에 부치는 일들이었나 보다. 내가 결혼할 때는 퇴근 후나 주말에 남편과 함께 다니면서 번갯불에 콩 볶듯 해치운 일들이었다. 그렇다고 아이들도 기저귀 가방도 없이 하는 외출을 내가 마다할 이유는 없었다. 언니의 머리 염색이 끝나면 점심을 간단히 먹고 네일숍에 가기로 했다. 얼마 만인지 얼마나 갈지 모르지만 한 시간 동안 내 손톱을 바라보며 앉아 있을 수 있다는 것은 로또였다. 편하게 앉아 밥 한 그릇 먹은 기억조차 소실 중이었으니까.

핸드폰을 열고 언니가 미리 보내 준 체크리스트를 훑어보았다. 네일이 끝나면 다음은 웨딩홀에 가서 대형액자와 포토 테이블 액자들을 내려놓고 식권을 미리 가져와야 했다. 예약해 둔 신혼여행에 변경 사항이 있는지 여행사에 문의하는 것도 중요 일정이었다. 핸드폰이 진동했다. 엄마였다. 아이들에게 문제가 생긴 건 아닌지 가슴이 덜컥했다.

"혜진아, 너 좀 들어와야겠다. 빨리. 옆에 혜영이 있지? 혜영이한테는 아무 말 말고."

"애들 다쳤어요? 무슨 일이에요?"

"그런 거 아냐. 애들 잘 놀아. 혜진아, 빨리 좀 와 줘."

아이들 사고가 아니라면 엄마가 다친 걸까. 그도 아니면 달리 서두를 이유는 없었다. 짐작이 안 되는 상황이지만 심장은 본능적으로 불안하게 뛰었다. 번호 키를 막 누르려는데 엄마가 빠르게 문을 열었다. 엄마 뒤에는 두 손을 앞으로 모은 고등학생 정도의 여자아이가 서 있었다. 머리숱 많은 긴 머리에 큰 눈이 낯설지 않았다. 신발을 벗으면서 물었다.

"엄마, 누구?"

여자아이에게 물은 건 아니었다. 윤연우라고 대답한 아이는 잘못해서 들킨 얼굴로 서 있었다. 내가 궁금한 건 이름보다 관계였다. 기억보다 선명하게 고등학생 모습 그대로의 언니가 보였으니까.

"들어와. 앉아서 얘기하자."

엄마가 엉거주춤 앉으려는데 방에서 아이들이 누나를 불렀다. 여자아이는 고개 숙여 인사하더니 아이들이 있는 방으로 들어갔다. 하나도 어색하지 않게. 그리고 방문을 닫았다. 편하게 이야기하라는 배려처럼.

"혜진아, 이를 어쩌니."

"무슨 일이야? 누구야?"

"놀라지 말고. 그러니까 그게. 언니 딸."

"뭐? 무슨 뚱딴지같은 소리야!"

나도 모르게 목소리 데시벨의 최고점을 찍었다. 엄마는 입에 검지를 가져갔다가 손바닥으로 바닥을 두드리면서 조용히 앉으라 했지만 이미 내 몸은 보이지 않는 세포들까지 모두 일어났다 내려앉은 다음이었다.

"엄마, 아침 드라마 찍어? 말 같지 않은 소리 말고 진짜 누구야?"

낯설지 않은 이목구비에 언니 얼굴이 겹치지 않았다면 웃고 말았을 거다. 엄마는 떨리는 목소리로 한 번씩 크게 숨을 내쉬며 횡설수설했다. 내 귀에는 물속에서 울리는 먹먹한 소리뿐이었다. 무슨 이야기인지 알아들을 수 없었다. 엄마는 내가 초등학교 육학년이었거나 중학교를 들어갔을 즈음이란 말을 반복했다. 머리를 쥐어 짜내도 퍼즐 한 조각 떠오르지 않았다. 무심결에 낚였던 언니의 첫사랑 이야기가 이거였나 싶었다. 겨우 고등학교 삼학년이었던 언니가 아이를 낳았다는 충격적인 서사를 엄마는 어제 일처럼 쏟아내고 있었다. 아기 엄마가 될지 모르는 여고생이 할 수 있는 일은 가던 길에서 주저앉아 두리번거리는 게 전부였을 것이다. 알리기는 무섭고 도움은 간절했을 모순과 갈등이 옥죄어 올 때 언니가 숨은 곳이 겨우 이불 속이었을까.

그러고 보니 여러 번 불러도 대답을 안 하길래 덮고 있는 이불을 젖혔을 뿐인데 언니는 악 소리를 지르며 울었고 나는 엄마에게 눈물 쏙 빠지게 혼이 난 일이 있었다. 언니는 툭하면 분홍 이불 속으로 들어가 오랜 시간 나오지 않았다. 성격 참 이상해진 거 아냐고 사춘기는 나라고 언니 사춘기는 지났다고 도대체 왜 그러느냐고 물었지만, 언니는 대답하지 않았다. 태동이 느껴진 고3 언니가 꿈틀거리는 배를 안고 매일 분홍 꽃무늬 오리털 이불 속으로 숨어들었던 것을 십팔 년이 지나서야 알게 되었다.

아이들 방문을 열었다. 연우는 두 아이를 데리고 점토 놀이 중이었다. 접이식 테이블 위에 점토 모양틀이 놓여 있고 점토 통과 분리된 뚜껑들, 그 속에서 빠져나온 각각의 색깔 점토가 여기저기 놓여 있었다. 큰아이는 물고기 모양틀에 파랑 점토, 하얀 점토를 넣고 상어를 만드는 중이라 했고 둘째는 손에 잡히는 대로 뭉치고 자른 점토들을 비어 있던 빨간 점토 통 속에 그냥 넣었다 뺐다 다시 쑤셔 넣으며 옹알거리고 있었다. 공룡 피규어들이 모두 바닥에 내려와 있고 방 한쪽에 레일이 깔린 것을 보니, 한바탕 기차놀이도 한 듯싶었다. 연우는 아이들이 만들어 준 점토 동물과 역할 놀이를 하기도 하고 점토 요리를 냠냠 맛보면서 아이들의 작품을 진열해 놓는 중이었다. 존재 자체를 모르고 있었던 조카가 눈앞에서 내 아이들과 놀아주고 있다. 연우를 등 뒤에서 안았다.

토닥거리면서도 언니 걱정이 컸다. 등 뒤에서는 엄마의 한숨 소리가 들렸다. 이상한 기류를 눈치챈 아이들이 자기들도 안으라고 매달렸다. 아이들을 달래고 있는데 핸드폰 진동이 울렸다. 언니가 보낸 문자였다. 웨딩홀에 가져다 놓을 대형액자와 포토 테이블 액자들이 내 차 안에 있다는 내용이었다. 무슨 일이 일어난 지 모르는 언니는 자기가 놓칠 수 있으니 식권도 가져오라는 말을 꼭 해달라고 그래야 저녁에 형부에게 전해준다며 빨리 오라는 독촉 문자를 보내왔다. 조용해진 아이들을 연우에게 맡기고 방에서 나왔다.

"엄마, 언니한테 사진 주고 와야 해. 연우가 여기 온 거, 언니도 알아야겠지? 혹시 형부한테 연우에 대해 말했을까?"

"김 서방 몰라. 혜영이가 모르니까. 제 새끼가 있었는지도 모르고 살았어."

"엄마!"

"연우 듣는다. 조용히. 그래. 내가 죄인이야. 내가 그랬어."

수험생이라 입시 스트레스가 심한 줄만 알았던 엄마는 아이를 가졌다는 딸의 말을 믿을 수 없었다. 아이 아빠는 지방에서 올라온 대학생이었고 군에 입대한 후 아무것도 모른 채 연락이 끊겼다는 말을 들었을 때는 다리에 힘이 풀리더라고 했다. 손아귀에 힘이 들어갔다. 언니는 아기를 볼 수 없었다. 아기가 세상 밖으로 나오지 못했다고 들었다. 놓쳐버렸다는 아기를 언니는 초점 없는 눈으로 찾았다고 했다. 사실 엄마는 태어난 아기를 안고 보육원으로 달려가 엎드려 사정했었다. 딸의 인생을 위해 딸의 딸은 나중이 되었다. 그렇게 연우는 보육원 아이로 자랐다. 엄마에게는 먼 훗날의 일이었고 연우에게는 열 손가락 접었다 폈다 했을 보호 종료일이 지났다. 연우는 엄마 아빠를 만나겠다고 할머니를 찾아왔다. 머릿속이 뒤죽박죽되었다. 조용했던 어항에 작은 물고기 한 마리가 들어왔을 뿐인데.

무슨 일이 일어났는지 모르는 언니는 네일숍의 소파에 앉아 해맑게 웃고 있었다. 하얗고 긴 손톱에 작은 진주알들이 박혔고, 금빛 나비 한 마리도 앉아 있었다. 순백의 웨딩드레스와 잘 어울릴 듯했다. 짧은 머리가 원래 이렇게 세련된 스타일이었나 싶었다. 서른여덟의 언니는 서른셋의 나보다 한참 어리고 맑아 보였다.

"왜? 무슨 일인데?"

언니가 물었다. 지금 결혼식보다 복잡하고 중요한 일이 있을 리 없다는 확신으로 대충 묻는 언니 표정을 보며 언니 딸 연우가 지금 집에 와있다고 말할 뻔했으나 별일 아니라고 얼버무렸다. 웨딩홀에 도착하자 언니는 조수석에서 내려 대형액자를 들었고 나는 포토 테이블에 올라갈 작은 사진들을 챙졌다. 마침 엘리베이터를 타고 내려온 직원들이 조심스럽게 받아 갔다. 우리는 사무실을 찾았다. 언니는 신부 화장과 혼주 화장 시간을 확인하고 예식 순서와 폐백까지 체크 했다. 분주한 언니 뒷모습을 보며 온통 연우 생각뿐이었다. 언니 딸이 언니 없이 십팔 년을 견뎠는데 언니 넌 지금 뭐 하냐고 묻고 싶었다. 그렇게 하면 이 모든 결혼 예식 준비가 없었던 일이 되는 걸까. 괜찮을까. 그렇게 할 용기가 우리에게 있을까? 결혼식 며칠 전에 나타난 신부의 딸을 고심 끝이라도 받아들일 신랑은 존재할까? 고개를 저었다. 몇 퍼센트의 확률로 있다고 해도 그게 형부일 리는 장담할 수 없었다. 결혼식 끝내고 말해야 하나. 형부가 아는 순간 언니의 평안한 결혼 생활은 장담할 수 없다. 언니는 물론 엄마와 나도 형부를 속였으니 셋 다 엄마가 말하는 죄인이 되는 거였다.

"너 오늘 왜 그래? 진짜 무슨 일 있는 거야?"

"언니, 미안. 여행사 확인은 전화로 해도 되지? 엄마가 혼자서 애들 둘 보기 엄청 힘들대. 미안해. 집에 가 볼게."

뭔가 있다고 중얼거리는 언니에게 차 키를 주고 택시를 탔다. 집 현관문을 열었을 때 엄마는 땅이 꺼지게 한숨을 내쉬고 있었다. 이렇게 여리고 겁이 많은 엄마가 막 태어난 아이를 안고 보육원으로 뛰어갔다는 게 믿어지지 않았다. 코너에 몰리면 무서운 게 없어지는 걸까 싶다가 혼자 오랜 시간 긴장하고 살았을 엄마가 안쓰럽기도 했다. 그동안 정성을 들였던 보육원 봉사에는 이유가 있었다. 연우라는 이유.

"혜진아, 결혼식 끝날 때까지만 연우가 여기 있으면 안 될까? 혜영이 결혼식 끝나고 신혼집에 들어가면 내가 데리고 갈게."

"이게 며칠 숨긴다고 될 일이야? 아니, 지금 연우가 어디에 있는 게 뭐가 중요해. 그럼 언니한테는 언제 말할 건데? 형부는? 엄마, 언니랑 형부 얼굴 어떻게 보려고? 모르고 산 언니는 형부한테 뭐가 되고. 난 당장 애들 아빠한테 뭐라고 해?"

"혜영이 알면 결혼식이고 뭐고 다 엎을 거야. 결혼식 끝나고 신혼여행 다녀온 다음에. 그래, 그때 말하자. 엄마 말 좀 들어 줘."

결혼식을 엎는 게 결혼을 뒤집는 것보다 낫다고 해도 엄마는 고개를 저었다. 결혼식도 결혼도 엄마 때문에 그럴 수는 없다고. 엄마는 내 손을 꼭 잡고 연신 미안하다만 했다. 그러다가 고개 돌려 시계를 보더니 언니와 형부가 온다고 저녁해야 한다며 서둘러 가버렸다. 방 안에서 연우가 나왔다. 얼굴에 눈물이 범벅이 되어서.

"근데 저, 엄마 인생 망치려고 온 건 진짜 아니에요. 보육원에서 나왔는데 막상 지원금이 다 떨어지고 나니까 깜깜했어요. 갈 데도 없고 생각나는 데가 없어서 찜질방에 있다가."

나는 연우를 꼭 안았다. 연우 잘못이 아닌데 이 모든 결과는 오롯이 어린 연우가 받아내고 있었다. 슬픔은 살아가는 방법을 잘 모르는 이의 몫이었다. 방안에서 아이들이 뒤뚱거리며 나왔다. 한 녀석은 내 다리를 한 녀석은 연우 다리를 잡아당겼다. 아이들 손이며 옷에 묻어 있던 컬러 점토들이 눈물방울 대신 색색으로 떨어져 발아래에서 납작납작해졌다.

"연우야, 아이들 좀 씻겨야 해서. 조금 있다가 이야기하자."

늘 하던 대로 양팔에 두 아이를 안으려는데 연우가 막내를 훌쩍 안아 올렸다. 욕조에 아이들을 빠트리고 물을 채웠다. 다른 날 같으면 물놀이도 시켰을 테지만 큰아이부터 빠르게 씻기고 수건으로 감싸서 물기를 닦았다.

"연우야, 잠깐만 얘 좀 부탁해."

둘째를 맡겨 놓고 나와서 로션으로 큰아이 몸을 문지른 후에 잠옷을 입히고 침대 위에 눕혀 놓았다. 둘째 잠옷과 타올 하나 들고 욕실에 들어서니 연우가 벌써 씻기는 중이었다. 좋다고 홍얼대는 아이를 받아서 로션을 바르고 옷을 입혀 큰아이 옆에 눕혔다. 연우가 욕실 뒷정리까지 하려는지 쏴 물소리가 시원하게 났다. 따스한 물이 연우 가슴 속을 구석구석 씻겨낼 수만 있다면. 안방 옷장을 열었다. 홈쇼핑에서 사서 빨아 놓고 입지 않은 속옷을 꺼내고, 입고 싶어 샀지만 입을 일이 단 한 번도 없었던 하얀 티셔츠와 검은색 고무줄 반바지를 찾아 연우에게 건넸다.

"연우야, 너도 씻어. 화장실 거울을 옆으로 밀면 새 칫솔 있을 거야. 이걸로 갈아입고."

연우가 씻는 동안 나는 아이들을 안고 재웠다. 뽀얀 아기 냄새가 좋았다. 잠들 때 바라보면 완벽한 천사들이었다.

저녁 시간이 이렇게 편해도 될까 싶었다. 엊저녁만 해도 아이 둘이 서로 양쪽 다리를 하나씩 잡고 안아달라 업으라 하는 바람에 들고 있던 달걀을 손에서 놓쳤고 둘째는 달걀이 깨졌다고 울음을 터뜨렸으며 첫째는 들어 올리겠다고 잡은 노른자가 물컹하게 손가락 사이로 빠져나가자 손바닥째 바닥에 문질러버렸다. 그리고 울지 말라며 동생의 머리와 얼굴을 쓰다듬었다. 달걀 하나가 남긴 면적의 크기는 예상 밖이었다. 바닥은 그대로 두고 큰 아이 손을 싱크대 위에서 닦은 후에 둘째를 안고 욕실에 가서 씻기고 나오다가 크게 넘어질 뻔했다. 욕실 문 앞에 물이 흥건히 고여 있었기 때문이었다. 큰아이가 정수기 버튼을 누른 채 콸콸 쏟아지는 물줄기 소리보다 크게 웃고 있었다. 정수기 온수 버튼을 꺼 놓은 게 얼마나 다행인지. 둘째를 안아서 거실에 앉히고 큰 수건을 가져와 물 위에 펼쳐 놓고 닦으려는 순간, 이번에는 큰아이가 울었다. 바다 만드는데 엄마가 망쳤다면서. 오늘 저녁 준비는 연우 덕분에 참 수월하다 싶다가 문득 이모가 돼서 연우의 두 살 네 살을 떠올릴 수 없다는 게 고구마를 꾸역꾸역 삼킨 것만 같았다. 나는 연우의 이모였다.

남편에게 말하기가 쉽지 않았다. 나는 몰랐다고 말하는 것조차 자존심이 상했다. 남편이 언니와 엄마를 어떻게 바라볼지 걱정되기도 했다. 그래도 눈앞에 있는 연우를 둘러댈 수 없었다. 남편의 반응도 다르지 않았다. 더 늦기 전에 언니도 형부도 알아야 한다며 당사자들에게 맡기라 했다. 그래야 하지만 막상 결혼식 준비로 형부와 다투고 예민해져 있는 언니를 보면 입이 떨어지지 않았다. 하루하루가 길었다. 미루기만 하다가 언니 결혼식이 사흘 앞으로 다가와 버렸다. 엄마 집에 갔더니 아침부터 체크리스트를 보던 언니가 반갑게 맞아 주었다.

"혜진아. 오늘 나랑 옷 좀 사러 가자. 네 거랑 제부 거."

그러고 보니 애들 키우느라 새삼 제대로 된 옷을 산 적도, 입을 일도 없어서 혼자 석기 시대를 살아내고 있었다. 아이들 낳기 전 입었던 옷들은 색이 바래고 먼지 덮인 유물이 되었을 거다. 설상 꺼내 입는다 해도 치수는 이미 내 것이 아닐 게 분명했다. 반색하고 따라 나가고 싶은 마음이 굴뚝이었지만 지금 그럴 형편이 아니라는 걸 누구보다 잘 알고 있었다. 마침 언니 손에서 전화벨이 울렸다. 드레스숍인데 급하게 재 피팅이 필요하다고 올 수 있느냐는 내용 같았고 언니는 바로 나갔다. 언니가 없는 사이 엄마는 연우를 엄마 딸로 하면 안 되겠느냐고 했다. 정말 그럴 수만 있다면, 그렇게 하자고 할까, 목젖까지 올라오는 것을 겨우 삼키고 아직도 엄마 눈에는 혜영이만 보이는 거냐고 연우는 안 보이느냐고 쏟아냈다. 엄마는 떨고 있었다. 내 속 떨림은 들키지 않았다.

엄마는 그때도 지금도 언니가 행복해지는 방법을 찾아낼 뿐이었다. 자신만의 행복을 위해 비혼주의를 선택했던 언니는 함께 하는 행복을 위해 결혼한다고 했다. 언니의 행복이 중요했던 엄마는 비혼에도 결혼에도 행복은 있다며 노력하기에 달렸다고 했다. 결혼도 이혼도 경험해 본 엄마의 말이라서 우리는 격하게 공감했다. 노력하면 행복해진다고. 그런데 연우 없이 결혼한 언니도 노력하면 행복해질까. 누군가 행복은 본질적으로 감정의 경험이라 했다. 사랑이 노력보다 본능이나 감정에 기울 듯이. 행복도 사랑처럼 이성의 영역이 아닌데 생각만 고친다고 열심히 노력한다고 될 것 같지는 않다. 애쓰고 힘쓰지 않아도 마음 깊은 곳에서 뭉글뭉글 올라오는 게 진짜 행복이 아닐까. 언니의 결혼 앞에 나타난 연우로 인해 일렁이기 시작했다.

연우에게 아이들을 맡기고 나간 건 내 잘못이었다. 신발장 앞에서부터 시큼한 냄새가 코를 찔렀다. 주방의 액체들이 주범이었다. 큰아이는 간장을 식초 통에 넣으려고 애쓰고 있었고 작은 아이는 바닥에 깔린 물엿과 식용유를 손바닥으로 치며 놀고 있었다.

"그만, 그만."

등을 돌리고 있는 연우는 액체 뚜껑을 닫고 바닥을 걸레로 닦으려고 했지만, 큰아이에게 뚜껑을 작은아이에게 걸레를 뺏겼다. 머리끝까지 화가 날 상황이었는데 연우는 힘없이 웃으며 말했다.

"뚜껑은 닫고 걸레로 닦아줄 거지? 그럼 부탁해요."

쪼그리고 앉아 있던 몸을 돌려 벽에 기대려다가 나를 발견한 연우는 얼굴에 웃음이 싹 가시면서 어쩔 줄 몰라 했다. 진짜 괜찮다고 했지만, 정작 연우는 괜찮아 보이지 않았다. 이마를 만져보니 뜨거웠다. 데려다가 침대에 눕혔다. 어항 속을 헤집는 물고기가 아니라 엄마를 찾아 날아온 새 한 마리가 웅크리고 누웠다. 이 상태로 병원에 혼자 보낼 수는 없었다. 숨을 크게 들이마신 후 용기를 냈다. 바쁜 줄 아는데 중요한 일이 있으니 잠깐 집에 다녀가라고 언니에게 문자를 넣었다. 화면에서 아주 작은 숫자 1이 사라지고 언니의 답이 올라올 때까지 숨을 조금씩 나누어 뱉었다.

— 미안.

언니의'미안'은'안 돼'의 다른 말이었다. 빠르게 쓴 긴 문자가 바로 이어졌다. 지금은 형부 머리를 다듬는 중이고 오늘은 계속 형부와 같이 있을 거라고, 헬퍼 해 주는 분을 만나고, 부케를 확인하고, 양가 부모님 한복까지 찾아오려면 시간이 빠듯하다며 무슨 일이냐고 물었다. 지금 중요한 건 그게 아니라고 쓰다가 지웠다. 그리고 엄마에게 전화했다.

"엄마, 연우 좀 병원에 데려가야 할 거 같은데."

엄마는 생각보다 빠르게 달려왔고 연우와 함께 나갔다. 나는 아이들을 씻긴 후 허물처럼 벗겨진 옷이며 수건들을 빨아야 했다. 세탁기 안에는 연우가 입었던 옷들이 이미 들어 있었다. 세제가 빨래 위에 뿌려진 걸 보니 세탁기 사용법을 몰랐나 보다. 세탁기 문을 겨우 열고는 당황했을 연우 모습이 그려져 안쓰러웠다. 일단 하얀 것만 골라 아이들 옷과 함께 돌려서 건조까지 시킨 후 소파 위에 두고 나머지 색깔 있는 옷을 돌렸다. 아이들 옷 먼저 개어 서랍에 넣어 놓고 보송보송 건조된 연우 옷들을 차곡차곡 개었다. 쿠팡에서 입을 만한 연우 옷 몇 벌도 주문해 놓았다. 몇 시간 후 엄마와 연우가 함께 들어왔다. 힘이 없어 보이는 연우를 침대에 눕혔다.

"의사 선생님이 뭐라고 하셨어?"

"초기 감기래요. 아이들한테 옮기면 안 되는데."

"그런 걱정은 말고. 그리고 다른 데는 괜찮은 거래?"

"영양결핍이라고요. 링거 하나 맞으라고 해서 맞고 왔어요. 그리고."

일어나려는 연우를 다시 눕혔다.

"누워있다가 저녁 먹을 때 나와. 내일은 할머니한테 애들 맡기고 이모랑 나가자. 머리 좀 하고 네일숍도 가자. 체크카드도 만들어야 하고, 할 일 많네. 아, 세탁기 사용법 같은 것도 빠트리지 말고 가르쳐달라 그래. 이모 깜빡하거든."

이마를 덮은 머리카락을 쓸어 넘겨주었다. 우리 언니가 보였다. 그때 이불 속에서 언니는 혼자 들썩거린 게 아니었겠다. 거기에 너도 있었겠구나. 나는 이불 속 연우를 안았다. 이불 속 언니도 이렇게 안아줄 걸 하면서. 방문을 닫고 나오자 엄마는 소파 밑에 앉아 주먹으로 가슴을 쳐대고 있었다.

"후유, 내가 죄인이여. 내가 저 어린 것을."

엄마는 가방에서 비닐봉지 하나를 쓰적거리며 꺼내 놓았다. 비닐 안에는 약이며 영양제가 잔뜩 들어있었다.

"난소에 종양이 있었다는데 보호자 없어. 수술비도 없어. 저게 혼자 얼마나 무서웠을 거야."

연우가 처음 집에 온 날 저녁이었을 거다. 연우는 엄마와 살지 않아도, 할머니 집에 있어도 상관없다고 했다. 세상에 혼자만 아니면 뭐든 감사할 수 있다고. 그런데 한 번쯤은 엄마를 볼 수 있냐고 물었다.

"혜진아, 혜영이 불러라."

언니 번호를 눌렀다. 받을 때까지 계속.

"바쁘다니까 무슨 일이야?"

"놀라지 마. 언니를 꼭 닮은, 열여덟 살 연우가 우리 집에 있어."

전화기 건너에서 거친 호흡 소리가 들렸다. 열여덟 살 언니 혜영이가 달려오고 있다.

당선소감 | 허지영

어릴 때 학교 운동장 구석에 있는 철봉에 자주 매달리곤 했습니다. 양발이 땅바닥을 밀어냈다가 차오르는 순간 어깨너비로 벌린 두 손이 훌쩍 가서 철봉을 잡습니다. 처음에는 손바닥으로 철봉을 잡았으나 곧 매달리게 됩니다. 다리를 걸고 거꾸로 매달리면 하늘이 출렁이고 손바닥이 빨갛게 물들 때까지 오래 매달릴 수 있습니다.

이제야 소설 쓰기에 매달립니다. 글을 시작하려는 순간 철봉 아래에 옹송그리고 앉아 있는 기분입니다. 굳은살처럼 꾸덕꾸덕 마른 언어들이 올라와 문장 사이사이에 잘 스며들었으면 좋겠습니다. 펜이 그림자처럼 잡히지 않고 자판에서 빈 깡통 두드리는 소리가 날 때도 있겠지만 바닥을 밀어내고 훌쩍 오르면 좋겠습니다. 되도록 넓은 안목과 깊은 사유로 내 이야기가 우리 이야기로 출렁일 때까지 매달리고 싶습니다.

시작해도 좋다는 신호탄 소리를 들었습니다. 당선 소식은 들으면서도 실감이 나지 않았습니다. 전화를 끊은 후에야 비로소 가슴이 두근거렸고 '어머나, 정말요?' 같은 말이 떠올랐습니다. 주어진 시간에 더 잘, 더 오래 매달리겠습니다.

당선 소식을 듣고 나보다 더 기뻐했던 사랑하는 남편과 두 아들에게 그대들의 울타리가 있어 가능했다고 고백합니다. 아마도 행운이 비켜 가지 못한 거라면 부모님과 동생들의 오랜 기도와 믿음 덕분이 아닐까 생각합니다. 친구들의 기다림과 타국에서 가족이 되어주신 분들의 따스함에 용기를 냈습니다. 물리적 거리와 상관없이 첫 소설부터 이끌어주셨던 신승철 교수님 그리고 곁을 내어준 문우님들께 감사한 마음이 큽니다. 무엇보다 부끄러운 작품을 읽어주시고 힘을 실어 주신 경상일보와 심사위원님들께 마음 깊이 감사드리며 좋은 소설로 꾸준히 보답하겠습니다. 고맙습니다.

심사평 | 강영숙

본심에서 읽은 단편소설에 등장하는 인물들은 임시직으로 일하고 있거나 일을 그만둔 휴직 상태이다. 노동 환경의 변화와 그 영향이 무엇보다 커 보인다. 예전처럼 묵시록 종류의 거대 서사는 보이지 않았으며 AI 소재도 많지 않았다. 어두운 사회의 면면을 반영하듯 긍정보다는 비관에 기운 인물들이 많고 비혼주의자임을 고백하며, 고독을 두려워하지 않겠다고 다짐하는, 불안한 사람들을 만날 수 있었다.

소설은 밝음의 틈입을 허용하지 않으며 인물들은 이 모든 어려움을 본인의 의지와 노력으로 헤쳐 나가려고 한다. 이제 남은 건 자기 자신뿐이라는 듯, 바깥에서 다른 사람에게서 위안을 찾지 않는다.

〈피타고라스의 삼각형〉은 재수생들의 이야기다. 어쩌면 재수생들 이야기는 나올 만큼 나왔다고 할 수 있지만 이 작품은 디테일이 좋고 서사적 전개가 뚜렷하다. 자신들의 처지를 피타고라스의 삼각형 기준을 충족시키지 못하는 선분으로 비하하는 아슬아슬한 재수생들의 일상이 리얼하다. 그러나 세 명 중 한 친구가 자살하는 설정은 익숙하면서도 무책임하게 보였다.

〈엔터〉는 예술가들의 미래를 상상해보는 소설이다. AI가 그림을 그리는 시대에 미술을 배우고 가르치는 이들의 이야기로, 진심인 마음 하나만 가지고도 예술은 이루어질 수 있을까라는 질문을 던지는 소설이다. 의지와 영감을 통해 작품을 완성했던 이전 시대의 예술가들과 달리 AI의 프롬프팅을 통해 작품을 완성하는 것 사이에 서 있는 예술가의 딜레마를 표현한 소설이다. 그러나 주제를 적시하는 문장이 오히려 몰입을 방해한다. 소설은 어떤 예술보다도 삶을 닮은 장르이기 때문에 소설에 가져오는 정보나 설명은 의외로 힘을 얻지 못한다. 그리고 소설은 어쩌면 마지막 장면에서부터 시작될 수도 있다. 그러니까 나름의 대안을 찾아보는 시도도 필요하다.

〈빛의 그을음〉은 단순한 구조의 소설이다. 십 대 때 언니가 낳은 아이의 존재를 지금, 오늘 어떻게 받아들일 것인가를 고민하는 동생의 시점으로 써 내려간 작품이다. 언니에 대한 묘한 경쟁심과 박탈감 사이에서 은근하게 드러나는 대한민국 차녀들만의 감정도 읽을 수 있다. 별다른 갈등 없이 하나의 감정선을 지킨 것이 장점이라면 장점일 수 있는 작품이다. 그러나 단점도 없지 않았다. 어린 연우에게 이토록 많은 어려움을 얹는 것이 가혹하다면 가혹했다. 잠시나마 화자의 아이들을 돌봐주는 장면도 베이비 시터처럼 보여서 마음이 좋지 않았다.

재단하고 밀어내고 부정하는 것도 방향이지만 받아들이고 수긍하는 것도 방향이 될 수 있다는 점에서 〈빛의 그을음〉을 당선작으로 정했다. 회피할 수 없었던 일을 다시 회피하지 않는 결단을 통해 온기를 보여주는 작품이다.

경인일보 **박정현**

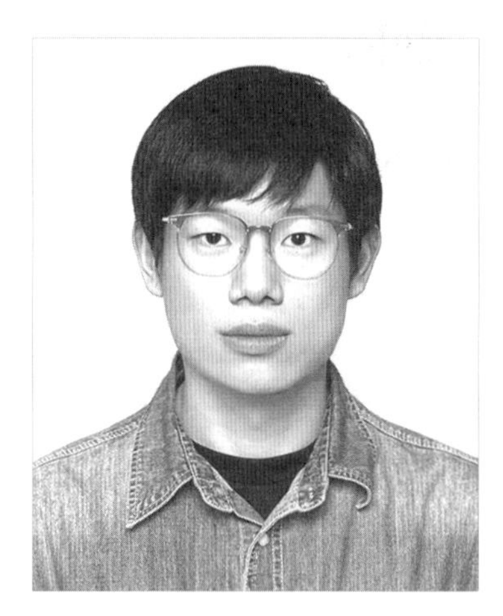

1994년 나주 공산 출생

체어샷

박정현

1

대표는 나더러 자기 집에 들러서 잡화벌꿀과 노트북을 가져오라고 명령했다. 아마도 본인은 부탁이라고 생각했을 거다. 나는 명령으로 들었지만. 대표의 집은 회사에서 도보로 5분 거리의 빌라 5층이다. 대표는 늘 공적인 업무와 사적인 업무를 교묘하게 섞었다. 어디까지가 공적인 업무이고 어디까지가 사적인 업무인지 고민하지만, 그건 모래사장에 바다의 경계를 긋는 것처럼 무용하다. 어차피 네, 하고 대답할 테니까.

이런 거 불편하나?

처음 샌드위치를 사오라고 명령했을 때 내게 했던 말이다.

아니요, 편합니다.

편합니다, 라니. 그 상황에서 이 이상 바보 같은 대답을 하기도 쉽지 않다. 내가 편한만큼 대표는 선을 넘는다. 이건 일종의 영역 싸움이다. 대표는 내 몫의 샌드위치 값도 지불한다며 자기 명령을 부탁으로 정당화하고, 나는 복종이 아닌 호의로 하는 행동이라며 스스로 기만한다. 샌드위치 심부름은 외근을 빙자한 운전 부탁으로, 중고 거래 심부름으로, 집안의 가구를 옮겨달라는 부탁으로 이어진다. 내가 초래한 일이다. 나갈 준비를 하는 나를 보고 고개를 젓던 디자이너 남서윤은 모니터에 시선을 고정한 채 말했다.

불편한 게 편한 겁니다.

시켰을 때 싫은 티라도 내란 말이겠지. 나는 꿈틀거리지도 못했구나, 자책하며 걸었다.

엘리베이터 문이 5층에서 열렸을 때, 현관 앞에 우두커니 서 있는 여자의 뒷모습이 보였다. 여자는 화들짝 놀랐다. 눈 주위가 붉었고 날이 추웠음에도 앞머리가 땀에 젖어 있었다. 보풀이 일어난 코트 깃을 바투 올린 채 비스듬히 돌린 고개는 어쩐지 누가 손찌검을 할 때 눈을 질끈 감기 위해 미리 준비하고 있는 것처럼 보였다. 여자는 지체하지 않고 계단으로 내려갔다. 고양이 털이 공중에 떠다녔다. 멀어지는 발걸음 소리를 들으며 문을 열었다.

오후의 남의 집에는 기묘한 고요함이 있다. 수요일마다 방문하는 가정부 덕에 집안은 깔끔했다. 환기를 위해 열어둔 베란다 통창으로 투명한 햇빛이 환하게 쏟아져 들어왔다. 평화로운 연립주택촌이 내려다보이고, 고가도로에서 차들이 오가는 소리가 방음벽에 둥글게 깎여 웅웅 거리며 귀에 닿는다. 나는 눈을 감은 채 햇볕을 쬐고 그 회색 소음을 들었다.

방은 세 개다. 거실 탁상 위 노트북을 챙겨 부엌에 두고 화장실로 갔다. 거울에 비친 내 모습을 빤히 노려보다가 선반을 열었다. 각종 영양제와 비타민, 처방전이 필요한 전문 의약품 따위가 노란 약통에 들어있다. 라벨에 쓰인 약의 성분을 하나씩 읽어보다가 종합비타민, 루테인, 오메가3 따위의 건강보조제만 주섬주섬 손바닥 위에 쏟아 입에 털었다. 수돗물을 조금 마셨다. 선반을 닫고 밖으로 나와 냉장고를 열었다.

냉동실과 냉장실 구분할 것 없이 꽉 차 있다. 좋은 냉장고는 아래가 냉동실이다. 양 갈빗대, 소, 돼지고기, 참돔 따위가 진공포장 되어 있다. 냉장실 신선칸에서 천도복숭아를 하나 꺼내 크게 베어먹자 과즙이 바닥에 튀었다. 양말로 닦은 뒤 싱크대 앞에 서서 마저 천도복숭아를 다 먹고 씨앗을 쓰레기통에 버렸다. 잡다한 쓰레기 위로 누군가 사용한 일회용 주사기가 보였다. 냉장고에서 반쯤 남은 진을 꺼내 크게 한 모금 마시고 다시 냉장고 문을 닫았다.

씹을 때 턱 근육이 꿈틀거리는 느낌. 삼킬 때 울대가 요동치는 소리. 그런 게 전부다. 이런 발작적인 행동은 하면서도 왜 하는 건지 스스로 설명하기 힘들다. 그냥 단순한 보상심리 때문일까. 휘파람을 불었다.

대표에게는 18살 먹은 노령의 고양이가 있다. 삼색이고, 당연히 암컷이다. 사진으로는 많이 봤지만 직접 본 적은 없다. 낯을 가리는지 내가 문을 열면 늘 어딘가로 숨어버린다. 최근에 대표는 일본 여행 동안 동네 구인 어플로 연락한 펫시터에게 고양이를 맡겼다. 펫시터가 심장약을 잘못 투약해 고양이 상태가 급속도로 안 좋아졌다고 말했다. 치료 비용으로 수억이 깨졌다며 펫시터가 자신의 고양이를 죽인 거나 다름없다고 말하기도 했다. 하지만 펫시터에게 맡기기 전부터 고양이는 몇 차례 거품을 물고 발작해 병원에 갔던 적이 있다.

고양이 화장실 뚜껑을 열고 삽으로 모래를 뒤적였다. 며칠 동안 치우지 않은 오줌 덩어리와 똥이 삽 끝에 걸렸다. 화장실 선반에서 리스테린을 꺼내 가글을 하고 세면대에 뱉은 뒤 신발을 다시 신으려는데, 열려있는 침실 문 좁은 틈새에서 고양이 우는 소리가 들렸다. 신발을 신지 않은 발을 길게 뻗은 다음 손가락 끝으로 문을 확 밀었다.

아무것도 없었다.

몇 주 전부터 나는 집 근처 독립서점에서 소설창작 입문 수업을 듣기 시작했다. 가벼운 독서모임도 있었고, 시 창작 수업도 있었고, 에세이 수업도 있었다. 하지만 나는 소설창작 수업을 택했다. 나는 내 삶을 쓰고 싶었지만 있는 그대로 쓰고 싶진 않았다. 같은 또래 친구들이 차근차근 자리 잡고 결혼 준비까지 하는 마당에, 업계 관례라며 4대 보험도 들지 못한 채 박봉의 월급을 받고 아침을 회사 식기 설거지로 시작하는 내 삶을 적어서 뭘 한단 말인가? 이런 걸 그대로 받아 쓰고 싶진 않다. 소설은 픽션이니까, 픽션을 발판으로 현실을 극복하고 싶었다.

선생은 등단한 지 5년 정도 된 작가였다. 이름은 처음 들어봤다. 서점에서 그녀가 쓴 소설집을 살펴봤는데, 중쇄를 찍지 못했다. 유명하지 않아서 그런가 정원을 10명 정도로 예상한 수업은 나를 포함해 4명이 전부였다. 선생은 첫 수업 때 말했다.

소설 쓰는 방법 같은 건 가르칠 수 없습니다.

초면인 수강생들은 서로의 얼굴을 보고 멋쩍게 웃었다.

소설을 완성하지 못해도 괜찮습니다. 같이 쓰고, 읽고, 응원하는 시간이 되었으면 합니다.

수강생들은 모두 전에 소설을 써본 적 없는 초심자였다. 다들 뭔가를 쓰고 싶어했지만 어디서부터 어떻게 시작해야 할지 몰랐다. 선생은 쪽지를 나눠주며 지금 각자가 당면한 가장 큰 현실적인 문제에 대해서 짧게 한 줄로 적으라고 말했다.

그게 여러분 소설의 씨앗이 될 겁니다. 이야기를 쓰는 건 출산과 같습니다. 여러분은 산모이자 산파입니다. 핵심적인 아이디어가 착상하고 메타포를 만나 화학 작용을 일으키고, 그게 머릿속에서 천천히 불러오다가 결국 세상 밖으로 나와야 합니다. 그 아이는 걸을 수도 있고, 얼마 못 가서 죽을 수도 있습니다. 겁내지 마세요. 밖으로 나왔다는 것은, 여러분이 그 문제를 쓰기 전과 달리 소화했다는 걸 의미할 테니까요.

어둑한 서점 한가운데서 둥글게 배치한 의자에 앉아 번갈아 가며 자기소개를 하고 각자가 처한 현실적인 문제를 나누는 모습은 마치 알코올중독자 치료 모임의 한 장면 같았다. 키가 크고 입만 웃는 여자가 먼저 시작했다.

안녕하세요. 뭔가 민망합니다. 영양사… 라고 불러주세요.

안녕, 영양사.

선생이 인사하자 모두 웃으며 따라 인사했다. 영양사는 시선을 맞은편 의자 오른쪽 다리에 고정한 채 말했다.

병원에서 영양사 보조로 배식 일을 합니다. 그래서 영양사라고… 방금 지어냈습니다. 이름을 말해도 큰 상관은 없지만, 이름보다는 이쪽이 저에 대해 알려주는 게 많을 것 같습니다. 제가 처한 문제는… 부끄러워요. 몸무게에 대한 집착이 심해요. 보다시피 키가 큰 편입니다. 중학교 1학년 때 이만큼 컸어요. 하지만 몸무게는 44킬로그램 정도입니다. 자랑하는 건 결코 아니에요. 여기서 더 찌는 걸 참을 수 없어요. 몸무게를 신경 쓴 게 언제부터인지 모르겠습니다. 중학교 때까지는 건강했고, 꾸미는 것도 좋아했는데 어느 순간부터 전부 재미없어져 버렸습니다. 특성화 고교를 나왔으니 거기서 배운 영양사 일을 할 뿐이지 다른 걸 할 여력은 없어요. 버는 돈은 족족 병원비나 핸드폰 게임에 써버립니다. 들으면 놀랄 거예요. 월급을 전부 게임에 써버리는 수준이니까요. 오래전부터 제 뜻대로 되는 게 하나도 없었어요. 남자를 만나고 싶지도 않고요. 제가 제어할 수 있는 건 몸무게, 그거 딱 하나뿐인 것 같아요. 45 킬로그램이 체중계 한가운데에 인쇄되어 있어요. 44에 멈추는 체중계 침이 오랜 친구 같습니다. 거기에 기대서 살아요. 여러분이 보기에 문제 같지만, 솔직히 제 마음 깊은 곳에서는 문제라고 생각하지 않습니다. 하지만 분명히 문제죠. 쓸 수 있다면 이것에 대해 써보고 싶어요.

생각보다 솔직하게 말해서 놀랐다. 나머지 둘도 각자가 처한 문제를 고백했다. 마지막으로 내 차례가 왔다. 나는 종이에 아무것도 쓰지 못했다.

안녕하세요. 루이, 루이입니다.

안녕, 루이.

빈 종이를 냈는데… 문제가 없어서는 결코 아닙니다. 문제는 많아요. 뭐가 가장 큰 문제인지 몰라서 그렇지. 첫 직장에서 1년 조금 넘게 일하고 있는데, 최근에서야 뭔가 잘못됐다는 걸 깨닫고 있어요. 잡지나 사보, 문화행사기획을 하는 회사입니다. 직원은 고작 3명뿐이고요. 이런 설명보다는… 이렇게 말하는 게 나을 것 같아요. 원두를 갈아서 드립 커피로 내려 마실 수 있는 사무실이 있지만, 4대 보험은 업계 관례라는 이유로 들어주지 않는 곳입니다. 작은 곳일수록 대표의 힘이 세고, 뭐든 대표 위주로 돌아갑니다. 가끔 앉아서 사무실을 돌아보면 대표의 뱃속에 들어와 있는 것 같아요. 저는 요구할 수 있는 권리를 하나도 제대로 요구하지 못했습니다. 싸워야 하는 순간이 많았는데, 전부 싸우지 않았습니다. 제 안의 수동성과 노예근성이 20대 남자는 착취당하는 게 당연하니까, 라며 자신을 먼저 속였습니다. 몇 달 전에 새 디자이너가 들어왔어요. 그분에게 회사를 소개하는데, 부끄러웠습니다. 진작 느꼈어야 할, 제가 유예했던 부끄러움을 그제서야 느낀 거예요. 그분은 지금도 가끔 제게 말해요. 아무도 대신 싸워주지 않는다고. 그런데 저는 여전히 싸우지 못해서 스스로가 한심합니다.

*

점심 무렵까지 출근하지 않던 대표에게 전화가 왔다. 아무런 말도 하지 않고 우는 소리만 들리길래 끊었는데, 곧바로 다시 전화하더니 고양이가 죽었다고 말했다. 내가 아무런 말도 하지 않자, 펫시터가 고양이를 죽였다고 집요하게 덧붙였다. 나는 무슨 말을 해야 할지 몰랐다. 대표는 전화를 끊고는 선임 에디터인 김철진과 남서윤에게 차례로 전화해 똑같이 고양이가 죽었다고 말했다.

다들 와서 참치 마지막 가는 길 배웅해줘요.

김철진은 한숨을 쉬더니 죽은 고양이 보러 갈 준비를 하자고 했다. 남서윤은 동물 사체를 보는 게 싫다며 거절했다. 나는 대표가 보낸 문자를 확인하고 가는 길에 죽을 사야 할 것 같다고 말했다.

나와 김철진은 전복죽을 회사 카드로 산 뒤 걸어갔다. 엘리베이터 문이 열리자마자 통곡 소리가 들렸다. 현관은 신발로 가득했다. 거실 탁자 위로 푸른 수건에 쌓인 채 빳빳하게 굳어있는 고양이가 첫눈에 보였다. 대표는 그 앞에 앉아 얼굴을 두 손에 파묻은 채 울고 있었다. 그 뒤로는 대표의 지인 대여섯 명이 병풍처럼 대표를 둘러싼 채 등을 가만가만 쓰다듬으며 고양이가 좋은 곳에 갔을 거라 말하고 있었다. 나무토막 위 버섯처럼 대표의 등에서 팔 여러 개가 자라난 것 같았다. 대표는 자기가 여행을 가서 고양이를 죽였다고 자책했다. 그러면 지인들은 대표가 아니라 펫시터가 죽인 거라며 위로했다. 대표는 눈물을 닦은 뒤 나와 김철진더러 마지막 인사를 하라고 했다. 김철진은 천연덕스럽게 두 손을 모은 채 고양이가 웃어른이라도 된다는 듯이 존댓말로 인사를 하고 반절을 했다. 나는 옆에서 고양이를 우두커니 내려다봤다. 수차례 대표의 집에 들를 때마다 한 번도 보지 못했는데, 죽어서 처음 봤다. 고양이는 기지개를 켜다가 그대로 굳어버린 것처럼 편안해 보였다. 어쩐지 대표의 지인들이 뒤에서 나를 노려보는 기분이었다. 나는 어색하게 죽은 고양이의 이마를 몇 차례 쓰다듬다가 좋은 곳으로 가라고 말하고는 뒤로 빠졌다. 대표는 사무실로 복귀하려는 나와 김철진을 불러 세웠다.

반려동물 장례식장 좀 알아보고 단톡방에 올려줘요. 부탁할게요.

고양이 장례식을 마친 대표는 요 며칠 지쳐 보였고, 내내 신경이 날카로웠다. 한번은 이동통신사 요금제 연장 사은품으로 받은 핸드블렌더 성능이 끔찍하다고 이런 형편없는 물건을 VIP 사은품으로 기획한 책임자가 누구냐며 상담직원을 붙잡고 무려 2시간 동안 분풀이를 했다. 통화 내용이 고스란히 사무실로 흘러들었다. 대표는 통화를 끊고는 나를 불렀다. 나는 내가 작성한 기사 때문이라 여기고 깨질 준비를 했다.

대표가 건넨 건 흡사 줄자처럼 보일 정도로 긴 영수증이었다. 핸드폰 화면에 다 담기도록 영수증을 들고 있으라고 했다. 나는 아코디언을 연주하는 악사처럼 구겨지거나 꼬여서 누락 되는 부분 없이 영수증을 펼쳤다. 동물병원 영수증이었다. 진찰비, 입원비, 검사비, 약값, 수혈비, 수술비 등 기타 잡다한 의료서비스가 날짜와 함께 수차례 반복해서 적혀있었다. 그걸 모두 합친 금액은 9백만 원이 넘었다. 대표는 자기가 찍은 사진을 넘겨보며 확인하고는, 대뜸 내가 웃기게 나왔다고 말했다.

며칠 뒤 대표는 중식당에서 직원들에게 점심을 샀다. 고양이를 애도하느라 회사 일에 소홀했던 부분에 대해 사과하는 의미라고 덧붙였다. 김철진은 대표에게 오전에 사무실에 방문했던 남자가 누구였냐고 물었다.

변호사. 소송 걸었거든.

나는 짜장면을 비비던 젓가락을 멈췄다. 김철진이 물었다.

소송이요? 누구한테요?

펫시터.

배보다 배꼽이 더 클 텐데요.

걔 때문에 참치가 죽었어요. 걔가 죽인 거야. 여행 가기 전에 직접 하나하나 보여주면서 가르쳤다고. 수액은 어떻게 놓고, 영양제, 흡착제, 이뇨제, 심장약은 어떻게 먹이는지. 불안해서 카톡으로도 세세하게 남겼어요. 내 성격 알잖아. 그런데 그걸 지 멋대로 먹여서 참치를 죽인 거야. 이건 돈 때문에 하는 게 아니에요. 잘못했으면 죗값을 치러야지.

나는 음식을 절반가량 남겼다. 대표는 잡채밥을 남기지 않고 싹싹 긁어먹었다.

사무실로 돌아와 이를 닦고 자리에 앉아 동네 구인 어플을 깔았다. 위치를 회사로 지정한 다음 검색창에 '펫시터'라고 입력했다. 서너 페이지에 걸쳐 펫시터 일을 자원한 사람들의 프로필이 쭉 떴다. 조그마한 프로필을 차례로 넘겨보다가 멈췄다. 사진에서 시차는 느껴졌지만, 분명히 닫혀있는 문 앞에 우두커니 서 있던 그 여자였다. 아이디는 'toibi94'였다. 햇볕이 충분히 들지 않아 조금 어둑한 실내에서 고등어 고양이를 안은 채 플래시를 터뜨려 찍은 필름 사진이었다. 찍히는 게 익숙하지 않은지 포즈를 취한 몸은 어딘가 경직되어 있다. 하지만 안겨있는 고양이는 편안해 보인다. 여자의 입꼬리는 한쪽만 살짝 올라가기 시작했다. 아마 플래시가 잦아든 다음에는 허리를 꺾으면서 웃었을지도 모르겠다. 여자는 자신을 다음 문장으로 소개했다.

어제는 당신이 고양이를 구했지만, 내일은 고양이가 당신을 구할 겁니다.

갑자기 명치 한가운데가 아팠다. 아코디언처럼 펼쳤던 영수증 끝에 적힌 9백만 원이라는 금액이 그만큼의 고통으로 다가왔다. 나의 부채가 아니었지만 나는 9백만 원에 대한 생각을 멈출 수 없었다. 그날, 야근을 마치고 잠이 올 때까지 토이비의 펫시터 서비스를 이용한 다른 사람들의 후기를 반복해서 읽었다.

*

영양사는 늘 30분 정도 일찍 서점에 도착했다. 그녀는 이런저런 책을 빼서 도입부만 살펴보다가 다시 꽂아두곤 했다. 나 역시 모처럼 일찍 서점에 도착해 영양사에게 말을 붙였다.

안녕, 영양사.

안녕, 루이.

소설은, 잘 돼갑니까?

뭘 쓸지 정했어요. 아직 한 글자도 쓰지 못했지만.

나는 말해보라는 듯이 고개를 끄덕였다.

외할머니에 대한 기억을 써 보려고요.

거식증은요?

같은 거예요.

그런가요?

3년 전에 외할머니가 돌아가셨어요. 파킨슨병으로요.

아이고.

요리를 잘하시던 분이라 항상 집에 갈 때마다 음식을 엄청 해주셨어요. 저는 살찔까 봐 거의 먹지 않았고요. 나중에는 엉망으로 사는 제 모습을 보이기 싫어 뵈러 가지도 않았어요. 그럴 때 있잖아요, 정작 상대는 신경도 안 쓰는데.

알아요.

할머니가 아프다는 말을 듣고 들렀을 때, 두 손이 축 늘어진 할머니를 처음 봤어요. 가구 틈 사이엔 먼지가 쌓여있어요. 할머니 성격에 분명 거슬렸을 텐데, 아무런 말도 안 하시더군요. 할머니는 도우미에게 부탁해 피자를 시켰어요. 그 와중에도 제가 마른 게 걱정이셨던 거죠. 저는 아주 오래전처럼 잘 먹는 모습을 보여주고 싶었어요. 그래서 두 명이서 먹지도 못할 만큼의 피자와 파스타를 꾸역꾸역 다 먹었어요. 할머니는 보기 좋다는 말만 힘없이 반복했어요. 저는 밖으로 나와서 먹은 걸 전부 아파트 화단에 토했습니다. 그게 마지막이에요. 지금도 가끔 상상해요. 제가 떠나고, 해가 저물고, 소파에 앉은 할머니 위로 어둠이 켜켜이 쌓이는 장면을. 후회돼요. 너무 많은 게. 그런 걸 전부 쓸 거예요.

아름다운 기억 같아요. 좋은 이야기의 냄새가 나요.

토 냄새가 아니라요?

나는 웃었다.

루이 님은, 진짜 문제가 뭔지 이제 알게 됐나요?

네.

뭘 쓸 건가요?

주중에 수차례 변호사가 방문했다. 대표는 회의실 문을 닫고 변호사와 마주 앉아 소송을 준비했다. 접객용 커피를 들고 회의실에 들어갈 때마다 긴 탁자를 채우고 있는 잡다한 문서들이 보였다. 증거 목록이라고 써진 문서에는 영수증을 든 내 사진이 풀샷으로 들어가 있었다. 내가 회의실에 머무는 동안 둘은 아무런 말도 하지 않았고, 변호사는 가볍게 눈인사만 했다. 문을 닫고 나가자 둘은 다시 떠들기 시작했다. 회의실 벽은 얇았고, 화장실 변기에 앉아 환풍기 옆의 창문을 열면 회의실 창문을 통해 새어 들어오는 대화를 엿들을 수 있었다. 대표는 소송에서 꼭 이겨야 한다며, 이길 것을 가정하고 동물병원에서 이런저런 치료를 받은 거라고 말했다. 변호사는 투약 사고가 있었던 날 이전의 치료 기록은 돈이 아깝더라도 따로 첨부하지 않는 것이 승소할 가능성을 높일 것이라 조언하고 있었다. 나는 대화가 듣기 싫어 변기 물을 내렸다.

변호사가 떠난 뒤에 대표와 김철진, 그리고 나는 사보 책자 제작 건으로 미팅을 위해 외근을 떠났다. 내가 운전하고 김철진이 보조석에 앉고 대표가 상석에 앉았다. 차창 밖으로 흘러가는 동네의 맛집이 어딘지 따위의 사사로운 이야기를 주고받다가 대표가 대뜸 말했다.

신용불량자더라고.

마치 그곳의 추천 메뉴를 말하듯이.

누가요?

펫시터. 참치 죽인 애. 따로 하는 일도 없는 애야. 고소장 받고 나니까 생각이 바뀌었는지 죽을죄를 지었다고 용서해달라며 문자를 보냈어. 문자뿐인 거야. 세상이 그렇게 호락호락한 줄 알아. 진즉에 직접 찾아와서 무릎 꿇고 자기가 죽인 거라고 용서를 구했어야지. 그랬더라면 나도 이렇게까지는 안 했을 거야. 이런 애들은 다시는 펫시터 일을 하면 안 돼. 제2의, 제3의 참치가 또 나올 거야. 나는 그걸 막는 거야.

투약 사고 전부터 입원 치료한 적 많았잖아요.

내가 충동적으로 내뱉자마자 갑자기 옆 차선의 차가 끼어들었다. 나는 급브레이크를 밟았고, 차 안의 모두는 앞으로 쏠렸다가 내던져지듯이 등받이에 널브러졌다. 대표는 백미러에 비친 내 눈을 노려보았다. 파란불이 들어왔다. 내가 출발하지 않자 뒤에서 클락션이 울렸다.

미팅 장소 주변은 주차할 곳이 마땅찮았다. 주차장을 세 곳이나 돌았지만 전부 꽉 찬 상태였다. 그나마 자리가 있는 곳은 걸어가기에 너무 멀었다. 미팅 시간이 다가오자 대표는 그냥 근처 골목에 차를 대라고 했다. 나는 불법주차 견인 구역이라고 답했다. 대표는 그냥 여기다 대고 차에서 대기하라고 버럭 짜증을 냈다. 김철진은 내 눈을 보며 고개를 끄덕였다. 나는 운전석에 앉아 성큼성큼 걸어가는 둘의 뒷모습을 지켜봤다.

펫시터에 대한 생각을 멈출 수 없다. 실제로 고작 스치듯 한번 우연히 마주친 게 전부다. 고양이는 18살이었고, 만성신부전을 비롯한 잡다한 병을 달고 몇 달 전부터 여러 차례 생과 사의 경계를 넘나들었다. 자신의 나태에 대한 변명인지 자기 연민을 남들에게 강요하기 위한 강박인지 대표는 자신의 사적인 일정을 시시콜콜하게 회사 단톡방에다 모조리 남겨뒀다. 고양이의 상태가 악화돼 병원에 갔다가 의식을 회복했다는, 전혀 관심 없는 지난 기록도 마찬가지다. 정말 펫시터가 고양이에게 잘못된 용량의 약을 준 걸까? 그것 때문에 고양이가 죽은 걸까? 펫시터의 투약 사고로 고양이가 일으켰다던 발작은 이전의 발작과 다른 걸까? 마지막 며칠 동안 고양이에게 쏟아부었던 고가의 치료는 정말 고양이를 위해서였을까? 그 여자는 그저 고양이를 좋아하는 신용불량자일 뿐인데.

차 문을 열고 나와 짧은 거리를 시계추처럼 진자운동 하듯이 걷기도 하고 다리를 덜덜 떨고 건물 벽에 머리를 반복해서 찧기도 했다. 부당하다. 하지만 내가 할 수 있는 건 없다. 나는 핸드폰으로 회사 차 사진을 찍고 불법주차 단속 신고를 넣었다. 15분쯤 지나자 2인 1조의 단속 공무원이 왔다. 나는 반대편 골목에 서서 그들이 앞유리창에 단속 스티커 붙이는 모습을 지켜보았다. 시간이 30분 정도 지났을 때, 대표와 김철진은 미팅을 마치고 돌아왔다. 대표는 딱지를 보고 어떻게 된 거냐고 물었다. 나는 잠시 화장실을 다녀온 사이 걸린 것 같다고 답했다. 대표는 단속하는 사람들이 오면 차를 몰고 근처를 돌고 있어야 하는 게 아니냐고, 안 그러면 내 존재 이유가 무엇이겠냐며 쏘아붙였다.

늦은 새벽까지 나는 노트북 화면의 점멸하는 커서만 노려보았다. 한 시간째 한 글자도 쓰지 못했지만 눕지 않았다. 어차피 누워봐야 잠은 오지 않는다. 눈을 감으면 오늘 하루 대표와 싸워야 했으나 싸우지 못했던 그 순간으로 돌아가 망상 속에서 그걸 바로잡으려 할 뿐이다. 꿈속에서 늘어난 고무 팔다리로 힘이 전혀 들어가지 않는 주먹을 휘두르고, 말미잘 같은 손가락으로 서로 목을 움켜쥔 채 버둥거릴 것이다. 생각만으로도 숨이 거칠어졌다. 나는 동네 구인 어플에 들어가 펫시터의 프로필을 멍하니 보다가 충동적으로 말을 걸었다.

당신을 알아요.

…

할 이야기가 있어요.

…

참치에 관한 겁니다.

…

메시지 끝에 '읽음' 표시가 떴지만, 펫시터는 아무런 답도 하지 않았다.

*

창작 수업은 마지막 합평을 두 주 앞두고 있었다. 선생은 글을 쓰다가 막히거나 고민되는 부분이 있으면 말해보라고 했다. 비록 자기가 해결할 순 없을지언정 함께 생각해보면 풀릴 수 있는 지점이 있을지도 모른다며.

영양사는 쓰다 보니 소설이 아니라 자신의 기억을 그대로 쓰고 있는 것 같았고, 그 기억을 충실하게 쓰려고 마음먹은 순간 도리어 이야기가 잘 쓰이지 않고 조금씩 엇나가는 것을 느꼈다고 말했다. 선생은 생각에 잠긴 채 곰곰이 대답을 골랐다.

어쩌면 우리는 자전적인 이야기밖에 쓸 수 없는 것일지도 몰라요. 그런 의미에서, 소설은 기대한 것처럼 자유도가 높은 창작 활동이 아닐지도 모릅니다. 무엇을 쓰던 그건 어떤 식으로든 자신을 가리키고 있을 겁니다. 기억을 그대로 쓰려고 해도 거짓을 덧대는 나를 발견할지도 모르고요. 지금 제가 모른다는 말을 너무 많이 하고 있죠? 정답은 없습니다. 엇나가면 엇나가는 대로 이야기를 따라가 보세요.

선생은 뭔가를 덧붙여 설명하려다 관두고 쓴웃음을 지었다. 대신 나를 몇 초 동안 쳐다보았다.

저는 왠지 루이 님이 쓸 이야기가 기대됩니다. 베일에 싸여 있죠. 쓰면서 고민되는 부분은 없으세요?

있습니다.

저희와 나눌 수 있는 문제일까요?

현실의 문제가 전혀 해결되지 않았는데, 그걸 소설 속에서 바로잡는 게 무의미한 일처럼 느껴집니다.

윤리나 책임과 관련해서 말이지요?

네. 실제로 저는 비겁한데 소설 속에서 용감하게 그리는 건 자기기만이니까요.

소설 속 주인공과 루이 님은 동일 인물인가요?

… 아니요.

그러면 주인공이 루이 님과 다른 행동을 할 수 있지 않을까요?

하지만 저는 제 문제를 쓰고 있는데요.

소설은 기본적으로 거짓이죠. 안에는 진실이 들어있어야 하지만. 앞선 영양사님의 질문과 연관 지어 고민해볼 수 있을 것 같습니다. 우리는 모두 동의했어요. 앞으로 읽을 이야기를 '지어낸 이야기'라고 믿고 읽기로. 그건 책을 펼치는 순간 독자가 작가와 맺은 무언의 약속입니다. 거짓이라는 형식은 딱 한 발짝, 혹은 반 발짝만큼의 용기를 작가에게 줄 수 있다고 생각합니다. 현실의 나라면 하지 않았을 행동을 소설 속 인물은 해볼 수 있는 거죠. 물론 그 행동이 현실과 균형점을 잃는다면 쉬운 타협이나 편한 미화에 그쳐 버릴 위험도 존재합니다만, 그 정도의 시도도 애초에 허락하지 않는다면, 쓰는 사람과 소설 속 인물이 너무 슬프지 않을까요? 루이 님도, 저도.

*

대표는 내게 변호사에게 보낼 추가 서류를 등기로 보내고 오라고 명령했다. 서류를 받아들며 생각했다. 이건 칼이다. 펫시터를 찌르는. 그리고 나는 그걸 변호사에게 전달하러 간다. 갑자기 어제 꿨던 꿈이 선명하게 떠올랐다. 분명히 아침에 일어났을 때는 잿더미처럼 형태가 무너져 아무것도 기억할 수 없었는데, 우체국을 향해 힘없이 걸어가는 길에 꿈은 다시 채도를 띠고 시간을 역행해 형태를 갖췄다.

꿈에서도 나는 회사원이었다. 나는 사장에게 사직서를 냈다. 사장은 주문했던 명함이 오늘 도착했는데, 명함을 길가의 모든 사람에게 전부 나눠주고 나면 사직서를 수리하겠다고 답했다. 내 책상 옆에는 족히 수천 장, 수만 장은 되어 보이는 명함으로 가득한 사과 박스가 3개 정도 적재되어 있었다. 나는 외투 주머니마다 명함을 가득 쑤셔 넣고 거리로 나가 지나가는 사람들을 붙잡고 자기소개를 한 뒤 명함을 건넸다. 사람들은 명함을 받자마자 버리거나, 내 어깨를 치고 지나갔다. 이 거리의 모든 사람이 내가 이 회사에 다닌다는 것을 알고 나서야 비로소 그만둘 수 있는 것이 내 운명이었다. 다리가 너무 아팠지만, 거리에 벤치는커녕 걸터앉을 턱조차 없었다.

이건 어떤 의미일까.

나는 계단을 올라 우체국 현관을 향해 걸었다. 유리문에 비친 내 모습은 미묘하게 뒤틀려, 나이지만 내가 아닌 것 같았다. 오른손으로 왼손에게 악수를 청하듯이 현관 유리문 손잡이를 쥐는 순간 갑자기 유리문이 산산이 부서져 내렸다. 나는 허공에 손잡이만 쥐고 있는 꼴이 됐다. 사람들은 방금까지 문이 존재했던 내가 서 있는 자리 대신 옆의 온전한 유리문을 여닫으며 지나다녔다. 우체국 청원 경찰이 다리를 절며 내게 다가왔다. 나는 손잡이를 쥔 손을 앞으로 내저었다.

제가 부순 게 아닙니다. 그냥 쥐자마자 부서졌어요.

청원 경찰은 손잡이를 쥐고 있는 내 손을 힘줘서 붙잡았다. 나는 내가 부순 게 아니라고 항변하고 싶어서 팔을 휘둘렀다.

정말 제가 부순 게 아니에요. 갑자기 부서졌어요.

그는 꽉 움켜쥔 내 손가락을 하나씩 펼쳐 손잡이를 뺐었다.

원래 강화유리가 이런 식으로 부서져요. 충격이 누적되다가 버티지 못하는 그 순간.

그는 큐사인을 주듯이 손가락을 튕겼다.
박살 나는 거죠. 운이 없었을 뿐입니다.
청원 경찰은 키오스크에서 일반 업무 버튼을 누른 뒤 번호표를 내게 건넸다. 나는 한동안 우두커니 서서 청원 경찰이 바닥에 무질서하게 널려있는 유리 조각을 쓰레받기에 쓸어 담는 모습을 지켜보았다. 창구 직원이 내 번호를 부르자, 나는 그를 빤히 쳐다보다가 환하게 햇빛이 쏟아지고 있는 출구로 발길을 돌렸다.
나는 사무실로 돌아와 회사 단톡방을 켜고 '참치', '병원' 등의 단어로 검색했다. 대표가 일컫는 투약 사고 이전 시점의 기록을 찾아 하나씩 갈무리했다. 해당하는 날짜에 내가 썼던 근무일지를 참고해 그날의 정황을 간략하게 정리했다. 내가 모은 자료는 이미 고양이가 노환으로 투약 사고 이전부터 비슷한 발작 증세를 보이며 수차례 동물병원에서 응급 및 입원 치료를 받은 적이 있음을 증언하고 있었다. 나는 문서의 제목을 '토이비'라고 쓴 뒤 저장하고, 대표에게 면담을 요청했다. 대표는 내가 뭔가를 요구하리라는 것을 눈치채고 근처 카페에서 얘기하자고 했다.
대표와 나는 야외 테이블에 마주 보고 앉았다.
그래서, 하고 싶은 말이?
나는 보내지 않은 등기서류를 돌려주며 말했다.
퇴사하겠습니다.
대표는 이유를 말해보라고 했다. 이유는 분명했다. 펫시터. 그건 내가 겪는 피해를 감수하고 일하는 것과 분명히 달랐다. 하지만 솔직하게 말할 수 없었다. 대신 나는 평소 품고 있던 불만을 모조리 말했다. 월급이 너무 적다, 면접 때는 4대 보험이 된다고 하더니 왜 아직도 가입되지 않은 것인지 모르겠다, 사적인 심부름이 너무 많다, 직원들을 대하는 태도가 마음에 들지 않는다, 수습 기간이 6개월인 것도 이해할 수 없다, 이 모든 부당한 대우를 업계 관례라는 말에 속아 받아들인 스스로가 너무 한심하다 등… 말하면서 서서히 감정이 올라왔다. 대표는 내 말을 차분하게 듣고 나서 모두 조정 가능한 문제라고 답했다. 또, 불만이 있으면 진즉 얘기해야지 마치 자신을 악덕 업주인 것처럼 모는 것은 올바른 자세가 아니라고 나무랐다.

근무 조건을 개선하기 위해서 말을 꺼낸 게 아니에요.

이 자리에서 일하다 보면 직원들에게 소홀할 때가 있어. 그건 내가 사과할게.

저는 그만할 겁니다.

들어봐봐. 4대 보험 가입도 해줄 수 있고, 월급도 올려줄 수 있어, 다만 4대 보험 때문에 받는 금액 자체는 지금이랑 크게 차이 나지 않을 거야. 그래서 나는 네가 돈을 차라리 더 받는 게 좋지 않을까 생각해서…

아니요. 그런 건 이제 중요하지 않습니다. 그냥, 더 하고 싶지 않아요.

대표는 등받이에 등을 기댄 채 내 표정을 꼼꼼하게 살폈다.

네가 바라는 점들이 개선되면 더 할 수 있는 거 아니야? 그런데도 할 수 없다는 건 그만두고 싶은 이유가 따로 있다는 거잖아.

…

말해봐. 진짜 이유를.

… 시간이 부족해요.

시간? 무슨 시간.

소설을 써야 하는데 시간이 부족합니다.

짧은 정적이 흐른 후 대표는 발작하듯 웃었다. 카페 안의 다른 손님들이 쳐다봤다. 대표의 경박한 웃음과 내가 방금 내뱉은 말 중 무엇이 나를 더 부끄럽게 한 것인지 알 수 없었다. 대표는 손끝으로 눈꼬리에 맺힌 눈물을 닦아내더니 내게 담배를 한 대 빌리고는 실실 흘리는 웃음 따라 연기를 내뱉었다.

지금껏 들었던 수많은 퇴사 사유 중 기록할만한 내용이네. 진지하게 하는 말이니?

네.

글 쓰는 사람 대 글 쓰는 사람으로 조언해도 될까?

아니요.

나는 네가 가려는 길에 대해서 누구보다 잘 알아. 내 옆에 있는 사람들이 전부 시인, 소설가 친구들인 거 너도 봤잖아. 물론 누구나 글을 쓸 수 있지. 그런 시대니까. 하지만 다 제쳐두고 진짜 작가가 되려면 네가 품고 있는 질문과 시선이 대중과 공명할 만큼 특별해야 해. 너, 특별하니? 무슨 센터 창작 수업에서 들은 칭찬 몇 마디로 이런 결정을 내리려는 게 아니길 바란다.

서점에서 하는 창작 수업입니다.

등단이 되든 안 되든 어차피 돈은 못 벌어. 그건 알지? 대부분 어떻게 돈을 버는 줄 알아? 피라미드야. 네가 듣는다는 그 창작 수업 선생처럼, 글 쓰고 싶다는 너 같은 애들 상대로 다시 쓸 수 있다며, 다단계 녹즙기 팔 듯이 열정 팔이 해서 입에 풀칠하는 게 그 바닥 현실이야. 그리고 너도 언젠가는 다시 그 과정을 반복해야겠지. 잘 풀리는 경우를 가정한다 해도 말이야. 네가 가려는 미래가 그래. 준비됐어?

저는 그냥 글을 완성하고 싶을 뿐인데요.

그럼 회사 다니면서 써.

다니면서는 못 써요.

왜.

그게 제 문제니까요.

회사가?

예.

마치 내가 문제라는 것처럼 들리는구나. 정말 그만둘 거니?

네.

단호하네. 그래서, 그렇게 완성하려는 건 무슨 이야기인데?

제가 쓸 수 있는 걸 쓸 겁니다.

여기서 좋은 추억만 가져가길 바란다. 이 바닥 좁아. 다 오가며 마주칠 거야. 나는 널 응원해. 부디 내 인맥이 널 돕는 데 쓰였으면 좋겠네.

저는 제가 써야만 하는 걸 쓸 겁니다.

그래. 고생했다. 이번 주까지만 나와.

예.

가끔 얼굴 보자.

조만간 볼 일이 있을 겁니다.

대표는 자기가 마시던 에스프레소 잔에 꽁초를 던져 끄더니 굳은 얼굴로 등기서류를 챙겨 먼저 떠났다. 나는 동네 구인 어플에 접속해 다시 펫시터와의 대화창에 접속했다.

저는 참치를 당신에게 맡긴 사람의 회사 직원입니다. 참치는 당신이 맡기 전부터 수차례 발작을 일으켜 입원 치료를 받은 적이 있습니다. 대표가 회사 단톡방에 남긴 기록을 모두 모아 정리했습니다. 메일 주소를 알려주시면 보내드리겠습니다. 필요하면 증언을 할 수도 있습니다.

…

얼마 지나지 않아 '읽음' 표시가 떴다. 펫시터에게 답장이 온 건 퇴근길 버스 창가 왼편에 앉아 느릿하게 지나는 고궁을 바라볼 때였다.

왜 나를 도와주는 건가요.

나는 이게 내 문제라고 생각합니다.

그러면 그쪽은 어떻게 되나요.

이번 주까지만 일하기로 했습니다.

그만둔 건가요. 나 때문에.

어차피 그만둘 생각이었습니다.

곤란한 문제가 생길 수도 있어요.

메일 주소 알려주세요.

정말 곤란한 문제가요.

메일 주소 알려주세요.

펫시터는 한참 동안 아무 말도 없다가 내가 현관문을 열자 메일 주소를 보냈다. 나는 씻지도 않은 채 바로 책상 앞에 앉아 지금껏 내가 정리한 자료를 보냈다. 발송 버튼을 누름과 동시에 가슴 한가운데 얹혀있던 끈적하고 무거운 응어리가 한꺼번에 사라진 것만 같았다. 나는 비로소 한 글자도 쓰여있지 않은 한글 문서를 켜고 이야기를 적어 내려가기 시작했다.

2

이곳에서의 지난 1년은 내게 20리터짜리 종량제 봉투에 쑤셔 넣을 수 있는 정도의 짐만 남겼다. 나는 쓰던 머그컵만 챙기고 나머지는 전부 버렸다. 건물 밖으로 나서는 순간 평소와 달리 유난히도 거리가 조용했다. 사람도 없었고, 바람도 불지 않았다. 옆으로 비스듬히 비춰오는 햇살에 가로수 그림자만 길게 늘어져 있었다. 일요일 아침의 거리처럼, 이상하게 초현실적인 풍경이라고 생각했다.

펫시터는 전봇대 뒤에 서서 나를 기다리고 있었다. 전에 마주쳤을 때와 똑같은 옷차림이었다. 펫시터의 손은 멈추지 않고 부산스레 계속 움직였다. 주머니에 넣었을 때조차 집을 잘못 찾아간 두더지처럼 금세 밖으로 나와 코트 깃이나 단추 따위를 의미 없이 만져댔다. 나와 펫시터는 버스 정류장을 향해 걸었다. 정류장까지는 10분 정도 걸린다. 펫시터가 먼저 말을 꺼냈다.

보내준 자료, 잘 읽었어요.

방금 퇴근하면서 단톡방을 나왔습니다. 이제 다시 못 들어가니까, 그 내용으로 충분하기를 바랍니다.

묻고 싶은 게 많은데, 바쁜가요.

지금 물어보세요.

계속 곰곰이 생각했어요. 왜 나한테 연락한 건지 아직도 모르겠어요.

요즘 제가 창작 수업을 듣고 있습니다.

창작 수업이요?

네, 소설 창작 수업이요.

아아… 네.

쓰면서 느낀 건데, 내가 어디까지 거짓말을 하는지 정확히 알아야 해요. 10을 속이고 싶으면 적어도 7은 진실해야 해요. 지금 제가 쓰는 이야기에는 저도 나오고, 그쪽도 나와요. 그 모습 그대로는 아니지만. 뭐라고 부르죠?

토이비입니다.

일단 루이입니다. 아무튼, 대표도 나와요. 적도 필요하니까.

무슨 말을 하는 건지 모르겠어요.

아니요, 아직 설명을 덜 했어요. 차라리 마주친 적이 없었다면 편했을 겁니다. 그랬다면 영수증도 아무 생각 없이 들고 있었을 테고, 신용불량자란 말을 들었을 때도 기억하지 못했을 겁니다. 무엇보다 토이비 님이 남긴 글귀도 읽지 않았을 테니까요.

글귀요.

어제는 당신이 고양이를 구했지만.

내일은 고양이가 당신을 구할 겁니다.

네, 그거요.

제가 믿는 말이에요.

안고 있던 고양이는…

아, 치치. 제가 키우던 고양이에요. 1년 전에 죽었어요. 지금도 생각하면 아파요. 그 뒤로 펫시터 아르바이트를 조금씩 했어요. 저는 고양이를 좋아하고, 고양이가 집마다 밝힌 온기를 느끼는 게 좋아요. 물론 모든 고양이가 행복한 건 아니지만.

이런 일을 겪고도 그 말을 믿으세요?

네.

나라면 고양이는 두 번 다시 보고 싶지 않을 텐데.

그 친구는 그냥, 아팠을 뿐이니까요. 그 집에 마지막으로 다녀간 직후부터 줄곧 연락이 왔어요. 너 때문에 참치가 죽고 있다고, 네가 참치를 죽였다고. 처음에 무심코 죄송하다고 말하자, 계속해서 연락이 왔어요. 참치가 거품을 문 사진이나, 동물병원에서 치료받는 사진, 2박 3일 동안 저의 행적을 세세히 캐묻는 장문의 메시지와 저주들… 거기에 대응하다 보니 어느 순간 꼬투리가 잡혀 정말 내가 죽인 것처럼 상황이 변했어요. 무서워서 연락을 끊었습니다. 그 사람이 보낸 메시지를 읽고 있으면 질식할 것 같아서 전부 지워버렸어요.

그러면 안 됐는데.

소송장 받은 뒤로는 집 밖으로 안 나갔습니다. 지쳤던 걸까요. 아마도 그랬을 거예요. 줄곧 외면했던 생각도 다시 떠올랐고요.

무슨 생각이요.

부부가 삶의 의미를 찾기 위한 수단으로 아이를 갖듯이 나도 그런 목적으로 고양이에게 의지한 게 아닌가, 그런 생각이요. 거기까지 닿자 어쩌면 정말 내가 고양이를 죽인 게 맞을지도 모른다는 생각이 들었어요. 그래, 이렇게 끝이구나. 이 사고가 최종선고구나, 그렇게 받아들이려던 차에 루이 님이 보낸 자료를 받은 거예요.

어쩌면 별다른 효력을 발휘하지 못할 수도 있어요. 그러면 아무것도 바뀌지 않는 거예요. 대표는 소송을 취하하지 않고, 토이비 님은 패소하고, 고양이는 살아 돌아오지 않고.

그래도 괜찮아요. 고맙다는 말, 하고 싶었어요. 고마웠습니다. 메시지 받고 저번에 마주친 사람이구나, 떠올렸고 보내준 자료 읽어보면서 내 잘못이 아닌 걸 아는 사람이 있구나, 생각했어요.

…

여전히 답은 모르겠어요. 나한테 왜 연락한 건지. 소설을 쓴다고 했죠?

네.

이 이야기를?

그대로는 아니에요. 저만의 메타포가 있어요.

들려줘요.

듣고 싶어요?

내 이야기이기도 하잖아요.

좋아요. 레슬러… 레슬러에 관한 이야기에요. 멕시코 노갈레스 국경 인근의 트레일러 파크에 사는 한 레슬러가 있어요.

… 레슬러랑 멕시코라고요?

네, 끊지 말고 들으세요. 주인공의 링네임은 저스트에요. 등에 문신으로 링네임을 저스티스(Justice)라고 새기려다가 아파서 저스트(Just)까지만 새겨서 저스트에요. 중요한 건 아니지만… 여튼 주인공은 주중에는 알로에 농장에서 일하고, 주말에는 링에 올라요. 얼굴이 못생겨서 가면을 써야 하고, 변변찮은 악역만 맡아서 매번 두들겨 맞아요. 좋지 않은 조건으로 계약을 맺어 알로에 농장에서나 링에서나 전부 제대로 된 보수를 받지 못해요. 링 밖의 진짜 인생이나, 링 안의 가짜 대본에서나 큰 차이가 없는 거죠. 주인공이 사는 이유는 오직 하나, 자기가 키우는 고양이 때문이에요. 그런데 어느 날, 고양이가 집을 나가요. 삶에 의욕을 잃은 주인공은 밭에서 알로에 수확 할당량을 채우지 못하고, 십장은 그날의 일당을 주지 못하겠다고 말해요. 주인공은 대들어 보지만 얻어터지고 돈도 받지 못하고 트럭 뒷자리에도 앉지 못한 채 집까지 걸어가요. 한참을 걷다가 마테차 파는 여자를 만나요. 주인공은 돈이 없다는 걸 숨기고 마테차를 마시고, 또 또르띠야까지 먹어요. 다 먹고 천연덕스럽게 떠나려는데 여자는 이미 알고 있다는 듯이 주인공을 붙잡지 않아요. 주인공이 왜 자기를 붙잡지 않냐고 묻자, 여자는 자기도 그런 적이 있다고만 대답해요. 주인공은 주말에 링에 올라요. 언제나처럼 얻어터지는 역할이에요. 얻어터지다가 객석을 보니 인력대기소 소장과 레슬링 협회장이 웃으며 대화를 나누고 있어요. 그 순간 주인공은 뭔가… 대본에서 벗어나 충동적으로 약속되지 않은 플레이를 하기로 결심해요. 그런 내용입니다.

이게… 우리 얘기인가요? 완성했어요?

아뇨. 하지만 결말은 정해놨어요.

주인공이 뭘 하는데요?

… 체어샷이요.

체어샷.

체어샷. 주인공이 체어샷으로 대본에 써진 주인공을 이겨요.

우리가 이긴다고요.

정확히 저나 토이비 님이 이기는 건 아니죠. 아무튼 그래요.

현실이랑 달라도 그냥 쓰는 거죠?

아직은 모르는 거죠. 대표는 자기가 믿는 걸 현실에서 소송으로 증명하려는 거고, 나는 내가 믿는 걸 소설에서 체어샷으로 증명하려는 거예요. 설령 소송에서 진다고 해도 토이비 님이 틀렸다는 건 아니니까, 토이비 님은 저랑 상관없이 끝까지 싸웠으면 좋겠습니다.

… 버스가 와요.

이제 갑니다.

떠나면 다시는 안 올 건가요.

나는 대답하지 않고 버스에 탔다. 토이비가 뒤에서 말했다.

앞으로 어떤 일이 벌어지는 거죠? 체어샷을 한 다음에는요! 고양이는요!

젠장, 저도 몰라요. 어떻게든 되겠죠.

문이 닫히고, 버스는 출발했다. 토이비는 그 자리에 붙박힌 채 점점 멀어져 시야에서 사라졌다. 하지만 뒤통수에 달라붙은 시선은 전혀 떨어지지 않는 것 같았다. 나는 뒤돌아보지 않았다.

*

마지막 소설 창작 수업을 모두 마친 다음 날, 나는 또렷한 정신으로 잠에서 깬 채 오늘이 주말이 아니라는 사실을 곱씹었다. 더 이상 출근할 곳은 사라졌고, 내가 쓰던 소설도 어제의 합평을 기점으로 더 이상 나아갈 곳이 없었다. 나는 밖으로 나와 걸었다. 꿈도 꾸지 않는 깊은 잠을 잘 때를 제외하면 생각을 멈출 수 없다. 그럴 때 내가 할 수 있는 것이라곤 고작 두 가지뿐이다. 글을 쓰거나, 걷거나. 해결되는 건 없다. 언제나처럼 발걸음으로 생각을 반죽하다, 한발 한발 쌓인 피로가 나를 짓누르면 잠시나마 잡념에서 해방될 뿐이다.

어제 수업을 마치고 다른 일정이 없던 나는 같은 처지의 선생과 영양사와 함께 맥도날드에서 뒤풀이를 했다. 늦은 밤이라 아르바이트생들은 지쳐 보였고, 넓은 가게 2층에는 얼음만 남은 콜라를 빨대로 반복해서 빨아대며 조훈현과 이창호의 바둑 기풍에 대해 토론하는 노인 둘이 전부였다. 선생이 트레이에 음식을 받아 조심조심 걸어오는 모습을 보며 문득, 그가 동료처럼 느껴졌는데 왜 그렇게 느낀 것인지는 설명하지 못하겠다.

거리는 어둠에 잠겼고, 검은 차창은 우리의 모습을 고스란히 반사해 우주에 지금 이 공간만 존재하는 것만 같았다. 선생은 이제 자신을 선생이 아닌 동료로 여겼으면 좋겠다고 말했지만, 나와 영양사는 선생을 끝까지 선생이라고 불렀다. 선생은 소설 말고 다른 화제로 이야기하기를 바랬다. 하지만 우리는 소설로 엿본 서로의 모습 말고는 아무것도 몰랐기에 결국 소설 얘기를 할 수밖에 없었다.

나는 영양사의 소설이 마음에 들었다. 전후 사정을 알고 읽긴 했지만 묘한 이야기였다. 거식증을 앓는 주인공이 아파트 화단의 가시나무를 뽑아와서 집에서 키운다. 주인공은 계속해서 먹고 토하며 싸우고, 가시나무는 자란다. 마침내 영양사가 말했던 기억을 대면하고 소화할 수 있게 되자 주인공이 가시나무를 어딘가로 심으러 가며 소설은 끝난다.

이야기가 뻗어나갈 수 있는 방향에 대해 열정적으로 떠드는 내가 부담스러웠는지 영양사는 선생에게 지금 무슨 이야기를 쓰고 있냐고 물으며 화제를 돌렸다. 선생은 개를 산책시키는 이야기를 쓰고 있다고 답했다. 그 이상 자세히 말하지 않았다. 대신, 충분히 안에서 발효되기 전에 남들에게 앞으로 쓸 이야기에 대해 말하면 거기서 생긴 구멍으로 마법 같은 공기가 다 새어나가 결국 이야기를 쓸 흥미를 잃게 된다며 자기는 여전히 소설 쓰기에 대해 가르칠 수 있다고 생각하진 않지만, 이것 하나는 알아서 나쁠 것이 없다고 말했다. 또 선생은 창작 수업을 하기로 했던 결정을 수업하는 내내 후회했다고 말했다. 나의 추측처럼 수강생이 너무 적게 들거나, 내가 쓴 소설이 기대 이하여서는 아니었다. 그저 우리가 던지는 질문에 대한 대답을 자기도 갖고 있지 않은데 가르친답시고 뭔가를 말해야 하는 상황을 반복해서 마주하는 게 무서웠다고 말했다.

나는 이야기를 완성하고 일을 그만뒀는데 기분이 개운하지 않다고, 이런 찜찜한 기분은 내가 잘못된 결말에 다다라서 그런 건지, 아니면 그냥 단순히 실직해서 그런 건지 모르겠다고 말했다. 일을 그만뒀다는 말에 선생은 당황했다. 선생은 혹시 이 수업 때문에 그만둔 거냐고 물었고, 나는 꼭 그런 건 아니지만 관련이 없지는 않다고, 일을 그만둬야 균형이 맞는 것 같아서 그랬다고 답했다. 놀랍게도 영양사도 일을 그만뒀다고 고백했다. 물론 그녀의 경우에는 쓰던 소설 때문은 아니고, 몸이 약해져서 좀 쉬면서 글도 좀 써보다가 나중에 다시 똑같은 영양사 일을 할거라고 덧붙였다. 선생은 한참 동안 아무런 말이 없다가 대뜸 미안하다고 사과했다. 나는 대표가 했던 피라미드와 다단계 비유를 인용하며 우리가 미래를 몰랐던 건 아니니 사과할 필요는 없다고 농담했고, 선생은 더없이 정확한 표현이라며 웃었다.

우리는 모두 현실에서 패배했으면서 각자의 후회를 소설로 바로 잡으려 했고, 우연의 일치인지 뭔지 그 과정에서 전부 직업을 잃었다. 결국 소설은 아무것도 바꾸지 못했다. 그렇게 대화는 흩어졌고, 나는 적당한 끝인사도 하지 못한 채 아르바이트생의 대걸레가 발밑으로 들어올 때쯤 둘과 헤어졌다.

나는 갈 곳이 없었지만 계속 걸었다. 혼자 걸을 때마다 누군가가 나를 따라온다. 앞서가는 것도 아니고 보폭을 맞춰 걷는 것도 아니다. 조금 처진 채 나를 따라온다. 형태는 자주 바뀐다. 이어폰을 껴도 그의 말이 들린다. 최근에는 복면 차림의 저스트가 오른손에 접이식 의자를 쥔 채 나를 따라온다. 그는 레슬러고, 덩치가 나보다 훨씬 큰 데다가 웃장을 깐 상태이기 때문에 사람들의 이목을 끄는 것만 같다. 나는 더 이상 외면할 수 없다는 사실을 받아들이고 그에게 고백했다.

펫시터와 다시 만나지 못했어.

그는 스페인어로 말했지만 이어폰에서 더빙된 목소리가 들렸다.

알아.

넌 내가 부끄럽겠지.

네가 네 삶을 용납할 수 있었다면, 나는 태어나지도 않았어. 전화가 올 거야. 잘 받아. 내가 해줄 수 있는 말은 이게 전부야.

그의 말대로 전화가 왔다. 저스트는 고개를 끄덕였다. 나는 망설이다가 수신 버튼을 눌렀다.

여보세요?

배은망덕한 새끼.

네.

이럴려고 그만뒀냐? 내 등 뒤에 칼 꽂으려고?

나는 아무런 대답도 하지 않고 눈을 감은 채 잠시 생각을 골랐다. 닫힌 눈꺼풀 위로 오전의 짙은 햇살이 심장박동 따라 붉게 비쳤다. 핸드폰에선 머리끝까지 열받은 대표가 욕을 퍼붓는 소리가 노이즈처럼 끊이지 않고 작게 들려왔다. 나는 상상했다. ① 자리에서 일어난다. ② 앉고 있던 의자를 접는다. ③ 의자를 들고 목표에게 걸어간다. ④ 의자를 머리 위로 들어 올린 다음, 힘껏 휘두른다.

아직 퇴직금이 안 들어왔던데 이번 주까지 입금해주세요.

나는 전화를 끊었다. 공원 한가운데에서 길은 어디로든 뻗어 있었다. 저스트는 이미 사라지고 없었다. 나는 다른 전화를 기다렸다.

당선소감 | 박정현

초등학교 시절, 집이 외딴 시골이라 학교까지 거리가 어림잡아 3km 정도 됐습니다. 아버지는 폭우가 쏟아지지 않는 한 차로 실어다 주지 않았습니다. 8살 무렵 등하굣길 왕복 6km를 매일 걸으며 생각한 건, 일상을 견디기 위해서는 이야기가 필요하다는 것이었습니다. 그때 처음 이야기의 힘을 느꼈던 것으로 기억합니다.

첫 번째 습작을 쓴 뒤로 시간이 10년 정도 흘렀습니다. 지금, 이 시점에서 제 글을 꾸준히 읽어주는 독자는 딱 네 분입니다. 그중 둘은 가족이고, 나머지 둘은 같은 방향의 길을 걷는 동료입니다.

혼자 쓰면 쓸 때의 기쁨, 그것뿐입니다. 물론 처음에는 그걸로도 충분하지만, 그것만으로는 계속 이어 나가기 힘듭니다. 글을 쓰다 보면 본능적으로 알게 됩니다.

아, 실패는 필연이구나.

그런데도 계속 쓸 수 있었던 이유는, 이 네 분이 읽어줬기 때문입니다.

뭘 쓰든 간에

— 이놈 또 이상한 거 썼네

— 네 생각이 나서 슬펐다

— 여기는 설득이 되지 않아요

— 감동을 주셔서 고맙습니다

다양한 감상을 받으면서, 그들과 연결됐다고 느꼈습니다. 이야기의 성공 여부와 상관없이 계속할 수 있고, 여기에 지금 내 삶을 바칠만한 의미가 있다고 믿게 됐습니다.

다시 한번 이 자리를 빌려 그분들께 고마움을 전하고 싶습니다. 이번에 이 소설을 읽게 된 모든 분께도 감사드립니다.

좋은 삶을 살고, 좋은 이야기를 쓰기 위해 노력하겠습니다. 지금 쓰고 있는 이야기가 따로 있기 때문에 마저 쓰러 가겠습니다.

심사평 | 구효서 · 최수철

본심에 오른 작품들 간의 우열을 가리기 힘들었던 것은 저마다의 특색과 장점 그리고 실력을 고르게 갖추었기 때문이었다.

매우 긍정적인 현상이 아닐 수 없고 따라서 두루 기쁜 일이겠으나 심사자는 그만큼 더 깊은 고민에 빠져 미세한 차이까지 짚어내지 않으면 안 되었다. 최종 논의를 세 작품으로 줄이는 데도 끝까지 신중을 기했다.

'구제'는 무엇보다 재미가 있었다. 일본인 남성 청바지 하나가 엮어내는 우연의 연쇄, 우연을 바탕으로 하여 발생하는 관계의 인드라망, 우연과 관계가 직조해 내는 존재(Sein) 자체의 양상을 이토록 경쾌하고 흥미롭게 서술해 낸다는 게 놀라웠다.

산문의 재치와 시의 웅숭깊음까지는 좋았으나 순환 혹은 연기론의 가없는 세계관의 개입은 외려 소설을 관념에 가둔다는 인상을 주었다.

'더미'는 차분하고 단단하다. 익숙하게 흘러가는 우리의 삶이 무심코 묻어버리는, 그러나 묻어서는 안 되는 것들까지 묻어버리며 다 그런 거지, 뭐가 어때서? 라고 묻는 우리에게 날카로운 쇠붙이를 들이대듯 가책하는 소설이다.

현실적 삶의 편의성과 공모하여 자신마저 속이다 끝내는 망실해 가는 우리에게 울리는 경종과도 같은 이야기지만 바로 그 경고의 '선명성'이 소설에서는 외려 경계해야할 대상이 된다.

'체어샷'은 소설이라는 것으로 현실의 난관을 극복할 수 있을 것인가 하는 문제로써 이야기의 거푸집을 삼고 있기는 하지만 실은 누구나 맞닥뜨리고 있는 다양한 현실 문제를 포괄하는 내용임을 알 수 있다.

펫시터, 영양사, 루이, 소설 강사가 직업은 다르지만 좀처럼 타파할 수 없는 현실 문제를 안고 있기 때문이다. 타파라고 했거니와 이 작품은 문제의 극복을 '깨트려버림'에서 찾고 있는데 의자를 들어 상대를 쳐부수는 프로 레슬링의 '체어샷'를 인용하는 것도 그 때문이다.

그런데 타파의 대상이 당연하게도 괴랄한 회사 대표임을 분명히 하면서도, 그보다 먼저 전제되어야 할 타파의 대상을 암시하고 있다는 점에서 이 작품의 절묘한 구성이 드러난다.

끝내는 신과 타협한 욥을 비웃으며 죽음이라는 파국에 자신을 내던진 '필경사 바틀비'의 바틀비처럼, 루이는 그것이 반성이든 자기부정이든 파국이든 의자를 들어 '자기타파'의 과정을 과감히 선행한다.

소설 쓰기 과정을 통해 루이의 삶에 노정되는 체어샷의 이러한 양방향성은 웬만한 통찰과 솜씨로는 그려내기 힘든 시도였음에도 '체어샷'은 믿음직스럽게 그것을 해냈다고 보았다. 당선자와 응모자에게 축하와 격려를 보낸다.

경향신문 **남의현**

1995년 출생
서울예술대학교 문예창작과 졸업

경향신문

관희는 거울 거울은 관희

남의현

거울을 봤는데 내가 귀여워서 깜짝 놀랐다.

근데 솔직히 말하자면 관희가 더 귀엽긴 해.

관희랑 나는 믿을 수 없을 만큼 똑같이 생겼지만 어떤 부분들은 명확히 다르다. 그런 부분들은 명확한 만큼이나 설명하기가 힘들다. 우리가 극장에서 〈개를 위한 노인 이름〉을 두 번째로 관람하기 전까지, 우리조차 우리에게 다른 부분이 있다는 걸 몰랐으니까. 그 영화를 처음 보았을 때의 느낌과 두 번째 보았을 때의 느낌은 아주 달랐다. 첫 번째 보았을 때는 슬프고 쓸쓸했는데 두 번째 보았을 때는 쓸쓸하고 슬펐다. 이런 식으로 우리가 다르다. 매일 밤마다 생각한다. 관희가 내 위에서 내 아래로 내려갈 때, 내가 관희 위에서 관희 아래로 내려갈 때 곰곰이.

세면대에 거품을 뱉고 젖은 칫솔도 잘 걸어 두고 침대로 갔다. 이제 내가 좋아하는 걸 할 차례인데, 그러니까, 누워있는 관희 위에 올라타서 가만히 지켜보기. 귀여운 관희 얼굴 위에 귀여운 내 얼굴. 그러니까 관희와 나는 서로의 얼굴. 아니면 거울이거나. 네 얼굴이 관희니까 나는 거울이다. 관희는 거울. 거울은 관희. 관희 안에 거울 안에 나 안에 나 안에 나 안에. 그러다 보면 내가 거울. 아이고, 하지 마. 하지 말자. 관희야. 관둬라. 거울은 이런 삶 지겹다. 지겨워서 관희의 가슴에 얼굴을 마구 부비고 나서 관희의 얼굴에 마구 뽀뽀했다. 그러자 관희가 조용히 침대에서 일어나 화장실로 천천히 걸어갔다. 관희가 웩웩 구역질하는 소리가 들렸다. 관희는 열흘에 아홉 번은 몸이 아프다. 그런데 겉보기에는 너무나 건강해 보여서 그냥 다 괜찮아 보인다. 관희가 구토 발작을 일으키면 나는 관희의 등에 손을 얹고 토닥이면서 관희는 귀여우니까 괜찮아 다 괜찮아 그런다. 관희는 이렇게나 아프니까 가난하다. 그리고 가난해서 계속해서 아프다.

관희는 아픈데 나는 안 아프니까 그게 걱정이 된다. 나는 몹시 건강하고 가난하다. 아니면 건강하지만 가난하다. 그리고 건강하고 가난한 사람이 돈을 버는 편이 낫다. 바로 그게 내 걱정거리다. 건강하지 못한 것만 빼면 사실 관희는 대부분의 면에서 나보다 낫다. 관희는 아프지만 자신을 나약하다고 생각하지 않고, 생활에 있어서 자기 원칙을 지키려고 노력하고, 나름대로 열심히 살아와서 전문대학을 졸업했고 그리고 열심히 살아온 것과 별개로 남자다. 관희가 안 아팠으면 관희가 돈을 버는 편이 벌이도 훨씬 나을 것이고…… 관희가 안 아팠으면. 차라리 내가 아팠으면. 내가 아프고 관희가 건강했더라면 우리는 얼마만큼 다르게 살고 있을까……

입이 축축하게 젖은 관희가 천천히 이불 안으로 기어들어 왔다. 새벽에 느닷없이 일어나 물을 할짝거리고 온 개처럼. 나는 관희의 머리칼을 성실히 쓰다듬었다. 관희는 이 여름이 지나면 검사를 위해 한동안 큰 병원에 입원해야 해서 지금 많이 쓰다듬고 많이 껴안고 많이 키스하고 또 많이 뒹굴어 둬야 한다.

관희가 병원에 가면 외로워.

왜?

머리를 쓰다듬을 수가 없잖아.

내가 관희의 머리를 쓰다듬으며 말하자 관희도 내 머리를 쓰다듬으며 말했다.

그럼 개를 데려오자. 쓰다듬으면 매끄러워서 안심이 되는.

어째서 매끄러운 개를?

관희는 지난밤 꿈을 꾸었는데 매끄러운 개를 주웠다고 했다.

싱그러운 빛의 풀이 나 있는 드넓은 들을 걸었어. 그런데 풀들 역시 3D로 모델링한 것처럼 매끈해서 울창하거나 무성하다는 느낌은 없었어. 그래서 나는 그냥 풀이 많다…… 그런 생각을 했어. 그리고 또…… 걷고 있었는데 꼭 일을 하는 기분이었어.

숨이 찼어?

숨이 차지는 않았지만 꽤 힘들었어.

뭐가 힘들었어?

그러니까 내가 계속 걸어야 한다는 사실이.

관희는 이야기하면서도 숨이 약간 찬 듯 헐떡였다.

걷다가 발목이 축축하다는 느낌이 들어서 아래를 내려다봤는데 거기에 개가 혀를 내밀고 있었어. 반질반질하게 광택이 날 정도로 매끈한 하늘색 개가. 허리를 숙여서 무심코 개의 머리를 쓰다듬었는데 너무 매끄러워서 눈물이 찔끔 날 뻔했어.

매끄럽다니……

확실히 매끄러웠어.

주인을 잃어버렸을까?

아마.

주인을 찾을 수 있을까?

관희는 음 하고 무언가 생각하는 듯한 소리를 냈다. 그래서 나도 음 하는 소리를 냈다. 그러다 관희가 응 하고 마치 작은 개가 짖듯이 대답했다.

한밤중에도 쓰다듬어 알아볼 수 있도록, 되찾기 위한 용도로 생성된 개야.

관희와 나는 하천을 따라 걸었다. 그러다 빛을 난반사하는 거대한, 너무 거대해서 지쳐 보이는 얼굴 모양 동상이 보일 때쯤 속도를 줄여 천천히 걸었다. 빛 아래 서 있는 낯선 얼굴의 할머니가 보였다. 우리가 이 곳에서 만나기로 약속한 할머니였다. 우리는 할머니에게 손을 살짝 흔들어 인사했다. 멀리 떨어져 있어서 할머니의 표정은 동상의 표정보다 명확하지 않았지만 왠지 미미하게 웃고 있을 거라는 예감이 들어 나도 웃음이 나왔다.

우리가 저 할머니의 돈을 빼앗는 것 같아.

관희가 입을 거의 움직이지 않고 말했다. 나는 관희의 손등을 엄지로 살살 쓸어 주면서 안심을 시켰다.

저 할머니도 우리한테서 뭔가 뺏어 갈 거야.

우리한테서 뭘?

관희는 아프고 또 걷는 게 힘들잖아. 저 할머니는 관희를 걸어서 힘들게 만들잖아.

관희가 고개를 끄덕였다.

그리고 나는 우리 할머니가 싫어. 너무 크게 말하고 그래서 나도 크게 말하게 만들잖아. 그게 너무 너무하잖아.

그치만 저 할머니는 안 그럴지도 모르는데?

그런 이야기들을 하면서 나와 관희는 거대한 얼굴 동상 앞에 도착했다. 가볍게 고개를 숙여 인사하고 우리는 할머니의 손을 슬쩍 잡았다. 나와 할머니와 관희 순으로 손을 잡고 나란히 걷는데 맞잡은 부분이 따뜻했다. 이렇게 나이 들고 깡마른 할머니에게도 에너지가 남아 있구나. 할머니는 전혀 크게 말하지 않고 조곤조곤히 자신의 이야기를 해 주었다. 십여 년 전만 해도 그녀가 고등학교에 있었다는 것. 우리가 이 지역에서 오래 살았다면 자신이 우리는 아니어도 우리 친구들을 한 번쯤은 가르쳐 봤을 거라는 것. 그렇지만 나는 이 지역에 산 지 얼마 되지 않았고 더군다나 고등학교를 다니지도 않았는데. 그런 이야기도 할머니에게 해 주었다. 또 우리는 보시다시피 아주 닮고 귀여운 운명적인 연인이고 일을 하지 않는다는 이야기. 엄밀하게 말하자면 우리는 지금 일을 하는 도중이기는 했지만. 여하튼 또 관희는 공장에서 일을 하다가 얼마 전에 관뒀고 이 산책이 끝나고 나면 상병수당을 받으러 국민건강보험공단에 갈 거라는 이야기.

아, 맞다. 관희는 상병수당을 받아야 한다. 상병. 상병이라니. 관희는 몇 년간 공장에 다니면서 상처도 나고 병에도 걸렸다. 탈구된 팔. 크고 작은 흉터들. 배를 앓는 일. 약통에서 나는 텁텁한 흙냄새. 자다가 아야야 하고 눈을 뜨고 나도 덩달아 눈을 뜨는 일. 나는 그런 것들과 몇 년이고 함께 살아왔다. 그런데도 상병이라는 단어는 내가 한 번도 가져 보지 못한 것 같이 어색하고 또 어색하다는 게 이상하다.

너희는 어렵구나.

할머니가 말했다.

어색하다고요?

내가 말했다.

너희는 어려운 처지구나.

할머니가 힘주어서, 우리랑 이야기한 것 중에서 가장 큰 목소리로 말했다. 우리는 손을 놓지 않고 아무런 대답도 하지 않고 강가를 따라 쭉 걸었다. 할머니를 다시 얼굴 모양 동상에 모셔다드리고 할머니에게 이만 원을 받았다. 우리는 다시 두 사람이 되어 서로의 손을 잡고 걸었다. 우리는 둘이어서 둘밖에 없어서 서로의 손을 잡는 수밖에 없었다. 국민건강보험공단에 갔을 때는 이미 문이 닫혀 있었다. 다시 집으로 돌아가는 길에는 자꾸만 할머니의 말이 떠올라서 관희에게 물었다.

아까 그 할머니, 우리한테 뭐라고 했더라.

우리가 어려운 처지에 놓여 있다고 했어.

우리가 어려워?

우리가 곤란해 보였나?

나는 곤란하지 않아. 아침 일찍 일어나서 양치를 하고 미지근한 물을 마시고 스트레칭을 하고 명상을 한다. 유튜브 영상에서는 명상을 할 때 나 자신을 보세요 이야기를 하지만 나는 그럴 때 눈을 감아야 하는지 관희를 보아야 하는지 도저히 모르겠어. 그래서 관희와 키스를 하고 손을 잡고 산책을 나간다. 외로운 사람들과 한 시간 동안 강가를 걷고 그들이 필요하다면 우리가 양쪽에서 그 사람의 어깨를 꼭 감싸고 온기를 나누어 주기도 또 이따금씩 받기도 한다. 오늘처럼. 그러니까 할머니와 귀여운 두 손주처럼. 걷다가 할머니의 다정한 미소가 사라져 버릴까 봐 걱정하기도 한다. 우리는 다정함에 있어서는 언제나 진심으로 대한다. 그리고 할머니에게 이만 원을 받고 집에 오면 일기를 쓴다. 오늘은 무슨 이야기를 나누었는지. 그래서 오늘은 어려운 처지에 놓여 있다는 말을 들었다는 일기를 쓸 것이다. 일기를 쓸 때 왠지 눈물이 날 것 같겠지만 그건 오늘 들었던 말 때문이라고는 할 수 없다. 원래 일기를 쓸 때는 괜히 눈물 날 것 같은 느낌이 나니까. 그럴 때는 화장실에 가서 거울을 보면서 오래오래 양치를 한다. 내가 오른손으로 양치를 하면 거울은 왼손으로 양치를 한다. 오래오래.

집에 돌아와서 우리는 키스를 했다. 오늘 산책을 생각하면서. 그러다가 문득 깨달아서 음 하고 소리를 내면서 입술을 뗐다.

우리가 가난하다는 건가?

그건 맞지.

관희가 끄덕이고 나도 따라 끄덕였다. 우리는 키스를 마저 하다가 또 입술을 떼고 약속했다. 다음에 또 그 할머니를 만나면 이야기해 주기로. 저희 둘이서 이야기해 봤는데 저희는 가난하기는 하지만 난처하지는 않아요. 그리고 또 키스를 하다가 입술을 떼고 또 약속했다. 앞으로는 우리의 진짜 이야기를 들려주지 않기로. 일할 때 좀 더 신중하게 이야기를 하기로. 신중하게 이야기하지 않으면 우리는 몹시 어려운 사람이, 아니면 곤란한 사람이 된다. 그렇게 일기에 적었다.

관희야, 난 돈을 버는 게 무서워.

관희에게 말하는 대신 일기에다 적고 나서 무섭지 않은 일을 찾아보려고 했다. 무섭지 않은 일은 힘들거나 어렵지 않은 일과는 다르다. 무섭지 않은 일은 내가 나 자신을 들여다보지 않아도 되는 일. 당신에게 나 자신을 보여주지 않아도 되는 일. 그리고 내가 당신보다 많은 정보를 가지고 있어서 절대로 당신이 나를 속일 수 없고 내가 당신을 속여먹을 수도 있는 일. 나 대신 다른 물건만을 선보이거나 건네주는 일. 그런 일은 좀처럼 찾기가 힘들다. 지금은 산책 아르바이트 말고는 특별히 다른 일을 하고 있지는 않다. 앱에 산책 광고를 등록해 두고 누군가 우리를 원한다는 알림이 오기를 기다린다. 건강한 내가 일을 하고 있지 않아서 관희에게 미안해야 한다는 게 이따금 쓸쓸하고 외롭다. 이따금은 외롭고 쓸쓸하다.

우리가 처음으로 함께 일한 곳은 종로의 건물 옥상이었다. 옥상에서 영화 상영회가 진행되었고 우리는 거기서 반나절 동안 일했다. 관희는 검은색 보면대를 세워 놓은 것이 고작인 카운터에서 예매인의 이름과 번호와 인원수를 확인한 뒤에 표를 배부했고 나는 그 옆에서 영화 관람에 필요한 이어폰 장비를 배부했다. 각자의 이어폰을 통해 영화 소리를 듣는 식이어서 우리는 배우의 목소리라던가 배경음을 들을 수 없었다. 우리는 스크린 반대편 벽에 기대서서 배우의 입 모양과 나뭇가지의 흔들림에 집중했다.

아주 캄캄한 밤이었다. 화면은 공원에서 자전거를 타는 남자의 옆모습을 끈질기게 따라가며 잡았다. 화면은 움직이는 남자를 계속 중앙에 두고 있어 마치 남자가 아니라 공원이 움직이는 것처럼 보였다. 객석에서 과자 봉지 터지는 소리가 났다. 화면이 전환되었고 또다시 밤. 여자가 걷고 있었다. 계속 걷고 있는데 화면은 여자를 성실하게 따라가지 않아 여자는 프레임에서 자꾸만 사라졌다. 여자는 걷고, 사라졌다. 다시 나타나서 걷고, 그리고 사라졌다. 그때 관희가 처음으로 나에게 귤에 대한 거짓말을 해 주었다.

관희라는 가명을 쓴 적 있지만 제 본명은 귤이에요.

크지도 작지도 않은 목소리였다. 스크린 앞에는 오십 명가량의 사람들이 있었는데도 오직 나만 그 거짓말을 들을 수 있었다. 이후 우리가 사귀게 되었을 때 관희는 그 영화의 제목이 〈개를 위한 노인 이름〉이라고 주장했다. 하지만 내가 기억하기로는 〈노인을 위한 개 이름〉이었다.

우리는 손을 잡고 국민건강보험공단에서 다른 사람들과 함께 벤치에 앉아 있었다. 사람들의 얼굴을 몰래, 그렇지만 부지런히 살펴보았는데 아무래도 어려워 보이지는 않았다. 나도 관희도 그런 얼굴이었으면 좋겠네. 우리는 어렵지 않은 얼굴로 이십 분 가량을 잠자코 기다렸다가 창구에 갔는데 상병수당 신청용 진단서가 없어서 처리가 안 됐다. 그러면 오늘은 병원에 갈까? 관희에게 물어봤는데 상병수당 신청용 진단서를 발급해 주는 병원이 따로 있다고 했다. 지도 앱을 열어 검색해 보니 오늘 도착하게 되면 아슬아슬하게 진료 시간이 끝날 것 같았다. 그래서 우리는 집으로 돌아가기로 했다. 출구

쪽으로 걸어가는데 맨 뒤편 벤치에 누군가 누워 있다는 사실을 알아챘다. 우리는 행여나 그 사람이 깨지 않게 조심스럽게 그쪽으로 걸어갔다.

이 아주머니 자고 있네.

관희가 말했다.

희고 짧은 머리털. 펌을 하지 않은 것 같은데 곱슬곱슬한 머리털을 가진 중년 여자였다. 한눈에 봤을 때는 꿈을 꾸면서 울고 있는 줄 알았는데 그냥 울 것 같은 표정을 짓고 있을 뿐이었다. 쓸쓸하거나 슬픈 꿈을 꾸고 있나 봐. 우리는 아주머니에게 살그머니 다가가 어깨를 살짝 두드렸다. 아주머니는 생각 외로 가볍게 일어나 앉았다. 짧은 명상을 하고 일어나 다시 일에 복귀해야 하는 사람처럼 그렇게. 그리고는 머리를 개처럼 탈탈 털어내기도 했는데 어지러워 보이지도 않았다. 자세히 보니 아주머니는 울 것 같은 표정을 짓고 있는 게 아니라 애초에 생겨먹기를 울 것 같은 얼굴로 생겨먹은 듯했다. 그리고 아주머니에게서는 미지근한 물 냄새가 났다. 항구 도시에 있는 오래된 건축물 냄새 같기도 했다. 빛을 받아들이거나 토해낼 여력조차 없는.

저희랑 같이 걷고 돈을 주실래요?

내가 말했다.

응.

아주머니가 대답했다.

밖으로 나가자 거리가 젖어 있었다. 비가 온다는 이야기는 없었는데 실제로 지금도 비가 오지 않고 있는데. 빗물 고인 웅덩이에 비친 우리 그림자가 일렁거렸다.

우리는 쌍둥이 남매예요.

응.

얘는 귤이고 저는 감이에요.

응.

응 하고 아주머니가 대답할 때마다 우리는 조금씩 즐거워졌다. 오늘 일기에는 우리의 이야기 대신 귤과 감의 이야기를 쓸 수 있겠네. 그래서 더 신중하게 이야기를 만들어 내기 시작했다. 우리가 만들어 낼 수 있는 것 중에 가장 근사한 이야기들로. 귤은 어린 시절부터 도박에 중독되어 꿈속에서도 한탕 하지 않으면 깨어날 수 없어요. 감은 중독에는 취약하지 않지만 마음만 먹으면 끝없이 잠을 잘 수도 있어요. 그런 이야기들을 하는데 문득, 나는 아주머니의 이름이 궁금해졌다.

당신은 이름이 뭐예요?

귤과 감 중에 하나가 물었다.

개.

아주머니가 대답했다.

뭐라고요?

귤과 감 중에 하나가 되물었다.

나는 오래 전에 한 여자에게 끔찍하게 사랑받았단다. 그녀는 지독한 알코올 중독이었지만 아주 아름다웠고 또 나에게는 한없이 온화했지. 그녀는 늘 구불구불한 머리칼을 위로 틀어 올리고 있었지. 그래서 나는 그 희고 잘록한 목을 핥아대는 걸 좋아했어. 아직도 냄새가 맡아지는구나. 항구 도시의 습한 바람이 불어오는 그 이층집의 냄새가 말이야.

아주머니한테서는 진짜 냄새가 나긴 나요……

내가 말했다. 아주머니는 아랑곳 않고 진짜 무슨 냄새가 맡아지듯이, 그러니까 진짜 냄새가 나기는 했지만, 자신의 개였던 시절을 회상하듯이, 아니 진짜 그녀가 개인 것처럼 코를 발작적으로 끌어올리며 킁킁거렸다. 관희와 나는 아주머니의 손을 슬며시 잡았다. 관희와 아주머니와 나 순으로 손을 꼭 잡고 하천 쪽으로 걸어갔다. 관희와 나는 아주머니와 그녀의 그림자에게 개를 위한 노인 이름이라는 이름을 붙여 주었다. 아니면 노인을 위한 개 이름이라고도 부를 수 있다. 걸을 때마다 개를 위한 노인 이름의 볼이 조금씩 불그스름해졌고 우리는 딱 그만큼 더 빠르게 걸었다. 빗물 고인 웅덩이를 밟을 때마다 들리는 찰박찰박 소리를 즐거워하면서. 우리는 개를 위한 노인 이름의 몸에 기댔다. 미지근한 물 냄새가 났다. 그림자에게도 물결이 있다니 그 사실이 너무나 이상하다고 여기면서, 각자의 묽은 그림자를 신발로 닦아내면서, 우리는 손을 잡고 걸었다. 이상하지, 모두 상기된 얼굴로.

개를 위한 노인 이름은 우리의 단골이 되었다.

살결을 만지면 부드럽고 팔뚝을 움켜쥐면 따뜻하다. 그리고 또 머리털도 있다. 쓰다듬으면 푸슬푸슬 소리가 나서 웃음이 날 것 같은 그런 머리털. 우리가 이야기하면 개를 위한 노인 이름은 내향적인 개가 조심스럽게 짖듯이 응 하고 대답하고 우리는 만족한다. 그런 사람인가 개 앞에서 우리는 세상 모든 사사건건에 대해 불만이 있고 모든 사람에 대해 무람없는 녀석들인 것처럼 행동한다. 그러면 우리는 건강하고 강한 사람이 된 것 같이 느껴지기도 해. 우리는 어떤 개인가 사람과 일주일에 다섯 번 산책을 했다. 그러니까 일주일에 십만 원. 관희는 아직까지 상병수당을 신청하지 못했다. 상병수당은 하루에 사만 칠천 원. 그러니까 어떻게 계산해도 우리는 하루빨리 신청을 해야 하는데 왜일까 자꾸 미루게 된다. 이제는 신청 기간도 얼마 안 남았고 진짜 가야 하는데 하면서 우리는 당장에 천천히 걷는 게 좋다.

강가에는 자유롭게 산책하는 아이들이 많았다. 선생님이 앉아 있어서 아이들이 아무리 타고 오르고 그 위에서 뛰어도 벤치는 넘어지지 않았다. 누구도 기르지 않는 새들이 벤치로 천천히 걸어가는데 선생님은 가만히 앉아서 빵을 조금씩 떼어먹을 뿐이었다. 아이들은 무언가를 주워다 선생님께 선물하는 일에 몰두하고 있는 듯했다. 아이들이 손을 벌려 선생님에게 무언가를 보여 주면 선생님이 손짓을 하며 뭐라고 이야기를 했다. 그러면 아이들은 바나나 차차 바나나 차차 하는 구절이 의미 없이 반복되는 노래를 부르며 새들과 함께 경쾌하게 흩어졌다. 아이들은 개를 데리고 다니는 사람마다 붙잡고 말을 걸었다. 그중 두 아이가 개를 위한 노인 이름에게 슬며시 다가오기 시작했다.

왈왈이.

왕왕이.

두 아이가 개를 위한 노인 이름의 티셔츠를 끌어당기면서 말했다.

우리는 검고 둥근 개를 찾고 있어요.

개를 위한 노인 이름이 무릎을 굽혀 두 아이가 자신의 울 것 같은 검은 눈을 실컷 볼 수 있도록 쪼그려 앉았다. 나랑 관희는 왠지 물러나야 할 것 같은 기분에 몇 걸음 멀어져서 그들을 지켜보게 되었다.

우리는 둥글고 검은 개를 찾고 있어요.

두 아이가 말했다.

웅크려 앉아 보겠니?

개를 위한 노인 이름이 말했다. 두 아이는 개를 위한 노인 이름과 마주보고 웅크려 앉았다.

나 아주 예전에 비슷한 장면을 봤어.

관희가 말했다.

어릴 때, 할아버지 제사를 지낼 때 말이야. 바닥에 이마를 대고 오래오래 절을 하다가 잠에 들어 버렸어. 그러자 내가 정원에서 걸음마를 떼고 있었어. 거기엔 검은 개만 혼자 돌아다니고 있었어. 검은 개는 나에게 걷는 법을 알려 주었고 나는 개를 산책시켜 주었어. 그리고 개에게 이름을 붙여 주었어. 다시 잠에 들면 그 개를 만날 수 있다고 착각했던 거야.

우리는 웅크린 채 자신들의 그림자를 마주하고 있는 세 명인가 세 마리를 몇 분이고 지켜보았다. 그러다 보니 세 사람은 때때로 그림자로 착각되고 그림자는 때때로 검은 개로 착각되기도 했다. 개를 위한 노인 이름에게도 아이가 있을까? 글쎄, 잘 모르겠다. 하지만 언젠가 그녀의 아이를 만나게 된다면 이렇게 말해 줄 거야. 너는 모르지? 우리가 너네 엄마랑 얼마나 재밌었는지. 이런 말들은 이 여름이 지나야 말할 수 있다. 그리고 이 여름은 너무나도 길어서 지나가지 않을까 봐 걱정이 돼.

나에게도 검은 개가 있었다.

내가 열 살 때쯤인가 엄마 아빠랑 떨어져 살 때의 일이다. 그 사람들이 하던 사업이 망하고 신용불량자가 되었기 때문에 나를 다른 친척 집에 보내야 한다고 했다. 대체 왜? 나는 그 사람들이 나랑 같이 살 수도 있었지만 여러모로 생활력이 부족해서 나를 감당하지 못한 거라고 믿으면서 그 사람들 곁을 떠났다. 여하튼 그 시절 나와 부모는 메일을 주고받았다. 엄마는 개를 하나 기르기 시작했는데 개를 정말 사랑하고 개도 엄마를 정말 사랑한다는 내용의 메일을 보냈다. 여름 방학 때 엄마 아빠네 집에 잠시 놀러가 본 적이 있다.

그 때 본 개는 엄마와 함께여서 그다지 행복해 보이지는 않았다. 눈으로 알았어. 개는 엄마와의 생활을 지겨워하고 있었다. 내가 몇 번 개의 가슴팍을 확 밀어 본 적도 있다. 네가 원하는 걸 말해. 왈왈. 말하라고. 왕왕.

개는 얼마 안 가 몹쓸 병에 걸렸는데 내 생각에 엄마가 개를 한 번도 산책시키지 않은 탓이었다. 개가 거의 죽어갈 때쯤에는 온 집안이 어떤 냄새로 가득했다. 내쫓고 싶은데 그럴 수 없어서 내가 무력해지는 냄새. 개가 이를 세우고 으르렁거릴 때면 나는 생각했다. 개가 두려워하는 건 그 무엇도 아니고 자신에게서 나는 바로 그 냄새라고. 그 지경이 될 때까지 엄마 아빠는 개를 동물 병원에 데려가지 않았다. 개가 죽었을 때는 한밤중이었고 아빠가 개의 몸에 손을 올려 두고 말했다. 아직 여기에 있어. 내가 뭐라고 하려고 하니까 아빠가 나를 눈빛으로 저지했다. 엄마가 개의 몸에 엎드려 흐느꼈다. 아빠는 엄마를 가만히 지켜보고 있었다. 나는 생각했다. 뭘 하는 거지 이 멍청이들? 아직 여기에 있다니 뭘까. 대체 무슨 말일까. 개의 등허리를 만져 보니 따뜻하기는 했다. 그러다 나는 울음이 나고 말았는데 그 사람들이 너무 멍청해서 그만 슬퍼지기 시작한 것이었다.

여름이 아직 끝나지 않았는데 개를 위한 노인 이름은 우리에게 더 이상 연락을 해오지 않았다. 나는 종종 앱을 열어 그녀가 우리에게 메시지를 보내지는 않았는지 확인했다. 그녀에게 온 메시지는 없었고 대신 개 산책을 원하는 젊은 부부가 있었다. 최근에는 광고를 보고 연락하는 사람이 드물었고 사실 광고를 올려 두었다는 사실도 거의 잊어버리고 있었다. 우리가 앱에 올려 둔 광고문은 이것이었다. 개가 아니라 사람과 산책을 합니다. 그런데도 그들은 사람이 아니라 개를 산책시켜 줬으면 한다고 했다. 이 일을 해야 할지 거절해야 할지 고민이 되었다. 오늘은 관희가 아침부터 병원에 검진을 받으러 가서 나 혼자 있어야 한다. 그리고 왠지 그 사람들이 우리를 엿 먹이려고 한다는 생각이 들기도 했다.

이 사람들이 우리를 엿 먹이려고 하는 걸까?

하지만, 괜찮은 사람들일지도 몰라.

그래도 관희가 없으면 싫어.

내가 말하자 관희는 나를 꼭 안아 주었다. 그러자 모든 게 괜찮아졌고, 그런 괜찮음은 언제나 잠시간이라는 걸 알면서도 다 괜찮아졌다. 맞아. 그 사람들은 어쩌면 괜찮은 사람들일 수도 있고 가끔은 혼자 산책을 해 보는 것도 좋겠지. 그렇게 마음이 정리되었다.

거대한 얼굴 동상 앞에 젊은 부부와 개 전용 유아차가 서 있었다. 아내는 털이 구불구불한 갈색 개를 안고 있었다. 아내는 만삭이었고 종아리 중간까지 내려오는 펑퍼짐한 원피스를 입고 있었다. 그리고 동그란 안경을 쓰고 있었다. 동그래서 안정적인 안경테. 남편은 한 손으로 아내의 어깨를 부드럽게 감싸고 있었다. 젊은 부부는 나에게 개를 넘겨주지도 않고 또 손을 잡아 주지도 않았다. 그냥 유아차를 내 쪽으로 슥 밀었다.

나는 유아차를 정말로 계속해서 밀었다. 젊은 부부는 나에게 터무니없는 요구를 하고 있었다. 그런데도 이상한 점을 전혀 느끼지 못하는 것처럼 보였다. 그들의 아니면 개의 유아차를 왜 내가 밀고 있을까. 왜 개를 유아차에 태우려고 하지 않을까. 그런 생각을 하다가 진이 빠졌다. 남편이 내 오른쪽 어깨를 한 번 두드렸다. 남편은 어깨 좀 펴고, 하면서 나의 어깨를 한 번 더 두드릴 뿐이었다. 오른쪽 어깨를 쳐다보았을 때 남편의 네 번째 손가락에 끼워진 반지가 잠깐 반짝였다. 남편은 곧바로 손을 내렸지만 나는 반지가 반사하는 빛을 곁눈질로 자꾸 쳐다보면서 어지러워졌다.

강가는 한산했고 쭉 뻗어 있었다. 그런데 이상하지, 숨이 찼다. 나는 이 사람들이 화가 났을까 봐 걱정이 됐다. 관희야, 이 사람들이 화가 나면 나 혼자서는 해결하지 못할 거야. 나는 유아차의 차양막을 올렸다 내렸다 했다. 내가 이 부부를 화나게 만든 걸까? 그런 생각을 조금 하다가 관뒀다. 왜냐하면 젊은 부부는 화난 것처럼 보이지 않았고 오히려 반대였다. 나는 그들의 눈빛에서 도무지 깊이를 가늠할 수 없는 평온함을 보았다. 자신들을 둘러싼 세계가 안정적이고 균일한 방식으로 회전할 거라는 믿음 같은 것. 나는 점점 빨리 걸었고 젊은 부부와 개는 조금씩 나와 멀어졌다. 나는 종종 뒤를 돌아 그들을 바라보았고 남편이나 아내 중 한 명과 눈이 마주쳤다. 그럴 때마다 그 사람들은 입술 끝을 살짝 끌어올리거나 눈짓을 하는 방식으로 나에게 예의를 표시했다.

나는 관희의 말이 맞을지도 모른다고 생각했다. 맞아 관희야. 저 사람들은 정말 괜찮은 사람들일지도 몰라. 이윽고 나는 약간 슬퍼졌다. 저 사람들의 선량함이 어떻게 나를 슬프게 만들 수 있는 걸까? 햇빛 때문에 이마가 따가웠고 또 땀이 났다. 땀을 흘리면서 나는 점진적으로 슬퍼졌다. 나는 가속적으로 빨리 걷고, 걷다가 뒤를 돌아보면 그 사람들과 개가 조금씩 멀어져 있는 식이었다. 나는 그런 식으로 계속 강가를 따라 걸어갔다.

집으로 돌아가는 길에 나는 바나나를 한 송이 생수를 한 병 샀다. 집까지는 거리가 약간 있었고 바나나와 생수는 걸을 때마다 점점 더 무겁게 느껴졌다. 너무 무거워서 좀 내려놓아야겠다는 생각이 들 즈음, 나는 관희의 뒷모습을 보았다. 관희는 빛 아래서 천천히 걸어가고 있었다. 무심할 정도로 같은 보폭 같은 리듬으로. 그래서 내가 천천히 걸으면 관희가 멀어졌다. 빠르게 걸으면 관희와 가까워졌다. 내가 그런 식으로 관희와의 거리를 조절할 수도 있다는 사실이 이상하게 서운하게 느껴졌다. 그렇지만 이건 관희에게 서운한 것도 나 자신에게 서운한 것도 아니었다. 그냥 우리가 이렇게 걸을 수도 있고 저렇게 걸을 수도 있다는 그 사실이 서운했다. 그런 생각을 하고 있는데 관희가 집 앞 편의점으로 쏙 들어갔다.

편의점의 통창으로 빛이 내리쬐고 있었지만 건물 앞에 가로수가 있어 여기저기 그늘이 드리워져 있었다. 협소한 빛 아래, 창가의 테이블에 앉아 조용히 삼각김밥 씹는 관희. 저거 언제 삼키는 건데…… 생각이 들 정도로 지겹게 우물우물 씹다가 또 한 입을 먹고 또 우물우물…… 관희야, 나는 그냥 그게 보기 싫었던 거야. 삼각김밥 씹는 관희를. 관희야, 너는 더 건강한 걸 먹어야 해. 네가 그런 거 먹는 거는 나는 별로야. 나는 관희를 못 본 척 혼자 집으로 향했다.

방 한가운데 뜯지 않은 택배 상자 하나가 덩그러니 놓여 있었다. 사람의 가슴통만 한, 그러니까 그리 크지 않은 부피의 상자. 보낸 사람을 확인해 보니 관희가 다니던 공장이었다. 관희가 집에 들여다 놓고 다시 나간 모양이었다. 방 한쪽으로 치워 두거나 뜯어보아야 할 것 같았지만 왠인지 그러고 싶지 않았다. 뭔가 각오가 필요할 것 같았는데 그게 어떤 각오냐면 무거워서 그런 건 아니고⋯⋯ 그러니까 빛으로 가득한 상자를 흔들어 볼 때의 각오 같은.

관희가 집으로 돌아왔을 때 나만큼 관희도 지쳐 있었다. 관희는 양치를 하고 침대로 스르륵 기어들어 갔다. 오늘 관희가 먹은 것에 대해 좀 혼내줄까 그러지 말까 고민했다. 그러지 말자. 관희도 오늘 병원에서 많이 힘들었으니까. 병원에서의 일들은 지겨운 걸 알아. 의자에 앉아 멍하니 기다리는 거잖아. 그런데 관희의 이름은 한참을 안 불리고 그래서 혹시 자신의 존재가 누락된 건 아닌지 걱정하고. 간호사에게 가서 물어보려고 해도 관희에게 대답을 해 주기에는 너무 바쁘다. 진료를 받고 나서는 또 다른 층으로, 또 다른 층으로⋯⋯ 관희는 그런 것들에 지쳤을지도 모른다. 그렇지만 관희야, 나도 오늘 힘든 일을 많이 겪었는데. 관희는 상상할 수 있어? 강가를 혼자 걷는 나를.

나는 침대 쪽으로 가 앉았다. 그리고 관희 위에 올라타서 관희의 얼굴을 들여다보았다. 관희의 얼굴은 지쳐도 귀엽지만 그런 얼굴은 보기가 힘들다. 근육에 힘이 없어서 눈꺼풀이 닫힐 듯 말 듯한, 차라리 잠들어 버리는 게 낫겠다는 그런 얼굴. 나는 그런 선명한 얼굴을 견디기 힘들어서 관희에게 뽀뽀를 했다. 그러다 문득 관희에게 말해 버린 것이다.

아이를 가지는 건 어떨까?

관희가 나를 한참 동안 가만히 바라보았다. 나를 바라보는 관희. 관희가 바라보는 나는 지금 어떤 얼굴인지. 우리 얼굴이 어떻게 같고 어떻게 다른지. 그런 것들은 물어보지 않았다.

아무래도 그건 좀⋯⋯

어째서?

관희는 바로 대답을 하지 못하고 머뭇거렸다. 어째서? 한 번 더 물었다. 하지만 나도 알아. 우리가 함께 사랑하기에 이 집의 규모는 너무 작다. 그렇지만 나는, 관희랑 아이랑 개랑 함께 살면서 크고 흰 집에서 오래오래 바닥을 닦으면서 희게 헌신하고 싶어. 헌신하면서 살고 싶어. 맞아, 우리는 얼마든지 살아갈 수 있다고. 그러니까 매일 아침에 거울을 보는 일, 그것이 얼마나 견디기 힘든 일인지 너도 나도 모르지만 실은 눈치 챘지만 네가 너에게 내가 나에게 숨기고 사는 것처럼. 일기 쓸 때 눈물 나는 표정이 되는 것처럼. 엉엉 울다가도 거울이 나를 쳐다볼 때 그만 눈물을 뚝 그치는 것처럼.

내가 죽을 수도 있으니까.

네가 죽는 건 싫어.

나는 흐느끼고 있었다. 눈물이 흐르고 조금 있다가 콧물도 흘렀다. 그러자 관희가 휴지로 콧물을 슥 닦아 주었다. 그리고 나서 또 콧물이 흘렀다. 관희가 자꾸 닦아 주니까 콧물이 또 나잖아. 콧물이 나니까 관희가 닦아 주고. 관희가 닦아 주니까 콧물 나는 건 좋은 것 같다. 그렇게 생각하니까 눈물이 그치고 콧물만 나왔다. 관희야, 또 닦아 주라. 또…… 그러다가 나는 잠에 들었다.

밤중에 일어났을 때 관희는 어둠 속에서 몸을 둥글게 말고 웅크려 있었다. 자세히 보니 관희는 공장에서 배달 온 상자를 온몸으로 꽉 안고 있었다. 마치 그 안에 빛이 가득 들어 있어서 조금도 새어 나오지 않게 하려는 것처럼. 나는 관희 곁으로 가서 관희의 가슴 부근을 끌어안았다. 그리고 관희와 나 중 한 명이 말했다.

삶이 빛으로 가득하다는 게 무섭지 않아?

무겁냐고?

아니 무섭다고.

관희와 나 중 한 명이 다른 한 명을 바닥에 넘어뜨려서 깔아뭉개 버렸다. 그리고 엎치락뒤치락하다가 관희가 위에 올라타게 되었다. 맞다. 관희의 몸이 가슴을 꾹 짓누르는 감각이 무겁고 좋다. 좋고 무겁다. 아아. 맞아. 관희는 무겁다. 우리는 콘돔을 뜯어 바닥에서 한참을 뒹굴고 모든 게 끝나고 나서는 관희를 꽉 안고 눈 감았다. 빛으로 가득한 정원에서 웅크려 자는 꿈을 꿨다. 빛이 점점 무거워져서 환하게 잠에서 깼을 때, 나는 너무 춥다고 생각했다.

우리는 걷다가 거대한, 여전히 너무나 거대해서 지쳐 보이는 얼굴 동상 앞에 서 있는 여자아이를 보았다. 아이는 한 손에 투명한 비닐봉지를 들고 나머지 한 손에 설탕 묻은 꽈배기를 들고 있었다. 베어 문 흔적은 있었지만 아이는 더 이상은 먹지 않을 것 같았다. 우리는 멀뚱히 그 아이를 내려다보았다. 그러고 있자니 아이가 왜 자기에게 말을 걸지 않는지 의아하다는 표정으로 이야기했다.

엄마가 여기에 있으라고 했어요.

우리는 그렇구나…… 하고 고개를 천천히 끄덕였다.

우리 엄마는 어디에 갔어요?

여기에 있으라고 했다며.

내가 말하자 아이가 눈알을 몇 번 굴렸다.

한 시간 전에요.

관희랑 나는 잠시간 음 하고 생각을 하다가 내가 먼저 맞다, 하고 말했다.

술래잡기를 하는 거야.

아이가 고개를 갸웃했다.

집에 가서 일기에 쓰면 돼.

저 일기를 어떻게 쓰는지 몰라요.

자, 일기를 연습해 보자. 이렇게 쓰는 거야. 엄마랑 술래잡기를 했다.

내가 말하자 아이는 잠자코 있었다.

얘, 따라해야지. 엄마랑 술래잡기를 했다.

내가 말했다.

그런데 일기를 쓸 때는 글자로 써야 해.

관희가 말했다.

엄마랑 술래잡기를 했다.

아이가 말했다.

그렇지. 우리도 쓸 것이다. 관희야, 오늘 쓸 일기의 내용을 미리 생각해 볼까. 거울과 손을 잡고 강가를 걸었다. 거대한 얼굴 동상 아래서 꼬질꼬질한 아이를 보았는데 귀엽게 생겼다고는 할 수 없지만 곧 엄마가 찾으러 와서 귀여운 우리 공주님, 하고 아이의 얼굴이 구겨지도록 꼭 안아 주었지. 그리고 옆에는 하늘색 하네스를 한 개도 있었다. 털이 복슬복슬해서 만지면 웃음이 날 것 같은 그런 개. 엄마는 딸을 안아 들어 그녀의 차로 우아하게 걸어갔고 개는 엄마와 딸을 따라가다가 문득 우리 쪽을 돌아보고는 내 상상만큼 아름답게 짖었다. 우리는 그놈의 국민건강보험공단에 가서 관희의 상병수당을 신청하고 나오는데 어디선가 습한 바람이 불고 나는 재채기를 했다. 나는 처음으로, 내가 병든 것이 아닐까 근심하고 또 기뻐했다.

당선소감 | 남의현

출근길에는 유튜브에서 〈엄마 내 오둥이 어디 갔어요? 클래식〉이라는 제목의 플레이리스트를 듣는다. 썸네일은 길바닥에 버려진 오리 인형. 이마에 대형폐기물 스티커를 붙인 채 어딘가 어리둥절한 표정. (이 어리둥절한 표정의 캐릭터를 오둥이라고 부르는 모양이다.) 댓글 창에서는 사람들이 가져 본 적도 없는 오둥이를 그리워하고 있다. 오둥이를 잃어 본 적 없으면서. 없는 기억 때문에 슬픔에 잠겨 있다. 나도 마찬가지야. 없는 오둥이를 잃어서 슬프다. 그것이 나에게 당신들에게 진짜 있었던 일이 아니라서 마음껏 슬프다. 그래서 여기에다 슬프다고 마음껏 쓴다.

진짜 있었던 그 일들에 대해서는 좀처럼 슬프다고 말하기가 어렵다.

내 얼굴을 마주하는 일이 어렵다. 그래도 지난여름 내 얼굴을 보려고 매일 매일 노력했다. 이를테면 아침에 양치를 하며 거울을 보는 일. 퇴근하고 돌아와서 내가 누군가의 삶을 망치지 않았는지 일기에 적는 일. 그건 아주 힘든 일이었지만, 바로 그 일들을 해내느라 하루가 더럽게 힘들어졌지만, 그래도 계속해 보기로 마음먹고 나서야 소설을 쓸 수 있었다. 그래서 앞으로도 그럴 것이다. 아침에는 거울을 보고 저녁에는 일기를 써야지.

나에게 당신들에게 일어나는 슬프고 무서운 일들을 슬프고 무섭다고 쓰기 위해서.

나를 쓸 수 있거나 살 수 있게 해준 그 사람들에게 감사하다. 나는 그 사람들에게 수많은 본명을 붙여 주었다. 잃어버려도 그 이름들을 불러서 언제든 되찾을 수 있도록. 그 사람들 덕분에 쓰면서 살 수 있다. 아니면 살아서 쓸 수 있다.

심사평 | 강지희 · 김인숙 · 오은교 · 정용준 · 정지아

올해의 경향신문 신춘문에 소설 부문은 응모작 수가 늘었을 뿐만 아니라 글쓰기의 수준 자체가 상향 평준화되어 있었다는 의견을 모든 심사위원의 말을 통해 확인할 수 있었다.

본심에 오른 13편의 작품만큼 훌륭한 작품들이 예심에서도 여럿 발견되어 심사위원 개개인의 취향과 안목을 집중시킬 수 있었다. 우수한 작품이 많을수록 심사는 곤란해지기보다 즐거워지는데, 좋은 문학을 향한 요건의 최소 기준보다 최대 기준을 상상할 수 있기 때문이다.

아이를 갖지 않을 것이라는 젊은 여자의 평범한 선언으로 시작하는 '발화'는 이윽고 돌봄을 편취당하는 여성의 동난 내면을 경유하며 '아이'의 의미를 동물처럼 변환시키는 문체로 전진하는 소설이다. 심사위원들은 결국 아이를 탄생시키고 마는 이 작품의 발화 방식에 처음부터 끝까지 머리채를 잡힌 채 끌려다니게 되었다는 경험을 고백했다.

'날갯소리'는 평이한 부동산 갈등 소재를 채택하는 듯 보였지만, 강렬한 마지막 이미지를 남김으로써 작가의 심상치 않은 공력을 예측하게 하는 소설이었다. 돈이라는 전횡에 맞서 그 어떤 전복이 불가능해 보이는 현실의 시점에서 몹시도 자연적이며 징그러운 복수의 눈동자를 영영 잊을 수가 없었다.

'관희는 거울 거울은 관희'는 가난하고 아픈 연인이 '개처럼' 되어 혹은 '개 같은' 사람들과 산책 아르바이트를 하는 내용이다. 앙상한 기틀을 가지고 문학적 풍성함을 더하는 감각이 돋보이는 이 소설은 등장인물들의 인간적 사랑스러움과 혐오스러움을 세련되게 표현하면서도 빈곤의 현실을 묵직하게 관철하는 문학적 이중 발화를 유창하게 구사했다. 그 솜씨에 감탄하지 않을 수 없었다.

이번 심사는 유독 새로운 이야기를 발견하기보다는, 새로울 것이 없는 이야기로 다른 현실을 발견하게 하는 일을 체험케 했다.

당선작을 골몰하던 중 '다음 작품'에 대한 기대치를 합의의 기준점으로 삼기로 했고, 결과에 이르기까지의 과정은 순조로웠다.

'관희는 거울 거울은 관희'가 신춘문예라는 응모의 요행에 가장 의존하지 않았기 때문이다. 원고를 보내주신 모든 작가들에게 존경의 인사를 드리며 당선작을 향한 축하의 박수를 아끼지 말아주시길 부탁드린다.

광남일보 **김성배**

전라북도 전주 출신
한예종 전문사 음악극창작협동과정 졸업
2011년 한국일보 신춘문예 희곡 부문 당선

국경의 밤

김성배

검정 점퍼 차림의 사내가 배낭을 들고 다가왔다. 부스 중간의 반원형 구멍으로 여권이 밀려들어왔다. 나는 사내의 얼굴을 올려다봤다. 오른쪽 귓불부터 입술까지 이어진 흉터가 눈에 띄었다. 입술을 잘근잘근 깨물고 있는 탓에 그 흉터는 독을 품은 살모사처럼 위태롭게 꿈틀거렸다. 여권을 펼쳐 스캐너에 갖다 대자 모니터에 정보가 떠올랐다. 스물두 살, 시리아 국적의 사내는 입국 부적격자였다.

"웨이트 어 미닛."

그렇게 말해놓고 책상 아래의 버튼을 눌렀다. 그와 동시에 사내의 얼굴이 일그러졌다. 그는 양손을 허공에서 허우적대며 알아들을 수 없는 말을 쏟아냈다. 내가 반응을 보이지 않자 뒤쪽으로 고개를 돌렸다. 대기선 너머로 이스탄불발 유나이티드 항공 747기의 승객들이 줄지어 서 있었다. 사내가 애타게 동조를 구했지만 모두 무심하게 그를 바라볼 뿐이었다. 보안요원 두 명이 바쁜 걸음으로 나타나자 사내는 부스에 얼굴을 바짝 들이댔다.

"제발……."

그의 입에서 뜻밖의 한국어가 흘러나왔다. 내가 뭐라 반응할 새도 없이 사내는 보안요원들에게 붙들린 채 입국장 좌측의 복도 너머로 사라졌다. 나는 생수병을 집어 들어 몇 모금 마셨다. 하루에도 몇 번씩 벌어지는 일이었다.

입국심사를 통과하지 못한 사람들은 송환대기실에서 잠시 머물다가 대부분 본국으로 돌아가야 했다.

금발머리의 여자가 부스 앞에 섰다. 스물다섯 살, 루마니아 출신, 평상복을 입고 있었지만 여권 사진은 군복 차림으로 찍은 것이었다. 최근 들어 동유럽 출신의 여군들이 유흥업소 취직을 위해 입국하는 경우가 잦았다. 거친 피부 위로 덕지덕지 발라놓은 화장이 볼품없이 떠 있었지만 특별히 문제될 만한 점은 없었다. 나는 입국 허가 도장을 찍어주고 여권을 건넸다. 곧바로 작은 체구의 사내가 다리를 절룩이며 다가왔다. 뭔가 불안해하는 기색이 역력했다. 그 자리에 서면 으레 그런 마음이 되는 모양이었다. 입국이 불허되면 장시간의 비행이 허사가 되고 국경 너머의 세계와 조우하지 못한 채 돌아서야 하므로 누구라도 불안해질 수밖에 없었다. 방문 목적을 묻자 알제리 출신의 사내는 안산 인근에 있는 섬유공장에서 받은 고용허가서를 보여주었다. 그의 여권에도 입국 허가 도장을 꾹 눌러 찍었다.

입사 초기에 선배들은 두 가지를 충고해 주었다. 무표정을 유지하고 말을 아끼라는 것이었다. 감정을 드러내거나 말을 섞다가 종종 곤란한 일에 휘말리는 경우가 있었다. 이 일을 하게 된 뒤로 표정이 단순해지고 말수가 줄어든 건 그래서였다. 반면에 후각은 좀 더 예민해졌다. 여행객들의 옷에 배어 있는 이국땅의 내음, 구취, 향수 취향은 가로 1.5미터, 세로 2.5미터의 좁은 부스로 삼투압 되듯 전해졌다. 이제는 냄새만으로 그 사람에 대해 어느 정도 알아차릴 정도가 되었다. 퇴근해서 집에 가도 그 냄새는 여전히 코끝에 맴돌았다.

대기선 너머는 비어 있었다. 몰려오는 승객들을 상대하고 나면 특히 왼쪽 어깨가 콘크리트처럼 딱딱해졌다. 오른손으로 한참 동안 어깨를 주무르고는 생수를 몇 모금 더 마셨다. 입안이 바짝 말라 있었다. 만성 탈수 증세였다. 의사는 소장의 수분 흡수 능력이 떨어졌기 때문이라며 규칙적인 운동과 함께 물 섭취를 두 배로 늘리라고 권했다. 고개를 가만히 흔들다가 전방을 바라보았다. 오십여 미터 앞으로 통유리가 펼쳐져 있었다. 거대한 스크린 같은 유리 너머로 하루 종일 여객기들이 이륙하고 착륙하는 모습이 비쳤다. 밤이 되면 스크린은 어둠에 잠겼지만 이따금 먼 곳에서 오는, 혹은 먼 곳으로 떠나는 여객기들의 불빛이 허공을 밝혔다.

갑자기 통유리 너머로 눈발이 흩날렸다. 시베리아에서 발달한 대륙고기압이 한반도 북쪽으로 남하해 눈을 몰고 올 거라는 일기예보가 맞을 모양이었다. 벌써 제설차들이 꼬리등을 밝힌 채 활주로를 오가기 시작했다. 경험으로 봐서는 폭설의 조짐이었다. 결항 사태가 빚어지면 수많은 승객들의 발이 공항에 묶이고 극심한 혼잡이 벌어질 터였다. 물을 한 모금 더 마셨다. 부스 한쪽의 문이 열리고 교대 근무자가 모습을 드러냈다.

인수인계를 한 뒤 셔틀버스를 타기 위해 걸음을 서둘렀다. 입국심사를 마치고 로비로 나온 사람들이 자신을 기다리던 이들과 만나는 모습이 눈에 띄었다. 누군가는 꽃다발을 들고 있었고 다른 누군가는 플래카드를 들고 있다가 상대를 꽉 끌어안았다. 가슴 한편이 시려왔다. 그때 휴대폰이 진동했다.

〈몇 시에 오니?〉

아버지가 보낸 메시지였다. 답장을 보내려다 말고 메신저 프로필 사진을 살폈다. 사할린의 부세 호수였다. 눈 덮인 호수는 끝이 보이지 않을 만큼 광활했고 아름다웠다. 아버지의 아버지, 그러니까 나의 할아버지는 카자흐스탄의 우슈토베로 강제 이주된 고려인이었다. 그곳에서 갖은 고생을 하다가 사할린으로 이주했고 러시아 여자와 혼인해 아들을 낳았다. 이반, 아버지의 러시아 이름이었다. 사할린대학 건축학부를 졸업하고 현장에서 일하던 아버지는 한국에서 출장 온 대기업 직원을 만나 결혼했고, 부모의 반대를 무릅쓰고 아내의 나라에 왔다.

티브이에서 고려인들의 삶이 비칠 때면 채널을 돌리곤 했다. 동질감이 아닌 낯선 경계심만 일었다. 어렸을 적 또래들이 다른 피부색과 생김새를 갖고 놀려도 개의치 않았다. "너희가 뭐라 하든 나는 한국 사람이다, 한국 사람이다!"를 속으로 되뇌었지만 아버지는 달랐다. 틈만 나면 "사할린으로 이주하자!"는 말로 어머니를 자극했다. 대기업 기획실에서 승승장구하는 아내에 대한 열등감이 그런 식으로 표출됐는지도 몰랐다. 내가 고등학교에 입학했던 해에 어머니가 운전하던 차를 덤프트럭이 들이받기 전까지 부부싸움은 지칠 줄 모르고 계속되었다.

휴대폰이 다시 진동했다. 이번에는 사무국에서 온 메시지였다.

〈전 직원 비상근무 해주세요. 예외 상황이니 양해바랍니다!〉

그때 스피커에서 안내방송이 울려 퍼졌다. 폭설로 인해 항공기 운항이 전면 중단되었다는 것이었다. 주변 사람들이 웅성거리기 시작했고 어디론가 뛰어가는 보안요원들의 모습이 보였다. 나는 통유리 너머를 바라보았다. 제설 작업이 한창이었지만 거침없이 쏟아지는 눈을 치우기에는 역부족으로 보였다.

건물 동쪽의 제한구역으로 들어섰다. 복도는 적요했다. 띄엄띄엄 천정에 박힌 등들이 희미한 빛을 뿌렸다. 일정한 간격으로 늘어선 유리문 너머로 일을 하고 있는 사람들이 보였다. 307호실 앞에서 걸음을 멈췄다. 한 사내의 옆모습이 시선을 끌었다. 그 시리아인이었다. 사내 앞으로 남자 직원과 통역으로 보이는 여자가 앉아 있었고, 조금 떨어진 의자에서는 가스총을 찬 보안요원이 무료한 표정으로 다리를 꼰 채 그들을 지켜보고 있었다.

사내가 양손을 허공으로 들어 올린 채 무언가를 설명할 때마다 통역관이 그 말을 직원에게 전했다. 직원이 난감한 표정으로 머리를 긁적였다. 밖으로는 아무 소리도 새어 나오지 않아서 자막 없는 무성영화를 보는 기분이었다. 다시 걸음을 옮겨 복도 끝 301호 문을 밀고 들어갔다. 날카로운 눈매의 직원이 고개를 들었다.

"무슨 일로 오셨습니까?"

매일 같은 일을 하는 이들 특유의 권태에 물든 목소리였다. 그런 사람들이 때로 무서울 정도로 고압적이란 걸 나는 알고 있었다. 어릴 적에 아버지가 관공서에서 고개를 숙인 채 서류를 발급받던 모습이 떠올랐다. 등줄기에 땀이 배었다.

"비상근무를 하라는 메시지를 받았거든요. 오늘 제가 집에 일이 있어서……."

직원이 소속과 이름을 묻고는 키보드를 두드려 조회했다.
"지시대로 하셔야겠는데요."
집에 꼭 가봐야 한다고 하자 직원 미간의 주름골이 깊어졌다.
"한국말 못 알아들어요?"
"……네?"
"불만 있으면 위에 직접 건의하시든가요."
직원이 신경질적으로 자판을 두드리는 걸 보다가 사무실에서 나왔다. 복도를 걸으며 휴대폰을 꺼냈다. 통화 버튼을 누르지는 못했다. 아버지는 분명 괜찮다며 담담하게 굴겠지만 속으로는 실망할 게 뻔했다. 구부정한 모습으로 밥상을 차릴 모습이 떠올랐다. 근무 때문에 오늘 못 가요. 짧게 메시지를 보냈다. 307호실 앞에서 다시 걸음을 멈췄다. 시리아인의 모습이 보였다. 통역관과 직원은 보이지 않았고 보안요원만이 여전히 다리를 꼰 채 의자에 앉아 있었다. 시리아인의 어깨가 가늘게 떨렸다. 그는 울고 있었다.

*

집안은 어둠에 잠겨 있었다. 거실 커튼을 걷자 희미한 새벽빛이 스며들었다. 빌라 건물 앞의 목련 나무가 하얗게 눈을 뒤집어쓴 채 서 있었다. 부엌으로 가서 냉장고 문을 열었다. 오렌지주스를 꺼내려는데 네모난 치킨 포장 용기가 눈에 띄었다. 전날 모친을 추모하는 밥상에 올랐던 모양이었다. 주스를 한 잔 마시고 거실 소파에 앉아 리모컨을 집어 들었다. 밤샘 근무를 마치면 누군가 어깨에 올라앉은 듯 몸이 무거워졌지만 잠은 쉽게 오지 않았다. 벌써 여러 해째 불면에 시달리고 있었다.
티브이를 켜자 관중들의 함성이 터져 나왔다. 복면을 쓴 선수와 얼굴이 털로 뒤덮인 선수가 양손을 맞잡고 서로를 쓰러뜨리려고 안간힘을 쓰고 있었다. 미국 프로레슬링 경기였다. 균형이 무너지며 복면이 털보의 팔목을 비틀었다. 털보가 유연하게 몸을 빙그르르 돌리더니 오른쪽 무릎으로 복면의 턱을 강타했다. 복면이 쿵, 소리와 함께 바닥으로 쓰러졌다. 관중석의 함성이 더욱 커졌다. 털보가 로프로 달려가 몸을 튕기고 돌아와 복면의 몸 위로 날아올랐다. 심판이 손으로 바닥을 내리치며 카운트했다. 칠까지 세었을 때 복면이 허리를 번쩍 들어 올려 털보를 튕겨냈다. 아버지가 즐겨보는 채널이었다. 때리고 쓰러뜨리고 깔아뭉개는 장면이 화면을 채울 때마다 아버지의 이마에는 시퍼런 힘줄이 돋아나곤 했다.

리모컨을 눌러댔다. 셰프들이 요리를 해서 푸드파이터들의 평가를 받는 채널에서 멈췄다. 쉴 새 없이 만들어진 요리들이 푸드파이터들의 입으로 들어가고 있었다. 다혜가 좋아했던 프로그램이었다. 그 셰프들의 레스토랑에 가보고 싶다고 해서 그러자고 했지만 기회가 없었다. 다혜는 신우신염을 앓는 부친이 위독하다는 소식을 듣고 연변에 갔다가 한 달 만에 재입국했다. 아니, 입국하지 못했다. 위조된 여권을 지니고 있었던 탓이었다. 이따금 꿈을 꾸면 그녀는 보안요원에게 끌려가며 나를 애타게 불렀다. 젖은 눈동자, 일그러진 입술…….

눈을 떴다. 천장에 매달려 있는 샹들리에가 보였다. 주렁주렁 매달려 있는 장식들은 먼지가 끼고 변색되어 원래의 투명함을 잃고 회색에 가까워져 있었다. 몸 위로 담요가 덮여 있었고 티브이는 꺼져 있는 상태였다. 부엌에서 그릇끼리 부딪히는 소리가 들려왔다. 나는 소파에서 일어나 담요를 접었다. 벽시계가 정오를 가리키고 있었다. 부엌으로 가자 아버지가 구부정한 자세로 가스레인지 앞에 서 있었다. 전기밥솥 상단의 밸브가 쉭쉭 소리를 내며 회전하고 있는 중이었다.

"깊이 잠든 것 같아서 안 깨웠다."

아버지가 등을 보인 채 말했다. 나는 냉장고에서 반찬통들을 꺼내 널찍한 접시에 반찬을 조금씩 덜었다. 물컵 두 개에 물을 채웠고 밥솥에서 신호음이 울리자 그릇에 밥을 퍼 담았다. 찬장에서 조미김을 꺼내는 동안 아버지는 된장찌개 뚝배기를 상에 올렸고 나뭇잎 모양 접시에 계란말이를 내온 뒤 토마토케첩을 뿌렸다. 나는 숟가락을 들기도 전에 물컵을 비우고 다시 물을 채웠다.

"요새도 탈수가 심하냐?"

"……."

"여기 물이 안 맞아서야. 고향으로 돌아가면 나아질 거다."

나는 대꾸하지 않고 밥알을 씹었다. 아버지가 사할린대학에서 취득한 건축사 자격증을 인정해 주는 한국의 건축사무소는 없었다. 자신을 인정하지 않는 나라에 아버지도 서서히 등을 돌렸다. 어머니가 국내 대학 편입을 권했지만 아버지는 거부했다. 그 당시 아버지는 늘 그림자처럼 집에 늘어져 있었다. 어머니가 교통사고로 떠나자 건축현장 인부로 나섰지만 이층 난간 공사 중 추락해 허리를 크게 다쳤다. 이후로는 혼자 외출하는 것조차 힘들어했다.

"이따 나랑 어디 좀 다녀오자."

나는 수저를 내려놓았다. 며칠 전 들은 이야기가 떠올랐다. 고려인들이 모여 사는 인근 도시에서 행사가 있다는 것이었다. 비슷한 행사에 몇 번 따라간 적이 있었지만 좋은 기억은 전혀 없었다.

"못 가요. 밀린 잠을 좀 자야겠어요."

아버지의 얼굴에 서운함이 스쳤다가 이내 사라졌다.

"그렇게 해라. 혼자 가도 되니까 신경 쓰지 말고."

광장에는 무대가 널찍하게 설치되어 있었다. 그 앞으로 간이의자들이 열병식을 하듯 일정하게 늘어서 있었다. 곳곳에 걸린 플래카드가 바람에 펄럭였다. '고려인 한마당 아리랑 대축제'와 '동포 특별법 제정 촉구' 같은 문구들이 눈에 띄었다. 아버지를 따라 천막 안으로 들어섰다. 집행위원회 사람들과 자원봉사자들이 석유난로 주위에 모여 있었다. 아버지는 작은 체구의 노인과 반갑게 악수를 나눴다. 나는 노인에게 고개를 숙여 보였다. 그도 아버지처럼 카자흐스탄 우슈토베에 강제 이주된 고려인의 후예였다.

스피커에서 아리랑이 끊임없이 흘러나왔다. 아버지가 텐트 안에서 노인과 대화를 나누는 사이에 나는 바깥을 서성였다. 전날의 밤샘 근무로 인한 피로가 몸에 끈적하게 달라붙어 있었다. 아버지가 눈길에 넘어지기라도 할까 봐 어쩔 수 없이 따라온 것이었다. 가끔 행인들이 천막 앞을 지나쳤다. 자원봉사자들이 전단지를 나눠주고 따뜻한 커피를 권했지만 하나같이 호주머니 속 손을 빼기 귀찮다는 듯 그냥 지나갔다. 눈은 멎었지만 기온이 뚝 떨어져 있었다. 광장에서 식은 커피가 든 종이컵을 들고 추위를 견디는 건 고려인의 후예들뿐인 듯했다.

무대 위에서 진행자가 마이크 테스트를 했다. 하나, 둘, 셋! 하나, 둘, 셋! 제말 잘 들리십니까? 진행자가 묻자 "네에!"하는 목소리가 주위에서 터져 나왔다. 진행자의 머리 위로 '화합을 위한 고려인 노래자랑'이라고 쓰인 플래카드가 걸려 있었다. 다른 사람들이 간이의자를 차지하고 앉기 시작하자 나도 한쪽에 착석했다. 갑자기 삐익, 하는 소리와 함께 마이크가 꺼져버렸다. 기계 고장인 모양이었다. 날짜를 잘못 잡았어. 누군가 그렇게 말했고 주위 사람들이 비슷한 어조로 수군거렸다.

파카 모자를 뒤집어쓰고 있는 사이에 잠시 졸았던 모양이었다. 고장 났던 걸 고쳤는지 무대 위의 진행자가 그 날 행사의 취지를 길게 늘어놓았다. 이어서 관공서에서 나온 인사가 축사를 했고 마이크를 넘겨받으며 진행자가 박수를 유도했다.

"추운 날씨에도 이렇게 많이 모여 주셔서 감사합니다. 구름 관중이네요? 그렇죠?"

진행자의 말에 오십 명도 안 돼 보이는 사람들 중 몇몇이 낄낄거렸다.

첫 참가자는 일흔이 넘어 보이는 노파였다. 반주에 맞춰 '고향 생각'을 불렀다. 음정도 박자도 엉망이었지만 절반쯤 부르자 '딩동댕' 소리가 울려 퍼졌다. 노파가 내려가자마자 삐에로 복장의 중년 남자가 무대 위로 뛰어올랐다. '삐에로는 우릴 보고 웃지'의 반주가 나오자 그는 제법 능숙하게 춤을 추며 노래를 하기 시작했다. 모든 사람들이 자리에서 일어나 제멋대로 춤을 췄다. 주위를 찬찬히 둘러봤는데도 아버지의 모습은 발견할 수 없었다.

광장 끝 화장실에 들렀다가 돌아오는 길에 우뚝 걸음을 멈췄다. 시민단체에서 나온 사람들이 사진전을 열고 있었다. 러시아, 우크라이나, 카자흐스탄, 우즈베키스탄, 아르메니아 등지에 흩어져 사는 고려인들의 모습이 담겨 있었다. 사진 아래 네모 칸에는 형형색색의 스티커가 붙어 있었다. 어떤 칸은 스티커로 가득했고 어떤 칸은 텅 비어 있었다. 인터넷으로도 투표가 진행 중이라고 했다. 1등으로 선정된 사진의 주인공에게는 현지 왕복항공권이 주어진다는 것이었다. 사진들을 훑어보다 한 군데에서 시선이 머물렀다. 이반의 미래. 사할린의 부세 호수를 배경으로 조부모와 어린 시절의 아버지가 서 있었다.

*

축구팀 유니폼을 입은 사내가 부스 앞에 섰다. 거리낄 것 없다는 듯 표정이 밝았고 동작에도 여유가 묻어났다. 스물다섯 살, 베트남 국적의 사내는 자국 프로축구팀의 클럽 대항전을 관람하려는 목적으로 방문한 것이었다. 나는 모니터를 꼼꼼히 살폈다. 예감이 좋지 않았다. 얼마 전에도 호치민의 한 클럽팀 응원단에 섞여 입국한 수십 명의 베트남인들이 잠적한 일이 있었다.

조회 결과 인적 사항을 위조한 여권이었다. 손을 뻗어 책상 아래 버튼을 눌렀다. 사내의 눈빛이 흔들렸다. 대기선 너머에는 같은 유니폼을 입은 사내들이 초조한 얼굴로 기다리고 있었다. 뭔가 잘못됐다는 걸 깨달은 사내가 부스를 잡아 흔들며 서툰 영어로 욕설을 토해냈다. 일행들도 몰려와 소란을 피우는 사이에 보안요원들이 달려왔다. 사내들의 고성이 복도 너머로 멀어져서야 나는 손수건으로 이마의 땀을 닦았다. 입국이 불허된 사람들이 머무는 송환대기실은 한 번 경험하면 다시는 떠올리고 싶지 않을 정도로 좁고 답답한 공간이었다.

다혜는 그곳에서 이 주를 보냈다. 하루에 한 끼만 제대로 제공될 뿐 나머지 두 끼는 간단한 빵과 음료뿐이었다. 친분이 있는 공항 직원의 도움으로 그녀에게 포장된 음식을 가져다줄 수 있었다. 다혜는 멈춰버린 시계 같았다. 젓가락을 들고는 있었지만 음식을 먹지도 말을 하지도 않은 채 가만히 앉아 있었다. 그녀는 내가 자주 들르던 집 근처 마트의 계산원이었다. 늘 물과 이온음료만 한가득 사가는 내가 신기했던 모양이었다. 어느 날인가 탈수증 때문이라고 설명해주자 "계속 낫지 않아서 어떡해요?"라고 관심을 표해줬고 우리는 서서히 가까워졌다.

"저 국경은 너무 높아요. 절대 넘을 수 없을 거예요."

마지막 날 그녀가 작은 목소리로 말했다. 나는 무슨 말을 해야 할지 알 수 없었다. 알고 보니 그녀는 불법체류자 신분이었고 부친 때문에 출국한 뒤 브로커를 통해 위조여권을 만들어 재입국하려 했던 거였다. 불법체류 사실을 자진신고하고 출국했으면 재입국을 허용해 주는 제도가 있다는 걸 몰랐느냐고 묻자 고개를 완강하게 흔들었다. 연변으로 계속해서 돈을 보내야 했기 때문에 한국을 떠날 수가 없었다고 했다.

"방법이 있을 거예요. 어떻게든 제가 찾아볼게요."

내 말에 다혜가 희미하게 웃었다.

"애쓰지 말아요. 그래도 당신은 국경 안에 있어서 다행이라고 생각해요."

부스 문이 열리고 교대 근무자가 나타났다. 인수인계를 마친 뒤 건물 동쪽의 제한구역으로 들어섰다. 일정한 간격으로 늘어선 유리문을 지나치다가 307호실 앞에서 걸음을 늦췄다. 며칠 전에 봤던 시리아인은 그 자리에 없었다. 나는 직진해서 303호 문을 노크하고 안으로 들어섰다. 얼마 전의 비상근무를 두고 불만을 표했던 것과 관련해 확인할 게 있다면서 인사 담당자가 호출한 것이었다. 나는 그의 질문에 순순히 답했다. 어머니의 기일과 어머니가 좋아했던 치킨을 밥상에 올린 아버지에 대해 말하는 대목에서 경직되어 있던 인사 담당자의 표정이 풀렸다.

303호에서 나와 복도를 걷다가 갑자기 목이 타는 듯한 갈증을 느꼈다. 직진해서 자판기가 있는 휴게실로 들어서자 누군가 공중전화부스 앞에 서 있었다. 그 시리아인이었다. 뭐가 잘 안 되는지 그는 카드 투입구에 카드를 넣었다가 빼내는 걸 반복했다. 옆에 앉아 있는 보안요원은 휴대폰으로 뭔가를 하는 데 정신이 팔려 있다가 내가 다가서자 고개를 들었다. 엊그제 307호에 있었던 그 보안요원이었다.

"혹시 전화카드 있습니까? 되게 귀찮네 이 친구."

보안요원이 투덜댔다. 그 사이에도 시리아인은 카드투입구에 카드를 집어넣고 있었다. 살펴보니 사용할 수 없는 카드였다. 나는 지갑에서 선불 국제전화카드를 꺼내 시리아인에게 내밀었다. 예전에 다혜에게 주려고 구입해뒀던 거였다. 시리아인이 큰 덩치에 어울리지 않는 순진한 눈빛으로 양손을 펼쳐 공손하게 전화카드를 받았다. 그는 이내 누군가와 통화를 하기 시작했고 훌쩍이며 눈물을 흘리던 끝에 전화를 끊고 나서 양 소매로 눈가를 닦았다.

전화카드를 돌려주려 해서 나는 가져도 된다는 뜻으로 손사래를 쳤다.

"나는…… 칸입니다."

그가 어눌한 한국어로 말했고 자신의 얼굴 흉터를 가리켰다.

"폭탄에 아팠습니다. 테러리스트 아닙니다."

그 말에 보안요원도 휴대폰에서 눈을 떼고 관심을 보였다. 칸은 한국 드라마로 한국어를 배웠다고 했다. 드라마 속 세상에는 테러도 폭격도 살인도 없었다. 반군에 비판적이었다는 이유로 체포되었지만 몇몇 사람들의 도움으로 시리아를 빠져나와 이스탄불발 항공기에 올랐다고 했다. 칸은 돌아가면 죽게 될 거라고 통역관에게 설명했지만 상황이 여의치는 않은 듯했다. 내전, 수시로 발생하는 테러, 납치, 살인, 폭격, 그로 인해 세계를 떠돌게 된 난민들…… 그들의 비극은 현재 진행형이었다.

"한국에 있고 싶습니다. 저는 정말 그럴 수 없습니까?"

칸이 그렇게 말해놓고 울먹였다. 보안요원이 그만 가자는 듯 자리에서 일어섰다.

*

적지 않은 외국인들이 좁은 공간에 갇혀 있었다. 유리문 너머를 살펴보니 칸은 음울한 표정으로 구석 벽에 등을 기댄 채 앉아 있었다. 담당 직원이 나에게 다가와 아는 척을 했다. 나는 부탁한다는 뜻으로 고개를 끄덕였다. 직원이 송환대기실로 들어가서 칸에게 말을 건넸고, 칸은 천천히 일어나 직원을 따라 밖으로 나왔다. 나를 보자 칸의 얼굴에서 긴장했던 기색이 사라졌다. 며칠 전에 봤던 보안요원이 우리와 동행한 채 가까운 휴게실로 향했다.

포장 용기에 담긴 양고기 카레에서 김이 모락모락 피어올랐다. 칸은 햄버거가 제공돼도 빵과 야채만 겨우 먹을 수 있었다. 쇠고기 패티라 해도 돼지고기가 섞여 있을 수 있었기 때문이었다. 칸은 밥과 섞인 카레를 연신 떠서 입에 집어넣었다. 맛있다는 듯 한쪽 눈을 찡긋해 보이기도 했다. 그는 대학에서 기계설비를 전공했고 미국으로 유학을 가서 세계적인 엔지니어가 되는 게 꿈이었다. 반군에 밉보여 그게 불가능해지자 쇼핑몰 설비팀에서 일하며 생계를 유지했다고 했다. 그의 손마디마다 구슬 같은 옹이가 박혀 있었다.

"이 세계는 나아지고 있습니까?"

칸이 물었다. 나도 보안요원도 입을 다물고 있었다. 입안의 음식 때문인지 어떤 감정 때문인지 칸의 뒷말은 이어지지 않았다. 우리한테 답을 들을 생각은 없었다는 듯 씹고 또 씹어 마침내 카레를 다 비웠다.

보안요원이 그만 가봐야 한다고 말하자 칸이 잠깐만 기다려달라고 했다. 그는 호흡을 가다듬은 뒤 창문 쪽을 향해 절을 하기 시작했다. 살라트. 무슬림들의 기도 의식이었다. 무릎이 굽혀지고 양손이 올라가다가 얼굴이 바닥에 닿을 듯할 때 바닥에 내려앉았다. 종교에 심취한 사람들을 볼 때마다 나는 혼란스러웠다. 절대자가 있는데 세상은 왜 계속 이 모양일까. 물론 그건 속으로만 맴도는 질문이었다.

기도를 마친 칸이 이마의 땀을 소매로 닦았다. 할 말이 있다는 듯 입술을 달싹이던 그가 내 눈을 바라봤다. 변호사를 알아봐 주기로 했던 건 어떻게 됐느냐고 물으려는 듯했다. 여기저기 문의해본 바에 따르면 칸은 난민 자격을 얻을 가능성이 희박했다. 시리아의 내전이 끝났던 게 난민 인정에는 오히려 걸림돌이 된 듯했다. 내가 미적미적 말을 아끼자 칸은 이미 상황을 알아챘다는 듯 고개를 끄덕였다. 체념한 것 같기도 하고 초월한 것 같기도 한 표정이었다.

"여러 날 잠들지 못했습니다. 수면제도 소용없습니다."

칸이 말했고 나는 고개를 끄덕여주었다.

"근데 당신은 국경 안에 있습니까? 아니면 밖에 있습니까?"

칸이 나에게 물었다. 나는 아무 말도 하지 못했다.

대기선 너머는 텅 비어 있었다. 하노이발 항공기가 착륙한 뒤 승객들이 한바탕 몰아친 직후였다. 입안이 바짝 말라 있어서 생수를 벌컥벌컥 들이켰다. 의사는 장 기능 개선에 효과가 있다는 약을 몇 개 더 처방해 주었다. 운동을 꼭 하세요. 판에 박힌 충고였지만 일주일 전부터 근무 전후로 공항 내부를 걷기 시작했다. 그게 유일하게 할 수 있는 운동이었다. 그 사이에 칸도 여러 번 만났다. 안면을 튼 직원이 편의를 봐줘서 칸에게 음식을 가져다줄 수 있었지만 며칠 전부터는 그러지 못했다. 사무국에서 신분이 불분명한 자와의 허락되지 않은 접촉을 금하라는 지시가 내려와서였다.

그날 근무를 마쳤을 때 칸이 사라졌다는 소식을 접했다. 교대 근무자가 흥분이 가라앉지 않은 표정으로 부스 앞에 선 채 떠벌리고 있었다. 화장실에 갔던 칸은 보안요원이 잠시 한 눈을 판 사이에 종적을 감췄다고 했다. 비상이 걸렸고 보안요원들이 곳곳을 뒤졌지만 그는 어디에서도 발견되지 않았다.

"하늘로 솟았나? 아님 땅으로 꺼졌나?"

고개를 갸웃거리며 중얼대는 교대 근무자에게 수고하라고 말한 뒤 자리를 떴다. 평소라면 곧바로 셔틀버스 정류장으로 향했겠지만 걸음을 망설였다. 예감이 좋지 않았다. 얼마 전에 서른 중반의 모로코인이 자살한 사건이 있었다. 본국으로 돌아가면 살해될 거라고 주장하던 그는 난민신청이 거부되자 송환 당일에 화장실에서 넥타이로 목을 맸다.

휴대폰이 울렸다. 공항 내선번호가 액정에 뜨고 있었다. 통화 버튼을 누르자 핏기 없는 목소리가 지금 당장 내가 가야 할 곳을 말해주었다. 방향을 틀어 엘리베이터를 탔다. 이층으로 올라가는 동안 등줄기에 땀이 배었다. 긴 복도를 지나 적갈색 문 앞에서 멈췄다. 심호흡을 하고 노크를 한 뒤 안으로 들어섰다.

"거기 앉으세요."

안경을 쓴 사내가 철제의자를 가리켰다. 내가 시키는 대로 하자 보안요원이 내 뒤로 다가와 섰다. 사내가 칸과의 관계를 물어서 있는 그대로 답했지만 기대를 충족시키진 못한 모양이었다. 칸에게 접근한 이유와 현재 그의 행방까지 추궁했다. 나는 칸에게 약간의 친절을 베풀었을 뿐이며 그의 실종에 대해서는 아무것도 모른다고 답했다. 사내가 서류를 뒤적이더니 부친이 사할린 출신이냐고 물었다. 순간 숨이 멎는 느낌이었고 동시에 얼굴이 화끈거렸다. 나는 의자에서 벌떡 일어났다.

"저도 당신들과 같은 한국인이란 말입니다!"

사내가 놀란 듯 의자를 밀며 물러섰다. 보안요원이 내 어깨를 잡고 의자에 앉혔다.

잠시 숨을 고르고 있노라니 서류를 검토하던 사내가 그만 가봐도 된다고 말했다. 칸이 발견되면 한 번 더 부를 수 있다는 말이 그의 입에서 흘러나왔다. 그곳을 빠져나왔지만 어디로 가야 할지 몰라 한쪽 휴게공간의 소파에 앉아 있었다. 휴대폰이 진동했다. 잠시 망설이다 전화를 받자 아버지의 들뜬 목소리가 들려왔다. 일주일 뒤 떠나는 카자흐스탄 방문단에 이름을 올리게 됐다는 것이었다. 그동안 나 모르게 추진해 온 모양이었다. 고려인 행사장에서 만난 노인이 동행하니 말릴 생각은 아예 말라고 으름장을 놓고 있었다.

전화를 끊었다. 어느새 밖으로 눈이 내리고 있었다. 활주로를 벗어나 허공으로 치솟는 여객기의 궤적이 이어졌다. 그 아래로 관제탑이 불을 밝히고 있었고 여기저기서 하역작업을 하는 인부들이 보였다. 순간 나는 두 눈을 크게 떴다. 한 사내가 나를 향해 손을 흔들고 있었다. 칸이었다. 내가 소파에서 벌떡 일어서자 그는 두 손을 모으고 허리를 굽혀 인사한 뒤 등을 돌려 활주로 쪽으로 걸어가기 시작했다. 나는 어찌할 바를 모르고 있다가 통유리에 얼굴을 바짝 들이댔다. 칸이 있던 자리엔 노오란 불빛만이 남아 있었다. 눈이 활주로를 덮고 있었고 제설차들이 불을 밝힌 채 바쁘게 달려오는 중이었다.

*

손을 들자 대기선 너머에 서 있던 여자가 다가왔다. 북경발 항공기 탑승객 중 마지막 심사 대상자였다. 여권이 반원형 구멍으로 밀려들어왔다. 서른한 살, 연변에서 온 여자였다. 불법체류자였지만 자진 출국 이후 재입국하기를 원하고 있었다. 잠시 모니터를 바라보았다. 여자는 주눅 든 얼굴로 양손을 꾹 쥐고 있었다. 나는 손을 뻗어 도장을 집어 들고는 여권에 꾹 눌러 찍었다. 그제야 여자의 얼굴에 안도감이 번졌다.

통유리 밖으로 또다시 눈이 내리고 있었다. 내일 아침에 아버지는 카자흐스탄으로 떠나 몇몇 장소를 방문한 뒤 사할린까지 둘러볼 예정이었다. 넌 모를 거다. 그곳 공기가 얼마나 그리웠는지 말이야. 아버지의 말이 자꾸만 귓가에 맴돌았다. 멀리 활주로로 여객기 한 대가 조용히 미끄러지고 있었다. 그 움직임에서 좀처럼 눈을 뗄 수가 없었다. 어쩌면 저 안에 칸이 타고 있을

지도 모른다고 나는 생각했다.

실종 다음 날에 칸은 사라졌던 것처럼 조용히 모습을 드러냈다. 환풍기 배관을 교체하기 위해 천장 위에 올라갔던 설비팀 직원이 한쪽에 웅크린 채 잠들어 있는 그를 발견한 것이었다. 보안요원들에 의해 붙잡히는 순간에도 칸은 담담했다. 화장실에서 볼일을 본 뒤 미칠 듯이 잠이 쏟아져서 누울 만한 곳을 찾다 보니 그렇게 된 것이라고 말했다는 것이었다. 나는 칸이 그 좁은 공간에서 무슨 생각을 하고 있었을지 어렴풋하게나마 알 것 같았다. 활주로로 미끄러지던 여객기가 마침내 바퀴를 접고 허공으로 날아오르기 시작했다. 눈발이 희끗희끗 날리는 국경의 밤이었다.

당선소감 | 김성배

2024년에 세상을 떠난 소설가 폴 오스터는 우연의 미학을 자신의 소설에서 구현해냈습니다. 폴 오스터의 소설을 좋아했지만 그가 말하는 우연이 과연 현실의 삶에 영향을 미칠 수 있을까에 대해 이따금 의문을 품곤 했습니다. 어렸을 때부터 늘 소설을 가까이 하는 독자였고 언젠가 소설을 써보고 싶다고 생각했지만, 우연히 지원해서 입학하게 된 대학원 과정을 통해 십여 년 넘게 공연 대본을 쓰는 사람으로 살게 될 줄은 예전엔 미처 몰랐습니다.

지난 2017년에 아내와 함께 제주에 내려왔을 때, 현재까지 제주에서 살게 될 줄도 알 수 없었습니다. 전라북도 전주에서 태어나고 자란 저에게 바다는 다소 먼 곳이었지만 제주에 온 뒤로 사계절의 바다가 어떤 빛깔이고 어떤 파도를 보여줄 수 있는지를 알게 되었습니다. 공연 일 때문에 서울과 제주를 오가던 어느 날인가 이번에 응모한 소설을 구상하게 되었습니다. 통유리 밖의 활주로를 바라보던 어떤 공항 직원의 쓸쓸한 뒷모습이 뇌리에 남았고, 그의 가계家系와 삶에 대한 상상을 하기 시작했던 것 같습니다. 우연 같지만 필연 같기도 한 그 순간들에 감사할 따름입니다.

고등학교를 졸업하고 군 입대를 앞두던 어느 날인가 친구와 함께 여행을 떠났던 적이 있었습니다. 강원도와 중부 내륙을 훑던 여정은 어느 순간 끝이 났고 친구가 먼저 귀가한 뒤 홀로 남도를 떠돌던 제 발길이 닿은 곳은 광주였습니다. 누가 가보라고 권한 것도 아니었는데 저는 자연스레 518 민주묘지에 들렀고, 주어진 삶의 시간을 다 쓰지 못한 채 먼 곳으로 떠나야 했던 분들의 비석을 하나하나 살피던 어느 순간 슬픔과 분노를 느꼈습니다. 이후로 제가 어떤 상황에 처해 있든 어떤 일을 하고 있든 간에 스무 살 시절에 느꼈던 그 감정은 여태까지 마음 속 한편에 존재하므로, 그런 광주에 자리 잡고 있는 신문사 신춘문예를 통해 소설을 발표할 수 있게 된 걸 무한한 영광으로 생각합니다.

병상에 계시는 아버지, 힘든 상황 속에서도 씩씩하신 어머니, 정성껏 노부모님을 모시고 계시는 장인어른과 장모님, 형과 누나들, 양가 가족들, 고향 친구들, 연극과 뮤지컬을 만들면서 만난 친구들, 제주에서 알게 된 친구들, 제주 김녕에서 운영하고 있는 서점에 매일 방문해주는 고양이들, 제주에 왔던 첫 해에 인연을 맺어 현재까지 함께 살고 있는 고양이 고작가, 늘 곁에서 응원해주는 아내에게 이번 수상의 영광을 돌립니다. 세상이 무도無道하고 사람 때문에 실망하는 요즘이지만 사람으로 인해 희망을 품는 나날을 꿈꿉니다. 그런 희망의 글을 쓸 수 있도록 노력하겠습니다.

심사평 | 정찬주

문장 탄탄… 사건 서술 · 인물묘사의 리얼리티 돋보여

소설 응모작들을 읽고 난첫 느낌은 2024년 우리사회의 풍속도를 본 것 같았다. 응모작의 소재들이 아파트 주민간의 갈등, 속도가 빨라진 가족 해체, 존엄을 잃어가는 고령사회, 이주민 및 외국인 노동자 차별, 글로벌화 시대의 해외여행 등으로 대별되고 있기 때문이었다. 실제로 그러한 세상 속에서 우리가 살아온 것도 사실이다. 작가 지망생들의 예민한 촉수에 사회적 난제들이 포착된 것은 아주 당연한 결과라고 믿는다.

200여 편의 응모작 중에서 심사위원의 1차 관문을 통과한 작품은 '국경의 밤', '검은 방', '그때 차라리가 낫다', '백목련', '권태', '병원에 기억을 놓고 온 남자', '아침은 바라나시에 머문다', '구텐베르크, 조선을 베끼다' 등 8편이었다. 1차 관문 통과의 조건은 서사를 만들어가는 능력이었다.

그런데 똑같은 이야기라도 잘하는 이가 있고 요령이 부족한 사람이 있다. 소설도 마찬가지이다. 이야기를 맛있게 요리하는 사람이 있고, 그렇지 못한 이가 있는 것이다. 식재료만 현란하게 모아놓는다고 해서 뛰어난 요리가 보장되는 것은 아니다.

또한 소설은 진공청소기처럼 독자를 빨아들이는 흡입력이 있어야 한다.

독자를 사로잡는 흡입력은 어디에서 나오는 것일까. 이는 두말 할 것 없이 단단한 문장력과 치밀한 구성, 개성적인 성격의 등장인물일 것이다. 이 같은 기준을 충족시켜준 작품은 '국경의 밤', '검은 방', '그때 차라리가 낫다' 등 3편으로 압축되었다.

독백하는 문체로 밀도 있게 시종일관한 '검은 방'은 어둠이란 제재題材를 집요하게 천착해나가는 패기가 단연 두드러졌지만 단편소설의 특징이라고 할 수 있는 갈등의 고조와 해소가 끝내 독백 속에 갇혀버린 것 같은 아쉬움이 컸고, '그때 차라리가 낫다'는 판타지 같은 비현실적인 사건의 전개 속에서 시적 상상력과 섬세한 심리 묘사가 일품이었지만 우연의 남발과 리얼리티의 결여는 흠결이 아닐 수 없었다.

반면에 '국경의 밤'은 응모작 중에서 가장 안정감을 준 작품이었다. 소설 습작을 몇 년 동안 꾸준히 해왔던 결실이 아닌가 싶었다. 문장이 탄탄하고 사건의 서술이나 인물 묘사의 리얼리티가 돋보였다. 화자인 나가 사할린 출신의 아버지에 대해서 연민하고, 공항출입국 심사를 보는 직원으로서 차갑고 사무적인 내국인과 달리, 외국인노동자 혹은 불법체류자를 대하는 따뜻한 시선 등이 문학의 보편적 가치인 휴머니즘으로 다가와 믿음을 더 주었다. 그래서 당선작으로 밀기에 주저하지 않았다.

광주일보 **김근수**

동국대학교 영문학 전공
한국전력공사 근무(2003~2022)
現 한전csc 재직

그리고 바다,

김근수

*

하늘에서 하루가 갔다. 피레네산맥 능선에 빛의 입자가 깃들더니 산줄기를 타고 순식간에 퍼져갔다. 산맥을 우회하면서 비행기는 가파르게 고도를 낮추었다. 이윽고 도시가 얼개를 드러내었다. 입국 심사를 마치고 통로를 나오자 동양인 여성이 내 이름을 불렀다. 나는 데면데면 여성에게 다가섰는데, 대사관 신분증이 가슴께에 매달려 있었다. 바르셀로나는 집단 관광객이 많고, 동양 사람이 홀로 입국하는 경우는 거의 없어서 단번에 나를 알아보았다고 대사관 직원이 미소를 보였다.

— 한국인은 특징이 있어요. 낯선 공간, 시간, 타인, 모든 것을 처음 대면하는 예의랄까. 그런 태도가 한국 사람에게는 은연중에 있나 봐요.

대사관 직원의 인솔에 따라 공항 게이트를 나서자 택시가 대기하고 있었다. 옷가지며 생필품이 든 짐가방을 차량 트렁크에 옮겨 싣고 나서 뭉친 허리를 펴니 그제야 바르셀로나의 하늘이 시야에 들어왔다. 비행 중 내내 창에 걸린 액자 그림 같은 그저 그런 하늘과는 달랐다. 색감이 청량했고 겨울 같지 않은 포근함도 배어있었다. 시내로 들어서자 석조 건물들이 공백없이 이어지며 차창을 스쳤다. 서울에서는 좀처럼 볼 수 없는 중저층의 오래된 건물들이 도로를 엄호했다.

이동하는 동안 비행 시차로 인해 노곤함이 어깨에 무겁게 내려앉았다. 택시가 멈추었고 대사관 직원이 숙소를 가리켰다.

— 스페인 당국도 어지간히 당황하고 있어요. 배는 견인되어 여기 바르셀로나 항구에 정박 중입니다. 내일은 우리 대사관이 함께 입회하는 간단한 확인 절차가 있어요.

그녀는 애써 눈꼬리를 올려 웃음 짓고는 타고 왔던 택시에 몸을 동그랗게 말아 넣었다.

**

선착장에 붙어있는 어선은 마을 이장의 배 한 척이었지요. 선명은'덕성'이었습니다. 아버지는 덕성호에서 그물을 던지고 끌어 올려서 이장의 바닷일을 거들었어요. 여름 끝이었던가, 아침저녁으로 부는 바람에 선선한 기운이 도는 그런 날이었어요. 파도가 몹시 치대더니 덕성호가 돌연 사라져 버렸습니다. 배가 보이지 않자 마을이 온통 난리가 난 것이지요. 배를 잃은 이장은 물론, 온 마을이 일제히 초상 치르는 분위기였습니다.

해양경찰이 나섰지만 끝내 배의 종적을 찾을 수 없었어요. 북한 해역과 인접해서 NLL을 넘어갔을 수도 있다고 했지요. 인명피해가 없다는 점이 너무나 다행스러우며, 바다에서 어선 실종은 흔한 경우로서 담당 부서는 실종 어선 수색에 주의를 다 할 것이나, 바다는 넓고 배는 작아서 찾는 일이 쉽지는 않을 것인데 실종상태가 오래가면 통상 침몰한 것으로 종결 처리한다고 해양경찰 순경이 말했다고 하더군요.

배를 찾지 못한 이장은 매일 선착장에 나가 있었어요. 선착장에 구부리고 앉은 이장은 멍하니 바다 쪽을 바라보았습니다.

— 저러다 사람 하나 버리지. 배는 또 모으면 되는 것을.

마을 사람들이 번갈아 가며 말려도 보았지만, 이장은 한사코 바다에 나갔어요. 이장이 응시하는 바다는 비어있었고 연안으로 들이치는 파도에는 아무 정보가 없었어요. 얼마 지나지 않아 마을 이장이 사라졌지요. 배를 따라 갔다고 어른들이 말하는 소리를 들었습니다.

작은 포구 마을에서 생업은 배 없이는 곤란한 것입니다. 마을에서 배는 단순히 선주의 조업에 이바지하는 것만이 아닌 것이, 마을의 이런저런 일들에 긴요한 쓰임으로 수시로 바다를 건너다녀야 했습니다. 외진 마을에서 배는 생필품을 실어나르는 운송선이기도 했고, 급성으로 맹장이 터진 환자를 시내 병원으로 이송하는 다급한 역할도 해야 합니다. 마을이 작동하고 마을로 이어지기 위해서 배가 필요한 것이지요.

이장의 배가 없어지고, 이장마저 배를 따라 사라져 버린 마을은 시간이 제대로 작동하지 않았습니다. 마을 어른들이 아침저녁으로 아버지에게 이장직을 강제했지요. 아버지는 마음먹고 새 배를 들이기로 했어요. 어지간히 뱃일의 경력도 붙었고, 근해 어업 자격도 취득해 두었는지라 모아둔 자금과 은행 융자를 내서 배 한 척을 모았습니다.

배가 아버지에게 인도된 날, 아버지는 철학관에 현찰을 내밀어 목선의 이름을 받았다고 했어요. 사주쟁이가 내놓은 선명은'삼홍'이었습니다. 아버지가 삼홍호를 몰아와서 마을 선착장에 붙일 때, 마을 사람들은 제 일처럼 기뻐서 손을 흔들며 환영했지요. 사람들이 팔 걷고 나서서 돼지머리와 제수품들을 뱃전에 올리고 꽹과리를 두들겼습니다. 아버지는 돼지머리에 지폐 뭉치를 물리고 큰절을 올렸습니다. 나도 아버지 곁에서 절을 했습니다. 갈매기가 잡힐 듯 가까이 날아들었지요.

***

영문 모를 천체가 태양계에 난입한 사건이 발생했다. 천체는 태양과 지구 공전 궤도 사이를 찌르고 들어와 궤적을 급선회하면서 빠르게 태양계를 벗어나 페가수스 별자리 방향으로 사라졌다. 북반구와 남반구 대륙 곳곳에 배치된 망원경이 천체가 태양계를 탈출할 때의 궤적과 속도를 분석했는데 자연적 물리현상으로는 설명하기가 어려웠다. 과학계는 할 말이 없어 어수선했다. 호흡을 가다듬은 전문가들이 일제히 천체의 정체에 대한 견해를 제시했다.

전문가들이 앞다투어 천체의 정체를 규정했으나, 의문점은 가시지 않았고 답변이 명쾌하지 못해서 이런저런 반박에 부딪혔다. 망원경으로 관측한 천체는 생김새가 독특했는데 몸통의 길이에 비해 너비가 기형적으로 좁았다. 그래픽으로 제시된 천체의 외형은 바게트빵 형태였다. 예측 경로와는 사뭇 다른 운행 궤적과 방향, 지금껏 관측되지 않은 놀라운 태양계 탈출 속도는 자연 현상으로 설명하기 어려웠는데 급기야 소행성도 혜성도 아닌'그 무엇'이라는 의견이 제시되었다.

**

아버지는 주로 새벽에 조업을 나갔고, 아침나절에 조업에서 건진 것들을 시내 어시장 경매에 넘겼지요. 아버지가 물고기를 어시장에 내놓는 모습을 서너 번 본 적이 있습니다. 주로 여름이나 겨울 방학의 끝 무렵이었지요. 철없는 내 눈에 아버지의 성과물은 그저 자랑스러웠습니다. 계절에 따라 차이는 있었으나 조업의 성과라는 것들은 대체로 광어, 농어, 숭어 같은 익숙한 생선이었고 더러 바람 좋은 날에는 돌문어가 들기도 했지요.

아버지가 그런 물속 것들을 살려와서 어시장 바닥에 놓으면 경매꾼이 사람들을 줄 세우고는 알아듣기 힘든 말을 빠르게 했어요. 나는 경매꾼의 입을 쳐다보면서 내가 아는 낱말들이 하나라도 있기를 바랐는데, 없었어요. 경매꾼의 쏜살같은 목소리가 사람들 사이를 파고들면 사람들은 옷섶 안에서 손가락을 일순간에 펴고 접으면서 아버지의 성과에 가격을 매겼지요. 경매꾼의 재빠른 말을 알아들어서 손가락으로 찔러 답하는 일의 요체를 나는 도무지 해석할 수 없었지요. 나는 매번 실패했습니다. 시커먼 바다 위에 여명이 번질 때까지 이어진 아버지의 고투는 경매꾼의 입을 거쳐 사람들의 날쌘 손가락질 끝에서 값어치가 정해지는 것이었죠. 아버지는 경매 사무실에서 그날 낙찰가로 현찰을 받았습니다. 지폐 매수를 확인하고 아버지는 내 손을 잡고 걸었어요. 내 손에 닿은 아버지의 손은 납덩이 같았지요. 투박했는데 또 뜨겁기도 했습니다.

아버지와 걷는 어시장 귀퉁이에 뱅글뱅글 돌아가는 이발소 회전 간판이 보였지요. 방학 동안 덥수룩하게 자라버린 내 머리카락을 단정하게 하는 것이 아버지가 나를 어시장으로 데려온 이유였습니다. 아버지는 이발사에게 나를 맡기고 마을 전체가 요청한 여러 심부름을 처리하러 어딘가로 갔지요. 마을에서 배를 소유한 이장의 소명이자 운명이랄까요.

이발이 끝나고 내가 어색한 머리통을 손바닥으로 문지르며 삼홍호가 접안해 있는 어시장으로 되돌아가면 아버지는 이것저것 마을에서 필요한 물건을 담은 종이상자를 갑판에 싣고 있었어요. 볕이 맹렬해서 갯것들 마르는 냄새가 어시장을 쾨쾨하게 메웠지요.

갈매기들이 어시장까지 따라와서 아버지의 목선 조타실 지붕 모서리에 앉아 있었어요. 목덜미가 희고, 부리가 노랗고, 눈매가 예리한 새들이었지요. 그것들은 까만 한쪽 눈으로 바다를 응시하고 있었습니다. 마을에 필요한 짐을 정리하고 아버지는 이번에는 이발소 쪽과는 반대 방향으로 걸었습니다. 갈매기가 날아올랐어요.

가게 입구에는 조그마한 비취색 구슬이 무수히 달린 발이 내려쳐 있었지요. 아버지가 손을 저어 발을 젖히고 들어서자 가게 안을 지배하던 짜장 볶는 냄새가 허기를 당겨서 나는 조바심이 날 지경이었어요. 아버지는 주방을 향해 손가락 두 개를 펼쳤고 얼마 후 짜장면 두 그릇이 나왔지요. 아버지는 아버지의 그릇에서 면을 덜어서 내 앞에 놓인 그릇에 옮겨 주었습니다. 나는 너무 좋아서 머리통을 그릇에 박고 젓가락질에만 집중하는 것이지요. 아버지는 면발에 고춧가루와 식초를 뿌려서 먹었고 하얀 양파를 새까만 장에 찍어 먹었습니다. 지금도 머리카락을 자르는 날이면 비취색 구슬 달린 발과 짜장 볶는 냄새, 휘휘 비벼 그릇을 내 앞에 놓던 아버지의 모습, 나는 그런 하루를 잊을 수 없는 것이에요.

***

과학계의 컨센서스는 다른 항성계에서 우리 태양계에 진입한 인터스텔라 천체였으나 정체를 두고는 이견이 분분했다. '그 무엇'은 무엇을 지칭하는 것인가. 기자가 물었다. 발표자가 화면에 물체를 띄웠다. 길쭉한 돌덩이였다. 솔즈베리의 스톤헨지 거석과 닮은 형태였는데 서늘한 기운이 돌았다.

거대한 돌덩이를 가리키며 발표자는,

— 이 천체의 운행 궤적으로는 도저히 소행성이라고 규정하기 어렵다. 혜성이라 하기에도 의구심이 해소되지 않으며 설명이 완전하지 않다. 통상 혜성은 태양에 가까워지면 태양열로 인해 표면의 얼음 같은 성분이 기화되면서 비행운을 길게 내뿜어야 하는데, 그런 흔적을 발견할 수 없었다. 이 천체의 태양계 진입 속도와 비교하여 탈출 시 놀랍게 빠른 속도를 설명하려면 가스가 기화되어 엔진 역할을 하여야 원인이 설명된다.

학계의 다른 의견으로는 천체 내부에서 수소가 태양열에 의해서 기화되었으나 천체 밖으로 드러나지 않았을 뿐 가속의 동력원이 되었다는 주장이 있는데, 전에 없던 현상을 설명하기 위해 동원된 결과론에 가깝다. 이번 성간 천체는 태양계를 벗어날 때 태양 중력을 기술적으로 활용한 것이다. 스윙바이 항법이다. 보이저 1, 2호도 목성의 중력을 이용해 스윙바이 했었다. '그 무엇'은 외계문명의 인공적인 물체이거나 어떤 현상으로 보인다.

기자석이 술렁거렸다.

**

아버지는 주로 새벽 별을 보면서 바닷일을 했고 낮에는 선착장에서 삼홍호를 손보거나, 마을을 돌보는 일을 했습니다. 아버지의 하루는 매번 그 언저리에서 성립되었겠지요. 학교 담장 너머 선착장에 아버지의 배가 보이면 나는 수업이 끝나기가 무섭게 가방을 둘러멘 채 비탈길을 타 내려가 선착장으로 달려갔어요. 나는 아버지의 배 위에서 어구들을 유심히 보고, 만지며 놀았지요. 내가 어구의 쓰임새를 물으면 아버지는 그물코를 잇던 손을 잠시 놓고 용도와 사용하는 방법을 차근차근 알려 주었지요. 낚싯바늘의 형태와 바늘 촉의 날카로움에 따라 걸리는 물고기의 종류가 다르다는 것도 나는 그때 알았습니다.

아버지는 대나무 낚싯대를 나에게 건네며 낚싯바늘에 갯지렁이를 달아 주었습니다. 나는 배 옆구리에 서서 낚싯대를 물속으로 들이대었지요. 물이 맑아서 노는 물고기들이 훤하게 보였어요. 물속을 오가는 물고기를 내려다보면서 낚싯대를 아래위 좌우로 놀려서 녀석들이 미끼를 물기만을 나는 기다렸습니다. 토도―독! 녀석들이 미끼를 건드리는 것이 손끝에 전해졌는데 낚싯대를 끌어 올리면 빈 줄이었지요. 물속에 손을 넣으면 잡힐 듯 물고기들이 빤히 보이는 데 도무지 딸려오지를 않는 것입니다.

두 번, 세 번, 자꾸 그러니까 나는 부아가 오르며 얼굴이 달아오르는 것이지요. 보다 못했는지 아버지가 내 곁으로 와서 낚싯대를 드리웠습니다. 순간 아버지의 낚싯대가 꺾이더니 물고기가 몸통을 화들짝 뒤틀며 매달려오는 것이에요. 아버지는 물고기 아가미를 벌리고 봄두릅 따듯 낚싯바늘을 또―각 뽑아냈습니다. 영문모를 세상으로 끌려나 온 녀석은 갑판 위에서 어지간히 파닥거렸어요. 녀석의 비늘에서 물 밖 세상의 햇살이 떨어져 내렸습니다.

― 손끝에 집중해서 고기가 바늘을 끌고 간다 싶은 순간 그때 얼른 채는 거란다.

아버지는 대나무 낚싯대를 잽싸게 채는 시늉을 하면서 말했습니다.

아버지가 일러준 방법을 나는 입말로 외우듯이 하면서 내내 낚시에 몰두했었지요. 토―독! 녀석이 왔다. 미끼를 문다. 끈다. 지금이다. 나는 손목에 잔뜩 힘을 실어 물고기를 채었어요. 녀석이 묵직하게 저항하니 손맛이 오르는 것이에요. 턱에 힘이 몰리고 이를 악물면서 나는 낚싯대를 당겼지요. 낚싯대 끝이 활처럼 휘어졌고 나는 온 힘을 다했어요. 녀석은 꿈쩍하지 않는 것이에요. 다시 한번 으―랏―차! 순간 나는 갑판에 벌러덩 뒤로 내동댕이쳐진 겁니다. 아버지의 폭신한 그물과 부표 더미가 내 등을 받쳐 주었지요. 은빛 낚싯줄이 파란 하늘에 곡선을 그었어요. 낚싯줄 끝에 매달린 눈부신 유선형 물고기! 아, 나는 감격의 눈을 부릅떴는데 낚싯줄 끝에 매달려 있어야 할 물고기는 사라져 버렸어요. 자세히 보니 낚싯바늘도 온데간데없었습니다. 물고기는 멀리 하늘로 사라져가고 있었어요. 눈이 동그래져 나는 소리 쳤지요.

― 물고기가 날아요. 보세요. 저기 하늘을 날아가고 있어요.

조타실 라디오에 흐르든 음악이 지직거렸어요. 물고기가 사라진 자리에 구름이 지나고 있었지요. 그물코를 기우면서 아버지는 빙그레 웃음을 지었습니다. 나는 그물 더미에 누워 부표를 베개 삼아 한참을 벌러덩 누워만 있었지요. 눈부시게 파란 하늘로 물고기는 가버렸어요.

*

몬주익 언덕을 돌아 내리막으로 진입하자 지중해가 나타났다. 나는 택시 뒷좌석에서 해변 쪽 차창을 응시했다. 바다를 막아선 모래사장으로 파도가 떼를 쓰며 바스라 지고 있었다. 모래사장이 끝나는 곳에 돛을 펼친 듯한 형상의 세련된 현대식 건물이 보였고 바다 쪽으로 요트 정박장이 길게 뻗어 있었다.

택시에서 내려서니 먼저 도착한 대사관 직원이 다가섰다. 그녀는 배들이 정박해 있는 부근으로 나를 인도했다.

— 목선이 발견된 카나리아 제도에는 천문대가 있어요. 지난가을 천문대에서 외계 전파 신호를 포착해서 스페인 천문학계가 떠들썩했던 적이 있었지요. 생각해 보니 목선이 실종되었던 시기와 얼추 비슷하더군요. 설명되지 않는 일들끼리는 이상하게 이야기가 맞아 들어요.

요트 정박장 너머 바지선이 보였다. 바지선에 매여, 다른 선박들과는 확연히 구별되는 익숙한 배 한 척이 파도를 받고 있었다. 나는 걸음을 옮겼고 한 발쯤 뒤에서 대사관 직원이 따라왔다. 바지선이 가까워지면서 삼홍, 검정 한글이 선명했다.

0310으로 시작하는 어선 고유번호, 소형선망 4.5톤, 갑판에 쌓인 그물, 대나무 낚싯대, 아버지의 삼홍호 그대로였다. 갑판 위, 파랑 어창에 시선이 닿았다. 나는 무릎으로 앉아 어창 뚜껑을 들추었다. 마을 앞바다 냄새가 밀려왔고 어릴 적, 하늘로 날아간 물고기가 살아서 움직이고 있었다. 나는 얼른 뚜껑을 덮었다. 대사관 직원은 삼홍호와 나를 번갈아 가며 카메라에 담았다. 조타실 바닥에 깔린 빛바랜 장판이 보였고, 황갈색 담요도 보였다. 그리고 오래전 축구공도 거기 있었다. 등 뒤에서 대사관 직원이 자주 카메라 버튼을 눌러댔다.

⁂

축구공이 학교 담장을 넘어 날아가 비탈을 굴러 바다에 빠졌지요. 아이들의 안타까움이 표창으로 바뀌어 공을 찬 아이에게 날아들었지요. 담장 밖으로 공을 넘긴 아이는 두 손으로 머리를 감쌌지요. 물살이 빨라서 파도에 실린 공은 먼바다로 갔어요. 아이들은 손가락으로 바다를 가리키며 발을 굴렀지요. 파도와 파도 사이에서 숨었다 보였다 하면서 공은 자꾸 멀어져 갔어요. 나는 선착장 쪽으로 눈길을 돌렸어요.

공이 바다에 빠지는 일은 가끔 있었고, 그럴 때 삼홍호를 내어서 아버지는 물고기 잡는 뜰채로 공을 건져 올렸어요. 공이 운동장으로 돌아오면 나는 아무래도 어깨가 으쓱했을 테지요. 그날은 삼홍호가 보이지 않았어요. 공은 빠르게 쓸려갔지요. 우리는 공을 포기할 수밖에 도리 없었어요.

다음날이었어요. 해안가 자갈돌을 쓰다듬는 파도 소리를 들으며 나는 무릎 사이에 베개를 끼고 깨려는 잠을 붙들고 있었지요. 맨 살갗에 닿은 버석거리는 이불 홑청에서 잘 마른 낙엽 냄새가 났지요. 늦잠에 늑장을 부려도 되는 토요일 아침이었어요. 바깥이 소란스러워지는가 싶더니 사람들이 골목길에 나와서 웅성거렸어요. 궁금했지만 나는 잠 깨기가 싫어 이불을 코끝까지 끌어올리고 허벅지 사이 베개를 무릎으로 더욱 감쌌지요.

— 고래다!

나는 눈이 번쩍 뜨인 거지요.

— 고래다!

나는 냅다 이불을 걷어차고 우뚝 일어섰습니다.

해변 자갈돌 위, 먹빛 고래가 누워 있었어요. 나는 마을 사람들을 따라 고래 곁으로 다가갔어요. 녀석의 지느러미는 바라듯 하늘을 향했는데, 그 공간에 하얗게 배가 부풀어 있었어요. 다큐멘터리 프로그램에서 봤던 고래를 정말로 내 눈으로 본 것이에요. 나는 놀라웠는데, 순간 그 큰 녀석 옆에 있는 것이 눈에 들어왔어요. 전날 바다에 빠뜨린 축구공이었어요. 파도에 시달린 공은 반질반질했지요.

고래를 바다에 보내기 위해 밧줄을 엮는 어른들 틈을 비집고 나는 공을 주우러 갔어요. 공에게 접근하면서 나는 고래의 눈을 보았지요. 내가 들어찰 만큼 큰 눈이었어요. 공을 쫓다가 갑자기 물 밖 세상에 불시착한 고래는 덩치에 맞지 않게 주눅 들어 보였어요. 나는 공을 품에 안고서 고래 곁으로 다가갔어요. 고래가 무슨 말을 하는 것 같았거든요. 파도가 들어와 고래의 등을 적셨어요. 삼홍호가 줄을 끌어서 고래를 바다로 견인했어요. 고래 등에서 물살이 뿜어졌고 무지개 가루가 삼홍호 뱃전에 내렸어요. 고래는 선착장 너머에서 물밑으로 가라앉는가 싶더니 꼬리로 파도를 때리며 포구에서 멀어져 갔어요. 나는 옆구리에 공을 끼고 고래의 바다를 오래 바라보았습니다.

*

삼홍호는 카나리아 군도 라스팔마스섬 원양에서 스페인 해양 경비선 레이더에 갑자기 포착되었다. 발견 당시 삼홍호는 표류상태의 무인선이었다. 스페인 주재 대한민국 대사관이 해양 당국에 삼홍호의 실종 사실을 확인했다. 삼홍호는 서해에서 돌연 사라졌고 123일 만에 북대서양 카나리아 해역에 등장했다. 4.5톤짜리 목선이 이역만리 바다에서 표류했다는데, 배는 흠집 하나 없고 갑판 위 어구도 흐트러짐이 없었다. 실종 접수일로부터 123일이 지나서 라스팔마스섬 한바다에서 발견되었다는 것만이 삼홍호의 사실이라고 해양 경찰서 조사 담당이 말했다.

**

군 휴가 중 아버지의 작업을 따라나섰던 적이 있었어요. 아버지는 바다와 하늘의 표정을 넌지시 살피더니 나의 승선을 허락했지요. 하늘이 바다 가까이 내려온 봄날, 오후였어요. 삼홍호에 오르니 어릴 적과는 달리 갑판은 한 뼘만 했습니다. 기관실 양쪽 통로를 따라 쌓아둔 그물과 사려 둔 밧줄 더미가 갑판을 차지해서 작업 공간에 여유라곤 없었어요. 좁은 그 공간이 아버지의 사무실인 셈이었지요.

동트는 바다 위로 금빛 길이 생기고 그 길을 가르며 삼홍호가 귀항할 때, 아버지는 바다의 노동을 홀로 감당해서 햇살에 반짝이는 비늘을 뒤집어쓰고 왔어요. 파도에 난반사 된 햇살이 아버지가 쓴 모자챙 아래 주황빛으로 어른거렸고, 아버지의 눈썹에는 마른 땀이 버짐으로 번져있었지요.

쓸쓸한 노동의 흔적은 아버지의 팔뚝 핏줄에서 오롯했지만, 불볼락과 보리 농어 댓 마리가 노동의 성과였습니다. 나는 어구에 걸터앉아 아버지의 하루를 막연히 생각했지요. 내 생각은 추상에서 겉돌 뿐 아버지와 바다의 실질에 가 닿지는 못하는 것이었지요.

아버지는 조타실에 서서 엔진을 작동시켰습니다. 꽁무니에 스크루가 물속을 휘젓는 소리가 요란했습니다. 나는 열리는 바다 쪽으로 자세를 바꾸어 앉았습니다. 엔진이 물살을 뒤집어내자 목선은 고요한 바다를 가르며 나아갔습니다. 삼홍호가 가른 바다는 이쪽과 저쪽의 물색이 달라서 같은 바다가 아닌 것 같았지요.

십여 분 뱃길을 가니 거기가 아버지의 일터였습니다. 일터가 막막해서 일의 시작과 끝이 있어 보이지는 않았지요. 깃발이 꽂힌 부표가 보이자 엔진 소리가 잦아들었어요. 아버지는 모자챙을 눌러쓰더니 갈고리 달린 막대기로 부표를 걷어 올렸습니다. 나는 아버지 옆에서 일을 거들었어요. 시늉 정도였겠지만, 아버지는 마다치 않고 그물 한쪽을 내어주었지요. 아버지가 물속 그물을 올리면 나는 끌어서 그물을 쟁였어요. 어깻죽지와 등골에 전기가 튀었지요. 쟁이는 그물코에 아가미가 꽂힌 물고기들이 파닥거렸어요. 볼락, 성대, 우럭 뭐 이런 가까운 바다 생선들이었지요. 아버지의 두 다리는 원래부터 배의 일부인 듯했는데, 나는 자꾸 뒤로 나동그라지는 것이지요.

그물 일이 끝나자 아버지는 어창에 생선을 살려두고, 도마와 칼을 내어 회를 만들었어요. 막 된장에 찍어서 먹는 회는 달고 달았지요. 선착장으로 돌아가는 길에 파도가 높이 튀었어요. 나는 조타실에 몸을 밀어 넣었지요. 조타기 위 벽면에 음력 물때가 표기된 달력과 둥근 벽시계가 나란히 걸려 있었습니다. 아버지는 달력에 그달에 걸리는 물고기 이름을 적어 두었는데 도다리, 농어, 주꾸미가 적혀 있었어요. 벽시계가 멈춰 있어서 나는 조타실 하단 서랍장에서 새 건전지를 찾아서 바꾸었습니다. 사 둔 지 오래되어 방전되었는지 새것을 넣었는데도 초침이 서너 바퀴를 못 가 멈췄어요. 부쩍 시계가

서버린다고 아버지는 다가서는 육지에 눈을 두고 말을 했지요.

군에 복귀하는 날, 나는 새 시계를 삼홍호 조타실에 걸고 새 건전지를 서랍장에 넣었습니다. 아버지는 슬며시 갑판으로 나가셨지요. 시계를 조타실 벽에 걸어 두면서 나는 아버지와 삼홍호의 바다가 무사하기를 바랐어요.

***

— 다수 전문가 사이에서 성간 천체는 혜성이라는 의견이 지배적이고 현상적으로 무난한데, 어쩌자고 인공물체라는 엄청난 화두를 던지는 것인가. 주장을 뒷받침할 인공신호를 탐지했는가.

기자석에서 질문이 쏟아졌다. 발표자가 질문에 답을 했다.

— 혜성이라는 의견은 인류를 안심시키는 것 외에 아무런 정보를 제시하지 못하고 있다. 천체의 태양계 탈출 가속도를 설명할 수 있어야 하는데, 없지 않은가. 물리적 힘을 더하여 가속했다는 것 외에 달리 설명할 방법이 없다. 인위적 전파 신호를 수신하지는 못했다. 다만 지적 생명체의 물체라면 기술적으로 전파를 은폐하거나 차단할 수 있다. 충분히 쉬운 일이다.

발표자는 화면을 넘겼다. 푸른 빛을 품은 기괴한 비행체가 스크린을 가득 채웠다.

질문의 방향이 다르게 전개되었다.

— 보이저 탐사선이 지구에서 가장 가까운 프록시마 센타우리 별까지 이동하는 시간은 수만 년이 걸리는 것으로 알고 있다. 올 수도 없을뿐더러, 올 이유도 없지 않은가.

— 문명 단계가 특이점에 도달하면 기술적으로 불가능하지 않고 심지어 어렵지도 않다. '그 무엇'이 어떻게 우리에게 왔는가. 항성계를 장악한 문명이라면 웜홀을 창출하여 공간을 극복할 수 있을 것이다. 다만 그 경우 막대한 에너지원의 소멸이 포착되어야 하는데 우리 은하에서 관측되지 않아서 논하기는 어렵다. 공간이동보다는 암흑물질(Dark matter)을 활용했을 가능성을 말하고 싶다.

암흑물질이 중력에 반응한다는 것은 합의된 이론이다. 중력이 있다는 것,

이것은 '실체'를 상정하는데 이 말은 우주 공간에 군데군데 장애물이 있다는 것이다. 보이지 않는 이 장애물은 태양 같은 천체일 수도 있고 구름처럼 흩어져 은하 전반에 듬성듬성 분포할 수도 있다. 인류는 아직 암흑물질의 실체를 확인하지 못했지만, 암흑물질 맵핑을 완성한 어떤 문명이라면 암흑물질의 중력을 이용해 쉽고 빠르게 열린 공간을 지나다닐 것이다.

그래서 왜 왔는가, 이 질문이라면 오히려 만만치 않다. 과학이 답할 수 있는 영역은 아니다. 이 말은 〈콜럼버스는 왜 갔는가〉와 같은 말일 것이다. '그 무엇' 이후 어찌 될 것인가, '그 무엇'이 타 항성계에서 건너온 인공물체인지, 혹은 우주의 어떤 불가해한 현상인지 불분명하지만, 두 세계는 서로의 존재를 인식하지 못한 채 각자의 문명을 전개해 왔다. 상호 부재 상태였다. 서로를 목격하는 순간, 어쩌면 지금일 수 있다. 일면식 없는 두 세계는 하나의 우주에 편입될 것이다. 분명한 것은 호모 사피엔스에게는 위협으로 설정해야 한다는 것이다. 아메리카 원주민에게 15세기는 자족과 낭만의 끝을 알리는 서막이었음을 우리는 알고 있다.

과학계가 다시 입장문을 내었다.

— 전문가들의 대체적 합의는 거듭 말하거니와 혜성으로 판단한다. '그 무엇'이라는 주장은 빈약한 가설이다. 우주의 시간과 공간의 규모를 고려할 때 가능성은 제로에 가깝다. 과학은 가능성 제로에 수렴하는 편에 있지 않다. 설사 인공물체일지라도 외계문명을 두려움의 대상으로만 상정해야 할 이유 또한 없다.

과학계 입장은 외계 인공물체일 가능성 제로를 언급했는데 과학이 점성술이 아닐진 데, 입장문의 마지막 문장은 또 무엇이냐는 언론의 질타에 직면했다.

*

한국으로 귀국하기 전날, 대사관 직원과 바르셀로나 항구를 걸으며 나는 삼홍호에 대한 이런저런 기억을 길게 이야기했다. 그녀는 벤치에 앉아 휴대전화 녹취 앱을 열고 내가 하는 말들을 담았다. 아버지와 삼홍호의 바다, 지나간 시간의 밧줄을 나는 조심스럽게 당겼다. 바르셀로나 해안에서 후퇴한 곳에 우뚝 솟은 동상이 눈에 들어왔다. 콜럼버스 동상이었다.

***

새벽에 아버지는 어김없이 삼홍호를 몰아 어장으로 갔다. 기름을 부어 놓은 듯 물살은 보드랍고 느릿했다. 어장에 도착한 아버지는 삼홍호 엔진을 중립에 맞추었다. 조타실 벽시계 초침이 가다 서다 위태로웠다. 아버지가 서랍장에서 새것을 꺼내어 벽시계 건전지를 교체했다. 야광을 머금은 빛이 조타실 창에 어른거렸다. 아버지는 갑판으로 몸을 내어 빛이 오는 방향을 바라보았다. 먼바다에서부터 오로라가 밀려오듯 파도가 삼홍호 쪽으로 다가왔다. 다가선 파도가 부풀었고 고래가 푸른 대가리를 내밀었다. 만질 수도 있을 듯 가까이 다가온 고래가 삼홍호 주변을 천천히 맴돌았고 등줄기에서 물을 뿜아 올렸다. 투명한 물줄기가 바다 위에 형광 장막을 펼쳐냈다. 장막 너머 배 한 척이 윤곽을 드러내었다. 배 이물에 적힌 선명은 덕성이었다. 아버지는 실눈으로 덕성호를 응시했다.

장막 너머 갑판에 사람의 모습이 보였다. 놀라움에 아버지는 뛰다시피 성큼 뱃머리로 갔다. 아버지는 두 번 세 번 손바닥으로 눈을 비벼 가며 대상을 살폈다. 이장이 분명했다. 반가움에 아버지는 덕성호 쪽에 대고 소리쳤다.

— 이장님!

고래가 수면 위로 솟구쳤다. 형광 파도가 흩어졌고 다시 모였다.

— 이장님!

장막 저쪽에서 건너오는 말은 없었다. 아버지는 조타실로 돌아가 엔진을 작동시켰다. 벽시계 초침이 완전히 멈추어 있었다. 형광 장막이 울타리처럼 바다 이쪽과 저쪽을 구별 짓고 있었다. 아버지는 저쪽으로 다가갈 수 없었다.

이장은 바다에 부유하는 물체를 걷어 올리고 있었다. 아버지는 망연자실 덕성호 쪽을 보고만 있을 수밖에 없었다. 덕성호 갑판에 바닷속에서 건져 올린 폐기물이 수북이 쌓여있었고 작은 크레인이 설치되어 있었다. 쓰레기를 분쇄하는 장치도 보였다. 저쪽 바다에서 이장은 아마도 바다의 환경 파수꾼인 듯했다. 다시 한번 아버지는 목청을 높였다.

— 이장님!

이장은 장막 너머에서 작업에 몰두할 뿐이었다. 덕성호와 삼홍호 사이에서 고래가 울음 울었다.

물속에 내려둔 아버지의 그물이 이장의 작업에 걸려들었다. 이장은 아버지의 그물을 폐기물 건듯이 당겨 올렸다. 그물코에 금빛 물고기가 가득 보였다. 이장은 물고기는 바다에 돌려보내고, 그물을 처리하기 시작했다. 그물의 얼개를 지탱하는 밧줄이 팽팽하게 당겨지는 것을 아버지는 그저 바라만 보고 있었다. 이장은 더는 끌려 오지 않는 그물을 포기하고 갑판에 걸어 올린 그물 끝부분만 끊어 내었다. 이장의 작업이 어느 정도 진척되자 형광 장막이 덕성호를 감싸고 커다란 거품을 만들더니 파도에 실려서 떠갔다. 고래가 대가리를 물속으로 밀어 넣었다. 아버지는 이장이 밑동을 끊어 내어 훼손된 그물을 물끄러미 바라보았다. 해가 솟아 바다에 윤슬이 일었다. 조타실 벽시계 초침이 움직였다.

*

망원경을 탑재한 발사체는 남아메리카 프랑스령 기니아 우주 센터에서 발사되었다. 지구 대기권을 벗어난 망원경은 발사체에서 분리되는 순간부터 태양광 전지판을 펼치고 우주 시공간의 오르막을 향해 나아갔다. 오르막의 끝은 중력 평행의 언덕이었고, 거기가 라그랑주(L2)였다.

태양과 지구의 중력이 상쇄되는 라그랑주 지점은 5개가 있는데, 라그랑주(L2) 지점은 지구와 달 사이의 평균 거리보다 4배 정도 먼, 우주 공간이었다. 거기서 망원경은 태양을 등지고 심우주와 대면할 것이다. 빅뱅 후 억겁의 시공간에 뿌려진 희미한 정보를 찾고 분석하여 우주에 관한 통찰을 확보하는 것이 인류가 망원경을 쏘아 올린 목적이었다.

중력이 파놓은 시공간 언덕을 오르면서 망원경은 NASA 관제센터의 원격 명령에 따라 차폐막을 세우고, 종이처럼 접힌 대형 렌즈를 펼치면서 한 달간의 항해를 완수했다. 망원경이 중력 평행 공간 라그랑주(L2)에 안착했다는 소식을 들으며 나는 인천행 비행기에 몸을 실었다. 비행기는 오후 1시에 바르셀로나 공항을 이륙했다.

라스팔마스 천문대에 전파 신호가 4개월 만에 다시 포착되었다. 지난가을에 수신한 전파 신호와 주파수대역이 일치했다. 전문가들은 전파 송출 방향을 페가수스자리 적색왜성으로 특정 지어 허블 망원경 관측을 의뢰했다. 허블 망원경은 행성이 별의 순간을 지나갈 때, 별의 미세한 밝기 변화를 관측하였다. 행성은 생명체 거주 가능 골디락스 존에서 모항성을 공전하고 있는데 공전 주기 123일로 제시되었다. 행성의 대기 성분의 스펙트럼 분석 결과 다량의 물 분자와 메탄이 포함된 것으로 예측되었다. 천체물리학자들은 바다 행성일 가능성을 언급했다.

― 라그랑주(L2) 지점에 도착한 우주 망원경은 렌즈 정밀 조율에 6개월여가 소요될 예정이다. 라그랑주(L2) 우주 망원경이 본격적인 관측 활동을 개시하게 되면 이 행성에 대한 정보를 인류에게 제시할 수 있을 것이다. 행성 대기에 물과 메탄 성분이 검출된 것은 매우 고무적이다. 라그랑주(L2) 우주 망원경은 허블 망원경보다 100배 우수한 성능을 보유했으므로 외계 생명체 존재의 스모킹건을 관측할 수 있을지, 지켜보자.

NASA 관계자가 CNN 인터뷰에서 기대감을 표출했다.

인천으로 돌아오는 비행시간은 두 시간여 짧았다. 기내 창에 구름이 비스듬히 걸렸고 날개 엔진 아래로 하늘색과 물색이 겹쳐지면서 두 개의 바다가 미러링 되었다. 아래 바다에서 아버지의 삼홍호가 조업했고 고래가 잠수했다. 어릴 적 낚싯바늘을 끊고 하늘로 날아갔던 물고기는 아래위 두 바다를 쏘다녔고, 다른 바다에서 고래가 대가리를 내밀었다. 이장은 바다 쓰레기를 처리하고 있었다. 앞 좌석 모니터를 눌러 비행기의 위치를 확인하니 서해 상공이었다.

출국장을 빠져나오며 나는 아버지에게 전화했다.

— 삼홍호가 아니었어요.

아버지는 별다른 말이 없었다. 나는 사진 파일을 하나씩 다시 눌러 보았다. 조타실 사진이 보였다. 조타기 위 벽면에 시계가 없었다. 바르셀로나 항구에서 조타실을 검증할 때 미처 그것을 확인하지 못했었다. 다음 사진을 확대했다. 휴대폰 화면을 손가락으로 그었다. 긋고, 긋고, 다시 그었다. '삼홍', 검정 글자가 선명했던 사진이 온데간데없었다.

휴대전화 메시지가 도착했다. 삼홍호가 실종되었어요. 대사관 직원이 보낸 문자였다.

당선소감 | 김근수

해녀는 부표를 끌어안고 숨을 고르며 휘파람 소리를 뽑아내었습니다. 파도가 노는 법은 없어서 해녀는 수면에서 분주했습니다. 해녀는 들숨을 머금고 물속으로 갔습니다. 두 다리로 허공을 크게 찼습니다. 해녀가 잠수해 들어간 숨구멍을 파도가 덮어서 바다는 아무 일이 없었습니다.

물 밖과는 달리 물의 안쪽은 돌연 둔중했습니다. 수면의 바다는 작은 바람에도 뒤채였지만 속 바다는 수면의 다급함에 동요하지 않았습니다. 속 바다는 거대한 점액질로 느리게 움직였습니다. 느릿한 그 공간에 크고 작은 물고기들이 실려 있었고, 끄트머리가 늘어진 해초들이 물의 흐름에 이끌렸습니다. 해녀는 갈고리로 해초를 걷어내면서 물속에 잠긴 갯바위의 밑둥치를 더듬어 나갔습니다. 말미잘이 촉수를 내어 물을 탔고, 바위틈에 들어앉은 군소가 보랏빛 경고음을 터뜨렸습니다.

갯바위 밑둥치에 갈라진 틈을 갈고리로 긁으면 물속 찌꺼기들이 부옇게 부유합니다. 어수선한 시야 너머 해녀는 참소라를 캐내어 바위를 발판삼아 수면으로 오릅니다. 햇살의 끄나풀들이 마중하며 빛의 기둥을 세웁니다. 꿈만 같은 기둥을 안내 삼아 부표의 좌표를 확인하고 해녀는 마지막 들숨을 물속에 내어줍니다. 윤슬이 바글거리고 해녀는 아무일 없습니다.

제목을 써 두고 한참 지나 쉼표를 하나 마련했습니다. 〈 그리고 바다, 〉

사는 일의 모든 시공간과 쉼표 너머 잇닿아 있을 우주의 바다를 언제나 생각하겠습니다.

사랑하는 아내와 세 아들에게 고맙다는 말을 전합니다. 광주일보 관계자분, 심사위원님께 감사드립니다.

심사평 | 함정임

'그리고 바다,'는 우선 두 갈래 서사 운용과 각 갈래의 화법이 균형적으로 작동된 점이 돋보였다. 작가의 특권은 소재 를 선택하고, 그것을 어떤 방식으로 운용하는가에 있다. 작품의 성취 수준, 개성(스타일, 새로움)에 대한 평가는 그 다음 일이다.

'그리고 바다,'는 인간 세상의 작은 현실과 천문 우주 과학계 사이에 놓여 있는 불가사의를, 시간적으로는 현재와 과거(유년), 공간적으로는 한반도 이남의 작은 어촌과 지중해 라스팔마스 인근 바르셀로나를 병치시켜 풀어가고 있는데, 서사를 이끄는 두 겹의 층위가 구체적이면서 객관적으로 운용되고 있어 새로운 시도로 보았다. 특히 유년기 어촌과 아버지에 대한 장면과 묘사는 작가의 자질을 확인시켜주는 데 모자람이 없었다.

응모자들에게 애정과 격려의 마음을 전하고, 수상자에게 축하와 함께 지속적인 정진을 바란다.

국제신문 **이주현**

1977년 경남 김해 출생
동아대학교 한국어문학부 졸업
2015년 장편소설 『커피킹』 출간

노란 문

이주현

오늘 선생님 집에 들렀다 돌아오던 길, 우리가 처음 만났던 벚나무 앞을 지나갔습니다. 나무 위로 얼음 조각 같은 낮달이 보였고요. 앙상한 가지 아래에는 강아지풀, 웃자란 쑥, 이끼가 제멋대로 피어있었죠. 이끼 위엔 메마른 나뭇잎이 듬성듬성 떨어져 있었고요. 우리가 만났던 계절엔 보라색 꽃을 피우고 있었던 맥문동은 까만 열매를 달고 있었어요. 고만고만한 풀 사이에 키 큰 털머위가 고개를 길게 뺀 채 노란 꽃을 뽐냈어요. 상큼한 레몬 빛의 꽃은 마치 햇살 좋은 해안 절벽에 핀 듯했고요. 잎은 한적한 시골 밭고랑에 삐져나온 호박잎처럼 정겹게 보였어요. 머위처럼 꽃과 잎이 서로 어울리지 않는 식물이 또 있을까요? 마치 선생님과 제 사이처럼요. 선생님도 기억하고 있나요? 저는 다 외워버린 영화처럼 우리의 첫 만남을 또렷하게 떠올릴 수 있습니다. 그때를 생각하면 1년이 지난 지금까지도 웃음이 나옵니다.

*

선생님과 처음 만났던 날 저녁, 저는 아이스크림을 사기 위해 밖으로 나온 길이었어요. 전날 봄비가 와서 가지마다 벚꽃이 눈송이처럼 피어있었죠. 꽃이 한가득 핀 벚나무를 쳐다보다 나무 뒤 잡초 속을 휴대전화 플래시로 이리저리 비추던 선생님을 보게 되었어요. 뭔가 소중한 것을 찾는 듯해, 저는 머뭇거리다, “뭐 잃어버리셨어요? 도와드릴까요?”라며 나무 뒤쪽으로 다가갔죠. 그러고는 뭔가 물컹한 것을 밟고 미끄러져 엉덩방아를 찧었습니다. 저는 허둥대며 자리에서 일어났고, 놀란 선생님은 "어머, 어떡해!"하며, 저의 엉덩이를 휴지로 닦기 시작했습니다. 선생님이 "아이고 미안해요, 아가씨"라고 말함과 동시에, 나무 뒤쪽에 있던 강아지가 제 눈에 들어왔습니다. 눈물이 핑 돌았죠. 안절부절못하던 선생님은 대뜸 저에게 집이 어디냐고 물었죠. 제가 대답을 안 하고 있으니, 선생님은 댁이 근처라며 선생님 집에서 바지를 갈아입는 게 어떻겠냐고 제안했습니다. 제가 가만히 있자, 선생님은 "저 이상한 할머니 아니에요. 우리 집이 코 앞인 데다, 딸 주려고 사둔 새 바지가 있어요."라고 했죠. 너무 갑작스러운 상황이라 머릿속이 새하얗게 되어버린 탓이었을까요? 대답을 망설이다 저도 모르게 양손을 엉덩이에 갖다 댔죠. 손까지 더럽히게 된 저는 선생님을 따라갈 수밖에 없었습니다.

선생님을 따라가던 길, 선생님의 뒷모습과 강아지, 둘 사이에 연결된 강아지 줄과 그 실루엣을 둘러싼 노란 가로등 불빛이 너무도 따스하게 보였습니다. 그리고 선생님의 어깨 위로 떨어지던 꽃비와 선생님과 이어진 그림자가 시리도록 아름다운 장면으로 제 가슴속에 박혀 있습니다.

사실 꽃비는 모르겠습니다. 선생님이 떠난 후 벚꽃이 피고 버찌가 열릴 때, 선생님을 떠올리며 제 기억 속에서 꽃비를 뿌렸을 수도 있으니까요.

선생님 집은 그 골목 끝에 있는 주택이었습니다. 선생님은 대문을 열며 저더러 먼저 들어가라고 했죠. 뒷모습을 보여주고 싶지 않았던 저는 밝은 가로등이 새삼 야속했습니다. 양손을 어정쩡하게 든 채 몸을 틀어 게처럼 옆으로 걸어 마당 안으로 들어갔죠. 선생님은 아차 싶었는지 저를 앞질러 가서는 현관문을 연 채 기다려주셨어요. 양손을 쓸 수 없어 발뒤꿈치로 양쪽 운동화를 벗고 집 안으로 들어갔습니다. 집 내부는 목재를 많이 사용해 아늑한 분위기였죠.

선생님의 안내로 욕실에서 손부터 씻었습니다. 손바닥과 손가락을 꼼꼼히 씻었어요. 욕실 장을 여니, 수건이 너무 가지런하게 정돈되어 있어 한 장을 꺼내기가 미안할 정도였죠. 손을 닦은 다음 수건을 수건걸이에 걸고, 휴지를 여러 겹 말아서 세면대 위에 있는 선반에 두었습니다. 손가락에서 반지를 빼

휴지 위에 올려두고는, 소매를 걷어 손 전체와 손목 위, 손톱 사이사이까지 꼼꼼하게 씻었어요. 마치 수술방에 들어가는 의사처럼요.

제가 손을 닦고 나오자, 선생님은 저를 부엌 옆 방으로 안내하고는 서랍에서 새 바지를 꺼내 주셨습니다. 그리고 제 바지를 세탁해서 돌려주겠다며, 저더러 입었던 바지를 방바닥에 두고 나오라고 했어요. 선생님이 방문을 닫고 나가자, 저는 옷을 갈아입고 방을 한 번 둘러 보았습니다. 짐이 거의 없고 반듯하게 정리되어 있어, 왠지 쓸쓸하게 느껴졌습니다.

저는 벗은 바지를 든 채, 옷은 제가 가져갈 테니 비닐만 하나 달라고 했습니다. 강아지가 제 발을 핥기에, 선생님에게 강아지가 몇 살인지 물었습니다. 선생님이 두 살이라고 하자, 저는 '할머니가 돌아가시면, 강아지는 누가 키우지?'라고 생각했어요. 선생님은 마치 제 머릿속을 읽기라도 한 듯, 딸이 타지에 가서 순심이를 돌보고 있다고 했죠. 저는 차를 권하는 선생님의 친절도, 큰길까지 데려다주겠다는 선생님의 제안도 뿌리치고 집을 나왔습니다. 따님이 타지에 갔다는 얘기에 남편이 떠올라 울컥했거든요.

다음날에야 선생님 집 욕실에 두고 온 반지가 생각났습니다.

'아, 내가 여태 결혼반지를 안 빼고 있었구나!' 싶어 뒤통수를 맞은 기분이었어요.

스스로 빼낼 용기가 없었는데, 자연스럽게 잃어버리는 것도 나쁘지 않겠다고 생각했죠. 그래도 찾으러 갈까, 말까 하는 생각이 머릿속에서 계속 부딪쳤습니다.

결국, 선생님 집 앞에 찾아갔지만 어떻게 해야 할지 몰라 문 앞을 서성였어요. 따님의 바지를 넣은 쇼핑백을 든 채로요. 30분 가량 지났을까요? 현관문 여는 소리가 들리더니 발걸음 소리는 들리지 않고, 쓰스스 치마 스치는 소리가 들렸습니다. 딱, 똑, 똑 상추인지 고추인지 채소 따는 소리도 들렸고요. 저는 초인종을 누르려고 손가락을 갖다 댔지만, 누르지 못했어요. 다행히 순심이가 검은 철문을 향해 짖기 시작해, 선생님이 밖에 누구냐고 물었죠. 제가 "어젯밤에 집에 방문했던 사람인데요"라고 하자, 선생님은 검은 철문을 열어

주며, 환하게 웃어 주셨죠.

선생님에게 한 번도 말 한 적 없지만, 선생님 얼굴에서 돌아가신 제 외할머니의 모습이 보였습니다. 살짝 까무잡잡한 예쁜 얼굴에 멋쟁이 할머니셨죠. 돌이켜보면, 선생님은 저에게서 선생님 딸을 보았을까요? 선생님은 제가 궁금하지 않았나요? 결혼은 했는지, 누구와 사는지, 무슨 일을 하는지 등등요.

*

이제야, 선생님에게 제 얘기를 하게 되네요. 저는 공무원연금공단에서 일하고 있어요. 언젠가부터 연금 부정수급이 사회적으로 큰 문제가 되었고, 저는 그런 부정수급자를 찾아내는 일을 해요.

부정수급은 수급자나 그 유족이 거짓 또는 부정한 방법으로 연금을 받는 행위를 말해요. 수급자가 사망하면, 유족이 수급자의 사망일로부터 1개월 이내에 사망신고를 해야 하는데요. 유족이 망인의 휴대전화를 사용하고, 우편물을 받아 마치 수급자가 살아있는 척 망인의 연금을 계속 받는 예가 있고요. 수급자의 배우자가 재혼 사실을 숨기고 유족연금을 받는 예도 있어요. 저희끼리는 부정수급자를 '연금 뤼팽'이라고 불러요. 저희 부서에서는 그런 사람을 찾고, 부정 지급된 연금에 대해 환수 조치를 합니다. 부정수급이 적발되면, 국민연금일 경우 국민연금법위반죄로 처벌받고요. 공무원연금은 사기죄로 처벌받아요. 부정수급에 대하여 사기죄로 재판받게 되면, 통상 부정 지급 받은 연금 1억 원당 징역 1년 정도 선고받고요. 선고받기 전에 일부라도 반환하면 형이 조금 줄어들고, 전부 반환하면 집행유예를 선고받아요.

공단에서는 진료기록과 경찰청 실종 기록 등 많은 자료를 바탕으로 부정수급 조사 대상자를 선정해요. 그럼 직원들은 수급자와 통화를 시도합니다. 고령이라 통화가 힘들 경우, 보호자나 의료인이 영상통화로 수급자의 모습을 보여줍니다. 그것도 안 되면, 우편으로 '수급자와 연락이 계속 안 되면 연금 지급을 정지할 수밖에 없습니다'라는 안내문을 보내요. 그래도 답변이 없으면, 저희 직원들이 주소지로 방문합니다.

얼마 전에는 수년간 안방에 아버지의 시신을 방치한 아들이 뉴스에 나왔는데요. 아버지의 연금을 계속 받기 위해, 사망신고를 하지 않았다고 합니다. 그런 연금을 '백골 연금'이라고 불러요. 모든 부정수급에는 제각각의 안타까운 사연이 있는데요. 그 사연을 참작할 권리가 공단 직원에게는 없답니다.

제가 적발한 사례 중에는, 여자가 남편이 죽고 나서 유족연금을 받고 있었는데, 재혼하고서도 유족연금을 계속 받고 있던 경우가 있었어요. 유족연금은 수급자가 사망해도, 배우자가 본래 연금의 40~60% 상당액을 받는 것인데요. 재혼하면 받을 수 없어요. 그 부정수급자는 재혼은 했지만, 전 남편 자녀의 양육비 명목으로 유족연금을 받을 수 있는 게 아니냐고 반문했습니다. 그 부정수급자는 유족연금을 계속 받기 위해 법원에 혼인무효소송까지 제기했어요. 새 남편 사이에 혼인 신고는 하였지만, 혼인의 합의가 없었다고 주장했습니다. 하지만 법원에서 인정되지 않았어요. 혼인 신고만 안 했더라면, 유족연금을 계속 받을 수 있었을 텐데요. 저는 그때 법이란 게 얼마나 엉성한지 깨달았어요.

이런 일도 있었어요. 제 동료가 부정수급 조사 대상자에게 통화를 시도했지만, 받지 않았고, '수급자와 연락이 계속 안 되면 연금 지급을 정지할 수밖에 없습니다'라는 안내문을 보냈음에도 연락이 오지 않았어요. 동료가 집으로 찾아갔지만, 가족이 문을 열어주지 않았습니다. 동료는 경찰과 함께 방문했고, 그래도 문을 열어주지 않아, 결국 경찰이 부른 소방대원이 강제로 문을 열었어요. 집에서는 악취가 진동했고, 작은 방에서 이불에 돌돌 싸인 백골 상태의 시체가 발견되었어요. 시체 냄새가 새어나가지 않게, 문틈에 초록색 박스 테이프가 여러 겹 발라져 있었대요.

아내가 남편의 사망신고를 하지 않은 채, 계속해서 연금 전액을 받고 있었는데요. 발각되었지만, 부정수급자는 받은 연금을 돌려줄 돈이 없었습니다. 결국, 재판에 넘겨져 징역 3년 형을 선고받았습니다. 그 부정수급자에게 24시간 돌봄이 필요한 장애아들이 있어, 어머니가 일할 수 없는 사연이 있었어요. 어머니가 교도소에 가야 했기에, 모자는 생이별하고, 아들은 장애인 시설로 보내졌어요. 아들은 성인이었지만 지체 장애가 있어 정신 연령이 아이와 다름없었다고 해요.

그 아들이 장애인 시설로 보내지던 날, 제 동료는 그 집에 찾아갔었나 봐요. 동료는 자기 일을 했을 뿐인데요. 자기가 한 일이 한 개인의 삶을 송두리째 바꿔 놓은 현실에 괴로워했습니다. 동료는 부정수급자의 아들 사진과 함께 아들의 일상을 적어 부정수급자에게 편지를 보냈는데요. 교도소에서 온 답장은 제 동료에 대한 원망으로 가득했대요. 그래도 제 동료는 계속 편지를 보냈습니다. 그 부정수급자는 모범수로 선정되어 형기의 3분의 2를 채웠을 때 가석방 되었어요. 그 소식을 들은 제 동료는 무척 기뻐했어요. 모자가 근 2년 만에 상봉하게 되었죠. 근데, 참 이상한 일이에요. 제 동료는 그 부정수급자의 출소 직후에 퇴직했습니다.

그 동료가 제 남편이었어요. 남편은 저에게 한 마디 상의도 없이, 떠나는 날 전화로 통보했어요. 어느 자연휴양림에 있는 숲속의 집 청소 일을 하기로 했다면서요. 미안하다더니 휴대전화마저 꺼 놓았죠. 그냥 한순간에 남편이 제 인생에서 증발해버린 거예요. 처음엔 남편에게 너무 화가 났어요. '찾기만 해봐!'라고 별렀죠. 그러다가 제가 너무 미운 거예요. '괜찮다는 남편 말을 왜 곧이곧대로 받아들였지? 남편은 끊임없이 신호를 보냈는데, 미련한 내가 눈치를 못 챘던 걸까?'라는 생각들이 조금씩 단어와 어조를 바꾸어서 머릿속에서 요동쳤어요. 머릿속 회로가 저에 대한 원망, 분노, 후회 외엔 다른 생각은 못 하도록 구조가 바뀐 것처럼요. 그냥 제가 버림받았다는 사실이 견딜 수 없었어요.

얼마 뒤 저는 요양 명목으로 6개월간 휴직했습니다.

*

오늘 배당받은 부정수급 조사 대상자 중 한 사람이 임현옥 선생님입니다. 선생님이 떠난 지 1년 만에 선생님의 이름을 예상치 못한 곳에서 맞닥뜨리게 되었죠. 주소지도 제가 알던 그 집이었습니다. 선생님은 고등학교 교장 선생님으로 은퇴하셨고, 매월 연금 수령액은 370만 원이며, 1년 전부터 의료기록이 없다고 되어 있었어요. 예상 부정수령액은 1년 동안 4440만 원이었습니다.

저는 놀라기도 했지만, 선생님의 기품있는 말투라던지, 제가 같은 실수를 반복해도 찬찬히 하라며 기다려주시던 모습이 떠올라, '아, 선생님이셨구나!' 하며, 고개를 끄덕였습니다. 이렇게라도 선생님의 소식을 들을 수 있다는 희미한 기대에 설레기도 했습니다. 저는 사무실 전화기로 제가 알던 그 번호로 전화했습니다. 한참 동안 전화를 받지 않아, 끊으려는데 "여보세요?"하는 목소리가 들렸어요. 젊은 여자분 목소리였어요. 저는 "안녕하세요. 공무원연금공단에서 수급권 확인 차 전화했습니다. 임현옥 선생님과 통화할 수 있을까요?"라고 했습니다. 그녀는 어머니를 바꿔드리겠다며, 잠시 기다려 달라고 했습니다. 기다리는 시간이 길게 느껴졌어요. 얼마 뒤, "전화 바꿨습니다"하는 주름진 목소리가 들렸습니다. 주민등록번호를 물어보자, 천천히 본인의 주민등록번호를 알려주고 묻는 말에 조곤조곤 대답했습니다.

다른 직원은 모르겠지만, 저는 알 수 있었습니다. 선생님 목소리가 아니라는 것을요. 초보 연극배우의 어설픈 성대모사를 듣는 것 같았어요.

*

선생님과 처음 만났을 때는 남편이 떠난 지 한 달이 지난 무렵이었어요. 반지를 찾으러 선생님 집에 다시 방문했던 날, 선생님은 따뜻한 차를 주셨죠. 그때 식탁 의자에 쌓인 건강용품 상자를 보고 선생님이 처한 상황을 짐작했어요. 그 건강용품 업체가 어르신들을 상대로 강매를 한다는 건, 제가 직업상 어르신들을 만날 기회가 많다 보니 자연스레 알게 된 정보였습니다.

저는 선생님으로부터 신용카드와 구매 영수증을 받아, 카드사에 할부항변권을 신청한 후 판매처에 내용증명을 보냈죠. 일주일 후 카드사 민원담당자가 처리되었다는 연락을 줬고, 저와 선생님은 물품을 들고 판매처에 돌려주러 갔습니다. 선생님은 고맙다며, 제게 뭘 먹고 싶냐고 물었죠. 조금 더워지기 시작했고, 땀을 흘린 뒤라 저는 팥빙수가 먹고 싶다고 했습니다. 우린 프랜차이즈 빙숫집에 갔었죠. 지금 생각해보면 그 팥빙수가 너무 달았을 텐데, 선생님은 내색하지 않으셨습니다. 거기서 저는 외할머니가 직접 쑨 팥으로 만든 팥빙수 얘기를 꺼냈죠.

얼마 후 선생님은 저를 집으로 초대해 직접 끓인 팥과 손수 찐 찰떡을 올린 팥빙수를 주셨습니다. 그 팥빙수를 만들기 위해 선생님은 팥알 같은 땀을 흘리셨겠지요. 선생님의 요리 솜씨에 감탄하며, 저는 달걀부침 하나 제대로 만들지 못한다고 했어요. 선생님과 마주 앉아 말없이 팥빙수를 먹는 게 어색해서 꺼낸 말이었는데, 선생님은 제게 요리를 가르쳐 주겠다고 하셨어요.

선생님과 요리하는 날은 휴직 당시 제가 유일하게 타인과 교류하던 시간이었어요.

그즈음 선생님 집 길 건너에 대단지 아파트가 들어서고, 차량 통행량이 많아졌습니다. 선생님은 순심이랑 산책할 때 불안하다고 하셨죠. 선생님 집에 방문하는 길에, 한 아이가 그 도로를 지나가는 걸 보게 되었어요. 위험해 보였어요. 저는 민원 앱에 선생님 집골목 끝 사거리 사진을 올리고 건널목이 필요한 이유를 썼습니다.

한 달 뒤 사거리에 건널목이 생겼죠. 공사가 시작되고 도로 위에 하얀 페인트가 기계로 뿌려지던 날, 선생님은 손뼉을 치며 좋아하셨어요. 그리고 건널목이 완성되던 날 우리는 순심이와 함께 그 건널목을 건너고 또 건넜죠. 선생님은 저를 민망할 정도로 치켜세웠어요. 그날 집으로 돌아오면서, 날씨가 좀 시원해지면 선생님 집 대문을 노란색으로 칠하기로 한 거 기억하세요?

선생님이 알려준 많은 요리 중, 조개를 잘게 다져 볶은 걸 나물 무칠 때 넣는 것과 김치전을 할 때 대패 삼겹살을 먼저 굽고 그 위에 김치 반죽을 얇게 올리는 건 최고의 비법이에요. 식초가 단백질을 단단하게 한다며, 생선을 구울 때 식초에 헹궈야 한다는 것도 알려주셨죠. 제가 "그래서 요리를 과학이라고 하는군요!"라고 하니, 선생님이 크게 웃으셨죠. 제 외할머니처럼 저의 사소한 말에도 크게 웃어 주셨어요.

감자조림을 만들 때는, 제일 먼저 감자에 물엿만 넣고 볶으셨어요. 그때 감자에서 물이 빠져나오는 걸 보고, 왜 이러냐고 물었죠. 선생님은 삼투압 때문이라고 했습니다. 저는 삼투압은 소금이랑 연관된 원리인 줄로만 알고 있었거든요. 지식수준이 드러날까 봐 차마 선생님에겐 묻지 못하고, 집에 와서 인터넷으로 검색했어요. 삼투현상은 농도가 서로 다른 둘 이상의 용액이 있을 때, 농도가 낮은 쪽에서 농도가 높은 쪽으로 용매가 이동하는 현상을 말하는 거래요. 삼투압이 안과 밖의 농도를 서로 맞추게 되는 작용이라면, 요리를 배우는 시간 동안 선생님과 저 사이에도 삼투압이 작용되었을까요? 선생님의 따뜻한 마음은 저에게 옮겨가고, 저의 뾰족한 마음은 선생님에게 옮겨 갔을까요? 선생님은 제가 카드사에 연락하고, 민원 앱을 이용하는 걸 보면서 제도를 이용하는 법을 알게 되었을까요?

그 여름의 싱그러운 요리들 뒤로 작년 가을 이맘때쯤 선생님 집을 방문했을 때, 집엔 아무도 없었습니다. 전화 연락도 되지 않았어요. 그날은 같이 김치를 담그기로 한 날이었죠. 다음 날도 찾아갔지만, 아무 응답이 없었습니다. 제가 선생님께 문자를 여러 차례 보내니, "어머니가 편찮으셔서, 연락을 받을 수 없습니다"라는 답장이 왔습니다.

선생님과의 이별이 그렇게 갑작스레 찾아올지 몰랐어요. 김치 담그기 전날, 선생님은 미리 배추를 절여 두겠다고 하셨어요. 배추 절이는 일이 선생님께 무리가 되었던 게 아닐까 걱정했습니다. 행여 선생님을 만날 수 있을까 하여, 한동안 선생님이 순심이와 산책하는 길을 맴돌았어요. 하지만, 선생님도 순심이도 만날 수 없었어요.

얼마 후, 저는 복직했습니다.

*

오늘 이미 상부에는 임현옥 씨와 통화가 되었다고 보고했지만, 저는 선생님 집에 방문해 보기로 마음먹었습니다. 제 예상이 빗나가길 바라는 마음으로 선생님 집으로 향했습니다. 제 가슴에 박혀 있는 그 아름다운 장면이 변질될까 두려웠어요. 선생님을 따라 처음 걸었던 그 골목을 피해, 동네를 빙 둘러 다른 길로 갔습니다. 작년에 반지를 찾기 위해 선생님 집 앞에서 서성일 때가 떠올랐어요. 한참을 머뭇거리다 그냥 돌아가기로 했습니다. 이미 임현옥 씨는 부정수급 조사 대상자에서 제외된 이후니까요. 발걸음을 돌리는데, 순심이가 멀리서 저를 보고 짖는 거예요. 순심이는 처음 보는 여자분과 함께 있었어요. 그녀는 잠을 못 잤는지 눈이 퀭하고 아파 보였죠.

"순심아, 오랜만이야."

그녀가 순심이를 아느냐고 물었어요.

"여기 사는 할머니와 친하게 지냈어요"

저는 그녀의 양쪽 입매가 긴장으로 어긋나는 것을 봤습니다.

"아, 안녕하세요. 어머니는 아파서 강원도에 요양하러 가셨어요."

저는 그 자리에서 임현옥 씨에게 전화를 걸었습니다. 따님의 옷 주머니 안에서 휴대전화가 울렸죠.

뒤늦게 제 소개를 했습니다.

"안녕하세요. 저는 공무원연금공단에서 나온 박은영이라고 합니다. 한 시간 전 사무실에서 전화를 걸었을 때는 지금 강원도에 계신다는 임현옥 씨가 전화를 받으셨는데요."

따님은 깊은 탄식을 내뱉었습니다. 저는 따님의 눈에서 두려움인지 홀가분함인지 혹은 둘 다인 것 같은 빛을 본 것 같았습니다.

따님은 저를 집 안으로 안내했어요. 생채기 많은 검은 철문이 끼이이 하며 힘겹게 열렸어요. 제가 철문을 잡고 마당으로 들어가는데, 문에서 녹이 묻어 나왔어요. 양손을 부딪쳐 녹을 털어내려다, 양손 다 붉은 녹이 묻었습니다.

선생님 집에 처음 방문했을 때처럼 양손을 어정쩡하게 들고 마당을 지나, 현관에서 발뒤꿈치로 양쪽 구두를 벗고 집 안으로 들어갔습니다. 집 분위기가 많이 바뀐 것 같았어요. 퀴퀴한 냄새가 나는 것 같기도 했고요. 빨래 바구니는 지저분한 빨래로 넘쳐났어요.

화장실에 들어가 손을 꼼꼼하게 씻는데, 반지가 없어 손 씻기 편하다는 생각이 들었어요. 욕실 장을 여니 수건이 하나도 없었어요. 휴지를 뜯어 손을 닦고는, 휴지를 옷 주머니에 넣고 화장실에서 나왔습니다.

따님의 안내에 따라 부엌 식탁에 앉았어요. 싱크대에는 그릇이 잔뜩 쌓여 있었고, 식탁은 잡다한 물건으로 빈틈이 없었죠. 따님은 지저분한 그릇을 몇 개 치우고, 컵 하나를 찾아 설거지하기 시작했어요. 저는 기다리는 동안 식탁을 대충 정리했습니다.

예전에 반지를 찾으러 왔던 날, 식탁 의자에 쌓여있던 건강용품이 떠올랐어요. 돌이켜보면 선생님은 살갑게 구는 영업사원을 보며, 따님 생각이 나서 카드를 건네셨을 텐데, 제가 오지랖 넓게 나섰다는 걸 깨달았어요.

선생님과 함께 도라지를 다듬고 고구마 줄기를 벗기던 그 식탁에, 저는 따님과 마주 앉았습니다.

"어떻게 말을 꺼내야 할지…."

따님이 머뭇거리기에, 솔직하게 말해 달라고 부탁했습니다. 따님은 지난 시간 동안 힘들었던 탓인지, 제가 선생님과 친분이 있다는 사실 때문인지, 그간의 사연을 털어놓았습니다.

"결혼을 전제로 사귀던 사람이 있었어요. 임신하게 되었는데, 그 뒤로 그 사람과 연락이 되지 않았어요. 엄마를 볼 용기가 없어서 집을 나갔어요. 미혼모 시설에 있었는데…."

따님은 울음을 참아가며 말을 이었어요.

"엄마가 저를 찾아다닌다는 사실을 알게 되었어요. 몇 달 뒤, 집으로 돌아와 엄마를 안고 엉엉 울었어요. 그날은 정말 오랜만에 편안하게 잠을 잤어요. 다음날 늦게 눈을 떴는데, 엄마 몸이 너무 차가웠어요. 저 때문이에요. 제가 엄마 속을 너무 …. 엄마 머리맡에 편지가 있었어요. 여기 이 편지에요."하며, 저에게 건네주었습니다.

따님이 거기까지 얘기했을 때, 아기 울음소리가 들려왔어요.

"잠시만요. 편지 읽고 계세요."라며, 따님이 후다닥 부엌 옆 방으로 달려갔어요.

저는 편지를 손에 쥐었어요. 편지를 읽을 용기가 없었어요. 시간이 지날수록 아무도 없는 집에 허락 없이 들어와 있는 듯한 불편한 마음이 들었습니다. 떨리는 손으로 편지를 펼쳤습니다. 선생님이 오랜 기간 투병 중이셨다는 부분까지 읽었어요. 아기의 자지러지는 울음소리가 들려왔어요. 저는 편지를 식탁 위에 올려두고, 자리에서 일어나 현관으로 향했습니다.

현관문을 열고 나오니, 텃밭이 있던 자리에 노란 야생 국화가 보였어요. 문득 시든 꽃을 정리해주고 싶다는 생각이 들었어요. 순심이는 늘 선생님 발치에서 잠들었는데, 노란 국화 사이에서 자고 있더군요. 마치 엄마 품에 안겨 행복한 꿈을 꾸는 듯한 표정이었어요. 다가가 등을 쓰다듬는데, 따님이 아기를 안고 나왔어요.

"죄송해요. 모유가 잘 안 나와서요. 아까 분유 사러 갔었는데, 애가 분유는 잘 먹질 않네요."

따님이 아기를 추슬러 올리는데, 아기가 저를 보고 방긋 웃는 거예요.

"아, 너무 예뻐요. 이름이 뭐예요?"

"봄이에요"하며 따님이 봄이를 마주 안았는데, 봄이의 귀가 남들과 조금 달라 보였어요. 제 얼굴에서 당혹감을 읽었는지, 따님이 "소이증이에요"라고 했습니다. 그 뒤로 따님에게 어떻게 인사를 하고 나왔는지 기억 나지 않습니다.

집으로 돌아와 소이증에 대해 찾아봤어요. 태아의 귀가 형성될 때 이상이 생겨, 귓바퀴가 제대로 형성되지 못한 거래요. 갈비뼈에 있는 늑연골이 이식할 수 있을 정도로 자라면, 그걸로 귀 재건 수술을 할 수 있는데요. 매우 어려운 수술이고, 여러 차례 수술해야 한대요. 저는 늑연골 이식술의 수술비며 수술 방법, 성공률, 회복 과정 등을 알아봤어요. 봄이의 뽀얀 얼굴이 떠올랐어요. 자지러지던 울음소리도요. 모유가 잘 안 나온다고 말하던 따님의 삐쩍 마른 모습도 떠올랐어요. 저도 모르게 모유에 좋은 음식이 뭔지 검색해본 거 있죠.

선생님, '강아지 똥'이라는 동화책 읽어보셨어요? 동화책에서 강아지 똥은 민들레를 키우는데요. 우리를 이어준 강아지 똥은 저를 살렸던 걸까요? 선생님은 그때 제게 요리를 가르쳐주고 싶었던 게 아니라, 저를 먹이고 싶었던 거지요? 그때의 저는 식사를 제대로 챙기지 않았어요. '배가 고프다'는 감각조차 없었고, 가끔 내키면 초콜릿이 코팅된 아이스크림 바만 먹곤 했었거든요.

아직 남편에게 연락은 없지만, 그 정 많던 사람이 어떤 마음으로 교도소에 있는 부정수급자에게 편지를 보냈는지, 이제야 알 것 같아요.

제가 집에서 요리하다 실패한 얘기를 했더니, 선생님이 뭐라고 했는지 기억하세요? 선생님이 저보다 요리를 잘하는 이유는 저보다 실패를 많이 했기 때문이라고 했어요. 저 선생님 덕에 요리사가 다 됐잖아요. 제 요리 못 먹으면 남편만 손해죠.

저는 예전보다 더 나은 사람이 된 거 같아요. 조개가 몸속에 들어온 모래알을 진주질로 에워싸서 만들어 낸 진주처럼요. 비록 남편이 저에게 상처를 줬지만, 선생님이라는 진주질을 만나 저는 빛나는 사람이 될 수 있었어요.

그동안 저는 틈날 때마다 전국으로 여행을 다녔어요. 지난 주말에는 부산에 다녀왔어요. 미포에서 송정으로 가는 해변 열차를 탔는데요. 바다 위에서 끊임없이 움직이는 햇빛 조각에 마음을 뺏겼어요. 수많은 물비늘끼리 서로 누가 더 반짝이는지 겨루는 것 같았죠. 짠짠짜라짠, 찬차란찬찬 하면서요. 홀리듯 '해월 전망대' 역에서 내려 벤치에 앉아 윤슬을 넋 놓고 바라봤어요. 해가 넘어가려고 하자, 어느 순간 서로 경쟁하던 물비늘들이 언제 그랬냐는 듯 사이좋게 모이는 거예요. 한 줄로 줄을 서기에, 줄 맞춰 바닷속으로 들어가나 했더니, 하늘을 발갛게 물들이는 거 있죠.

문득 인생은 튜브를 타고 파도 위를 둥둥 떠다니는 게 아닐까 하는 생각이 들었어요. 누군가는 파도에 의해 원하는 곳으로 향할 수도, 혹은 멀어질 수도, 꼬르륵 가라앉을 수도 있으니까요. 누군가는 작은 손짓만으로도 원하는 곳에 닿을 수 있고, 누군가는 힘찬 발차기에도 원하는 곳에 닿을 수 없잖아요.

저는 그동안 튜브에 몸을 맡긴 채, 해변에 있는 다른 사람들을 구경만 했던 거 같아요. 이제 힘껏 내 손으로 물을 밀고, 내 발로 파도를 차 볼까 해요.

선생님, 내일 선생님 집 대문 경첩에 기름칠하고, 녹을 긁어내고, 페인트칠하고 싶어요. 노란색 괜찮죠? 봄이가 좋아할까요?

당선소감 | 이주현

국제신문 신춘문예에 단편 소설을 제출한 후, 준비하는 동안 깨달은 바를 A4 용지에 써서 방문에 붙여 놓았습니다. 제가 적은 글은 다음과 같습니다.

가. 문장 하나하나 공을 들여야 한다.
나. 누구나 쓸 수 있는 문장은 없어야 한다.
다. 역할 없는 문장, 인물은 없어야 한다.
라. 사건 전개의 밀도.

2024년에는 이 네 가지 깨달음을 건진 것에 만족하기로 했는데, 뜻밖에도 당선 통보를 받았습니다. 부족함이 들키지 않도록 더 많이 읽고, 더 많이 고민하겠습니다. 한승원 작가님의 '모름지기 글을 잘 쓰려면 마음속에 착함과 진실됨이 담겨 있어야 한다'라는 말 오래 간직하겠습니다.

초고 쓰기는 힘들었지만, 퇴고의 과정은 재미있었습니다. 바꿔야 할 구조, 인과가 맞지 않는 부분, 넣거나 빼야 할 단어나 문장 부호를 찾는 일이 완전 범죄를 꿈꾸는 범죄자와 사건을 해결하려는 탐정의 숨바꼭질 같아서요.

본인의 상처를 들추며까지 제게 조언을 해주신 분들, 요리를 가르쳐 준 이웃, 사랑하는 저의 멋쟁이 외할머니, 늘 책 읽는 모습을 보여 준 다정한 우리 엄마, 순수한 마음으로 저를 도와준 주변 분들의 따뜻한 이미지를 모아 '임현옥'이라는 인물을 만들었습니다.

의미 있는 조언을 해주신 김성종 작가님, 독서 토론을 이끌어주신 조은숙 선생님, 국제신문 신춘문예 심사위원님들 감사합니다. 마지막까지 같이 고민해 준 내 동생 윤경이 정말 고맙다. 〈김성종 추리문학관〉 창작반 문우들의 문학적 통찰과 날카로운 지적 덕분에 한 단계 성장할 수 있었습니다.

좋은 책 읽게 해주시고, 필사하게 해주신 우리나라의 모든 작가님께 감사 인사드립니다. 세종대왕님께서 만들어주신 아름다운 한글 덕에 제가 작가로 설 수 있었습니다. 고맙습니다.

심사평 | 정영선 · 박향 · 김종광 · 이재봉

지난해 244명보다 응모자가 100명 넘게 늘어 361명이 작품을 접수했다. 순소설 독자는 갈수록 줄지만, 작가는 증가하는 현상이 정점에 달했다. 읽지 않고는 살아도 쓰지 않고는 견딜 수 없는 시대를 반영하는 것일까. 작품들의 수준은 해마다 높아지고 있다. 대개 안정된 문장력과 무난한 짜임새를 갖추었다. 대신 개성 있고 참신한 작품은 귀해졌다. 상향평준화라고 해야 할까.

독자적인 빛을 내뿜는 네 작품을 최종 논의했다. '레벨 업'은 게임의 세계와 청년 택배노동자의 현실을 마치 게임처럼 버무려 박진감이 넘쳤다. '그런 우주'는 '우주'라는 이름을 가진 손주를 상실한 노년 여성의 한스러움을 절절하게 담아냈다.

'헌터'는 멧돼지와 쓰레기매립장 등의 문제로 고통받는 농촌인의 현실을 맛깔스러운 입담과 방언으로 직시했다. 이 세 작품은 다소 부자연스러운 전개와 연결만 적절히 손본다면 다른 기회에 빛을 볼 테다.

당선작으로 뽑은 '노란 문'은 젊은 여성과 노년 여성의 우연한 만남, 짧지만 유익하고 아름다웠던 소통, 헤어진 뒤의 안타까운 상황을 차분히 그렸다.

서정성 넘치는 고백체 문장으로 다큐처럼 찍어냈다. 인간극장 휴먼드라마를 보면서 동시에 공무원연금 수급의 어두운 이면 보고서를 보는 듯했다. 작가가 스스로 썼듯 '수많은 물비늘끼리 서로 누가 더 반짝이는지 겨루는' 것을 응시하면서도, '어느 순간 경쟁하던 물비늘들이 언제 그랬냐는 듯 사이좋게 모이는' 것까지 조화롭게 담아냈다. 우울하고 아픈 현실을 적나라하게 묘파하면서도 인물들을 참 다정하게 구체화했다. 순소설계가 기다리던 바로 참신한 작가가 아닐는지. 많이많이 축하드리며 정진을 응원한다.

농민신문 **오재아**

1973년 서울 출생

블러드문

오재아

은주는 교무실에 우두커니 앉아 있었다. 창문이 없어도 사위가 짙은 어둠에 싸였다는 것이 체감될 때 천천히 교무실을 나와 과학실을 둘러보았다. 의대 이슈가 불거질 때부터 성적이 좀 나오는 아이들이 메디컬 계통으로 가겠다고 나서는 통에 몇 개 더 들여놓은 인체 모형이 과학실 한편에서 백골처럼 을씨년스럽게 빛을 발하고 있었다. 은주는 과학실을 돌다가 위험 시약이 들어있는 진열장 앞에 쪼그려 앉았다. 황산, 염산, 수산화나트륨이 담긴 시약병이 묵직한 존재감을 드러내며 정렬되어있었다. 인간의 단백질을 녹이는 그것들보다 더 독한 무엇이 학교에 있었다. 은주는 그런 학교를 떠나지 못하는 자신이 비참했다.

이른 시간에 출근한 은주는 공문처리로 하루를 시작했다. 업무 경감 차원으로 교육청에서 불필요한 문서를 지양하겠다고 발표한 지가 언젠데 공문은 줄어들 기미가 없었다. 하긴 그 발표도 공문으로 두어 번 발송했다. 쓴웃음이 났다. 은주는 근래 들어 부쩍 침침해진 눈을 부릅뜨고 공문을 편철했다. 성민이 상신한 천체관측 활동 공문은 실수투성이였다. 하나하나 수정하고 결재 버튼을 눌렀다.

수능을 앞두고 학교가 어수선한데 천체관측을 꼭 해야겠느냐는 교장의 한 소리는 은주가 들었다. 그런 소리는 얼마든지 들어줄 수 있었다. 하지만 물품구입이며 망원경 대여 같은 일에 전화통을 붙들고 있던 것은 은주였는데 손 놓고 앉아서 예산이 적고 학교의 지원이 부족하다며 투덜거리는 성민을 보기는 힘들었다. 성민은 블러드문을 학생들에게 꼭 보여주고 싶다고 했다. 블러드문의 출현 빈도를 고려하면 어떤 아이들은 고등학교 시절에 블러드문을 보지 못할 수도 있는데 함께 볼 수 있는 기회를 놓치는 것은 너무 안타까운 일이라며 강력하게 천체관측 행사를 제안했다. 성민은 별 보기에 진심인 지구과학 교사였다. 천체관측과 관련한 외부기관에 소속되어 있어서 출장을 다니기도 했다. 은주가 학교 일이나 잘할 것이지. 하고 중얼거리는데 모니터에 메시지가 도착했다.

— 자기야, 나 명퇴 신청하려고. 이번에는 통과할 수 있게 기도해줘.

강 선생이 또 명퇴 신청을 한 모양이었다. 은주는 명퇴 신청을 할 수 있는 강 선생을 부러워하다가 그녀의 바람이 이루어지기를 기원하며 의자에 몸을 깊게 욱여넣었다. 명퇴 신청조차도 할 정신이 없었을 윤 선생이 떠올라 울적해지는 기분을 추스르며 다시 몸을 일으켜서 남은 공문을 모두 살펴보았다. 본 교무실에서 내선전화가 왔다.

성민 샘은 아직 안 오셨어요? 회의 때 쓸 자료 가져다주신다고 하셨는데.

글쎄요. 전 들은 게 없어서요. 찾아보고 전화 드릴게요.

은주는 끙 소리를 내며 일어섰다. 성민의 책상은 퇴근 여부를 알 수 없다는 게 특징이었다. 책상 밑에는 슬리퍼와 운동화가 널브러져 있고 책상 위에는 언제나 노트북이 펼쳐져 있었다. 캐비닛에 넣고 가라고 해도 소용이 없었다. 그거 감사에 걸린다고 하면 성민은 감사요? 그럼 감사합니다. 하면 되죠. 라고 하며 웃어넘겼다. 성민이 출근길에 들고 왔던 스타벅스 일회용 컵이 두어 개, 음료수 찌꺼기가 눌어붙은 머그잔도 두어 개, 각종 조잡한 피규어에 캔디, 젤리 그리고 쏟아지기 일보 직전의 온갖 서류와 책들까지. 책상을 가득 메운 잡동사니들을 보고 있자니 은주는 가벼운 두통이 일었다. 도저히 못 찾겠다고 본 교무실에 전화까지 하고 나니 이건 뭐 비서도 아니고. 하는 소리가 절로 입 밖으로 튀어나왔다.

은주가 1교시 수업을 마치고 교무실에 도착했을 때 휴대폰이 울렸다.

— 부장님, 아이가 갑자기 열이 나서요. 오픈 전에 소아과에 왔는데도 사람이 너무 많아요. 2교시 수업 없으시죠? 잠깐 들어가 주시면 안 될까요?

은주는 안쓰러운 마음이 들면서도 걱정 말고 천천히 오라는 소리를 할 수 없었다. 교무부로 전화를 하면 시간표 조정이 될 텐데 매번 이런 식이었다. 은주는 성민의 수업이 있는 학급으로 들어가서 선생님께서 사정이 있으셔서 좀 늦으신다고 아침부터 자연스럽게 거짓말을 하고 어색하게 시간을 보냈다. 땀에 전 행색의 성민이 헉헉거리며 교실 문을 열고 들어왔다.

성민은 은주와 띠 동갑이었다.

소띠는 박복한 띠래요. 평생 일복이 아주 터진다고 해요.

처음 만난 자리에서 이런 소리를 하는 은주에게 성민은 살갑게 웃으며 그래도 자신은 밤에 태어났다는데 시골에서 소는 해가 지면 쉬는 거 아니냐고 대꾸했다. 젊은 사람이 대단하네, 그런 걸 다 알고. 그때 그렇게 생각했는데 지나고 보니 정말 성민은 그동안 은주가 만난 소띠들과 사뭇 달랐다.

은주는 사주쟁이 말대로 쉰이 넘어서까지도 할 일이 태산같이 쌓여서 매일 허덕이는 사람이었다. 대학 졸업과 동시에 고등학교로 발령을 받았고 바로 이어 감행했던 결혼생활은 아이를 출산한 지 얼마 되지 않아 파경을 맞았다. 은주는 아이가 지방에 있는 대학에 갈 때까지 고된 워킹맘 생활을 해야 했다. 그리고 그 이후 내내 고3 담임을 맡았다. 애가 어려서 또 아파서 그리고 초등학교에 가서, 담임을 맡기 어렵다는 사람들은 제 몸 하나만 건사하면 되는 은주가 부럽다고 했지만 그렇다고 매번 궂은일을 하는 은주의 인생을 선뜻 대신 살아주겠다고 나서지는 않을 것이었다.

벌써 11월이었다. 작년 이즈음 그 사건이 없었더라면 은주는 지금쯤 학생들의 대입 면접 준비를 하고 있었을 것이었다. 학기 초부터 했던 학생과 학부모와의 상담 횟수가 여섯 바퀴쯤 돌면서 부지런히 개인별로 입시 로드맵을 완성했을 것이고 그 두툼한 파일을 뒤적거리며 학생과 머리를 맞대고 있을 터였다. 지난 학교에 이어 내리 8년째였다. 정신적으로도 육체적으로도 지쳐있던 은주는 그 사건 때문에 휘청거리다가 올해 비담임으로 보직 변경 신청을 했다. 힘들어도 사오년은 더 아이들 속에 있고 싶었는데 자신이 없었다.

학교에서는 나이가 있으니 부장을 해야 한다면서 과학부의 수장자리를 맡겼다. 부장이라고 하기도 뭐한 것이 부원이라고는 성민 하나뿐인 단출한 부서의 장이었다. 과학부는 은주가 담임으로 종일 애들한테 들볶일 때는 그저 부럽기만 한 부서였다. 주로 과학 관련 행사를 주관하고 교무실도 은주가 좋아하는 면모를 두루 갖추고 있었다. 과학실 안쪽에 자리 잡은 과학부 교무실은 창문이 없어서 빛이 들지 않았고 별실이라 사람들의 발길이 뜸했다. 작년까지 은주도 화학실험이 있을 때 빼고는 찾을 일이 없었다.

학교에서 자유로운 영혼으로 유명했던 성민은 작년 가을에 첫 아이를 얻었다. 올해부터 육아시간을 쓰기 시작해서 담임에서 제외되었다. 아침에 1시간 늦게 출근하고 저녁에 1시간 일찍 퇴근하는 사람은 조종례를 할 수 없으니까. 육아시간은 남자교사도 쓸 수 있고 아이가 만 6세를 채우는 날까지 쓸 수 있다고 했다.

은주가 아이를 키울 때는 그런 게 없었다. 오전 여덟 시부터 보충수업을 하고 밤 열 시까지 야간자율학습 지도를 했다. 매일 깜깜한 새벽에 눈도 못 뜨는 아이에게 윽박지르면서 밥을 먹이고 어린이집에 맡기고 한밤중에 어린이집 거실에 홀로 남아 있는 아이를 업고 돌아와야 했다. 아이가 유치원에 다닐 때는 그런 은주의 아이 때문에 보육 교사들이 돌아가며 당직을 섰다. 은주의 아이는 선생님들이 자기만 맨날 쓰레기통 옆 차가운 바닥에 재운다고 했다. 유치원에 적응하지 못한 아이가 변비가 심해져서 변기에 피를 뚝뚝 흘리고 대학 병원에서 받은 진단서를 제출하고서야 은주는 겨우 담임에서 빠질 수 있었다.

그때를 생각하면 참으로 다행스러운 요즘이지만 그래도 은주는 손뼉만 칠 수 있는 처지가 아니었다. 육아시간을 알뜰히 챙기는 성민은 하나밖에 없는 부원이었다. 육아시간을 쓴다고 수업시수가 줄어드는 것은 아니니 성민은 출근하면 연달아 수업은 하느라 늘 자리에 없었다. 과학부 일은 죄다 은주의 몫이었다. 담임이 아니면 좀 나을 줄 알았는데 내 팔자가 그렇지. 베란다 창 너머로 보이는 하늘이 어두워질수록 은주는 가슴이 답답해지더니 눈에 더운 게 차올랐다. 은주는 의자에서 몸을 일으켜서 냉장고를 열었다. 갱년기 탓일 거야. 컵에 얼음을 가득 채우고 물을 따랐다.

부장님은 로봇 청소기 뭐 쓰세요?

3교시를 마치고 들어오는 은주에게 성민이 물었다.

로봇 청소기? 안 쓰는데요.

그럼, 식세기는요? 아, 식기세척기라고 말씀드려야 하나?

성민은 모니터에 시선을 고정한 채 뭐가 재미있는지 소리 내어 웃었다.

식세기, 알아요. 그릇 몇 개 없어서 그냥 설거지해요.

자리에 있는 시간이 별로 없어서 밀린 일을 짬짬이 하기도 빠듯할 텐데 인터넷 쇼핑까지 하는 성민이 마음에 들지 않았다. 은주는 책을 소리 나게 내려놓고 자리에 앉았다.

요즘 살림은 다 장비 발이거든요. 기운을 아껴야 아이를 더 잘 볼 수 있어요. 참, 아이는 괜찮대요. 부장님도 힘들어 보이시는데 식세기 함 들여보세요.

은주가 대답이 없자 성민이 고개를 내밀고 빙긋 웃으며 말했다.

부장님, 오늘도 기다릴게요. 같이 점심 먹어요.

교사 인원에 비해 식당이 협소해서 4교시가 없는 사람들은 일찍 식사할 수 있어도 선생들은 대체로 식사 시간을 일정하게 지켰다. 은주는 4교시 수업이 없는 날에는 일찍 점심을 먹었다. 그냥 밥은 무조건 빨리 먹는 게 좋았다. 늘 시간은 아쉽기만 했으니까. 아이 키울 때는 온전하게 밥을 먹을 수 있는 시간이 점심뿐이었는데도 그랬다. 그런 은주였기에 성민을 기다려서 함께 밥을 먹을 이유는 전혀 없었다.

전 원래 혼자 밥 잘 먹어요. 빨리 밥 먹고 할 일도 많고.

일 년 가까이 은주가 성민에게 하는 말이었다.

진짜요? 왜 그러시지. 같이 먹으면 좋은데.

이러면서 성민은 늘 은주를 기다렸다.

4교시 수업을 마치고 식당에 가니 성민이 기다리고 있었다. 은주는 매번 자신을 기다려주는 성민이 부담스러웠다. 작년까지 담임이었던 성민이 동년배 친구가 없는 것도 아닐 텐데 처음부터 선을 긋지 못한 자신을 탓하며 성민과 나란히 배식을 받아 자리에 앉았다. 성민이 숟가락을 들기 전에 은주가 말했다.

사진 찍어야죠.

아, 맞다. 감사합니다. 부장님.

성민은 식사 전에 처에게 식판을 찍어서 보냈다. 와이프에게 식단 검사를 받는다는 거였다. 아이한테 동생도 만들어 줘야 하고 함께 오래 살려면 건강해야 한다고 너스레를 떨곤 했지만 은주가 보기에는 그냥 처에게 연락하는 걸 즐기는 것 같았다. 바로 피드백이 오는 것도 아니었다. 성민의 처는 반도체 회사에 다닌다고 했다. 공대 커플이었고 자신은 회사 생활이 적성에 맞지 않아 사표를 내고 교직에 들어섰는데 벌어지는 연봉을 생각하면 육아는 자신이 하는 게 맞는 것 같다면서 해맑게 웃었다.

고기가 들어간 음식을 뺀 헐거운 식판 옆에 자신이 싸 온 현미밥이 담긴 앙증맞은 락앤락 용기를 놓고 사진을 찍는 성민 때문에 은주가 실소를 터뜨리는데 급식실 문이 벌컥 열렸다.

한은주 선생님, 여기 계세요? 3학년 11반으로 오시래요.

다급함이 느껴지는 목소리에 은주는 3학년 교실이 있는 별관으로 달려갔다. 복도는 어수선했다. 아이들이 배식대 앞에서 술렁대고 있었고 한편에 3학년 부장이 넋이 나간 채 서 있었다.

현규가 와서 급식을 먹고 갔다고 했다. 현규는 작년에 자퇴한 은주의 반 아이였다. 3학년 부장은 이런 일로 불러서 미안하다면서 은주에게 그래도 담임이었던 선생님 말은 들을 것 같아서 불렀다며 난감한 표정을 지었다.

11반 담임이 컨트롤이 안 된다고 해서 내가 달려왔는데 현규가 친구 만나러 왔다고 하더라고. 작년에 현규와 같이 자퇴하고 올해 복학한 애 있잖아요. 내가 윽박질렀더니 뭐라더라. 아무튼 내가 평생 들어보지 못한 욕지거리를 하고 달아났어요.

3학년 부장은 정신이 반쯤 나간 것처럼 허탈하게 웃었다. 그래도 적을 두었던 학생인데 급식 빼어 먹는다고 경찰을 부를 수도 없고 외부인이니 징계를 할 수도 없다고 했다. 지금 고3 애들이 두려워하고 아까 그 기세로 보아서는 자기 같은 할머니는 도저히 상대할 수 없으니 청원경찰이라도 배치해달라고 요구해야 하는 거 아니냐고 두서없이 하소연을 늘어놓았다.

은주는 그런 논리라면 자신도 한주먹거리라고 속으로 자조하면서 불의의 일격을 당한 3학년 부장을 위로했다.

부장님, 현규한테 연락 한번 해보세요.

언제 따라왔는지 숨을 고르며 성민이 은주에게 휴대폰을 내밀었다.

— 한 부장님, 물리실에 사람도 없는데 불이 다 켜져 있어요.

3교시 수업을 마친 은주가 자리에 앉아 노트북을 열자 모니터에 교감의 메시지가 떴다. 입이 썼다. 은주는 소등과 문단속 문제를 성민에게 수차례 이야기했다. 사람은 고쳐 쓰지 못한다고 했던가. 언젠가부터 그냥 말을 하지 않고 은주가 부지런히 돌아다니며 성민이 지나간 자리를 정리했다. 그럼 이제 자신의 잘못인 건가하고 있을 때 흥얼거리는 소리와 함께 성민이 들어왔다.

부장님, 오늘 온 공문 보셨어요? 저 그 사업 신청하고 싶어요.

은주는 출근 직후 편철한 공문들을 복기해보았다. 그런 게 있기는 했다. 교육청에서 예산을 지원받아 생태 교실을 진행하는 것이었는데 학교에 마땅한 공간도 없고 특성화 고등학교나 중학교에 더 적합할 것이라고 그냥 넘겼었다.

생각해봤는데 옥상에 텃밭을 만들면 어떨까요? 너무 재미있을 것 같아요.

정성민 선생님, 그거 하려면 옥상에 방수작업부터 해야 하는 건 아시죠? 그리고 안전 문제 때문에 옥상은 잠겨 있잖아요. 활동할 때마다 학생들과 함께 올라가야 하는데 선생님이 애들 지도할 수 있어요? 방과 후에 남으실 거예요?

은주의 호흡이 가빠지면서 날 선 목소리가 교무실에 울려 퍼졌다. 눈을 동그랗게 뜬 성민이 자리에 앉으며 말했다.

제가 해결책을 생각해보겠습니다. 저 꼭 하고 싶어요.

은주는 대답하지 않았다. 한동안의 숨 막히는 정적을 깨고 성민은 천체 관측하는 내일은 하늘이 맑아야 할 텐데 걱정이라고 하더니 장비 점검을 하고 오겠다고 묻지 않은 말까지 덧붙였다. 묵묵부답 듣고 있던 은주가 물었다.

애들 저녁이요. 샌드위치 가게 사장님께 확인 전화 드렸죠?

아, 맞다.

은주는 한숨을 쉬고 메신저를 켰다.

— 강 샘, 나 돌겠어. 정이 또 내년 봄에 무슨 텃밭을 가꾸겠다고 하네. 감당 못 할 게 뻔하잖아. 정을 미워하는 거 괜히 그러는 게 아니라고. 내가 정말 윤 선생님 일 때문에 참고 사는 거야.

— 부장님, 메시지 잘못 보내셨습니다.

다음날 은주가 출근해서 컴퓨터를 켰을 때 메시지가 와 있었다. 은주가 놀라서 발신인을 확인해보니 성민이었다. 너무 흥분했던 탓일까. 눈이 침침하기도 했고. 은주는 가슴이 쿵쾅거렸다. 평소에 친한 사람도 별로 없고 이즈음에는 동료 교사뿐 아니라 인간 자체에 관심이 없던 터라 험담을 하는 일도 없었다. 행여 좀 얄궂은 이야기는 톡으로 남기던 은주였다. 은주는 혹시 모든 교사에게 이런 후진 글을 뿌린 게 아닌지 눈을 부릅뜨고 다시 메시지를 확인했다. 손이 떨렸다. 의자에 몸을 기대고 한참 생각하던 은주는 성민의 글에 죄송합니다. 로 시작하는 답신을 작성하다가 지워버렸다.

하필 천체관측 행사 때문에 늦게까지 성민과 함께 있어야 하는 날에 터진 불미스러운 사건, 교사이기 전에 인간 자체에 하자가 있는 행동을 저지른 한심한 자신의 모습. 그냥 모든 것이 다 마음에 들지 않았다.

한 시간이 넘게 은주가 그런 마음들을 밀어내면서 행사 일정과 날씨를 확인하고 있을 때 성민이 들어오면서 심각한 표정으로 말했다.

부장님, 어제 교무부 샘한테 들었는데요, 윤 샘 학교 그만둔다고 하셨대요.

점심시간이 끝나갈 무렵, 양손에 샌드위치와 음료를 든 성민이 교복을 쫄바지처럼 줄여 입은 남학생을 데리고 교무실에 들어왔다. 배달비까지 품의했는데 왜 그걸 들고. 은주가 한마디 하려는데 비닐꾸러미를 책상에 부린 성민이 쫄바지에게 말했다.

거기 앉아서 경위서 쓰고 가세요.

네?

은주가 고개를 빼고 쫄바지의 얼굴을 보니 벌써 삐딱선을 탔다.

아까 학교 앞에서 담배 피우고 있었잖아요.

제가요? 전 원래 담배 안 피우는데요?

어이없는 표정의 성민이 목소리를 좀 높였다.

그럼, 너 여기 왜 온 거야?

선생님이 따라오라고 하셨잖아요.

수업 시작종이 울렸다.

저, 가 봐도 되죠?

야, 너 거기 앉아 봐. 선생님이 잘 이야기하고 보내주려고 했는데 어디서 그렇게 버티는 걸 배워가지고. 제대로 못 쓰고 가?

성민이 먼저 흥분했다. 쫄바지는 요란하게 의자에 앉더니 글씨를 몇 자 휘갈리고 사라졌다. 씩씩거리며 자리에 앉은 성민을 바라보는 은주는 착잡했다. 성민은 누가 애들을 저렇게 만들었냐면서 윤리의식 따위는 내쳐진 세상을 한탄했다. 학생들에게 잘못을 인정해야 한다고 가르칠 수 없는 자신이 교사이긴 하느냐고 중얼거렸다. 학교 근방이면 웬만하면 CCTV가 있을 터였다. 성민이 해결책을 몰라서 화가 난 것이 아니라는 것을 알기 때문에 은주는 마음이 무거웠다. 수업을 하러 들어가면서 슬쩍 보니 가벼운 절망 하나를 지게 된 성민의 넓은 등이 쓸쓸해 보였다.

옥상에는 천체관측 활동을 신청한 학생들이 모여서 웅성대고 있었다. 그 가운데 뭐가 그렇게 신나는지 천체 망원경을 연신 닦으며 큰소리로 웃는 성민이 있었다. 천체관측 행사 하나는 자신이 기깔나게 해보겠다던 성민 대신

은주는 한편에서 학생들 명단을 체크하고 아직 오지 않은 아이들에게 전화를 돌렸다. 학원 특강이 생겨서 못 올 것 같다고 하는 아이에게 은주가 약속을 지키는 것도 중요한 일이라는 하나 마나 한 잔소리를 하고 있는데 갑자기 여기저기서 탄성이 터졌다.

시뻘겋게 물든 달, 블러드문이 시작되고 있었다.

달이 지구의 그림자에 완전히 가려 태양 빛을 보지 못하고 어둡게 보이는 현상인 개기월식 때, 태양 빛 중 파장이 짧은 푸른빛은 대부분 흩어지지만 파장이 긴 붉은빛은 지구의 대기권을 통과하여 지구의 그림자 뒤에 있는 달까지 전달됩니다.

성민의 활기차고 우렁찬 목소리가 찬 공기를 가르며 하늘로 퍼져나갔다.

앞으로 한 시간가량 달 주변이 엄청 환해져요. 별 보기에 좋은 시간이기도 하니까 눈을 크게 뜨고 관찰하시기 바랍니다.

학생들 사이사이를 돌아다니면서 망원경을 조정해주고 한 번씩 크게 고개를 뒤로 젖혀서 하늘을 보는 성민은 무척 가벼워 보였다.

부장님, 춥지 않으세요?

옥상 구석에서 달을 바라보고 있는 은주에게 성민이 말을 건넸다. 은주가 대답이 없자 성민은 해가 지니까 엄청 춥다고 온몸을 떠는 시늉을 하더니 말했다.

나름 보름달인데 소원 비셔야죠. 좀 영험해 뵈지 않아요?

글쎄요. 소원 같은 건 들어주지 못할 것 같은데요.

은주의 눈에 블러드문은 한참 울고 난 사람의 눈동자 같았다. 충혈된 눈동자. 울어서 혹은 맞아서 붉게 물든 눈동자. 은주는 갑자기 속에서부터 차오르는 냉기를 느꼈다. 늘 피곤에 절어 눈에 실핏줄이 서있던 윤 선생의 눈동자, 그리고 그날. 작년 이즈음, 수능을 마치고 아이들의 대입 면접을 준비하고 정시 상담도 하면서 어수선하던 그 겨울 복도에서 보았던 윤 선생의 눈동자.

은주 또래이지만 결혼을 하지 않았던 윤 선생은 아이들 속에 있다가 평교사로 퇴직하고 싶다고 했다. 자신에게 없는, 은주 같은 사람이 돌봐야 할 가족에게 쓸 시간까지 끌어다 온전히 학생들을 위해 썼다. 동료들은 윤 선생이 요즘 세상에 위험천만하게도 학생들과 지나치게 가깝다고 했다. 같은 교무실을 썼던 성민조차 우려를 표할 정도였다. 성민은 그때 휴대폰을 두 개 사용했다. 원래 쓰던 아이폰은 녹취기능이 없어서 휴대폰을 하나 더 장만했는데 그건 퇴근 후에 꺼둔다고 했다. 윤 선생은 그러지 않았다.

윤 선생 반이었던 지수는 수시지원서 여섯 장 중 하나는 자기가 쓰고 싶은 대학을 쓰고 싶다면서 지방에 있는 대학에 원서를 냈다. 늘 다리를 떨고 손톱을 모조리 뜯어버리는 지수는 마지막까지 모의고사 성적이 요동쳤고 누석된 부모와도 불화도 심각했다. 지수는 한 개쯤은 안정지원을 하고 싶다고 했고 만약 그 대학에 붙는다면 부모로부터 멀리 떨어진 곳에서 반수를 할 마음도 있다고 했다. 윤 선생은 이런 이야기들을 같은 입시 모둠인 은주에게 하며 그 마음을 이해한다고 했다. 은주는 윤 선생에게 당부했다. 일단 부모님과 통화를 해야 하고 지수에게 최종결정은 네가 하는 것이지만 원서를 결재하기 전에 부모님과 꼭 상의해야한다는 것을 단단히 일러야 한다고.

지수는 수능에서 기대 이상의 성적을 기록했다. 속된 말로 수시 납치라고 하는 일이 벌어졌다. 일 년 내내 얼굴을 볼 수 없었던 지수의 부친이 교장실로 먼저 가서 소동을 피우고 나오던 길에 복도에서 만난 윤 선생의 뺨을 때렸다. 네년 때문에 서울에 있는 웬만한 대학을 갈 수 있는 우리 딸이 지방에 내려가게 생겼다. 교사 자격이 있냐. 자식을 안 키워봐서 그런 거냐.

그때 찬 바닥에 쓰러져서 이런 폭언을 그대로 듣고 있는 윤 선생을 일으켜 세운 사람이 은주였다. 지수의 부친이 오기 전에도 충분히 속상했을 윤 선생의 부은 볼 위로 벌겋게 젖은 눈이 은주를 바라보고 있었다.

윤 선생은 지수가 졸업을 앞두고 있는데 일을 키우고 싶지 않다고 했다. 지수의 부친으로부터 사과도 받았으니 괜찮다고 하면서도 학교는 당분간 쉬고 싶다고 했다. 은주는 긴 시간 담임을 한 비슷한 연배의 교사로서 그 마음을 이해했다.

예전에는 교사가 학생에게 위협을 당해서 선도위원회가 열리면 대부분 담임들은 그 학생의 부모들처럼 피해 교사와 학교 측에 선처를 구했다. 하지만 언제부터인가 교사가 욕을 먹고 폭행을 당하는 빈도와 강도가 선을 넘고 있었다. 윤 선생이 겪은 일은 그간 쌓였던 교내에서 벌어진 크고 작은 폭력을 상기시켰고 그것은 교무실의 사기를 떨어뜨리기에 충분했다. 그때 성민은 그냥 넘어가서는 안 된다고 소리를 높였다. 학교에서는 당사자가 괜찮다는 일을 굳이 키우지 않았다. 그때 그 사건을 공론화해야하고 학부모에게 윤 선생의 심리적 피해보상을 요구해야한다는 성민의 주장에 힘을 보탰다면, 윤 선생이 학생에게 진심이었고 학교에서 어떤 폭력도 있어서는 안 된다는 것을 증명하는 데 사력을 다했다면 윤 선생은 병가를 쓰지 않았을까. 은주는 자신의 일이었더라도 쉽지 않았을 거라는 생각을 했다.

부장님이 절 너무 미워하지 않게 해주세요.

성민이 블러드문을 바라보며 두 손을 모으고 기원하더니 은주에게 물었다.

부장님, 윤 샘 생각 하시죠?

은주가 긴 한숨을 내쉬었다.

그때 성민 샘 말을 들을 걸 그랬어요.

윤 샘 너무 좋은 분이셨는데, 아이들한테요. 윤 샘 생각하면 저는 참 뭐 하나 제대로 하는 게 없는 것 같아요… 부장님, 죄송해요. 제가 너무 무능하죠. 그런 주제에 애 키운다고 일도 안하고요.

성민 샘은 둘째도 가지신다면서요.

성민은 절대 아니라고 손을 내젓더니 풀이 죽은 소리로 말했다.

와이프가 회사를 그만두어야 할 것 같다네요. 이런저런 말 안 하는 사람인데 결혼하고 회사 다니는 게 너무 힘들대요. 저도 힘들고요.

성민은 자기가 교사를 하겠다고 했을 때 왜 사람들이 말리지 않았는지 원망스럽다고, 반쯤 정신이 애들한테 걸쳐있어서 그런지 자기는 집에서도 일하는 것 같다고 했다. 그런 건 자신이 차차 컨트롤할 수 있을 것 같은데 밤에 학부모에게 무람없이 걸려오는 전화는 대책이 서지 않는다며 한숨을 내쉬었다. 예나 지금이나 치열한 경쟁은 여전하고 애들은 힘들어하는데 자기가 할 수 있는 일이 없으니 점점 무기력해진다고 푸념을 늘어놓았다.

제가 학교 다닐 때보다 학교는 훨씬 더 팍팍한 것 같아요. 그래도 다를 줄 알았거든요. 살기 좋아졌다는데 학교 안이나 밖이나 인간 대접받고 사는 게 왜 이렇게 어려운지… 그래도 아이들은 아이들이에요. 저렇게 별도 보고 하늘도 한번씩 보고 살면 좋을 텐데요.

성민은 낮은 소리로 말하더니 먼발치에 있는 학생들을 건너다보았다. 성민의 눈은 별을 좇던 그 눈과 다르지 않았다. 은주도 그랬다.

윤 선생의 일이 아니더라도 은주는 작년에 지쳐있었다. 현규는 졸업을 하고 싶다고 했다. 하지만 출석 일수의 삼분의 이만 채우면 졸업할 수 있다는 사실을 잘 알고 있어서 학교를 맘대로 다녔다. 그러면서 은주에게 베이커리에서 알바를 하려고 해도 고졸 이상이 자격조건이라면서 자신이 꼭 졸업을 할 수 있게 도와달라고 했다. 은주는 아침마다 현규의 출석 일수를 세고 등교하지 않은 현규에게 어디에 있냐고, 등교해서 한 시간이라도 교실에 앉아 있으라고 전화를 하고 메시지를 보냈다. PC방이라고, 알바 중이라고 그 대답은 퇴근 후에, 새벽 2시, 4시에도 도착했다. 현규의 모친은 그냥 내버려 두라고 했고 종국에는 전화도 받지 않았는데 그럴 필요까지 있었을까. 그래도 현규가 먼 훗날이라도 한번은 자신의 진심을 알아주기를 바라는 마음으로 다시 그런 상황이 주어져도 같은 일을 하리라 의심하지 않았다. 하지만 윤 선생의 일을 목도하고 회의가 들었다. 결국 자퇴하게 된 현규의 모친에게 머리채를 휘어잡히지 않은 것만도 다행이라는 생각이 들었다.

과거에 은주는 자퇴하겠다는 반 아이를 붙들고 학교는 졸업하자고 설득했다. 그럴 필요가 없다고 조언해주는 사람도 있었다. 아이들은 진급하자마자 다들 약속이나 한 것처럼 학교를 떠났다. 좀 쉬다 돌아오는 방법도 있고 다른 길도 있었는데 괜히 아이들의 시간을 허비하게 한 건 아닐까. 학교가 대체 뭐라고. 학교가 뭘 할 수 있다고. 세상이 어떻게 돌아가는지도 모르고 그때나 지금이나 미련한 건 매한가지라는 자책이 은주에게 큰 파도가 되어 밀려왔다.

블러드문은 이제 3년 후에나 볼 수 있대요. 그때 저는 어디에 있을까요?

성민의 시선은 여전히 하늘에 있었다. 은주는 자신에게 그곳이 학교는 아니었으면 좋겠다는 말을 속으로 삼켰다.

성민 샘, 뒤에서 흉 본거 미안해요. 마음 많이 상했죠.

학생들을 귀가시키고 교무실에서 천체 망원경을 정리하던 성민이 말했다.

점심 때 그 학생이요. 어머님께서 교장실로 민원 넣으셨대요. 강압에 의한 진술을 했다나 뭐라나.

은주가 대꾸할 적당한 말을 고르고 있을 때 성민이 물었다.

부장님은 왜 교사가 되셨어요? 전 사실 교직에 들어와서 더 교사가 되고 싶은 마음이 생긴 케이스라서요. 그런데 좀 회의가 들어요. 잘할 수 있을까도 싶고요. 회사보다는 존중받고 눈치 덜 보고 하고 싶은 일을 할 수 있을 줄 알았는데 요즘은 그냥 남들 말마따나 진짜 공노비가 아닌가. 그런 생각이 듭니다.

자조가 가득한 말끝에 성민은 세상을 바꿀 힘도 없는 자신이 그래도 학교에서 학생들과 함께 성장하는 그런 일은 잘 할 수 있다고 생각했는데 점점 자신이 없어진다고 읊조렸다. 은주는 앞으로도 매순간 고민하고 다시 일어서는 하루를 많이 보내야 할 성민을 위로하고 싶었다. 성민의 모습을 물끄러미 바라보다가 눈에 힘을 주고 말했다.

아까 그 아이, 담배 냄새가 펄펄 났다고 제가 증언해 줄게요.

성민이 희미하게 미소를 지었다. 은주는 성민의 마음을 알 것 같았다. 그 아이의 부모는 민원이 수락되지 않으면 변호사를 대동해서 나타날 수도 있고 아이와 함께 학교를 떠날 수도 있을 것이었다. 은주는 학교에 남아서 학생들과 하고 싶은 일을 하겠다는 성민이 부디 꺾이지 않기를 바라면서 자신이 처음에 교사가 되려고 했던 마음으로 돌아가고 있었다.

부장님, 그런데 저 오늘 너무 행복해요. 초근 한다니까 와이프가 일찍 와서 아이를 보기로 했거든요. 아무데나 쏘다니다가 집에 엄청 늦게 들어갈 거예요.

집회 현장은 뜨거웠다.

— 학교는 달라진 게 없어. 갈 길도 아직 멀었고.

거리로 나오라는 은주의 문자에 답신을 보낸 윤 선생은 끝내 나타나지 않았다. 새 학기가 시작되기 전, 윤 선생은 학교를 떠났다.

은주는 긴 행렬의 끄트머리에 앉아 내리쬐는 햇빛을 그대로 맞았다. 대형 모니터에서 해산 사인이 떨어지자 사람들이 자리를 정리하고 흩어지기 시작했다. 은주는 지하철역으로 가기 위해 거대한 흐름 속에 끼어들었다. 거리를 메웠던 검은 물결은 길목마다 서있는 표지판을 보면서 조용히 제 갈 길을 가고 있었다. 전경들은 멀찍이 떨어져서 소리 없이 이어지는 크고 긴 행렬을 바라보고 있었다.

부장님!

은주가 손부채를 하면서 전진하다가 돌아보니 인파 속에 깃발처럼 우뚝 선 사람이 크게 손을 흔들었다. 성민이었다. 목말을 태운 아이 때문에 하늘을 찌를 듯 존재가 도드라졌다.

땀범벅인 성민이 한 손에 유모차를 들고서 성큼성큼 은주를 향해 다가왔다.

약속 시간을 못 지켜서 죄송해요. 늦게 왔더니 도저히 부장님을 찾을 수 없더라고요.

성민은 아이를 내려놓았다. 은주가 무릎을 세우고 아이의 눈높이에 맞춰 앉았다.

애기가 너무 귀여워요. 아빠 얼굴은… 없네요.

천만 다행이죠. 그래도 저 닮아서 신장은 상위 일 퍼센트랍니다.

은주는 선한 눈빛이 제 아빠를 꼭 닮은 아이의 얼굴을 바라보았다.

고모님한테 인사해야지.

지친 기색이 역력한 아이가 찡얼대자 성민은 유모차에 아이를 태웠다.

부장님, 내일 봬요.

꾸벅 인사를 하고 앞서가기 시작하는 성민을 바라보며 은주는 성민이 듬직한 어깨를 가진 아빠이기도 하다는 생각을 했다.

지하철 안은 검정 옷을 입은 사람들로 가득했다. 더러 한두 마디씩 대화를 나누는 사람이 보였다. 더 많은 사람이 눈을 감고 있거나 지친 모습으로 허망한 표정을 짓고 있었다. 은주는 출입문에 기대어 지하철 창에 비친 자신의 모습을 바라보았다. 검정 면바지에 검정 셔츠를 받쳐 입은 사람이 그림자처럼 서 있었다. 지하철이 속도를 내면서 그림자는 사라지고 거대한 관 속에 있는 기분이 들었다. 어두운 지하도를 통과하는 지하철은 점점 더 깊은 곳으로 내달리고 있었다.

당선소감 | 오재아

우체국에서 원고를 송부하고 돌아오는 길에 첫눈이 내렸습니다. 하늘을 가득 메운 눈이 제가 고군분투했던 시간을 위로해주었습니다. 제게 글쓰기는 마음을 비우고 채우는 과정이었습니다. 스스로를 끊임없이 들여다보게 해주었고 세상과 연결되는 하나의 통로가 되어 제 삶을 의미 있게 만들어주었습니다.

지면을 빌려 감사의 말씀을 전합니다. 우선 부족한 저에게 계속 글을 쓸 수 있게 용기를 주신 심사위원님들께 감사드립니다. 그동안 뵈었던 선생님들께 감사합니다. 강영숙 선생님, 강태식 선생님, 김이설 선생님, 김현영 선생님, 문지혁 선생님, 서유미 선생님, 윤치규 선생님, 이유리 선생님, 조영아 선생님, 허현미 선생님, 선생님의 가르침을 잊지 않고 정진하겠습니다. 그리고 제 글에 관해 진심으로 조언해주셨던 문우님들 고맙습니다. 꾸준히 곁을 지켜준 소중한 사람들에게도 같은 마음을 전합니다. 마지막으로 말없이 지지해주고 힘이 되어준 가족들 사랑하고 감사합니다.

삶이 고되다고 느낄 때마다 소설 속 인물들은 제게 위로와 감동을 주었습니다. 저도 그렇게 누군가의 지친 마음을 토닥여 줄 수 있는, 여러 가지 의미로 재미있는 글을 쓰고 싶습니다. 세상과 경계선에 선 이들을 조금 더 따뜻하게 바라보면서 글을 쓰는 사람으로서의 진정성과 책임감을 잃지 않겠습니다. 제가 하려는 이야기에 대해 진지하게 고민하고 의심하며 치열하게 쓰겠습니다. 감사합니다.

심사평 | 이순원 · 은희경

50대 여교사 삶… 우리 교육현실 펼쳐낸 '수작'

예년보다 응모작 수준이 전반적으로 높았다. 예심을 거쳐 올라온 작품 가운데 우선 다섯 작품을 골라냈다.

'멋쟁이 토마토'는 제목을 보면 농촌 관련 소설인 듯싶지만, 새로 이사한 집에서 방울토마토 모종을 키우는 얘기다. 이야기도 재미있고, 문장도 반듯하다. 그러나 토마토를 키우는 과정만 보이지 그래서 무얼 어쨌다는 것이냐는 질문엔 답이 보이지 않는다.

'화이트 칼라'는 도시 청춘들 얘기로 스타트업 회사 사정이 어려워진 어느 날 많은 직원들이 한꺼번에 해고 통지를 받는 것으로 시작한다. 저마다 당장 앞으로의 일을 걱정해야 한다. 요즘 위태로운 고용시장 속 젊은이들의 고민과 현실을 담아 냈지만 현상의 겉만 훑은 느낌이다.

'종묘'는 기후변화를 겪고 있는 농촌 현실의 문제를 사과농원을 중심으로 잘 그려냈다. 어느 해는 꽃얼음을 하고 어느 해는 꽃이 만개해도 날아드는 벌이 없다. 아버지가 사과밭을 일궈내던 시절에서부터 그걸 이어받은 아들까지 과수농가 2대의 현실이 잘 그려졌다. 그러나 도식적으로 결말을 정해놓고 맞춰가는 느낌이다.

'콩밭'은 기후변화로 콩잎과 줄기만 무성하고 열매는 달리지 않은 흉작 속에 콩 축제가 열리고 있는 마을이 겪는 현실적 이야기를 다루고 있다. 어떤 부분을 강조하거나 더 드러내 보이려 애쓰지 않는데도 농촌 현실이 그대로 보인다. 이즈음 이만큼 잘 쓴 농촌소설을 본 적이 없을 정도로 아주 잘 쓴 작품이지만 당선작에 비해 형상미가 조금 떨어진다.

'블러드문'은 중등학교에서 과학부장을 맡고 있는 50대 여성 교사가 보고 겪고 생각하는 우리 교육 현장의 이야기다. 순수함과 열정 속에 일을 벌이기만 하는 젊은 남교사의 뒤치다꺼리를 하며 자신의 삶과 젊은 교사의 삶, 아이들의 교육 현실을 함께 살핀 수작 중의 수작이다. 두 심사위원이 의견이 처음부터 일치한 이 작품을 당선작으로 올린다. 잘생긴 신인의 탄생을 축하하며 먼저 검토한 '콩밭'에 대한 격려도 함께 남긴다.

동아일보 **박진호**

2014년 한양대학교 도시공학과 학사 졸업
2016년 서울대학교 협동과정 도시설계학 석사 졸업

어떤 진심

박진호

"아줌마 알아보겠니?"로 시작하는 말씨가 이렇게 부드러울 줄은 몰랐다. 지우 엄마의 인상은 교장실에 들어서기 전까지 내가 상상했던 것과는 너무 달랐다. 내 왼팔을 잡은 손의 세기며 눈썹을 한껏 오므리고 지은 표정까지, 행동 하나하나에 상냥함이 배어 있었다. 그렇다고 저 질문에서 느껴지는 이 질감이 가시는 건 아니었다. 우린 오늘 처음 본 사이였으니까. 지우는 나를 집에 데려간 적도, 지우 엄마가 나를 찾아온 적도 없었다. 지우와 연락이 끊긴 게 벌써 오 년 전이었다. 맥락 없는 이 친근함이 영 어색했고 나도 모르게 몸을 뒤로 빼고 말았다.

"갑작스러워서 석현이가 놀랐나 봅니다. 지우는 기억나지? 초등학교 때 둘이 그렇게 붙어 다녔다면서?"

내가 아무 말도 못 하고 서 있자 교장이 대신 입을 열었다. 교장실은 모두가 만족스러운 결과를 이끌어낸 협상 테이블 같은 분위기였다. 커다란 원목 탁자를 중심으로 나와 가까운 쪽에는 지우 엄마가, 맞은편에는 교장과 담임이 앉아 있었다. 담임은 언제라도 맞장구칠 준비가 됐다는 듯이 지우 엄마와 교장을 번갈아 살폈다. 나는 자꾸만 지우 엄마의 등 뒤에 놓인 종이 쇼핑백 두 개에 눈이 갔다. 겉면에는 알파벳 두 개를 엇갈려 포갠 모양의 명품 브랜드 로고가 박혀 있었다.

"아줌마가 예전 동네에 있는 고등학교만 찾아다니느라 좀 늦었어. 네가 여기 다니는 줄 진작 알았으면 올봄에라도 왔을 텐데… 지우가 널 많이 보고 싶어 해."

지우 엄마는 지우의 전학이 이미 결정된 것처럼 말했다. 나는 계속 가만히 있을 수밖에 없었다. 이 학교로 오게 된 과정을 설명하려면 엄마 아빠의 이혼 이야기부터 해야 했는데 그런 구구절절한 사연은 여기서 꺼내고 싶지 않았다. 그게 다 무슨 소용인가 싶기도 했지만 내 경계심을 슬며시 파고든 지우 엄마의 다정한 말투도 한몫했다. 여긴 내가 기대했던 것과는 달리 부탁과 거절이 오가는 자리가 아니었다. 이래서는 어제 담임과 만나 미리 입을 맞춰 놓은 게 의미가 없었다.

담임이 상담실로 날 부른 건 어제가 두 번째였다. 이번엔 시험문제라도 알려주려는 걸까 내심 기대하며 상담실 문을 열었다. 그래서 담임이 꺼낸 '지우'의 이름을 내가 알고 있는 지우의 얼굴과 연결시키는 데까지 시간이 조금 걸렸다.

"전학 오면 우리 반에 배정받길 원한다는데, 지우가 자폐증이 있는 건 알고 있지?"

담임은 내가 지우의 상태를 알고 있는지부터 살폈다. 모를 수가 없었다. 지우와는 초등학교 3학년부터 5학년까지 거의 삼 년을 같은 반에서 붙어 지냈으니까.

"이사회랑 교장 선생님까지는 이야기가 다 된 것 같아. 그래도 당사자인 네 의견이 가장 중요하지 않을까?"

꼭 나를 생각해서 한 말은 아니었을 거다. 일반 고등학교에서 자폐 학생을 담임으로 맡는다는 건 여간 부담스러운 일이 아닐 테니까. 그건 내게도 마찬가지였다. 어릴 적 조금 별난 사이였던 건 맞지만 서로 없으면 안 될 것처럼 굴다가도 다른 반이 되면 금방 서먹해지는 게 초등학생들의 우정이었으니까. 오 년 사이 내 머리도 너무 커진 데다 무엇보다 내게는 지우를 환대해야 할 마음의 부채가 없었다. 어쨌든 이사회 이야기까지 나온 걸 보면 담임이 어찌할 수 있는 단계는 아닌 게 분명했다.

"오늘 일은 비밀로 하고. 선생님 말 이해하지?"
담임은 이번에도 입단속을 잊지 않았다. 내가 같은 편임을 확인한 후엔 우리가 함께 취해야 할 태도를 공유했다. 대단한 계획은 아니었다. 지우 엄마가 다시 학교를 방문하기로 한 오늘, 담임이 교장실로 나를 부르면 지우 엄마와 교장 앞에서 내 의견을 말하기만 하면 됐다. 상황과 분위기는 담임이 만들어 주기로 했다. 그러니 이제 담임이 나서줄 타이밍이었다.
"내년 2학년부터는 선택과목 따라서 각자 이동수업을 하게 될 테니 사실 반이라는 게 큰 의미가 없어지거든요. 미리 적응도 할 겸 지금부터 다른 반에 가는 것도 고려해 보시죠. 이 문제는 석현이 생각이 가장 중요하기도 하구요."
담임이 말을 꺼내자 교장이 못마땅해하며 눈을 크게 떴다. 그래도 효과는 있었다. 지우 엄마는 진짜 협상 상대가 누구인지 이제야 깨달았다는 듯 아, 하며 내게 얼굴을 돌렸다.
판은 다 깔렸고 나는 에둘러 거절 의사만 표하면 됐다. 그런데 준비한 말보다는 다른 질문들이 계속 입에 맴돌았다. 지우는 왜 그렇게 갑자기 떠났던 건지. 가기 전에 내게 연락 한 번 할 생각은 못 했던 건지. 시나리오에 없는 질문들이 뒤죽박죽 섞여 입이 잘 떨어지지 않았다. 담임도 지우 엄마도 서로가 기대한 대답이 선뜻 나오지 않자 당황한 얼굴이었다. 때마침 5교시 수업을 알리는 종소리가 울렸다.
"석현이는 먼저 보낼까요? 아줌마가 다음 주에 다시 서울에 올라올 수 있을 것 같은데, 그날 선생님들 모시고 천천히 이야기해 보는 건 어때?"
"그렇게 하시죠. 석현이 이야기는 나중에 더 자세히 들어 보도록 하구요."
교장은 내게 가보라는 손짓을 하고 다시 지우 엄마를 향해 몸을 틀었다. 세 명이 앉은 자리엔 내가 낄 틈이 보이지 않았다.
교장실을 나와 문 옆에 기대앉았다. 담임이 상황을 어떻게 수습할지도 궁금했지만 나를 빼고 하려는 말이 뭔지도 알고 싶었다. 조금 열어둔 문틈 사이로 교장과 지우 엄마의 웃음소리가 차례로 들렸다.
"지우가 자폐성 장애 2급이긴 해도 병원에선 3급에 준하는 수준이라고도 하더라구요. 수업 시간에도 차분한 편이니 옆에 석현이만 있으면 걱정하시는 것만큼 도움이 많이 필요하진 않을 거예요."

말을 마친 지우 엄마가 등 뒤에 뒀던 쇼핑백을 꺼내는 소리가 들렸다. 이러지 않으셔도 되는데, 교장이 이어 말했다. 작은 성의 표시니까 부담 갖지 마세요. 안 그래도 이사장님이 발전 기금에 대해선 정말 감사하게 생각하고 계십니다. 곧 지우가 다닐 학교인데 제가 더 감사하죠. 지우 엄마와 교장은 서로 짜 맞춘 대본을 읽는 것처럼 두어 차례 더 말을 주고받았다.

복도 끝에서 누군가 걸어오는 소리가 들렸다. 서둘러 일어나 교실 쪽으로 움직였다. 내 걸음 소리만 복도에 울려 퍼졌다. 걱정하시는 것만큼 도움이 필요하진 않을 거예요. 지우 엄마의 말이 머리에 맴돌았다. 지우는 이제 필요하다는 말을 하지 않게 된 걸까.

지우와 처음 같은 반을 하게 된 건 초등학교 3학년 때였다. 선의였는지 호기심이었는지 모르겠다. 나는 옆자리에 앉은 지우의 알림장을 대신 써주곤 했는데 그러고 나면 시간이 부족해 내 것은 쓰지 못하는 날이 많았다. 사업일이 바빴던 아빠와 엄마는 내 부실한 알림장에 신경 쓸 여유가 없었다. 그래도 문제가 되진 않았다. 지우의 가방에는 언제나 준비물이 넉넉했고 나는 그걸 쓰면 됐으니까. 지우는 교실에서든 운동장에서든 멍하니 앉아 대부분의 시간을 보냈다.

지우는 목을 앞으로 쭉 빼고 긴장한 것처럼 턱을 당긴 자세로 걸어 다녔다. 여기에 키까지 무척 커서 애들 사이에 서 있으면 이쑤시개 통에 잘못 끼워진 빨대처럼 보였다. 가끔 돌발적으로 소리를 지르거나 팔을 휘저으며 눈길을 끌기도 했다. 짓궂은 애들이 지우의 행동을 따라 하며 놀렸지만 큰 체격 탓에 주변만 맴돌다 도망가는 게 다였다. 학교 애들 모두 '자폐'라는 단어를 배우기도 전에 지우를 자연스럽게 받아들였다. 그 익숙함만큼이나 지우도 주변 사람들에게 큰 관심을 보이지 않았다. 대신 친구들이 쓰고 온 우산 모양이나 화단에 앉은 참새 수 같은 것들에 대해 질문을 던졌다. 질문은 일방적이었고 여기에 응해주는 건 나밖에 없었다. 나는 눈을 마주치지 않는 지우를 따라 책상이나 운동장 바닥, 그것도 아니면 허공 어딘가를 보며 대화했다.

이 지루한 문답을 계속할 수 있었던 건 언젠가 고전영화 채널에서 봤던 영화 '레인 맨' 덕분이었다. 자폐증이 있는 형의 천재적인 기억력을 이용해 도박을 하려던 주인공이 점차 마음을 열고 형제애를 깨닫게 된다는 줄거리처럼, 나도 지우의 숨겨진 능력을 발견해 남다른 우정을 맺고 싶었다. 지우가 암산은커녕 세 자릿수 덧셈도 힘들어한다는 걸 알면서도 나는 헬렌 켈러와 설리번 선생의 환상을 포기하지 못했다. 우리가 같은 반을 했던 3학년부터 5학년까지 담임을 맡은 선생님들은 우리를 짝으로 묶어두면 편해진다는 사실을 금방 깨달았다.

지우에겐 규칙들이 많았다. 줄을 설 땐 무조건 맨 끝줄에 서야 한다든가 자기도 모르게 큰 소리를 낸 뒤엔 집게손가락을 입술에 갖다 대며 쉿 하고 바닥을 내려 본다든가 하는. 특히 무언가 원하는 게 생기면 말끝에 '필요해'를 붙였다. 그리곤 몸을 숙여 상대를 크게 안은 후 턱으로 날개뼈 근처를 지그시 눌렀다. 이 부자연스러운 행동들에는 누군가 반복해서 가르친 흔적이 묻어 있었다. 남에게 피해를 주지 말아야 하며 아쉬운 일이 생겼을 땐 적절히 인사를 전해야 한다는 약속. 그 연습된 태도에선 묘한 거리감이 느껴졌다. 그 거리감은 수업을 마치고 학교를 나설 때 더 또렷해졌다.

지우가 살던 아파트 단지는 학교 바로 근처에 있었고 우리는 항상 지우네 아파트 단지 입구 앞에서 헤어졌다. 지우와 같이 아파트 동 앞까지 따라가려 하면 지우는 내 앞을 단호하게 막아섰다. 엄마가 혼자서 할 수 있어야 한댔어. 집에 갈 때만 그런 게 아니었다. 방학 기간에도 연락 한 번 없이 혼자 지내다 오는 게 지우의 또 다른 암묵적 규칙이었다. 5학년 여름방학이 시작되기 전까지 이어진 우리의 관계는 학교 울타리 안에서만 끈끈했다. 그래서였을까. 방학을 마치고 돌아온 교실에서 지우의 빈자리를 처음 확인했을 때도 나는 크게 실망하지 않았다. 내가 닿지 못하는 지우만의 영역이 있을 거라 짐작하면서.

지우의 갑작스러운 전학 이후, 학교에 있는 그 누구도 지우의 행방을 묻거나 알려주지 않았다. 생각보다 나는 지우에 대해 아는 게 많지 않았다.

*

보충수업 시작 전까지 눈을 붙이려고 책상에 엎드렸지만 잠이 오지 않았다. 석식으로 먹은 돈가스가 얹혔는지 속이 더부룩했다. 저녁 시간 식당은 한산한 편이어서 오늘처럼 메뉴가 괜찮은 날엔 아주머니들이 돌아다니면서 반찬을 더 나눠주곤 했다.

7교시 이후에도 학교에 남아 석식을 먹는 건 보통 두 부류였다. 보충수업까지 듣고 저녁 늦게 학원에 가려는 애들과 학원을 가지 않는 애들. 학원을 가지 않는 애들 중에서도 자의로 가지 않는 쪽과 나처럼 가지 못하는 쪽으로 한 번 더 나눌 수 있지만, 후자는 어차피 몇 명 없었다. 그 몇 명이 누군지는 뒤통수만 봐도 알 수 있었다. 잔뜩 쫄아든 어깨 뒤로 풍기는 가난의 냄새. 나는 그 무리와 웬만하면 떨어져 앉았다. 굳이 저 처량함에 섞이고 싶지 않았다.

달리 생각해 보면 가난도 충분히 써먹을 데가 있었다. 학교에서는 우리 같은 애들을 위해 석식비 지원에 보충 수업료와 자율학습실 이용료까지 면제해 줬다. 정부에서 운영하는 한부모 가족 지원도 알아봤지만 빡빡한 인정 기준에 비해 쓸만한 혜택은 별로 없어 신청하지 않았다. 지금 상황에선 학교 프로그램만 이용해도 두 끼 식사와 공부 환경까지 제공되니 나쁘지 않은 장사였다. 그럴듯한 지원을 받으려면 찢어지게 가난해야 했고 우리의 가난은 거기에 비비기에 좀 어정쩡했다.

종례 시간 때 담임의 행동이 자꾸만 신경 쓰였다. 담임은 종례를 마치자마자 눈 한 번 마주치지 않고 교실을 빠져나갔다. 교장실에서의 일이 어떻게 흘러갔는지 대충 짐작이 갔다. 나는 약속했던 말을 하지 못했으니 엄밀히 따지면 내 탓이 컸고, 발전 기금 이야기가 나온 이상 담임이 할 수 있는 건 없었을 거다. 그렇다 해도 하루 만에 태도를 바꾸는 담임을 보니 좀 씁쓸한 기분이 들었다. 지우와 다시 학교생활을 하게 되는 걸까. 내 상황 때문이든 뒤늦게 찾아온 서운함 때문이든 지우와의 재회가 부담되는 건 변하지 않았다. 지우 엄마가 다시 찾아오기로 한 다음 주까지 시간은 있었다. 교장과 담임의 비위를 맞추면서도 내가 원하는 것을 얻어내려면 조금 더 신중할 필요가 있었다. 아까 전 지우 엄마의 표정을 떠올리면 선뜻 결정을 내리기 어려웠다. 얹힌 돈가스가 되올라왔는지 가슴 언저리가 답답했다.

"다들 그만 자고 수업하자."

언제 들어왔는지 수학이 애들을 깨웠다. 오늘도 수학은 교실을 돌며 잠이 덜 깬 애들 목덜미를 움켜잡았다. 나도 예외는 아니었다. 굳은살 박인 손바닥의 느낌이 별로였지만 싫은 티는 내지 않았다.

수학은 요즘 내가 가장 공을 들이고 있는 상대였다. 이제 막 서른을 넘긴 젊은 나이임에도 학생들에게 그다지 살가운 편이 아니었다. 교사로서 어떤 신념이 있는 건지 사람이 좀 깐깐하고 융통성이 없었다. 누구에게나 공정하기 위해 감정적인 관심을 일부러 잘라낸 느낌이랄까. 이런 점에서는 담임처럼 나이가 좀 있는 꼰대들의 마음을 사는 게 훨씬 쉬웠다. 꼰대들은 대체로 눈빛부터 달랐다. 마음이 꺾이고 생기 없이 찌든 눈. 학생들에게선 아무것도 기대하지 않겠다는 무력한 의지를 온몸으로 뿜어냈다. 그 마음의 결핍을 채울 수 있는 방법은 간단했다. 모두가 엎드려 자거나 학원 문제지를 풀고 있을 때 나 하나만큼은 수업에 집중하고 있다는 티만 내주면 꼰대들의 태도는 의심에서 호의로 금방 변했다. 쉬는 시간에 찾아가 대답하기 수월한 질문 몇 개 던지고 깨달음을 얻은 듯 '아!' 한마디 외쳐주면 효과가 더 좋았다. 가끔 이 단계에서도 마음을 열지 않는 경우가 있다. 그럴 땐 내 개인사를 흘려주면 게임은 끝났다. 불우한 이혼가정 환경과 모범생의 조합은 절대 실패하는 법이 없었다.

이건 서로 윈윈할 수 있는 거래였다. 꼰대들에겐 교사로서 잃어버렸던 자존감을 되찾아주고 나는 그 대가로 여러 종류의 호의를 얻었으니까. 지난 학기 내신 전교 4등은 내 힘만으로 이뤄낸 게 아니었다. 특히 담임의 역할이 컸다. 담임이 내 영어 서술형 답안지를 바꿔주지 않았다면 8점을 그냥 날릴 뻔했다. 기말고사 채점 기간에 상담실로 나를 부른 담임은 '이번 한 번만'이라며 가볍게 나무랐다. 그리고 가방에서 내가 제출했던 서술형 답안지와 새로 준비한 답안지를 동시에 꺼내 들었다. 오늘 일은 비밀로 하고. 근엄한 체하는 목소리에 뿌듯함이 섞여 있었다. 담임만이 아니었다. 국어나 과학, 국사 같은 주요 과목들도 각자 저마다의 방식으로 나를 돕고 있었다. 우연히 지나가는 척 시험에 출제된 페이지를 슬쩍 넘겨주거나 출판사에서 받은 개정판 문제집을 선물하면서 나를 지지하고 있음을 서슴없이 드러냈다. 단 한 명, 수학만 빼고.

"시험 한 달 남았다. 졸지 말고."

눈을 반짝여 보기도, 적절히 고개를 끄덕이거나 갸우뚱하면서 교감을 시도해 보기도 했지만 수학은 내게 별다른 반응을 보이지 않았다. 나보다는 책상에 얼굴을 파묻은 애들에게 더 관심을 가졌다. 남은 방법은 하나였다. 하지만 내 개인사는 이미 선생님들 사이에서 공공연한 비밀인 데다 지금까지 파악한 수학의 성격이라면 큰 효과가 없을 것 같았다. 뭔가 더 구체적이고 극적인 게 필요했다. 아들을 위해 맨바닥에서 수소문하며 나를 찾아온 지우 엄마의 이야기처럼 감정 깊숙한 곳을 건드릴 만한 사연, 뭐 그런 것들.

아쉽게도 그런 감동을 자아내기에 우리 가족의 내막은 좀 이성적이고 메마른 편이었다.

내 중학교 첫 성적표를 보고 아빠가 했던 말이 있다.

점수가 소수점 둘째 자리까지 표기되는 거 보이지. 0.01점 차이로 등수가 떨어질 수 있다는 뜻이야. 지금이야 전교에 몇 백 명 안 되지만 고등학교 가서 전국에 있는 학생들이랑 경쟁한다고 생각해 봐. 1점만 떨어져도 네 앞에 백 명이 넘게 있는 거야.

평균 92.42점이 높은 점수인지 낮은 점수인지는 아빠에게 중요하지 않았다. 다만 94점과 98점을 받은 음악과 미술에는 힘 쏟을 필요가 없음을, 90점을 겨우 넘긴 수학에는 더 집중해야 함을 강조했다. 최선의 수를 계산하고 전략적으로 선택할 것. 이혼을 결정할 때도 마찬가지였다. 아빠와 엄마는 나를 앉혀 두고 부끄러워하지 말라고 일렀다. 아빠의 표현을 빌리자면 전략적 이혼, 쉽게 말하면 위장 이혼이었다.

아빠의 사업이 어려워지기 시작한 건 내가 중학교에 입학하고 두 번째 해부터였다. 함께 사업 일을 돕던 엄마는 더 이상 회사에 나가지 않았다. 아빠가 수척해질수록 엄마는 사업에 대해 아무것도 모르는 사람처럼 행동했다. 대신 두 사람은 늦은 밤마다 식탁에 마주 앉아 무언가 비밀스런 대화를 나눴다. 시간이 갈수록 집 안 가구들이 하나둘 사라졌고 거실에 소파 하나만 남은 그해 겨울, 엄마와 아빠는 이혼했다.

어떤 이혼은 가족을 지킬 수 있다고 했다. 가족은 물론 재산까지도. 하지만 엄마와 내가 지낼 전셋집을 찾기 위해선 자꾸만 후미지고 경사진 동네로 들어가야 했다. 방 두 개짜리 낡은 전셋집 골목 앞엔 아빠를 찾는 사람들이 매일 같이 서성였다. 그들이 믿든 말든 엄마는 아빠의 사업과 아무 관련 없는 순진한 가정주부여야만 했고, 그러니 책임질 것도 없었다. 이 사실이 그들을 더 화나게 했지만 엄마는 표정을 지우는 법을 빠르게 익혔다.

대개 불우함의 여부는 당사자가 아닌 다른 사람들의 입을 오르내리며 결정된다. 그런 소문들이 아주 틀린 것만도 아니었다. 엄마와 내게 남은 건 전셋집에 묶인 돈뿐이었고 아빠는 숨어 지내야 했으니까. 한 달에 한 번 아빠를 만나러 나설 때면 뒤에 누가 따라붙지 않았는지부터 확인했다. 우리는 집에서 지하철로 한 시간 이상 떨어진 수도권의 프랜차이즈 카페를 전전했다. 엄마는 일하는 마트에서 챙긴 조리식품으로 아빠 도시락을 쌌고 가끔 현금이 든 봉투를 도시락통에 함께 넣었다.

이 년 가까이 지났지만 지금도 아빠의 흔적을 찾아온 사람들을 골목에서 마주쳤다. 끈질기게 달라붙는 눈길에 소름이 돋았다. 그럴 때마다 시선을 피하지 않고 한참을 쳐다보면 동정인지 경멸인지 모를 얼굴을 하곤 금세 자리를 떠났다. 아빠와 엄마가 이혼으로 지키려고 했던 것이 무엇이었는지는 여전히 확실하지 않다. 단지 최악을 피하기 위함이었다고 하면, 그리고 아는 얼굴 하나 없는 동네의 고등학교에서 지금까지 얻어낸 호의들을 생각하면 썩 나쁘지 않은 시작이었다. 하지만 같은 전략이 앞으로도 먹힐 거란 보장은 없었다. 이혼가정의 상처처럼 진부한 신파가 또 없으니까. 지금 내게 필요한 건 덤덤하게 지내다 툭, 무심결에 가슴이 먹먹해지는 그런 진짜 사연일지도 모른다. 그게 어떤 진심에서 나온 것이든, 나는 아빠보다 좀 더 나은 방법을 찾아내야 했다.

*

지우 엄마가 다시 오겠다던 날이 이틀 앞으로 다가왔지만 담임은 여전히 아무 말이 없었다. 먼저 찾아가 상황을 물어볼까 고민했지만 며칠 전 담임이 입고 온 새 재킷을 보고 그만두었다. 감색 재킷의 가슴 주머니엔 작은 금속 핀이 달려 있었고 담임이 움직일 때마다 빛을 받아 반짝였다. 지난번 지우 엄마가 가져온 쇼핑백에도 새겨져 있던, 알파벳 두 개가 포개진 모양의 브랜드 로고였다.

어느 편인지 모호한 상대에게 마음 쓸 여유가 없었다. 3주 후면 벌써 2학기 중간고사였다. 수업과 수업 사이, 보충수업 이후 밤 열 시 반까지 이어지는 자율학습. 이때가 순수하게 공부할 수 있는 유일한 시간이었다. 집에 도착해선 아빠를 찾아온 사람들의 이목을 끌지 않기 위해 곧바로 불을 꺼야 했다. 지금부터 내신을 준비하지 않으면 시간이 빠듯했다.

이백 석 정도 되는 자율학습실 자리는 대부분 비어있었다. 낡은 독서대에서 여러 번 덧칠한 페인트 냄새가 진동했다. 감독을 맡은 과학이 출입문 쪽 의자에 앉아 코를 골았고 이따금 누군가의 휴대폰 진동이 울렸다. 한참 전부터 펼쳐놨던 수학 문제집이 좀처럼 눈에 들어오지 않았다. 같은 문제를 벌써 세 번째 틀린 참이었다. 문제 번호 위에 적힌 '수능 기출변형'이라는 글씨가 거슬렸다.

수능으로 승부 보는 건 지난 6월 교육청 모의고사 이후 빠르게 포기했다. 원점수로는 교내 20위권이었지만 전국 백분위로 따지면 상위권 학교 기준에 턱없이 부족했다. 나는 자기 객관화가 꽤 잘 되는 편이었다. 괜한 희망의 끈을 붙잡기보단 지금부터 수시 전형에 집중하는 게 현명했다. 다행히 내신 시험은 학교 수업만으로도 충분했고 얼마나 꼼꼼히 준비해 실수를 줄이느냐로 점수가 갈렸다. 학교 장학 지원만 지금처럼 계속 받을 수 있다면 내가 구상할 수 있는 전략의 폭은 좀 더 넓어졌다.

수시 전형에서 내가 생각할 수 있는 선택지는 총 세 가지 정도였다. 첫 번째는 학교장 추천으로 지원하는 지역 균형 전형. 추천장만 얻어내면 그 이후의 경쟁률은 굉장히 낮다는 게 최대 이점이지만 추천 인원을 두 명으로 제한

하기 때문에 보통은 학교마다 암묵적으로 선발해 놓은 후보들이 있다. 이를테면 내신과 수능성적이 모두 뛰어난 애들. 나는 이 단계에서 걸러질 확률이 크다. 두 번째는 경제적으로 어려운 한부모 가정 학생들만 지원할 수 있는 기회균등 전형. 성적이 낮아도 상위권 학교를 쉽게 노려볼 수 있지만 역시나 우리 집의 어정쩡한 가난이 문제였다. 엄마가 마트에서 벌어오는 수입에 전세금까지 더하면 '경제적으로 어려운' 기준을 충족하기 힘들었다. 엄마의 수입을 줄일 게 아니라면 이 방법은 차선으로 남겨두는 게 맞았다. 그러니 남은 건 일반 수시 전형뿐이었다. 내신 성적과 학생부 기록, 추천서, 면접까지 준비해야 해서 손은 많이 가지만 가장 현실적인 대안이었다. 특히 학생부 관리는 3년간의 기록을 쌓는 장기전이기 때문에 일찍 준비할수록 유리했다.

그렇다면 지우의 등장은 오히려 내게 기회였다. 불우한 가정환경과 모범생의 조합, 여기에 장애가 있는 친구를 위해 발 벗고 나서는 희생정신까지. 평판뿐만 아니라 학생부 기록에도 활용할 수 있는 좋은 카드였다. 이번 학기도 거의 끝나가고 담임 말처럼 내년부터는 이동수업을 하게 될 테니 지우와 같은 반이 된다 해도 적당히 거리만 둔다면 부담 가질 이유가 없었다. 다만 지우와의 재회가 남들에게는 내 자발적인 선택처럼 보이도록 약간의 연출이 필요했다. 어려운 계획은 아니었다. 내일 바로 담임을 찾아가 바뀐 내 생각을 전한 다음 공공연한 비밀로 퍼지길 기다리기만 하면 됐다. 듣는 귀가 많은 교무실이야말로 소문을 흘리기 가장 좋은 장소였다. 판을 엎기보단 내게 유리한 방향으로 이용하면 될 일이었다.

누군가 밤 10시에 맞춰둔 휴대폰 진동 알람이 울렸다. 과학의 코골이가 멈추고 곧 자습실이 어수선해졌다. 하나둘 가방을 챙겨 자리를 빠져나가기 시작했다. 총대를 쥐었다고 생각하니 마음이 가벼웠다. 계속 붙잡고 있던 수학 문제에 네 번째 오답 표시를 추가했다.

자습실을 나서자 미지근한 바람이 불었다. 9월이 끝나 가는데도 화단에선 아직 여름 풀냄새가 났다. 하루 중 이 시간이 가장 좋았다. 아무 눈치 볼 것 없이 엉덩이만 붙이고 버텨내면 정직하게 도달하는 시간. 밤길을 뚫고 교문을 나서면 늦여름의 기나긴 낮을 이겨낸 기분도 들었다.

막차를 타러 교문 밖에 있는 버스정류장으로 걸어가는데 근처에 서 있던 검정색 승용차에서 비상등이 깜박였다. 보조석 창문이 내려가고 지우 엄마의 얼굴이 보였다.

"근처 지나가던 중인데 아줌마가 집까지 태워줄게."

예상치 못한 상황이라 당황했지만 잠시 망설이다 차 문을 열었다. 에어컨을 틀어놨는지 공기가 알맞게 시원했다. 기분 좋게 데워진 가죽시트를 타고 은근한 레몬 방향제 냄새가 올라왔다. 지우 엄마는 다른 일로 서울에 좀 빨리 들르게 됐다며 두서없이 혼잣말을 이어갔다. 내비게이션에 뻗은 손가락이 목적을 잃은 듯 머뭇거렸고 차는 좀처럼 출발하지 못했다.

"대명아파트 앞에서 내려주시면 돼요."

내가 먼저 차로 10분 거리에 있는 지하철역 근처의 아파트 단지 이름을 댔다. 거기서 내려 집까지 걸어갈 생각이었다. 집 위치를 설명하기도 복잡했지만 굳이 사는 동네를 보여주고 싶지도 않았다.

"아줌마가 이제 찾아와서 미안해."

지우 엄마가 내비게이션에 주소를 입력하며 나지막하게 말했다. 방금 전과는 다르게 정돈된 말투였다.

"그때는 지우가 혼자 잘 해내고 있다고, 아줌마는 그렇게 믿고 싶었나 봐. 나나 지우 아빠가 나서지 않아도 일반 애들처럼 친구들도 사귀고 학교생활도 하고 있다고 말이야."

무슨 말을 하려는지 감이 잡히지 않았다. 더 빨리 찾아오지 않은 것에 대한 후회일까, 아니면 나를 빼놓고 지우의 전학을 결정하려던 일에 대한 사과일까. 운전대를 감아쥔 지우 엄마의 양손에 비로소 안정감이 느껴졌다.

"지우가 그렇게 지낼 수 있었던 건 다 네 덕분이었는데. 왜 그걸 몇 년을 고생한 다음에야 알았을까."

그리 특별하지 않은 사연이었다. 부산으로의 이직 제안을 받은 지우 아빠와 그 근처에서 발견한 특수학급을 운영하는 학교. 번잡한 서울을 떠나면 지우의 증세도 나아지지 않을까 기대하며 주변에 알릴 새도 없이 서둘러 내려

갔던 과정들. 그 후의 일은 다소 뻔했다. 지우는 새 학교에 적응하지 못했고 따돌림과 괴롭힘을 당했다고 했다. 이혼가정의 진부함만큼이나 많이 들어봤음직한 이야기였다.

"내일모레 학교에서 만나면 교장 선생님께 잘 이야기해 줄 수 있을까? 아줌마는 지우가 일반 고등학교만 졸업해도 더 바랄 게 없어. 지우는 네 도움이 필요해."

진짜 목적은 마지막에 있었고 무엇에 대한 사과였는지는 모호했다. 이 이야기엔 내가 끼어들 틈이 없었다. 주인공은 처음부터 끝까지 지우뿐이었다. 내 역할은 한결같이 주인공을 기다리며 정해진 임무를 수행하는 게임 NPC에 불과했다.

너무 많이 생략된 이야기는 거짓말처럼 느껴지기도 했다. 나는 이 고백에 숨겨진 또 다른 이야기를 알고 있었다.

지우와 붙어 다니던 시절, 내게는 늘 비슷한 수군거림이 따라왔다. 쟤가 걔죠? 지우랑 몇 년째 같은 반 하는. 선생님들은 내게도 귀가 있다는 사실을 잊은 듯 목소리를 낮추지 않았다. 보통 집 같으면 부모가 가만히 있지 않을 텐데. 저 애 부모님이 사업을 해서 학교 일에 신경을 못 쓰나 봐요. 지우네가 봉 하나 잡은 거지.

어렴풋이 알고는 있었다. 영화 '레인맨' 속 감동은 그저 영화적 연출이었음을. 우리가 삼 년 내내 같은 반을 할 수 있었던 배경엔 지우 엄마가 있었으며, 어떤 요청과 부탁은 회유나 거래라고 바꿔 부를 수 있다는 것도, 내가 지키고 싶었던 환상 뒤엔 복잡한 이해타산이 얽혀 있었다는 것도, 사실은 모두 이해하고 있었다.

기특하긴 한데 좀 안타깝네. 수군거림은 보통 비슷한 말로 끝났다. 안타깝게도 그때의 나는 기특하다는 말에 조금 더 취해 있었다.

그사이 차가 멈췄고 창문 밖으로 아파트 단지 입구가 보였다.

"다 도착했네. 여기 맞지?"

지우 엄마가 다시 입을 열었지만 나는 내리지 않았다. 여전히 상냥한 목소리, 따뜻한 가죽시트와 레몬 방향제 냄새, 진동 하나 없는 차의 움직임. 이 안에 있는 부드럽고 다정한 모든 것들에 마음이 곤두섰다.

"여기 말고 조금 더 가 주세요."

지우 엄마는 혼란스러워 하면서도 내 말을 따라 계속 운전했다. 횡단보도 지나기 전에 보이는 빌라촌 골목으로 우회전. 옹벽을 끼고 경사진 골목을 둘러 가다 작은 교회 앞으로 다시 직진. 가로등이 드물게 지나갔고 깨진 아스팔트를 밟아 몇 차례 덜컹거렸다. 차는 후미진 주택가 앞에서 멈췄다. 전조등 불빛이 주택들 사이로 가파르게 이어진 계단을 비췄다. 빛이 닿지 않는 계단 위쪽엔 그림자가 졌다.

나는 감사하다는 인사를 하고 차에서 내렸다. 석현아, 다급하게 부르는 지우 엄마를 뒤로하고 계단을 올랐다. 온몸이 그림자에 묻힐 때까지 걸었다. 나를 부르는 목소리가 작아지고, 더는 들리지 않았다.

*

다음날 담임을 찾아가려던 계획은 실행하지 못했다. 마음을 정하기 어려웠다. 심술이라기엔 유치해지는 기분이었고 분노라기엔 너무 거창했다. 어떤 다정함은 누군가를 철저히 배제하기도 했으며 그 앞에서 내가 세운 계획은 보잘것없어졌다.

지우 엄마 역시 학교에 오기로 했던 날 모습을 보이지 않았다. 며칠이 더 지나 담임을 통해 나와 다른 반이 되는 조건으로 지우의 전학이 결정됐다는 소식을 들었다. 지우 엄마의 요청이었다고 했다. 담임은 감색 재킷을 고쳐 입으며 만족스럽게 웃었다. 제대로 된 협상은 아니었다. 양쪽에서 팽팽히 당기던 끈을 지우 엄마와 내가 동시에 놓아버렸으니까. 우리가 주도권을 포기한 순간 이익을 챙긴 건 교장과 담임뿐이었다.

지우의 전학일은 금방 다가왔다. 중간고사 일주일 전이었고 조례가 끝나자마자 잠이 덜 깬 애들은 책상 위에 엎드렸다. 담임이 교실을 나가려다 말고 내게 다가왔다.

"지금쯤이면 수학 선생님 반에서 지우 소개를 막 마쳤을 텐데. 오랜만에 인사도 할 겸 먼저 찾아가 보는 건 어때? 너무 부담 갖지는 말고."

담임은 내 등을 두드리고 교실을 빠져나갔다. 처음 지우를 마주했을 때 수학은 어떤 마음이었을까. 난처함과 호기심, 적대심이 뒤섞인 교실에서 빈자리를 찾아 들어가는 지우를 상상했다. 얼굴을 바닥에 내리깔고 허공 어딘가를 보며 가장 뒷자리로 걸어갔겠지. 지우를 찾아간다면 어떤 분위기로 맞아주어야 하는 걸까.

교실 밖이 소란스러웠다. 고성과 웃음이 뒤섞이며 웅성거리는 소리가 점점 가까워졌다. 잠시 후 복도 쪽 창문 밖으로 불쑥 솟은 얼굴이 나타났다. 다물지 않은 입에 목을 앞으로 쭉 뺀 채 먼 곳을 응시하는 눈. 창문 사이로 지우와 눈이 마주쳤다. 그새 키가 더 자랐는지 주변 애들보다 얼굴 하나쯤은 더 위에 있었고 입술 위는 거뭇했다.

나는 자리에서 일어나 교실 문을 열었다. 석현아. 지우가 천천히 다가오며 굵어진 목소리로 나를 불렀다. 그러고는 엉거주춤 등을 굽혀 긴 팔로 나를 안았다. 우리를 둘러싼 애들이 낮은 목소리로 장난스럽게 환호했다. 복도에서부터 따라온 애들과 반에 있던 애들이 뒤섞여 제법 큰 무리를 이뤘다. 서로에게 어떤 상황인지 묻기도, 가벼운 욕을 뱉기도 했다. 나를 안은 지우의 팔에 힘이 들어갔다. 왈칵 눈앞이 뜨겁게 흐려졌다.

"나는 네가 필요해."

턱으로 내 왼쪽 날개뼈를 누르며 지우가 말했다. 지우의 옷에서 레몬 방향제 냄새가 났다. 잔잔한 향이 코 깊숙이 퍼지자 상냥한 목소리, 적절했던 차 안의 온도, 쇼핑백의 바스락거리던 소리가 차례로 떠올랐다. 눈앞이 다시 맑아졌다. 교실과 복도에 모인 애들 뒤로 팔짱을 낀 채 우리를 지켜보고 있는 담임과 수학이 스쳤다. 흐뭇하게 웃는 담임 옆에서 수학은 꽤 감명받은 얼굴이었다. 가늠하기 어려웠던 마음을 이젠 정할 수 있을 것 같았다. 나는 수학을 의식하지 않은 척 눈을 감았다. 팔을 들어 지우를 안았다.

"응, 나도."

눈물이 나도록 눈을 더 꾹 감았다.

당선소감 | 박진호

소설 쓰기는 가성비가 너무 떨어지는 행위 같다고 종종 투덜거렸다. 반은 진심이고 반은 거짓이었다. 즐거우려고 시작한 일이었는데 행복하게 몰입한 순간은 찰나였고 괴로움은 너무 길었다. 진심을 드러내기 쑥스러워 취미라는 말 뒤에 숨기도 해봤지만, 사실 오래전부터 무엇이든 써 내려가야만 하는 마음이었다. 누군가 내 것을 읽고 아무 말이라도 건네주길 바랐다.

내 첫 번째 독자이자 일 년 가까이 든든한 길잡이가 되어주신 김엄지 선생님, 그리고 뜨거웠던 이번 여름, 비대면 수업을 통해 뵈었던 서유미 선생님께 감사드린다. 두 분을 통해 글 쓰는 마음가짐과 치열하게 몰두하는 즐거움을 배웠다.

동, 태이, 동원, 해기에게 깊은 고마움을 전한다. 네 사람과의 인연 덕분에 소설을 써보고 싶다는 막연한 바람을 행동으로 옮기고 지속할 수 있었다. 내가 쓴 모든 습작들을 읽고 아낌없이 조언해 준 파이썬 원정대 선아와 하영, 오랜 친구 소영, 권오령 소장님에게 큰 마음의 빚을 지고 있다. 더불어 윤원 소장님, 성환, 도기, 합평 수업을 통해 스쳐간 문우들. 글쓰기가 막막해질 때마다 여러분들이 해주었던 사려 깊은 말들을 떠올렸다. 무엇보다 묵묵히 응원해 준 부모님, 이인애 님과 박재규 님에게 한없이 감사하다.

당선소식을 들은 오후까지만 해도 무척 떨리고 기뻤지만 지금은 조금 무서워졌다. 요행으로 당선된 것은 아닐까. 소설을 통해 하고 싶은 말이 얼마나 더 남아 있을까. 내 소설이 끝까지 읽혔다는 사실이 아직도 신기하고 또 무거울 따름이다. 기회를 주신 심사위원분들께 감사드린다. 서툰 부분까지 보듬어주었을 그 마음을 간직하며 오래도록 써 나가보겠다. 기억되려 하기보단 글을 써서 행복할 수 있는 작가가 되겠다.

심사평 | 최윤 · 성석제

예년과 달리 올해의 본심 진출작 13편에서는 생동하며 되살아나는 '새봄'의 느낌이 각별했다. 집중적으로 고려 대상이 된 작품은 네 편이었다.

'회피 성향'은 젊고 재기가 있어 보인다. 유행도 느껴지고 일상에서 인공지능을 활용하는 추세도 읽힌다. 그런 반면 문장에 부주의하거나 자의적인 부분이 있다는 점이 마음에 걸렸다.

'그저 말없이'는 차분하고 현실적이다. 일상에서 끊임없이 생겨나는 갈등을 극복하는 과정에서 생성되는 소소한 유머, 페이소스 같은 감정의 파동이 인상적이다. 문장 또한 안정되어 있다. 다만 신인의 작품에서 기대되는 강력한 패기 같은 것이 느껴지지 않는다는 점이 아쉬웠다.

'아버지의 조선식 정원'에서는 치고 나가는 힘이 느껴졌다. 인생의 전환기에 고향에 내려온 딸이 에어비앤비를 운영하며 정원에 몰두하는 아버지와 화해를 시도하는 글에는 과거, 전통과 현대, 현재를 아우르려는 시도가 엿보인다. 하지만 한 편의 단편소설에 너무 많은 것을 담으려 한 게 아닌가 하는 생각이 들었다.

당선작 '어떤 진심'은 단단하고 강렬하다. 적절한 호흡으로 이어지는 문장은 감각적이고 서사에는 시의성과 힘이 있다. 대학 입시를 위한 점수 따기의 전쟁터가 된 '세상 속 세상' 학교와 우리 사회를 냉소적이고 위악적인 어조로 잘 드러내고 있으며, 특히 작품 후반의 예상을 뒤엎는 반전을 통해 이 시대에 경종警鐘을 울리는 매서운 타격이 느껴진다. 당선자에게는 축하를, 다음으로 기회를 미루게 된 분들에게는 격려의 인사를 보낸다.

무등일보 **최참치**

1988년 대구 출생
2016년부터 2020년까지 성인웹소설 연재
2022년 소설 『종말의 소년』 출간
2023년 소설 『너의 어제를 노래하며』 출간

신탄진

최참치

오빠가 돌아왔다는 소식을 엄마에게 들었다. 저녁을 먹던 중이었다.
"갑자기 무슨 일로 왔대요."
"내가 알겠냐, 할 만큼 하다 뭐 안 풀리니 왔겠지."
"저녁은 같이 안 먹어요?"
"친구들이랑 먹는다더라."
오빠는 전문대에 한 학기만 다닌 뒤 군대로 갔다. 전역 후에는 학교를 그만두고 신탄진 밖으로 나갔다. 구미에서, 익산에서, 광주에서, 천안에서, 안양에서, 의정부에서, 서울에서, 성남에서. 짧으면 사흘, 길면 일 년 반 정도 있었다. 가장 최근에 있던 곳이 성남이었다. 성남은 다른 곳보다 인상이 남았는데, 얼마 전 끝난 대통령 선거 관련 후보 뉴스로 자주 보아서인 듯 했다.
"딴 말 없구요."
"그냥 연락도 없이 갑자기 덜렁 오더니 신탄진 있을 거라며 나가데."
엄마는 윤수가 왔다고 친할머니에게 말했다. 친할머니는 윤수가 언제 나가 있었느냐고 되물으셨고, 잠깐 밖에 나갔어요, 친구 만나고 밤에 온대요, 엄마가 말했다. 밤엔 위험한디…… 라는 걱정이 오래 가지는 않으리라 엄마도 나도 알았다. 치매 걸린 할머니는 오빠의 존재조차 곧 잊을 참이었다.
오빠는 군대에서 함께 지낸 선후임들, 게임 하며 만난 형님들, 그런 사람들을 따라 쉽게 신탄진을 떠났다. 오빠가 돈을 얼마나 벌었는지 모르겠다. 내가 봤을 때 대부분 실속이 없었다. 서울에 갈 때는 엄마 몰래 나한테 300만원을 빌려갔는데, 갚을 생각은 커녕 나한테 빌린 사실조차 잊은 듯했다.

오빠가 차지할 공간이 신경쓰였다. 5월에 대통령 선거가 끝난 뒤 습한 더위가 일찍 찾아왔다. 오래된 벽걸이 에어컨에 선풍기 두 대, 전용면적 17평에 실평수 14평짜리 빌라에는 오빠만의 공간이 없었다. 큰방은 치매 걸린 할머니가, 작은 방은 내가 썼다. 엄마는 평소에 할머니를 돌보기 위해 큰방에 같이 있었으나, 가끔 쉬고 싶을 때는 내 방으로 왔다. 오빠가 온다면 늘 그렇듯 거실에 있을 텐데, 친할머니가 내는 소리와 큰방과 작은 방을 오가는 엄마 때문에 편하게 있기는 어려웠다.

오빠는 열 시 즈음에 왔다. 얼굴이 벌겠고 맥주 냄새가 났다. 한 잔만 마셔도 얼굴이 벌게지는 체질이라 얼마나 마셨는지 감이 오지 않았다. 오빠는 집에 오자마자 화장실부터 다녀오고는 냉수 한 컵을 마셨다. 집안을 슬쩍 보고서는 담배를 피워야겠다며 다시 나갔다.

나는 반 년 만에 보는 오빠에게 놀랐다. 살이 많이 붙었기 때문이다. 반 년 전까지만 해도 옷을 입으면 치수가 남았다. 지금은 옷이 살과 밀착하여 펑퍼짐한 몸을 드러냈다. 나는 오빠를 따라 나갔다.

한 층 아래, 빌라 건물 입구 앞에서 오빠는 전자담배를 꺼냈다. 나를 보더니 늦은 안부를 물었다.

"별 일 없지?"

"없지."

"집에도."

"없고."

오빠가 전자담배를 물더니 깊이 빨았다.

"신탄진 덥네, 위에는 좀 선선하더만."

"거기도 더워질걸." 내가 말했다. "오빠 살쪘네."

"이것저것 주워먹어 글치. 서른 다 되니 그런 것도 있고."

"운동을 하지."

"그럴 형편이 아녔어."
오빠가 물었다.
"엄만 별 일 없으시고."
"그냥 할머니 돌보느라 고생하시지." 날이 더운데도 나도 모르게 팔짱을 끼고 말했다.
"그래, 뭐."
오빠가 다시 전자담배를 빨았다. 내가 물었다.
"아주 내려온 거야? 계속 있으려고?"
"다시 가야지, 이 집에 넷이 어떻게 산다고."
라며 오빠가 말했지만 셋이 살아도 떠날 듯했다.
"갈 데가 따로 있어? 정해진 거야?"
"그건 아니고." 오빠가 전자담배를 빨고 숨을 뱉었다. 풀 찌는 냄새가 입냄새랑 섞여 났다.
"정해진 데 있음 벌써 글로 갔지. 일단 오라는 데 몇 군데 있으니깐 그 중 하나 알아보는 중야."
"아아." 나는 더 묻지 않았다.
"너랑 엄만 그대로 일하시는 거고?"
"그치 뭐."
"엄마 고생이여. 너도 그렇고."
"다 그렇게 사는 거지."
"아 맞다." 오빠가 전자담배를 빨려다가 뭔가 생각나서 말했다. "나 은영이 봤다."
"은영이? 정은영?"
"걔 정씨였냐? 난 왜 조 씨로 알았지. 걔 맞지? 그 너랑 중학교 2학년 때까지 같은 반 했던."
"어."
"나 배달 가는데 걔가 받더라고. 애 하나 있고. 이뻐졌던데."
"서울서 본 거야?"

"아니 성남이지. 분당이라고, 그 쪽에 배달 갔는데 있더라니깐."

"오빠는 알아봤어, 걔가?"

"헬멧 쓰고 있어서 몰랐지. 나랑 친한 게 아니고 너랑 친했으니 아는 척하기도 그렇고."

은영이는 왜 "분당에 무슨 일로."

"잘 사는 동네니 서울서 잘 풀려서 갔을 수도 있고."

나는 신탄진의 밤 풍경을 보며 은영이를 생각했다.

은영이는 중2 때, 지금처럼 날이 더워질 즈음 서울로 이사 갔다. 나는 은영이를 친구라고 생각했지만 먼저 연락한 적은 한 번도 없었다. 은영이랑 학교를 다닐 때도 그랬고, 이사를 간 후에도 그랬다. 언제나 은영이가 먼저 다가오고 먼저 연락했다. 서울로 간 뒤에도 두어 번 내게 연락했는데, 그게 끝이었다. 지금 은영이가 나를 친구라고 생각할지, 나란 존재를 기억이나 할 지 의문이었다.

"으흠……." 나는 가볍게 바닥을 차며 물었다. "거기 또 배달 갈 일 없지?"

"없지, 성남서 정리하고 내려왔는데. 그쪽 형님 부탁해서 알아봐 줄 순 있고."

"아… 됐어, 그 정돈 아니고." 내가 물었다. "이제 배달 많이 줄은 거야?"

"코로나 잠잠해지고 확 줄었지. 밖에 이제 마스크 안 쓰고 다니면서 나가서 외식도 하고."

"코로나땐 배달 좀 많이 했을 거 아냐."

배달하는 동안에 돈을 벌어놓지 않았냐는 뜻이었다.

"버는 만큼 쓰는 거지, 집값도 오르고."

"오빠 고시원 산 거 아냐? 올라봤자 얼마 오른다고."

"아는 형님이랑 월세 있었어. 집값만 오르면— 집값 오르면 딴 것도 다 오르지 집값만 오르겠어."

오빠의 벌이와 재산에 대해서 더 묻지 않았다. 오빠는 전자담배를 깊이 빨며 나를 보았다.

"너…… 아니다."

"뭔데."

"들어가라, 날 더운데. 나도 금방 들어갈게."

오빠는 가래 끓는 소리를 내더니 화단에 가래를 뱉었다. 나는 너무 오래 있지 말라고 하고 먼저 들어왔다. 할머니는 티비를 보고 계셨고 엄마는 옆에서 이어폰을 낀 채 정치 유튜브를 보셨다. 전 전 대통령이 탄핵을 당할 즈음부터 보더니 이제는 시도 때도 없이 보셨다.

엄마는 나를 보더니 이어폰을 낀 채 물었다.

"느이 오빠가 뭐라 말하디?"

"별 얘기 안 했어요." 나는 엄마가 이어폰을 뺄 때까지 기다렸다. "성남에서 배달했던 얘기요. 그— 은영이 봤다고, 옛날에 친했던."

"걔가 성남에 있다고?"

"오빠 배달 중이라 아는 척은 못하고."

"애가 어릴 때 예의가 참 발랐는데." 그러고는 다시 오빠에 대해 물었다. "윤수는 신탄진에 언제까지 있을 거래니."

"오래 있진 않을 거 같아요. 딴 지역 알아본다는데."

"그냥 지 친구들 따라서 공단서 일하지 뭐하러 시간 낭비 돈 낭비."

"알아서 하겠죠." 내가 말했다. "씻고 잘 준비 할게요."

샤워를 하고 나오니 오빠가 있었다. 오빠는 야구 하이라이트를 보다 내가 나오니 화장실로 들어갔다.

작은 방에 들어가 문을 닫았다. 거실에 달린 에어컨 바람이 들어오지 못했지만 자기 전까지 닫아놓을 참이었다. 도서관에서 빌린 소설을 꺼냈다. 보려는데, 집중이 되지 않았다. 오빠 때문은 아녔다. 은영이 때문이었다.

은영이는 초등학교 때 친구가 없던 내게 먼저 다가왔다. 철없던 시절 책만 보던 나는 내가 뭐라도 되는 사람인 줄 알았다. 뭔가 대단한 구석이 있으니 은영이가 먼저 다가왔을 거라 생각했다.

하지만 나는 그런 사람이 아녔다. 예쁘지 않았고, 말이 없었으며, 아이들을 끌어 모을 매력도 없었다. 은영이의 행동은 순전한 친절과 상대를 가리지 않고 다가가는 무해한 호기심, 속 깊은 배려였다. 은영이랑 있을 때면 다른 아이들이 다가왔지만 은영이가 없을 때는 아무도 내게 오지 않았다. 학년이 올라가니 까닭 없이 재수없는 아이가 되었는데, 괴롭힘이 심해질 즈음에 오빠가 막아주었다. 은영이랑 오빠만 아니었다면 힘들게 학교를 다녔으리라.

어쩌면 내가 공장에서 손질한 닭이 성남 치킨집으로 갔을지도 모른다. 튀겨 나온 닭이 오빠를 통해 은영이에게 갔을지도 모른다. 그렇게 생각하니 재밌었다. 오빠의 무작정 귀환도 덜 불편했다. 사고만 덜 쳐준다면, 다른 욕심을 가지지 않는다면, 오빠도 자연스레 이 신탄진에 머물텐데. 하지만 오빠는 어딘가에 돈을 쓰며, 그 돈을 벌러 신탄진 밖으로 나갔다. 큰 사고를 친 적은 없지만, 오빠가 자처한 정처 없음은 옆에서 보기에 어딘가 아슬아슬했다.

오빠에 비하면 나는 얼마나 신탄진에 딱 달라붙어 지내는가. 신탄진에 머무르면서도 대전에 있는 한남대를 나왔고 청주에 있는 육가공 회사에 다닌다. 나는 신탄진 철길을 따라 진행되는 인생의 모험에 참여하지 않으며, 서울살이라는 향상심과 출세욕을 일찌감치 거부했다. 나 같은 사람에게 서울은 시간 낭비이자 돈낭비이며, 삶의 기반을 다지기 위한 직진보다 더 어려운 우회로였다. 서울로 향하는 중력에 맞서며 인생의 변수를 지웠다.

출근은 아홉 시까지 였지만 위생복을 입고 소독하는 시간, 닭고기를 작업하기 위해 기계와 도구들을 정리하는 시간까지 고려하면 여덟 시 반에는 도착해야 했다. 버스를 타는 시간까지 고려한다면 집에서 일곱 시 반에는 나와야 했다.

위치는 한 때 청원군이었던 현도면이었다. 현도면에 있는 산업단지, 산업단지에서 조금 외곽이었다. 나이 든 어르신 부부가 운영하는 업체로, 닭을 취급했다. 업체의 요구에 맞추어 닭을 먹기 좋게 가공했다. 자르고, 염지하고, 포장하고, 배송했다. 일의 처음과 끝은 항상 소독과 청소와 정리였다.

일을 시작하고 한 달 정도는 힘들었다. 몸이 끝끝내 적응하지 못해 무너질 것 같다는 생각도 들었다. 하지만 다른 업체가 쉽게 구해지지 않았고, 그대로 며칠을 더 다니니 몸이 슬슬 적응했다. 나무라며 눈치를 주던 아주머니도 내가 적응해 가니 별 말이 없었다. 사장님이 데려와 공장 입구에 묶어놓고 키우는 누렁이를 만지지 말라는 말 정도로, 아무리 소독을 한다고 해도 위생 상보기 좋지 않다는 이유였다.

문헌정보학과는 은영이 때문에 지원했다. 은영이는 내가 책을 좋아하니 책과 관련한 일을 했으면 좋겠다고했다. 대학에 진학할 때 은영이가 한 말이 생각나서 찾아보니 한남대 문헌정보학과가 눈에 들어와 지원했다. 하지만 막상 들어가니 내가 전공을 살려도 되는지 의구심이 들었다. 벌이가 많지 않았고, 신탄진은 커녕 대전에서도 사서 자리를 구하기 어려웠으며, 만약 된다고 하더라도 정사서로 올라가는 시간과 노력이 엄두가 나지 않았다. 집에는 치매 걸린 할머니가 있었고, 엄마가 시간을 쪼개가며 할머니를 돌보았고, 오빠는 뭘 하는지 밖으로 나돌았다. 오빠를 따라 신탄진을 떠나야 할지도 모르는데, 내게는 그 길이 성취는 작으면서 손해만 큰 경로로만 보였다.

1학년 학비는 한부모가정 장학금과 엄마가 보태준 돈으로 다녔다. 1학년을 마치고 휴학을 했고, 그 뒤로는 내가 벌어서 나머지 학비를 냈다. 마음 같아서는 2년을 휴학해서 돈을 모으고 싶었지만 학사 규칙이 허락하지 않았다. 그래서 1년을 휴학하고, 2학년을 다니고, 다시 1년을 휴학했다.

학비를 벌기 위해 시작한 육가공 아르바이트를 시작했지만, 하다 보니 생각이 바뀌었다. 방향이 쉽게 잡혔다. 문헌정보학과를 차라리 인생의 일탈로 여긴다면 편했다. 엄마도 대학교 진학을 원했을 뿐 내 진로를 반드시 그 길로 보내겠다는 욕심은 없었다. 두 번째 휴학 때에는 첫 번째보다 몸이 빠르게 육가공에 적응했다. 닭고기를 가공한 돈으로 학교를 다녔는데, 그 때가 내 생에 최선의 일탈이었다.

장학금 받을 성적을 유지하며, 빈 시간에는 영화관에 다니거나 연극을 봤다. 전시회도 가보고 음악 공연도 가보았다. 책도 많이 읽었다. 자금 계획 안쪽으로 이런저런 식도락도 즐겼다. 서울까지 갈 필요 없이, 대전이나 청주에만 가도 충분했다.

예산이 조금 빠듯해 질 즈음, 익산에서 돌아온 오빠가 대학 생활에 보태 쓰라며 200만원을 주었다. 덕분에 돈에 여유가 생겨서, 졸업 즈음 남는 돈으로 강원도 고성에 혼자 여행을 다녀왔다.

일탈을 끝낸 후엔 다시 닭고기를 가공하는 삶으로 돌아왔다. 좋은 점도 나쁜 점도 있지만, 이곳이 익숙했다. 다시 육가공으로 돌아간 가장 큰 이유였다.

지금 같은 여름에도 나쁘지 않았다. 위생을 위해 실내 온도를 적절하게 유지했기 때문이다. 여름에도 겨울에도 큰 차이 없이 선선했다. 일하면서 땀이 나지만, 온 몸이 뻐근하고 퇴근 즈음에는 손목이 시큰거리지만, 그만 둘 정도는 아니었다.

엄마는 내가 전공을 살리지 않아 아쉬워했다. 그러나 그 역시 잠깐이었다. 내가 빨리 일하는 편이 나았다. 빨리 일을 해서 가계에 돈을 보태고, 엄마 일할 시간을 줄여 할머니를 돌보는 편이 나았다.

오빠는 신탄진에 돌아와서 낮으로는 피시방에 있었고, 저녁에는 친구들을 만나 술이나 밥을 먹고 돌아왔다. 오빠가 돌아온 지 사흘 째 오빠에게 연락이 왔다. 술자리에서 폭행 시비에 휘말렸다는 전화였다. 엄마는 나한테 걸려온 전화를 뺏어 받고서는, 본인이 직접 파출소에 다녀오셨다. 돌아온 오빠는 표정만 구긴 채 입을 닫았고, 엄마는 별 일 아니니 얼른 자라고만 하셨다.

인상이 좋지 않고 말투도 건들거려 오빠는 자주 시비에 걸렸다. 그래서 오빠가 있을 때면 사고가 날 지 모른다는 마음의 준비를 했다. 엄마도 평소에 말씀하시기를, 밖으로 싸돌면서 사고치는 사람이 어느 집안에나 한 명 쯤 있는 법이라고 하셨다. 친구들이랑 있던 술자리였을 텐데, 무슨 시비가 어떻게 붙었는지, 어떻게 해결했는지 궁금했다. 궁금하면서도 어떤 시비인지 어떻게 해결하였는지 어렵지 않게 상상했다. 말하고 싶어 하지 않는 사람을 붙들어 묻기보다, 어련하겠거니 생각하고서는 궁금함을 치워버렸다. 그리고 오빠 일을 오래 생각할 겨를이 없었다. 오빠가 사고를 친 다음 날, 할머니가 사라졌기 때문이다.

할머니가 사라졌다는 소식은 회사에서 들었다. 핸드폰을 락카에 두어 받지 못하는 바람에, 엄마가 직접 회사로 전화했다.

— 할머니가 없다. 동네 찾았는데 뵈질 않는다.

다급할 때 나오는 경상도 억양으로 엄마가 말했다. 사정을 얘기하니 정리는 남은 직원들이 하겠다며 빨리 가보라고 했다. 사장님이 자가용으로 집까지 바래다주었다.

"경찰에 신고 했어요?"

"하루 지나야 신고할 수 있대드라."

"오빠한테 연락 했어요?"

"동네 다님서 찾고 있지."

6월이었고, 일찌감치 더웠다. 잦은 비도 습도만 올릴 뿐 더위를 식히지 못했다. 누구에게나 가혹한 날씨였다. 엄마랑 나는 할머니를 찾기 위해 갈라졌다.

집 주변과 근처 작은 공원을 둘러보았다. 할머니를 찾기 위해 신탄진역 방향 큰 길을 건넜다. 나는 신탄진 우체국 앞에서 오빠에게 전화했다.

— 찾았어?

— 아니. 어딘데?

— 나 지금 우체국 넘어왔어. 공원 쪽 다시 오셨나 해서 봤는데 못 찾아서.

— 너 그럼 그쪽 찾아보고 있어, 시장 쪽. 나 지금 신탄진 동사무소 쪽인데 신탄진고 쪽 가면서 찾아볼게.

— 알았어.

— 엄마랑 같이 있어?

— 엄마도 따로 찾고 있어.

— 알았어, 할머니 찾으면 연락해.

— 알았어.

할머니는 종종 집 밖으로 나왔지만 이번처럼 사라진 적은 처음이었다. 평소에는 주변 사람을 크게 고생 시키지 않는 늙은 아기 같을 뿐이었다. 나는 할머니를 보며 기억보다 망각이 빠른 삶이 어떤 느낌일지 상상했다. 할머니는 현재를 자주 잊었고, 내가 어릴 때 돌아가신 할머니의 큰아들— 우리 아빠의 죽음을 잊었고, 나와 오빠를 잊었다. 실시간으로 달라지는 신탄진에서 기억 속 예전 신탄진을 배회했다.

우체국에서 신탄진역으로, 신탄진역에서 석봉동 동사무소로 갔다. 엄마한테 전화가 왔다.

— 찾았어?

— 아뇨, 엄만요?

— 아니, 못 찾았지.

— 어디에요?

— 이문고 쪽인데 길 건너 덕암동 가볼라구.

— 일단 신탄진 안에서 찾아봐요, 멀리 가시진 못할 거 같은데.

— 공단엘 가야되나?

— 뒤져보구 없음 가봐요.

나는 주변을 둘러보며 말했다.

— 저 지금 석봉동 동사무손데 아래로 내려가면서 연락할게요.

— 알았다, 할머니 찾으면 연락하고.

— 네.

나는 주변을 둘러보며 걸었다. 해가 기울었지만 더위는 그대로였다. 얼굴에 흐르는 땀을 닦았다. 할머니를 찾지 못하면 어떻게 될까. 할머니 없는 우리 집을 상상하기 어렵지 않았다. 엄마, 오빠, 나는 미약한 죄책감과 상쾌한 해방감을 동시에 느끼지 않을까. 그런 뒤 아무 일도 없다는 듯 할머니가 없는 일상을 지내리라.

아버지가 돌아가시고 나서 할머니는 더 많이 기억을 잃었다. 친가 쪽 어른들은 아쉬운 소리를 하며 엄마에게 자신들의 엄마를 떠맡기고 잠적했다. 김천에서 시집 온 엄마. 어린아이 둘과 함께하는 타향살이. 엄마가 치매 걸린 시어머니를 부양할 의무는 없었음에도, 엄마는 자신의 처지를 받아들이고, 불쌍한 노인네라며 시어머니까지 부양했다.

나는 할머니가 영영 사라지는 상상을 하면서도 할머니를 찾으러 다녔다. 덕암동으로 넘어가려는데, 할머니를 보았다.

할머니는 석봉동과 덕암동 사이에 있는 사거리에 있었다. 양은 냄비를 든 채 영문을 모르겠다는 표정으로 두리번거렸다.

"할머니."

할머니는 반응하지 않았다.

엄마한테 먼저 전화를 하고 오빠한테 전화했다. 할머니를 꼭 붙들어두라는 엄마 말에 따라 할머니를 붙잡아 말하는데, 할머니는 두리번거리며 중얼거렸다.

"여기 그지 다리가 으딜 가구, 재건대 애들도 다 으디루 가버리구…… 밥이랑 김치랑 갖꾸왔는디 다 으딜 가구……."

할머니랑 바깥에서 기다리기에는 너무 더웠다. 길 건너 큰 마트와 바로 뒤에 있는 약국 사이를 고민하다 약국으로 들어갔다. 나는 약사님에게 집 나온 치매 할머니를 이 앞에서 겨우 찾았는데, 다른 가족 올 때까지만 여기서 기다릴 수 없는지 부탁했다. 약사님이 선뜻 괜찮다고 하셨다. 가만 있기 미안해서 박카스를 두 병 샀다. 계속 거지 다리를 찾는 할머니에게 한 병을 따서 드렸는데, 할머니가 병을 붙들고 갑자기 노래를 불렀다.

버들잎 외로운 이정표 밑에
말을 매는 나그네야 해가 졌나
쉬지 말고 쉬지를 말고
달빛에 길을 물어
꿈에 어리는 꿈에 어리는
항구 찾아 가거라

나는 당황했지만 약사님은 재미있어하셨다.

"대지의 항구네요."

"네?"

"노래 제목이요. 옛날 노랜데. 누가 불렀더라— 남인수였나? 현인?"

"아아."

"옛날에 여기 이 앞에 거지 다리가 있었어요. 그 밑에 거지들이 모여 살고, 그 사람들이 재건대였나. 근데 암튼 없어진 지 한참 됐는데 어머님이 기억력이 좋으시네."

약사님은 치매 할머니에게 기억력이 좋다는 농담을 하시며 웃었다. 약사님 농담에 어떻게 반응할지 갈피를 잡지 못하는데, 엄마가 약국으로 들어왔다.

"어머님! 아이고, 한참 찾았는데 한참 찾아다녔는데 여기 계셨어. 이렇게 더운 날에 뭘 이런 것까지 들고 일로 오셨어."

할머니는 무슨 일인지 모르겠다는 표정으로 엄마를 보다가, 다시 거지 다리와 재건대를 중얼거리며 주변을 돌아보았다. 내가 마시려던 박카스를 엄마한테 주었고, 엄마는 박카스를 마시며 마음을 진정시켰다. 엄마는 할머니 손을 잡은 채 놓지 않았다. 할머니가 불현듯 아버지의 행방을 물었는데, 엄마는 저기 멀리 갔다며 한참을 지나야 돌아온다고 둘러댔다. 그동안 나는 오빠에게 전화해서 할머니를 찾았다고 전했다.

나가는 길에 엄마는 약사님께 연신 고맙다고 고개를 숙였다. 약사님은 자신이 할머니를 찾은 게 아니라며 감사를 사양하셨다. 그러면서 할머님이 다시 이쪽에 오시면 연락해드리겠다고 연락처를 받으셨다.

"그리고 어머님이 귀가 잘 안 들리시는 거 같은데 보청기 한 번 알아보시구요. 보청기 있음 치매가 천천히 와요."

할머니는 돌아가는 길에도 거지들에게 전해줄, 다 쉬어버린 밥이 담긴 양은 냄비를 들고 계셨다. 전매청, 신탄진 해수욕장, 내가 모르는 신탄진을 이야기하다 드문드문 대지의 항구를 불렀다. 할머니를 모시고 집으로 돌아가는 엄마는 습한 날씨 속에서 다시 기진해서 이렇게 말했다.

"이 짓도 두 번은 못하겠다."

할머니를 데려온 뒤 일단 쉬었다. 에어컨을 제일 세게 틀고, 거실에 모여 앉아 배달 시킨 치킨 두 마리를 먹었다. 보청기에 대해서는 당장 결정하지 못했다. 엄마는 엄마랑 내가 없을 동안에라도 할머니를 봐달라며 오빠에게 부탁했다. 수발을 들라는 게 아니라 이번처럼 멀리 가시는지만 확인해달라고 말이다.

오빠는 알겠다고 하면서도 신탄진에 오래 있지 않을 거라고 말했다. 오빠는 대신 할머니의 행방을 파악하기 위해 스마트 워치나 GPS악세사리를 말했다. 그냥 의견일 뿐 진지하게 결정하지는 않았다. 다들 지쳤고, 결정은 다음으로 미루었다.

다음 날, 나는 공장 동료분들에게 할머니를 무사히 찾았다고 말씀드렸다. 다들 다행이라고 하시면서 대화 주제가 치매 노인의 간병으로, 본인 일가친척 어르신들 상태가 어떠한지로 넘어갔다. 나는 오빠가 말한 스마트 워치나 GPS, 약사가 말한 보청기를 사놓을 생각을 했다. 집으로 돌아가서 얘기를 꺼내려는데, 막상 돌아가니 꺼낼 이유가 사라졌다.

빌라 길목에 있던 고급 차는 우리 집과 상관 없을 줄 알았다. 다른 집 손님이라고 생각했는데, 우리 집 손님이었다. 집은 늘어난 사람들로 복작했다. 현관에 있는 낯선 신발을 보는데 엄마가 작은아버지 내외분을 소개했다.

"막내 작은아버지다, 인사해라."

"안녕하세요."

"너가 윤지여."

작은아버지는 죄스러움과 회한, 감개무량 따위가 섞인 표정으로 나를 보았다.

"태어날 때 봤는데 다 커서 보네."

엄마가 옆에서 과분한 홍보를 했다.

"대학 등록금도 지가 다 벌어서 학교 다니고 지금은 공장 다니면서 자기 쓸 것도 안 쓰고 집에 보태줘서 고맙죠."

"어찌 그런 모습까지 성님을 닮아가지고."

이번엔 오빠였다.

"윤수는 여기저기 왔다 갔다 하는데 그래도 지 앞가림은 하니까."

"어유, 젊을 땐 이런 거 저런 거 다 경험도 해보는겨. 사고만 안 치면, 엉? 그래도 형수님 너무 속 썩이지 말구."

라며 오빠 어깨를 두드렸다. 곧 작은아버지는 할머니를 붙들고 "우리 엄니…… 부모는 자식이 돌봐야 하는디…… 그게 맞는디 그게 도린디…… 내가 너무 미안혀…… 진즉 왔어야 되는디……" 라며 울먹였다. 엄마가 말했다.

"식사라도 하고 가시지."

"바로 가야쥬, 우리가 무슨 낯짝으로 형수님 밥을 먹어유. 조금이라도 형수님이 고생을 덜 시켜야지."

둘째 작은아버지는 자신도 연락이 되지 않는다고 하시고는, 막내 작은아버지 본인은 논산에서 기반을 잡고 당진으로 올라가 레미콘 회사를 운영한다고 하셨다.

"이제라도 자식 노릇 해야지. 맨날 생각만 하다가, 눈에 어른어른거리는 게, 우리 엄니가…… 효자 노릇은 글렀고 자식 노릇이라도 이제."

옆에 있던 작은어머니도 엄마에게 형님이 효부라며, 자기들이 그동안 아무것도 못해서 미안하다고 하셨다. 엄마가 나랑 오빠에게 말했다.

"막내서방님하고 얘기 좀 하게 밖에 좀 나가 있어라."

나랑 오빠는 밖으로 나갔다. 건물 입구까지 나온 뒤 내가 물었다.

"다 무슨 일이야?"

"너 오기 한 시간 쯤 전에 오셔가지고, 할머니 모시겠다고."

"갑자기?"

"그렇게 됐나봐. 나라고 뭐 알겠냐."

나는 얕게 한숨을 쉬고 주변을 보았다. 금강변을 따라 아파트가 올라가고 있었다. 개발되는 아파트는 신탄진의 과거를 포위하듯 둘러쌌다. 멀리서 기차 소리가 들리는 듯했다.

"내가 살면서 저런 차 사서 끌고 다닐 일이 있으려나."

오빠는 작은아버지가 몰고 온 차를 보며 담배를 꺼냈다. 첫날 꺼낸 전자 담배가 아닌 일반담배, 빨간 말보로였다. 오빠는 바닥을 발로 차고는 신탄진 풍경을 보았다.

"여기도 아파트 많이 짓겠네."

"그렇더라."

오빠가 담배를 깊이 마셨다.

"할머니 가시면 편해지겠네, 방도 비고."

"오빠가 있어도 되지 않아?"

"내가 있음 도로 불편하지. 내일 올라갈 거야."

"내일?"

다시 담배 한 모금.

"수원에 아는 형님이, 게임 하다 만난 형님인데 일 배울 생각 없냐고."

"무슨 일인데?"

"뭐 자동차 공임 관련이라던데."

"신탄진에서 해도 되잖아, 굳이 수원 가서."

"애들이 안 된다잖아." 오빠가 담뱃재를 털었다. 다시 담배를 물고, 연기를 깊이 들이쉬고, 또 내뱉었다. "그거 땜에 싸운 거야. 여 을 때 친구들한테 알아보는데 띠껍게 굴어서. 노조 뭐 위원장이라고 존나 있는 척하더니 막상 부탁하니 시발."

"경섭이 오빠?"

"아니, 준오 그 새끼."

"경섭이 오빠한테 부탁해도 되잖아."

"걔는 진작에 안 된다 그러고."

라며 가래 끓는 소리를 내더니 화단에 뱉었다.

열어놓은 베란다들에서 티비 소리와 대화 소리가 들렸다. 멀찌감치에서 짓고 있는 아파트가 우리를 내려다보았다. 오빠는 "이런 병신동네…… 집을 좀 좋은 데로 가지." 라며 중얼거렸다.

"그래도 너무 밖으로 나돌지마." 내가 말했다. "엄마도 조금씩 돈 모으는 거 같은데." 그러니까 오빠도 보태야지— 하는 뒷말은 하지 않았다. 그 대신 다른 말을 했다. "언제까지 정처 없이 다닐건데."

"정처?"

"오빠 집이 여기잖아, 신탄진. 여 을 수 있는데 딴 데 갈 필요 있냐는 거지."

"여기가 내가 있을 곳이라는 생각은 안 들던데?" 오빠는 담배를 깊이 들이마셨다. 그리고는 길게, 천천히 연기를 내뱉었다. "너는 왜 전공 안 살렸어. 돈 아깝지 않아? 장학금 받으면서 대학까지 나왔는데 공장에서 고기 만지고 있고."

"그냥 대학이 예외적인 거야." 내가 말했다. "[illegible]
고 해도 돈을 얼마나 벌 것이며."

"아깝지는 않냐고."

"안 아깝지. 하고 싶은 거 하면서 지냈는데." 나는 멀리에 있는 철도를 보았다. "그 때 그 때 해야 할 거 하는 거야. 대학 다닐 때 다닌 거고 이제 돈 벌 때니까 버는 거고. 벌어서 엄마 드려야 되니까 드리는 거고."

오빠는 다시 담배 한 모금을 피웠다. 그대로 바닥을 보며 얘기했다.

"예전에는 집이 좀 어렵고 가정 환경이 힘들다 이런 얘기가 통했는데, 점점 말하는 게 좀 그렇더라. 나이는 먹어 가는데 어느 순간 지나니까 다 내가 책임져야 하는 일이라."

"하고 싶은 게 없으면 해야 할 걸 해."

나는 오빠가 뱉은 가래와, 가래가 떨어진, 화단과, 화단에 핀 으아리꽃을 보며 말했다. 나 스스로도 자신이 서지 않았지만, 말했다.

"엄마나 나나 오빠한테 뭐 대단한 거 바라는 거 아니잖아. 그냥 사고 안 치고 헛돈 안 쓰고 그런 거지."

오빠가 핏, 웃었다. 가래를 뱉고는 말했다.

"그럼 코인은 하면 안 되겠지?"

"코인 했어?"

"지금은 안 하는데. 엄마한테 말하진 말고."

"어떻게 됐는데."

"다 날렸지. 한 백 오십 남았나."

"원래 얼마였는데."

"육천 조금 넘게 있었는데, 벌고 잃은 거 다 합치면 일 억 천 정도."

내가 말문이 막혀 오빠를 쳐다보기만 하는데, 오빠가 말했다.

"엄마한테 말하지 마."

"지금도 코인 하는 거야?"

"안 한다니까."

오빠가 야 있잖아, 말을 꺼내는데 나머지 가족들이 내려왔다. 엄마랑 작은아버지가 할머니를 좌우로 부축했고 뒤에서 작은어머니가 할머니를 살폈다. 오빠가 바로 담배를 끄고 할머니가 잘 내려오도록 도왔다.

"형수님, 우리 어무니 돌봐줘서 너무너무 고맙습니다. 자식이 할 일을, 형님도 안 계신데 형수님한테 다 떠넘기고 내가 진짜 염치가 없어서."

"그냥 할 일 한 거죠. 날 더운데 조심히 돌아가시구요."

"아유 형수님 미안혀요. 그래도 우리 너무 미워하지 않으셨음 좋겄어." 작은아버지는 울먹이며 우리를 보았다. "너희도 애썼다. 치매 걸린 할머니랑 지내느라 고생혔지."

"아녜요, 괜찮았어요."

"나이도 어린 조카들이 할머니랑 산다고." 작은아버지는 명함을 꺼내 오빠에게 주었다. "윤수? 윤수라 그랬나? 어려운 일 있음 언제든 연락혀, 응? 연락혀."

작은아버지는 감정에 복받쳤다. 아버지다 생각하고 연락하란 말여. 나중에 식사 자리 한 번 마련할테니께— 하는 말들. 엄마랑 나, 오빠 모두 어설픈 배우였으며 이 무대의 감정선을 몰랐다. 나와 오빠는 쭈뼛했고, 엄마는 난처와 피로가 섞인 듯했다. 작은아버지 내외분이 할머니를 모시고 떠나자 진이 빠지는 드라마가 겨우 끝났다.

할머니를 보내니 허전하고 조용했다. 나는 엄마랑 내가 안방에서 자고 오빠가 내 방에서 자는 게 어떻겠냐고 말했다. 오빠는 됐다며, 그냥 자던 대로 거실에서 자겠다고 했다.

다음 날, 엄마랑 나는 신탄진역 승강장까지 오빠를 배웅했다. 오빠를 보내는 순간까지 우리는 별다른 말이 없었다. 수원으로 가는 기차가 올 즈음에 나눈 대화가 끝이었다.

"가서 너무 욕심내지 말고 조심하고. 사고 치지 말고."

"알았어."

오빠가 대답한 뒤 내게 말했다.

"엄마 잘 챙기고."

"알았어."

오빠는 사람들 뒤에 줄을 섰고, 도착한 기차에 올라 탔다. 문이 닫히고 기차가 천천히 출발했다. 떠나는 기차를 보며 엄마가 말했다.

"할머니 모시느라 고생했다고 아빠 동생이 삼천 만원 쥐어주더라. 됐다는데도 줘버리고 가시드라만. 이제 와서 돈푼 쥐어주면 아들 노릇이 되나."

나는 엄마를 바라보았고, 엄마는 여전히 떠나서 사라진 기차를 보았다.

"느이 오빠한텐 말하지 마라, 딴생각 할라. 그 윤수 친구한테도 합의금 받아놨으니까. 너가 주는 돈이랑 해서 다 모으고 있으니 걱정하지 말고. 모아서 집 사는데 써야지. 니 방 윤수 방 따로 있는 집으로."

엄마는 짧게 한숨을 쉬고서 이제 돌아가자고 하셨다.

나는 엄마에게 먼저 가라고 한 뒤 신탄진역 승강장을 서성였고, 서성이면서 오고 가는 기차를 보았다. 대단한 일주일이었다. 나는 떠난 사람들을 생각했다. 은영이, 할머니, 오빠. 은영이는 돌아오지 않으리라. 할머니도 돌아오지 않으리라. 하지만 오빠는 돌아오리라. 왜냐하면, 오빠는 신탄진에서 나고 자랐기 때문이다. 왜냐하면, 오빠는 달라지지 않았기 때문이다. 왜냐하면, 오빠는 기차를 타고 신탄진을 떠났기 때문이다. 왜냐하면, 신탄진에서 기차를 타고 떠난 사람은 기차를 타고 돌아오기 때문이다. 왜냐하면…….

오빠가 너무 오래 신탄진 밖에 있지 않기를 바랐다. 오빠가 돌아올 즈음 편하게 쉴 만한 방이 생기기를, 그 때쯤이면 나 역시 돌아오는 오빠를 반갑게 맞이하기를 바랐다.

'경계선에서'

첫 책 '종말의 소년'이 정부가 지원하는 문학나눔 도서보급사업에 선정되었을 때 일입니다. 그때 목포문학관에 가서 북토크를 하게 되었습니다.

북토크를 하기 전, 시집으로 선정된 분께서 제게 물으셨습니다. "혹시 어디 문창과 나오셨나요?"

저는 문예창작과를 나오지 않고 글을 썼다고 대답했습니다. 그러자 그분이 그런 경우도 있구나, 라며 신기해하셨습니다.

제가 글을 썼던 과정이 그렇습니다. 창작 수업을 따로 듣지 않은 채 혼자만의 방법으로 글을 썼습니다. 정독과 남독, 필사와 습작을 이어갔습니다. 청소년 소설을 썼고 성인 소설을 썼으며 또 장르 소설을 썼습니다. 이어 이번에 선정된 가족 이야기를 썼습니다. 쓰는 과정도 방식도 남들이 따라간 선을 따라가지 않은 셈입니다.

또한, 글을 쓰는 많은 사람이 형식으로, 내용으로, 출판 방식으로 선을 그어 자신이 어떤 작가이며 어떤 글을 써야 하는지 정의하는 경향이 있습니다. 웹소설 작가, 장르 소설 작가, 청소년 소설 작가 등으로 말입니다. 저는 작가를 정의하는 선을 넘나들며 제가 쓸 수 있는 소설의 범위를 확장하기를 바랐습니다. 그리하여 이번 소설 신탄진도 제가 쓸 수 있는 범위를 확장한 소설입니다.

이러한 시도들은 큰 성과를 거두지 못했습니다. 웹소설은 귀속된 회사의 테두리 밖을 나가지 못했고, 출판한 소설은 반응을 얻지 못했기 때문입니다. 하지만 저는 실패에 대해 크게 신경 쓰지 않았습니다. 베케트는 더 나은 실패를 하라고 말했으며, 포크너는 애초부터 우리가 꿈꾸는 완벽함에 필적할 수 없다고 말했습니다. 경계선을 넘나들며 쓰고 싶은 이야기에 집중하다 보니, 이 임의의 경계선은 의미가 없음을 알았습니다.

신춘문예 당선 소식을 듣고 그동안 해왔던 소설 쓰기가 인정받음을 느꼈습니다. 반응 없는 노크가 마침내 응답을 들은 기분입니다. 감사합니다. 이제까지 그래왔듯 앞으로도 열심히 글을 쓰겠습니다.

심사평 | 전성태

지역성 살려 사람살이 비의… 담담하고 묵직한 감동

올해 응모작은 161편으로 예년보다 부쩍 늘었다. 한국문학에 축복처럼 찾아온 노벨문학상 수상의 영향이 아닐까 짐작했다. 여러 세대의 글쓰기가 다양한 소재와 방식으로 제출되었는데 치매, AI, 반려동물, 여행, 요리, 실직, 결혼과 육아와 같이 일상적인 소재가 두드러졌다. 전반적으로 문장력이 미흡한 가운데 읽을 만한 작품들은 낯익거나 작위적이었다. 일본군 위안부, 6.25, 소록도 한센인과 같은 현대사를 소재로 한 작품도 없지 않았으나 재현과 형상화가 아쉬웠다.

'야생동물이 지나가고 있어요', '양도된 삶', '고릴라를 만나다', '당신의 자격증', '사이먼 가라사대', '신탄진'을 눈여겨보았다. '야생동물이 지나가고 있어요'는 군에서 건강에 문제가 생긴 아들을 데리러 가는 아버지의 이야기가 신선했으나 과거의 선임과 조우하고 아버지의 편지를 전달받는 부분이 지나치게 극적으로 꾸며져 있다. '양도된 삶'은 디지털 디톡스, 게임 연인이니 하는 흥미로운 소재와 거기에서 파생하는 관계의 이야기가 어우러지지 않았다. '고릴라를 만나다'는 동물원 부근에서 펼쳐지는 상처 입은 가족 이야기를 조곤조곤 풀고 있는데 결말의 환상으로 처리된 아프리카 부분이 서사적 퇴행으로 읽혔다. '당신의 자격증'은 고등학교 교육 현장의 문제를 구체적으로 그려내고 구성도 탄탄하였다. 그 실감이 정통적인 서술 방식의 답답함을 넘어서지 못해 아쉬웠다.

최종적으로 '사이먼 가라사대'와 '신탄진'이 남았다. '사이먼 가라사대'는 육아에 지친 젊은 부부의 하루 외출을 그린다. 미니멀한 일상 세계를 저며내는 솜씨가 좋으며 문장력도 세련되었다. 소설에서 인용되는 앨리스 먼로의 단편을 읽은 소감이 들기도 했다. 예측이 가능한 결말로 치닫는 서사 전개가 아쉽기는 했으나 그건 큰 약점으로 보이지 않았다. '신탄진'은 장소성, 지역성을 살려 사람살이의 비의를 담담하게, 그러나 묵직한 감동으로 빚어내는 작품이었다. '사이먼 가라사대'에 비해 문장이 성글고 구성이 투박한 구석이 있다. '신탄진'은 거친 솜씨가 유보적인 마음을 일으켰다가도 작가의 진정성이 당기는 힘이 적잖았다. 쥐뿔도 없고 위태롭기 그지없는 인생들이 연민도 절망도 없이 서늘하게 살아나는 건 어디서 기인하는가? 순전히 삶에 대한 작가의 태도가 투영된 힘이 아닌가. 이 신인에게 할 이야기가 많아 보였고, 앞으로 활동에 기대를 걸어볼 만하다고 판단했다.

문화일보 **이상하**

1993년 대전 출생. 명지대 문예창작학과 졸업.

친칠라취급주의

이상하

현관문을 열기 전부터 그만두어야겠다고 이미 다짐했는지도 몰라요. 오늘 낮에 지인으로부터 친칠라에 대한 말을 들어서겠죠. 하은 씨라고, 과장님께 말한 적은 없을 거예요. 하은 씨와 마주했던 두 시간 남짓을 되짚어 보며 저는 집 현관문 앞에 섰습니다. 도어록 번호를 누르고 손잡이를 잡았는데, 들어갈 마음이 생기지 않았어요.

가만히 서서 에어컨을 켜 놓은 집 안과 케이지 속 친칠라를 상상했어요. 친칠라는 제가 집에 들어가고 싶지 않은 이유였어요. 하지만 친칠라를 위해 에어컨을 켜고 나온 저도 웃기죠. 에어컨을 켜놓은 이유요? 친칠라가 높은 온도에 취약하거든요. 지금 여기, 에어컨이 틀어져 있는 이 사무실 정도면 친칠라에게 적절하다고 할 수 있겠네요. 과장님, 친칠라 아시죠? 햄스터와 토끼를 합쳐놓은 것처럼 생긴, 몸집이 한 뼘 조금 넘는 설치류 말이에요.

한 달 전쯤에 현서가 친칠라를 돌봐달라며 저한테 맡겼어요. 네, 제가 자주 말했던 그 멋있는 친구요. 현서의 친칠라는 하얀 털을 가지고 있어요. 몸을 동그랗게 웅크리고 있을 때는 눈송이 같아 보이죠. 그래서 이름이 누니, 라나요.

여하튼 현관문 앞에 선 저는 집 아닌 어딘가라도 가고 싶었습니다. 하지만 그럴 수 없었죠. 문 너머는 제 공간이고, 그 안의 누니를 방치할 수도 없는 노릇이니까요. 사실 누니보다는 저를 노려볼 현서가 더 마음에 걸리더군요. 왜 누니를 혼자 두었냐고 짜증 낼 현서가 떠올랐죠.

집에 들어가자마자 옷방에 놓인 케이지를 살폈어요. 누니는 보이지 않았습니다. 에어컨 리모컨은 꺼진 채 방바닥에 떨어져 있었고요. 거실에도 누니가 없다는 걸 알아챘습니다. 제가 사는 1.5룸은 거실이 큰 편이기는 해도 가구가 테이블과 침대밖에 없어서 숨을 데가 없다시피 하거든요. 설마 하는 마음에 화장실 문을 열어봤습니다. 전등을 켰는데, 화장실 선반에, 아니 정확히 말하자면 선반에 올려놓은 제 실내복과 속옷 위에 누니가 앉아있더군요.

누니는 저와 눈이 마주치고서도 놀란 기색을 보이지 않았죠. 집을 나설 때 화장실 문을 닫았었는데, 누니를 케이지 안에 가둔 채로 나왔었는데, 어떻게 누니가 화장실 안에 있었을까요. 저는 집 밖으로 뛰쳐나왔습니다. 에어컨도 다시 켜두지 않은 채로요. 집 안 온도가 많이 높아졌겠죠?

그나저나 과장님이 지시하신 대로 이번 P종합병원 홍보 영상도 편집했는데 마음에 드셨는지 모르겠네요. 병원 관계자들은 뭐라고 했을지도 궁금하고요. 그 홍보 영상이 제가 만든 마지막 영상일 텐데 말이죠. 혹시 과장님, 제가 영상 편집자 일을 더는 못 하겠다고 찾아와놓고선 이유를 말하기는커녕 뜬금없는 말만 늘어놓는다고 생각하시나요. 그래도 누니에 대해서는 말씀드려야 할 것만 같아요.

저는 현서와 하루에 한두 번은 통화하곤 했어요. 집에서 혼자 영상을 편집하면 제가 어디 있는지 헷갈리곤 하거든요. 방구석도 아니고 모니터 속도 아닌 어딘가에서 부유하는 느낌. 그때 현서 목소리를 들으면 현실에 있다는 안도감이 듭니다. 중학생 때부터 이십 대 후반이 된 지금까지 함께 했으니 그럴 만도 하죠. 과장님도 얼마나 각별할지 짐작 간다고 하셨던가요.

그런 날이 이어지다가도 제가 전화를 받지 않아서 사이가 데면데면해지기도 해요. 현서와 통화하는 날이 쌓일수록 피곤해지거든요. 현서는 사회 이슈들을 제게 설명해 줘요. 주말 봉사활동에도 가자고 설득하고요. 사회운동가나 다름없지요. 언제나 정의롭고 올곧은. 약자를 위해 목소리를 내고 똑똑한. 현서의 말을 들으면 저는 더욱 아무 데도 나가고 싶지 않아져요. 집에서 컴퓨터만 보는 제가 너무 바보 같달까요. 그래도 언제 그랬냐는 듯 다시 현서를 만나게 되지만요. 현서와의 대화가 유익했고 좋았으니까요.

현서가 저에게 누니를 맡겨도 되겠냐고 물었을 당시는 현서와의 연락이 뜸하던 때였어요. 제가 전화를 받지 않자 현서는 일이 생겼다고, 통화 할 수 있냐고 메시지를 남기더군요. 제가 결국 전화 걸었죠. 현서니까 또 마음을 굽혀버렸어요.

현서는 누니를 돌봐줄 수 있느냐 물었습니다. 간절한 목소리였지만 별로 내키지 않았어요. 현서가 저는 집에만 있으니까 누니를 돌보기에 어렵지 않을 거라고 그랬거든요. 제가 집에서 놀고만 있는 게 아니라 일을 하는데도 그렇게 말하더군요. 기분이 나빴죠. 그러나 누니가 앞으로 현서 집에서 혼자 있어야 할 것 같다는 말을 듣고는 안타까운 마음에 알겠다고 답했어요. 원래는 현서가 발달센터에서 근무하는 시간 동안 누니가 하은 씨네에서 지냈는데, 이제는 그러지 못하게 되었다고 했거든요.

네, 오늘 카페에서 만난 그 하은 씨요. 현서 애인인 하은 씨는 집에서 뜨개질로 물건을 만들어 파는 일을 해요. 핸드메이드 제품 판매 플랫폼이나 에스엔에스를 통해서요. 덕분에 낮 동안 현서가 편하게 하은 씨에게 누니를 맡겨왔었죠.

"누니가 하은이를 힘들게 한대."

휴대폰 스피커 너머로 현서 목소리가 물에 잠긴 듯이 들렸어요. 하은 씨와 현서는 자주 다투니까, 현서가 그때마다 울면서 제게 전화하니까, 으레 둘이 언쟁을 벌였나보다 여겼죠.

"하은이의 말이 사실이 아니란 건 알지만 데려올 수밖에 없었어."

이 년 가까이 만난 둘이 이번에는 정말 헤어지려나 싶었지만 별말 하지 않았어요. 현서가 말하길 하은 씨는 헤어지자는 말을 입버릇처럼 한대요. 현서에게 들은 하은 씨는 제게 그런 사람이었어요. 아무 말이나 쉽게 뱉는 사람. 현서는 하은 씨를 사랑으로 견디며 달래는 사람.

저희 집이 현서가 매일 들르기 애매한 거리에 있어서 주중에는 제가 누니와 함께 있기로 정해졌어요. 그때만 해도 제가 이렇게 과장님을 만나서 일을 관두겠다고 말할 거라고는 생각하지 못했었죠. 홍보 영상 편집을 맡은 P종합병원 탓은 아녜요. 큰일이 생긴 것도 아니고요. 다만, 끝낼 때가 되었다는 확신이 이제야 섰을 뿐이에요.

통화한 주 일요일에 현서는 제가 사는 빌라에 찾아왔어요. 내려가 보니 차 뒷좌석에 제 허리 높이까지 오는 친칠라 케이지가 놓여 있었죠. 이렇게 클 줄 몰랐다고 한마디 하려는데, 현서 품속의 누니가 보였어요. 현서 집에서만 마주했던 누니를 바깥에서 만나니 감회가 새로웠죠. 누니를 안아봐도 되냐고 물었어요. 현서가 미소 지으며 누니를 건넸습니다. 누니가 제 파자마에 몸을 비비더군요. 얼마나 귀여웠는지 몰라요.

과장님도 아시겠지만 제가 P종합병원 의사들이 말하는 질병 소개나 자가 진단법 등의 영상을 전담 제작하게 됐잖아요. 디자이너분이 만들어주신 통계자료나 일러스트도 삽입하기는 하지만, 주로 의사가 말을 고르는 모습이나 습관적 행동 등을 삭제하고 최대한 그들이 전문적으로 보이게 만들죠. 집 겸 작업실에 앉아서 화면을 들여다보고 있으면 편집 영상 속 의사들이 실재하지 않고 제가 만든 캐릭터 같다는 생각이 들어요. 집에서 혼자 작업하면 쓸쓸하겠다며 저를 걱정해주던 현서 말도 떠오르죠. 만나는 사람이라곤 현서와 과장님밖에 없는 나는 외로운 건가, 라는 생각이 들면서요. 그러니 누니가 저를 찾아온 것이, 현서가 저에게 누니를 맡긴 게 일상에 터닝포인트가 되지 않을까 싶었어요. 현서만 해도 삼 년 전부터 누니와 지내면서 활력이 생겼거든요.

누니 케이지는 에어컨이 설치된 옷방에 두었답니다. 친칠라에게 중요한 건 다른 무엇보다 이십오도 이하로 유지해야 하는 실내 온도라고 현서가 강조했거든요. 현서는 바닥에 친칠라 용품을 두고 집 안을 둘러봤어요. 누니가 살만한 공간인지 살피는 것만 같았죠. 누니도 새로 지낼 곳이 궁금한지 사방을 킁킁거리며 돌아다니다가 옷방으로 들어갔습니다. 오랜 시간 옷방에 머물더군요. 그 모습에 저는 누니가 단지 케이지가 놓인 그 공간을 마음에 들어 한다고만 여겼었어요.

짐을 다 옮기고 현서와 수제비를 배달시켜 먹었어요. 환경문제로 비건이 된 현서를 위해 미리 찾아놓은 비건음식점에서요. 누니는 케이지에서 평온하게 졸고 있었어요. 일 인분씩 포장된 두 개의 용기를 거실 테이블 위에 놓았습니다. 한참 식사하고 있는데 현서가 그러는 거예요.

"이 인분 용은 없었어?"

현서가 굳은 표정으로 갸우뚱거렸어요. 언짢음을 나타내는 행동이었죠. 예전부터 살짝 꺾인 현서의 고개를 볼 때마다 저는 왠지 잘못을 저지른 것 같아서 불안해지곤 했습니다. 왜 그러냐고 물었어요.

"아니 같이 먹을 건데 일 인분씩 두 개 시키는 건 좀 웃기잖아."

"그럴 수도 있지 뭐."

"그럴 수 있다고 넘어가니까 아무것도 안 변하는 거야."

쓰레기도 많이 생기고. 현서가 떨떠름한 얼굴로 잔소리하더군요. 순간, 이 인분 용을 주문했는데 개별 포장되어서 배달 온 것이라고 거짓말할까 고민했어요. 하지만 솔직하게 얘기했죠. 이 인분 용도 있었는데 각자 먹을 음식을 따로 담아주는 게 더 좋아서 이렇게 주문했다고요. 그렇게 한 게 잘못은 아니니까요.

"가만 보면 임여진, 너도 하은이랑 비슷한 데가 있어."

그건 또 무슨 소리냐며 제가 기분 나쁜 티를 냈어요. 저랑 하은 씨랑 비슷하다니요. 하은 씨가 이상하다고, 이해할 수 없는 사람이라고, 그래서 자기가 너무 힘들다고 말한 현서를 저는 똑똑히 기억하고 있었습니다. 현서의 살짝 숙인 고개, 빨개진 두 귀, 눈가를 만지는 손. 그리고 둘이 헤어졌으면 좋겠다고 단호하게 말하던 제 목소리까지. 그 모든 게 다 떠올라서 불쾌했죠.

현서가 그러더군요. 실은 하은 씨가 잘못한 일이 더 있다고. 둘이 수제버거집에 갔었대요. 그곳에서 현서는 머쉬룸버거를 골랐습니다. 하은 씨는 뜬금없이 토마토를 안 먹겠다며 수제 토마토 소스가 올라가는 감자튀김인데, 소스와 감자튀김을 따로 담아달라고 직원에게 생떼를 부렸대요. 현서가 왜 그러냐고 물었더니 하은 씨는 자신이 토마토를 싫어한다고 대답했습니다. 더는 토마토를 먹지 않겠다고 선언까지 했죠. 그 전날에 하은 씨는 현서가 사다 준 방울토마토를 먹었었대요. 그래서 현서에게 하은 씨 말이 더 갑작스럽게 느껴졌다죠. 그때부터 현서가 하은 씨를 타일렀대요. 알레르기도 아니고 단지 먹고 싶지 않다는 이유만으로 여태 계속 먹어왔던 토마토를 데이트 자리에서까지 거부해야겠느냐고요.

하은 씨는 조용히 포크와 나이프만 만지작거렸어요. 그러다 헤어지자고, 누니도 데려가라고, 누니가 자신을 너무 힘들게 만든다고, 또 쉽게 말을 뱉었답니다. 현서가 보기에 하은 씨는 헤어지자는 말로 현서를 당황하게 만들려는 것뿐이었어요. 이미 자신이 우위에 있는 그 연애에서 주도권을 누가 잡고 있는지 확실히 보여주기 위해서요. 여느 때처럼 현서는 또 삐져서 헤어지자는 것이냐고, 헤어지자는 말은 쉽게 하는 게 아니라고 설명했습니다. 아마 하은 씨는 현서의 말에 수긍할 수밖에 없었을 거예요.

현서가 재간이 좋거든요. 중학생 때도 그랬어요. 자주 가출했던 현서는 항상 거부할 수 없는 말로 저를 찾았죠. 이런 적도 있었어요. 중3 당시 집을 나온 현서는 지방에서 홀로 지내고 있었습니다. 그곳에서 제게 매일 전화를 걸어 보고 싶다고 했어요. 그러다 오토바이에 부딪히는 사고가 났다고 울면서 연락했죠.

"너 밖에 날 도와줄 사람이 없어. 여기로 좀 와주면 안 돼?"

저는 학원을 빼먹고 시외버스를 탔어요. 버스터미널에서 절 발견한 현서가 절뚝거리며 걸어왔어요. 제게 도로에 쓸린 무릎과 팔을 보여주었어요. 아스팔트 조각들이 상처에 그대로 붙어 있었죠. 왜 병원에 가지 않았냐 묻자 돈이 다 떨어졌다고 했습니다. 저는 막차를 타고 저희 집으로 가자고 했어요. 현서는 자기 부모님한테 연락하지 말라고 당부했죠. 전 알겠다며 현서를 안심시켰어요. 집으로 가는 버스 안에서 현서가 말했습니다.

"무슨 일이 있어도 우리 곁에 평생 있자."

저는 현서의 손을 잡았습니다. 따뜻했던 손바닥. 당시 같이 다니던 무리로부터 비난당한 후 내쳐졌던 탓인지, 저를 필요로 하는 사람이 아직 있다는 사실에 눈물이 날 듯했어요. 제가 그 시절을 찬란히 대하는 것일지도 모르지만 그때 현서도 제 손을 꽈악 쥐었다고 기억해요. 저희 집에 있는 동안 현서는 가출 사실을 들키지 않기 위해, 등교하듯 교복을 입고 아침에 저와 함께 집을 나섰어요. 학교에 가지 않던 현서는 밖에서 오후 네 시까지 저를 기다렸어요. 하교 때 현서를 만나면, 현서의 교복 셔츠가 땀으로 홍건히 젖어 있는 걸 볼 수 있었죠. 현서는 끝까지 제게 돈 빌려달라고 하지 않았어요. 젖은 셔츠를 흔들며 학교는 시원했겠다며 말했을 뿐이에요. 결국 제가 먼저 돈을 주며 피씨방에서 시간을 보내라고 했습니다. 그리고 며칠 뒤 현서는 제 발로 자기 집에 돌아갔어요. 그 후에도 비슷한 일이 몇 차례 더 있었고요.

그래도 현서는 크게 엇나가지 않고 자랐습니다. 아동 발달치료 센터에서 운동 치료사로 근무하면서 현서의 처세술은 더 좋아졌어요. 아이들이 자기 말을 잘 따르게 만들려고 노력했다나요. 이를테면 아이의 양손을 잡고, 네가 잘못한 거야, 이런 이유로 네가 선생님을 속상하게 만들었어, 라고 확실하게 말했대요. 현서는 마지막에 아이들을 오래 안아준다더군요. 잘못을 인정하는 아이는 멋진 사람이라면서요. 부모들은 현서가 인성이 좋은 치료사 같다며 현서를 점점 더 좋아했어요. 물론 아이들도 홀린 듯 현서를 잘 따랐고요.

여하튼 데이트 자리에서 현서가 타이르자 하은 씨는 꽤 오랫동안 감자튀김을 손으로 주물럭거렸습니다. 손이 기름으로 반들반들해진 채로 현서에게 미안하다고, 네 말이 맞는 것 같다고 사과했대요. 곧 하은 씨는 모든 감자튀김을 토마토 소스에 찍어 먹었다더군요. 현서의 말을 듣고 저는 하은 씨를 헐뜯었어요. 그날도 현서와의 수다가 마냥 재밌었어요. 그러다 보니 저와 하은 씨가 닮았다고 여기는 이유는 듣지 못하게 되어버렸지만.

현서는 누니를 소중히 다루라고 신신당부했어요. 친칠라는 사람의 손을 필요로 한다면서요. 저는 누니를 열심히 케어했습니다. 현서는 제가 못 미더웠는지 주기적으로 메시지를 보내더라고요. 누니 깸? 누니 밥 먹을 시간. 똥? 사진 보내봐. 누니 답답할 테니까 케이지 밖에 꺼내둬 등등. 이런 메시지도 받았어요.

— 나 어제 누니 다치는 꿈 꿨어.

저는 현서가 보낸 메시지에 게임 퀘스트 깨듯 하나씩 답장을 보냈습니다. 그렇게 걱정되면 데려가든가, 라고 메시지를 작성했다가 지우기도 했죠. 애인 때문에 힘들어하는 친구를 이해 못 하는 사람이 되고 싶진 않았으니까요. 그리고 누니 덕분에 무료하던 생활도 나름 활기를 찾아서 누니를 돌려보내고 싶지 않기도 했고요. 현서가 누니를 케이지 밖으로 꺼내두라고 일러주기도 전에, 이미 누니를 집 안에 풀어주고는 같이 생활했거든요. 누니가 얼마나 애처롭게 저를 바라봤는지 문을 열어줄 수밖에 없었죠.

저는 거실 테이블에서 작업해요. 한참 영상을 들여다보다가 미닫이문을 열어놓은 옷방으로 가곤 하죠. 그리고 누니의 부드러운 털을 만집니다. 제가 쓰다듬으면 누니는 제게 몸을 기대요. 누니야, 라고 부르면 귀를 쫑긋거리기도 하고요. 그렇게 누니와 시간을 보내면서도 과장님이 보내준 홍보 영상 스토리보드가 떠올랐어요. 병원에서의 진료부터 입원, 진료 회의, 수술, 퇴원까지의 긴 과정을 담아야 하는데 그때는 걸맞은 영상 소스를 몇 개 찾지 못했었죠. 조급함에 저는 다시 거실로 나갔습니다. 누니는 더 놀고 싶은지 앞발로 제 다리를 건드렸어요. 일하기 위해 어쩔 수 없이 누니를 다시 케이지에 넣었죠.

그 후에 다시 일에 집중하는 데까지 제법 시간이 걸리곤 해요. 그럴 때 저는 테이블에 앉아서 핸드폰으로 메신저 친구 목록을 살펴보는데, 그중에는 하은 씨도 있죠. 자기 애인과 절친이 서로 연락처도 몰라서야 되겠냐며, 제가 길거리에서 현서와 하은 씨를 마주쳤을 때 반강제로 하은 씨와 연락처를 주고받게 했었거든요.

언젠가부터 하은 씨의 프로필 사진은 꼭 한 번씩 눌러보았어요. 함께 찍은 실루엣 사진으로 되어있는 현서의 것과 다르게 하은 씨의 프로필은 언제나 현서와는 관련 없는 사진이었죠. 하은 씨의 프로필 사진을 볼 때마다 저는 현서가 그 관계에서 을은커녕 갑 · 을 · 병 · 정 · 무 · 기 · 경 · 신, 신쯤이 아닐까 싶었어요. 현서가 더 많이 하은 씨를 사랑한 거죠. 사랑하기에 더 많이 신경 쓰고, 사랑하기에 더 많이 상대방을 걱정하고, 사랑하기에 상대방이 좋은 방향으로 가도록 돕고.

문제의 그날도 저는 영상을 돌려보고 있었어요. 홍보 영상에서, 의사가 만족하며 웃는 장면을 위한 클립 폴더를 열었어요. 여러 각도의 촬영 영상을 모아둔 다른 폴더와 다르게 거기에는 영상이 하나밖에 없었습니다. P종합병원에서 제일 유명한 의사가 주인공이었죠. 저도 티브이 프로그램에서 그 의사를 본 적이 있어요. 의사는 본인을 환자를 가족으로 여기는 사람이라고 소개했는데, 다정한 사람 같았어요. 포털사이트 카페 게시글에 저런 의사에게 진료받고 싶다는 댓글이 꽤 많이 달릴 정도로요. 영상을 클릭하자 의사가 카메라를 빤히 보고 있는 모습이 보였습니다. 카메라 밖에 있는 촬영감독님이 최대한 밝게 웃어달라고 말했죠.

"웃긴 일이 없는데 어떻게 혼자 웃어요? 미친 사람도 아니고."

의사는 양입꼬리를 위로 올리며 그렇게 말하더군요. 한동안 사운드에 아무것도 잡히지 않았습니다. 영상에 촬영감독님 얼굴은 나오지 않았지만 저는 감독님이 당황했다는 것을 느낄 수 있었어요. 그리고, 의사가 운을 뗐습니다. 이거 만들어봤자 싸구려 환자만 더 늘지 않겠냐고 하더군요. 잠시 정적이 흐르고, 좋은 결과물을 만들어 보겠다고 말하는 감독님 목소리가 들렸습니다. 의사가 피식 웃었어요.

"다른 병원에서 못 살린 놈이나 가망 없는 새끼들만 오겠죠 뭐."

대사를 못 외워놓고선 괜히 화를 내거나 반말을 찍찍하는 식의 싸가지 없는 의사는 봤어도, 환자를 비하하는 의사를 본 건 처음이었어요. 환자를 가족으로 여긴다는 말이나 못 하면. 그때는 이딴 인간을 위해 일해야만 하는 저 자신이 조금 싫어지기도 했어요. 하지만 배운 게 도둑질이라고, 제가 그나마 가지고 있는 기술은 영상 편집뿐이니 돈을 벌기 위해서는 더럽고 치사해도 참을 수밖에 없었죠. 어쨌든 그 의사 쪽이 회사와 저를 용역 하청으로 계약한 거잖아요. 네? 이제 와서 의사 실체를 폭로하겠다고 사무실에 온 것이냐고요?

예전에 제가 과장님께 세상엔 별의별 의사들이 있는 것 같다고, 과장님은 이상한 고객사에 가면 어떻게 행동했었냐고 묻긴 했었죠. 그때 과장님은 이렇게 대꾸하셨어요. 왜 그런 걸 일일이 생각하냐고, 잘 모르겠다고, 다른 얘기를 하자고. 어쨌든, 과장님이 걱정하시는 일을 벌이겠다고 선언하려 이곳에 온 건 아네요. 과장님과 대화하고 싶어서 온 거예요.

뮤트를 하고 다시 병원 홍보 영상을 보았습니다. 영상이 끝날 때까지 아주 단정한 미소를 짓는 의사의 모습만 화면에 가득했어요. 여느 때처럼 저는 진면모는 보지 못했다는 듯이 영상을 깔끔하게 편집했습니다. 편집하니 홍보 영상으로 쓰기에 아주 적합한 장면이 되었죠. 그러다 어떤 기척을 느꼈어요. 옷방에서 꿀렁, 거리는 소리가 들렸어요.

누니에게 무슨 일이 생겼음을 직감했죠. 저는 옷방으로 달려갔습니다. 현서가 낮에는 케이지 밖에 두라고 했어서 옷방에 누니를 풀어놓았었는데, 누니가 보이지 않았어요. 혹시나 하는 마음에 행거 앞에 세워둔 케이지를 봤지만 비어있더군요. 행거에 걸린 옷을 확인하면서 누니가 있는지 봤어요. 거기에도 없었죠.

혹시나 하는 마음에 실내복을 보관하는 플라스틱 상자를 열어보았습니다. 그곳에서 누니가 토하고 있더군요. 작은 몸을 꿀렁이면서요. 근데 놀라운 건, 누니 토 안에 색색깔의 천조각이 들어있었다는 사실이에요. 눈 앞에 펼쳐진 광경을 믿을 수 없었던 저는 누니 주변에 있는 옷들을 살폈습니다. 파자마, 집에 입는 티셔츠, 속옷 같은 것에 작은 구멍이 여러 개 나 있더군요. 심지어 찢어진 것도 있었죠. 토를 다 한 누니는 다시 옷을 갉아 먹었어요.

저는 황급히 누니를 옷에서 떼어냈습니다. 누니는 빠른 속도로 뛰어가 다시 옷을 이빨로 찢어 먹었죠. 제게 다시 넘겨주지 않겠다는 굳은 의지가 보였어요. 저는 누니를 케이지 안에 넣고 거실로 옮겼습니다. 이런 말 해도 될지 모르겠지만 그땐 누니가 귀신에 씐 것만 같아 보였어요.

케이지를 거실로 옮겨놓았음에도 누니는 에어컨 때문에 열어둔 옷방으로 뛰어갔습니다. 그리곤 옷을 재빨리 갉아 먹었어요. 커튼이나 이불 같은 건 안 먹더라고요. 누니 습성을 알게 된 이후로 저는 구멍 난 실내복을 누니에게 줬어요. 그래, 네 놈의 버릇이 옷을 먹는 것이라면 차라리 못 입게 된 걸 먹어라, 이런 마음이었죠. 근데 정말 웃기는 게 무엇인 줄 아세요? 누니는 한 번 구멍 난 옷은 절대 다시 먹지 않아요. 어떻게 구분하는지 멀끔한 옷만 먹어요. 그것도 아주 사납게.

어느새 모든 속옷과 실내복에 다 구멍이 생겼죠. 저는 구멍이 난 팬티와 파자마를 입었어요. 옷을 입다가 실수로 구멍에 팔과 다리를 넣기도 했어요. 구멍은 점점 커졌습니다. 구멍 난 실내복을 입으면 헐벗은 것과 다름없는 상태가 되었어요. 그래서 외출복을 집에서도 입게 되었고요. 누니는 그 외출복도 실내복이라 여겼는지 다 뜯어버렸어요. 결국엔 실내복뿐만 아니라 외출복에도 구멍이 생기고 말았습니다.

이 얘기를 들은 현서는 증거를 보여달라고 하더군요. 제가 그런 누니를 핸드폰으로 촬영하려고만 하면 누니는 옷을 뱉고는 다시 온순한 친칠라가 되어버렸어요. 제가 지켜보거나 안아도 계속 옷을 먹어대는데, 강제로 뺏고 케이지에 가둬야만 멈추는데 말이죠. 멀리서 확대해서 촬영하려 해도 마찬가지예요. 어찌 아는지 옷 갉아 먹기를 멈춰요. 저는 현서가 금요일 밤에 누니를 데리러 왔을 때 누니가 먹어버린 옷을 보여줘야겠다고 다짐했습니다.

멀쩡한 옷은 서랍장에 숨겨두었습니다. 킁킁거리며 서랍장 주위를 맴도는 누니를 거실로 데려왔죠. 누니는 다시 옷방을 향해 달렸어요. 하루에도 몇 번씩 그렇게 씨름을 하는데도, 몸이 지쳐 편집 도중 졸게 되었는데도, 살랑이는 꼬리를 가진 둥근 누니가 귀여워서 도무지 미워할 수가 없었어요. 제가 놀아줄 땐 또 얼마나 순하고 사랑스러운 친칠라인지. 과장님이 상상하시는 모습 이상일 거예요.

현서가 프로틴바를 사 들고 저희 집에 찾아왔습니다. 제가 편집하느라 바쁠 땐 우유와 프로틴바를 먹는다고 말한 것이 떠올라서 사 왔다고 하더군요. 현서에게 따질 생각만 했던 저는 부끄러워졌죠. 옷방으로 간 현서는 구멍 난 속옷과 파자마, 집에서 입는 티셔츠, 그리고 몇몇 외출복까지 하나씩 들춰보았습니다. 놀라거나 당황하지는 않았어요. 현서는 누니가 그런 게 확실하냐고 묻더라고요. 저는 없는 일을 꾸며낼 이유가 없지 않냐고 되받아쳤어요.

"그냥 한 말이지. 뭘 그렇게 화내."

현서가 제 어깨를 토닥였어요. 그래도 못 입을 정도는 아니어서 다행이라더군요. 어차피 집에서 입는 옷이니 구멍이 있든 없든 상관없지 않냐면서요. 외출복의 구멍도 멀리서 보면 티가 안 날 것 같다고 했죠. 현서는 오히려 누니가 저를 물었을까 봐 걱정했다고 말했어요. 누니가 현서를 물어서 피가 난 적이 있었다나 봐요. 걱정해주는 현서를 보니 마음이 금세 조금 풀려버렸어요. 저는 누니를 돌보느라 조금 날카로워졌나보다고, 이번에 맡은 영상 제작이 쉽지 않아서 더 그런 것 같다고, 짜증 내서 미안하다고 말했습니다.

친칠라가 사회성이 좋은 동물이라서 반려인 심리 상태에 영향을 많이 받는다고 현서가 설명했어요. 제가 예민해졌기 때문에 누니도 예민해졌고 그로 인해 옷을 물어뜯은 것 같대요. 저는 그 말에 동의하는 대신 장난기 어린 목소리로, 네가 자꾸 누니 잘 지내냐고 물어본 탓에 제게 스트레스가 쌓인 것일 수도 있다 했죠. 현서가 저를 싸늘하게 바라봤어요. 그럼 자신이 누니를 맡긴 사람으로서, 친구로서 그런 말도 못 꺼내냐고 묻더군요. 저도 현서의 얼굴을 똑바로 응시했습니다. 하얗고 둥근 얼굴. 짙은 눈동자. 그리고 질문했죠.

"근데 누니가 네 옷은 안 갉아 먹어?"

"그게 왜 궁금해?"

그 뒤로 현서는 저와 말을 섞지 않더군요. 밥을 먹을 것이냐고, 말 좀 해보라고, 어쩔 것이냐고 재촉해도 묵묵부답이었어요. 그저 거실 테이블 옆에 있는 침대에 누워서 누니를 쓰다듬었죠. 그 지겹고 답답한 상황을 어떻게든 끝내야만 했어요. 저는 현서에게 미안하다고 말했습니다. 그제야 현서는 입을 뗐어요. 정말 미안한 게 맞냐고 묻더라고요. 미안해. 제가 다시 한번 사과했습니다.

현서는 괜찮다는 대답 대신 저번에 먹었던 비건 수제비집에 저녁을 주문하자고 하더군요. 그때는 이 인분 용을 선택했습니다. 저는 따로 먹는 것이 좋았지만, 덜어 먹기 위해 그릇을 어지르게 될 테지만, 그래도 현서의 기분을 조금이라도 나아지게 하려고요.

누니와 보내는 시간은 빠르게 흘러갔어요. 현서한테 누니 안부를 묻는 문자가 오지 않아도 제가 알아서 보고하게 되었죠. 누니 방금 잠들었음. 여덟 시 기상. 누니 쾌변. 모래 샤워 중. 현서는 답장하지 않았어요. 하지만 제가 누니에 대해 말하지 않으면 물음표 하나를 보내더군요. 그 물음표를 받지 않기 위해 저는 열심히 현서에게 누니가 어찌 지내는지 알려줬습니다.

누니 뒤꽁무니만 좇아다니는 일상에 익숙해졌기 때문인지, 저는 제가 잘 지내는 줄 알았어요. 홍보 영상도 그럭저럭 완성되고 있었고요. 작업하는 동안 저는 구멍 뚫린 옷과 더는 안 입는 옷 몇 개를 거실에 깔아두고 누니를 풀어놓았어요. 새로 산 옷은 먹지 못하게 더워도 옷방의 미닫이문을 굳게 닫아놓았죠. 누니가 새 옷에까지 구멍 내면 제겐 입을 옷이 하나도 없게 되잖아요.

전 정말 그 정도면 충분할 거라고 생각했어요. 그래서 얼마 전에 과장님이 저희 동네에 들를 일이 있으니 티타임을 갖자고 했을 때 좋다고 답한 거예요. 잠깐 누니를 혼자 둬도 괜찮겠지 싶었어요. 옷 입고 나갈 준비를 마쳤는데도 과장님에게서는 나오라는 연락이 없었죠. 저는 침대에서 잠시 눈을 붙여야겠다고 마음먹었습니다. 메시지 수신음을 듣고 일어나기 위해 핸드폰 볼륨을 최대로 높이고요.

하지만 핸드폰이 울리기 전에 일어나고 말았습니다. 여름 낮의 강한 햇살 때문은 아니었어요. 처음엔 어깨에 묵직한 무게감이 느껴졌고, 귓가에 이빨끼리 부딪치는 소리가 들리기 시작해서 눈을 떴는데, 눈을 뜨자마자 제 오른쪽 어깨에 앉아있는 누니의 눈과, 흰자 없이 검은자로만 가득한 그 눈과, 제 눈이 마주쳤어요.

제가 소리를 질렀고 누니를, 그 까만 눈을 제 몸에서 떼어냈습니다. 자리에서 일어나자마자 옷을 살폈죠. 제가 입고 있는 청바지와 린넨 반소매셔츠에 작은 구멍이 여러 개 나 있었어요. 심지어 브래지어에도 구멍이 났죠. 저는 집 안을 둘러보았어요. 누니가 머리로 힘주어 밀었는지 옷방 미닫이문이 열려 있었어요. 숨겨놓은 옷들이 튀어나와 있는 서랍장도 보였고요.

결국 과장님께 못 나갈 것 같다고 말씀드렸어요. 작업을 다 끝내지 못했다고 둘러댔을 뿐, 그 이유를 솔직하게 밝히지 못했습니다. 언젠가 과장님이 제게 했던 말 때문이었어요. 미팅 끝나고 가진 식사 자리에서였을 거예요. 과장님이 제게 현서, 그 멋있는 친구는 잘 지내냐고 물으셨죠. 제가 현서와 유기동물 보호소에 봉사활동을 다녀온 적이 있다고 말한 이후로 과장님은 종종 제게 그런 질문을 하셨어요. 제가 그렇다고 답하자 과장님은 엄지를 치켜세우셨어요.

과장님이 하셨던 말 기억하시나요. 주변에 그런 멋진 친구 있으면 좋은 영향 많이 받겠어요, 였어요. 평소엔 무심하기만 한 과장님의 확신 가득 찬 말을 들으니, 정말 현서와 있으면서 늘 많이 배웠던 것 같은 기분이 들었죠. 저는 고개를 오래 끄덕였습니다. 그러니 어떻게 과장님께 현서가 놓고 간 친칠라가 저를 괴롭게 해서, 제 외출복을 갉아 먹어서 나갈 수가 없다고 말할 수 있었겠어요.

입고 있던 옷까지 누니에게 먹혀버리자 제 손이 마구 떨렸어요. 저는 누니를 현관문 밖에 내놓아버렸습니다. 누니가 앞발로 문을 벅벅 긁는 소리가 들렸어요. 아랑곳하지 않고 친칠라에 대해 검색했습니다. 친칠라 옷 먹어, 친칠라 옷 구멍, 친칠라 이갈이 옷 등 검색어를 바꿔가면서요. 하지만 누니와 같은 경우는 보이지 않았어요. 친칠라 인터넷 카페와 오픈채팅방에도 들어가 누니 같이 옷만 먹는 친칠라가 있는지, 그 이유는 무엇인지, 어떻게 대처할지를 물었어요.

제가 받은 답변은 오직 한 개입니다. 그마저도 누니가 스트레스를 받았거나 사람과 놀고자 하는 마음에 옷을 물어뜯고 먹는 것 같다는 말이었어요. 제가 지금보다 더 열과 성을 다해서 신경을 써주면 괜찮아질 거래요. 친칠라는 본래 천성이 착한 동물이니까요. 현서가 제게 했던 조언과 다르지 않았죠. 창밖으로 노을 진 하늘이 보이더군요. 그제야 저는 문밖에서 아무 소리도 들리지 않는다는 것을 알아챘어요. 누니와 잠깐만 떨어져 있으려 했는데, 검색에 집중하다 보니 누니를 아예 버려두다시피 한 거예요.

급히 집 밖을 살폈지만 누니는 보이지 않았어요. 빌라 건물을 샅샅이 뒤져본 후 제가 사는 층을 향해 계단을 올랐습니다. 현서에게 이 사실을 알려야겠다고 다짐하며 핸드폰을 주머니에서 꺼냈어요. 다 끝나버렸다고 생각했지만 눈물은 나지 않았죠. 과장님께만 하는 말인데, 누니가 없어진 게 사실 후련하기까지 했어요. 액정을 살피다 말고 고개를 들었습니다. 집 앞에서 누군가 절 지켜보고 있는 것이 느껴졌거든요. 자세히 살펴보니, 흰 털뭉치가, 그러니까 저희 집 문고리에 걸린 우유보냉백 밖으로 머리만 빼놓고 있는 누니가, 까만 눈으로 저를 응시하고 있더군요.

한동안 누니를 케이지 밖으로 꺼내주지 않았어요. 새로 주문한 옷까지 뺏길 수는 없잖아요. 누니는 케이지 문을 열심히 이빨로 물어뜯었습니다. 성질이 났는지 케이지 내부 층계 중 가장 높은 곳에서 일부러 떨어지기도 했어요. 마치 자해 공갈범이라도 되는 것처럼요.

저는 쿵쿵거리는 소리를 견디지 못하고 케이지 문을 열었습니다. 현서와 사람들이 제가 더 잘해주면 누니가 옷 먹는 행동을 하지 않을 거라고 했으니까, 속는 셈 치고 그 말을 따라야겠다 싶었어요. 그래서 모든 옷을 화장실에 두고, 화장실 문을 닫아두는 방안을 고안했죠. 아무리 누니가 미닫이문을 힘주어 밀 수 있어도, 바닥에 가까운 서랍부터 열어서 서랍장을 다 뒤질 수 있어도, 여닫이문의 문고리까지 돌릴 수는 없을 테니까요.

하지만 화장실에 몇 시간씩 두어서 눅눅해진 옷을 만질 때마다 어쩐지 비참했어요. 보송보송한 옷을 입었던 이전 일상은 사라진 것만 같았죠. 아무리 누니의 부드러운 흰털이 제 곁에 있어도 옷에서 풍기는 화장실 냄새까지는 참을 수 없더군요.

그럴 때 순진한 얼굴을 한 누니를 보면, 우유보냉백에서 애처롭게 저를 바라봤던 누니가 떠오르면서, 아직은 헤어질 때가 아닌가 싶기도 했어요. 저는 누니를 쓰다듬었습니다. 누니랑 함께하며 힘든 시간도 있었지만 어떤 관계에서든 그 정도 시련쯤은 있으리라 생각했어요. 제가 아니면 누가 누니를 이해해주겠나 싶은 마음도 들었고요. 누니에게 정이 생겨버린 거겠죠.

오늘도 화장실에 옷을 넣어두고 누니를 케이지에서 풀어줬습니다. 누니 사진을 찍어 현서에게 메시지를 보냈어요. 누니는 자기가 집주인인 양 집 안을 당당하게 활보했어요. 화장실에 옷이 있는 걸 아는 듯이 그 근처를 맴돌기도 했죠. 그즈음 저는 홍보 영상을 최종 확인했어요. 그 시간이 제일 좋더라고요. 제가 받아본 원본 영상과의 차이를 실감해서겠죠. 편집된 영상을 보는 사람은 원래 무슨 일이 있었는지 알 수 없을 거예요. 저와 P종합병원이 보여주고 싶은 모습만을 기억하겠죠. 그리고 그것이 사실이라고 간주하겠고요.

집중해서 영상을 보는데 피씨 메신저 창이 화면에 떴어요. 하은 씨였어요. 오늘 잠깐 만날 수 있겠냐고 묻더군요. 곧 두 개의 메시지가 더 왔어요.

— 요즘 누니와 함께 지내신다면서요.

— 신경 쓰여서 연락드렸어요.

고민하다가 저는 점심시간 후에 볼 수 있다고 답장했습니다. 그 뒤 영상 완성본을 과장님께 보냈죠. 누니는 케이지에 가두고, 화장실 여닫이문을 굳게 닫은 채 집을 나섰어요.

하은 씨와는 처음으로 단둘이 만난 거였어요. 하은 씨는 살이 많이 빠진 것 같았어요. 일상적인 안부를 묻고는 말없이 앉아있었어요. 하은 씨가 선물 줄 게 있다며 쇼핑백을 제게 건네더군요. 그 안에는 연두색 도트무늬 니트 양말이 들어있었죠. 직접 만들었다고, 외출할 때 신기 적당할 거라고 하은 씨가 말하더군요.

"누니가 실내복은 갉아 먹잖아요."

그 말을 듣고 놀랐어요. 저만 겪었다고 생각한 일을 하은 씨도 경험했다니요. 저는 선불리 하은 씨 말에 동의하지 않고 양말만을 바라봤습니다. 하은 씨가 이상하다고 말했던 현서를 더 신뢰하고 있었으니까요. 하은 씨는 조심스럽게 제게 누니에 대해서 말했어요. 일 년이 넘는 시간 동안 누니를 돌봤다고 했습니다. 누니를 맡아주고 석 달쯤 지났을 때 하은 씨는 누니가 앉아있던 옷에 생긴 구멍을 발견했어요. 누니가 구멍을 낸 것만 같았대요. 하은 씨가 자신이 본 광경을 현서에게 전달했지만 현서는 그 말을 믿지 않았어요. 옷에 원래 구멍이 나 있었는데 하은 씨가 보지 못한 것 아니냐고 웃으면서 말할 뿐이었어요.

얼마 지나지 않아서 하은 씨는 누니가 옷을 먹는 장면을 직접 목격했습니다. 그걸 말하니 현서는 그 정도도 감수하지 못하냐고 따졌고요. 누니가 자신을 따라주는 모습이 예쁘기에 누니가 옷을 먹는 것쯤은 여태 자기한테 아무 문제가 되지 않았다면서요. 그러니까, 누니가 현서 옷도 먹고 있었던 건 거죠! 현서 말을 듣고 하은 씨는 본인이 유난히 누니에게 엄격했나 싶었대요. 누니가 하은 씨의 일상을 풍요롭게 만들어주기는 했으니까요.

누니는 실내복 갉아 먹는 것을 멈추지 않았습니다. 실내복이 된 외출복도 다 망가뜨려 놨어요. 네가 어느 정도까지 참을 수 있는지 시험해보겠다는 듯이 더 열심히 옷에 구멍을 내는 것만 같았대요. 하은 씨는 그 모든 행동을 받아주려 했다고 전했습니다. 현서는 멋진 애인이니까, 자신은 현서를 사랑하니까, 현서가 자신에게 안 좋은 영향을 줄 리 없을 테니까.

하은 씨는 뜨갯감으로 구멍 난 옷을 수선하기 시작했어요. 누니는 바느질로 구멍을 꿰맨 옷과 달리, 뜨갯감을 덧댄 옷은 어딘가 애매하다는 듯 바라보기만 하고 먹지 않았다더군요. 이전의 하은 씨는 한 번도 뜨갯감을 사용해 옷을 수선해본 적이 없었답니다. 단지 액세서리, 그러니까 이어폰 케이스, 키링, 장갑, 목도리 등만을 뜨개질해 팔았어요. 그리고 자신도 그 정도의 것들만 직접 만들어서 사용했고요. 마침내 하은 씨는 뜨갯감을 덧댄 옷들을 입으며 생활했습니다. 편안했고 패치워크 디자인도 괜찮아 보였대요. 그 이후로 하은 씨는 이런 패치워크 디자인의 옷을 사이트에 올려봐야겠다고 생각했습니다.

"배현서는 별로인 것 같다고 비웃더군요. 가뜩이나 적은 고객이 더 줄 거라면서요."

그 말을 했던 하은 씨의 씁쓸한 표정이 잊히질 않아요. 실제로 하은 씨는 그냥 현서에게 선물할 옷이나 만들자는 생각으로 뜨개질했대요. 현서와의 지난 시간을 반추하면서 패치워크 옷을 만들었죠. 하지만 그 옷을 현서에게 주지 않겠다 마음먹고, 핸드메이드 제품 플랫폼에 올렸답니다. 현서는 하은 씨가 자신의 조언을 듣지 않았다는 사실을 알고 노발대발했고요.

실제로 패치워크 옷을 만들면서 모든 제품을 제작하는 데에 걸리는 시간이 배 가까이 늘었다더군요. 하지만 미리 공지한 덕인지, 컴플레인은 없었고 오히려 고객 수는 증가했대요. 하은 씨는 집 안을 둘러보며 누니만 없으면 행복하겠다고 처음으로 생각했습니다. 그런 자신이 낯설어서 누니한테 일부러 더 잘해주려고 노력했대요. 그러면 이전처럼 누니에게 애정이 생길 것 같았다나요.

그런데 끝내 누니가 패치워크 옷까지 먹어버린 거죠. 그때 하은 씨는 주체할 수 없을 정도로 화가 났다더군요. 이전에 자신의 구멍 난 옷을 마주했을 때는 내가 부주의했구나, 라고 생각했었는데 패치워크 옷까지 갉아 먹은 걸 보곤 누니가 괴기하다고 확신했답니다. 자신이 토마토를 싫어한다는 사실을 깨달은 것은 그 무렵이고요.

"토마토 소스를 먹고 나서, 일주일 동안 열 몸살에 걸렸어요."

회복 후 하은 씨는 현서에게 헤어지자고 다시 말했어요. 현서는 또 떼를 쓰는 거냐고, 너는 늘 이런 식이라고 말했대요. 하은 씨는 이번에는 진심이니 연락하지 말라고 답했습니다. 현서는 자기가 아니면 누가 너를 이해하겠냐고, 정신 차리라고, 네가 나를 잊지 못해 또 연락할 것을 안다고 오히려 언성을 높였다더군요.

실제로 하은 씨는 현서에게 연락하고 싶은 충동이 일었다고 말했어요. 내가 다 잘못했다고, 너 없이는 살 수 없었을 것 같다고 얘기하고 싶었대요. 하지만 하은 씨는 천과 뜨갯감이 뒤섞인 옷을 보면서 마음을 다잡았다더군요. 구멍 난 옷을 숨긴 채 사람들을 만나고 싶지 않다면서요.

하은 씨의 말을 들은 저는, 혼란스러웠어요. 뉴스나 커뮤니티에서만 보던 일이, 현서와 하은 씨 커플에게 일어났을 거라고 예상하지 못했었거든요. 혹여나 무슨 일이 벌어지게 된다면 하은 씨가 현서에게 해코지하는 경우를 상상했지, 그 반대는 생각해 본 적이 없었어요. 왜냐면 현서는 평판 좋은 운동치료사고, 늘 약자 편에 섰고, 모두가 칭찬하는 사람이거든요. 그리고 누구보다 주변 시선을 엄청나게 의식하는 애인데 어떻게 그런 짓을 하겠어요.

저도 현서를 오랫동안 가까이서 지켜봐 왔잖아요. 현서가 솔직한 편이기는 해도 올바른 사람이라고 믿어왔었거든요. 현서는 저의 가장 친한 친구잖아요. 제게 사귀는 사람이 생기면 조심하라고, 언제 무슨 일이 터질지 모르니 께름칙한 기분이 들면 가장 먼저 자기에게 말하라고 늘 조언해줬어요. 근데 현서가 하은 씨한테 그러고 있었다니. 납득하기 어려웠어요.

그럼에도 하은 씨가 겪은 일이 제 상황과 너무나도 비슷해 보였습니다. 어쩌면 현서는, 그러니까 제가 아는 현서는 세상 어디에도 존재하지 않는 사람일 수도 있겠다 싶더라고요. 진짜 현서를 알아야겠다는 생각에 당장 전화해봐야겠다고 생각했어요. 하지만 제가 그 자리에서 보일 수 있는 반응이라고는 그러셨군요, 같은 애매한 대답을 하는 것뿐이었습니다. 테이블 밑으로 땀이 가득한 손바닥을 바지에 닦으면서요.

"여진 씨, 누니는 생각보다 훨씬 영리한 아이예요."

하은 씨 말을 끝으로 카페에서 나왔어요. 저는 그 말을, 그 말을 한 하은 씨를 머릿속으로 계속 떠올리며 집으로 걸어갔습니다. 그 뒤로 집 화장실에 있는 누니를 보고 도망친 것이고요. 밖을 서성이다가 무더위에 아무 벤치에나 앉았어요. 현서에게 전화해봤지만 받지 않더군요. 하은 씨와 누니에 대한 이야기를 나눴다는 메시지를 남기곤 저는 행인을 구경했습니다. 그들의 속옷에도, 실내복에도 구멍이 났을까 알고 싶어졌어요. 그러다가 하은 씨가 떠준 양말을 신어봤어요. 여름인데도 답답하지 않고 포근했어요. 연두색 도트무늬도 제법 귀여웠죠. 네, 지금 신고 있는 이 양말이요.

과장님이 영상을 업로드했다며 보낸 메시지도 보았습니다. 평소였으면 뿌듯해하며 웹 페이지를 확인했을지도 몰라요. 그런데 오늘은 그러지 않았어요. 다듬기 바빴던 그 얼굴을 보고 싶지 않았거든요. 저는 벤치에서 일어나 이렇게 사무실에 왔습니다. 과장님과 만나기 위해서요. 오늘 이후로는 이곳에 올 일이 없겠네요.

삼 년 가까이 이 회사 소속으로 있으면서 제가 여러 병원 홍보 영상을 제작했더라고요. 왠지 삼 년보다 더 오래된 것처럼 느껴지네요. 홍보 영상을 본 사람들이 잘 지내고 있을지 궁금해요. 병원을 다녀온 후로 된통 속았다는 기분을 느끼고 있을까요 아니면 아직 그들이 본 영상이 진실이라 믿고 있으려나요.

과장님, 누나가 지금 집에서 무얼하고 있을 것 같다고 생각하세요? 역시 잘 모르겠다고만 하시네요. 옷을 다 갉아 먹었을 수도 혹은 에어컨이 꺼진 탓에 쓰려져 있을 수도 있겠죠. 왜 그러세요, 과장님. 너무 불안해 마세요. 커뮤니티나 에스엔에스에 P종합병원 의사 얘기는 올리지 않도록 해볼게요. 정말이에요. 여태 저는 과장님께 깊은 신뢰를 주었던 직원이잖아요. 그렇지 않나요?

당선소감 | 이상하

스스로에게 질문을 많이 한 최근이었다. 사랑일까 같은 것. 투고 후 우리 집 고양이를 바라보며 생각했다. 올 한해 네가 건강히 지내주었으니 당선 소식을 받지 못해도 슬퍼하지 않겠다고. 학수고대하는 소식이지만 반려동물이 아프지 않은 게 더 좋다 여겼다. 사랑일까. 거리에서 일상에서 SNS에서 2024년 12월을 말하는 사람을 볼 때마다 고민했다. 올바른 세상이 되길 바란다고, 달라져야 한다고, 나아가자고 얘기하는 그 목소리가 어디에서 비롯되었는지를. 순간순간 존경과 경의를 넘은 어떤 감정이 일었다. 사랑일까. 당선 전화를 받자마자 떠오른 사람이 있다. 나의 영원한 첫 선배, 썰선배. 축하해줄 선배의 목소리를 듣고 싶었다. 언제든 어디서든 나를 지켜봐 주고 있을 언니. 썰선배는 내게 슬픈 이름이 아니라 따뜻한 이름이라는 걸 되새겼다. 이 모두 사랑이었고 사랑이고 사랑일 것이라 확신한다.

다정한 사람이 되어야겠다고 더 많이 다짐한다. 가끔 들르는 나를 기억해 동네책방에서 먼저 인사해주는 이를 보고, 연말모임에서 펜을 선물하는 이를 보고, 첫 만남에 집에서 구운 머핀을 가져오는 이를 보고, 피곤하지만 퇴근 후 우리 동네에 찾아와주는 이를 보고, 내 치기 어린 행동에도 먼저 미안하다 사과하는 이를 보고. 그들처럼 내 소설이 먼저 손 내밀어주는 무언가가 되었으면 좋겠다고 소망한다. 소설 속에 다정이 있다고 믿기에. 말 못 할 고민으로 웅크려 있을 때 소설은 가장 처음 말을 걸어주고, 질문을 덤덤히 들어주는 존재니까. 그 다정이 내게 단단한 힘을 준다. 당선은 소설의 조용한 다정을 전달하는 사람이 되길 바란다는 의미이지 않을까 싶다.

사랑하는 가족, 고마워요. 열소스, 여러분 아니었으면 소설에 다가가지 못했을 거야. 단편 읽기 모임과 키친글방 그리고 이웅들, 끝까지 응원해주셔서 감사합니다. 경희, 다윤, 민선, 민호, 소라, 수연, 주현, 지나, 하영 그리고 모든 친구들, 여태 믿어준 덕분에 계속 쓸 수 있었어. 내 강아지, 누나가 더 힘내볼게 그곳에서 계속 힘차게 짖어줘. 제 소설을 유심히 봐주신 여러 심사위원님과 선생님, 앞으로 더 열심히 관찰하고 느끼고 쓰겠습니다. 다시 한번, 모든 분께 감사한다는 말씀드리고 싶습니다. 진심으로 감사합니다.

심사평 | 조경란 · 김숨 · 이서수

홍수처럼 넘쳐나던 응모작들의 경향을 먼저 살펴보면, 하나는 '경계 허물기와 공존'. 자연과 인간 간의 경계, 국경, 국적, 피부색, 계층 간의 경계 등 복잡하게 얽혀 그어져 있는 경계로 인해 발생한 분노와 좌절감, 경계를 접점화하고자 하는 분투.

올 응모작들에서 새롭게 눈에 띈 경향 중 하나인 '가면을 쓴 인격인 페르소나에서 교묘하게 진화한 가면과 가식 고발', '생계를 위한 최소한의 노동 혹은 생존 공간을 확보하고 지켜내기 위한 분투'가 사실적으로 핍진하게 그려진 응모작들도 꽤 됐다. '세습되는 계층 간의 골 깊은 갈등과 화해 불가능한 대립'을, '세대를 넘어 우정과 위안, 온기를 나누고자 하는 의지'를 담아냈거나, '노인의 삶을 통해 쓸모가 다한 존재들이 어떻게 잊히고 폐기되는가'를 그린 작품들도 종종 보였다.

본심에서 집중해 읽은 작품은 '로우리아의 도넛' '캐비닛 비우기' '친칠라취급주의'.

'로우리아의 도넛'은 경계 허물기를 관념적으로 그린 몽환적 분위기의 작품이었다. 보경이라는 인물이 페인팅을 통해 자연의 일부로 스며들어 가는 과정이, 그럼으로써 자연과 인간의 경계가 허물어지며 겹쳐지는 과정이 좀 더 날카롭고 집요하게 그려졌더라면 보다 매력적인 예술가 소설로 읽힐 수도 있었겠다는 아쉬움을 주었다. 사진작가 필립이 갑작스레 광화문에서 죽음을 맞는 결말의 설정이 개연성을 떨어뜨려, 당선작으로 올리는 데 주저할 수밖에 없었다.

'캐비닛 비우기'는 분양사무소 아르바이트 신분인 금비와 그녀의 엄마, 이모, 그리고 분양사무소에서 전단지 돌리기를 하며 호객행위를 하는 '썬캡족'이라 불리는 여성을 통해 최소한의 '생존 공간 확보'에 대한 이야기. 원룸에 살던 금비가 엄마와 이모가 살고 있는 본가로 들어가며 이야기는 시작된다. 거실 겸 부엌과 방 두 개짜리 집에 금비의 짐이 놓일 자리는 없다. 그녀가 분명히 확보하고 있는 생존 공간은 분양사무소 탈의실의 캐비닛 두 개. 그 안에는 금비가 원룸에서 쓰던 물건들이 들어있다. 무력감에 길들여 있는 엄마, 이모와 다르게 생의 의지가 악착같은 썬캡족 때문에 금비는 캐비닛 하나를 잃게 될 위기에 처하며, 나이 든 자신이 썬캡을 쓰고 전단지를 돌리는 모습을 상상하는 불안에 사로잡힌다. 생계 최전선에서 계약제로 일하며 악지스러워진 여성들의 고투를 들여다보고 체화한 노력이 역력한 귀함이 있었다.

'친칠라취급주의'는 '자신을 보호하기 위한 가면—외적 인격'에서 한층 진화한 가면 벗기기에 도달한 수작이었다. 어떠한 가면인가 하면, 감추기가 아닌 '드러내기 위한 가면' '노출증적 가면'이다. 과장이라는 인물로부터 계약제로 일을 받아 영상편집 작업을 하는 여진에게는 현서라는 친구가 있다. 비건인 그는 아동발달 치료센터에서 운동 치료사로 일한다. 환경주의자에 이타적인 사회운동가이기도 하다. 어느 날 그가 맡긴 친칠라를 집으로 데리고 오면서 여진은 현서의 '진짜 모습은 무엇일까'를 비로소 고민하지 않을 수 없게 된다. 멋진 친구로 오인했던 현서는 여자친구와 여진의 심리를 조종하고 통제하는(가스라이팅), 극단적일 만큼 이기적인 괴리적 존재. 여진의 집을 장악하고 옷을 먹으며 구멍을 내는 친칠라, 미디어 영상 속 모습과 영상 밖 모습이 판이한 유명 인기 의사, 현서. 성삼위처럼 동일한 세 인물의, 치밀하게 조작된 이미지와 위험하고 불온한 장악력이 개연성을 확보하며, 압축적이고도 짜임새 있는 한 편의 빼어난 단편소설로 탄생했다. 오늘 우리 사회에서 요청받고 있는(있던) 주제를 고백체의 문장으로 차분히 담아냈다는 데 또한 적잖은 점수를 주며 당선작으로 올리는 데 모두 동의했다.

당선자께는 힘찬 축하의 박수를, 모든 응모자들께도 진심 어린 건필과 격려의 박수를 보낸다.

부산일보 **조재윤**

1995년 부산 출생

기린을 옮기는 방법

조재윤

엉덩이가 붕 떠오를 때 눈을 떴다. 꿈을 꾸고 있던 것도 아닌데, 하늘을 날고 있었던 것 같은 착각이 들었다. 하늘을 날고 있는 게 좋은지 나쁜지를 생각했다. 눈을 떴을 때 상승과 하강의 과정이나 하늘을 어떻게 날고 있느냐는 근거 없이 구름 근처를 맴돌고 있다면 좋은지 나쁜지를 고민했다. 그건 마치 안전바가 없는 롤러코스터를 타고 있는 것과 같지 않나, 생각할 때 엉덩이가 한 번 더 붕 떠올랐다. 아이쿠, 하는 소리가 들렸다. 뻑뻑한 눈으로 앞을 보았다. 운전석에 앉은 남자가 이빨을 드러내며 웃었다. 눈은 까만 선글라스에 가려져 있었다.

손님 죄송합니다. 단잠을 주무시는데.

나는 그때서야 내가 택시를 타고 있었고 기사로 보이는 남자가 과속 방지턱에서 속도를 줄이지 않아서 내 엉덩이가 떠올랐다는 사실을 깨달았다. 라디오에서 정오를 알리는 목소리가 들렸다. 창밖에서 햇빛이 쏟아졌다. 앞좌석에서 에어컨 소리와 함께 차가운 바람이 불어왔다. 택시는 정차해 있었다. 신호가 붉게 빛나고 있었고 아지랑이 사이에 선 차들이 매연을 뿜으며 신호를 기다리고 있었다. 여기가 어디지. 한 번 더 두리번거렸다. 도로 옆으로 철거가 진행되고 있는 아파트가 보였다. 부서진 콘크리트 앞에 걸려 있는 현수막을 읽으려는데 신호가 바뀌었다. 택시가 무언가를 쏟아내듯 소리를 내며 앞으로 나갔다. 몸이 뒤로 밀렸다. 기사는 홍얼거리며 핸들을 돌렸다. 언제 잠들었는지도 모를 잠은 다시 오지 않았다. 나는 잠에 드는 법을 잊은 사람처럼 눈도 깜빡이지 않고 창밖을 보았다. 콘크리트 더미가 사라지고나자 내비게이션이 말했다.

경로를 따라 계속 운행하세요.

택시 주위에 있던 차들이 모두 사라졌다. 나는 내비게이션의 목소리를 듣고서야 깨달았다. 붕 떠 있던 찰나의 하늘에 너무 많은 답을 두고 왔다는 걸. 언제 잠에 들었는지, 어디서 출발했는지, 여기가 어딘지. 그리고 그중에는 택시가 향하는 목적지도 있었다. 나는 그제야 몸을 들고 내비게이션에 찍힌 주소를 확인했다. 주소의 글자를 하나씩 곱씹었다. 목적지는, 상빈의 집이었다.

상빈을 만나면 도대체 왜, 라는 말이 머릿속을 떠다녔다. 도대체 왜 돌아왔지. 내가 그렇게 물으면 상빈도 똑같이 답했다. 도대체 왜 돌아오면 안 되지. 그러면 나는 할 말을 잃었다. 나와 상빈은 초등학교 동창이었다. 상빈의 말에 따르면 상빈은 초등학교 4학년 때 전학을 갔다. 상빈은 멀지 않은 도시로 이사했다. 그곳 학교에서 다른 아이들과 잘 지냈고 여전히 그곳에서 살고 있다고도 했다. 상빈이 이십 년만에 다시 이곳으로 돌아온 이유는 할머니 유품 때문이었다. 이곳에서 홀로 살고 있던 할머니가 돌아가셨고 할머니의 유품을 정리하기 위해서였다. 하지만 상빈이 이 도시로 돌아온 뒤 가장 먼저 한 일은 나를 찾아오는 것이었다. 너는 아직 여기 살고 있을 줄 알았다는 말과 함께. 도대체 왜. 상빈은 나를 위 아래로 훑어보며 웃었다. 너는 참 여전하다는 말과 함께. 상빈은 내게 유품 정리를 도와달라고 했다. 너라면 도와줄 시간이 많을 것 같다는 말과 함께. 훑어보는 눈빛이 기분 나빴지만 그때 내 머릿속을 채우고 있는 건 단 하나의 질문이었다.

도대체 왜, 기억이 안 나지.

상빈이 누구인지 전혀 기억나지 않았다. 초등학교 4학년인 어린 상빈이 어렴풋이 떠오르다 마는 게 아니라 아예 내 삶에 존재하지 않았던 것 같았다. 그래서 나는 180cm의 남자가 웃으며 나를 훑을 때, 불청객을 마주한 것 같은 위화감을 느꼈다. 상빈은 4학년 때 담임선생님과 친구들, 심지어 4학년 때 내 번호까지 기억하고 있었다. 상빈이 내 동창이라는 사실은 거짓이 아니었다. 내 기억 속 흐릿한 시절이 상빈으로 덧칠되어가자 위화감은 줄어들지 않고 더 커졌다.

도대체 왜 기억이 안 나지. 그렇게 물으면 상빈이 도대체 왜 기억하지 못하느냐고 되물을 것 같아서 기억나는 척 연기했다. 초등학교 4학년 때 헤어진 인연이라면 잊을 만한 게 당연했지만 이상하게도 나는 사실대로 말하지 못했다. 대신 유품 정리를 도와달라는 말에 고개를 끄덕일 뿐이었다. 상빈의 할머니 집은 연립 주택 2층이었다. 유품을 정리하러 왜 네가 왔는지 묻자 상빈은 할머니 집에서 꼭 가져가야 할 물건이 있다고 답했다. 그리고 집에 들어서는 순간 상빈이 말한 물건이 무엇인지 바로 알 수 있었다. 그 물건은 거실 중앙에 놓여 있었다. 마치 집으로 들어오는 우리에게 인사를 하듯. 어서 들어오라고 손짓을 하듯. 거실 옆 창문에서 쏟아지는 햇빛에 물건이 환하게 빛났다. 빛나고 있는 물건은 기린이었다. 아주 커다란 금빛 기린.

하지만 내가 기린을 보았을 때 기린을 기린이라고 생각하지 못했던 건 내가 알고 있는 기린의 모습과는 전혀 다른 모습이었기 때문이었는데, 상빈이 기린을 기린이라고 부르는 걸 듣고서야 기린이 기린이라는 걸 알 수 있었다. 상빈은 이게 왜 기린이냐는 내 물음에 기린이 기린이지 뭐겠어, 라는 말로 설명을 퉁 쳤다. 거실에 놓인 2미터는 족히 되어 보이는 금색 기린은 목이 길지도 뭉툭한 두 개의 뿔이 달려있지도 않았다. 대신 정수리에 하나의 뿔이 있었고 몸이 비늘로 덮여 있었다. 수염이 달린 주둥이와 등에 날개가 달려 있는 기린은 기린보단 용처럼 보였다. 상빈은 기린의 이곳저곳을 둘러보며 비늘을 쓰다듬거나 머리 부분을 올려다보았다. 유품을 정리하겠다던 상빈은 오랜 시간 그러고만 있었다. 나는 먼지가 얇게 깔린 식탁에 손을 올렸다.

이게 뭔데?

상빈은 나의 물음에도 아랑곳 않고 기린을 살펴보는 데에만 집중했다. 거실로 햇빛이 쏟아지고 있었고 빛나는 기린과 기린을 더듬는 상빈은 어딘가 현실이 아닌 것처럼 느껴졌다. 상빈이 기린 보기를 멈춘 건 삼십분이 지난 뒤였다. 나는 식탁에 앉아 있다가 몸을 일으켰다. 기지개를 켜자 상빈이 고개를 저으며 말했다.

안 보여. 아무리 찾아도 안 보여.

상빈이 냉장고를 열고 물을 마셨다. 티백을 넣고 끓인 보리차였다. 할머니가 살아계셨을 적 끓였을 물을 상빈은 벌컥벌컥 마셨다. 나에게 마실 거냐며 물통을 내밀었다. 나는 고개를 저었다.

안 보인다는 게 뭔데?

상빈이 다시 냉장고에 물을 넣으며 말했다.

구멍.

응?

구멍이 보이지 않는다고.

무슨 구멍?

상빈이 다시 기린에게 다가갔다. 그리고 기린의 얼굴 쪽에 손을 댔다.

구멍은 무슨 구멍이야. 돈 넣는 구멍이지.

나도 기린 쪽으로 다가갔다. 기린은 앞에서 보니 더 거대했다. 외뿔이 천장에 닿았다. 그제야 이 기린이 무엇인지 궁금해졌다. 장식용이라기엔 너무 컸다. 거실 한 가운데 놓인 기린은 소파와 텔레비전을 가르는 벽처럼 서 있었다. 나는 상빈이 손을 대고 있는 얼굴을 바라보기 위해 고개를 들며 물었다.

이게 도대체 뭐야.

상빈이 중얼거리듯 말했다.

저금통. 기린 저금통.

나중에서야 상빈의 할머니 집 거실에 놓여 있는 기린이 상상 속 동물인 기린이라는 걸 알게 되었다. 그리고 환상 속 기린이 현생에 나타나면 아주 좋은 징조라는 것도. 세상에 현인이 나타나거나 좋은 일이 일어날 것이라는 것도. 나는 주인이 죽은 집에서 기린이 일으킬 좋은 일이 무엇인지 생각했다.

도로에는 내가 타고 있는 택시 밖에 없었다. 기사는 흥얼대며 핸들을 움직였고 라디오에선 어디선가 들어봤던 노래가 흘러 나왔다. 노래가 끝나자 DJ의 목소리가 들려왔다.

모두들 오늘 하루 아무 이유 없이 행복하길 바랄게요.

나는 뒷좌석에 몸을 기대고 계속 창밖을 보았다. 무너진 콘크리트 더미는 사라지고 높고 긴 방음벽만 보였다. 벽 너머에 무엇이 있는지는 보이지 않았다. 길 끝에 상빈의 집이 있을지도 모른다는 생각이 들었다. 정확히 말하면 상빈의 할머니 집. 상빈과 기린이 살고 있는 집. 나는 여전히 내가 어디서 택시를 탔는지를 알지 못했다. 기억이 드문드문 조각 나 있었지만, 그럼에도 크게 불안하지 않았던 이유는 내비게이션에 적혀 있는 목적지가 내가 알고 있는 곳이었고 택시가 내비게이션에 입력된 경로를 이탈하지 않고 있었기 때문이었다. 어디에서 출발했든, 어디로 가든 목적지에만 도착하면 되니까. 그리고 만약 기사가 갑자기 핸들을 꺾고 경로를 이탈한다 해도 나는 내가 아무것도 할 수 없다는 걸 알았다. 여기서 내가 도대체 무엇을 할 수 있는데, 자조하며. 그건 마치 구멍이 없는 저금통을 여는 것과 같다고, 생각하며.

평생 살아온 이 도시에 이제 내가 아는 사람은 없었다. 모두 이 도시를 떠났다. 떠난 사람들은 이곳에 살았던 흔적을 남기지 않고 사라졌다. 어쩌다 연락이 닿으면 대부분 이렇게 말했다. 너는 왜 아직도 거기 있냐. 타지에서 대학을 다니거나, 취직을 했던 순간도 있었다. 그러다가도 결국엔 이곳으로 돌아왔다. 기억 속 점점이 찍혀 있는 타지생활은 정말로 연필로 꾹 누른 작은 점만 해서 없는 기억 같았다. 이곳에서 태어나 이곳에서 살아가다 죽음을 맞을 것 같은 뭉근한 불안이 느긋하게 나를 덮쳐왔다. 너는 왜 아직도 그곳에 있냐는 친구들의 물음에 나는 언제나 이렇게 답했다. 그럼 내가 무얼 할 수 있는데.

상빈은 이곳으로 내려온 뒤 할머니 집에서 살았다. 상빈은 매일 나를 불러 기린을 어떻게 옮겨야 할지를 물었다. 상빈은 기린의 몸속에 할머니가 평생 모은 돈이 가득하다고 말했다. 그러니 이렇게 무거운 것 아니겠냐고. 상빈은 기린을 있는 힘껏 밀며 말했다. 기린은 움직이지 않았다. 상빈의 유품 정리란 할머니의 기린을 가져가는 것이었지만 거실 한가운데서 꿈쩍도 하지 않는 기린을 가져갈 방법은 요원했다. 땀으로 범벅이 된 상빈이 신발장에서 녹슨 망치를 가져왔다. 그리고 기린을 내리쳤다. 깡, 하는 소리가 집 안을 울렸지만 기린은 부서지지도 찌그러지지도 않았다. 이거 뭐 강철이야? 내가 웃으며 말했다. 몇 번 더 깡 하는 소리가 났지만 여전히 기린은 아가리를 벌린 채 움직이지 않았다. 나는 상빈에게 다가가 이곳에 정말 돈이 들어 있는 게 맞냐고 물었다. 소파에 주저앉은 상빈이 땀을 닦았다.

내가 태어났을 무렵 할머니가 이 기린을 샀대. 어디서 샀는지는 모르겠는데, 어쨌든 드디어 아들을 낳았다고 기념하려고 샀다네. 우리 집안에 계속 딸만 있었으니까 드디어 아들이 태어났다고 엄청 좋아하셨거든. 옛날 분이잖아. 나랑 평생 함께 살고 싶다고까지 하셨지. 이게 저금통이라는 걸 안 사람은 여태 아무도 없었어. 나도 물론 몰랐고. 내가 태어날 때부터 지금까지 돈을 여기다 넣으셨대. 내가 병원에 갔던 날 할머니가 딱 돌아가셨거든? 근데 돌아가시기 전에 나한테 귓속말로 그러시더라고. 나랑 함께 살기 위해 모은 돈이라고. 이제 너 가지라고. 그럼 여기 얼마나 많은 돈이 들어 있는 거야. 시간만 해도 삼십 년이 넘어. 동전이라 해도 차곡차곡 쌓였으면 엄청나지 않겠어? 어쩌면 내가 감당하지 못할 만큼의 돈이 들어 있을 수도 있지.

나도 상빈의 옆에 앉았다. 소파가 푹, 꺼졌다. 소파에 앉으니 기린이 우리를 내려다보고 있는 기분이었다. 상빈에게 그럼 기린을 들고 가는 건 어떠냐, 물었다. 내 말에 상빈은 긍정도 부정도 하지 않았다. 내가 일어나서 먼저 기린의 몸통을 잡았다. 상빈도 일어나 반대편 몸통을 붙잡았다. 하나 둘 셋, 하고 기린을 들어 올렸으나 기린은 거실에 박힌 듯 움직이지 않았다. 우리는 거실에 주저앉았다. 상빈이 다리를 펴며 말했다.

옛날에 담임이 책상 전부 다 운동장으로 옮기라고 했던 거 기억나? 그때랑 비슷하네.

나는 기억나지 않았지만 그러게, 하고 웃었다.

그 선생 얼굴이 선명해. 내가 진짜 너무 보고 싶어서 얼마 전에 찾아가려고 했거든?

상빈이 주먹으로 기린을 퉁, 퉁 두드렸다. 나는 초등학교 4학년 때 담인 선생님 얼굴을 떠올렸다. 밋밋한 얼굴이었는지 잘 떠오르지 않았다. 나는 상빈에게 물었다.

그래서 만났어?

상빈이 웃으며 답했다.

아니. 뒤졌다네. 몇 년 전에 뇌출혈로.

상빈이 몸을 일으켰다.

그 선생이 나 전학 갈 때 그랬거든. 잘했다고. 아주 정말 잘했다고.

뭘 잘했다고 했는데?

나도 몸을 일으켰다.

아무 말도 안하고 조용히 꺼져줘서.

해가 지고 있었다. 노을빛에 기린이 더 노랗게 변했다. 나는 정말 돈이 들어 있나 하고 기린을 밀어 보았지만 동전 소리는 들리지 않았다.

곱씹을수록 참 신기한 말이지 않습니까? 아무 이유 없이 행복하라니.

기사가 작게 말했다.

나는 고개를 돌려 운전석 쪽을 바라보았다. 혼잣말인가 싶어서 대답하지 않았다. 기사가 계속 이어서 말했다.

이렇게 생각하면 말입니다. 아무 이유 없는 행복이라는 게 참 무섭습니다. 아무 맥락 없이 나타난 행복을 누린다면, 아무 맥락 없이 찾아온 불행을 그저 고개를 끄덕이며 받아들여야 한다는 말 아닐까요.

나는 기사가 무슨 말을 하는지 이해할 수 없었다. 행복이나 불행에 대해 알기보다 언제쯤 이 도로의 끝이 보일지가 더 궁금했다. 나는 기사에게 혹시 제가 어디서 탔는지 알 수 있을까요, 물었다. 택시가 더 빠르게 달렸다. 커지는 엔진 소리가 차 내부를 울렸다.

참. 세상에는 행복보다 불행이 더 많은 법인데. 이유 없는 행복이라니. 사실 우리는 많은 불행 속에서 살아가지 않습니까. 가령 주머니에 넣어뒀던 돈이 사라진다든가, 갑자기 모르는 사람에게 해코지를 당한다든가, 지나가는 차에 부딪쳐 죽는다든가. 그런 세상 속에서 이유 없는 행복이라는 건 전 정말 모르겠습니다. 손님도 그렇지 않습니까?

기사는 내 말을 듣지 못했는지 계속 홀로 말했다. 나는 조용히 답했다.

행복과 불행이라는 건 주관적인 거니까요.

기사가 핸들을 탁치며 말했다.

그렇죠. 누군가의 행복이 또 다른 이에겐 불행일 수 있죠. 물론 반대의 경우에도 말입니다. 아니 사실 행복이라는 건 누군가의 행복을 뺏어오는 게 아닐까요? 행복을 빼앗긴 사람은 불행해지는 거지요. 그러니까 누군가가 행복하면 당연히 누군가가 불행해지는 게 삶의 이치 아니겠습니까. 그럼에도 사람들은 행복을 바라죠. 누군가가 불행해질 것이라는 생각은 잠시 묻어둔 채 말이에요. 손님에게 아무 이유 없는 행복이 주어진다면 어떨 것 같나요. 유감없이 즐기실 건가요. 아니면 누군가의 불행을 생각할 건가요?

나는 대답하는 대신 다시 물었다.

근데 제가 어디서 택시를 탔나요?

기사가 속도를 줄이고 고개를 옆으로 돌렸다. 웃고 있는 건지 누런 이빨이 보였다.

어디서 출발했든 그게 무슨 상관입니까. 우리는 이미 목적지를 향해 가고 있는걸요.

기린 옮기기를 실패하고 며칠 뒤 상빈에게서 전화가 왔다. 집으로 오라는 건 줄 알았으나 상빈은 뜻밖의 말을 했다. 기린을 옮길 방법을 알아냈다고. 나는 방법을 물었다. 상빈은 집으로 와보면 안다고 답했다. 나도 함께 방법을 고민했기 때문인지 약간 설레는 마음도 들었다. 기린을 가져갈 방법을 찾았다면 유품 정리는 마무리 될 것이었고 상빈은 다시 이 도시를 떠날 것이었다. 기억 속에 존재하지 않는 상빈이 떠나는 게 좋은 건지 나쁜 건지 알 수 없었다. 상빈의 할머니 집 앞에 도착했을 때 나는 또 한 번 떠올렸다. 상빈은 왜 전학을 간 거지.

대문은 열려 있었다. 거실에는 전처럼 기린이 서 있었고 상빈은 보이지 않았다. 나는 집안을 돌아다니며 상빈을 찾았다. 안방을 열고 화장실 문을 열었지만 그곳엔 상빈 대신 여전히 깔려 있는 꽃무늬 이불과 물기가 묻어 있는 빨간 고무 대야가 자리하고 있었다. 나는 상빈 찾기를 포기하고 소파에 누웠다. 아무리 생각해도 기린 안에 돈이 들어차 있을 것 같지는 않았다. 상빈의 할머니는 왜 돈을 꺼내는 방법을 알려주지 않았을까. 바람이 불어와 발바닥을 간지럽혔다. 그러고 보니 기린을 옮긴다 해도 돈을 꺼낼 방법을 찾지 못한다면 상빈은 어떻게 할 생각일까. 상빈의 집 거실에 놓일 기린을 상상했다. 아가리를 벌리고 새로운 집 천장에 외뿔이 닿은 채 상빈을 내려다보고 있을 기린을. 현관문 여는 소리가 들렸다. 몸을 일으켜 문 쪽을 바라보았다. 상빈이 숨을 헐떡이며 들어왔다. 어디 갔었냐는 물음을 하려다 상빈의 손에 들린 무언가를 발견했다. 상빈이 웃으며 손에 든 물건을 내려놓았다. 그건 커다란 캐리어였다.

거기에 기린을 넣어 가려고?

소파에서 일어나며 물었다. 상빈은 캐리어를 끌고 들어왔다. 캐리어는 묵직했다. 나는 캐리어를 보며 다시 물었다.

기린을 넣기엔 너무 작지 않나.

상빈은 웃기만 했다. 그리고는 캐리어의 지퍼를 잡아당겨 열었다. 캐리어의 내부에는 속옷과 겉옷, 책, 노트, 칫솔 같은 게 담겨져 있었다. 나는 이게 무엇이냐는 듯 상빈을 바라보았다. 상빈이 냉장고에서 또 보리차를 꺼내 마셨다. 냉장고에서 흘러나온 한기가 느껴졌다. 보리차를 벌컥벌컥 마신 상빈이 말했다.

너 그거 기억나?

나는 뭐? 답하며 다시 소파에 앉았다.

우리 4학년 때 그 일 있잖아. 이름은 기억이 안 나는데. 어떤 애가 오랫동안 학교에 안 나왔었잖아. 걔가 학교를 안 나오는 이유가 뭐냐고 막 소문도 돌고. 기억나?

나는 무슨 말인지 이해하지 못했지만 고개를 끄덕였다. 상빈은 식탁에 걸터앉은 채 계속 말했다.

근데 소문이라는 게 그렇잖아. 거기다 초등학생들이니까. 뭐, 부모님이 이혼을 했다, 아니면 가족들이 야반도주를 했다, 밤새 게임만 해대서 학교를 안 보낸다, 혹은 가출을 했다, 이런 어디서 들어본 것 같은 소문들이 돌았잖아. 믿는 애들도 있었지만 그런 소문은 휘발되기 마련이지. 근데 거기서 누가 그런 말을 했어. 자기는 진짜 이유를 안다고. 걔가 학교를 안 나오는 이유를 안다고. 다 들었다고.

상빈이 자리에서 일어나 기린 쪽으로 갔다. 그리고 전처럼 숨겨진 구멍을 찾으려는 듯 기린을 훑었다. 하지만 이제 나도 상빈도 알고 있었다. 기린에 돈을 넣는 구멍 같은 건 없다는 걸.

그 애도 어디선가 들어본 것 같은 소문을 말할 거라고 생각했지. 근데 의외의 말을 했어. 너 그거 기억나?

나는 이번만큼은 기억나지 않는다고 답했다. 기억이 난다고 하면 상빈이 상세히 물을 것 같았다. 상빈이 기린을 캐리어에 넣는 시늉을 하며 웃었다.

역시 이렇게는 옮길 수 없으려나. 하여튼 그 애가 발한 소문은 진짜 같았어. 어디서도 들어본 적 없는 이야기였고, 모두가 정말로 걔가 그 이유 때문에 학교를 안 나온다는 생각이 들었다는 거야. 걔가 학교에 나온 뒤에 모두가 위로했어. 그 소문을 언급하면서. 근데 그러고 나서 걔가 갑자기 사라졌어. 휘발되었던 소문들처럼.

상빈이 내 옆에 와서 앉았다. 소파가 푹 꺼졌다. 나는 기억나지 않는 과거를 생각하길 그만두었다. 어쩌면 상빈만이 겪었던 일일지도 모른다는 생각이 들었다. 나와는 아주 무관한 일일지도 모른다고. 나는 사라졌다는 걔가 누구인지 전혀 기억나지 않았다. 상빈이 나를 바라보았다. 나도 상빈을 보았다. 상빈의 입가에 보리차가 흥건하게 묻어 있었다. 갑자기 이런 이야기를 하는 게 궁금했지만 나는 다른 걸 물었다.

그래서 기린을 옮기는 방법이 뭔데?
상빈이 웃으며 소파에서 일어났다.
너 사실 하나도 기억 안 나지?
상빈은 내 질문에 답을 하듯 캐리어에 있는 물건들을 하나 둘 꺼내기 시작했다. 속옷을 개고, 겉옷을 옷걸이에 걸고, 칫솔을 화장실에 가져다두고, 책들을 뜻 모를 한자로 적힌 책들 옆에 꽂아두었다. 나는 소파에 앉아 묻지 못한 질문들을 입 안에서 질겅질겅 씹었다.

도로 끝에 다다르자 신호등 하나가 나왔다. 빨간불이 들어왔고 택시는 홀로 도로에서 정차했다. 건널목의 초록불이 점멸했다. 깜빡깜빡. 하지만 저쪽과 이쪽 사이에서 초록불을 기다린 사람은 아무도 없었고 하얀 이빨 같은 점선만 햇빛에 녹아내린 듯 바닥에 깔려 있었다. 도로 끝에 갈래 길이 보였다. 내비게이션이 오른쪽 길로 가라고 말했다. 기사는 신호가 바뀌었음에도 아직 출발할 생각이 없다는 듯 시동을 꺼버렸다.
하나도 기억나지 않느냐는 상빈에게 나는 그렇다고 했다. 그리고 그건, 또 다른 거짓말이었다. 상빈이 말한 소문을 나는 기억하고 있었다. 그러니까 어디선가 들어봤을 법한 소문들 말고 정말 진짜 같았다는 소문. 나는 그 소문을 기억하고 있었다.
할머니가 손자를 죽이려고 했다네요.
나는 담임선생님이 교무실에서 다른 선생님에게 이야기 하는 걸 들었다.
할머니가 같이 죽으려고 약을 탔다고 하더라고요. 근데 둘 다 죽지는 않았고 중환자실에 있데요. 무슨 할머니가 손자를 죽이려고 해요. 황당하지 않아요?
그리고 그건 나만이 엿들은 사실이었다. 선생님은 자신이 소곤거렸던 말이 소문이 되어 퍼져가자 난감해 했다. 도대체 왜 사실이 소문이 된 건지, 그때 선생님은 알지 못했다. 지금의 나는 소문을 퍼뜨렸던 그 애가 누구인지, 소문의 당사자였던 걔가 누구였는지 기억하지 못했다. 그런 우리를 보고 상빈은 이렇게 말할지도 모른다.

도대체 왜, 모르는 거지.

기사가 시동을 걸었다. 액셀을 밟자 차가 앞으로 나아갔다.

이제 곧 도착할 겁니다.

기사가 핸들을 꺾었다.

손님 가끔 말입니다. 그런 생각이 듭니다.

택시가 갈래 길로 진입했다.

세상은 모두 인과관계라고 하잖습니까. 원인이 있으니, 결과가 있다는 말. 그건 참 할 말이 없게 만듭니다. 결국 무슨 일이 일어나도 다 이유가 있다는 말이니까요. 이런 일이 일어나도, 다 내 탓이오 하게 되니 말입니다. 근데 가끔은 말입니다. 아무 이유나 맥락 없는 행복처럼 이유를 도통 모르는 일들이 일어납니다. 그럴 땐 운이 좋았다 나빴다 하면서 그냥 결과를 받아들이고 말죠. 근데 돌고 돌아서 말입니다. 모든 것엔 이유가 있다는 것을 생각해보면 이유를 전혀 모르는 결과도 결국은 다 내 탓이라는 것 아니겠습니까. 참 웃기지 않나요?

내비게이션에서 음성이 쏟아졌다.

경로를 이탈했습니다. 경로를 이탈했습니다. 경로를 이탈했습니다.

택시가 왼쪽 길로 들어섰다.

나는 기사에게 물었다. 왜 왼쪽으로 가나요.

기사가 답했다. 한 손님을 태운 적이 있습니다.

나는 다시 물었다. 왼쪽으로 가면 더 빨리 도착하나요.

내비게이션이 답했다. 경로를 재검색합니다.

나는 말했다. 내비게이션은 아니라고 하는 것 같은데요.

기사가 답했다. 그 손님이 말입니다. 계속해서 트렁크에서 소리가 난다고 하더군요. 제가 그럴 리가 없다고 끝없이 얘기하는데도 그 손님은 계속해서 트렁크에서 뭔가 둥둥, 하고 소리가 들린다고 확인 해 봐야 한다고 고집을 부리더군요.

기사가 입을 쩝쩝대며 이어 말했다. 그 손님이 차가 잠시 정차했을 때 트렁크를 열어봐야 한다며 차에서 내리더군요. 그래서 저도 차에서 내릴 수밖에 없었습니다. 그 손님은 트렁크를 억지로 열려고 하더군요.

나는 대답 듣기를 포기한 채 물었다.

그래서 어떻게 했나요.

그래서 제가 정중하게 말했죠. 손님. 트렁크에 들어가서 가시고 싶으신가요? 뒷좌석에 앉아 가시는 게 낫지 않겠습니까? 하고요.

기사가 웃었다. 선글라스가 들썩일 정도로 껄껄껄, 하고.

연락이 닿는 초등학교 동창에게 상빈이 말한 소문에 대해 물었다. 동창은 태연하게 기억나지, 답했다. 나는 그게 누구인지를 물었다. 동창은 웃음을 터뜨렸다. 어처구니없다는 듯이. 네가 어떻게 그걸 잊을 수 있냐고 묻듯이. 나는 누구나 초등학교 때 일은 잊지 않느냐고 항변하려다 그만두었다.

지난하게 이어지는 도로에서 내비게이션은 계속해서 경로를 재탐색한다는 경고음을 울렸고 기사는 행복과 불행에 대한 이야기를 했으며 도로 위엔 로드킬을 당한 고라니가 내장을 쏟아낸 채 누워 있었고 파리와 구더기가 아지랑이 속에서 고라니 내장을 파먹고 있었다. 그리고 나는 엉덩이를 붙인 채 상빈이 왜, 돌아오자마자 나에게 연락했는지에 대해서 생각했다. 그건 기사가 중얼거리는 행복과 불행에 대한 이야기와 별반 다르지 않은, 일반적이고 진부한 이야기였다.

왼쪽 도로에 들어서자 풀숲이 펼쳐졌다. 잡초들이 무성한 풀숲은 어둡고 축축했다. 내부에 무엇이 들어 있어도 눈치 채지 못할 것 같았다. 발악하듯 파릇파릇 자라난 풀과 나무들이 모든 방향을 향해 뻗어 있었다. 풀숲의 내부는 햇빛을 모두 삼킨 듯 어둠만을 전시해두고 있었다. 풀숲 끝에 상빈의 집이 있을까. 이제는 알 수 없었다. 상빈의 집에 가야 할 이유도, 목적지가 상빈의 집인지 아닌지도.

이제 정말 목적지에 다 와갑니다.

기사가 말했다. 내비게이션은 이제 말이 없었다. 화면은 까맣게 변해 있었다. 나는 이제 목적지인 상빈의 집으로 가고 싶지 않았지만 나의 마음과 무관하게 택시는 계속해서 앞으로 나아갔다. 상빈은 유품 정리 대신 자신의 짐을 풀었고 할머니 집에서 살기로 했다. 상빈은 이제 기린을 옮기려고 하지 않았음에도 나를 매일 찾아왔다. 상빈은 나의 집을 알고 있었고 나는 도시를 떠나지 않았기 때문에 상빈이 찾아오는 걸 막을 수 없었다. 상빈은 별 다른 이유 없이 나의 집을 찾아와 시간을 죽였다. 기린 같은 건 이미 잊어버렸다는 듯이. 나는 그런 상빈을 빤히 바라보았다. 움직이지 않는 기린이 집 가운데 놓여 있는 듯한 불편함이 발끝부터 찬찬히 차올랐다.

기사가 핸들을 꺾었다. 택시는 어둡고 축축한 풀숲으로 들어갔다. 나뭇가지가 바스스, 부서지는 소리가 들렸다. 창밖엔 이제 나뭇잎들이 창문에 들러붙어 있는 것만이 보였다. 나뭇잎은 누군가의 손바닥 같았다. 수많은 손바닥들이 문을 열어달라는 듯 창문을 긁었다. 울퉁불퉁한 비포장도로에 엉덩이가 들썩거렸다. 무엇인지 알 수 없는 무언가가 트렁크를 계속 둥둥, 두드리는 둔탁한 소리가 들렸다. 택시 내부로 바스스 하는 소리와 둥둥 거리는 소리가 교차해서 들려왔다. 나는 몸을 세우고 기사에게 말했다.

왜 풀숲으로 들어온 거죠.

기사가 몸이 좌우로 흔들렸다.

이게 가장 빨리 가는 길입니다.

나는 조수석 등받이를 잡으려 소리쳤다. 뭐라고요?

택시는 양쪽으로 심하게 뒤흔들렸다. 멀미가 날 것만 같아 눈을 질끈 감았다. 순간 주위가 고요해졌다. 고요 속에서 기사의 목소리가 들려왔다.

목적지에 도착했습니다. 손님.

눈을 뜨자 풀숲은 사라지고, 상빈이 살고 있는 연립주택이 보였다. 나는 창밖과 기사를 번갈아 보았다. 바스스, 둥둥 하는 소리가 꿈처럼 느껴졌다. 기사가 미터기를 껐다. 그리고 웃으며 고개를 돌렸다. 기사의 입술 속 이빨이 건널목의 점선처럼 가지런히 선 채 나를 향하고 있었다. 무언가 묻고 싶은 게 많았지만 나는 어떻게 와 왜 사이에서 갈팡질팡하다가 아무것도 묻지 못했다. 나는 주머니에서 카드를 꺼냈다. 기사가 고개를 저었다.

돈은 되었습니다. 저도 무척이나 즐거운 운행이었으니까요. 무엇보다도 오늘은 맥락 없는 행복이 오는 날이지 않습니까?

기사가 웃는 얼굴을 뒷좌석까지 들이밀며 말했다. 나는 카드를 쥔 채 기사의 얼굴을 빤히 바라보고 있기만 했다. 택시의 잠금장치가 풀렸다.

그러니까 이제 내려요.

나는 차문을 열었다. 문을 닫자마자 택시가 앞으로 나아갔다. 택시가 과속 방지턱을 지났다. 속도를 줄이지 않은 택시가 심하게 덜컹거렸다. 차에서 또 둥둥, 하는 소리가 들렸다. 나는 멀리 사라지는 택시를 오랫동안 바라보았다. 누군가의 엉덩이가 붕, 떴다가 내려앉았을 것만 같았다. 나는 무사히 도착한 목적지에서 어떤 기분을 느껴야 할지 알 수 없었다. 다리에 힘이 빠졌다. 지금 느끼는 감정이 안도감일지도 모른다는 생각이 들었지만 괜찮아진 건 아무것도 없었다. 상빈은 이곳을 떠나지 않을 것이고 나는 전과 다름없이 무얼 할 수 없는 순간 속에 고여 있을 것이다. 정오의 햇빛은 그늘 속에 숨겨뒀던 불안을 아지랑이 피어오르는 아스팔트에 내동댕이치듯 전시해두었고 거실에 놓인 기린은 아가리를 벌린 채 소파를 내려다보고 있었다. 맥락 없는 행복을 가진 사람은 누구이며 누군가가 행복을 가졌다는 맥락으로 인해 불행을 가진 사람은 누구인지 생각했다. 그리고 내가 어느 쪽에 속해 있는지를 고민했다. 아무것도 알 수 없어서, 나는 주저앉을 듯 무릎을 굽히고 연립주택을 올려다봤다. 상빈의 집 창문이 열려 있었다. 뜨거운 바람이 불었고 창문에 널려 있는 낡은 꽃무늬 이불이 하느작거렸다.

당선소감 | 조재윤

전화가 왔을 때, 잠시 졸고 있었습니다. 이제야 뒤집기를 하기 시작한 조카 나은이가 뛰어오는 꿈을 꾸고 있었습니다. 어떻게 벌써 뛰지? 라는 생각을 하면서 꼭 껴안아줄 때 잠에서 깨었고 당선 되었다는 소식을 들었습니다. 여전히 꿈일지도 모른다고 의심 하다가, 나은이가 뛰는 꿈 또한 조만간 보게 될 현재라는 걸 깨달아서 당선 또한 어쩌면 언젠가 도착할 현실이 꿈처럼 지금 도착했구나 인정하게 됐습니다.

여전히 소설을 쓴다는 게 많이 어렵습니다. 나의 글이 어디에 가닿는지 또한 잘 모르겠다고도 생각합니다. 최근 소설을 쓸 날이 많이 남지 않았다고 느끼고 있었습니다. 그만 써야겠다고 다짐도 했습니다. 그리고 지금 뒤돌아봤을 때 이 순간까지 제가 소설을 써 온 게 아니라 소설이 저를 다독이며 제 삶을 한 글자씩 써왔다는 사실을 알게 됐습니다. 그러니까, 제 소설들에게 고맙다고 조금만 더 곁에 있어달라고 말하고 싶습니다.

당선 소식을 들었을 때 고맙다는 말을 먼저 한 뒤 축하를 전해준 우리 엄마 송순희 여사에게 먼저 감사하다고 말하고 싶습니다. 고등학교 때부터 이게 무슨 소설이야? 싶은 글마저 묵묵히 프린트해주며 응원해준 큰누나 조연우와 언제나 누구보다도 가족을 먼저 생각하고 버팀목이 되어주는 작은누나 조정민도, 매형 김성현에게도 너무나 고맙습니다. 언제나 사랑하는 로하, 하온, 은성 나은, 루니야 맛있는 거 사줄게.

소설을 읽어주며 합평해준 저의 동료이자 선생님인 아나그노리시스 멤버

주섭님, 용형, 돌별이, 혜진이, '단편적 여름' 멤버들, 로님, 효주님에게도 고맙습니다. 힘든 순간 함께 해준 채원이에게도, 정말 고맙다고 말하고 싶습니다. 부족한 소설에서 가능성을 봐준 부산일보와 심사위원분들께도 감사드립니다. 그리고, 이 순간 무슨 말을 해줘도 좋으니 함께 했다면 좋았을 아빠에게 보고 싶다는 말을 전하고 싶습니다.

심사평 | 정찬 · 정인 · 나여경 · 이병순 · 이정임

예심위원들이 고투 끝에 본심으로 넘긴 작품은 7편이다. 심사위원들은 그중 네 편에 주목했다. '뼈의 기억'은 소재는 흥미로우나 소재를 뒷받침하는 인물들의 구체성이 부족했다. 할머니가 홀로 죽음에 이른 연유, 생시와 같이 분장해 달라는 유언을 남긴 내적 동기와 법의인류학자였던 인물이 뼈 분장사로 직업을 바꾸게 된 동기 등이 구체적이지 않아 서사가 무너진 아쉬움이 컸다.

'심해금고'는 은행이란 한정된 장소를 통해 조직 속에서 겪는 개인의 실존적 외로움을 잘 드러냈다. 특히 아쿠아리움의 심해 존을 통해 화자의 현실 인식을 묘사한 장면은 인상적이었다. 하지만 소설의 첫머리에 큰 비중으로 등장한 '미안한데'가 중요한 역할 없이 결말에 이르러 서사의 긴밀성이 부족했다. '치이즈' 또한 병원이란 공간을 통해 3개월 차 임병사가 겪는 직장 내 폭력과 그로 인한 정신적 고통을 안정적인 문장으로 잘 그려냈다. 하지만 쓰러진 미정 앞에 갑자기 전임자인 이수가 나타나 삶의 방향을 결정짓는 동기를 심어 준 설정은 너무 극적이어서 억지스러웠다.

'기린을 옮기는 방법'은 여느 소설들과 결이 다른 독특한 소설이다. 확실한 게 아무것도 없는 우리의 현실을 상징하는 구성을 통해 삶을 은유하는 서사 방식은 흡인력이 컸다. 그 속에 환상성을 간직한 것이 이 소설의 특별함이다. 다소 낯설지만 이러한 새로운 형식이 신춘문예에 걸맞은 작품이라는 데 심사위원들의 의견이 일치하여 당선작으로 뽑았다.

불교신문 **정유진**

영국 레딩 대학교 미술사학과 박사, 석사, 학사 졸업
서울예대 문창과 졸업

목련의 잉태

정유진

흰 속옷에 빨간 혈흔이 묻었다. 속옷을 갈아입고 누웠다. 서연의 눈이 번쩍 떠졌다. 침대 옆 시계가 11시 50분을 가리키고 있었다. 두 시간의 짧은 잠이었지만, 깊은 어둠 속에서 빠져나온 것 같았다.

서연의 몸은 보이지 않는 자석에 이끌리듯 부엌 식탁으로 향했다. 그녀의 손은 핸드폰을 향해 뻗어갔고, 위치 앱을 열었다. 화면 속에서 파란 점이 깜빡거렸다. 그 점은 은우의 존재를 나타내는 유일한 증거였다. 집 근처 대형 병원 장례식장 앞, 십 차선 대로변. 파란 점이 깜빡일 때마다 숨이 막혔다. 손끝이 차가워졌다. 왜 남편은 상점이 전혀 없는, 가로수만 늘어선 도로에 서 있을까? 그 생각이 든 순간, 서연은 다급하게 바지를 갈아입고 모자를 썼다. 잠바를 집어 들고 밖으로 나섰다. 서늘한 밤공기가 그녀의 얼굴에 닿았다. 장례식장까지는 택시로 금방 갈 수 있는 거리였지만, 이 시간에 택시 잡기는 쉽지 않아 보였다. 걸어간다면 삼십 분은 족히 걸릴 거리였다. 택시가 손님을 내려주는 게 보였다. 서연은 달려가 택시 문을 잡았다.
"기사님, 병원 뒤 장례식장 입구까지만 가주세요."

택시는 조용한 거리를 달렸다. 미터기의 숫자가 올라갈 때마다 누군가 서연의 심장을 끌어내리는 것 같았다. 이런 날이 한두 번이 아니었다. 다른 층 복도에서, 영하 날씨에 주차장에서, 오늘은 십 차선 도로변에서. 회식이 있는 날이면 서연은 저녁 11시쯤부터 문자를 보내고, 답이 없으면 그를 찾아 나서야 했다. 술에 취해 정신을 잃고 쓰러진 그를 찾아내기까지, 저녁 시간 내내 가슴을 졸이고 있었다. 택시에서 내린 그녀는 횡단보도 앞에 섰다. 신호등이 바뀌기를 초조하게 기다리며 건너편을 봤다. 좌측으로 삼사십 미터 떨어진 곳에 경찰차 한 대와 경찰관 한 명이 보였다. 신호가 바뀌자마자 서연은 뛰기 시작했다. 십 차선을 내달렸다. 운동화가 아스팔트를 치는 소리가 점점 빨라졌다. 횡단보도 앞 주택단지 입구로 들어가는 작은 길에서 또 다른 경찰이 걸어 나오고 있었다.

"여기 대로변에 술 취한 남자 보셨나요?"

경찰이 골목 안쪽을 가리켰다. 서연은 그곳으로 달려갔다. 고개를 숙이고 핸드폰을 든 채 흔들리는 남자의 뒷모습. 은우였다.

서연은 순간 어금니를 물었다. 그녀는 다가가 은우의 등을 치며 소리쳤다.

"도대체 여기서 뭐 하는 거야? 집에 가자."

은우는 고개를 들었다. 서연은 마치 누나처럼 서 있었다. 아니 어쩌면 누나는 서연처럼 서 있었던 걸까. 서연은 누나처럼 뭐든지 잘하는 여자였다. 기억이 뒤엉켜 있었다.

은우는 운구차 위에 앉은 흰 나비 한 마리를 보았다. 마치 누나가 마지막 인사라도 하듯, 나비는 오랫동안 머물러 있었다. 영산강에 누나를 뿌리던 날, 은우는 차 안에서 엄마의 울부짖던 소리가 차 안으로 밀려 들어오던 그 날을 아직도 생생하게 기억한다. 엄마의 그 울음을 온몸에 담고 지금까지 버텨왔다. 서연이 배에 주사를 맞을 때마다, 그는 도망치듯 밖으로 나왔었다. 누군가의 고통을 다시 지켜봐야 한다는 것이 그를 무력하게 만들었다. 배에 빨간 주사 자국 하나하나가 그의 부재를 증명하는 것만 같았다. 누나의 링거 바늘이 겹쳐 보였다. 은우는 느린 발걸음을 옮겼다. 그의 몸에서는 알코올 냄새가 풍겼다.

"그쪽 아니야! 큰길로 다시 나가야 택시를 잡지, 왜 반대쪽으로 가는 거야? 저쪽이라고!"

서연은 그의 팔을 잡아끌었지만, 성인 남자의 팔을 당겨 방향을 바꾸기에는 역부족이었다.

그들이 얼마를 걸었을까, 갑자기 택시 한 대가 나타났다. 서연은 망설임 없이 택시를 향해 달려갔다. 손님이 내리고 있었다.

"잠시만요 아저씨. 여기 가까운 곳이 집인데, 이 시간에 택시 잡기가 힘들어서요. 태워주실래요?"

서연은 마른침을 삼켰다. 택시 문을 열어놓고 비틀거리며 걷고 있는 남편 등을 힘껏 밀어 택시에 태웠다.

서연이 현관문을 열자, 은우는 거실에 그대로 쓰러져 코를 골며 잠들었다. 서연은 방으로 들어왔다. 시계는 새벽 세 시를 가리키고 있었다. 아까 남편이 있던 곳에서 가까운 파출소를 인터넷으로 검색해서 전화를 걸었다.

"저 아까 자정에 병원 앞 대로변으로 남편을 데리러 갔었던 사람인데요. 그때 파출소로 무슨 사건이나 싸움에 관한 신고가 있어서 가신 거였나요?"

"아니요. 사건 신고는 없었어요. 그 도로를 지나던 어느 운전자가 파출소로 전화했어요. 여기 십 차선 대로변에 사람이 쓰러져 누워있다고요. 길에 아무도 없고 새벽에 위험하니까요. 신고를 받고 출동해서 남편분을 댁에 모셔다드리려고 했지만, 집이 어디인지 말을 안 하셔서 모셔다드리지 못했어요."

경찰관의 대답에 서연은 전화기를 꽉 쥐었다.

은우가 십 차선 도로에 쓰러져 있었다는 말을 들었을 때, 서연은 문득 은우가 들려준 누나의 교통사고 이야기를 떠올렸다. 도로 위에 쓰러진 은우는 그날의 누나처럼 보였을까. 서연은 자신이 갑자기 눈이 떠지지 않았다면 어땠을지 생각했다. 그리고 온몸에 한기를 느꼈다. 전화를 끊고 서연은 멍하니 앉아 있었다.

두 시간쯤 자고 일어난 은우가 갑자기 일어나 방문 앞으로 와서 다급한 목소리로 물었다.

"내 지갑, 가방 어디 있어?"

서연은 몹시 화가 난 목소리로 소리쳤다.

"당신 미쳤어? 왜 한밤중에 십 차선 도로에 누워있어? 죽고 싶었어? 죽고 싶어 환장했냐고!"

서연의 그 떨림이 은우의 마음을 흔들었다. 그는 눈을 감았다. 은우의 꿈속에서는 늘 누군가가 떠나갔지만, 지금, 이 순간 누군가는 봄을 기다리고 있었다. 서연은 매일 아침, 저녁 자신의 몸에 봄을 심고 있었다. 목련처럼, 언젠가는 하나가 아닌 둘이 목련꽃을 볼 것이라 믿었다.

"응"

은우는 망설임 없이 한 마디 내뱉는다. 단호하면서도 담담했다. 폭풍우 치는 하늘을 가르는 화살처럼, 그의 한 마디는 서연의 마음에 꽂혔다. 서연의 입술이 떨렸다. 그의 고백 같은 대답의 무게에 서연은 순간 숨을 멈췄다. 은우는 서연 뒤 창문에 비친 자기 모습을 바라보았다.

은우는 서연의 핸드폰으로 은행에 전화를 걸어 카드를 모두 정지시켰다. 은우가 숫자 버튼을 누를 때, 서연은 몇 시간 전 어둠 속에서 보이지 않던 오른손등에 살이 까지고 피가 난 상처를 발견했다. 손바닥도 어딘가에 긁힌 듯 까져 있었다. 오랫동안 한쪽으로 누웠다 일어난 사람처럼 머리 한쪽이 눌려 있고, 등에 흙이 묻어 있었다.

카드를 취소한 은우는 옷을 갈아입고 안방 침대에 서연을 등지고 누웠다. 방은 긴장된 침묵에 빠졌고, 금세 은우의 잠자는 숨소리가 일정한 리듬을 이루며 방안을 채웠다.

거실로 나와 소파에 앉았다. 거실에 아침 햇살이 쏟아졌다. 하지만 어둠은 여전히 그녀를 놓아주지 않았다. 은우의 "응"이라는 한 마디가 그 그림자를 더욱 짙게 만들었다. 창밖으로 눈이 내리기 시작했다. 방에서 은우의 거친 숨소리가 들려왔다. "미안해"

은우가 잠결에 중얼거렸다. 누구를 향한 말인지 알 수 없었다. 서연은 조심스레 방으로 들어가 이불을 끌어 올려 웅크린 은우를 덮어줬다. 그의 어깨에 손을 얹었다. 시험관 시술로 매일 주사를 맞는 자신의 배처럼, 은우의 어깨는 단단하게 굳어 있었다. 그 단단함 아래 숨겨진 아린 기억을 서연은 어렴풋이 느꼈다.

거실 창가에 걸린 커튼이 희미하게 흔들렸다. 또다시 시작이다. 그녀의 배는 바늘을 기다리고, 그의 발걸음은 어제의 거리를 더듬을 것이다. 둘은 제자리에서 맴돌고 있었다. 간격 없이 스며드는 숨소리가 방을 채웠다. 서연은 그 소리에 귀 기울였다.

한 시간쯤 자고 일어나 출근 준비하는 은우에게 말했다.

"어제 생리 시작했어. 내일 나 병원 가. 다시 시작이야."

은우는 책상 위에 소지품을 챙겨 말없이 가방을 들고 현관문을 나섰다. 거실에 아침 햇살이 쏟아졌다.

*

다음날 서연은 병원을 방문했다. 진료실 앞에서 기다리고 있을 때 간호사가 이름을 불렀다. 의사는 초음파 먼저 보자고 하며 진료실 옆 공간으로 갔다. 반쯤 불이 커진 아늑한 공간에 모니터 두 대와 시술 의자가 있다. 의사는 초음파 기계로 난포 크기를 확인했다. 진료실을 나와 주사실로 갔다. 간호사가 건네는 흰 쇼핑백에 오늘부터 8일간의 시간이 담겨 있다. 차가운 주사기와 약은 서연의 체온을 기다리고 있었다. 체온으로 녹아들어야 할 얼음 같은 기다림이었다.

서연은 병원문을 나와 승강기를 탔다. 두 여자의 대화가 서연의 귀에 들려왔다. 한 여자가 물었다.

"저기 무슨 병원이야?"

"애 못 낳는 여자들이 다니는 병원이래."

그 말은 서연의 심장을 파고들었다. 약 봉투를 가방 깊숙이 밀어 넣으면서도, 누군가 자신의 비밀을 들여다보는 것만 같아 손끝이 떨렸다. 서연은 승강기에서 내리다 문득 삼 년 전 시골에 갔던 날이 떠올랐다. 결혼 후 처음으로 시어머니의 친척 집을 찾은 날이었다. 결혼식 때 많은 시댁 식구를 봤지만, 정신이 없어 다 기억하지 못했다. 두 번째 만나는 시이모님은 처음 보는 사람이나 다름없었다. 과일을 내놓으시고 잠시 후, 대뜸 물으셨다.

"왜 새끼 안 달고 왔나?"

은우는 배 주사를 한번 놔준 적이 있다. 이후 은우는 "내가 안 하면 안 될까"라는 말을 꺼낸 후, 다음날부터 출근 시간을 앞당겼다. 아침이면 서연이 무언가를 말하려 할 때마다 서둘러 현관문을 나섰다. 대신 식탁 위에는 매일 따뜻한 국이 놓여 있었다. 말 없는 미안함이었다. 은우에게 그녀의 배를 찌르는 일이 다른 남편들처럼 쉽게 용기 낼 수 있는 일이 아니었다. 주사약이 뱃속으로 들어갈 때 아파하는 그녀의 얼굴을 보는 일은 그에게 또 다른 고통이었다. 은우가 열두 살 때, 병실 누워있던 작은누나는 세 번의 다리 수술 끝에 떠났다. 병실에서 항상 주사기를 꽂고 멍하니 천장을 바라보던 창백했던 누나 얼굴이 떠올랐다.

*

다음날부터 서연은 의식을 치르는 사람처럼 준비해야 했다. 물약과 주사기, 알약들을 식탁 위에 가지런히 놓았다. 소독솜으로 배를 문지르자 아빠가 늘 하던 말이 떠올랐다. '네가 태어날 때 아빠는 이란에 있었어. 엄마가 네 발 사진을 보내줬지.' 서연은 항상 자기 몸 어딘가에 엄마가 함께 있는 것 같았다. 그래서 지금도 몸에 새 생명을 심으려 할 때마다 엄마를 만나는 것만 같았다. 물약의 뚜껑을 열고 주삿바늘을 집어넣었다. 바늘 뒤를 잡아당기며 약을 주사기 안으로 옮겼다. 주사기 안으로 물약과 함께 "응"하던 은우의 목소리가 들어간다. 약통에서 주사기를 빼고, 작은 주삿바늘로 교체한다. 깊게 숨을 들이마셨다. 천천히 내쉬고 배꼽 아래 한 지점을 응시했다. 배를 불룩 앞으로 내밀고, 왼손으로 배꼽 아래 살을 힘껏 잡았다. 배꽃 같은 흰 피부 위 차가운 금속이 내려앉는다. 소독솜 한 장을 집어 배에 문지르며 심호흡을 다시 한번 길게 "후"하고 내뱉었다. 시계 초침 소리만 울려 퍼지는 정적 속에서 윗니로 아랫입술을 꽉 깨문다. 온몸을 아랫입술에 매달았다. 액체의 강이 흐른다. 검은 고무 패킹이 천천히 눈금을 하나씩 지나간다. 창밖의 달빛은 그녀의 얼굴을 비춘다. 바늘을 빼고, 소독솜으로 배를 닦는다. 서연은 잠시 눈을 감고 깊은숨을 천천히 내뱉었다. 주사기를 놓을 때마다 만남이 한 걸음씩 가까워지는 것 같았다.

서연이 주사를 맞는 시간, 은우는 퇴근길에 들른 빵집 앞에 서 있었다. 은우의 코끝을 스치는 단팥빵 향기는 시간의 벽을 무너뜨렸다. 그 순간, 그는 다시 열두 살이 되어 있었다. 기억 속에서, 작은누나의 손을 잡은 그의 손은 지금보다 훨씬 작고 부드러웠다.

"누나 나 단팥빵 먹고 싶어." 은우는 작은누나의 소매를 잡아당겼다. 엄마는 안 사줄지도 모른다는 생각에 누나에게 먼저 말했다. 작은누나는 공부도 잘하고 운동도 잘하니까, 작은누나가 말하면 엄마는 들어줄 것 같았다. 작은누나는 미소를 지었다. "그래 우리 엄마한테 사달라고 해볼까?" 작은누나는 엄마에게 말했다. 엄마는 잠시 주저하다 고개를 끄덕였다.

작은누나 손을 잡고 엄마를 따라 걸었다. 골목길을 나와 큰 길가를 걸어 서방 시장으로 향했다. 세탁소와 방앗간, 양장점을 지나 사거리 빵집 앞으로 왔다. 엄마는 순간 머뭇거렸다. “오늘 말고, 다음에 사줄게. 그냥 가자.” 엄마는 몸을 돌렸다.

은우는 작은누나와 빵집 유리창 앞에서 고소한 냄새를 맡으며 잠시 멈췄다.

“은우야 가자.”

작은누나가 은우 손을 잡으며 말했다. 가게 앞을 지나 엄마가 간 길을 따라나섰다. 은우는 작은누나와 서로 밀치며 장난스럽게 걸었다.

그때였다. 뒤쪽 오르막길에 세워둔 용달차가 브레이크가 풀린 채 천천히 내려오기 시작했다. 갑자기 들려온 비명, 쾅, 유리창 깨지는 소리. 용달차는 작은누나를 밀고 옷 가게 유지창을 부쉈다. 차체와 유리창 사이에 끼인 다리에서 피가 나고 있었다. 누나의 짧고 높은 비명에, 길에 있던 사람들의 시선이 일제히 쏠렸다. 앞서 걸어가던 엄마는 순간 뒤를 돌아봤다. “현우야” 사거리에 울린 엄마의 외침과 다급한 발소리가 다가왔다. 어디선가 나타난 아저씨는 용달차를 잡으며 소리쳤다. “여기와 다 같이 차를 듭시다. 도와줘요!’

은우의 눈앞에서 과거와 현재가 겹쳤다. 빵집 유리창에 비친 그의 모습은 어느새 그 사거리에 서 있던 아이로 변해있었다. 은우는 그 자리에 서서 얼어붙었다. 사람들의 발소리와 외침이 사방에서 몰려들었다. 다 같이 한쪽에서 차를 들었다. 하나, 둘, 셋, 그리고 엄마가 누워있는 작은 누나를 안고 나왔다.

엄마의 흰색 꽃 치마는 누나의 피로 붉게 물들었다. 은우의 코끝에 단팥빵 냄새는 사라지고 피비린내가 스쳤다. 사거리는 비명만이 가득했다. 엄마는 누나를 안고, 멀지 않은 곳에 서 있는 택시로 달려갔다. 은우는 순간 집으로 가야 한다고 생각했다. 버스 정류장을 향해 뛰어갔다. 다리에 약간 피가 나고 있었지만 아무런 느낌이 없었다. 버스는 금방 도착했다. 버스 의자 손잡이를 잡고 서 있었다. 버스 안에 사람들이 은우의 다리를 힐끔힐끔 쳐다봤다. 은우는 창밖만 보며 빨리 집에 가서 알려야 한다는 생각뿐이었다. 버스에서 내려 집을 향해 내달렸다. 아빠, 큰누나와 택시를 타고 시내 병원으로 갔다. 응급실 앞, 녹색 택시 한 대가 멈춰 서 있었다. 운전사는 담배 연기 사이로 응급실 입구를 살폈다. 뒷문이 열린 채로 있었고, 검은 시트가 붉게 물들어 있었다.

"손님, 괜찮으세요?"

빵집 주인의 목소리가 들렸다. 은우는 그제야 자신이 한참 동안 유리창 안을 바라보고 있었다는 걸 알았다. 이마에는 식은땀이 맺혀 있었고, 손은 미세하게 떨리고 있었다.

"아…. 네 죄송합니다." 은우의 목소리는 작고 쉬어 있었다.

그는 빵집을 뒤로하고 걸음을 재촉했다. 해 질 녘 하늘은 완전히 해가 저물지도 완전히 떠올라 있지도 않았다. 집이 가까워질수록 은우의 마음은 더욱 복잡해졌다. 집 현관 앞에 선 은우는 잠시 눈을 감았다. 깊은숨을 내쉬며, 그는 과거의 기억을 밀어내려 애썼다. 하지만 그의 손에 느껴지는 문손잡이의 차가움은 그날 버스의 손잡이를 꼭 쥐고 있던 열두 살 때 손을 떠올리게 했다.

*

새벽 여섯 시, 알람 소리가 울렸다. 난자를 채취하는 날이다. 8일 동안 맞았던 주사와 약이 끝났다. 서둘러 나와 병원에 도착했다. 번호표를 뽑는 서연의 손가락은 미세하게 떨렸다. 두 명의 대기. 상담실에서 간단한 신분 확인을 마치고 나왔다. 차트 번호, 부부의 이름, 의사명 그리고 바코드가 찍혀진 분홍색 종이띠가 그녀의 오른쪽 손목을 감쌌다.

대기실에서 분홍색 가운을 입은 여자들이 모여 있었다. TV 화면만이 깜박거렸고, 여성들은 각자의 침묵 속에 잠겨있었다. 마치 봄날 분홍색 꽃들이 새로운 봄을 준비하는 듯 각자의 침묵 속에서 생명의 계절을 기다리고 있었다. 서연의 이름이 불렸다. 순간 그녀의 심장은 한 박자 빠르게 뛰었다.

커튼이 쳐진 작은 방으로 들어갔다. 삼십 분쯤 지나서 그녀의 침대가 시술실로 밀려들어 갔다. 서연은 복도 천장의 형광등을 바라보았다. 그 빛은 마치 또 다른 세계로 가는 문 앞의 경계를 비추는 듯했다. 환한 조명이 있는 수술실에 다섯 명의 간호사가 서 있었다. 그들은 동시에 시술대로 다가왔다. 눕는 것을 도와드린다고 하며 손길은 부드러웠지만, 시술대 위에서 서연의 몸은 굳어갔다. 다리 쪽에 있던 간호사는 다리를 묶는다는 말과 함께 다리걸이에 묶었다. 이어서 팔도 묶었다. 팔과 다리가 묶이는 순간, 서연의 체온이 차가운 시술대에 닿았다. 간호사는 서연의 배 위로 작은 초록색 커튼을 쳤다. 머리 위쪽에 서 있던 마취과장 목소리가 들려왔다.

"금방 끝날 거예요. 마취약이 들어갑니다."

그 말과 함께 호흡을 깊게 들이마시자, 약 냄새가 코와 목을 찔렀다. 마치 봄비에 목련꽃이 떨어지듯, 마취제가 의식을 떨어뜨렸다. 소독약 냄새가 하얀 안개처럼 피어올랐다. 간호사가 움직이는 소리, 시술 도구가 부딪치는 소리가 그 안개 속을 헤집고 지나갔다. 형광등 불빛이 눈꺼풀 위에서 춤을 추다가, 서서히 멀어져갔다. 서연은 눈을 감았다. 그녀는 6살 이후 단 하루도 죽음을 잊어본 적이 없다. 엄마가 그랬듯이, 나도 그렇게 가면 어쩌지. 떠나간 사람 뒤에서 남겨진 사람이 바라봐야 하는 떠난 빈자리의 그림자는 끝이 보이지 않는 불가설불가설不可說不可說轉이었다. 과거를 현재로 가져오지 않으려고 했다. 코에 올린 산소호흡기가 기억을 되돌린다.

서연은 눈을 떴다. 산소 호흡기와 각종 측정기가 그녀의 몸에 연결되어 있었다. 모니터에서 갑자기 삑삑 소리가 났고, 간호사가 달려와 혈압을 확인했다. 서연의 침대 옆 커튼 너머로 의사의 목소리가 들렸다.

"오늘 채취했는데 난포가 안 나왔어요. 가끔 세포질이 나오기도 하고 공난포가 나오기도 합니다. 힘내시고 다음 달 생리 시작하면 다시 병원에 오세요. 그동안 주사 맞느라 고생했어요."

의사가 가고, 잠시 후 간호사가 여자에게 설명해 준다. 여자는 침대에서 일어나 잠시 앉아 있는 듯했다. 곧이어 슬리퍼를 신고 나가는 소리가 들렸다.

잠시 후 의사는 서연의 침대로 "오늘 세 개 채취했어요. 수고했어요"라고 말한 뒤 갔다. 간호사가 서연에게 엉덩이를 들고 다리를 벌려보라고 한다. 몸 안에서 삼십 센 치쯤 되는 거즈를 쭉 빼낸다. 몸에서 빠져나가는 이물질이 느껴지는 불편함에 서연은 미간을 찌푸렸다. 주의 사항을 듣고 처방전을 받고 나왔다. 십 년째 반복되는 이 시술이 끝없이 이어지고 있었다.

며칠 만에 찾은 미술실, 서연은 묵묵히 붓을 움직였다. 수업이 끝나고 뒷정리하는 동안 교실 뒤편에서 들려오는 목소리가 공기를 가르며 날아왔다.

"인물화를 정말 잘하네. 색감이 외국 스타일이야. 어쩐지 외국에서 좀 살다 온 것 같아…."

붓을 씻던 서연의 손이 잠시 멈췄다. 육십 대 여성의 칭찬이 길게 이어졌다가, 마지막 한 마디가 등 뒤에 날카롭게 꽂혔다.

"그런데 서연 씨는 일부러 아이를 안 가진 거예요, 아직 안 생긴 거예요?"

여성은 고개를 돌려 옆에 있는 친구에게 말을 이어갔다. "내가 젊었을 때 말이야. 결혼하고 애 없으니까 사람들이 무시하더라고. 아기 낳고 나니까 무시하지 않더라고."

서연의 손등에 물방울이 떨어졌다. 붓에서 흘러내린 물인지, 다른 무언가인지 알 수 없었다. 가방을 들고 먼저 가보겠다는 인사를 하고 나왔다. 2월의 찬바람이 볼을 스쳤다. 서연은 걸음을 재촉했다. 결혼 생활 오 년쯤 되었을 무렵, 외할머니댁에 갔던 날이 떠올랐다. 구십 세가 되신 외할머니는 여전히 농사일하실 만큼 정정하셨다. 절을 마치자마자 외할머니가 물었다.

"밥값은 안 하나?"

서연은 순간 말을 잃었다. 방 밖으로 나와 거실 퇴청 마루에 앉아 있다가 부엌에서 엄마가 이름을 부르는 소리를 들었다. 밥 먹을 테니, 밥상을 차리라는 것이다. 냉장고를 열어 반찬을 꺼내 접시에 담으면서도, 서연의 머릿속에는 외할머니의 말이 맴돌았다. 밥값. 그녀는 아직 그 값을 치르지 못한 것이다. 속이 불편하다며 식사를 거른 서연은 마당 우물가로 가 손을 씻고 세수했다. 우물 위를 지나는 빨랫줄에 걸린 수건 하나를 잡아 얼굴을 대충 문지르고 대문을 나왔다.

대문을 나서자, 골목길에 강아지 한 마리가 새끼 셋과 앞으로 간다. 서연은 그 모습을 멍하니 바라보았다. 길에 지나가는 개도 세상의 유기체적 순리 질서 속의 조화로 돌아가고 있다. 그 순리를, 그녀는 주삿바늘로 찾아가고 있었다. 시장기가 뱃가죽을 스쳤지만, 발걸음을 돌리지 않았다. 담장에 막혀 미로처럼 이어지는 골목길처럼, 그녀의 앞에 놓인 길도 끝이 보이지 않았다.

*

배양실에서 3일간 자란 배아를 이식하는 날이다. 새벽 여섯 시, 하얀 커튼 사이로 여명이 스며들 때 서연은 이미 깨어있었다. 병원으로 향하는 발걸음은 무거웠지만, 새벽빛이 어둠을 밀어내는 듯했다.

병원은 사람들로 북적였다. 간호사가 한 여성의 이름을 불렀다. 중년 여자와 대화를 나누던 젊은 여성이 일어섰다. 얼마 지나지 않아 그 중년 여성이 서연에게 다가왔다. "우리 딸이 오늘 이식인데 뭘 먹어야 착상이 잘 되나요?" 서연은 숨을 참으며 고개를 돌렸다.

그때 간호사가 서연의 이름을 불렀다. 이름이 불리는 순간, 삶의 새로운 문턱 앞에 선 것 같았다.
"서연 님 많이 기다리셨죠."

간호사를 따라 시술실로 들어갔다. 간호사는'오늘은 마취 없이 이식 진행하니까, 하의만 모두 탈의하시면 돼요'라고 설명했다. 서연은 탈의실에서 옷을 벗고 무릎까지 오는 분홍색 가운을 걸쳤다. 일회용 위생 모자를 쓰고, 대기실로 들어가 침대에 누워 기다렸다. 시술실로 들어서서 시술대에 올라 누웠을 때, 발끝이 차가워졌다. 파란 마스크의 간호사가 다가와 손을 잡아주었다. 그 따뜻한 온기에 불안한 마음이 조금 누그러들었다.

"이서연 님 안녕하세요." 서연의 발아래 쪽에서 모니터를 보던 의사가 말했다. "화면을 보시면 세 개의 배아가 보이시죠? 상태가 아주 좋은 상급 배아들입니다. 이 세 개를 이식할 건데, 금방 끝날 거예요."

서연은 왼쪽 벽 디지털시계의 빨간 숫자를 보았다. 10시 32분. 오른쪽 모니터의 배아를 보며 문득 여덟 장 꽃잎의 목련이 떠올랐다.

의자 바퀴 소리와 함께 의사가 서연의 다리 사이로 다가왔다. "소독합니다."라는 말과 함께 차갑고 단단한 의료기구가 몸 안으로 무겁게 밀려 들어왔다. 무언가를 돌리는 소리가 나며 몸 안의 통로를 열었다.

의사의 "준비되었습니다"라는 말이 떨어지자, 간호사가 무균실에서 배아를 건네받았다. "이서연 님 배아 들어갑니다"라고 크게 외치며 의사에게 건네주었다. 서연의 손을 잡은 간호사가 다시 본인 이름과 남편 이름을 말해보라고 묻는다. 몸 안으로 가느다란 관이 들어오는 느낌이 났다.

1분이 지나 시계는 10시 33분을 가리키고 있었다. 단 1분 만에 서연은 혼자가 아닌 둘이 되었다. 서연은 모니터를 바라보았다. 하얀 목련을 보듯, 모니터 속 배아는 하얗게 빛나고 있었다. 우주의 어둠 속 반짝이는 별처럼, 생명은 한 점 빛으로 시작되었다. 겨울 끝에 피어나는 목련처럼, 어둠을 뚫고 나타나는 별처럼, 이 생명도 긴 기다림이 필요했다. 목련은 겨울을, 별빛은 수천 광년을, 생명은 수많은 시술의 시간을 견뎌야 했다. 마침내 그 억겁의 시간을 뚫고 나온 별을 품은 듯했다.

"화면에 여기 보이죠? 자궁 한가운데 잘 들어갔습니다."

그때 문득 기억이 되살아났다. 여섯 살 서연에게 엄마는 내년에 목련꽃을 다시 보자고 했다. 그리고 엄마가 사라진 자리에 긴 그림자가 드리워졌고, 그 그림자는 지금까지 그녀를 따라왔다. 이제 그녀는 그림자를 지우는 대신, 그 속에 작은 빛을 심으려 했다.

"선생님, 왜 저렇게 하얗게 보이죠?"

"초음파로 보기 때문에 그래요."

그녀는 몸 안에 들어간 그 작은 생명체를 생각했다. 그것은 단순한 세포 덩어리가 아니었다. 그 안에는 은우가 열두 살에 보았던 병실에 누워 있던 창백했던 누나의 얼굴과 서연이 엄마와 함께 마지막으로 갔던 동물원과 목련나무 아래 떨어진 목련꽃을 보던 시간이 들어가 있었다. 심장이 아직 만들어지지 않은 DNA 정보만 있는 별 같은 배아를 바라봤다. 모니터 안에서 하얗게 빛나는 별, 인간이 되기 위해 모든 정보가 담긴 최초의 수정체. 꽃잎 여덟 장이 겹쳐있는 듯한 8세포기 안에는 은우의 기억과 서연의 기억이 담겨있었다. 잊지 못한 인연과 아직 오지 않은 인연 사이에서 서연은 기다리고 있었다.

이동식 침대로 옮겨간 서연에게 의사가 말했다.

"좋은 결과가 있기를 바랍니다."

간호사는 이불을 덮어주고 서연의 침대를 다시 대기실로 옮겼다.

이식 다음 날부터 그녀는 주사 자국을 더듬어가며 다음 주사를 놓을 부드러운 곳을 찾았다. 배 안에 딱딱하게 뭉친 근육을 피해 가며 주사를 놓았다. 인연은 가만히 기다리면 만나는 지는 게 아니었다. 질정과 알약, 투명한 액체가 온몸에 퍼져야 만날 수 있는 것이었다. 수십 번도 넘게 한 배 주사는 처음처럼 낯설고 떨렸다. "와줄래… 와줄래…" 낮고 작은 목소리로 읊조리며 주사 안으로 속삭임을 실었다.

그녀의 배에 남은 멍 자국처럼, 은우의 마음에도 지워지지 않는 자국이 있었다. 은우는 아침마다 일찍 일어났다. 출근 시간까지 두 시간이나 남았는데도, 일찍 일어나 책상에 앉아 일을 시작했다. 식사 시간이면 은우는 항상 텔레비전을 켜두었다. 정적을 견디지 못하는 듯했다. 서연은 가끔 그가 밥을 먹다 말고 허공을 응시하는 것을 보았다. 그럴 때면 그의 숟가락질 리듬이 열두 살 소년처럼 느려졌다. 그의 기억은 아직도 그날에 갇혀있었다.

답답한 마음에 서연은 난임 여성들의 온라인 카페에 접속했다. 화면을 훑어보던 중 공지 사항이 눈에 들어왔다. 다음 주에 시에서 하는 시장님과의 간담회를 연다고 적혀 있었다. 며칠 후 간담회가 열리는 강당에 도착하자, 입구에는 두 가지 색의 스티커가 놓여 있었다. 파란색은 사진 촬영을 허용한다는 뜻이었고, 빨간색은 얼굴을 가려달라는 의미였다. 서연은 여성 대부분처럼 빨간색 스티커를 가슴에 붙였다. 강당 안에는 이미 백여 명의 여성들이 자리하고 있었다. 두 여성의 발표가 끝나자, 시장이 참석자들의 의견을 듣겠다고 했다. 객석에서 한 여성이 떨리는 목소리로 마이크를 잡았다.

"저는 서울에서 전세를 살다가 월세로, 그리고 지금은 경기도로 밀려났습니다. 시술비를 감당하기 힘들어요." 다음 마이크를 받은 여성은

"지방에서 서울까지 왔다 갔다 하는 것도 벅찹니다. 채취하는 날은 전날부터 병원 근처에서 묵어야 하는데…." 목소리가 흔들렸다.

그곳에는 시술비로 쪼들린 살림과 약으로 불어난 체중과 반복되는 실패로 자존감을 잃어가며, 우울증과 스트레스로 사람들을 피해 혼자 지내던 서연 같은 여자들이 모여 있었다. 회사에서, 친구 모임에서, 친척 사이에서 혼자만 아이 없는 여자로 남겨진, 외로운 싸움을 하는 여자들이었다.

마지막으로 한 여성이 마이크를 잡았다. 등에는 아기를 업고, 한 손에는 여섯 살쯤 된 아이 손을 잡고 있었다.

“저는 서른 번 가까이 시험관 시술 끝에 두 아이를 가졌습니다. 끝이 보이지 않는 터널같이 긴 그 시간이 얼마나 힘든 시간인지 압니다. 오늘 이 자리에 아이들을 데려왔습니다. 여기 계신 분들 앞에 제 아이를 데려오는 것이 조심스럽지만, 그래도 용기를 내어 데려왔습니다. 나라에서 지원을 더 해주면 우리는 포기하지 않을 것이고, 꼭 끝까지 해내서 엄마가 될 수 있다는 걸 보여주고 싶어서입니다. 저처럼 용기를 내서 끝까지 포기하지 않는 여성들을 도와주시라고요.”

여자의 떨리는 목소리에는 단단한 힘이 실려있었다. 서연은 자신의 배를 무의식적으로 쓰다듬었다. 놓을 수 없는 이름, 함께 할 수 없는 이름, 기다리는 이름. 그 단어가 가슴 한쪽에 스며들었다. 간담회를 마치고 나오는 길, 쌀쌀한 바람이 얼굴에 스쳤다. 집으로 가는 길에 은우에게서 문자가 왔다. ‘오늘은 조금 일찍 들어갈게.’ 서연은 알았다고 답했다.

서연이 현관문을 열었을 때, 은우의 신발이 보였다.
“밥은 먹었어?”
서연이 물었다. 은우는 거실 소파에 앉아 고개를 끄덕였다. 서연은 반찬 두세 가지만 꺼내 저녁을 먹기 시작했다. 은우는 입을 열었다.
“나 할 말 있어. 사실 그날 말이야….”
서연은 그의 옆 모습을 바라봤다.
“그날 심리상담이 있는 날이었어.”
소파에 깊숙이 앉은 그처럼 목소리도 낮고 깊었다.
“처음으로 누군가에게 말했어… 상담 몇 개월 만에 그날 일을… 작은누나 이야기. 삼십 년이 지났는데도 그날은 지금도 영화의 한 장면처럼 선명해. 부모님도 큰누나도 내가 이렇게 선명하게 그날을 기억한다는 걸 몰라. 지금까지 한 번도 말한 적이 없거든. 그런데…”
은우가 잠시 말을 멈췄다. 그의 손가락이 불안하게 움직였다.
“선생님이 그러시더라. 어떻게 그날을 잊지 못하고 살았냐고 힘들었겠다고 하셨어. 그날 처음 말하고, 술을 마셨어…. 그동안 혼자 안고 있던 게 너무 무거웠나 봐."

숟가락을 놓고 김이 올라오는 흰 밥을 가만히 쳐다보았다.

며칠이 지나고 은우의 말투가 편안해진 것 같았다. 아침을 같이 먹을 때도 멍하니 어딘가를 응시하지 않았다. 이식하고 착상을 돕는 자가 주사를 맞은 지 12일째 되는 날, 서연은 첫 피검사를 받기 위해 병원으로 향했다. 채혈실이 여는 여덟 시에 맞춰 도착했다가, 채혈을 마치고 집으로 돌아왔다. 결과가 나오는 오후 네 시까지 초조하게 시계만 들여다보았다. 전화를 끊고 서연은 멍하니 식탁의 빈 잔을 바라보며 한참을 앉아 있었다.

약을 마지막으로 먹은 지 보름이 지났다. 새벽녘에 문득 눈을 떴다. 네 시였다. 남편은 옆에서 자고 있었다. 조용히 거실로 나와 편지지 한 장을 펼쳤다. 서연은 펜을 잡았다.

"보고 싶은 내 동생에게, 은우야 오랜만이야. 우리 너무 재미있게 놀았는데, 내가 인사 못 하고 떠나왔어, 미안…." 쓰다가 멈추길 여러 번, 새 편지지를 꺼내 다시 시작했다. 마지막 줄을 쓰고 편지를 접어 노란 봉투에 넣었다. 봉투 겉면에 "사랑하는 내 동생에게"라고 썼다. 서연은 다시 침대로 돌아가 누웠다.

새벽 여섯 시쯤 은우가 일어나 거실로 갔다. 희미한 거실 불빛과 은우의 불규칙한 숨소리가 안방으로 새어 들어왔다. 서연은 눈을 떴다가 다시 감았다. 거실에서 들려오는 숨소리가 잠든 새벽 공기를 살며시 흔들었다. 서연은 배를 쓰다듬었다. 창밖으로 날이 밝아오고 있었다. 어둠 속에서 희미해지는 자국들처럼, 새벽 어스름도 걷히고 있었다. 하늘에 떠 있던 별이 사라지고, 아직 앙상한 목련 가지에도 봄의 기운이 감돌고 있었다.

당선소감 | 정유진

학창 시절 시인이 되고 싶어 문창과를 갔습니다. 하지만 주변의 뛰어난 문학도들 속에서 나는 문학을 사랑하는 독자로 남아야지 생각했습니다. 그리고 전공을 미술사로 바꾸었습니다. 미술 작품에 새겨진 인간의 삶을 연구하며 글을 썼습니다. 다른 길을 갔지만 글쓰기라는 테두리에서 완전히 벗어나지 않은 또 다른 글쓰기였습니다. 그렇게 독자로 문학의 언저리를 돌던 어느 날 큰 쓰나미 같은 파도가 나를 떠밀었습니다. '이런 삶의 무게로 힘들어하는 이들이 있다고, 그들의 이야기를 세상에 외치고 싶다.' 그리고 그 외침은 당선이라는 메아리로 되돌아왔습니다. 이제 무거운 가방을 메고 등산길 초입에 서서 한 걸음 뗀 기분입니다. 걸음걸음, 매 순간 정진하는 마음으로 나아가겠습니다. 부족한 글을 뽑아 주신 심사위원님께 감사드립니다. 곁에 있는 남편에게 그리고 낳아주신, 키워주신 부모님께 감사드립니다. 이 기쁨은 기쁨이 아닌 위로로 지금도 어디선가 힘들어하는 모든 이들과 나누고 싶습니다.

심사평 | 한승원

소설은 거짓말 이야기(허구)를 동원하여 인간의 '참 삶의 길'을 암시하는 형태이다. 그리스 소설가 니코스 카잔자키스(Nikos Kazantzakis)는 소설가들에게 이렇게 말했다.

"한심한 영혼아, 너는 돈을 주고 빵 고기 포도주를 사먹는 것이 아니고, 하얀 종이에 빵 고기 포도주라 쓰고 그 종이를 먹는구나."

이 말에는 깊은 역설적인 뜻이 들어 있다. 소설가는 비현실적인 사람이다. 비현실적인 거짓 이야기를 동원하여 현실적인 사람들의 비틀어진 영혼을 올곧게 바로잡아주는 것이다.

백편의 응모작 가운데서 〈어머니의 초록바다〉, 〈푸른 앵무새〉, 〈아들이 인도로 간 까닭〉, 〈메리, 워리, 쫑〉, 〈우물마루 위에서〉, 〈목련의 잉태〉를 본선에 올리고 그것들을 다시 깊이 읽었다.

그 결과 〈목련의 잉태〉가 모든 면에서 빼어나 쉽게 당선작으로 결정할 수 있었다. 다른 4편은 문장이 선선하지 못하거나 소설작법을 제대로 터득하지 못한 것들인 반면 이 작품은 닭들 가운데 봉이라 할 만하다.

문장이 안정감 있고, 틀린 문장, 어색한 표현이 없고 비유가 적절하다. 문장에 속도감이 있고, 아름답게 승화 시키는 예술적인 감수성도, 전체적인 짜임새도 믿을 만하다. 신인으로서 소재 선택도 잘 했다 싶고 주제도 튼실하다.

심사자는 흠결을 찾을 수 없었다. 민족적인 인구 소멸의 위기에 봉착한 현 시점에서 심사자는 즐거운 마음으로 이 작품을 선택했다.

일단 응모나 해놓고 보자는 식의 무책임한 작품들이 많은데 이 작품은 모범이 될 만하다.

당선작가에게 축하하고 건필을 빈다.

서울신문 **홍성구**

경희대학교 국어국문학과
경희대학교 교육대학원 국어교육
덕원여자고등학교 국어 교사

폴리 사운드

홍성구

텔레비전과 비디오가 결합된 제품이었다. 이름은 비디오 비전. 검고 매끈한 TV 수상기 밑에 VHS 투입구가 달린 모델이었다. VHS 투입구에 손을 넣었다 빼면 미지의 세계로 안내하는 관문처럼 마구 펄럭였다. 나는 그게 마치 누구의 손짓 같아서 그 문이 금세 닫힐 것 같은 조바심에 손을 넣었다 뺐다 넣었다 뺐다, 반복했다. 하지만 매번 편지 한 통 없는 우편함처럼 미지의 그곳은 텅 빈 공백으로 열렸다 닫힐 뿐이었다. 비디오테이프를 밀어 넣으면 어딘가 멋진 곳으로 안내받을 수 있을 텐데. 그러나 집에는 어린이용 비디오테이프는커녕 호환 마마보다 무섭다는 불량 · 불법 비디오테이프 하나 없었다. 그래도 나는 끈질기게 그 일을 멈추지 않았다. 집에서는 딱히 할 일이 없었으니까.

그날은 평소에 뽑혀있던 케이블이 비디오 비전의 본체와 콘센트 사이에 연결돼 있었다. 미지의 세계 관람권인 비디오테이프는 없었지만, 입장권을 들고서 문 앞에서 돌아설 수는 없는 노릇이었다. TV 전원을 켰다. 리모컨을 든 나는 놀이공원 앞에 서 있던 게 분명하다. 그러나 환해진 직사각 화면에는 기대와 다르게 회색의 담벼락이 펼쳐졌다. 황량한 공장의 경계를 드러내는 콘크리트 담. 공장 담벼락 같아서였을까. 소음이 들렸다. 치이이—익. 치이이—익. 11번으로 9번으로 7번으로 채널을 바꿔도 소용없었다. 방송이 송출되지 않는 낮 시간대였다. 실망을 금치 못한 나는 리모컨 버튼을 이것저것 만지작거리면서도 전원 버튼 근처는 누르지 않았다. 은밀한 일탈의 기회를 놓치고 싶지 않았기 때문이다. 회색 소음이 진동하였다. 나는 속수무책으로 멍해져 있었다. 그러다가 어느 순간 들어버렸다. 회색 소음과는 다른 소음을.

삐――――――――이. 삐――――――――――익. 회색 소음보다 높고 날카로운 소음이었다. 귀에 거슬려 TV를 끄려다 소음의 정체에 의문이 생겼다. 회색 소음은 회색 화면에 어울리는, 공중에 스크래치가 그어지는 소리였다. 그러나 높고 날카로운 소음은 회색 스크래치와 이질적이었다. 저 소음을 방송국에서 보낸 것일까. TV 스피커에 귀를 갖다 대고 나서야 알아차릴 수 있었다. TV 스피커에서 높고 날카로운 소음이 흘러나오고 있었다.

모기가 귓가를 스치는 정도로 시작되는 데시벨은 금세 한여름 매미 떼의 데시벨로 거세지고는 했다. 나는 당연히 아버지와 누나도 소음에 시달릴 거라고 생각했지만, 두 사람은 TV를 볼 때 별다른 말이나 반응이 없었다. 소음을 듣지 못하는 건 수리기사도 마찬가지였다. 평범하게 생긴, 그리 크지 않은 귀를 스피커에 갖다 댄 수리기사는 고개를 몇 번 갸웃했다. 수리기사의 고갯짓에 아버지는 그것 보라는 눈빛을 나에게 던졌다. 나는 초조해져서 열 손가락을 움직이다가 매미 떼가 맹렬히 힘줄을 튕길 때 지금이라고 외쳤다. 수리기사는 평범한 귀를 다시 스피커에 밀착했고 아버지도 그쪽으로 몸을 기울였다. 그러나 그들은 끝내 소음을 듣지 못했다. 아버지는 나를 예민한 아이로 치부하며 미안하다고 말했고, 수리기사는 공구함 한 번 열지 않았다며 출장비를 사양했다. 거실에 혼자 남은 나는 끝나지 않을 것 같은 매미의 합주를 들었다. 이렇듯 분명히 울리는 소리를 나만 듣는다는 게 답답하거나 억울하기보다는 어쩐지 서글펐다. 그때였을 것이다. 나는 인생에서 처음으로 명백히 혼자라고 느꼈다.

사운드 디자이너라고 하면 고민 없이 부풀어 오른 질문들이 날아든다. 음악하세요, 아니 디자이너니까 미술 쪽인가. 사운드를 디자인화하나요, 디자인을 사운드화하나요. 청각을 시각적으로 표현하는 공감각의 예술인가. 나는 내가 하는 일이 고요한 공중에서 날개를 퍼덕이는 잠자리를 몰래 잡아채는 것과 같다고 생각한다. 그러나 포획의 목적은 잠자리가 아니다. 잠자리의 소리다. 그물망에 든 잠자리를 조심히 빼서 사각의 채집통에 넣어두고 귀를 연다. 잠자리의 날개끼리 충돌해서 나는 타닥타닥 소리. 그 소리는 점점 허물을 벗어 잠자리에서 탈피한다. 사운드 디자이너는 잠자리의 소리를 다른 무언가의 소리와 연결하는 사람이다. 대개 이런 식으로 설명하면 사람들은 다시 묻는다. 그러니까 대체 뭘 어떻게 한다는 거예요.

사실 뭘 어떻게 인위적으로 한다기보다는 사물에 있는 것을 튀어나오도록 하면 된다. 숨어있는 물성이 드러나도록 상황을 마련하는 게 나의 일이다. 적막한 설산을 걸을 때는 굵은소금이 뿌려진 바닥을 밟으며 밀가루 포대를 손으로 주무른다. 수풀이 바람에 휘날릴 때는 릴테이프 더미를 양손 사이에 놓고 비빈다. 중세 시대의 굳게 닫혀 있던 성문이 열릴 때는 콘크리트 벽돌들을 포개어 놓고 두 벽돌을 맷돌 돌리듯이 간다. 새로운 것을 만드는 게 아니다. 있는 것을 끄집어 내면 된다. 채집하고 발견하는 셈이다. 순서에 주의할 필요가 있다. 채집하려면 발견이 우선되어야 한다. 하지만 이 일은 채집이 먼저이다. 채집한 후에야 발견할 수 있다.

조선시대 사극에 매달려 있던 때였다. 그 작업은 현대에서는 접하기 힘든 소리의 연속이었다. 그중 가장 힘든 것은 활시위가 당겨지는 소리였다. 적을 물리치겠다는 일념 하에 적장을 향해 팽팽해진 활시위의 탄력과 긴장을 어떻게 해야 소리로 튀어나오게 할 수 있을지 고민이 깊어졌다. 활시위와 연결할 수 있는 사물이 떠오르지 않아 활 자체로 가능할지 시도해 봤다. 하지만 실제로 눈을 밟는 것보다 소금을 밟는 소리가 사람들 머릿속의 눈 발자국 소리에 더 가깝다는 사실은 아이러니다. 수풀보다 릴테이프가 더 실감나는 것이다. 활을 아무리 팽팽히 당겨도 소용없었다. 내가 당긴 활시위에서는 음률이 없는, 맥빠진 거문고 줄 소리가 났다. 가죽가방과 고무장갑 따위를 비틀고 늘려도 소득은 없었다.

뭘, 그렇게 발길질 당한 강아지마냥 낑낑대요?

고무장갑의 탄성 한계 때문에 경련을 일으키는 두 팔을 채아가 물끄러미 보고 있었다. 스튜디오에서 녹음과 믹싱 작업을 맡고 있는 채아는 내 입에서 난다는 소리를 자주 타박했다. 힘을 쓸 때나 뭔가에 몰두할 때나 밥을 먹을 때도 개 같다고 했다. 선배에게 개 같다니 참 맹랑한 말이지만, 나는 내가 소리를 낸다는 게 더 신경쓰였다. 남의 소리는 그렇게 잘 들으면서 어떻게 자기 소리는 못 들을 수 있어요. 무슨 소리를 내냐고 반문했을 때, 채아는 내 직업적 소양이 의심된다며 따졌다.

가벼운 발길질이 아냐. 늘씬하게 얻어맞은 것 같아.

무심결에 또 어떤 소리를 냈을까. 궁금했지만 겉으로 드러내지는 않았다.

금방이라도 숨 꼴딱거릴 것처럼 혀 내밀고 있지 말고 수분 보충 좀 해요.

선배를 계속 개 취급하는 못된 버르장머리에 대해 한마디 하려다가 채아가 건네는 맥주캔을 넙죽 받았다. 거절하기에는 맥주캔의 표면이 얼음장처럼 시원했다. 나는 모래가 쌓여 있는 바닥에 널브러졌다.

이게, 이럴 때는 백사장 같네.

나는 손으로 모래를 뒤적이며 혼잣말처럼 중얼거렸다. 모래 옆에는 나무 옆에는 대리석 옆에는 소금 바닥이 있었다.

왜요? 휴가 못 가는 삶이 처량해요?

채아가 자신의 맥주를 들고 옆에 앉았다. 채아는 엉뚱하게 넘겨짚는 구석이 있었지만, 캐묻지 않고 넘겨짚는 포즈를 취한다는 점에서 그리 나쁘지 않은 파트너였다. 나는 긍정도 부정도 하지 않은 채 맥주를 마셨다. 알코올의 독성이 빈속을 찔렀다. 불법을 저지른 듯한 짜릿함. 백사장이 아닌 모랫바닥에서라도 잠시 쉬고 싶었다. 나는 금세 침묵에 이르렀고 내 마음을 넘겨짚었는지 채아도 보조를 맞췄다. 창고라고 불리는 작업실에는 철가방, 문손잡이, 깡통, 톱, 바이올린 활, 구두, 로프, 용수철, 자동차 문짝이 나름의 질서 속에 존재했다. 스스로 아무 소리도 내지 못하지만, 물성을 깨우는 힘에 연주하는 악기들. 악기들은 지휘자가 없다는 듯 고요했다. 소리에 민감한 사람에게 고요는 휴식 또는 죽음과 같다. 스르르 눈이 감겼다. 그러나 곧 수면의 문턱을 넘다 정강이가 쾅, 부딪혔다.

뭐야.

미안해요. 블루투스가 꺼진 줄 모르고 볼륨을 키웠네. 끌게요.

아니야, 끄지 마.

본능적으로 들어야겠다고 생각했다. 내가 다가가자 채아는 스마트폰 화면을 내밀었다. 채아가 무안할 만큼 거친 손길로 스마트폰을 뺏어 들었다. 화면 속 영상에서 판다 한 마리가 죽순을 맛있게 뜯고 있었다.

선배도 얘 알아요? 선배가 알 정도면 푸바오가 인기긴 인긴가 보네.

나는 스마트폰을 던지듯이 채아에게 떠넘기고 진열장을 뒤적였다. 구석에 처박혀 있던 것을 찾아 꺼낼 때는 낮게 탄성이 배어 나왔다.

갑자기 죽도는 왜 꺼낸 거예요?

나는 채아의 말에는 신경쓰지 않고 샷건마이크 앞에 섰다. 대나무로는 텅텅, 비어있는 소리만 낼 수 있다고 생각했다. 그러나 판다의 날카로운 이빨과 단단한 턱은 예상치 못한 대나무의 물성을 깨우고 있었다. 판다가 씹는 게 죽순이 아니라 겉과 속이 단단한 뼛조각처럼 느껴졌다. 죽도를 두어 번 바닥에 내려쳤다. 탁탁. 대나무를 다른 사물에 부딪치는 것으로는 부족했다. 나는 죽도를 감싸고 있는 줄을 칼로 끊어버리고 붙어 있는 네 쪽의 대나무에 칼집을 내어 서로 떨어뜨렸다. 그러고는 떨어진 대나무들을 한 손에 감싸고 가볍게 비볐다. 부드득. 귀가 열리는 기분이었다. 죽도를 샷건마이크에 더 가까이 대고 온 힘을 다해 두 손으로 대나무들을 비볐다. 부드드드드드드득. 대나무에서 소리가 튀어 올랐고, 활시위를 당기는 팽팽한 팔뚝이 머릿속에 떠올랐다. 사물의 성질은 마찰에 의해 드러난다. 우리가 외부와 마찰을 빚을 때 나를 인식하는 것처럼. 소리를 발견한 쾌감에 대나무를 비비는 나의 팔뚝은 한껏 부풀어 오르는 것 같았다.

사극 작업이 끝나고 몇 개월 뒤에 스튜디오를 그만두었다. 사극은 흥행에 성공했고 입소문이 났는지 작업 물량이 컨베이어벨트처럼 이어졌다. 줄지어 운반되는 의뢰를 수하물로 적재하고 물품을 의뢰서에 맞게 포장한 후에 다시 컨베이어벨트로 출하하는 기계적인 시간이 계속됐다. 과로나 질식이 원인은 아니었다. 이대로 가다가는 내가 소리를 단순 제조하는 업자가 되리라는 두려움이 찾아들었다. 납품 기한을 맞추기 위해 기존에 녹음해 둔 파일들을 대강 믹싱하는 일들이 빈번해졌다. 나는 발자국 소리에도 캐릭터가 드러나야 한다고 생각한다. 연인을 만나러 달리는 그리움이 실감되도록 수십 번을 달리고 또 달리고, 도회적인 세련 아찔한 피로 흔들리는 일상이 전해지도록 하이힐을 신고 균형을 잡던 시간이 떠올랐다. 당분간 멈춰야 했다. 휴가를 가랬더니 휴식에 들어가네. 채아는 내가 내민 손을 어떻게 해야 할지 모르겠다는 듯 물끄러미 보았다. 채아의 눈에서 흔히 볼 수 없는 머뭇거림이 보이는 듯했다. 하지만 이번에도 뭔가를 넘겨짚었는지 다가와서는 자신의 두 손으로 내 손을 감쌌다.

나는 계획하지 않고 쉬는 계획을 세웠다. 눈이 감길 때 자고 눈이 떠질 때 일어나고 때가 이르거나 늦게 식사하고 술을 가볍게 또는 취하도록 마시고 느릿느릿 산책하고 레고 블록으로 **별이 빛나는 밤**을 조립했다. 집 근처를 돌거나 여행을 떠나서 풀벌레, 지하 터널, 경운기, 야적장, 항만, 오일장, 밤바다에 붐마이크를 갖다 댔다. 녹음 파일들을 순서대로 차곡차곡 쌓았고, 녹음한 소리를 들으며 잠들었다. 시간은 왜곡 없이 흘렀고 나는 날짜와 요일 감각을 잃었다. 일상에 파동이 없었다. 파동이 없으므로 외부에 닿는 주파수도 없을 터였다. 송신하지 않고 수신하지 않는 생활. 나는 자유로이 고립되었다고 느꼈다. 누나에게서 연락이 오기 전까지는.

돌아가셨다. 누나의 말에 잠시 정적이 돌았다. 누나와는 일 년에 한 번 연락할까 말까 하는 사이였으므로 액정 화면에 뜬 두 글자에 나는 이미 예감했던 것 같다. 그래서였을까. 내가 한 말은 고작 알겠다, 였다.

아버지의 장례식은 조촐했다. 친척은 남보다 못한 사람들이어서 코빼기도 볼 수 없었고, 아버지가 은퇴한 지 십여 년쯤 지나서 대표이사가 보내는 화환조차 없었다. 나는 주로 국화가 장식된 제단 옆에 앉아 있었고, 한 번쯤 봤거나 한 번도 본 적 없는 사람과 맞절했다. 둘째 날 오후, 누나가 식탁으로 나를 불렀다. 주변 식장은 조문객들로 붐볐지만 장례 도우미를 제외하고는 누나와 나만 식장을 지키고 있었다. 누나는 대뜸 앉으라고 말했다. 누나는 군말

하는 법 없이 할 말만 하는 사람이므로 나는 군말 없이 누나와 마주앉았다. 일 미터쯤의 간격조차 어색한 사이였지만 누나의 얼굴을 마주보았다. 기억 속 어느 날에는 없었을 주름과 기미가 보여 열 살의 터울이 새삼스러웠다. 미처 상의하지 못한 장례 절차에 대해 말하겠거니 생각하고 있던 내게 누나는 구겨진 편지봉투를 내밀었다. 반으로 접힌 편지봉투는 살짝 불룩했다. 너한테 필요할 거다. 누나의 단정에 나는 편지봉투에 든 것을 꺼냈고, 내 손에 쥐어진 것은 카세트테이프였다. 겉면 라벨에 아무것도 쓰여있지 않고 손때와 볼펜 얼룩이 낀 낡은 상태였다. 카세트테이프를 보자마자 나는 그게 누구의 것인지 알 수 있었고, 누나의 말처럼 내게 필요하리란 것도 알 수 있었다.

아버지의 장례식이 끝나고 나서 나는 일산으로 이사했다. 아파트 단지로 개발되지 않은 땅에 창고가 달린 농가주택이 비어있었다. 창고를 작업실로 쓰면 되겠다는 심산에 덜컥 결정을 내렸다. 파동 없는 삶의 관성에서 벗어난 것이다. 벗어나려고 했다기보다는 벗어날 수밖에 없음을 깨달았다. 아버지의 죽음이 빚은 진동이 나를 다시 작업실로 이끌었다. 나는 일산의 공사장, 분리수거장, 고물상을 돌아다니며 눈에 띄는 물건들은 모두 채집하였다. 농기구와 농약, 비료 포대 등이 있었을 창고는 각목, 글러브, 밥솥, 스케이트보드, LP, 유리컵, 프라이팬, 사기그릇, 고무 팩 등이 있는 작업실로 탈바꿈되었다.

작업실의 윤곽이 자리잡힌 날, 양쪽에 테이프 플레이어가 장착된 더블 데크 카세트 플레이어를 진열장에서 꺼냈다. 중고 거래 플랫폼에서 발견한 괜찮은 매물이었다. 예상외로 쓸 일이 없다가 이사 오기 전에 쓰고 이번이 두 번째였다. 편지봉투에 담긴 테이프가 자리를 바꿔 플레이어에 담겼다. 달칵, 버튼이 눌리면서 테이프는 돌아가고 슥삭슥삭, 과도에 사과 껍질이 벗겨지고 있었다. 큼큼. 부스럭 부스럭. 이게 맞나. 탕. 텅. 아, 아. 아버지는 목소리를 가다듬고 통기타를 쳤다. 장롱 위에 뿌연 먼지를 덮어쓴 커버에 담겨 있던 통기타이리라. 나는 아버지가 통기타를 치는 모습을 본 적이 없다. 어린 나는 연주되지 않고 진열되지 않은 채 장롱 위에 방치된 통기타의 존재성이 의아했다. 통기타의 쓸모를 알 수 없던 것이다. 그러나 아버지의 연주가 녹음된 테이프를 들으면서 나는 통기타는 방치되었던 것이 아니라 안치되었던 것이 아닌가 짐작하였다. 가슴에 묻어둔 열망이 장롱 위에 놓이는 방식으로 드러난 게 아닐까. 눈에 보이면 마음이 근질거리고 눈에 안 보이면 마음이 서걱여서 대강의 형태로 보이게 놓아둔 것은 아닌지. 동그란 스피커에서 **가리워진 길**이 울려 퍼졌다. 아버지의 노래는 후렴에 이르러 그대를 애타게 불렀지만, 핸드폰 벨소리가 울려 길을 터줄 그대를 더 호출하지 못했다. 장례식이 끝나고 일주일쯤 지났을 때는 여기까지 들었다. 나는 마음먹은 대로 더 듣기로 한다. 여보세요. 아버지의 음성이 저랬구나. 아버지가 스피커에서 멀리 떨어졌는지 통화 내용은 잘 들리지 않았다. 1분도 지나지 않아 통화는 끝났고 아버지는 다시 통기타를 들었다. 그러나 아버지는 줄 한 번 튕기지 못하고 통기타를 놓쳤다. 바닥에 나동그라지는 통기타는 소음을 일으켰지만, 뒤이어 터져 나온 소리에 소음은 배경음으로 밀려났다. 격렬한 기침 소리. 콜록콜록, 쿨룩쿨룩 따위로는 표현할 수 없는 소리가 진동하였다. 숨이 차고 흉통에 경련하는 병색이 선명하게 들렸다. 아버지의 생전에는 들은 기억이 없는 소리였다. 아버지의 기타 소리를 들었다면 아버지의 기침 소리를 들을 수 있었을까. 아버지는 다감하지 않았고 나는 살갑지 않았다. 그렇다 해도 나는 왜 그리 아버지의 소리에 둔감했을까.

일시 멈춤 버튼을 눌렀다. A면인지 B면인지 모를 면이 끝났고, A면인지 B면인지 모를 면이 남았다. 휴지休止가 필요했다. 커피를 끓이러 싱크대 쪽으로 향하는데, 양은 주전자가 발에 차여 시끄러웠다. 주전자가 내게 말하는 것 같았다. 쨰그랑 일을 벌여 놓고, 뭐하는 거야 쨰쟁쨍. 작업실에 쌓인 도구들이 매립지에 버려진 고물처럼 낡아 보였다. 이대로 뒀다가는 달걀 썩는 듯한 매립지 냄새가 진동할지 모를 일이었다. 나는 스마트폰 화면을 켰다.

아, 이게 누구신가요? 나를 헌신짝으로 만든 그분 아닌가요?

채아와 거의 일 년 만의 통화였다. 가끔 문자메시지를 주고받았지만 서로 생존을 확인하는 용도일 뿐이었다.

버려지긴 누가 버려져. 내가 도망친 거지.

그럼, 멀리 가버릴 것이지 웬일로 연락했어요?

나, 얼마 전에 일산으로 이사했어.

일산? 왜? 거기로 왜 갔는데요?

이제는 잭을 다시 만나 볼까 하고.

누구요? 잭? 아, 난 또 누구라고. 잭 폴리?

내 말뜻을 알아들은 채아는 잠시 침묵하다 말했다. 이제는 도망가지 말아요. 나는 그럴 일 없을 거라고 답했다. 앞으로는 도망가지 않겠다는 것, 그것이 채아에게 연락한 첫 번째 이유였다. 채아에게 알리지 않고 프리랜서로 활동하면 또 프리하게 때려치지 말란 법이 없으니까. 두 번째 이유는 지극히 현실적이었다. 일감 때문이었다. 나는 일을 할 때 의뢰인과의 소통은 채아에게 맡겼었다. 소리만 잘 만들면 그만이라는 게 대외적인 사유였지만, 인맥이라든지 비즈니스적 관계에 반응하는 알레르기 때문이었다. 채아는 메신저로서 역할을 잘했고 사교적이어서 업계 관계자들과 친분이 있었다. 나이가 들어서 때가 묻은 것인지, 생계의 절박함 때문인지는 모르겠으나 채아를 통하면 일감을 얻을 수 있으리라고 생각했다.

이번에도 다행스럽게 채아는 나를 넘겨짚었다. 채아의 주선으로 맡은 첫 복귀작은 돌침대 광고였다. 별 다섯 개가 돌침대에 박히는 효과음을 내 주세요. 광고 제작사 측에서 보내 준 영상에 등장한 돌침대 사장은 이마에 별 다섯 개를 달고 손가락 다섯 개를 쫙 펴고 있었다. 별이 돌침대에 박히는 일은 당연히 실제로는 불가능하다. 사람들의 관념에 있을 법한 소리를 뽑아내야 했다. 별이라는 거대 물질이 흔들림 없이 단단한 돌침대와 부딪치는 상황이었다. 자동차 문짝을 해머로 치고 외날의 서양톱을 바이올린 활로 켜서 고음부를 녹음했고, 샌드백에 아령을 두들기고 대리석 바닥에 모래주머니를 떨어뜨려서 저음부를 녹음했다. 녹음된 고음과 저음을 믹싱하니 별이 우주에서 날아와 돌에 꽂히는 듯한 효과음이 완성되었다. 광고는 마케팅 비용의 한계로 공중파에서는 송출되지 못하고 케이블TV의 프리미엄 시간대가 아닌 아침과 낮에 방영되었다. 하지만 빨간 별 다섯 개를 이마에 박은 돌침대 사장이 인터넷상의 밈이 되어 제품의 매출이 대폭 올랐다. 그 덕분에 돌침대 하나가 작업실의 한 자리를 차지하게 되었다. 광고 이후로 어린이 애니메이션과 단막극 등의 의뢰가 들어왔고, 지루하거나 지치지 않을 정도의 딱 알맞은 속도로 작업이 이어졌다.

내게 맡겨지는 작업이 폭설로 쌓이거나 진눈깨비로 흩날리지 않고 사람들이 오가는 길의 잔설로 덮이던 즈음의 어느 날, 모르는 번호로 연락이 왔다. 스팸이겠거니 무시하려는데, 부재중 통화가 2건 찍히고도 벨은 멈추지 않았다. 광고성 전화라고 하기에는 상도덕이 없다고 할 정도의 집요함이었다. 보이스 피싱도 이렇게 한 번호를 공략하지 않을 텐데. 집 나간 가족을 찾는 연락인가.

죄송합니다. 이채아 디자이너님이 이렇게 해야 받으실 거라고 하셔서.

젊은 여자는 사과부터 했다. 문자는 언제 확인할지 모르니 받을 때까지 전화를 걸라고 하는 채아의 음성이 들리는 듯했다. 그럼, 채아를 통해 연락하면 되지 않나.

회장님께서 직접 연락드리라고 당부하셨습니다. 회장이라는 말에 묘한 호기심이 일었다. 요새는 낯 모르는 아무 행인에게 선생님이라고 한다는데, 회장님이야 등산회, 친목회 등 각종 모임으로 인해 길거리에 널린 직위가 된 지 오래되었다. 하지만 여자의 절제된 말투와 주변의 정제된 소음이 여자가 말하는 회장이 TV 드라마에서나 볼 수 있던 회장을 지칭하고 있다는 것을 직감할 수 있었다.

하필, 왜 저인가요.

회장님은 사극 매니아이십니다.

사극이라면 영화든 드라마든 가리지 않는 회장이 내가 디자인한 활 소리에 감탄했고, 수소문한 끝에 내가 일하던 스튜디오를 알아내고 채아를 통해 나를 찾았다는 것이다. 사연의 개연성은 문제가 없어 보였다. 있을 만한 이야기였다. 그러나 회장이 의뢰한 작업은 수긍하기 어려웠다. 회장이 투자하는 사극 영화에 사운드를 디자인할 사람이 필요하다고 했다면 금세 납득했을 것이다. 그러나 회장은 사극과 관련이 없고 굳이 내가 하지 않아도 될 만한 사운드를 디자인하기를 바랐다. 작업은 간단했고 받는 금액은 과도했다. 이 정도의 일로 그 정도의 돈을 받는 건 직업윤리에 어긋나는 일 아닌가. 뭔가 대단한 꿍꿍이가 있지 않고서야 그런 제안을 할 리가 없을 텐데.

그리 간단한 일이 아니에요. 상상력이 많이 필요할 겁니다.

회장 비서의 말은 곧이들리지 않았다. 그러나 나는 몇 차례 거절하다가 일을 맡기로 했다. 결국 회장이 거부할 수 없는 어마어마한 금액을 제시했기 때문이다. 그러나 문제는 액수가 아니었다. 회장은 왜 그렇게 큰돈을 들여서까지 이 작업을 성사하려는 것일까. 회장에게 필요한 소리가 어떤 것인지 궁금해진 게 문제였다.

영상은 3분 30초 정도로 짧았다. 그것은 20대 초반의 여자가 자신의 일상을 기록한 브이로그처럼 보였는데, 별다른 촬영이나 편집 기술이 동원되지 않은 평범한 영상이었다. 여자의 브이로그는 시종일관 무성無聲으로 진행되었다. 의도하였든 의도하지 않았든 촬영할 때 음소거 기능이 활성화되어 있었을 것이다. 소거된 음音은 일상적이고 보편적이었다. 문이 열리고 닫히고 아이섀도 브러시가 화장대에 떨어지고 헤어드라이어에 머리카락이 흩날리고 옷장 속 옷을 뒤적거리다 여러 벌에서 한 벌을 꺼내는. 실감나게 소리를 입히는 일이 그다지 어렵지 않아 보였고, 도대체 어디에서 상상력을 펼쳐야 할지 모를 지경이었다. 반나절 만에 작업을 끝냈고 바로 보내기가 민망해 이틀 묵혔다가 보냈다.

소리가 빈 부분이 있다고 하십니다. 비서의 말에 뭔가가 울컥 치밀어 올랐다. 소리가 비어있다? 알맹이가 드문 과자 봉지를 질소로 과포장했다는 비난처럼 들렸다. 사실, 과포장이라는 말은 적합하지 않다. 비서를 통한 회장의 의사는 내가 과포장하는 성의조차 없이 볼품없고 납작한 소리를 만들어냈다는 것이다. 화가 났다. 화가 나지 않는다면 아티스트로서의 자질이 의심스러울 만한 도발이었다. 몇 번이나 비서에게 연락해서 계약금을 돌려주려고 했다. 그러나 이대로 그만두는 건 어딘지 모르게 찜찜했다. 회장의 말은 자존심을 긁었지만, 작업이 생각보다 쉽지 않을 수 있다는 생각이 오히려 마음을 돌려놨다. 다른 급한 작업이 있는 것도 아니어서 나는 이 일을 끝내기로 했다.

브이로그를 여러 번 돌려봤다. 작업을 처음부터 다시 시작한다는 심정으로 세부를 살폈다. 내가 놓친 게 무엇일까에 초점을 맞췄지만, 어디가 비어있다는 것인지 그 공백은 좀처럼 보이지 않았다. 영상에서 일어나는 충돌, 마찰 등의 물리 작용에는 그에 합당한 소리—내 판단으로는 그렇다—가 들렸다. 회장은 인식하는데 나는 인식하지 못하는 소리는 무엇일까. 내가 영상을 보고도 인식하지 못한다면, 그 소리는 화면 밖에서? 의자에 앉아 있던 나는 몸을 벌떡 일으켰다. 그러나 곧 주저앉았다. 무성으로 촬영된 영상의 화면 밖 소리를 듣는 게 가능한가. 불가능하다. 그럴 수는 없었다. 그렇다면 회장은 무엇을 지적한 걸까. 혹시 비어있다는 것은 있어야 할 소리가 없다는 게 아니라 소리에 부족함이 있다는 것 아닐까.

영상 속 여자, 누굽니까? 대뜸 던진 말에 비서는 평소와 다르게 뜸을 들였다.

질문하지 않는 데에 동의하신 것 아니었나요? 그랬다. 계약서에 있던 내용이다.

그랬죠. 하지만 상황이 달라졌어요. 제 소리가 실감나지 않는다는 거잖아요. 소리의 주체를 모르고 만들었는데 소리에 어떻게 실감이 있겠어요.

그렇다고 해도 회장님의 뜻을 어길 수는 없습니다.

그렇다면 빈 소리를 메꿀 방법은 없겠죠. 나는 물러서지 않았다.

이틀 후에 비서에게서 이메일이 왔다. 내 질문에 대한 회장 측의 답은 이랬다.

그녀는 수백 개의 딤플로 뒤덮인 골프공 같습니다. 겉은 매끄러우면서 울퉁불퉁합니다. 속은 타이어를 만드는 고무처럼 질기고 튼튼합니다. 그녀는 가볍지만 단단합니다. 간단히 한 손에 올릴 수 있지만 그 세계는 견고해서 함부로 부술 수 없습니다. 그녀의 본질은 공이어서 굴릴 수 있고 던질 수 있습니다.

하지만 바닥에 부딪혀도 농구공처럼 통통 튀기지는 않습니다. 드라이버를 풀 스윙하면 그녀는 멀어집니다. 드라이버와 마찰을 일으키고 그 반발력으로 멀어지는 그녀는 딤플의 수만큼 더 멀리 날아갑니다. 수많은 딤플로 비거리는 늘어납니다.

주인공을 알고 싶다는데 웬 골프공 타령이람. 초보자를 위한 골프 교본도 아니고 무슨 저의로 알쏭달쏭하게 의미를 엮었는지 이해할 수 없었다. 그래서인지 처음에는 계약서 조항을 어긴 데 대한 장난성 조롱으로 읽혔다. 그러나 몇 번씩 읽으면서 드는 의문이 있었다. 그녀는 왜 공일까. 많고 많은 공 중에서 왜 하필 골프공일까. 골프공을 뒤덮고 있다는 딤플이 무엇인지 찾아봤다. 딤플은 골프공 표면에 오목하게 파인 홈으로 일반적으로 골프공에는 300—500개의 딤플이 파여 있다. 드라이버 스윙으로 날아가는 골프공에는 공기 저항이 생기는데, 공기 저항은 골프공 앞뒤 표면의 압력 차에 의해 발생한다. 이때 딤플은 주위에 작은 회오리를 일으키고 이로 인해 공기가 뒤섞여 공 뒤쪽 압력이 떨어지지 않아 비거리를 늘린다. 흠집이 난 골프공의 비거리가 늘어난다는 것을 우연히 발견하고 나서 골프공에 흠집을 내어 사용한 것이 딤플로 자리잡았다고 한다. 골프공의 겉과 속. 가벼움과 단단함. 딤플과 비거리. 비로소 나는 비서의 말에 동의할 수 있었다. 상상력이 필요했다.

나는 그녀 캐릭터에 집중했다. 골프공 같은 그녀를 수없이 떠올렸다. 작지만 단단하고 가볍지만 통통 튀지 않는. 캐릭터가 머릿속에 그려지자 그녀에게 합당한 소리가 튀어나오는 듯했다. 그러나 한 가지 마음에 걸리는 것이 있었다. 입에서 계속 **딤플**이 맴돌았다. 딤플은 보조개라는 뜻이 있지만 외모의 특징을 표현한 말은 아닐 것이다. 그렇다면 그녀에게 흠집이 많다는 뜻일까. 하지만 딤플은 비거리를 늘린다고 했으므로 결함의 의미로 쓰이지는 않았을 것이다. 오목하게 파인 흠집이 결함이 아니라면, 떠오르는 단어는 하나밖에 없었다. 상처. 나는 상처의 비거리를 생각했다.

그녀는 문을 (힘없이 덜컥 탁) 여닫으며 방에 들어선다. 암막 커튼이 처진 방에 (딸깍) 빛을 부른다. 그녀의 손이 화장대 의자를 (그윽) 끌어당기고 다른 손에 들고 있는 스마트폰이 흔들린다. 초점 없는 화면이 360도로 돌아가고—슬픔이 블랙홀로 빠져드는 것 같다—스마트폰을 (드득) 거치대에 고정시키고 다시 돌아온 화면에서 수건이 (스르르) 풀리면서 그녀의 젖은 머리카락이 보인다. 그녀는 화장대의 거울을 응시하다가—그녀의 얼굴은 뒤통수에 가려

보이지 않는다—헤어드라이어 버튼을 (틱탁) 누른다. (경쾌함 없이 심란하고 무거운 위이잉) 헤어드라이어는 돌아가고 그녀의 손길에 머리카락이 부서진다. 이윽고 헤어드라이어의 작동은 (탁) 멈추고 상반신을 거울 쪽으로 수그린 그녀의 손길이 분주하다. 그러다가 (툭) 아이섀도 브러시가 화장대에 떨어진다. 그녀는 브러시를 집다가 다시 (툭) 떨군다. 화장을 멈춘 그녀는 뭔가를 결심한 듯 (드윽) 의자에서 일어나 스마트폰을 (트특) 거치대에서 뽑아 손에 든다. 옷장을 (탕) 열고 (드르륵) 옷을 휘적이다가 고른 하나를 침대에 (툭) 던져 놓는다.

나는 그녀의 영상에 소리를 입혔고 소리에 그녀의 상처가 묻어나도록 노력하였다. 볼륨과 톤을 조정하여 모든 음은 낮고 둔탁하였다. 그녀가 찍은 영상에 대한 작업은 끝났지만, 작업이 모두 끝나지는 않았다. 회장 측에서 보낸 파일에는 부가 영상이 있었다.

CH 02 2023/10/30 11:27:11 　　그녀가 잔디밭 위 돌길을 걷는다.

CH 01 2023/10/30 11:27:15 ~ 11:28:07 　　그녀가 대문을 열고 밖으로 나간다.

CCTV 화면이었다. 그녀의 마지막 모습일 듯한 장면이었다. 그런 생각에서 비롯된 것인지 나는 CCTV 화면에서 겉으로 드러나지 않는 소리가 있지 않을까, 궁리하였다. 특히, 대문의 화면이 나의 마음을 사로잡았다. 1번 채널의 카메라에서 그녀는 잠깐 나타났다가 대문을 열고 나간 뒤로 볼 수 없다. 대문 위에 포치가 있어 그녀는 흔적 없이 사라진 것 같다. 여기에서는 그녀의 멀어지는 발소리만 남게 될까. 1분이 채 되지 않는 마지막 부분을 돌리고 또 돌려봤다. 그러다가 영상이 끝나기 몇 초 앞두고 그녀의 그림자가 나타났다 멀어지는 것을 보았다.

회장으로부터 연락이 온 건 작업을 마친 지 2주가 지나서였다. 이번에는 비서를 통하지 않고 직접 나와 통화하였다. 회장은 정중하게 집으로 초대하면서 감사의 의미임을 분명히 했다. 회장 집 대문 앞에 도착한 나는 벨을 누르려다가 경사진 이면도로로 내려섰다. 그러고는 몇 발짝 걸은 후에 뒤를 돌아 위를 올려다봤다. ㄱ자 형태 집의 가로획에 해당하는 곳 벽면에 CCTV가 부착되어 있었다. 노트북으로 봤던 1번 채널 화면의 각도가 한눈에 들어왔다. CCTV 쪽에 고정한 시선을 아래로 내리는데, 옆으로 그녀의 멀어지는 그림자가 보이는 듯했다. 해의 시선이 거둬지는 시각이었다. 나는 그녀를 배웅하듯이 잠시 서서 그녀의 비거리가 얼마쯤이었을지 생각했다.

2번 채널 화면에서 그녀가 걷던 잔디밭 위 돌길의 끝에 현관문이 있었다. 일하는 사람의 안내를 받아 집 안으로 들어섰다. 회랑 같은 널따란 복도의 끝 오른편에 낮은 계단이 놓여 있었다. 아래로 깊고 편평하게 펼쳐지는 공간이 높은 층고와 어우러져 새로운 세계로 들어서는 느낌을 자아냈다. 정면으로 보이는 통유리창을 왼편에 둔 소파에 회장이 앉아 있었다. 회장은 나를 통유리창을 마주보고 있는 소파에 앉게 했다.

벨로드미코프, 좋아하시나요?

꽤 긴장했던 탓인지 실내에 음악이 울려 퍼지고 있다는 사실을 회장의 말로 깨달을 수 있었다. 언젠가 들어본 적 있는 운율의 바이올린 협주곡이었다.

클래식에는 문외한에 가깝습니다.

회장은 의외라는 듯 팔걸이에 올려 둔 손을 턱에 대고 입을 오므렸다. 입 주변의 주름이 옮게 도드라져 보였다.

그런가요? 나는 벨로드미코프를 들으려고 저런 짓도 한 사람이오.

회장은 통유리창 너머로 보이는 정원의 구석을 가리켰다. 거기에는 전봇대가 서 있었다.

나만을 위한 전봇대를 설치한 거요. 공동 전봇대는 남들과 전기를 공유하는 탓에 아무리 좋은 오디오에서도 이런저런 노이즈가 들리길래 정원에다 저렇게 세워놨어요. 그랬더니 벨로드미코프가 내 앞에서 연주하는 것 같더구려.

화구 박스가 매립된 벽난로 옆에 오디오, 앰프, 스피커가 양쪽으로 놓여 있었다. 얼핏 봐도 고가의 장비임을 눈치채게 하는 것들이었다. 회장은 오디오와 벨로드미코프에 관한 말을 늘어놓았다. 사운드에 대한 회장의 마니아

적 열성은 순수한 애호와 성공한 자의 과시 사이를 오고가는 듯했다. 어색함을 녹이는 커피가 잔 바닥에 엷은 띠를 남기고 있을 즈음 회장은 저녁 식사를 제안했다. 그러나 나는 급한 작업이 있다며 한사코 거절했다. 의뢰인을 이런 식으로 만나는 게 나에게는 예외적인 일이었고, 차 한 잔 마시는 정도가 예외의 한계라고 생각했기 때문이다. 회장은 이번 초대의 메인을 거절하면 어떡하느냐고 불만을 토로했다. 그러고 나서 사업가답게 상대방이 거절하기 힘들도록 다시 제안하였다. 그럼, 식사 후 대접하려던 위스키 한 잔쯤 구경하시는 게 어때요.

과실향이 은은히 퍼지다가 끝에 스모키향이 감도는 위스키였다. 회장은 위스키의 애호가이기도 한 듯했다. 위스키에 대한 지식과 경험을 설파하면서 자신만의 리듬으로 위스키를 마셨다. 어느덧 회장은 세 번째 잔에 접어들었고 내 위스키 잔도 바닥을 보이고 있었다.

마지막 화면의 철 덜그럭거리는 소리, 덜그럭대다 쿵쿵거리는 소리, 그건 뭡니까?

굳게 닫혀 있던 가게 문에 철제 셔터가 열릴 때처럼 회장의 표정이 빗장을 푼 듯했다. 거래와 계약으로 묶여 있는 관계성을 술이 허물어뜨렸는지 말투도 다소 부드러워졌다.

마지막 영상 속의 여자는 대문을 나서는데, 화면에는 나타나지 않습니다. 저도 처음에는 그녀의 모습을 볼 수 없었습니다. 그런데 영상의 49초 지점에서 그녀가 나타납니다. 그림자로 나타난 그녀는 3초 뒤 모습을 감춥니다. 대문을 열고 나가는데 2초, 대문에서 CCTV가 보이는 지점까지 3초, 그림자로 보이는 부분이 3초, 영상의 총길이가 52초니까 그녀는 대문 앞에서 44초를 머물렀을 겁니다.

회장은 들고 있던 위스키 잔을 테이블 위에 올려놨다. 유리들이 따깍, 울렸다.

그 머무름은 머뭇거림일 거라고 생각했습니다. 그녀는 멀리 떠나는 것처럼 보였거든요. 아마 미련이 조금 남았겠죠. 대문을 손으로, 발로, 툭툭, 그래서 덜그럭거리고 쿵쿵거리지 않았을까요.

회장은 잠시 말이 없었다. 그러나 곧 느슨해진 상반신을 바로잡았다.

집의 창고를 수리하는 날이었소. 대문 앞에 시멘트 가루가 떨어져 있길래 인부 하나가 부주의했구나, 생각했지. 그런데 대문에 누가 시멘트 묻은 발로 찬 것 같은 자국이 있었소. 그것도 인부 잘못이라고 생각해서 업체 사장을 나무란 기억이 나오. 그 애의 흔적일 수 있다는 생각은 못 했소. 냉정히 떠난 줄 알았지. 머뭇거렸을 줄은. 이제부터 그 애가 집을 떠나기 전에 미련이 남아 머뭇거렸다고 생각할 거요. 그래야 나 자신을 더 나무랄 수 있을 거 아니오. 나는 소리에 예민한 사람이오. 하지만 그 애가 떠날 때까지, 마지막 순간까지도 나는 그 애의 소리를 듣지 못했소.

마지막 위스키 잔은 다 비워지지 않았다. 회장 집을 나서려고 할 때, 각얼음들이 녹으면서 달그락. 달그락. 천장 높은 거실을 울렸다.

아버지가 남긴 카세트테이프의 A면인지 B면인지 모를 면을 들은 다음 날, A면인지 B면인지 모를 면의 다른 면을 들었다. 테이프에는 아무것도 녹음되지 않은 듯 한동안 테이프 감기는 소리만 들렸다. 그러다가 의외의 인물이 등장했다. 아버지, 지금 뭐 하세요. 누나였다. 녹음하면 들릴까 해서. 아들내미 예민한 거 하루이틀이에요. 걔가 지금 시위하는 거라니까요. 자기만 힘든 줄 아나. 그래도 혹시 모르잖니. 아버지와 누나의 대화는 거기에서 끝났다. 다시 테이프 감기는 소리만 들렸다. 아버지는 TV 스피커에 카세트를 대고 TV에서 나는지 모를 소리를 녹음한 것이다. 나에게 들렸던 TV 소음을 아버지와 누나는 듣지 못했다. 당시 인기 TV 프로그램에서 10대만 들을 수 있는 고주파 영역의 소리가 있다는 사실을 알게 되었다. 그래서 나만 들을 수 있었구나, 고개를 끄덕이다가 열아홉 살인 누나는 왜 못 듣나, 의아했다. TV 스피커에서 나오는 고주파 소음을 나만 들은 것일까, 아니면 아버지와 누나의 생각처럼 나의 마음이 단단하지 못해 환청이 들린 것일까. 나는 그때도 지금도 잘 모르겠다고 생각한다. 왜 하필 그날 이전에는 들리지 않던 소음이 그날부터 들렸을까. 그날은 어머니가 영영 집을 떠난 날이다. 나는 마치 들을 수 있기라도 한 듯 카세트 플레이어의 스피커에 귀를 가까이 댄다.

당선소감 | 홍성구

틴 버즈. 십대들만 들을 수 있는 고주파 소리를 가리킵니다. 제 소설은 거기에서 출발하였습니다. 신체적 연령에 따라 가청의 영역이 다르다면 마음의 작용에 따라 들을 수 있는 소리도 달라지지 않을까. 이 물음에서 비롯되어 폴리 사운드를 머릿속에 펼쳐 보았습니다. 상처와 외로움을 말할 때는 그것의 기색을 살필 뿐 아니라 애처롭게 내뱉어지는 소리에 귀 기울여야 한다는 믿음으로, 소설을 썼습니다.

경험은 소통되지 않는다. 그로 인해 모든 고독이 생겨난다.

마음속에서 오래된 구절입니다. 사람은 어쩔 수 없이 외롭다는 진실의 말이 저에게 오랫동안 위로를 건넸습니다. 그리고 역설적으로 사람들의 외로움과 소통하고 싶다는 열망이 생겼습니다. 역설은 문학의 위대한 힘이라고 믿습니다. 그래서 저는 늘 소설가를 꿈꿔 왔습니다.

심사위원님들께 진심으로 감사드립니다. 바닷가의 수많은 자갈들에 섞여 있다 어느 따뜻한 가정집의 거실에 놓인 기분입니다. 한강 작가님의 오늘을 있게 한 서울신문 신춘문예에 당선되어 더욱 영광스럽습니다.

나의 유일한 독자에서 앞으로는 첫 번째 독자가 될 아내에게 무한한 사랑을 보냅니다. 하나밖에 없는 나의 아들아, 아빠는 네가 준 기쁨과 행복을 한 편의 장편으로 썼단다. 아버지의 굳은살 박힌 손과 어머니의 퉁퉁 부은 손이 저를 키웠습니다. 존경합니다. 따뜻한 가족인 누나네와 처가 식구들, 나를 진심으로 응원해 주는 세영, 진호에게도 감사의 마음을 보냅니다. 그리고 축하해 준 덕원여고 선생님들과 제자들에게도 감사합니다. 열심히 쓰겠습니다.

심사평 | 우찬제 · 김이설 · 구병모 · 백가흠 · 인아영

올해 소설 부문에는 예년보다 185편이 증가한 680편의 소설이 응모됐다. 최근 한강 작가의 노벨문학상 수상 소식과 더불어 한층 뜨거워진 문학을 향한 열기를 느낄 수 있었다. 전반적으로 작품 수준이 고르게 높다는 데 모든 심사위원이 동의하는 가운데 주요하게 논의된 소설은 다음과 같다.

'전연지대의 토끼'는 설산에서 길을 잃은 남한의 남성 군인이 탈북자 여성을 만나는 이야기다. 어디로 가야 할지 알 수 없는 막막한 상황에서 여성이 느닷없이 옷을 벗어 '나'를 안아 준 이후 이어지는 섹슈얼한 관계가 후반부를 채운다. 생생한 묘사와 소설적 재미가 돋보인다는 점에서 몇몇 심사위원들의 강력한 지지가 있었으나 반대도 팽팽해 토론이 길고 지난했다. 남북한 관계를 다루면서도 역사 인식이 단순하고 추상적이며 이를 구원자 여성과의 성관계에 비유하는 낯익은 도식의 반복이 새롭지 않아 아쉬움이 남는다.

'미분처럼'은 어느 바리스타의 행사에서 헤어진 연인이 우연히 재회하는 하루를 그리고 있는 소설이다. 과거 연인에 대한 복잡한 심정이 커피 원두를 추출하는 섬세한 과정과 커피의 쓰고 떫은 맛에 대한 비유로 이어지는 흐름이 미려하고 정갈했다. 언뜻 사소한 마음을 그리고 있는 듯하지만 그 안에서 인간 본연의 결핍과 이기심, 인간관계의 위태로운 불균형을 통찰하는 진득한 시선이 미더웠다. 하지만 차분한 문장과 유려한 완성도에 비해 다소 밋밋하다는 인상도 있어 이미 가지고 있는 날카로운 문제의식을 더 강하게 밀고 나가는 문학적인 야심과 패기를 기대하고 싶다.

'폴리 사운드'는 남들에게는 잘 들리지 않는 소음을 듣는 어느 사운드 디자이너의 이야기다. 자신의 이야기를 하려는 사람은 어느 때보다도 많지만 타인의 이야기를 귀 기울여 들으려고 하는 사람은 드문 시대에 '듣는 일'의 정치적인 의미를 떠올리게 한다. 세상의 기미를 어떻게든 예민하게 들으려는 이 주인공에게 사운드 디자인은 단지 직업적으로 빈 공간에 정교한 소리를 채워 넣는 일에 그치지 않는다. 무엇보다 머뭇거리면서 떠나는 사람의 마음을 직접적으로 들추어내고 확인하는 방식이 아니라 한 발짝 뒤에서 이를 섬세하게 감지하고 이해하려는 방식에 이 작가가 인간과 세상을 바라보는 미더운 문학적 태도가 깃들어 있다고 생각한다. 당선자께 진심 어린 축하를, 그리고 소중한 작품을 보내 주신 모든 응모자들께 깊은 감사를 전한다.

세계일보 **이수정**

1967년 부산 출생
이화여대 신문방송학과 졸업
미국 뉴저지 거주(한인 사서 겸 로컬 도서관 한국 프로그램 코디네이터/영한 번역작가)
2022년 재외동포문학상(타이거마스크) 대상 수상
2023년 디아스포라 문학웹진 〈너머〉 제1회 신인상(흐르는 제로) 수상
2024년 영남일보 신춘문예(단편소설 부문/코타키나발루의 봄) 당선
2024년 제4회 고창신재효문학상 수상(장편소설/고인, 돌)

부산 출생으로 이화여대 신문방송학과를 졸업했다. 단편소설로 「타이거마스크로」로 제18회 재외동포문학상에서 대상을, 「흐르는 제로」로 웹진 〈너머〉 제1회 신인상을 수상했다. 「코타키나발루의 봄」으로 2024년 영남일보 신춘문예에, 「숨이 차오를 때」로 2025년 세계일보 신춘문예에 당선했다. 제4회 고창신재효문학상을 수상했다.

숨이 차오를 때

이수정

모두 달리는데 엄마는 가만히 있었다.

휴대폰 영상을 조금 키워서 보니, 엄마는 가만히 있는 게 아니라 양 손바닥을 무릎에 붙이고 숨을 고르는 중이었다. 아니, 숨을 헐떡였다. 혀를 늘어뜨린 채 숨을 마시고 뱉을 때마다 엄마의 꺾인 허리가 점점 더 내려갔다. 파리한 얼굴이 죽을 것처럼 일그러지더니 급기야 숨이 바닥났는지 엄마는 풀썩, 땅바닥에 엎어졌다. 영상은 거기서 끝이었다.

— 이제 맨 앞으로 돌려서 처음부터 봐.

이모가 중환자실 문 쪽을 힐끗 보더니 말했다. 나는 군말 없이 영상을 맨 앞으로 돌렸다. 보조 기구를 쓴 듯 공중에서 찍은 영상에 '명주시립병원 주최 고환암 퇴치 단축 마라톤 대회'라고 쓰인 현수막이 클로즈업되었다. 파란색 글자 가운데 저 혼자 빨간색인 '고환암'이 바람 먹은 현수막 위에서 주먹질하듯 불거졌다. 탕! 출발 신호와 함께 카메라가 움직여 출발점을 잡았다. 티셔츠와 바지를 흰색으로 맞춰 입은 사람들이 무더기로 움직이는데 엄마는 바로 눈에 들어오지 않았다. 드잡이하듯 이모와 머리를 붙이고 작은 화면을 들여다보려니 엄마를 찾지도 못했는데 벌써 고단해졌다. 영상을 처음부터 봐야 하는 이유를 물으려는데 이모가 팔꿈치로 내 옆구리를 쿡, 찔렀다.

— 느이 엄마, 여기!

폭넓은 머리띠로 앞머리를 올려붙인 엄마는 이모가 짚지 않았다면 못 알아볼 정도로 낯설었다. 기껏 찾은 엄마가 다시 작아지더니 아까보다 더 많은 사람이 화면에 들어왔다. 온통 흰색인 가운데 언뜻 보이던 노란색…. 그게 엄마였다. 노란색은 엄마가 흰 티셔츠 위에 덧입은 망사 조끼였다. 엄마는 일제히 날개를 파닥거리기 시작한 흰 나비 떼에 물색없이 낀 노란 나비처럼 도드라졌다.

엄마를 도드라지게 하는 건 더 있었다. 주최 측에서 나눠줬을 파란 리본 핀을 다른 이들은 가슴 한쪽에 달았는데 엄마는 한복판에 붙이고 있었다. 그런 엄마는 다른 이유 일절 없이 오로지 고환암 퇴치를 염원하며 마라톤에 임하는 사람처럼 보였다. 엄마가 난데없이 마라톤을 하겠다고 나선 이유를 아는 사람은 아무도 없었다. 소문은 있었다. 삼 년 전 조사장을 죽게 한 어떤 암이 사실은 고환암이어서…. 소문은 엄마가 속한 독서 모임인 '북새통' 회원들 사이에서 특히 거셌다. 그러던 게, 엄마가 회원 전원에게 고급 한정식 이용권을 돌리면서 소문의 내용이 슬며시 바뀌었다. 엄마가 마라톤 대회에 나가는 이유는 다리를 절었던 조사장의 생전 회한을 달래려는 것으로, 조사장이 암으로 죽은 건 맞지만 정확한 진단명까지 구태여 알 필요는 없는 것으로…. 설사 고환암이 맞는대도 그건 가슴 아플 일이지 뒤에서 수군거릴 일은 아닌 것으로…. 엄마가 마라톤을 하는 진짜 이유를 알 만한 사람은 이모뿐이었다. 이 풍진 세상 탈탈 털어봐야 엄마에게 남은 피붙이라곤 이모가 유일했기 때문이다. 이모는 엄마와 같이 살지 않으면서 같이 사는 것과 진배없이 자주 만나는 사이였다. 나는 명절이나 생일이 돼야 만나는 엄마를 이태 전 바다 지척으로 근무지를 옮긴 뒤로는 거의 안 보며 살았고….

이모와 나 사이에, 어쩌다 엄마가 낄 때도, 금기어가 있다면 단연코 '피붙이'라 할만했다. 이모 생일에 둘이 밥 먹다 내 입에서 그 단어가 나온 건 순전히 미역국 때문이었다. 여자들이 한 무더기의 핏덩어리와 함께 말 그대로 '피'붙이를 세상에 내어놓고 구겨진 몸을 악착같이 일으켜 챙겨 먹는…. 끈적이는 미역의 질감도 피의 그것과 흡사한 데다 피가 되고 살이 되니 많이 먹으라고, 국을 푸면서 이모가 얹은 말도 한몫했다. 내 입에서 한 번도 발음돼 본 적 없는 단어답게 그걸 말할 때 입자 큰 모래알이 입 안에 돌아다니는 것 같았다. 그 단어가 나오자 이모는 피 냄새를 맡은 모기처럼 날래게 물컵을 당기더니 거기다 소주를 들이부었다.

— 넌 뭐 최순주 여사 피붙이 아니라니.

꼬부라지려는 혀를 진정시키려는 듯, 이모는 한 단어씩 힘주어 말했다. 대화를 나누다가 엄마가 개입될 여지가 보이면 심드렁해지는 나와 달리, 이모는 기민하고 집요해졌다. 평소에도 이모는 엄마가 나를 키웠다는 내 생후 육 년간의 시간을 떠올려주려 용을 썼다. 그때를 기억하기는커녕 기억해내려는 의지나 성의를 보이지 않는 나더러 '돌대가리'라며 험한 말을 한 적도 있었다. 자신은 외할머니가 사준 빨간 에나멜 구두를 신고 좋아하던 순간을 기억하는데 그게 걸음마를 늦게 뗀 생후 22개월이었다며….

— 느이 엄마, 마라톤 대회에 나간대.

어지간하면 아는 척 않곤 못 배기겠지. 입술을 실룩여 잇몸에 뭉친 밥을 입 안으로 들이미는 이모의 입가에, 늘 지는 시합에서 모처럼 이긴 승리자의 미소 같은 게 떠올랐다. 솔직히 궁금하긴 했다. 물론, 엄마 일이라 궁금한 건 아니었다. 모르는 동네 칠순 노인이 마라톤을 한대도 궁금해질 수 있는, 딱 그만큼의 호기심 같은 것이었다. 말하자면, 그 사람에 대해 애정은커녕 털끝만치의 관심이 없어도 가능한…. 나는 급한 문자에 답을 찍으며 엄마가 왜 마라톤을 하느냐고 물었다.

— 느이 엄마가 조 사장한테 시집간 건 다 우릴 위해서였어. 그런데 넌 그걸 당최 이해 못하는 것 같어.

맥락을 벗어나도 한참 벗어난 대답은 이모가 취했다는 신호였다. 맥이 탁 풀리면서 없던 갈증이 올라왔다. 문자를 찍던 휴대폰을 내려놓다 전에 없던 유리가 식탁에 깔린 걸 알아챘다. 말끔한 표면에 밥풀 하나가 들러붙어 있었다. 숟가락을 들어 손잡이 끝으로 밥풀을 문질렀다. 쉬 떨어질 기세가 아니었다. 이모는 평소보다 취기가 빨리 올랐고 취하면 늘 그렇듯, 고장 난 녹음기처럼 이미 한 이야기를 무한 반복할 기세였다. 내가 뭘 이해 못 한다는 부분에서 숟가락으로 밥그릇을 두드리는 것도 한결같았다. 같은 소리를 귀 닳도록 들을 때마다 턱까지 기어오르는 말을 삼키곤 했는데 이제는 내놓자는 결심이 올라왔다. 밥풀에 고개를 박느라 이모 얼굴을 보지 않아 그런지도 몰랐다. 애 딸린 과부가 돈 좀 있는 홀아비 하나 잡았는데 그 홀아비가 과부의 딸린 애는 받아주지 않았다는, 그 쉬운 이야기를 이해하고 못 할 게 뭐 있느냐고….

그런데 하필 그 순간 밥풀이 유리에서 똑 떨어져, 나는 기껏 '애 딸린' 밖에 내놓지 못했다. 밥풀은 공중으로 튀어 올랐다가 이모 앞에 놓인 미역국 속으로 떨어졌다. 컵에 술을 따르던 이모는 그걸 보지 못했다. 술병 머리를 잔에 제대로 겨냥 못해 질질 흘린 술이 식탁 아래로 떨어지자 이모가 튕기듯 자리에서 일어섰다. 그 와중에도 입은 쉬지 않았다.

— 태어나 며칠 만에 엄마를 잃었잖니, 느이 엄마가…. 배 타느라 얼굴 보기 힘든 아버지가 새엄마 들여 살 만해지나 했는데, 세상 야속한 이 아버지, 고마 세상 저버리네? 그때부터 중학교도 제대로 못 다니고 새엄마에, 이복동생에, 매정한 딸년 수발하느라 꽃다운 청춘 다 보낸 게 느이 엄마야. 정작 자기는 엄마 젖도 못 빨아봤는데!

골백번도 더 한 이야기면서 '이복동생'이 등장하는 지점에서 이모의 목소리는 여지없이 흔들렸고 '매정한 딸년'에서는 벌겋게 초점 잃은 눈을 내 쪽으로 부릅떴다. 휴대폰 벨이 울리지 않았다면 어떤 핑계를 대서라도 내가 일어설 참이었다. 어떤 전화든 받을 작정이었지만, 하필 걸려 온 전화는 '어떤'에도 끼지 못할 번호였다. 잠시 주저하는 사이, 이모가 밥을 욱여넣은 입으로 '느이 엄마가 조사장이랑 혼인신고를 안 한 건 서류상이나마 널 지키려' 어쩌고 중얼거렸다. 그나마 처음 듣는 소리라 멈칫한다는 게 그 반동으로 전화기 수신 버튼이 눌러졌다.

상대는 긴 한숨부터 내뿜었다. 용건이 있을 턱이 없는 나는 상대의 말을 듣기만 했다. 이모는 휴대폰을 코에 갖다 대고 검지로 화면을 위아래로 밀어대며 무언가를 찾기 시작했다. 통화 상대는 나를 힐책한다는 티를 안 내려 딱할 만치 애쓰며 말을 이었다. 대충 끊으려 '그럼', '이만'을 입에 올렸으나 상대는 아랑곳없었다. 열린 창으로 구급차 사이렌 소리가 쏟아져 들어왔다. 운전 중이냐고 물어 그렇다고 대답하자 덜컥, 전화 끊기는 소리가 났다. 나는 잠잠해진 전화기를 잠시 쳐다보았다. 버린 건 그쪽인데 왜 자꾸 버림받은 척하느냐고 말할 걸 그랬다는 후회가 올라왔다. 코앞에 이모가 있어서 어차피 못 내놓고 말았겠지만….

전화기를 귀에서 떼기 무섭게 이모가 휴대폰을 내 눈앞에 들이밀었다. 스포츠 뉴스 중간에 들어간 인터뷰 영상이었다. 운동선수치고는 좀 늙수그레해 보이는 두 여자에게 기자가 마이크를 대고 있었는데 들리는 소리도, 보이는 자막도 일본어였다. 이모가 총각무 대가리를 크게 베어 물기 직전의 입으로 말했다.

— 그걸 보고 마라톤을 하기로 작심했대. 느이 엄마, 일본어 잘하잖아. 단추공장 사장 마누라가 일본 사람이었지, 왜.

단추공장 사장도 누군지 모르는 내가 단추공장 사장 '마누라'를 알 리 만무했다. 엄마가 일본어를 잘한다는 것도 금시초문이었다. 언젠가 셋이 인사동을 걷다가 길을 묻는 외국인에게 엄마가 일본어로 말한 적은 있었다. 그 기억 속 엄마는 일본어를 할 줄 안다기보다, 어눌하지만 한국어로 묻는 동양인에게 덮어 놓고 일본어로 대답하는 섣부른 사람이었다.

— 뭐라는 거냐고 물으니 몰라도 된대. 기껏 궁금하게 만들고 몰라도 된다는 사람, 정말 짜증 나지 않니? 네가 인터넷에라도 좀 물어봐.

이모는 대학 때 내 부전공이 일본어였다는 걸 모르는 눈치였다. 블록체인 잡지에서 일본어 번역 아르바이트한 적도 있다고 말할지 어쩔지 망설이는데 영상에서 달뜬 목소리가 들렸다. 막 마라톤 결승점에 들어온 두 여자에게 기자가 뭐라고 물으며 마이크를 갖다 댔다. 한 여자가 말하다 말고 목이 메자 다른 여자가 그 어깨를 두드렸다. 거기서 더 듣지 못했다. 알아듣지도 못할 걸 뭘 그리 오래 들여다보냐며 이모가 전화기를 되가져갔기 때문이다.

나는 젓가락으로 콩조림 하나를 집으며 여자가 한 말을 되새겼다. 일본어를 놓은 지 좀 돼서, 처음엔 '시큐(しきゅう)'가 '지구'라는 뜻의 '치큐(ちきゅう)'로 들렸지만, 그 여자가 어린아이처럼 '엄마'를 '마마(まま)'라고 한 덕에 '자궁'으로 고쳐 들을 수 있었다. 내가 이해한 만큼의 내용은 대충 이랬다.

> 마라톤 결승점에 들어오는 순간은 숨이 머리끝까지 차올랐다가 일시에 터지는 느낌이다… 엄마의 자궁에서 밀려나 세상 밖으로 나올 때 이런 느낌이 아닐까 싶다….

*

엄마가 뛰는 영상을 제대로 안 보고 있다는 걸 눈치챈 이모가 손바닥으로 내 무릎을 세게 쳤다. 얇은 레깅스 진을 입고 있어 맞은 부위가 몹시 따가웠다.

— 눈 크게 뜨고 보라니깐! 누가 밀쳤거나 뭔 수작을 부린 게 분명해. 느이 엄마가 어떤 사람인데 그깟 숨 좀 차다고 정신 줄을 놔!

애먼 내게 삿대질하며 성을 내는 이모에게서 오랜만에 그 느낌이 왔다. 이모가 울 것 같다는 느낌…. 그 느낌이 오면 이모는 거의 예외 없이 울었다. 그 느낌은, 울음이 개입될 여지가 전혀 없는 상황에서도 왔다. 코미디 프로를 보며 깔깔대던 중에도 온 적 있는데 그러면 이모는 깔깔대다 말고 울었다. 적중률을 확인하고 싶어 부러 기다린 적도 있었지만, 그 느낌은 내가 기다리면 오지 않았다. 평소에는 바깥 대기 중 어딘가에 잠복했다가 저 내킬 때만 불현듯 다녀갔다.

그 느낌의 속성을 나름 간파한 뒤로 나는 그게 올라 치면 얼른 화제를 바꾸는 요령을 터득했다. 그러면 아직 눈물까지는 안 나는 수준에서 이모의 울음을 막을 수 있었다. 차라리 화낼 때가 낫지, 이모가 울면 나는 보통 난감해지는 게 아니었다. 어떤 표정을 지어야 할지, 무슨 말을 해야 할지, 무슨 말을 하면 안 되는지 종잡을 수 없어 무력하게 얼어붙기 일쑤였다. 이모와 살기 시작한 여섯 살부터 그랬다. 엄마가 나를 이모에게 버리고 간 그때부터 죽….

나는 얼른 이모에게 누가 영상을 찍었냐고 물었다. 대학생 둘을 출발점과 결승점에 배치해서 찍고 나중에 두 영상을 이어 붙였다고 설명하는 사이 이모는 서서히 홍이 올랐고 그 느낌은 사라졌다. 중환자실 문이 열리고 머리가 벗어진 초로의 의사와 젊은 간호사가 나와 우리 쪽으로 다가들었다. 이모가 엄마 상태를 묻자, 의사가 휑한 머리 부분을 검지로 긁으며 아직 의식이 돌아오지 않고 있다고 말했다. 이모가 비틀, 주저앉으려 했다. 마주 섰던 의사가 반사적으로 이모를 부축하긴 했는데 양 손바닥을 세워 이모의 겨드랑이에 넣는, 좀 야릇한 모양새가 되었다. 내가 이모를 넘겨받듯 해 의자로 데려가 앉혔다. 벗어진 머리까지 붉어져 아까보다 얼굴이 길어 보이는 의사가 이번엔 콧등을 간질이며 말했다.

— 다행히 바이털이 돌아오고 있으니 큰 염려는 안 하셔도 될 듯합니다. 다만, 심장 부정맥이 있으신 듯한데 이런 경우, 마라톤은 치명적인 활동이 될 수 있습니다.

의사가 엄마의 병력이며 검사 결과에 관해 다소 긴 설명을 하고 이모가 판사에게 선처를 호소하는 죄인처럼 양손을 깍지 낀 채 “전 몰랐어요.”를 반복하는 동안, 나는 두 얼굴을 번갈아 쳐다만 보았다. 격앙돼 말하던 이모가 침을 잘못 삼켰는지 발작적인 기침을 했다. 내가 손수건을 꺼내 이모에게 내밀었다. 손수건을 입으로 가져가는 이모 손에 내 손도 딸려 갔다. 악력이 남다르게 센 이모 손안에서 우그러진 손이 몹시 아팠지만, 티를 낼 수는 없었다. 내 가방에서 휴대폰 벨 소리가 튀어 오르자 지루하다는 표정을 노골적으로 짓고 섰던 간호사의 시선이 내게로 꽂혔다. 긴급한 전화인 척 일어서며 이모에게 잡혔던 손을 거북살스럽지 않게 빼낼 수 있었다. 내게서 눈을 떼지 않고 있던 간호사가 말했다.

— 중환자실 부근에서 통화하시면 안 돼요.

내 뒤통수를 주시하고 있을 간호사 눈에 중환자실 근처가 아니라고 판단될 만한 곳으로 종종걸음을 쳐 갔다. 모퉁이를 돌아 창가로 다가갔다. 상대가 전화기에 입을 바짝 대고 있는지 휴대폰에서 새 나오는 짙은 숨소리에 귀가 축축해지는 느낌이었다. 나는 쫓기는 사람처럼 주변을 살피며 상대에게 어디냐고 물었다.

— 수영장입니다.

부동산 중개소나 투자 회사가 아니고 수영장이라…. 중환자실을 가리키는 붉은 화살표 방향으로 재게 걷던 여의사가 흘끔 쳐다보는 통에 내 몸이 반사적으로 돌아갔다.

— 문유정 님 되시죠? 회원 등록서에 최순주 회원님 가족으로 되어 있어서요.

상대는 말할 때도 숨을 깊게 몰아쉬는 편이었다. 자신을 '마스터 곽'이라 소개한 남자는 내가 제대로 알아들었는데도 '미스터'가 아니고 '마스터'라고 재차 말했다. 수영장 회원 관리 책임자라는 마스터 곽의 말에 따르면, 작년 이맘때 수영장이 '그랜드 오픈'을 하면서 아파트 부녀회에 초대장을 돌렸고 그때 엄마가 수영장 이용권을 구매했다. 국내에서는 보기 드물게 수심 7미터, 레이스 길이가 75미터로 급이 다른 '럭셔리 프리미엄 프레스티지' 수영장이라 연간 회원제로 운영되지만, 오픈 기념으로 특별히 단기 회원권을 팔았고 엄마가 그걸 샀다. 마스터 곽은 엄마가 수영장에 세 번밖에 오지 않았는데 이용권 유효기간이 다음 달 말에 만료된다고 설명했다. 엄마가 5성 호텔급 스파 이용권도 추가로 샀다고 할 때는 말꼬리를 흐렸다.

— 등록하신 분이 불가피한 사정으로 못 오실 경우, 이용권의 가족 양도가 가능합니다.

나는 '등록하신 분'이 마라톤을 뛰다 쓰러져 중환자실에 누워있는 상황을 '불가피한 상황'에 대입시켜 보았다. 뒤이어 엄마가 중환자실에 누워있는데 딸이 대신 이용권을 써도 될까, 하는 생각도 했다. 그러니까 이 와중에 수영이나 하고 있어도 될까, 하는….

— 최순주 님이 등록하신 수영 강습도 자동 양도됩니다. 언더더씨라고, 육십 대 이상 여성분들로만 이루어진 반인데 이런 경우, 나이와 관계없이 수강하실 수 있어요.

바다 지척으로 근무지를 옮기고 알았는데, 바다 지척에 사는 사람들은 회식이나 단합회 같은 것도 바닷물에 들어가서 하길 좋아했다. 어릴 적, 깊이 모를 호수에 빠진 적 있어 물을 무서워한다는 말 따윈 씨도 안 먹힐 것 같아 하지 않았다. 그쪽 사투리에 익숙지 않아 웃을 타이밍에 잘 웃지도 못하고 바닷물에도 못 들어가는 나는 그들과 단합하기가 쉽지 않았다. 상황이 이렇다 보니, 수영을 배워야겠다는 막연한 생각이 확고한 결심으로 바뀐 지 좀 되었다. 회원권을 양도받겠다고 말할 때 나는 주변에 사람도 없는데 창 쪽으로 돌아섰다. 엄마 때문에 병가 낸 일주일 동안 자유형 정도는 익힐 수 있는지 물으려는데 다른 고객이 기다려서 전화를 끊어야겠다며 마스터 곽이 숨 가쁘게 말했다.

— 아, 오실 때 가족관계증명서를 꼭 가져오세요.

언더더씨의 회장은 마스터 곽이 소개하자 내 손을 덥석 잡았지만 '최순주 씨'를 잘 아는 것 같지는 않았다. 엄마가 수영장에 왜 안 오는지 물을 땐 아예 시선이 딴 데 가 있어 그 틈에 나는 돔 모양의 천장을 올려다볼 수 있었다. 물보라 이는 바다, 검고 큰 배, 여신 옷을 입은 육감적인 여자들, 정체불명의 동물들…. '노아의 방주'를 연상시키는 그림이 높고 광활한 천장에 아로새겨져 있었다.

드러난 팔다리가 예순을 넘긴 게 확연하다고 알려주는 서너 명의 신입 회원에 이어 회장이 나를 소개하자 나를 대놓고 가리키며 숙덕이는 어르신들이 보였다. 파란색 수영복에 흰 수영모를 맞춰 착용한 마흔 명 남짓 되는 회원들의 박수 소리가 너른 수영장에 울렸다. 답례로 인사를 하려는데 급조한 수영복이 너무 껴 허리가 꺾이다 말았다. 젊은 애가 버릇없어 보이겠다는 염려보다는 나만 노란색 수영복을 입었다는 게 더 마음 쓰였다. 'L' 사이즈로 파란색 수영복은 품절이었다. 다행히 수영모는 회장이 여분의 흰색으로 챙겨주었다. 정수리 부분에 마커로 그려진 빨간 동그라미는 '초급' 표시라고 했다.

언더더씨는 레벨에 따라 초 · 중 · 고급 세 개 조로 나뉘었다. 인원 점검이 끝나자 안전 요원이 안전 수칙을 설명했다. 초급 조는 목을 빼고 듣는데 중, 고급 조는 대놓고 떠들었다. 안전 요원의 입 모양에 기대 알아 들어보려 용을 쓰다 미간이 절로 찡그려질 무렵, 떠들어대던 어르신들의 목이 일제히 한쪽으로 돌아갔다. 남자 탈의실에서 강사들이 걸어 나왔다. 하나같이 키가 크고 어깨가 역삼각형인 젊은 남자들이 레인 별로 설치된 다이빙대 위에 올라섰다. 가려야 할 곳을 최소한으로만 가린 수영 팬츠는 몸에 과도하게 밀착되어 살에 들러붙은 듯 보였다. 반복해서 보는 영화를 틀어놓고 "이 대목이 제일 좋아!"하듯 두 손을 깍지 끼고 쳐다보는 어르신도 있었다. 강사들이 동시에 몸을 날려 입수했다. 나도 모르게 반보 뒤로 물러났는데 희한하게도 물이 튀지 않았다. 강사들이 회원들을 향해 입수하라는 손짓을 보내왔다.

어르신 회원들이 흩어져 물속으로 들어가기 시작했다. 중급 조원들은 다이빙대 쪽 사다리식 계단으로, 초급 조원들은 수위가 제일 얕은 쪽 경사면으로 입수하게 되어 있었다. 고급 조원들의 입수 방식은 사뭇 남달랐다. 그들은 반대편을 향해 줄지어 서더니 팔을 쭉 펴고 일정하게 흔들면서 행진하듯 걸어갔다. 고급 조원들이 멈춘 지점에는 커다랗게 '수심 3M'라고 쓰여 있었다. 글자의 절반은 물속에 잠긴 채였다. 그쪽 다이빙대 너머 멀리 수영장 끝쪽에는 '수심 7M' 표시와 더불어 뭐라고 빽빽하게 글자가 박힌 안내판이 따로 서 있었다.

고급 조원들이 하나둘 다이빙대로 올라섰다. 그들이 질서 있게 입수할 때도 아까처럼 물이 튀지 않았다. 수면의 얇은 막을 사람 몸 하나 들어갈 정도로만 찢고 빨려들듯 물속으로 미끄러져 들어갔다. 예순을 넘겼다는 게 믿기지 않을 만치 날렵하게 물 위를 전진해 오는 그들에게 눈을 붙박은 채 나는 초급 조원들 뒤를 따라 움직였다.

물속으로 이어지는 경사면을 한 발 한 발 내딛는 동안 수면이 점점 높아지더니 허리를 지나 배꼽을 넘어 명치께까지 올라왔다. 대중목욕탕에 가도 탕에는 절대 안 들어가는 나로서는 평생 처음 겪어 보는 물 높이였다. 아, 호수에 빠진 적 있으니 처음이라 하면 안 될지도…. 나는 사람들이 눈치챌까 봐 코를 너무 크게 벌름대지 않게 조심하면서 밭은 숨을 자주 쉬었다. 강사는 수영장 벽에 설치된 가로 봉을 잡고 엎드려 물장구를 치라 했다. 물 밖으로 뽀글뽀글 거품이 날 정도로만 발을 차야 한다고 강조하면서 강사가 하필 내 발을 잡고 시범을 보였다. 지난밤 발뒤꿈치 각질을 꼼꼼히 없애길 잘했구나 싶었다. 종아리에 온 신경을 모아 발차기하다가 다리에서 쥐가 날 무렵, 강사가 다 같이 머리를 물에 담그고 5초를 견디자고 했다.

— 수영에서 가장 큰 고비가 물에 머리를 담그는 겁니다. 그걸 넘으면 반은 된 거예요.

강사는 분명 다 같이 하자 했건만 한 어르신이 시범을 보이라며 나를 지목했다. 젊다는 게 이유였다. 모두의 시선이 내게로 모이고 강사가 격려의 박수를 유도했다. 나는 티 나게 떨리는 손으로 머리에 걸쳤던 수경을 끌어내리고 고개를 숙였다. 푸르스름한 물이 한입에 나를 집어삼킬 듯 눈앞으로 다가들었다. 물 밖인데도 숨이 가빠져 나는 애먼 수경을 만지작거렸다. 후들대는 다리는 그나마 물속에 있어 보이지 않았다. 나는 주변 공기를 죄 쓸어 담을 기세로 숨을 크게 들이마셨다. 속으로 숫자를 세었으나 머리를 담그지 못하고 숫자만 커졌다. 그 모습이 궁색해 보였는지 강사가 나섰다.

— 몰라서 두려운 거예요. 물에 들어가면 그 느낌이 얼마나 좋은지 알게 될 거예요.

나는 한 줄 숨이라도 샐까, 입술을 안으로 말아 넣고 피가 배어날 정도로 이를 꽉 물었다. 기다리다 지친 사람들 사이에서 새 나오는 한숨이 천둥소리 같았다. 코로 숨을 조금 더 보충한 뒤 물에 고개를 집어넣었다. 눈이 저절로 감겨 앞은 전혀 보이지 않았다. 숨넘어갈 듯 빠른 속도로 '다섯'을 세고 얼굴을 들었다. 숨을 몰아쉬며 얼굴에 폭포처럼 흐르는 물을 문지르는데 사방에서 웃는 소리가 들렸다. 눈을 뜨니, 강사마저 이를 드러낸 채 웃고 있었다. 한 어르신이 손바닥으로 수면을 치며 소리쳤다.

— 이 아가씨야. 고양이 세수해? 얼굴만 빼쭉 담그면 어째, 머리를 담가야지, 머리를!

그 말이 채 끝나기도 전에 누가 강제로 박기라도 하듯 내 머리가 물속으로 꺼져 들어갔다. 순전히 붉어진 얼굴을 감추기 위해서였다. 눈알이 꺼질 것처럼, 감은 눈에 힘이 들어갔다. 명상의 달인이라도 된 마냥, 내가 물속에 들어가 있다는 한 가지 생각 외에 아무것도 떠오르지 않았다. 물에 들어가 보면 좋다는 느낌이 뭔지 느낄 겨를 따윈 없었다. 숨 가쁘게 '다섯'을 센 뒤 물 밖으로 고개를 들고 숨을 터뜨리는 순간, 하마터면 울음이 터질 뻔했다. 박수 소리와 함께 강사가 엄지손가락을 치켜세웠다. 그 뒤로 또 주저하는 사람이 나오자 강사가 이젠 대놓고 내게 시범을 보이라고 했다. 얼떨결에 해낸 일이라 나는 첫 경험을 앞둔 여자처럼 심장이 발작적으로 뛰었다. 앞서 상황을 떠올려 보았다. 고양이 세수, 웃음소리, 강사의 크고 흰 이…. 그러자 용기 같은 게 나서 이번엔 어깨를 좀 더 기울여 보자는 생각도 들었다. 물에 머리를 넣고 어깨를 더 기울이니 머리가 덩달아 내려갔다.

이전과 다른 느낌이 있었다. 바닥을 움켜쥘 기세로 온 발가락에 힘을 주고 섰는데도 발아래가 막막한 느낌이 아까처럼 무섭지만은 않았다. 수면 가까이 어깨 쪽 맨살에 미약하지만 뭔가 닿는 느낌도 새로웠다. 숨결처럼 얇은 막이 수면을 덮고 있다가 내 머리가 들어가는 순간, 딱 그만큼만 벌어졌다 도로 닫히는 느낌…. 소리의 느낌도 달랐다. 물 밖에서 웅얼대는 소리가 덩어리로 뭉쳐 비닐 공처럼 수면을 부유할 뿐 물속으로 들어오지 못하는 듯했다. 그래서 내가 물속이 아니라 방음 잘 된 밀실에 몸의 일부를 디밀고 있는 것 같은…. 그 느낌이 묘하게 아늑해 천천히 수를 세는 동안 나는 눈도 뜰 수 있었다.

제일 먼저 보인 건 사람들의 다리였다. 사타구니까지 드러난 맨다리들이 수몰된 문명의 아이오닉 기둥처럼 적막하게 늘어서 있었다. 얼핏, 숨이 가빠졌다. 아직 숨찰 무렵은 아니었다. 어떤 기시감 때문이었다. 그럴 리 없는데, 물속이 낯익었다. 물속이 낯익은 건지 얼굴이 낯익은 건지…. 거기, 얼굴이 있었다. 맨다리들 사이로 언뜻언뜻 보이는 얼굴은 물결 따라 일렁이면서 표정이 바뀌었다. 젊은 여자였다. 여자는 물 밖에서 물속의 나를 보고 있었다. 수영장 천장의 그림 속 여신 얼굴이 비친 걸까. 더는 숨을 참기 힘들어 물 밖으로 고개를 들려는데 물결이 잦아들며 여자의 얼굴이 드러났다. 안도감이랄까, 두려움이랄까…. 결코 섞일 수 없는 두 개의 표정을 한꺼번에 지닌 여자의 얼굴은 기괴했다. 여자가 물속으로 뛰어드는 듯 여자의 얼굴이 내 얼굴 위로 덮쳐왔다. 나는 비명처럼 숨을 터뜨리며 허리를 세웠다.

요란한 박수 소리가 수영장을 울렸다. 나는 물기를 닦는 척 손으로 얼굴을 가리며 천장을 올려다보았다. 보는 각도가 달라져 그런지, 과도하게 밝은 조명에 가려 그림이 제대로 보이지 않았다. 주변을 둘러보아도 물속 얼굴과 엇비슷한 연배의 여자는 나뿐이었다. 죽을 것처럼 숨찬 나머지, 나는 내가 화난 사람처럼 어깨를 들썩이며 콧김을 뿜어내고 있다는 걸 알아채지 못했다.

조원 모두 물에 머리를 넣고 어느 정도 버틸 수 있게 되자 강사는 '새우등 뜨기'라는 걸 해 보였다. 새우처럼 몸을 둥글려 등으로 뜨는 연습이었다. 수영장 바닥에서 드디어 발을 떼는 셈이었다. 젊은데다 머리 넣기를 남다르게 잘했다는 이유로 또 내가 첫 순서로 지목되었다. 나는 가뜩이나 빡빡한 수경을 더 바투 조이고, 볼 빵빵하게 숨을 들이마신 뒤 물속으로 들어갔다. 최대한 웅크려 몸피를 줄인 뒤 두 팔로 몸을 싸안았다. 천천히 바닥에서 한발씩 뗐다. 몸이 기우뚱하며 가라앉을 기세였지만, 어깨부터 힘을 빼니 몸이 떠올랐다. 여자 얼굴이 또 나타나도 볼 수 없도록 눈은 질끈 감았다. 불끈거리는 내 심장 진동이 몸을 감은 양팔에 전해왔다. 심장 뛰는 소리가 멀리서 울리는 기차 바퀴 소리처럼 아늑했다. 누군가에게 편안히 안긴 느낌이었다. 내 몸이 원하는 최적 온도의 보드라운 막 같은 게 몸을 감싼 듯…. 오죽하면 물속에 더 있고 싶다는 생각마저 들었다. 동네 개울가에서 자맥질하며 스스로 수영을 깨친 사람처럼, 호수 같은 곳에는 일절 빠진 적 없는 사람처럼….

강습이 끝나고 탈의실에서 물이 뚝뚝 듣는 손으로 휴대폰을 확인하니 엄마가 깨어났다는 이모의 문자가 들어와 있었다.

*

내가 병실로 들어섰을 때 엄마는 밥을 먹고 있었다. 꼬박 하루 동안 의식을 잃었던 사람치고는 식욕이 좋아 보였다. 마라톤 대회를 주최한 병원에서 제공했다는 특실에는 2인용 소파와 커피 테이블도 있었다. 병원에 오는 도중에 운전하느라 확인 못한 이모의 다른 문자를 열었다.

원무과에서 시간이 좀 걸릴 거야. 영상 판독도 해야 하는데 미적거리고, 공짜라더니 돈 내라는 게 있지 뭐야. 내가 말 바꾸는 엉큼한 인간들 못 참는 거 알지? 느이 엄마 식사 좀 챙겨줘.

휴대폰을 내려놓고 엄마 쪽을 보니, 입가에 미역 조각이 붙어 있었다. 티슈 갑을 집어 내미니 엄마가 티슈 몇 장을 뽑아 요란하게 코를 풀었다. 반찬이 여럿 있었지만, 엄마는 미역국에 말은 밥만 먹었다.

— 식당처럼 메뉴판을 다 주네. 먹을 만한 게 이것뿐이지만….

숟가락을 내려놓길래 입을 닦고 싶어 할 것 같아 티슈 갑을 또 내밀었다. 못 봤는지, 엄마가 코 푼 휴지를 도로 집어 입가를 문댔다. 그릇을 하나하나 겹치는 내 손 위에 엄마의 시선이 닿았다. 스테인리스 식기가 부딪는 날카로운 소리에 이가 다 시렸다. 어디서 진동음 같은 게 들려 둘러보니 소파 탁자 위에 웬 휴대폰이 놓여 있었다. 보라색 커버에 자잘한 큐빅…. 이모 것이었다. 성가신 진동음에 엄마가 얼굴을 찡그렸다. 다가가 전화기를 집으려는데 진동음이 그치면서 문자 들어오는 소리가 났다. '하 변호사'란 이름으로 전송된 문자 앞머리가 화면 위로 솟았다.

언니 사망 시 상속 1순위는 따님이라 자매인 최순영 씨는….

나는 휴대폰을 건드리지 않고 몸을 돌려 침대 쪽으로 갔다. 그릇을 챙겨 쟁반을 들고 문 쪽으로 향하는데 엄마가 누우려는 게 보였다. 이불을 덮어 주려 쟁반을 놓는 동안 엄마가 알아서 이불을 당겨 덮었다. 다시 문 쪽으로 걸어가는 내 뒤통수에 대고 엄마가 말했다.

— 마라톤을 또 한다 그럼, 노망났다 그러겠지?

돌아누우며 말하는지 소리가 뒤로 가며 멀어졌다. 마라톤을 또 한다면 엄마더러 노망났다고 할 사람이 누구인지 바로 짚이지 않아 문손잡이를 잡고 서 있었다. 엄마에게 오래도록 묻고 싶었던 일에 관해 묻기 좋은 타이밍이었다. 이모도 없고, 엄마와 단둘이 있지만 얼굴을 마주하지는 않을 때…. 이 세상에서 오로지 우리 둘만 알고 있을 그 날에 관해 묻고 싶었다. 그때 내가 왜 호수에 빠졌던 건가요, 내가 실수로 빠졌나요, 아니면 누가 날 떠민 건가요, 혹시 젊은 여자였나요, 나는 어떻게 물 밖으로 나왔나요, 누가 날 구해준 건가요, 혹시 젊은 여자였나요, 물속에 있는 날 내려다보며 안도하면서 두려워하던 사람은 누군가요, 혹시 젊은 여자였나요…. 한 번에 하나씩 물어보려 내가 바짝 마른 혀를 뗐다.

— 난… 아니에요.

엄마가 내 쪽으로 돌아눕는 기척이 났다. 뭐가 아니라는 거니, 마라톤을 또 하는 게 아니라는 거니, 마라톤을 또 한대도 노망났다고 안 한다는 거니…. 엄마가 물속에 있는 듯, 내가 물속에 있는 듯 말소리가 좀 아득했다. 대답할 차례인데 나는 아무 말 못 했다. 난 아니라니…. 하려던 말도 아니었거니와 뭐가 아니란 건지 나도 알 수 없는 데다 그 느낌이 왔기 때문이다. 이모가 울 것 같은 느낌…. 이모가 없는데 그 느낌이 올 수는 없었다. 갑자기 현기증이 느껴졌다. 문손잡이라도 잡으려 손을 뻗는데 문이 저절로 열리는 바람에 한 손에 든 쟁반을 놓칠 뻔했다. 이모가 들어서다 내가 든 쟁반을 마주 잡으며 침대 쪽을 보고 말했다.

— 미역국은 잘 드셨수?

*

나흘이 지나는 동안 발차기와 새우등 뜨기를 매일 했다. 발차기를 오래 해도 이젠 다리에 쥐가 오르지 않았다. 새우등 뜨기로 물에 들어가 있는 시간도 점점 길어졌다. 휴식 시간이 끝나고 강사가 초록색 킥보드를 한 무더기 안고 왔다. 강사는 킥보드를 잡고 발차기로 전진하다가 바닥에 5미터 간격으로 거리 표시된 게 20미터가 되면 몸을 돌려 오라고 했다. 더 가면 발이 바닥에 안 닿을 깊이라며….

강사는 킥보드를 잡고 시범을 보이려 발을 차고 나갔다. 얼마간 가다가 강사가 물에 빠진 척, 수면 위로 손끝만 내보이며 허우적댔다. 거기서 더 가면 안 된다는 제스처 같았다. 그 모습에 웃지 않는 건 나뿐이었다. 발이 바닥에 안 닿아 수영 못하는 사람은 거기서 빠져 죽을 수도 있다는 뜻인데 웃음이 날 턱이 없었다. 되돌아온 강사는 자신이 허우적대던 지점을 가리키며 혹여 거길 넘어갔다고 판단되면 당황하지 말고 레인과 레인 사이 줄을 얼른 잡으라고 했다. 유치원 단체 수영 강습이 있는 날이라 안전 요원이 곱절로 보강되었으니 안심하라는 말도 했다. 과연, 인원은 늘어나 보였지만 안전 요원들은 물 만난 미꾸라지처럼 교사들 손을 빠져나가는 아이들을 향해 호각을 불어대느라 여념이 없었다.

강사가 말하는 동안 나는 저 멀리, 잘 보이지도 않는 '수심 7M' 글자를 주시하고 있었다. 강습 시작 전, 그 위에 쪼그려 앉아 물을 내려다보았다. 다이빙이 가능한 사람에게만 주어지는 리스트 밴드가 없으면 얼씬 못하는데 안전 요원의 '감시' 하에 투어는 할 수 있었다. 바닥이 직각으로 꺾여 절벽을 이룬 것처럼 보이는 그곳의 물은 색깔부터 달랐다. 더 짙게 푸르렀다. 그럴 리 없건만, 가기로 목적한 곳이라도 있는 듯 기운차게 일렁였다. 팔 놀리는 법, 발 쓰는 법, 다이빙하는 법을 익혀야 갈 수 있는 그곳, 내게는 심해나 다름없는 그곳, 수영모 정수리 부분에 빨간 동그라미가 있는 한은 갈 수 없는 그곳….

너무 멀리 왔다는 걸 깨달은 건 너무 멀리 나가고도 한참 지난 후였다. 뭐에 정신이 팔렸는지 바닥의 숫자가 붉은색으로 바뀌는 걸 눈치채지 못했다. 방향을 틀어야겠다고 생각만 했는데 몸이 기우뚱했다. 기울어진 반대쪽에 힘주는 순간 균형을 잃은 내 몸은, 그걸 받쳐 주던 수막이 딱 그만큼 벌어지면서 물속으로 꺼져 들었다. 위로 뻗는 내 손끝에서 수막이 야멸차게 닫히는 게 느껴졌다. 정수리를 부유하던 소리가 일제히 막의 바깥으로 튕겨 나갔다.

발가락을 곧추세워 더듬었지만, 바닥은 찾아지지 않았다. 양팔을 휘저었으나 벽도 짚이지 않았다. 레인과 레인 사이의 줄도 잡히지 않았다. 그 와중에 용케도 새우등을 하면 물에 뜰 것 같단 생각이 들었다. 연습할 때처럼 몸을 최대한 오므려 양팔로 감쌌다. 물이 깊어서일까. 전과 달리 몸이 떠오르는 느낌이 들지 않았다. 심장이 뛰는 대로 온몸이 불끈거렸다. 이럴 줄 몰랐기에 미처 비축하지 못한 숨은 이내 가빠졌다. 한 가닥의 숨도 안 남았다고 판단한 순간, 나는 코로 숨을 내쉬었다. 물속에서 처음 뱉어 보는 숨이었다. 숨이 빠져나간 반동 때문인지 눈이 퍼뜩 떠졌다. 코앞에서 뽀글뽀글, 잔거품이 일었다. 거품은 알알이 또 다른 거품을 만들며 삽시간에 퍼져나갔다.

그 거품 너머로 무언가 보였다. 움직이는 게 있었다. 처음부터 이 물속에 있었던 듯, 아니, 이 물이 시작되는 까마득한 심해에 있었던 듯 아득하게 떠오르며 사선으로 다가드는 건… 사람이었다. 그 사람은 달리고 있었다. 팔을 젓는 게 아니라 다리를 놀려 달리고 있었다. 그 사람이 입은 노란 조끼가 물을 먹어 나비 날개처럼 나풀거렸다. 그 사람의 가쁜 숨소리가 확성기를 댄 듯 크고 넓게 울렸다.

그 사람이 내게로 바짝 다가들 때 얼굴을 볼 수 있었다. 여자는 오로지 달리는 일에만 전념한 듯 미간에 주름이 깊게 파여 있었다. 여자가 내 발끝에 당도했을 때 무언가 닿는 느낌이 있었다. 여자의 손이었을까, 어깨였을까. 뭐가 됐든 그게 닿는 순간, 내 온몸의 피가 발끝에서 머리를 향해 거꾸로 치솟는 것 같았다. 몸에 둘렀던 양팔이 스르르 풀렸다. 사방에서 몸을 조여오는 느낌…. 그 압력을 이기지 못하고 몸이 스스로 밀어 올려지는 느낌…. 그 느낌은 내 안에서 어떤 의지를 솟게 했다. 그래서 날개를 펴듯 양팔을 벌릴 수 있었다. 팔로 물을 긁어내리자 발이 저절로 물을 찼다. 숨이 차올랐다. 다시 한번 팔로 물을 긁고 발로 물을 찼다. 한 번 더, 한 번 더….

정말로, 정말로 남은 숨이 없다고 느낀 순간, 몸이 스프링 튕기듯 솟구쳐올랐다. 수면을 덮은 막이 채 열리기도 전에 머리가 막을 찢고 물 밖으로 튀어

올랐다. 사람들이 아우성치는 소리, 천장에서 쏟아지는 빛 무더기, 날카로운 호루라기 소리가 눈과 귀를 찢어 놓을 듯 덮쳐왔다. 물 밖에서 내가 제일 먼저 한 일은 머리끝까지 차오른 숨, 숨, 숨…. 숨을 터뜨리는 것이었다.

민망하게도, 숨은 울음과 같이 터져 나왔다.

사십 년 만에 재회한 소설과
못다 한 사랑 나눌 터

어린 시절, 소설을 많이 읽었다. 심지어는 학교에도 소설을 들고 갔다. 장기자랑 시간에는 앞에 나가 읽은 소설을 이야기하기도 했다. 말하자면, 나는 소설과 아주 친했다. 소설 없이 못 산다, 할 정도로 친했다.

그런데 쓰기는….

어렸을 때, 소설을 쓴 기억은 없다. 글쓰기 하는 장르는 시 아니면 수필이었다. 백일장이나 이런저런 글쓰기 대회에도 소설 부문은 없었다. 나는 국문학이나 문예창작학을 전공하지도 않았다. 그러니 작정하고 쓰지 않는 한, 내게 소설을 쓸 기회란 전무했다. 중, 고등학교에 올라가면서 소설과 멀어지기 시작했다. 교과서와 참고서, 자습서 같은 걸 읽느라 도통 소설 읽는 시간을 낼 수 없었다.

하물며 쓰기는….

내 삶에서 소설 읽기와 쓰기의 간극이 이리도 클지 몰랐다. 소설을 쓰기로 작정하는데 사십여 년이란 시간이 걸릴 줄은 몰랐다. 전화로 당선 소식을 듣는데, 대놓고 크게 기뻐하지도 못했다. 소설이, 지금이라도 소설을 쓰기로 작정한 나를 늦었다 타박하는 대신 등을 두드려 주는 것 같아 목구멍이 뜨거워져서였다. 나는 소설을 한때 사랑하다가 떠났는데 소설은 끝내 변심하지 않고 날 기다려준 게 틀림없다. 한때 사랑하다 떠난 사람답게 난 소설에 관해 잘 안다고 할 수 없다. 그래도 소설은 괜찮다고 한다. 속도 없는지, 그런다.

왜 떠났는지, 구차한 변명하지 않으려 한다. 대신, 떠났다 돌아온 사람만이 할 수 있는 역할에 충실할 것이다. 다시는 떠나지 않는 것으로…. 못다 한 사랑을 원 없이 나누는 것으로….

고마움을 전해야 할 사람이 많다. 쓰는 사람으로 소설과 재회할 수 있게 두 팔 벌려 맞아준 심사위원 선생님들께 머리 숙여 감사드린다. 어린 시절, 늘 책꽂이에 소설을 그득히 채워준 어머니께, 졸작을 가장 먼저 읽어주는 남편에게, 그리고 미주 문우 선생님들께 감사를 전한다. 당선 소식을 전하자 울먹인 오랜 벗들에게 우정을 보낸다. 나의 스승, 손홍규 소설가님께 존경과 감사를 바친다.

그리고 세상 모든 소설에게도….
다시 만나 참 좋습니다.

심사평 | 김화영 · 권지예

"문학으로 숨의 역동성 탐구… 세 여성 심리 묘사 빼어나"

예심을 거쳐 본심에 올라온 작품은 12편이었다.

'다가오는 시간'은 노년의 삶에 '남은' 시간보다 '다가오는' 시간의 개념을 새롭게 각성시키는 소설이다. 광주 가는 버스에서 처음 만난 60대 두 여인. 그 후 1박2일로 지인들과 함께한 여행에서 친밀해진 두 여인은 서로의 상흔을 알게 된다. 소설은 병들고 외로운 신산스러운 삶의 사연들을 간직하고도 삶을 향해 한 걸음 나아가는 주인공들을 보여준다. 안정적이고 흠이 별로 없는 작품이다. 캐릭터와 사건 배열이나 배치를 효과적으로 구성한 것이 소설적 재미를 더해준다. 그러나 5 · 18 상처라는 오래된 소재와 작품의 안정성이 오히려 신선한 패기에 대한 아쉬움을 남긴다.

'식물성 네트워크'는 과학지식에 기반한 소설이다. 오랫동안 키우던 아레카야자 화분을 선물로 주고 말레이시아 MH370편 여객기의 실종사건과 함께 행방이 묘연해진 윤서. 윤서는 차원이 다른 세계로의 사라짐을 꿈꿔 왔다. 식물연구원 선재는 아레카야자의 전기파동을 추적 관찰하며 윤서를 기다린다. 아레카야자는 식물의 근원적 능력으로 시공간을 통해서 인간의 마음과 교감하며 소통한다고 믿기 때문이다. 과학이론과 여객기 실종사건을 상상력으로 엮은 신비롭고 흥미로운 서사를 끝까지 밀고 가는 역량이 돋보인다. 그러나 환상으로 기울어진 결말 처리는 과학과 연동한 소설미학의 한계로 보여진다.

'숨이 차오를 때'는 마라톤과 수영을 통해 숨의 역동성을 문학적으로 탐구하는, 정교하고 잘 짜인 작품이다. 어린 딸을 버리고 재혼한 엄마. 그 딸을 키워 준 엄마의 이복동생 이모. 어릴 적에 호수에서 익사할 뻔하다 살아난 딸. 이 세 여인의 심리와 욕망이 작품 곳곳에 숨은 그림찾기처럼 전략적인 암시로 숨어 있다가 결말에 가서 터진다. 딸의 무의식에 잠재한 트라우마와 강박적인 의혹(숨 막힘)이 숨 터짐을 통해 해방되는 것이다. 유머가 깃든 섬세한 문체와 맛깔난 대사도 소설의 읽는 맛을 풍부하게 해준다. 심사위원들은 오래 주저하지 않고 이 소설을 당선작으로 뽑았다. 당선자에게 축하의 박수를 보낸다.

영남일보 **전혜린**

2000년 경북 구미 출생.
연세대학교 철학과 학사 졸업.
중앙대학교 문예창작학과 석사 재학.
2021 제41회 계명문학상 장르소설 부문 〈아이〉 수상
2025 영남일보 신춘문예 단편소설 부문 〈사실 나도 케이크가 아닐까〉 수상

사실 나도 케이크가 아닐까

전혜린

제과 기능시험 최종 실기 날, 연은 차분히 레시피를 밟아나갔다. 밀가루 반죽에 불과했던 질료가 점차 웃자란 나무를 닮은 케이크의 형상으로 변해갔다. 다만 진짜라기엔 아직 겉면이 번번했다. 제누와즈의 보드라운 살결에 크림을 얇게 발라 바탕면을 칠했다. 덧댄 크림 위로 가나슈를 붓자 초콜릿 방울이 수액처럼 방울져 흘러내렸다. 연은 제빵 칼을 들고 나무의 옆면을 긁어냈다. 수피의 질감을 잡아나가며 흘긋 감독관들의 눈치를 살폈다. 나무에 상흔이 새겨질 때마다 몇몇이 옳다는 듯 고개를 끄덕였다. 그들의 볼펜이 클립보드에서 만족스럽게 미끄러졌다.

연은 다시금 작업에 골몰했다. 흔적이 빽빽함에도 쉽사리 칼을 놓을 수 없었다. 하나만 더, 그 한 줄이 당락을 결정할 듯했다. 칼이 들어간 자리마다 초콜릿 코팅이 벗겨져 바스러졌다. 별안간 그 부스러기를 주워 삼키고픈 충동이 몰려왔다. 시험장에 일찍 도착하여 준비를 마치기 위해 아침을 거른 탓이었을까. 설상가상으로 눈꺼풀도 점점 무거워졌다. 전날 밤 긴장하여 잠을 설친 여파가 뒤늦게 밀려오는 중이었다. 오븐에서 흘러나온 바닐라 향이 그를 포근히 감싸 안았다. 조금씩 몸이 가벼워지며 발이 허공으로 둥둥 떠오를 듯했다.

그때, 쨍, 금속성의 소음이 고막을 강타했다. 순식간에 잠이 달아나 두 눈을 크게 떴다. 그의 시선은 텅 빈 오른손을 지나쳐 조리대 위의 왼손으로 향했다. 칼날이 스쳐 쩍 갈라진 왼손에서 검은 크림이 뚝뚝 흘러내렸다. 잘린 손등은 그 단면을, 무채색의 시트와 틈새마다 자리 잡은 묽은 크림을 선명히 내보였다.

"케이크네요."

감독관뿐만 아니라 수험생들까지 그렇게 수군거렸다. 연은 고통스런 신음을 흘리다 뒤늦게 상황을 깨닫고 상처를 봉합하고자 애썼다. 그러나 빵칼에 잘린 케이크는 그리 간단하게 붙일 수 있는 게 아니었다. 수습하려는 손길은 도리어 크림을 번지게 하며 주변을 더럽혔다.

"초콜릿케이크인 줄 알았는데, 그것도 아니네요. 크림이 훨씬 어두워요."

감독관이 미간을 찌푸리며 연의 손을 들여다보았다. 그는 이윽고 클립보드의 종이를 빠르게 넘겼는데, 아무래도 연의 인적 사항이 적힌 서류를 찾으려는 모양이었다. 그의 손길은 얼마 안 가 멈추었다.

"이름이 연?"

"가명이겠죠. 케이크들이 이름으로 불리해지고 싶지 않아서 자주 쓰잖아요. 블라인드 시험이 소용없게 되었네요." 다른 감독관이 맞받아쳤다.

"유난 떨기는. 생크림이나 초콜릿처럼 유명한 케이크도 아닌가 본데. 안 팔려서 제과사가 되려는 건가?"

감독관들의 속삭임이 칼날보다도 시퍼렇게 들려왔다. 연은 귀를 떼어내고 싶단 마음이 불거졌으나, 혹여 절단한 귀의 단면에서도 크림이 흘러나와 하얀 위생복을 얼룩지게 할까 두려워 차마 시도하지 못했다.

"지원동기야 3차 면접에서 확인할 일이죠. 2차 실기를 통과할까 싶지만요. 요즘은 케이크들에게도 제과사의 기회가 열려있지만, 그건 능력과 조심성을 갖춘 소수를 위한 제도죠."

"그래요. 지금처럼 제과사의 부주의로 상처가 났다고 생각해 봐요. 크림이 반죽에 섞여들어 상품이 변질되면 큰일이죠. 케이크를 만든다는 건, 세계를 창조하는 일인데."

"케이크가 케이크를 만든다니, 이 말 자체도 얼마나 웃겨요?"

속삭임은 차츰 노골적인 조롱으로 변해갔다. 연은 눈앞이 아찔해지며 절로 두 다리가 후들거렸다. 각진 판 위의 나무 케이크도 검붉은 크림을 혈액처럼 뒤집어쓴 채 몸을 부르르 떨어댔다. 연은 어떻게든 작업을 마무리 지어야 한다는 일념으로 작품을 향해 손을 뻗었으나 도중 중심을 잃고 그대로 고꾸라졌다. 그와 함께 나무도 무너져내리며 원통형의 스펀지케이크로 되돌아갔다. 카스텔라가 뭉개져 바닥에 질척하게 달라붙었다. 연은 검은 크림과 먼지로 오염된 반죽을 허망하게 응시했다.

합격 여부　　　　불합격

일주일 뒤, 연은, 그러니까 〈연회장의 딸 1호〉라는 이름을 가진 케이크는 제과사 기능시험 2차 실기에 불합격했다는 소식을 받게 되었다. 불합격 글자가 짙은 인터넷 창을 닫고 휴대폰을 주머니 깊숙이 밀어 넣었다. 실의에 잠긴 채 거리를 하염없이 배회했다. 걸을수록 풍경은 생소해지는데, 머릿속은 익숙하고도 케케묵은 사념만으로도 가득 차 여념이 없었다. 이제 제과사가 되기는 글렀다, 난 곧 폐기되겠지.

원래라면 옛적에 폐기되어야 마땅했으나, 취업을 목표로 하는 케이크에겐 3년의 유예기간이 주어졌다. 제과 기능시험은 1년에 한 번꼴로 치러졌고, 연은 올해로 세 번째 낙방했다. 그러니 지금 발 디딘 이 거리와 결별할 날도 얼마 남지 않았을 터였다.

한참을 걸어 다다른 곳은 리에의 제과점이었다. 가게 진열장 너머로 〈생크림 218875호〉와 치즈 99835호〉가 눈에 들어왔다. 그들의 양어깨에 높게 얹어진 크림이 의기양양한 자태를 자아냈다. 그 옆으로 〈초콜릿 45721호〉가 한 손에 'Best' 팻말을 들고 있었으며, 〈무지개 3027호〉는 'New'라고 쓰인 머리핀을 꽂은 채였다.

모두 파티시에 리에가 만든 케이크였다. 각양각색의 아이싱으로 치장된 케이크들은 하나같이 화려하고, 그 이름마저 혀가 아릴 만큼 달콤해 보였다. 그러나 혀끝의 알알함도 잠시, 연은 불덩이를 집어삼킨 듯 위장이 뜨겁게 쓰라려 이를 악물었다. 당장이라도 부글부글 끓는 크림을 토해내고픈 고통 속에 한참을 멈춰있다 벌컥 유리문을 열어젖히고 가게 안으로 들어갔다.

매장은 좋게 말하자면 모던하고, 나쁘게 보자면 콘크리트 벽으로 사면이 막혀 단조로운 공간이었다. 푹신한 소파 대신 철제 의자를 놓았고, 탁자도 장식 없이 프레임에 충실했다. 샹들리에는커녕 조명조차 가느다란 줄 끝에 전구가 달랑 매달린 형태였다. 베이커리보단 폐공장을 연상케 하는 리에의 가게는 그곳에 진열된 상품들에 의해서만 생기를 얻었다. 어쩌면 시선을 끌지 않는 단순한 공간이 상품들을 돋보이게 만드는 걸까. 회색 벽과 검은 가구들은 케이크의 총천연색을 강조했다. 케이크의 창백하리만큼 옅은 분홍빛 빵도 매장 안에서는 잘 익은 과실처럼 붉게 변모했다.

리에는 다른 제과사들과 달랐다. 제과사라면 아무리 케이크 그 자체를 주력으로 판매하더라도 으레 솜씨를 뽐내고자 하는 마음에 도취되어 이런저런 장식을 매장에 더하기 마련이었다. 케이크로 만든 풍선 또는 인형 등의 소품을 가게 입구부터 카운터까지 배치하거나, 사은품이랍시고 엉뚱하게 우윳빛 비누나 딸기맛 잉크 등을 끼워주는 식이었다. 그건 제과사 본인이 케이크로 더 많은 걸 창조해낼 수 있음을 은연중에 내보이는 일이었다.

그러나 리에의 가게에서 주인공은 오로지 케이크였다. 케이크로 모든 걸 제작할 수 있는 세상에서 그는 정직하게 케이크만을 생산해냈다. 손님들은 리에의 케이크를 경쟁 업체들의 것보다 더 맛있고 예쁘다고 평했다. 자부심조차 없이 묵묵히 계산만 하는 리에의 태도도 높은 별점의 까닭이었다. 방문자들은 제과점 주인의 무관심과 몰개성을 편히 여겼다. 리에는 스스로를 지움으로써 누구보다도 높은 판매량을 이룩했다.

연은 무채색의 인테리어를 둘러보다 주방 안쪽에서 들려온 인기척에 시선을 돌렸다. 리에가 오븐에서 쿠키를 꺼내는 중이었다. 그 옆으로 낯선 얼굴이 보였다. 흰 작업복을 입은 차림으로 보아 신입 제과사인 듯했다. 그런 추측을 이어가는데, 불현듯 리에와 눈이 마주쳤다.

"아니, 이게 누구야. 내가 만든 케이크잖아. 온다는 말도 없이 어쩐 일로 왔어? 무슨 일 있는 거 아니지?"

"그냥. 잠깐 들렀어요. 여긴 그대로네요. 주변은 많이 변했는데."
"좀 자주 와라. 어떻게 도통 얼굴 비추는 법이 없어. 아무리 독립했다지만 너무한 거 아니니. 그리 먼 곳에 사는 것도 아닌데. 너보다 더 멀리 사는 케이크들도 명절에는 꼬박꼬박 방문한다."
연은 그의 잔소리를 한 귀로 흘리며 침묵했다. 시선은 여전히 신입 제과사에게 붙박인 채였다.
"알바생 새로 뽑았어요?"
"알바는 무슨. 우리 가게 정직원이지. 작년에 제과사가 된 아이인데 참 성실해. 내 케이크들은 다 뭐 한다냐. 제과사가 되겠다며 진열장을 뛰쳐나가더니 여태 좋은 소식을 전해주는 애가 없네."
연은 화제가 이번 제과 기능시험 결과로 이어질까 서둘러 말을 끊었다.
"저 신입 제과사도 케이크예요?"
리에가 아, 탄성을 내뱉더니 목소리를 조금 낮추고 속삭였다.
"고구마 7836호."
"아, 고구마. 유서 깊은 가문이네요."
"어디 가서 소문내지 마라. 요즘은 그런 경우가 잘 없다지만, 나이 든 손님 중엔 여전히 케이크인 제과사를 꺼리는 분들이 있잖냐."
연은 기가 막혀 콧방귀를 꼈다. 리에는 분명 제과 솜씨와 사업 수완을 갖춘 연륜 있는 자였으나, 그만큼 고루한 사람이었다.
"고구마 정도면 흠도 아니에요. 7000호가 넘도록 인정받은 케이크잖아요. 오히려 저 정도 되는 가문의 케이크들은 부모 친지들의 유명세와 지원으로 쉽게 팔려나가서 부러움의 대상인 걸요."
"그래? 나도 이제 감 떨어질 때 됐다. 빨리 업장을 넘기고 은퇴나 해야지. 어디 똘똘한 제과사 없나. 넌 어떻게 사냐. 시험 준비는 잘 되어가고?"
연은 속으로 욕지거리를 되뇌며 팔짱을 질렀다. 무언가 잘못한 케이크처럼 가슴이 죄어왔다.
"시험 친지 꽤 됐어요."
"벌써 그렇게 됐나. 결과는 나왔고?"

"떨어졌어요."
"또? 이번이 몇 번째냐."
"세 번째…."
리에가 더는 듣고 싶지 않다는 듯 호통을 쳤다.
"삼수라니. 세상에 제과 기능시험을 세 번이나 떨어지는 녀석이 있어? 나도 단번에 합격한 걸 넌 왜 못해? 집 나가겠다고 떼쓸 때 알아봤다. 매장은 손님들이 많아서 공부에 집중이 안 된다고? 시험 쳐서 취업할 생각은 약해지고 자꾸 팔려나가고 싶어진다고? 다 핑계다. 눈치 안 보고 놀고 싶은 거겠지."
연은 기도에 크림 덩어리가 들어찬 듯 목이 멨다. 몇 번이고 침을 삼키고서야 겨우 웅얼거렸다.
"내가 고구마 케이크였다면 진작 합격했을 거예요."
"네가 고구마든 무지개든 그게 다 무슨 상관이냐? 실력이 중요하지."
"실력이요? 내가 걔네를 어떻게 이겨요? 집안 전체가 하나의 케이크를 제과사로 만들기 위해 돈을 쏟아붓고 온갖 인맥을 활용하는데, 난 전부 혼자 해내야 한다고요."
"그럼 재능이 없던 거지. 재능 있는 애들은 어떤 환경에서도 빛을 발하는 법인데."
리에의 빈정거림에 연은 결국 참아왔던 분통이 터졌다.
"내가 불합격한 건 당신 때문이야!"
연은 아직 상처가 다 아물지 않은 손등을 리에의 낯짝에 들이밀었다. 검은 색소가 실금처럼 남은 손이 노기로 덜덜 경련했다.
"왜 이렇게 어두운 색소로 날 만든 거냐고. 차라리 오징어먹물이면 건강에 좋다고 홍보해서 팔리기라도 할 텐데. 왜 이딴 맛대가리도 없어 보이는 식용 색소로 내 속을 채웠어?"
"그게 네 본질이다. 특별한 거지. 다른 케이크들을 봐라. 요란스러운 치장이나 하잖니. 다들 겉만 꾸밀 줄 알지 그 속에 뭐가 들어 있는지 본인들도 잘 몰라."
연은 그 멋들어진 변명이 익숙했다. 태어난 그 순간부터 독립하기 직전까지 그의 창조주에게서 수차례 들어온 말이었다.

"아 제발. 그 말도 신물이 난다고요." 물론 연의 입안은 언제나 달콤했다. "그냥 실패작을 포장하려는 자기 세뇌잖아요."

연이 태어난 시기는 〈무지개 케이크 1호〉가 히트를 치며 신형 케이크 생산 열풍이 불어닥친 때였다. 리에와 같은 치기 어린 제과사들은 유행의 선두주자가 되리라는 욕망으로 두 눈이 번들거린 시절이기도 했다. 모두가 오븐 안처럼 뜨거운 열정 속에서 꿈에 부풀어갔다. 쏟아지는 신상품 틈에서 리에는 〈연회장의 딸〉이라는 이름의 새까만 케이크를 출시했다. 수많은 색 중 하필 검정인 까닭은 그저 이전까지 아무도 그런 색의 케이크를 만들지 않았기 때문이라고, 리에는 취중 진담으로 연에게 밝힌 바 있었다. 그가 입에 올리는 본질이란 그토록 가벼운 것이었다. 그러니 리에의 역작은 당연하게도 세간의 관심을 끌지 못했고, 이후 그는 무난한 케이크만을 찍어내며 세상에 적응해나갔다.

"당신은 그 속에 무엇이 들었는데요? 하긴, 중요치 않죠. 겉으로 보기엔 제과사니까."

"겉보기로 어떻게 내가 제과사인 걸 안다는 거냐. 너나 나나 다 똑같이 생겼구먼."

리에의 대꾸는 반쪽짜리 진실이었다. 물론 외양으로 사람과 케이크를 구별하기란 불가능했다. 표면을 칼로 갈라 그 속내를 확인해야만 비로소 실체를 알 수 있었다. 연도 누군가 칼로 잘라보지 않는 이상 그저 조금 까무잡잡한 존재일 뿐이었다. 그러나 호명되는 순간 정체는 탄로 나기 마련이었다.

"이름이 '리에'잖아요."

한두 글자로 된 이름은 대부분 사람의 것이었다. 반면, '생크림', '초콜릿', '고구마' 등은 케이크의 이름이었다. 최근 '무지개'와 '오징어먹물'도 신세대 케이크의 이름으로 부상했다. '장미', '라임', '딸기'와 같은 명칭은 경계가 불분명했다. 앞에 성을 붙이면 조금 독특한 여자아이 이름처럼 보였다.

연은 자신의 이름이 '장미' 정도만 되어도 좋겠다고 생각했다. 그럼 사람인지, 장미꽃이 올라간 케이크인지 단번에 구분되지 않을 터였다. 하지만 '연회장의 딸'이라는 다섯 글자는 도무지 사람의 이름처럼 들리지 않았다. 아무리 연, 그 한 글자로 스스로를 지칭해보아도 본명이 까발려지면 그 즉시 모두가 그의 정체를 꿰뚫어 보았다. 더군다나 연의 이름은 케이크치고도 퍽 고상한 어감이었다. 예술 작품에나 어울릴 법한 그 제목은 웃음거리가 되기 십상이었다.

"이름이라도 티 나지 않게 지어주지 그랬어요. 개명 신청은 제과사의 자격을 획득했을 때나 가능하단 걸 알잖아요."

"이젠 이름을 가지고 불평을 하는구나. 세상에 너 같은 케이크는 처음 본다. 이름이 어떻든, 사람이 아니라 케이크든 그게 무슨 상관이냐? 이번에 들어온 신입도 케이크인데 제과사잖니. 뭐, 걔는 집안의 도움을 받았다고? 나도 도와주는 이 없이 제과사 시험에 합격했다. 그런데 넌 매사 불평만 하면서 인생을 망치고 있구나."

연은 긴 한숨을 내쉬었다. 숨결이 설탕으로 만든 실타래처럼 막막하게 늘어졌다.

"이름이 중요치 않다고요? 저 고구마 케이크는 아직 개명을 안 했어요?"

"곧 하겠지. 제과사가 된 케이크들은 다 하니까."

"왜 개명을 할까요?" 연의 눈에서 검은 크림이 한 방울 흘러내렸다. "그래요, 이렇게 언쟁하는 게 다 무슨 소용이겠어요. 어차피 난 조만간 폐기처분될 텐데. 이젠 끝이라고요."

연은 턱 끝에 맺힌 눈물을 닦아냈다. 검은 크림이 소맷단에 흥건히 묻어났다. 아마 얼굴도 덕지덕지 크림이 묻어 마치 검게 타버린 케이크처럼 보일 터였다. 그 초라한 행색을 상상하자 또다시 울컥 눈물이 차올랐다.

"폐기처분이라니!" 리에는 연의 몰골을 보고 가여운 마음이라도 들었는지, 혹은 특수 케이크에 대한 희망으로 반짝였던 젊은 날에 대한 미련이 조금이라도 남아있던 건지 마치 자기가 폐기라도 되는 양 기겁했다. "꼭 제과사의 길만 있는 건 아니지. 폐기 일자까지 얼마나 남았다고? 아직 통지서가 날아오지 않았다면 몇 주간의 여유가 있어. 케이크답게 팔려 가는 미래도 있지. 내 가게 판매대에 널 올려주마. 3년 전보다 가게 규모도 커졌으니 팔릴 수 있을 거다."

연에게는 선택지가 없었다. 쓰레기장으로 추락하는 최악의 결말은 피해야 했다. 제과사가 되겠다는 헛된 꿈을 접을 때가 되었다.

연은 진열장 구석에 자리 잡았다. 졸업한 학생이 몇 년 만에 모교로 돌아와 책걸상에 앉아본 듯, 어색한 기분이 들어 요리조리 자세를 바꿔가며 한참 부산을 떨어댔다. 다른 케이크들이 그를 호기심과 경계심 어린 눈으로 흘겨보았다. 그 시선을 뒤늦게 의식한 연은 큼큼, 멋쩍은 헛기침을 내뱉고 유리창 너머를 응시했다. 환한 거리가 시야에 들어찼다.

길 건너편은 각종 수공예 상점들이 들어선 풍경이었다. 신발부터 모자까지 한 블록에서 해결할 수 있을 만큼 가게마다 취급하는 물품이 달랐다. 그 앞을 지나던 한 행인이 발을 삐끗하며 멈춰 섰다. 구두 굽이 부러져 달랑거리는 상태였다. 그는 절뚝이며 근처의 신발 전문 매장으로 들어갔다. 행인이 사라진 도보에는 묽은 자국이 남았는데, 그건 신발 굽에서 밀려 나온 커스터드 크림의 흔적이었다.

한낮의 햇볕이 쇼윈도를 달궜다. 유리장 안에 냉방장치가 있었으나, 여름의 불볕더위는 찬바람을 통과하고도 사그라지지 않고 케이크들의 피부 위로 쏟아졌다. 케이크들이 녹아내린 유지를 조심스레 닦아내고 그 위로 여분의 크림을 꼼꼼하게 덧발랐다. 생크림 케이크가 잠시 모자를 벗고 목운동을 했다. 챙이 넓은 모자는 온갖 과일로 장식되어 있었다. 초콜릿케이크가 이따금 밭은기침을 내뱉었다. 그때마다 면사포처럼 머리를 덮은 슈가파우더가 우수수 떨어져 날렸다. 치즈 케이크가 우아한 손짓으로 공중의 설탕 가루를 흐트러뜨렸다. 잡티 없이 매끈하고 부드러운 손이었다. 연은 그들을 보며 다시금 위축되었다. 자신을 제외한 모든 케이크가 아름답고, 신선하고, 맛있어 보였다.

그때, 쇼윈도에 그림자가 드리워졌다. 연은 그림자의 주인이 좀전의 행인임을 알아보았다. 행인은 진열장 안을 유심히 살피더니, 이내 가게 문을 열고 들어와 무지개 케이크를 구매했다. 연은 〈무지개 3027호〉가 정성스레 포장

되는 광경에서 눈을 떼지 못했다.

"순 색소뿐인 케이크가 뭐가 좋다고."

그 말에 연은 정신을 차리고 뒤를 돌아보았다. 생크림 케이크가 비아냥과 함께 콧방귀를 끼는 중이었다.

"맞아. 저런 겉멋만 든 케이크, 한 조각만 먹어도 질리지." 치즈 케이크가 옳다구나 맞장구를 쳤다.

"어차피 우리 모두 폐기일 전에 팔려나갈 텐데 뭘 그리 조급해해요?"

초콜릿케이크가 핀잔을 던지자, 생크림과 치즈는 주름이 잡히도록 미간을 찌푸렸다. 그들은 줄이 패인 자리마다 크림을 바르고 다시금 여유로운 표정을 내보였다.

"혹시 모를 일이니까… 너야 팔려 갈 자신이 있겠지. 초콜릿은 기념일마다 많이들 찾잖아. 아무리 볼품없는 초코케이크라도 밸런타인데이 때 하트 장식 하나만 올려놓으면 바로 팔려나갈걸?"

생크림의 대꾸에 초콜릿은 자존심이 상한 듯 고개를 돌렸고, 그 바람에 연과 눈이 마주쳤다.

"까무스름한 걸 보니 그쪽도 초콜릿케이크인가요? 새로운 친척이 왔다는 말은 못 들었는데."

연은 당황해서 손사래를 쳤다. 상대도 뒤늦게 그의 이름표를 발견하고 짧은 탄성을 뱉어냈다.

"연회장의 딸 1호? 처음 들어보네요." 초콜릿의 시선이 연의 얼굴에 가닿았다. 훑어보는 듯한 눈빛이었다. "초면에 실례지만, 나이가 좀 있어 보이는데요. 다른 일 하다 오셨나요?"

"네, 이전까진 제과 시험을 준비했어요."

연은 사정을 간략하게 설명했다.

"그래도 3년이나 준비했다니 대단하시다." 실패담을 듣던 치즈가 끼어들었다. "전 1년 만에 접었거든요."

"그럼 두 번이나 기회가 남은 건데, 한 번 더 도전해보시지." 연이 안타까워하며 말했다.

"도전이라, 좋죠." 치즈가 손에 메이플 시럽을 바르며 응수했다. "그런데 실패하면 끝이잖아요."

연은 무의식적으로 숨을 멈추었다. 온몸이 굳은 듯 손가락 하나 까닥일 수조차 없었다. 치즈는 손등을 맞비비며 말을 이어갔다.

"시험에 통과하지 못하면 3년을 통으로 날린 게 되어버리는데, 그 뒤에 뭘 할 수 있겠어요? 오래된 케이크를 누가 사 간다고. 그럴 바엔 한 살이라도 어릴 때 그만두고 안정적인 길을 걸어가야죠. 케이크로 팔려 간다는 게, 요즘은 워낙 경쟁이 치열해지긴 했지만요. 그래도 일단 팔리는 데 성공하면 미래를 걱정할 필요가 없으니 얼마나 좋아요?"

치즈는 연의 표정을 살피고 황급히 말을 끝맺었다.

"죄송해요. 제가 좀 솔직한 성격이라. 연 씨를 비난하는 말은 아니었어요."

연이 무어라 대꾸하기도 전에, 생크림이 손부채질을 하며 툴툴거렸다.

"더워 죽겠는데 왜 자꾸 쓸데없는 이야기를 하면서 힘을 빼? 손님들도 시끄러운 케이크를 좋아하지 않는다고."

마침 한 손님이 가게로 들어오면서 대화는 중단되었다. 케이크들은 손님의 눈치를 살피면서도, 긴장한 티를 내지 않기 위해 자연스러운 자세를 취했다. 초조함을 들켰다간 손님들에게 유통기한이 얼마 남지 않은 케이크처럼 비춰질 터였다.

손님은 고민하며 시식용 케이크 한 점을 삼켰다. 연은 그제야 자기가 온종일 아무것도 먹지 않았음을 상기해냈다. 잠시 근처에서 식사를 하고 돌아올까 고심했으나, 자칫 빅사이즈로 보일까 우려되었다. 디저트는 작고 비쌀수록 맛있다는 게 정설이었다. 가족끼리 모여 나눠 먹는 이미지를 내세우는 케이크가 아니라면 몸집을 불려 좋을 게 없었다.

이를 입증하듯 손님은 조그만 컵케이크를 집어 들었다. 계산을 마친 다음, 연에겐 시선도 주지 않고 떠나버렸다. 그 뒤로도 수많은 고객이 오갔으나 마찬가지였다. 연은 점점 얼굴이 달아올랐다. 한참을 망설이다 쭈뼛쭈뼛 진열장에서 내려왔다.

"마감 시간까진 한참 남았는데." 카운터를 보던 리에가 시계를 향해 고개를 돌렸다.

오래된 케이크를 누가 사 가겠어요, 연은 치즈의 말을 무심코 뱉을 뻔했다.

"어차피 팔리지도 않을 거예요. 여기서 시간을 낭비하느니 다른 방법을 찾아볼래요."

"이미 제과사 시험을 준비하느라 지나치게 시간을 낭비했으면서? 이제 와서 다른 길을 가기엔 늦었다. 정신 똑바로 차려. 넌 남들과 다른 선택을 했다가 실패하고 돌아왔어. 여기 있는 케이크들보다 훨씬 뒤처진 상태라는 뜻이지. 지금 네가 하는 일에 최선을 다해도 부족할 판에 딴생각을 하는 거냐? 진열장에 들어간 지 겨우 반나절이다. 다들 하루 이틀 정도는 아무렇지도 않게 앉아있는데, 너만 불만이 가득하구나. 그 정도 근성도 없는 케이크를 누가 사 가겠냐?"

연은 두 뺨이 홧홧했다. 양 볼의 크림이 녹아버릴 듯한 열기였다. 그는 코와 눈까지 화끈거리기 시작하여 가게 문을 박차고 나갔다. 집으로 돌아가는 길 위에서 내내 리에의 말을 곱씹었다. 그때마다 울컥 눈물이 쏟아지고 가슴이 답답했다. 몇 번이고 제과점으로 돌아가 분풀이를 할 뻔했다. 그는 리에의 가게를 지탱하는 기둥을 몽땅 이빨로 갉아 무너트리는 상상을 펼쳤고, 판매대의 케이크들을 거리로 던져버리는 자신의 모습을 그렸으며, 리에를 갈라 그 안이 케이크인지 확인하는 계획을 세웠다. 리에가 가진 모든 걸 먹어치우는 망상을 거스르며 집에 도착했고, 곧바로 실은 스스로에게 가장 화가 났음을 깨달았다. 그리고 무척 배가 고팠다.

우편함을 뒤지며 첫 끼로 무엇을 먹을지 고민했다. 손가락 끝에 종이의 감촉이 닿았다. 폐기 일자 통지서였다.

그날 연은 입에 물도 대지 않았고, 다음 날 아침이 되자마자 리에의 가게로 달려갔다.

*

"내일이 폐기일이에요."

연이 우울하게 고했다. 내뱉은 한숨에 상한 과일 같은 시큼한 향이 묻어났다. 며칠간 식사를 제대로 하지 못한 탓에 온몸의 크림이 발끝으로 추락하는 듯한 공복감이 몰려왔다.

"오늘은 휴일이니 손님이 많을 거다."

붓을 쥔 리에의 손이 연의 얼굴 위를 능숙하게 오갔다. 창백한 두 뺨에 색소를 덧칠하고 눈꺼풀에 금가루를 붙이는 손길이었다. 마무리로 머리카락 한 올 보이지 않을 만큼 많은 과일을 주렁주렁 얹어댔다.

데코를 끝낸 연은 마음을 졸이며 진열장 안에서 오픈 시간을 기다렸다. 〈무지개 3028호〉가 출근해 그의 옆에 앉았다. 그 케이크는 한 조각이 빈 외형이었는데, 겉면의 단조로운 하얀 아이싱과 대비되는 형형색색의 내부를 보여주기 위함이었다. 신입 제과사가 무지개 조각을 한입 크기로 잘라 시식용 접시에 올려놓았다.

연은 자기도 단면을 보이는 게 낫지 않겠느냐고 리에와 상의했다. 결국, 연은 손가락과 발가락 말단을 잘라 안쪽을 내보이기로 결정했다.

"요즘 오징어먹물이 유행이니 까만 크림이 유리할 수도 있겠다." 리에가 얼룩말 같은 연의 속살을 들여다보며 말했다. "잘라낸 부분은 잘 보관해두었다 팔릴 때 같이 넣어줄 테니 걱정하지 말고."

정오가 되어서도 연은 팔리지 않았다. 잠시 선잠에 들었다 얼굴 표면이 버석하게 갈라지는 악몽에 놀라 화들짝 깨어났다. 쇼윈도 창에 얼굴을 비춰보니 균열은 보이지 않았지만, 갓 나온 케이크들에 비하면 푸석하게 마른 상태임이 틀림없었다. 그는 조바심이 나 아이싱을 두텁게 펴 발랐다.

리에도 마찬가지로 안달복달하며 가게가 한적해질 때마다 연을 찾아왔다. 그는 연의 잘린 단면에 과일 절임을 채워 넣었다. 그렇게 연은 점점 편의점 샌드위치처럼, 보이는 부분에만 속 재료가 가득한 모습이 되어갔다.

연은 몸이 무거워 당장이라도 드러눕고 싶었으나, 들려오는 초침 소리에 허리를 곧두세우고 유리장 너머 행인들을 간절하게 바라보았다. 석양이 뉘엿뉘엿 저무는 거리는 홍차에 빠져 용해되는 한 덩이의 잼처럼 보였다. 때 이른 가로등 불이 켜지고 하얀 달이 건너편 상가 건물에 걸터앉았다. 저 가로등은 케이크일 테다, 연은 생각했다. 보도블록도, 가로수도, 건축물도, 자동차도, 전부 케이크겠지. 그렇다면 이 거리는 케이크구나. 〈가로수 길〉이라는 이름의 케이크.

그렇다면 달은? 저 멀리 떠오른 달도 케이크일까. 연은 그 감미로운 세상의 끝이 어디인지 가늠되지 않았다. 어스름한 기운이 유리창을 관통하며 쏟아졌다. 들이켠 숨이 설탕 가루처럼 달큼했다. 간질간질 차오르는 숨에 작게 기침하고 다시금 거리를 올려다보았다. 퇴근한 직장인이 제과점 앞 노점에서 꼬치를 사 먹고 있었다. 그는 큼지막한 고깃덩어리를 앞니로 끊어내며 빠른 속도로 먹어 치웠다. 빈 꼬치를 버리고 떠나는 그의 입가엔 허연 크림과 빵부스러기가 달라붙은 채였다.

또 한 사람이 지나갔다. 그 행인은 한 손에 커피를 들고 걸음을 옮기다 다른 이와 부딪히면서 그대로 잔을 놓쳤다. 바닥에 닿는 순간 볼썽사납게 터져버린 플라스틱 컵 안에서 시나몬 빛깔의 시트가 흘러나왔다. 케이크로 만든 도보가 케이크로 만든 커피를 마셔댔다. 어쩌면, 우리는 오직 케이크만을 삼키는 걸지도 몰라. 연은 불쑥 그런 생각이 들었다.

별안간 굉음이 귓전을 때렸다. 클랙슨 소리가 울려 퍼지더니 즉각 브레이크의 다급하고도 히스테릭한 비명이 이어졌다. 자전거를 탄 학생이 무단횡단을 하다 놀라 휘청였다. 달려오던 자동차는 그의 코앞에서 급정거했고, 자전거 주인은 중심을 잃고 앞으로 고꾸라졌다. 비틀거리며 일어선 학생은 연신 차주에게 사과하며 자전거를 끌고 겨우 도보에 다다랐다. 그는 곧장 리에의 상점을 향해 다가왔는데, 가게 유리창에 얼굴을 비춰보며 부상을 확인하기 위함이었다.

그 학생은 10대의 소녀였다. 교복 치마 차림으로, 2차 성징을 맞이한 몸은 굴곡졌고 입술은 틴트로 번들거렸다. 그리고, 손바닥에 맺힌 멜론색 크림이 선명했다. 학생은 색맹이 본다면 사람의 혈액이라고 착각할 법한 녹색 피를 손수건으로 닦고 다시금 길을 떠났다.

연은 멀어져가는 자전거를 눈으로 좇다 문득 이 세상에 사람이 있긴 한 걸까 의문스러워졌다. 꼬치를 먹던 성인 남성도, 손을 다친 어린 여성도 모두 케이크였다. 그는 재차 거리를 유심히 바라보았다. 보도블록, 가로수, 건축물, 자동차, 노점상, 꼬치, 커피, 플라스틱 컵, 자전거, 사람과 케이크와 특수 케이크, 그리고 케이크가 된 물건과 물건이 된 케이크, 사람이 된 케이크와 케이크가 된 사람…. 무지개 케이크 광고를 부착한 트럭이 지나갔다. 케이크가 된 특수 케이크. 현기증이 난 탓에 연은 시선을 돌렸다.

시계를 보니 가게 마감까진 한 시간도 채 남지 않았다. 시간은 누군가 포크로 베어먹기라도 하는 듯 눈 깜짝할 새에 뭉텅이째 잘려 나갔다. 달콤하다 못해 아릿한 시간이 사라져가는 게 야속했다.

모녀로 보이는 일행이 가게 앞에 멈춰서더니, 안으로 들어왔다. 그들은 진열장을 찬찬히 살피며 케이크를 골랐다. 연은 눈을 감고 절실히 기도했다. 가게 마감까지 남은 시간은 고작 50여 분, 마지막 기회였다. 성인 여성의 손가락이 연을 가리켰을 때, 그는 거의 까무러칠 뻔했다. 연은 당장이라도 포장용 상자에 들어갈 것처럼 상체를 들먹였다.

"이거 시식해볼 수 있나요?" 손님이 물었다.

연은 한순간 김이 빠졌으나 포기하진 않았다. 시식을 원한다는 건 아직 자신에게 기회가 있다는 뜻이었다. 리에가 연의 손발가락을 접시에 담아왔다. 연은 고개를 끄덕였다. 팔릴 수만 있다면 그 정도 희생은 감수할 수 있었다. 손님이 연의 조각을 집어삼켰다.

"괜찮네요."

손님의 말에 일희일비가 갈렸다. 연은 다시금 오븐 속의 케이크처럼 마음이 부풀어 올랐다. 비록 아이의 표정이 좋지 않아 보였으나 애써 그 모습을 무시했다.

"조금 더 안쪽 단면을 확인할 수 있을까요? 보이는 부분만 거창하게 치장하고 안은 텅 빈 케이크가 간혹 있다고 해서요."

낭패다, 연은 무채색의 내부를 떠올렸다. 리에가 제빵 칼을 들고 눈치를 살폈다.

"이 케이크는 바깥쪽 둘레에는 과일을 듬뿍 넣어 풍부한 맛을 내고, 중앙은 크림 본연의 맛에 충실하도록 다른 재료 없이 심플하게 만들었습니다."

리에의 변명에 손님이 침묵했다. 기나긴 정적 속에서 연은 초조하게 여성의 눈치를 살폈다. 식은땀이 등골을 타고 흘러내렸다. 그때, 아이가 신경질을 내며 도리질 쳤다.

"난 이거 싫어."

연은 장식을 과하게 얹어 무너져버린 케이크처럼 주저앉았다. 아이는 완강하게 거부의 뜻을 전하며 치즈 케이크를 향해 손을 뻗었다.

"건강에 좋아 보이는데." 손님이 중얼거렸다. 그러나 그는 치즈 케이크를 계산하고 가게를 빠져나가는 내내 단 한 순간도 연을 돌아보지 않았다.

"다 끝났어요." 연은 닫힌 가게 문을 원망스레 쏘아보며 눈물을 삼켰다.

"더 안쪽을 전시해야겠어. 지금처럼 즉석에서 잘라달라고 하면 큰일이니까."

리에가 연의 다리를 자르고, 그 단면을 과일로 장식했다. 연은 그런 리에를 무감하게 바라보았다.

"늦었어요. 밤이 깊었으니 더는 손님이 오지 않을 거예요."

연의 말대로였다. 밤거리를 오가는 행인은 없었고, 건너편의 가게들은 벌써 셔터를 내렸다. 하루만 더 있었다면, 연은 진부한 후회를 했다. 폐기 일자를 하루만 늦출 방법이 없을까? 그게 피해를 주는 일은 아닐 텐데. 어차피 유효기간은 유통기한보다 길지 않은가.

리에는 그의 말이 들리지 않는 듯 주방 안으로 사라졌다. 곧장 진열장으로 돌아온 그는 연의 이름표를 낚아채곤 주방에서 가져온 이름 판을 건넸다. 〈오징어생크림케이크1호〉가 적힌 초콜릿 판이었다.

"새 이름이다. 아무래도 〈연회장의 딸〉은 현대미술전에나 어울리는 제목 같아서."

연은 '생크림'이 '생크림'으로 표기된 사실을 발견했다. 오리지널 〈오징어생크림케이크〉는 벌써 100번 대가 생산되는 중이니, 그 이름은 짝퉁인 셈이었다. 일순간 초콜릿 판을 든 두 손이 분노로 뜨겁게 달궈졌으나 이제 와서 다 무슨 소용인가 싶었다. 어차피 팔리지도 않을 텐데 괜스레 열을 올릴 필요는 없었다.

"아직 영업하나요?"

별안간 찬 바람이 뺨을 스쳤다. 가게 문이 열리며 바깥바람이 들어온 것이었다. 손님이 주머니에 손을 넣고 총총 들어왔다. 눈을 게슴츠레 뜨고 코를 훌쩍이는 그가 구세주처럼 보였다.

"생크림 케이크 하나 주세요." 그가 진열장을 보지도 않고 말했다.

"손님, 지금 남은 게 오징어생크림케이크 뿐인데 괜찮으세요?" 리에가 싱긋 미소 지으며 물었다

"오히려 건강해서 좋네요. 어머님 생신이셔서요."

손님이 고개를 끄덕였을 때, 연(오징어생크림케이크1호)은 환호성을 간신히 참아냈다. 그는 다이빙하듯 박스 안으로 들어갔다. 리에가 잘린 다리와 새로운 초콜릿 명찰을 함께 넣어주었다.

"초는 몇 개나 드릴까요?"

리에는 물음을 건넴과 동시에 연의 원래 이름표를 반으로 뚝 꺾었다. 연은 무의식적으로 입꼬리를 내렸다.

리에가 능숙한 손길로 포장을 이어갔다. 연은 리본으로 사지가 결박된 채 받침대 위에서 빙글빙글 돌았다. 속이 부글거려 헛구역질이 불거졌다. 차오른 크림을 삼켜내고 고개를 드니 머리 위로 상자가 천천히 닫혀갔다. 그 닫힌 세계를 마주한 순간, 머릿속에 폭죽이 터졌다.

연은 괴성을 지르며 일어섰다. 끊어진 리본이 나풀나풀 추락했다. 그는 자유로운 두 손을 높이 들고 〈오징어생크림케이크1호〉 명찰을 부러트렸다. 이름표 안의 체리 잼이 쏟아져 얼굴을 온통 붉게 물들였다. 놀란 리에와 손님을 지나쳐 가게 밖으로 뛰쳐나갔다. 한 손에 다리를 들고 남은 한쪽 발로 껑충껑충 부지런히도 달렸다. 달리고, 달려도 온통 케이크였다.

케이크로 된 길 위에서 방황하다, 케이크로 지어진 집으로 돌아온 연은 쉰내가 나는 과일을 떼어내고 색소를 씻어냈다. 잿빛이 도는 앙상한 얼굴이 거울에 비쳤다. 막 꿈속에서 깨어난 듯한 몰골이었다. 극심한 피로와 허기에 그는 양치질을 하다 칫솔을 씹어먹었다. 연이어 비누와 치약, 샴푸, 린스, 세면대, 샤워기, 변기를 먹어치웠다. 크림 거품이 몽글몽글 솟아오르며 허공에서 터져댔다. 텅 빈 화장실을 마주하고도 포만감이 들지 않아 온 집안을 헤집었다. 거실의 소파와 TV, 리모컨, 전등, 담요, 방석, 카펫, 블루투스 스피커

를 입으로 가져갔다. 부엌의 식기와 조리기구, 식탁, 의자, 전자레인지, 냉장고까지 모조리 갉아 먹었다. 식탁 위의 폐기통지서도 입 안으로 구겨 넣었다. 종이가 혀에 달라붙어 녹아갔다.

방 안의 모든 걸 삼키고도 연은 허기가 졌다. 바닥을 굴러다니던 한쪽 다리를 집어 들고 앞니로 긁어먹었다. 그의 손에는 곧 아무것도 남지 않게 되었고, 끝내 한 마디가 사라진 손가락을 질겅거리기 시작했다. 그는 바닥에 떨어진 까만 크림까지 샅샅이 핥으며 스스로의 몸을 베어먹었다. 무거운 시트와 크림이 점차 사라져갔다.

어디선가 쿵, 고목이 쓰러지는 듯한 굉음이 울렸다. 연은 주위를 둘러보고 싶었으나, 두 눈마저 파내 먹은 지 오래였다. 아마도 환청이었을 그 소음은 뇌리에 선명히 남았지만 얼마 안 가 머리통과 함께 삼켜졌다. 마침내 딱딱한 치아만이 남자 윗니와 아랫니를 부딪치는 소리가 어둠 속에서 끝없이 울려 퍼졌다.

그 소리를 들은 이웃들은 이내 굶주림을 느꼈다.

소설의 매력은 시각적 구체화의 부재가 허락된다는 점에 있다고 생각합니다. 뮤지컬이나 영화, 드라마에 등장하는 모든 존재는 현실에서 구체화되어야 하나, 활자로 직조되는 소설은 추상적인 세계에 머무를 수 있습니다.

〈사실 나도 케이크가 아닐까〉의 케이크들도 시각적으로 분명하게 상상되지 않고 추상성에 머무릅니다. 케이크들은 언뜻 인간의 외형을 가진 것으로 짐작되나, 신체의 각 명칭이 호명될 뿐 그들의 모습이 구체적으로 어떠한지는 설명되지 않습니다.

그 시각적 구체화의 부재는 합평 단계에서 번번이 지적되었으나, 저는 이 작품이 상상할 수 없어도 존재하는 것들에 대한 이야기라고 생각했습니다. 비-케이크 세계의 사고 체계로는 명료화할 수 없지만 또 다른 인식의 세상 속에서는 너무나도 자연스러운 것들의 이야기요. 그래서 케이크의 외형 묘사를 불분명하게 남겨두었습니다. 그 모호함에도 불구하고 작품을 좋게 봐주신 심사위원 선생님들께 감사드립니다.

2024년을 돌이켜보면 참 다사다난했습니다. 개인적으로는 삼재三災의 마지막 해를 지났습니다. 그래서일까요. 뜻밖에 새로운 기회를 거머쥐기도, 무탈하게 진행될 줄 알았던 일이 막히기도 하며 한 해를 지나왔습니다.

이번이 정말 마지막 고비겠지, 하던 순간 영남일보 신춘문예 당선 소식을 받았습니다. 기쁜 만큼 우려도 큽니다. 아직 준비가 덜 되었는데 성급하게 상을 받게 된 건 아닌지. 그 걱정이 마음 한구석에 웅크리고 있습니다.

그러나 이 작품을 믿고 지지해준 소중한 분들을 위해 최선을 다해 버티겠습니다. 누구보다도 마음을 써주신 김민정 교수님께 감사드립니다. 본 작품을 응원해주신 방재석 교수님, 김종광 교수님께도 존경을 전합니다. 늘 곁을 지켜주는 가족과 친구들, 동고동락하는 학우님들, 그리고 무엇보다도 또 다른 자리에서 삼재를 겪었을 독자분들께 감사를 표합니다.

당선 소식을 끝으로 제 인생에서 삼재가 물러갈진 확신할 수 없습니다. 이 나라의 삼재 역시 당선 소감이 발표될 땐 사라졌을지 알 수 없습니다. 그러나 춥고 고된 시기를 견딘 모든 분께 새해 인사를 올립니다.

심사평 | 우광훈 · 해이수

단편소설 부문 최종심에 오른 응모작은 총 5편이었다. 우선, '그 나무'는 가족사의 내력과 원한을 독백 형식과 지연기법을 활용하여 풀어낸 점이 특이했다. '복수'는 인간의 원초적 감정이지만 이를 작품화할 경우 독자의 예상을 빗겨나가는 결말이 오히려 새로운 제안이 되지 않을까 한다.

'경계선상의 인간'은 이 사회에서 점차 존재감이 사라지는 젊은 여성의 심리적 방황을 다양한 방식으로 드러냈다. 은닉성과 익명성, 관계의 연약성 그리고 멀리 떨어진 '그'에 관한 설정 등이 모던하며 시적인 문장이 빛을 발했다. 그러나 주인공의 불안의 원인이 명확지 않은 점이 공동으로 지적됐다.

'박縛'은 소외된 공간에서 고독사를 피하지 못하는 노인들의 혼령을 빌어서 우리 시대의 노인문제를 드러낸 수준작이다. 죽어서도 악몽을 꾸는 지박령地縛靈의 사연을 밀도 높은 서술과 치밀한 설정으로 그려냈다. 이들이 한 공간에서 벌이는 사건이 좀더 역동적이었다면 지금과는 다른 결론이 되었을 것이다.

마지막으로 논의가 거듭된 작품은 '목요일의 조이'와 '사실 나도 케이크가 아닐까'였다. 무엇보다 '목요일의 조이'가 지닌 미덕은 갈등선이 선명한 서사라는 점인데, 갈등의 대상은 다름아닌 남편과 아들이다. 남편과 자식보다 오히려 로봇에 의지하는 노년 여성의 결말이 진한 페이소스를 일으킨다. 언뜻 평범하게 보이는 문장으로 정서를 압축시키고 장면을 선명히 제시하는 방식에도 신뢰가 간다.

반면에 '사실 나도 케이크가 아닐까'는 초경쟁사회에서 젊은 세대가 맞닥뜨린 취업진로 문제를 실험적으로 형상화한 문제작이다. 용도폐기의 공포 앞에서 케이크 캐릭터가 겪는 자격 시험과 고용 현실은 냉혹하기가 이루 말할 수 없다. 당장 '팔리느냐, 안 팔리느냐'의 알레고리적 질문은 선왕의 복수를 고민하는 햄릿의 'to be or not to be'보다 더욱 핍진하게 다가온다. 자신을 버리려는 이 세상을 어찌할 수 없어서 끝내 자신을 파멸시키는 엔딩은 그로테스크성과 비극성을 동시에 보여준다.

심사위원들은 이 작품의 몇몇 아쉬움보다는 작가가 밀어붙인 패기에 손을 번쩍 들 수밖에 없었다. 우리가 당면한 사회이슈의 실험적 형상화가 활발히 지속되고 확산되기를 기원한다.

전북도민일보 **유인봉**

전북 장수출생
원광대학교 법학과
전북대 평생교육원 및 온글 문학 등 지역 문단활동

삼대

유인봉

감방문을 나온 먹추는 눈을 뜰 수가 없었다. 하늘이 푸르고 높았지만, 눈앞에 펼쳐진 바깥 풍경들이 낯설게만 느껴졌다. 그도 그럴 것이 먹추의 몸과 마음과 생각이 오랫동안 어둡고 눅눅한 감방 속에 갇혀, 쪼그라들고 굳어 메마른 사막이 되어 있었다. 그는 교도소 정문을 나와 작은형 덕칠이와 버스정류장을 향했다. 정류장은 언덕 아래 그리 멀지 않은 곳에 있었지만, 그곳에 이르기까지 아무 말이 없었다. 버스를 기다리는 동안 먹추는 정류장 의자에 앉아 봄기운이 번지고 있는 연둣빛 들판을 바라보았다. 살랑대는 봄들 바람이 잠자던 감각세포를 하나둘 깨워주고 있었다. 덕칠이가 배낭에서 하얀 비닐봉지를 풀더니 두부를 한 모 꺼내 손에 들려주었다.

"먹추야, 어서 먹어라."

"체할라, 천천히 꼭꼭 씹거라."

"갑자기 바깥 음식 먹으면 탈이 날 수 있으니, 이걸로 속 좀 다스리고 천천히 배를 채우자."

두부를 한 입 베어 문 먹추는 대답 대신 고개를 끄덕이고는 아무 말이 없다. 아니, 무슨 말로 말문을 열어야 할지 갈피를 못 잡고 있다.

"다시는 그 지긋지긋한 콩밥 먹지 말고 두부처럼 착하게 살자."

말문을 열고자 덕칠이가 낮은 톤으로 한마디 건네 보지만, 먹추에게는 덕칠이의 말이나 충고가 귀에 들어올 리가 없었다. 먹추는 오로지 고향에 계신 어머니만 생각하고 있었다. 형에게 물어도 될 일이나 차마 말을 꺼낼 수가 없었다. 덜컹대는 버스는 외진 산길을 내려와 시내로 접어들고 있었다. 이십여 년의 시간이 흐른 시내의 모습은 상상 그 이상이었다. 기와집과 이층 양옥집이 대부분이었던 옛 풍경은 흔적도 없고, 고층 아파트며 빌딩들이 대로변을 따라 들어서 있었다. 도로에는 낯선 승용차들이 꼬리를 물고 질주하고 있다.

"하긴 강산이 변해도 두 번이나 바뀌었을 테니까"

혼잣말을 중얼거리다가도 몰라보게 딴 세상으로 변한 바깥 풍경이 신기하고 낯설기만 해서 창밖 풍경에 눈을 뗄 수가 없었다. 어느덧 버스는 시내 중심에 있는 버스터미널에 두 형제를 내려놓았다. 터미널도 몇 번이나 치장했는지 낯설기는 도심 속 풍경과 별반 다르지 않았다. 군데군데 보지도 듣지도 못한 낯선 이름의 간판들이 얼굴을 내밀고 있어, 낯선 이국땅에 와 있는 듯한 착각이 들 정도였다. 형이 매표창구에서 목적지를 말하고 화투장만 한 플라스틱 카드를 내밀자 매표원이 차표를 뽑아 건네주었다. 차에 오르자, 버스는 기다렸다는 듯 터미널을 빠져나와 시골길을 달리기 시작했다. 강산이 두 번 바뀌어도 변하지 않은 것은 구불대며 흐르는 냇물과 이제 막 새순을 내는 파릇파릇한 산과 들 뿐이었다.

차창 밖으로 스쳐 가는 풍경 속에서 수줍은 듯 고개를 내밀고 있는 진달래와 치렁치렁 울타리를 두른 개나리가 봄이 오고 있음을 말해 주고 있었다. 반나절을 달려온 버스가 말티재를 오르고 있었다. 이 고개만 넘으면 꿈에 그리던 어머니 청주댁이 있다. 재를 넘는 먹추의 머릿속이 갑자기 복잡해지기 시작했다.

"어차피 지난 일이야."

"언젠가는 부딪쳐야 할 일이고 넘어야 할 산이잖아"

혼잣말로 위안으로 삼았지만 두려움이 밀려오는 것은 어찌할 수 없었다. 마을이 가까워질수록 어머니에 대한 간절한 그리움과 그날의 악몽이 되살아나 먹추의 머릿속은 점점 하얘지기 시작했다.

먹추는 이제 막 열두 해 봄을 맞이하고 있다. 여느 해와 마찬가지로 거름을 지고 비탈진 감나무밭을 오르는 일은 고되고 지루하기 이를 데 없는 농사일 중 하나였다. 그런데도 가을에 붉은 감이 주렁주렁 열릴 것을 생각하면 기분이 좋아지는 것이었다.

감산은 조상들의 묘가 능선 능선마다 자리를 지키고 있는 종산 아랫머리에 자리하고 있었다. 먹추의 할아버지 공태 영감은 이곳을 개간하여 감나무를 심었다. 늙은 말년까지 욕심이 많아 땅 한 평 허투루 노는 것을 보지 못하는 성품이라 닥나무와 옻나무까지 빼곡히 심어 두었다. 먹추의 집안은 근동에서 소문난 대지주였다. 증조할아버지 침사 어른은 조선 말 진사 시험에 합격하였으나, 관직에 나아가지 아니하고 대구 약전 거리 한약방에서 일을 도우며 진맥과 침을 배웠다. 그 후 십수 년이 지난 중년이 넘어서야 고향으로 돌아와 읍내에 '만병통치한약방'을 차렸다. 지방 사람들은 그를 박 침사라 불렀다. 진사도 아닌 침사라 부르는 데는 그만한 이유가 있었다. 처음에는 박 진사라 부르다가 그에게 침을 맞은 사람은 하나같이 모두 효험을 보고 있었기 때문에 진사가 침사로 되어 버린 것이다. 진맥과 침에는 누구 하나 따를 자가 없다는 자자한 입소문도 한 몫 보탰다. 박 침사는 한약방을 열어 모은 돈으로 인근의 전답이란 토지는 나오는 대로 사들였다. 해방 이후에도 그 소문은 온 고을에 소문처럼 퍼져 약방 집 하면 박 침사 이름을 대지 않더라도 모르는 이가 없을 정도였다. 그는 어느덧 고을에서 농토가 제일 많은 지주가 되어 있었고 선대로부터 가문의 명망도 있어 위세 또한 등등했다. 헛간에 쇠바퀴 달린 소달구지가 다섯 대요 너른 마당에 가을이면 달집만 한 항아리 모양의 낫가리가 타작을 기다리고, 마당 가에는 말 두 필이 장정 서넛 아름에 족한 맷돌을 돌려 곡식을 빻아댔다. 뒤안은 사철 푸른 대나무가 고택을 병풍처럼 감싸고 영감이 거처하는 사랑방은 연못을 위엄있게 내려다보고 있었다. 된서리가 내리고 타작마당이 끝나면 소작인들이 머슴과 함께 소작료로 쌀가마니를 지고 왔다. 그리고는 공태 영감 사랑방을 꼭 들러서 문안 인사를 올리고 가는 것은 정해진 연례행사였다. 아무래도 소작인들로서는 지주인 공태 영감에게 밉보여서는 내년 농사를 기약할 수도 없는 일이었다. 종갓집

헛간과 곡식 창고는 쌀가마니가 산더미처럼 쌓여 갔다. 모정을 두르고 있는 연못에는 연꽃이 해마다 피고 지고, 붕어가 꼬리를 살랑대며 입을 벙긋거리면서 영감의 눈을 즐겁게 해 주었다. 그럴 때마다 공태 영감은 흡족한 듯 입꼬리가 올라가면서 긴 대통의 재를 재떨이에 톡톡 털어내고는 했다. 농사철이 되면 마을 사람들은 예외 없이 종갓집 농사일을 거들어야만 했다. 내 농사가 없으니, 호구지책으로 고을 지주인 종갓집 농사일을 돕고 한 철 두고 먹을 양식을 얻어 와야만 했기 때문이다. 선친 침사 어른으로부터 재산을 물려받은 공태 영감은, 고을에서 둘째가라 하면 서러울 정도로 재산이 많은 부잣집이요 지주였지만, 자식들 가르치는 일과 돈을 쓰고 재물을 나누는 일에는 인색하기 그지없었다.

시절은 3공화국이 들어서고 조국 근대화와 경제개발 5개년 계획의 깃발 아래 산업화 공업화가 속도를 내고 있었다. 도시마다 공장이 늘어나고 일손이 부족해지면서 농촌의 젊은 처녀, 총각들이 도시로 몰려가기 시작했다. 그 많던 머슴도 하나둘 마을을 뜨기 시작했다. 먹추네도 큰형 덕팔이는 서울로, 작은형 덕칠이는 부산으로 고향을 등지고야 말았다. 그러다 보니 먹추만 오갈 데 없는 미아처럼 고향에 남아있는 신세가 되어버린 것이다.

종갓집은 마을 한 가운데 있었다. 공태 영감은 짜고 야박하기로 소문이 나 있었다. 그러나 그에게도 후덕한 인심 한 자락은 남아있었다. 그것은 돈도 안 드는 물 인심이었다. 공태 영감은 사람들이 많이 오갈 수 있는 집 앞 삼거리에 마을에서 제일 크고 깊은 우물을 하나 파기로 했다. 머슴들을 시켜 장정 열 길이 넘는 깊이의 우물을 달포에 걸쳐 팠다. 여하한 가뭄에도 이 우물만은 마르는 일이 없었다. 거기에 빨래터를 만들고 수로를 만들어 아랫녘 논농사 물길까지 내주었다. 공교롭게도 소작을 내준 논들은 대부분 공태 영감이 내준 물길이 닿는 아랫녘 들판에 자리하고 있었다. 그의 속내는 알 수 없으나, 소작으로서는 반갑고 고마운 일이 아닐 수 없었다.

먹추는 태어날 때부터 귀머거리가 아니었다. 어릴 적에 홍역을 잘 못 앓아 청각 신경이 손상되어버린 것이다. 이름도 본래는 덕상이었다. 귀가 먹기 전만 해도 귀동냥으로 들은 천자문을 읊고 다닐 정도로 총명하고 똑똑해서 공태 영감의 사랑을 독차지할 정도였다. 그러나 귀가 먹은 후로 모두가 먹추라 부르다 보니, 자연스레 제 이름이 되어 버린 것이다. 입학 통지가 나와 학교에 들어갔지만, 보니 또래의 아이들로부터 놀림만 당하고 공부를 따라갈 수가 없었다. 결국 먹추는 학교를 그만둘 수밖에 없었다. 그리고는 머슴들을 따라 등짐을 지기 시작했다. 그렇게 배운 농사일이 어느덧 먹추의 일상이 되어버렸다. 마을 사람들도 먹추의 그런 일상을 지켜보면서

"아이고, 저 어린 것을 어쩐다는 말이냐?"

"아무리 가난해도 중학교는 마쳐야 사람 구실 한다고 기를 쓰고 읍내까지 학교를 보내는데. 쯧! 쯧!"

하며 혀를 찼다. 그러면서도 공태 영감을 향해서는

"구두쇠 영감탱이가 자기만 알지 자식 밑천에 돈 들어가는 것 아까워서 어디 학교 보낼 수 있겠어?"

하며 조롱 속인 흉을 보기도 했다. 어머니 청주댁은 종갓집 마님이지만 숨소리조차 크게 내지 못하고, 공태 영감 그늘에 가려 존재감조차 찾아볼 수 없었다. 설상가상으로 그런 청주댁은 아들 먹추에 대한 죄책감과 미안함에 이불을 뒤집어쓰고 밤마다 셀 수 없는 속울음을 삼켜야만 했다. 그런 날에는 우물가에 정화수 한 그릇 떠 놓고 조상신께 기도 올리는 일이 유일한 탈출구였다.

먹추도 사춘기에 접어들면서 조금씩 세상 물정에 눈을 뜨고 있었다. 먹추라는 자신의 이름이 귀머거리를 부르는 이름이란 것을 알아채기 시작한 뒤로는 시도 때도 없이 불덩이처럼 분노가 치밀어 오르고 속이 답답해 견딜 수 없었다. 그럴 때는 웃통을 벗고 냇가로 달려가 시퍼런 물속으로 뛰어들고는 했다. 그러고 나면 마음이 가라앉고 제정신이 돌아오는 것이었다. 거기에 까만 교복을 입고 모자를 쓰고 가방을 들고 학교길을 오가는 또래들이 그리 부러울 수가 없었다. 그뿐만 아니라 빨래터에 모인 아낙들이

"요새는 의술이 발달해서 돈만 있으면 못 고치는 병이 없는 세상이래"

라고 수군거리는 이야기를 잘 들리지도 않는 귀로 훔쳐 듣고는 청주댁을 조르기 시작했다.

"어머니, 내 귀를 언제 고쳐 줄 거여요?"
"병원 가면 고칠 수 있다는데요."
갑작스러운 먹추의 성화에 청주댁도 생각할 겨를도 없이
"올가을 농사일이나 끝나고 보자."
"할아버지 승낙이 떨어져야 하니, 그때 가서 말씀드려 보마."
고 둘러댔다. 물론 먹추가 되어 버린 지 오래되어 아무리 의술이 발달했다 하나, 수술로 청력을 회복할 수 있을 거라는 것도 자신할 수 없는 일이었다. 게다가 모든 가계의 돈줄을 휘어잡고 있는 공태 영감의 마음을 움직인다는 것은 상상도 못 할 일이었다. 먹추의 소원을 들어줄 한 가닥 희망이 있다면 그건 아흔 줄을 넘어선 공태 영감이 조상님들 곁으로 빨리 돌아가기를 기다리는 일이었다.

먹추는 그러한 청주댁과의 약속을 매일 매일 가슴에 품고 살았다. 이슬 내린 들판에 나가 잠방이 젖어 가면서 소 먹는 꼴을 베어오는 일도, 겨울에 접어들기 전 신발이 닳도록 나뭇짐을 해 나르는 일도, 버들가지 햇물 오르고 개울물 얼음장이 녹기 시작하면 비탈진 감산에 거름 짐 지어내는 일도 견딜 수 있었다. 그러나 청주댁과의 수술 약속은 벌써 두 해를 넘어 또 다른 봄을 맞이하고 있었다. 그나마 지난겨울 심한 감기로 식음을 전폐하고 몇 날을 앓아누워 생사를 넘나들던 공태 영감도 봄이 되자, 되레 기력을 회복하여 먹추를 불러대는 소리가 더 쩌렁쩌렁하기만 했다. 긴 곰방대를 허리춤에 차고 허리 꼿꼿이 큰 헛기침 하며 바깥출입을 하는 것을 보면서 먹추의 꿈은 나락으로 떨어지고 있었다.

먹추는 해거름 무렵이면 혼자 동산에 올라 비어있던 들녘의 논들이 푸르게 푸르게 채워지는 것을 바라보는 일이 많아졌다. 모내기를 마친 어린 묘들이 뿌리를 내리고 나날이 키를 더하는 것을 바라보면서 마음을 달래가고 있었다. 동산을 내려올 때쯤이면 학교를 마치고 집으로 돌아가는 또래들이 구불대는 들길을 지나가는 모습이 풍경처럼 눈에 들어왔다. 청색 남방에 잿빛 바지를 입고 검정 모자를 쓰고 가방을 든 남학생들과 흰색 블라우스에 검정 치마를 두른 여학생들이 재잘대며 들길을 건너가는 모습이 부러워 눈을 뗄 수가 없었다. 그러나, 들을 수 있는 귀가 열리지 않는 한 배움의 길이란 요원하다는 것을 먹추는 잘 알고 있었다. 그런데도 그 길을 포기할 수도 없는 일이었다. 먹추는 어머니 청주댁에게 숨겨둔 생각을 털어놓기로 했다. 먹추의 속내를 들은 청주댁은 담판을 짓기로 했다. 아침상을 물린 뒤 성만 어른과 함께 별채에 있는 공태 영감에게 먹추의 생각을 전하고 승낙받아 볼 심산으로 무릎을 꿇었다.

"아버님, 상의드릴 말씀이 있습니다."

"오냐! 어서 말해 보거라."

다소 누그러진 듯한 공태 영감의 어조에 성만 어른이 간신히 말문을 열었다.

"먹추의 일입니다."

"먹추도 이제 열여섯입니다. 지금은 의술이 좋다는데 큰 병원에 데리고 가봤으면 합니다. 저토록 학교에 가고 싶어 하는데 귀를 고쳐야 하지 않겠습니까?"

성만 어른의 말이 끝나기가 무섭게 공태 영감의 두 눈썹이 치켜 오르더니 물고 있던 장죽 대통이 사정없이 바닥을 내리쳤다.

"뭣이라고! 누구의 귀를 고쳐?"

"타고난 팔자를 고친다니, 팔자가 귀머거리 팔자니 팔자대로 살아야지! 다시는 입 밖에도 내지 마라."

벼락같은 호통에 둘은 더 이상 말을 이을 수가 없었다. 공태 영감 생전에는 언감생심 꿈도 꾸지 못할 기대였다. 문기둥에 숨어 귀를 기울이고 있던 먹추는 문틈을 통해 흘러나오는 할아버지의 고성에 결과를 짐작할 수 있었다. 두 다리가 후들거리고 눈앞이 캄캄해졌다. 점심도 거른 채 이불을 뒤집어서 쓴 채 분노를 삼켰다. 그러나 시간이 갈수록 공태 영감에 대한 원망이 점점 증오와 분노로 치닫기 시작했다. 누구도 이길 수 없는 어둠이 그물을 둘러치고 숨이 막히도록 목을 조여 오고 있는 것이었다. 먹추는 스스로 그물을 찢고 나가야만 살 수 있을 것 같았다.

"하루빨리 이곳을 벗어나야 해. 숨이 막혀 죽을 것만 같아"

"나를 가두고 있는 저 그물을 찢어야 해."

저주에 가까운 말을 자신도 모르게 수 없이 되뇌고 있었다. 오직 그 길만이 살 수 있는 길로 여겨졌다.

"저 심장에 칼을 꽂는 거야"

"오직 그 길만이 내가 살 수 있는 길이야."

표적이 정해지자, 생각은 오로지 한 길만을 달려가고 있었다.

허기진 보릿고개를 넘어가는 들녘에는 한 뼘이나 자란 촘촘한 모들이 초록 물결로 입하의 더위를 식혀주고, 분홍빛 물감을 터뜨리던 진달래가 거쳐 간 산은 푸른 채색옷을 입기 시작했다. 감산에도 감꽃이 지고 아기 주먹만 한 푸른 감이 가지마다 실하게 거름 맛을 자랑하고 있다. 하지로 접어드는 유월 중순이 되자 오디가 까맣게 익어가고, 모내기를 마친 머슴들에게도 한 철 제대로 낮잠을 즐길 수 있는 호시절이 되었다. 아직은 모기가 극성을 부리지 않은 터라 대청마루에서 빙 둘러 저녁 먹는 일이 잦았다. 이날도 여느 때와 같이 저녁상을 물리고 난 직후였다. 공태 영감은 연못이 있는 사랑방 문턱에 앉아, 쏟아지는 식후 졸음에 못 이겨 등을 벽에 대고 선잠을 청하고 있었다. 평소에는 밥 수저를 놓고 건넌방으로 들어가던 먹추가 이날만은 밥숟갈을 드는 둥 마는 둥 하고 모퉁이로 사라졌다. 식구들이 밥 수저를 놓기도 전이었다. 먹추의 돌발 행동에 모두의 눈이 휘둥그레졌다. 그때 대숲에서 음산한 바람이 불었다. 밤나무 우듬지에서는 까마귀가 다급하게 깍깍대기 시작했다. 불길한 예감이 청주댁 머리를 스쳤다. 바로 그때 모퉁이를 돌아갔던 먹추가 공태 영감이 거처하는 사랑채를 향해 뛰기 시작했다. 손에 들고 있는 번득이는 무언가가 영감의 심장을 파고들었다. 졸고 있던 공태 영감이 "억!" 외마디 날카로운 비명을 지르며 앞으로 고꾸라졌다. 붉은 피가 솟구쳐 사랑방 마루를 적시기 시작했다. 순식간에 일어난 일이었다. 먹추의 눈은 이미 뒤집혀 있었다. 살기가 돌았다. 먹추의 눈꺼풀이 파르르 떨렸다. 잡았던 칼은 손을 놓고 땅바닥에 털썩 주저앉았다. 대청마루 식구들 얼굴이 납처럼 하얗게 굳어지고 말았다. 분위기가 싸늘하게 얼어붙었다. 사람들이 모여들고 웅성거리기 시작했다. 상상도 못 할 일이 벌어진 것이다. 겨우 정신을 차린 아버지 성만 어른과 머슴들이 다급하게 시신을 수습해 마당 한쪽에 가마니를 깔고 광목천을 찢어 덮었다. 차마 그 참혹한 광경을 마을 사람들이 볼 새라 응급처방을 한 것이다. 동구 밖에서 요란한 사이렌 소리가 들렸다. 누군가 지서에 신고한 모양이다. 정복한 순경들이 들이닥쳤다. 멍하니 정신을 놓고 고개를 들지 못하는 먹추의 손에 수갑이 채워졌다. 먹추는 모든 것을 체념한 듯 순순히 차에 올랐다. 청주댁만 발을 동동 구르고 한참을 통곡하더니만 지쳐 실신해 버리고 말았다. 모두 어안이 벙벙할 따름이었다. 악몽 같은 여름밤이 무겁게 지나가고 있었다. 밤이 깊어지자 마을 사람들은 하나 둘 집으로 돌아가고 마당은 쥐새끼 하나 얼씬거리지 않았다. 어둠에 묻혀 적막만 감돌 뿐 처마 밑 30촉 알전구만 폭풍이 지나간 텅 빈 마당을 지키고 있었다.

아버지와 아들을 하룻밤 사이에 잃은 성만 어른은 조상님들의 얼굴을 뵐 면목이 없었다. 말 그대로 천하의 죄인이 되었다. 얼마 전까지만 해도 고을의 지주요 뭇사람들이 부러워하는 종갓집 가문이었는데 더 이상 고개를 들고 돌아다닐 수가 없다. 차마 얼굴을 내밀고 나다닐 수 없어서 문을 닫아걸었다. 애꿎은 술로 복잡한 심사를 달래고 있었다. 추스른다기보다는 술기운으로 버티고 있었다. 시간이 지나면서 성만 어른도 더 이상 세상을 살아야 할 의미를 상실하고 있었다. 먹추는 잡혀가고 성만 어른은 두문불출 술로 나날을 보내고 있으니, 집안 형편이 말이 아니었다. 그러다 보니 먹추가 돌보던 감나무밭도 잡초가 무성하고 실하게 이삭 머리를 흔들던 문전옥답도 묵어 나갔다. 서리가 내리고 홍시가 다 되어도 누구 하나 감을 따러 오는 이가 없었다. 그렇게 술로 밥을 대신하던 성만 어른이 일손을 놓아 버리자, 그 많은 전답도 묵어 나자빠지고 가세도 서서히 기울기 시작했다. 가을에 도지가 제대로 들어오는지조차 챙기는 사람이 없었다. 탄탄했던 재산도 서서히 쩌렁쩌렁 대청마루를 호령했던 가문의 위세도 내리막길로 기울고 있었다.

또 한 해 겨울을 보내고 봄을 지나 초복을 건너고 있었다. 혼자 농사일을 떠안게 된 청주댁이 콩밭을 매다 일이 손에 잡히지 않았던지, 일손을 멈추고 마을로 돌아오고 있었다. 집안에 들어선 청주댁의 눈은 습관처럼 본채를 향하고 있었다. 그런데 대청마루 댓돌에 가지런히 놓인 하얀 고무신이 유별나게 눈에 띄었다. 평소에 없던 흰 고무신이다. 성만 어른이 여름날이면 모시 적삼과 함께 특별한 바깥출입 때 신으시던 고무신이었다. 직감적으로 심상치 않은 느낌이 퍼뜩 들었다.

"영감! 영감!"

연거푸 불러 보았지만, 방안에서 아무 인기척이 없다. 가슴이 쿵쾅거리기 시작했다.

"설마 설마, 아니야 그럴 리 없어, 그럴 리가 없지…."

혼잣말을 되뇌던 청주댁이 방문을 여는 순간, 그만 놀라 나자빠지고 말았다. 성만 어른이 시렁에 목을 매고 하얀 모시 적삼을 입은 채 매달려 있는 것이 아닌가. 그대로 주저앉아 버렸다. 하늘이 무너져 내렸다. 눈앞이 칠흑 같이 캄캄해졌다. 인근 친척들이 달려오고 비보를 듣고 달려 온 작은 집 장조카는 전보를 치기 위해 우체국으로 내달렸다. '부친사망 급래' 전보는 비보를 들고 서울로 부산으로 달려가기 시작했다. 다음 날 아침부터 종갓집 성만 어른이 간밤에 급사했다는 비보를 담은 부고가 인근 마을까지 대문에 꽂혔다. 차마 목매어 목숨줄을 끊었다는 사실은 밝힐 수가 없었다. 종갓집 마당은 일찍부터 마을 사람들이 몰려와 장례 준비를 서둘렀다. 해가 중천에 떠서야 도착한 구두 공장에 취직했다는 덕팔이가 도착하고 뒤 이어 부산에서 세탁소를 차렸다는 덕칠이가 도착했다. 시신을 지키고 있는 청주댁은 곡기 한 모금 입에 넘기지도 못한 채 넋이 나간 사람처럼 입만 달싹거리고 있었다. 마을 사람들만이 말없이 장례를 준비하고 있었다. 삼일장을 치른 성만 어른도 조상들의 묘 아래에 몸을 풀고 한 줌 흙으로 돌아갔다.

연달아 줄초상을 치른 덕팔이는 서울에 있는 직장을 포기하기로 했다. 본가로 들어와야만 뒷수습을 할 수 있을 것 같았다. 청주댁의 건강도 날로 쇠약해지고 있었다. 의지할 곳 없는 마음도 마른 풀잎처럼 시들고 흔들리고 있었다. 그 와중에도 청주댁의 마음은 늘 먹추에게로 향해 있었다.

"죽은 사람은 죽었어도 산 사람은 살아야 한다."

자나 깨나 그녀의 머릿속은 먹추 생각뿐이었다. 덕팔이가 집으로 내려와 장손 노릇을 하면서 종갓집도 마을도 차츰 안정을 찾아갔다. 들녘 가을걷이가 끝나고 입동을 지난 냇가에 살얼음이 얼기 시작했다. 먼 산자락 봉우리에는 벌써 흰 눈이 내리기 시작했다. 온기가 사라진 종갓집은 더욱 한기가 느껴졌다. 사람들의 발걸음이 북적이던 마당에도 적막이 맴돌고, 공태 영감이 거처하던 사랑채도 추녀가 내려앉기 시작했다. 자갈길을 철거덕거리며 볏단과 곡식을 실어 나르던 쇠 달구지도 흉물스럽게 마당 한쪽에 누워 붉은 녹물을 게워내고 있었다. 청주댁의 시름도 깊어만 갔다. 뜬눈으로 밤을 새우기도 하고 눈물이 베갯잇을 적시는 횟수가 많아졌다.

"자갈밭 같은 차디찬 감방에서 이 추운 겨울을 어떻게 날꼬"

하며 속울음을 토해내고는 하였다. 먹추는 늘 아픈 손가락이었다. 덕팔이는 어머니 청주댁을 그대로 두고만 볼 수가 없는 일이었다. 먹추의 재판을 위해 변호사를 대기로 했다. 목돈이 필요했다. 우선 소작하는 사람들에게 전답을 헐값이라도 팔기로 했다. 목돈을 마련할 길은 이 길밖에 없었다. 집 앞 문전옥답 몇 마지기만 남기기로 했다. 한 식구로 남아있던 머슴 둘도 모두 돌려보냈다. 재판은 순조롭지 못했다. 변호사는 존속살인죄는 원래 무기징역까지 갈 수 있는 중한 범죄라 최소 삼십 년 형을 각오해야 한다며 한 자락 깔고 들어왔다. 결국은 변호사 밑으로 목돈은 다 들어가고 먹추는 20년 형을 선고받았다. 변호사는 결과에 대하여 귀가 들리지 않는 장애가 있고 정상적인 판단 능력이 부족해 판결과정에서 정상을 많이 참작 받았다는 핑계 같은 변명을 하고 변호를 마무리 지었다. 먹추는 차가운 독방에서 앞이 보이지 않는 운명의 형기를 채우고 있었다.

가문을 다시 세워보겠다고 산 사람은 살려보겠다고 사방팔방으로 뛰어다녔던 덕팔이도 지쳐가기 시작했다. 그 많던 전답도 가문의 위세도 쇠락하고 기울어 쇠망의 어두운 그림자가 다가오고 있음을 보고 있었다. 이 업보를 감당할 자신이 서질 않았다. 어떠한 희망도 기대조차 가질 수가 없었다. 기댈 곳도 없는 절망의 늪으로 자신도 모르게 빠져들고 있었다. 자신도 이 늪을 벗어나고 앞이 안 보이는 이 생활을 속히 정리하고 싶었다. 하루에도 몇 번씩 생을 마감하고 싶은 불순한 생각을 지울 수가 없었다. 술에 젖어 사는 날이 점점 많아지기 시작했다. 술기운이 오르면 들판을 휘젓고 다니며 고래고래 악을 쓰기도 했다. 마당이며 문전옥답 곳곳마다 잡초만 키를 더해갔다. 더 이상 기대하고 의지할 곳 없다고 판단한 아내도 세 살배기 아들을 데리고 밤중에 집을 나가 버렸다. 모두가 모든 것이 덕팔이를 떠나고 있는 것이었다. 그러자 모두가 버렸다고 생각한 덕팔이도 스스로 마음을 정리하기 시작했다. 이제 더 이상 지옥 같은 이 세상을 살아야 할 이유도 목적도 없었다. 덕팔이는 장터에서 혼자 서너 병의 소주잔을 비웠다. 그리고는 농약 방을 찾았다. 농약 방을 나선 덕팔이 손에는 비닐봉지에 '그라목손' 한 병이 들려 있었다. 대문을 들어선 덕팔이 다리는 술기운에 이미 풀려 있었다. 뒤 안 대나무 숲으로 들어간 덕팔이가 약병 뚜껑을 열었다. 두 손이 바들바들 떨렸다. 두 눈을 질끈 감았다. 쓰디쓴 극약이 목을 타고 장으로 내려가자 불붙는 갈증과 열기가 내장을 활활 태우기 시작했다. 덕팔이는 이를 악물고 가슴을 틀어쥐었다. 버둥거리던 몸도 내장을 까맣게 태워버리고 나서는 싸늘하게 식어가기 시작했다. 칠흑 같은 어둠 속에서 대숲이 밤새 울었다. 그 소리가 어찌나 처량하고 서럽던지 우듬지 앉은 까마귀가 차갑게 식어버린 덕팔이의 머리맡을 깍~ 깍~ 대며 쪼아대고 있었다. 새벽까지 뜬눈으로 밤을 새운 청주댁은 아침이 되어서야 농약병과 함께 대밭에 잠들어 있는 덕팔이를 발견 할 수 있었다. 싸늘하게 식어버린 덕팔이는 이미 이 세상 사람이 아니었다. 청주댁은 가슴을 쥐어뜯고 아들을 불렀으나 덕팔이는 아무 대답도 없었다. 덕팔이의 남은 생마저도 아버지를 따라 감산으로 돌아갔다.

종갓집은 머리에 무서리까지 내린 청주댁만 남았다. 홀로 남아 대청마루에 앉아 멀리 떠가는 구름만 바라보며

"나는 언제 데려갈 거냐고?"

"전생에 내가 무슨 죄를 많이 지었기에 이리 고통스럽게 끌고 가는고?"

하며 땅을 치며 하늘을 원망하고는 했다. 간간이 멀리 부산에 사는 셋째 덕칠이가 가끔 어머니 안부를 묻고 간다는 이야기만 들릴 뿐 누구 하나 종갓집에 관심을 두는 이가 없었다. 세월이 흘러 세대가 바뀌고 20년 전에 일어났던 종갓집 삼대의 비극은 사람들의 기억 속에서 잊혀 갔다. 더 이상 누가 먹

추의 행방을 묻는 이도 없었다.

읍내 버스 정류장에서 막내 형 덕칠이를 따라 내린 먹추, 읍내의 모습도 예전 모습은 아니었다. 옛 초가나 함석지붕은 모두 사라지고, 양옥집이 즐비하고, 집집이 텔레비전 안테나가 붙어 있었다. 먼지가 풀풀 나던 비포장도로는 아스팔트 포장길로 바뀌어 있는 것이다.

"저기 저 고개 하나만 넘으면 우리 집이고 우리 마을이다"

"어머니가 널 눈이 빠지게 기다리고 있을 거다"

덕칠이가 손가락을 가리키며 말했다. 그도 먹추를 데리고 그렇게 애타게 기다리던 어머니 품으로 돌아가고 있다는 사실 자체가 꿈인 듯 생시인 듯 혼란스러웠다. 두 형제의 걸음이 빨라지기 시작했다. 말티재에 올라서자 게딱지처럼 둥근 이엉을 이고 있던 지붕이 슬레이트나 함석으로 바뀌어 있다. 골목골목 그 많던 돌담도 낮아지고 허물어진 채 잿빛 돌꽃이 피고 있다. 본채의 고택이며, 쩌렁쩌렁 호통을 치고 위세를 부리던 할아버지 공태 영감이며, 곡식 창고며 종갓집 위세는 온데간데없이 사라져 버리고, 남은 것이라곤 뒤안의 대숲과 새로 앉힌 스무 평 남짓한 슬라브 벽돌집 한 채뿐이었다. 마당을 들어서자 댓돌에 앉아있던 아흔 줄에 다다른 어머니 청주댁이 눈에 들어왔다. 머리칼은 힘없는 백발이고 눈두덩이 깊이 팬 이미 기울어진 모습이다. 먹추가 출소한다는 소식을 들었는지 내내 삽작만 바라보고 있다가 그녀도 먹추를 보자 구부정한 허리를 반쯤 세웠다. 그리고는 넘어질 듯 지팡이에 몸을 의지하고 일어서 손을 들어 허공을 저어본다.

"어머니!"

먹추가 달려가 청주댁을 와락 껴안는다. 으스러질 것만 같은 마른 뼈만 품에 안긴다. 눈시울이 붉어지고 청주댁의 어깨에 먹추의 눈물이 젖어 들었다. 이십여 년 동안 말라버렸던 감정이 살아나 복받쳐 올랐다. 그러나 청주댁은 모진 세월을 보낸 탓인지 남은 눈물마저 다 말라 눈시울만 붉히고 있다.

"네가 먹추냐?"

"아이고 내 새끼야!"

"네가 살아 있었구나."

"불효막심한 아들입니다. 어머니."

"아니다, 아니야. 죽은 사람만 불쌍하지, 산 사람은 그래도 살아야 하는 법이여~"

한참을 부둥켜안고 울던 청주댁은 전쟁터에서 사선을 넘어 살아 돌아온 아들을 맞은 것처럼, 이것이 꿈인지 생시인지 혼자 묻고 또 물었다. 저녁상을 물린 청주댁이 형제에게 자리를 내어 주고 건넌방으로 건너가며 한마디 던진다.

"고단할 텐데 일찍들 쉬거라."

서로가 할 말도 많고 궁금한 것도 많을 것이다. 그러나 모두는 일부러 외면하고 있다. 다 지나간 일이고 먹추가 그간의 사정을 안다 한들 무슨 도움이 되겠는가? 청주댁은 앞길이 창창한 먹추에게 굳이 아픈 상처를 후벼내 짐을 지우고 싶지 않은 것이다. 형제가 나란히 한 방에 누워본다. 꿈같은 일이다. 이런 날이 오리라 짐작도 못 한 일이다. 먹추는 아버지와 큰형의 죽음이 궁금해 견딜 수가 없었는지

"형, 그 간에 아버지에게 무슨 일이 있었어요?"

"큰형은 왜 돌아가신 거여요?"

덕칠이가 마지못해 한마디 한다.

"둘 다 병이다."

"차차 알 일이다."

"다 지난 일이고, 모르는 게 약이더라"

형제는 더 이상 말이 없다. 먹추는 잠을 이룰 수가 없다. 바뀐 잠자리도 그러하거니와 온갖 추측과 생각이 머릿속을 쥐어짜고 있었기 때문이다. 비몽사몽으로 출소 후 첫날이 그렇게 의문투성이로 지나갔다. 밤새워 뒤척이다 잠이 든 먹추는 해가 중천에 떠서야 눈을 떴다. 덕칠이는 일찍이 부산으로 떠난 뒤였다. 긴 잠이 든 먹추를 일부러 깨우지 않고 배려한 까닭이었다. 청주댁은 하얀 쌀밥에 무를 썰어 넣은 쇠고깃국을 끓인 밥상을 차려 왔다. 소반에 차려 온 밥상에서 오래전 어머니 청주댁의 따뜻한 마음이 느껴졌다.

"어서 밥 먹자"
"감산에 있는 아버지 할아버지께 인사드리고 와야지"
청주댁은 먹추가 조반을 먹는 동안 조상님께 올릴 술병과 술잔과 두어 가지 과일을 주섬주섬 준비했다. 조반을 마친 먹추는 어머니 청주댁 손을 잡고 천천히 걸었다. 청주댁은 이내 가쁜 숨을 몰아쉬기 시작했다. 먹추가 등을 내밀었다. 한사코 손사래를 치더니 먹추의 등을 뿌리치지 못하고, 아들의 등에 업혀 비탈을 오르기 시작했다. 모진 세파에 마른 장작같이 가벼워진 어머니와 처음으로 한 몸이 되어보는 시간이다. 몸을 포개고 비탈을 오르지만, 모자는 아무 말도 하지 않았다. 청주댁은 혼자 두고 간 아비와 자식이 그립고 원망스러웠을 것이고, 먹추는 두려움과 죄책감에 발걸음이 천근만근 무겁고 착잡했을 것이다. 산 중턱쯤 마을을 딛고 층층이 누워있는 할아버지, 아버지, 큰형 삼대의 봉긋한 봉분이 눈에 들어왔다. 봉분을 보는 순간, 먹추의 걸음이 장승처럼 멈춰 섰다. 더 이상 걸음이 떨어지질 않는다. 어찌하여 삼대가 이승이 아닌 저승 사람이 되어 이곳에 함께 잠들어 있단 말인가?
"무슨 생각을 하고 있느냐"
"어서 와서 할아버지부터 술잔 올리고 인사드려야지"
청주댁이 다가와 등을 토닥이며 술병을 받아서 들었다. 먼저, 할아버지 공태 영감의 봉분 앞에 무릎을 꿇었다. 눌러있던 울음이 터져 나왔다. 서럽고 죄스러워 얼굴을 들 수 없었다. 천하의 불효막심한 자신이 이리도 원망스러울 수가 없었다. 청주댁은 먹추의 맺힌 한을 풀어주려고나 한 듯, 가만히 그 모습을 지켜보기만 했다. 수목의 해그림자가 방향을 바꾸고 있었다. 갑자기 바람이 불고 시커먼 먹구름이 몰려오더니 사위가 어둑해지고 소낙비가 화살처럼 쏟아지기 시작했다. 목덜미를 타고 흐르는 빗물이 사막이 되어버린 먹추의 가슴에 물길을 내고 있다.
"내 탓이다"
나지막한 할아버지의 음성이 빗소리를 타고 먹추의 귓전을 파고들었다. 얼마나 통곡했을까? 울음도 지쳐 버린 듯 잦아지고 있었다. 하늘도 언제 그랬냐는 듯 화창하게 개이고, 저만치 뫼 머리에서 뭉게구름이 몽실몽실 피어나고 있었다.

"덕상아, 내려가야지."

어머니 청주댁이 먹추를 부르고 있었지만, 먹추가 아닌 덕상이라 부르고 있었다.

"얘야, 먹추는 오래전에 죽었단다."

"네 이름은 본래 덕상이었고, 지금의 너는 내 아들 덕상이란다"

한 줄기 빛이 덕상이 머리 위로 쏟아지고 있었다.

"어머니~"

덕상이의 얼굴이 어머니 청주댁의 가슴을 파고들었다.

"이제 앞만 보고 가야 한다"

"네가 우리 가문의 주인이니 다시 세워야 한다"

유언처럼 청주댁의 당부가 덕상이 심중에 새겨지고 있었다. 그녀의 눈가에 전에 보지 못한 엷은 미소가 번졌다. 청주댁을 업고 산길을 내려오는 덕상이 등에 따스한 온기가 느껴졌다. 발걸음도 날아갈 듯 가벼워지고 바람의 등을 타고 전해오는 들꽃의 소곤거림이 귓전에 들려왔다. 덕상이도 닫혔던 또 하나의 귀가 열리고 있는 것을 알아채기 시작했다. 어둠에 갇혀 있던 마음 문이 열리고 산과 들의 싱그러운 풍경이 두 눈에 가득 담기고 있는 것 아닌가. 모든 소리와 이야기를 들을 수 있는 또 하나의 귀가 봄 햇살처럼 덕상이에게 환하게 열리고 있었다.

당선소감 | 유인봉

과수원 겨울 전정 작업 중에 당선 전화를 받았다. 믿어지지 않았다. 신춘문예는 그저 아득한 동경의 대상이었던 나에게 기적 같은 일이 일어난 것이다. 한 해를 마무리하면서 생애 최고의 선물을 받은 느낌이다.

새로운 글쓰기 영역에 도전하고 싶었다. 그건 소설이었다. 망설이고 주저하다 마감 하루 전 전북도민일보 신춘문예 응모를 결정했다. 여름 내내 써 놓은 작품을 내보이고 싶었다는 것이 솔직한 말이다. 그리고는 까마득하게 잊고 있었다. 이 일이 꿈인지 생시인지 싶었는데, 문자로 보내온 당선 소식을 보고서야 실감이 났다. 문단의 새로운 영역에서 배우고 활동할 수 있는 지평을 열어 준 것이다.

어떤 기회로 감사일기를 쓰게 된 것이 소설영역에 도전할 수 있는 커다란 밑거름이 된 것 같다. 90일간의 일기와 180일간의 일기장이 든든한 초석이 되어 주었다. 하루의 일기는 A4 한 페이지 이상을 썼다. 글 선배로부터 긴 글을 잘 써야 짧은 글도 잘 쓸 수 있다는 코치도 귀담아들었다. 기성 작가들의 작품들을 부지런히 읽어 둔 것도 용기와 힘이 되었다.

「삼대」는 오래전부터 준비해 왔다. 잘라내기와 다듬기를 반복하면서 여름 내내 몇 번의 퇴고 과정을 거쳐 완성한 작품이다. 이번 당선은 소설에 대한 탄탄한 기초를 만들어 주었음은 물론이고, 더 높이 멀리 날아야 할 때라고 날개를 달아 주었다. 이 기회를 더 성숙하고 울림이 있는 작가로 성장하라는 격려와 응원의 말씀으로 새겨 받는다.

글을 쓴다는 일은 살아있음을 증명해 주는 가슴 벅찬 일이다. 농사일하면서도 매주 수요일과 목요일에는 빠지지 않고 전주로 글공부를 다녔다. 정상에 오르기까지 지도해 주시고 손잡아 주신 「온 글 문학」 김동수 교수님과 전북대 평생교육원 조미애 교수님 그리고 함께하는 모든 문우에게 고마운 마음을 전한다. 마지막으로 제 작품을 당선작으로 선정해 주신 심사위원과 전북도민일보사에 다시 한번 감사의 인사를 드린다.

심사평 | 김한창

소설의 첫 문장과 문단에서 독자가 결말에 대한 서사를 끝까지 읽고 싶어 하는 욕구 충족

소설작법에서 첫 페이지의 문장은 매우 중요하다. 어떤 글을 읽을 때 첫 페이지 문장에서 강한 느낌이 전달되어 오기 마련이다. 궁금증을 유발하는 첫 문장과 그렇지 못한 첫 문장 사이의 차이가 생각 밖으로 크다. 첫 문장이 깊은 인상을 주었다면 독자는 사건의 결말에 대한 궁금증을 가지고 나머지 글을 끝까지 읽어 나간다. 반면 첫 문장에서 독자의 관심을 불러일으키지 못하면 아예 다음 글을 읽지 않는다. 첫 문장과 문단에서 쓰는 글의 요지를 얼마나 효과적으로 전달하느냐에 따라 독자의 관심을 잡아 놓는 정도가 달라진다.

즉, 첫 문단에서 자신이 그 글을 통해 하고 싶은 말을 총체적으로 요약해 전달해 주는 것이 중요하다. 이렇게 볼 때 작품명 「삼대」는 첫 페이지 서두의 문장과 문단에서 독자가 그다음의 결말에 대한 서사를 끝까지 읽고 싶어 하는 욕구를 충족하였다. 그러기 위하여 작가는 사건의 전말을 처음부터 순서적으로 나열하는 방식이 아니라 결정적 사건을 먼저 암시해놓고 진행해가는 소설작법에서 가장 많이 쓰이는 방식을 취했다. 전체 스토리에서 핵심적인 극적인 중간지점의 서사를 암시하는 내용을 먼저 어필시킨 후 독자의 궁금증을 배가시켜놓고 서사를 이끌어 3단계로 결말을 지었다. 소설에서의 문체를 분류하여보면 문체는 작가의 품성이며 그 품성에 따라 글의 어투가 달라진다. 또 문체는 시대를 반영하기 때문에 시대에 따라 글의 문체가 달라지며 장르와 주제에 따라 문체가 달라진다고 보았을 때 작품 「삼대」는 문체와 통사에서 시대를 반영하였고 그 시대에 따른 어법을 형성하였다는 것 또한 큰 장점이 되었다.

〈서두〉

감방문을 나온 먹추는 눈을 뜰 수가 없었다. 하늘이 푸르고 높았지만, 눈 앞에 펼쳐진 바깥 풍경들이 낯설게만 느껴졌다. 그도 그럴 것이 먹추의 몸과 마음과 생각이 오랫동안 어둡고 눅눅한 감방 속에 갇혀……. 〈생략〉

그러니까 작가는 일반적인 언어 규범과는 다른 자신이 지닌 편안한 언어 선택과 사건의 배열을 통해 독창적으로 설명의 여지 없이 시대가 반영된 것 또한 탁월했다.

주제설정에 대해서도 주제는 소설 작품을 통하여 작가가 독자에게 전달하고자 하는 요점이 주제이다. 이는 작가가 자신의 작품을 통하여 무엇인가를 말하려고 하는 것인지에 대한 테마를 일컫는 말로 주제란 작품 속에서 구체적으로 드러나는 중심 사상의 핵심적 의미이다.

그것은 형상화된 진리로서 작가의 인생관과 사상의 압축이며 작가가 말하고자 하는 의도의 집약이다. 총체적으로 작품 「삼대」는 단편소설이 지향하는 단일사건을 구구한 해설이 없어도 암시와 함축을 통하여 독자가 시대를 상상할 수 있는 여유와 상상의 폭을 넓게 펼쳐주었다. 아울러 디지털과 AI 시대에 작품의 소재가 구시대적인 면은 있으나 어차피 소설은 지나간 과거사의 이야기를 쓰는 것이므로 이를 탓할 수는 없다. 때문에 소설의 형식. 서사 전개, 주제설정과 어법 등에서 향후 소설가로서 나아갈 수 있는 연마된 저력이 보이므로 당선작으로 선정한다.

전북일보 **장용돈**

1969년 전북 고창 출생
동아대학교 국어국문학과 졸업
대학 재학중 동아문학상 소설 당선(1994년)
전태일 문학상 소설 수상(2005년)

넋두리

장용돈

코뚜레에 걸쳐진 줄은 용수철처럼 딴딴하고 팽팽하다. 조교사들은 금방이라도 튕겨 나갈 듯한 줄을 잡고 용을 쓰며 끌어당긴다. 곧이어 두 소의 머리를 맞대고 코뚜레의 줄을 빼내는 순간, 이내 싸움은 시작된다. 거칠게 숨을 몰아쉬고 혓바닥에서 연신 거품이 흘러내린다. 단단한 근육으로 뭉쳐진 네 개의 발은 땅바닥에 단단하게 고정해 상대방의 힘에 밀릴지언정 제 발로 물러서지는 않는다. 목덜미를 앞으로 수그린 채 하늘을 찌를 듯 솟구친 뿔을 부딪치면서 상대 소에게 굴복해 절대로 밀리지 않기 위해 안간힘을 쓰는 녀석들의 커다랗고 순한 눈알에서는 이제 지금까지와는 사뭇 다른 전의가 불타오른다. 상대 소는 800Kg 이상의 제일 무거운 체급인 갑종 싸움소 중 청도에서 정읍까지 벌써 4연승을 달리는 갑짱이다. 그렇게 15분여가 흐른 뒤, 갑짱을 상대로 창해의 적극적인 뿔걸이 공격이 시작된다. 창해의 뿔이 갑짱의 뿔을 걸어서 목을 왼편으로 꺾는다. 갑짱은 혓바닥을 땅에 끌릴 듯 길게 늘어뜨리고, 연신 가쁜 숨을 몰아쉰다. 창해는 뿔 기술뿐만 아니라 머리 밀기, 목 감아 돌리기, 들어 밀치기, 배치기 등 어느 기술 하나 나무랄 데 없이 정말 싸움을 하려고 태어난 소 같다. 창해의 지능적인 싸움 앞에서 호흡이 불안해진 갑짱의 눈빛에 긴장한 기색이 뚜렷하다. 곧이어 창해가 뿔걸이 상태로 갑짱의 육중한 몸을 밀치기 시작한다. 밀리지 않기 위해 버티는 갑짱의 앞발이 점차 땅바닥을 파헤치며 뒤로 끌린다. 그러나 창해의 뚝심 있는 밀치기 앞에서 갑짱은 도무지 어찌해볼 도리가 없다는 듯 몸을 돌려 싸움을 포기하고 만다. 자신보다 100kg은 더 나가는 갑짱을 이긴 뒤, 창해는 머리에 시퍼런 멍이 들고 뿔에 찢겨 피가 흥건한 상황에서도 갑짱을 뒤쫓아 가지 않는다. 관중들의 환호를 들으며 싸움장 한가운데에 콧바람만 씩씩거리면서 자리를 지킨 채 서 있는 창해의 당당한 눈망울. 당신은 논두렁 길에 우두커니 서서 창해의 맑고 선했던 그 눈망울을 떠올리며 심란해지는 마음을 애써 추스른다.

잔뜩 성이 나서 논배미 위를 휘감아 돌던 바람이 발정 난 수캐처럼 덤벼든다. 조만간 겁나게 심헌 비라도 퍼부어대면 인자 포도시 뿌리 내리고 여물어 가는 벼 모가지들이 제대로 버틸랑가, 라고 당신은 멀리 먹물이 번지듯 하늘을 뒤덮은 채 몰려드는 구름을 보며 걱정스레 혼잣말을 한다. 그 구름이 터지면서 내뿜기라도 하는 듯 거칠고 강한 바람이 푸른빛으로 물들어가는 나락을 훑으면서 쏟아져 내린다. 바람은 이내 시누대처럼 가늘고 구부정한 당신의 허리를 세차게 훑는다. 당신은 찢어진 창호지가 되어 금방이라도 바람에 실려 공중으로 날아갈 듯 위태로운 발걸음으로 유모차를 밀면서 논두렁을 걸어간다. 굳이 새로 난 포장된 길이 아닌 좁은 논두렁 길을 택해 걷는 이유를 도통 알 수가 없지만, 당신이 매일 이렇듯 비좁은 길로 마을회관에 오고 갔음을 나는 오늘에서야 알게 된다. 잠시 가던 걸음을 멈추고 당신은 이삭이 막 피어오르기 시작한 벼를 자식들 머리카락을 빗겨주듯이 어루만진다. 당신의 손가락 마디에 내 입김이 닿을까 싶어 세차게 내려앉아 보지만, 당신은 그저 두 손에 더욱 힘을 주고서 흔들리는 유모차의 손잡이를 부여잡고 걸어간다. 당신은 젊은 시절 같았으면 몇십 초면 될 마을회관까지의 그 짧은 거리를 한참이나 걸려 어렵게 도착한다. 저 멀리 마을 입구에서는 동물방역단 통제관과 동물위생시험소 소속 가축방역관, 방역팀 등이 분주히 움직이고 있고, 회관 앞 공터에 모인 사람들에게 군청에서 나온 조사관이 보상 문제를 설명하고 있다. 근방에서 소, 돼지 등을 키우는 집은 5가구 정도인데 생각보다 많은 사람이 모여있다. 열대여섯 중에서 이장을 비롯한 서너 명의 60대를 제외하면 대부분 70, 80대 노인만 있을 뿐 조사관 또래의 50대 아래로는 보이지 않는다. 이제 머지않아 이 사람들조차 하나둘 떠나고 나면 마을은 잡초와 바람만 무성한 채 느리게 시간을 보내게 될 것이다.

"이번에 살처분한 가축들 현시세대로 보상비도 받고, 거기다 위로금까지 더 보태주니 오히려 축산 농가에게는 이득이죠. 그리고…."

"에끼! 고런 느자구 없는 야그를 할라문 그냥 우리들까정 다 한꺼번에 묻어 불라고 하쇼. 우리가 키우는 돼아지, 소가 어디 그냥 가축이간디. 맨날 빈 항아리에다 우물물 붓드끼 사룟값도 안 나올 거 뻔히 알면서도 몸이 뽀사져라 지금껏 애지중지 키운 것은… 고것들이 우리헌티는 어찌 되었든간에 귀허디 귀헌 자식새끼 같은게 그리 안 했겠소."

조사관이 설명을 다 마치기도 전에 이장이 금방이라도 멱살이라도 잡아챌 것처럼 눈을 부라리며 잔뜩 부아가 치민 목소리로 말을 던진다. 그는 아침부터 해장술이라도 했는지 눈알이며 얼굴이 불그레하다.

"하따! 그렇게 귀헌 자식새끼 같으믄 백신도 잘 맞히고 허지 좀……."

올봄 이장 선거에서 떨어진 뒤 서로 말도 잘 섞지 않는 낙근 씨가 이장에게 비아냥대면서 말을 받는다. 이번 동물 전염병 사태는 바로 이장이 기르던 소가 처음으로 1급 전염병 판정을 받은 뒤 시작되었기에 사람들은 은근히 이장이 미안하다는 표시라도 해주기를 기대했다. 하지만, 그는 마을 축산 농가에게 고개 한번 숙이지 않을 정도로 당당했다.

"저짝은 고작 3마리밖에 안되는디, 거그서 300미터 떨어진 나는 20마리란 말요. 글고 아, 솔직히 말혀서, 3년 전, 전국적으로 그 생난리를 쳤던 구제역 파동 때도 병으로 죽은 소가 어디 있었다요? 다들 예방 차원에서 수만 마리나 살처분해 불었제."

낙근 씨가 이장 쪽으로 손가락질을 하더니 조사관을 향해 말을 이어간다. 이장은 은근히 자신에게 책임을 묻는 태도에 화가 치밀어 오르는 것을 삭이려고 잠시 숨을 고르더니 담배 한 개비를 꺼내 문다. 먼 친척이면서도 두 사람은 무엇이든 서로를 이겨야만 직성이 풀리는 사람들이라 결국 이장 선거 때는 삿대질까지 하면서 언성을 높이더니 얼마간 왕래를 끊기까지 했다. 당신은 사람들이 왜 모여있는지, 당신이 여기에 왜 왔는지도 모르는 사람처럼 유모차를 한곳에 삐딱하게 버려둔 채로 '백계리 마을회관'이란 팻말이 붙여진 현관을 지나쳐 바로 옆 당산나무 앞으로 걸어간다. 오매, 지지리 복도 없는 년! 태어날 때부텀 망태기로 퍼 담을 맹키로 차고 넘치는 복을 원허지도 않았는디…. 당신은 느닷없이 땅바닥에 철퍼덕 주저앉더니 신세 한탄을 쏟아낸다. 마을 사람들은 또 시작이라는 듯이 하나둘 그런 당신에게서 시선을 돌린다. 군청 직원이 줄을 선 사람들에게 조사서를 나눠주면서 힐끗 당신을 한번 쳐다보았을 뿐, 당산나무를 향해 연신 절을 하면서 주저리주저리 뱉어내는 당신의 말에 관심을 두는 사람은 아무도 없다. 그 나무와 처음 마주하던 날, 낯선 곳에서 시작될 새로운 생활에 대한 두려움과 호기심이 섞인 표정으로 나를 바라보던 어리고 귀엽기까지 하던 당신의 모습과 지금의 당신은 도무지 겹치지 않는다. 신부 화장을 곱게 하고 수줍은 얼굴로 가마에서 내리던 당신은 그때도 당산나무를 보고 손을 모은 채 절을 했었다. 그 당산나무는 이제 곳곳이 썩고 생채기가 나서 몸통만 유독 만삭의 아낙네 배처럼 부풀어 오르고 위쪽으로 가지들은 앙상하게 말라 있다. 몇 년 전부터 시름시름 앓더니 몸 곳곳에 영양제를 찔러대고 보수를 해주어도 도무지 예전의 풍성한 잎들을 드러내지 못한 채 죽어가는 중이다.

당신이 여기 백계리로 시집을 온 것은 막 스물다섯 살 생일을 보낸 며칠 뒤였다. 열 살도 되기 전에 아버지가 세상을 등지는 바람에 엄니 혼자서 위로 오라버니 셋, 아래로 여동생 둘까지 육 남매를 키우다 보니께 울 엄니 손바닥은 늘 가뭄에 갈라진 논바닥맹키로 상처가 아물 날이 없었고, 삼시 세끼 때만 되면 자식들 목구멍에 풀칠이라도 할 생각에 걱정이 가실 날이 없었당게요. 그래서 울 엄니가 나를 열한 살 때 광주에 있는 고모 댁으로 식모살이를 보냈제. 그때는 서러운 마음에 눈물이라도 한 방울 나올지 알았더만, 엄니 고생을 덜어준다고 생각허니께…. 오매, 거 아예 속이 시원섭섭허드랑게. 그때부텀 난 나중에 시집가더라도 울 엄니처럼 시골 사는 남자하고는 상종도 안할 것이라고 속으로 각오를 해불었제. 그런디도 뭔 놈의 팔자가 이리 배암이 똬리

튼 것 맨키 배배 꼬인 것인지 먼 친척 되는 아재가 중매를 서서 여그 백계리 까정 안왔겄소,

첫날 밤, 당신의 옷고름을 풀어주기도 전에 술에 취해 곯아떨어진 내 머리맡에 앉아 당신은 앞으로 펼쳐질 이곳에서의 생활을 뻔히 아는 사람처럼 방바닥이 꺼지라 한숨을 토하며 혼잣말을 해댔다. 당신이 시집을 온 백계리는 이름처럼 하얀 닭 머리 모양의 산 아래 위치해서인지 돌산이 절반을 차지하고 기껏 논이라고 해봤자 갯물을 먹어서 나락을 심어도 한 마지기에 겨우 서너 가마니밖에 안 나와 농사짓기에도 젬병인 그런 동네였다. 그 논에다 거름져 나르고 땅심을 북돋아가면서 한 해 한 해 힘겹게 농사를 짓다 보니 기름진 농토가 되었고, 또 밤낮으로 쇠스랑이며 곡괭이로 파내고 일구다 보니 그 많던 돌산에 지렁이가 바글거리고 심는 족족 씨알이 굵은 곡식들이 자라는 밭이 생기게 되었다. 참말로 그때만 하더라도 논밭이 아니면 세상에 먹고 사는 길이 없는 줄 알고 당신이나 나나 눈에 쌍심지 켜고 죽어라 일만 했다.

"꼭 송충이마냥 겁나게 징그럽더만, 고것이 인자는 맥없이 좋소잉."

소쩍새 한 마리가 뒤안 대숲에 앉아서 울고 있었다. 곤히 잠들어 있는 어린 것들이 깰새라 당신은 이불을 돌돌 말아 몸에 감더니 코 먹은 소리로 나를 보며 그랬다. 송충이처럼 떡하니 자리 잡은 눈썹을 보면서 처음에는 징그럽다고 하던 당신은 이상하게 시간이 지날수록 내 얼굴에서 눈썹이 사내답고 강하게 보여서 유독 좋다고 했다.

"남우세스럽구만 잉."

"워매, 고것이 뭣이 남우세스러운 일이다요. 젊을 적에사 밥 먹다 말고도 눈 맞아서 자빠뜨리고 자빠지고 다 그리함서 새끼들 낳고 허는 것이제."

마당에 덕석 깔고 콩 타작을 할 때면 도리깨를 들어 올릴 적마다 내 눈썹이 위아래로 꼼지락대는 걸 보다가 '오매, 참말로 가슴을 콩닥거리게 허요',라며 당신은 내 팔을 잡아당기고는 했다. 당신과 나는 아직 몸이 젊을 때라 밭에서 일하다 말고 풀밭에 쓰러져 함께 뒹굴기도 여러 번이었고, 논두렁에서 피 뽑다 말고 내 우악스런 손아귀에 못 이기는 척 논 옆 비닐하우스에 들어가서 그런 적도 부지기수였다. 그렇게 큰아들놈 낳고 둘째까지 낳아 오직 자식

놈 뒷바라지하는 것이 전부라고 생각하면서 평생을 살았다. 새벽부터 저녁 늦게까지 남의 집 품앗이 다니고, 하루 일 년이 어떻게 가는지도 모르게 뼈가 부서지도록 바쁘게 살다 보니 어느덧 두 마지기였던 논이 네 마지기로 늘었고, 밭도 기름지고 볕 좋은 놈으로 서너 마지기를 장만할 수 있었다. 나는 땅문서에 찍힌 도장밥이 마르기도 전에 당신을 안고 좋아 죽겠다는 마음을 숨기지 못했다.

"오매, 이녁은 몸뚱이는 째깐해도 뭔 일을 혀도 각단지게 허는구만. 그동안 겁나게 고생해 불었네."

"으째 근다요. 나는 암시랑도 안해라. 이쁜 우리 아그들 덕분에 신간은 겁나게 편했당게요."

나는 그런 당신이 얼마나 귀여웠던지 내 몸쪽으로 바짝 당겨서 안고, 밤이 새도록 탐했다. 자식들도 자기 부모 힘들게 일하는 거 보면서 이런 촌구석 아이들 같지 않게 공부도 잘해주고 아무런 말썽도 부리지 않으면서 잘 커 주었다. 큰아들이 그 어렵다는 서울에 있는 대학에 떡하니 합격했을 때 당신은 얼마나 신이 났던지 마을 입구에는 현수막 걸고, 당산나무 아래엔 덕석 깔고서 동네 사람들 다 불러 놓고 돼지도 잡고 떡도 해서 크게 잔치를 열었다. 다들 아시지라? 그날 진안댁이 막걸리에 취해가꼬 먼저 죽은 자슥놈 생각난다고 울고불고 난리를 치는 바람에 잔치판이 난장판이 되질 않았습디요. 근디 자식 놈들을 그렇게 애지중지함서 키웠는디 그라문 뭣헌다요, 당신의 말은 또 이쯤에서 끊긴다. 당신은 빙판길에서 쓰러진 뒤로 고관절 수술을 두 번씩이나 했다. 그 뒤로 당신은 말투가 어눌해지고 행동거지는 생각대로 되지 않아 늘 마음과 말이 엇박자를 놓았다. 큰아들 명호가 베트남 비행기에 오른 그해 겨울, 눈에 파묻힌 마을은 무섭도록 아름다웠다. 당신의 증상도 아마 그날부터 더욱 심해졌을 것이다.

다랑이 논 사이로 드문드문 베트남 전통가옥인 냐산의 삼각뿔형 지붕이 들어서 있다. 논두렁 위, 시커먼 털과 크고 뾰족한 뿔을 가진 물소에 올라탄 채 까맣게 얼굴이 그을린 중년의 아들이 활짝 웃고 있다. 그 옆에 대나무로 만든 뾰족한 논라를 머리에 쓰고 붉은색 아오자이를 곱게 입은 채, 아직도 앳돼 보이는 트엉이 수줍은 듯 서 있다. 마을을 떠난 지 한 달이 넘어서야 보내온 사진 속에서 아들과 트엉은 행복해 보였다. 당신은 아들이 보내온 사진을 나에게 들키기라도 할까 봐서 몰래 감춰두고 수시로 꺼내 보는 눈치였다. 하지만, 나는 당신이 마실 가고 없을 때면 몇 번씩 훔쳐보고는 했기에 아들이 중국과 국경을 나란히 한 베트남 북부 농촌 마을에서 살고 있다는 걸 알고 있었다.

"그나저나 날이 저리 개러가꼬 어쩔까이? 아무래도 올해 장마는, 몰아치는 바람이며 몰려드는 시커먼 구름떼가 시피 볼 것이 아니구만요. 그랴도 작년처럼 징헌 물난리는 없어야 쓰겄는디."

언제 왔는지 당신과 그나마 각별하게 지내는 금평댁이 작년 물난리 이야기를 꺼내며 자꾸만 과거 속으로 빨려 들어가는 당신의 생각을 토막 낸다. 정말이지 작년에는 염병할 놈의 태풍이 초복이 한참 지나서야 뒤늦게 몰려들더니 근 열흘 동안 내리퍼붓던 장대비 때문에 저수지 둑이 무너져 성수네 논이며, 금평댁 수박밭이 죄다 물에 잠겨버렸다.

"어따 성님, 저거 쪼까 보랑게요. 저런 오살헐 놈의 시궁창물이 우리 목심 줄 겉은 수박들을 다 아작 낸 것도 모자래서 시방 동동거림서 나를 약 올리는 거 맞지라잉. 오매 징한 거! 저 아까운 것들 우짠단가."

그 금싸라기 같은 수박들이 물 위로 동동 떠내려가는 걸 망연한 눈빛으로 쳐다보면서 금평댁은 힘이 빠진 목소리로 그랬다. 그리고 그날 이후, 금평댁도 당신과 마찬가지로 유모차를 앞세우지 않고서는 제대로 바깥출입을 할 수 없게 되었다. 그런데 올해는 장마가 오기 전부터 징글맞게 궂은일들만 무시로 들이닥쳐서 당신은 애간장이 다 녹아버릴 듯 힘들 때가 부지기수다. 애써 마음을 추스른 채 금평댁의 유모차를 따라 당신과 당신의 유모차는 사람들 쪽으로 향한다. 조사관 앞에서 자기 차례를 기다리는 사람들을 밀치고 당신이 맨 앞으로 끼어들어도 누구 하나 막아서지 않는다. 근디 우리 소는 다르단 말요, 라고 시작되는 당신의 넋두리는 당신이 굳이 다음 내용을 말하지 않아도, 회관 앞에 모인 사람들은 당신이 무슨 말을 할 것인지 모두 잘 알고 있다. 하지만, 당신은 개의치 않는다. 벌써 사흘째, 당신은 매일 같은 시간에 그곳에서 똑같은 말을 되풀이하는 중이다.

긍게로 이런저런 사정 다 따져서 암만 생각혀도 제일로 불쌍한 것은 우리집 양반이랑게. 우리집 양반이 그 많던 농사는 등한시 하고 날마다 싸움소에 정신이 저러코롬 환장하게 된 게 벌써 십몇 년이 넘었지라. 아들놈들도 어지간한 송아지 열 마리 값을 암시랑도 안하드끼 지불허고 고작 싸움소 될 성싶은 송아지 한 마리만 덜커덩 사오는 즈그 아부지가 제정신이 아니라며 등을 돌리다시피 했당게. 근디도 기언코 우승시키겠다고, 그 양반이 정성을 기울인 내막을 내가 여그서 다 말하는 것은 어림 택도 없을 것이여. 그동안 우시장마다 돌아댕김서 쓸 만한 송아지를 사다가 금이야 옥이야 해감서 보약 다려 멕이고, 타이어 매달고 들로 산으로 끌고 다님서 훈련시킨다고 쏟아 부은 돈만 허드라도 논 열댓 마지기는 족히 넘을 것이요. 근디, 이 양반이 농사일까정 내팽개쳐 감서 그렇게 송아지부텀 온갖 정성을 다해서 키워 어느 정도 자라 코뚜레하고 고생고생 해가꼬 훈련을 시키면 뭣한다요. 이놈의 것들을 비싼 운반 트럭에 태워가꼬 그 먼 곳까지 데리고 가서 조교사까지 붙여 싸움장에 내려놓기만 하면 출전 호명과 함께 잔뜩 긴장을 해가꼬는 상대방 소 한 번 들이받지도 못한 채 엉덩이를 빼고 줄행랑을 치기 일쑤였당게. 근디 창해는 고것이 아니드란 말요.

싸움소, 창해!

창해는 흔히 볼 수 있는 누렁소가 아니라 그런 싸움소 중에서도 보기 힘들다는 호랑이 털빛 같은 얼룩 문양을 가진 칡소였다. 정읍 우시장을 수십 번을 다니며 발견한 놈이었고, 태어난 지 석 달밖에 안 된 송아지인데도 목이 드럼통처럼 굵직하고 가슴팍은 단단하면서도 넓으며 등과 뒷다리가 척 봐도 힘깨나 쓰게 생겼었다. 거기다 꼬리는 말 꼬랑지같이 길고, 눈과 귀가 작은 것이 간이 커서 싸움판에서 쉽사리 물러서지 않을 듯 보였다. 당신은 싸움소에 대해 잘 아는 듯이 창해 등짝을 매만지면서 자랑삼아 말했다. 여보! 이놈은 말여, 무엇보다 뿔이 맘에 든당게. 여그를 좀 보소. 아직 삐져나오지는 않았지만 여그 뿔 자리가 하늘을 향해 있는 모양새가 분명히 노고지리 뿔이여. 인자 이놈이 싸움판에 나서기만 해보라제. 뿔치기, 뿔걸이에서 이놈을 당할 소는 없을 것인게.

창해가 소싸움을 마치고 마을로 돌아올 때면 마을회관에서는 늘 당신 덕에 잔치가 열렸다. 멀리 경상도 김해에서 열렸던 소싸움 대회의 갑종 부문에서 창해가 우승했을 때도 그랬고, 전국에서 난다 긴다 하는 싸움소 120마리가 모인 창녕 소싸움 대회 결승전에서 목치기 한판승으로 이겼을 때도 당신은 마을 사람들과도 이 기쁨을 같이 해야 한다며 기필코 상금 800만원 중에서 200만원씩이나 턱하니 잔칫상 차리는데 내놨다. 만약에 매일같이 그런 잔치만 있었다면 당신이 말하듯 '가슴팍 한구녕에 애리게 박아 놓은 상처'는 좀 누그러졌을까.

당신이 둘째를 낳고, 겨우 산후조리를 마친 그 날밤, 나는 읍내의 허름한 선술집 김 양의 진한 분 냄새에 취해 있었다. 지금 생각해도 나는 정신이 회까닥해버린 상태였다. 당신은 그 어둡고 먼 밤길을 손전등 하나만 달랑 들고서 한 시간을 넘게 걸었다. 산짐승과 풀벌레 소리에 잠식되어 어디쯤인지 분간도 하기 힘든 길 위로 눈을 똑바로 못 뜰 정도로 무시로 바람이 덮쳐 왔다. 당신은 고갯길을 두 개나 오르고 바람도 잦아들고 해서 잠시 쉬느라 바위 위에 앉아 하늘을 올려다보았다. 하늘 가득 별들이 마치 화롯불에서 활활 타오르는 숯덩이를 마당에 확 흩뿌려 놓은 것처럼 요상스럽게 빛을 뿜어대고 있었다. 그리고 어느 순간, 그것들이 가슴팍으로 아리게 파고들더니 불안한 마음의 잉걸불이 되어 버렸다. 불안은 인제 의심 덩이가 되어 가슴팍에다 쉼없이 풀무질을 해대고 맥없이 눈물마저 쏟아져 내리기 시작했다. 당신은 담박질로 읍내까지 가서 기어코 두 눈으로 확인을 하고야 말았다. 부뚜막 아궁이에 집어넣고 장작 때기를 겹으로 쌓아 불을 싸질러도 시원찮을 연놈들이 방구석에서 이불을 뒤집어쓴 채 저승사자 보듯이 당신을 보고 있었다. 하지만, 당신은 눈앞에서 그 광경을 쳐다보고 있으면서 온몸에 있는 기운이 실타래 풀어지듯 스르르 땅바닥으로 꺼져 들어가는 것 같았다. 그리고 한참 주저앉아 있다가 그 문짝이 부서지라 닫아버리고 뒤돌아서 터벅터벅 집까지 걸어갔다. 그날, 당신이 나를 원망하거나 죽일 듯이 달려들었다면 아마 나는 당신을 따라서 그 밤길을 걸어 집으로 돌아오지 않았을지도 모른다. 그 이후, 당신은 부아가 치밀어 오르는 일이 있으면 나를 쏘아보며 '씨는 못 속인당게. 꼭 그런 것만 저그 아부지를 탁했응게로. 서방 복 없는 년이 뭔 놈의 자식 복을 바란디야.'라며 사금파리처럼 예리한 한 마디를 남편인지 아들인지 모르는 상대에게 쏘아붙이고는 했다.

"한탕주의나 부추기는 소싸움이 무슨 놈의 전통이고 민속이라고. 솔직히 불쌍한 동물을 학대하는 거죠. 이제 고만 좀 하세요."

싸움소에게 먹일 쇠죽에다 미꾸라지며 인삼을 갈아서 넣고 있을 때였다. 아들은 외양간 앞에 삐딱하게 선 채 비꼬는 말투로 이제 막 3살이 되는 창해를 팔자고 했다. 몸이 부들부들 떨리며 하마터면 왼손에 들고 있는 솥뚜껑을 놓칠 뻔했다. 서울의 그 좋다는 대학 나와서 착실하게 회사 생활하면서 아파트도 한 채 있겠다, 거기다 많이 배운 마누라 얻어서 떵떵거리면서 잘 살던 아들이었다. 그런데 주식이며 부동산 투자한답시고 눈알이 핑 돌더니 밑 빠진 독에 양수기로 물을 퍼 담아 날라도 차지 않을 만큼 맨날 돈을 꼬라박기 시작했다. 결국, 아파트를 처분한 돈과 회사 퇴직금까지 날리고 이혼까지 당하더니 빈털터리가 된 채 집으로 돌아왔다. 아들은 싸움소가 돈이 된다는 소리를 어디서 들었는지 사업자금으로 쓸 돈을 해달라고 보챘다. 그건 가당치도 않았다. 당신과 나에게 창해는 그저 사고팔 수 있는 짐승이 아니었다. 그러더니 아들은 동업자인 친구 상현이가 보증을 서준 덕분에 농협에서 빚을 내 콤바인과 트랙터 등의 농기계를 사 왔다. 둘은 이 마을 저 마을 돌아다니며 기계로 수확해주는 일을 시작했다. 노인들이 대부분인 농촌에서 그나마 몇 안 되는 젊은 사람들인지라 어느 정도 사업이 성공한 듯 보였다. 늦게나마 정신을 차리고 성실하게 살아주는 그런 아들의 모습에 괜히 마음이 아려오기까지 했다. 아직 한창인 창해를 싸움소에서 은퇴시킨 것도 몸이 늙고 병이 와서라기보다는 아들에 대한 미안한 마음이 앞서서였는지도 모른다.

럼피스킨병! 당신에게는 화성이니 명왕성처럼 도무지 가늠하기도 어렵고, 발음조차 하기 힘든 낯선 이름의 병명을 방역관들은 아무렇지도 않게 내뱉었다. 전염성이 강한 병이라고 했다. 같은 마을의 소는 물론이고 돼지들 전부 살처분 대상이라고 했다. 살처분이라는 말이 아무짝에도 쓸모없는 쓰레기 더미를 처리하는 것처럼 너무도 대수롭지 않게 느껴졌다. 당신은 그저 창해 발굽에 조그마한 물집이 잡히고 고열이 있으면서 며칠간 침만 질질 흘리고 먹지도 않아 걱정스러워했을 뿐이다. 창해는 은퇴한 지 벌써 5년이 되었지만 비실비실한 일반 소와 달리 싸움소 출신이라 그런 병에 쉽사리 걸리지 않을 것이란 자신도 있었다. 하지만, 가축방역관들은 인근 500미터 근방의 모든 소는 살처분 대상이라며 막무가내로 창해에게 마취제를 찔러 넣었다. 마취제를 맞더니 힘이 빠진 채 두 눈을 끔뻑이며 당신을 뻔히 쳐다보는 고것 눈에서 굵은 눈물이 주루룩 흘러내리는 걸 당신은 분명히 보고 말았다, 아직 숨이 완전히 끊어지지 않은 창해를 매몰지까지 싣고 온 굴착기는 아무 일도 아니라는 듯이 구덩이에다 쳐 박아넣고 흙으로 덮어 버렸다. 당신은 자기 몸이 굴착기의 삽으로 난도질당하고 파묻히기라도 하는 것처럼 가슴이 녹아내릴 듯이 아프고, 발길이 허청대며 제자리에 발붙이고 서 있을 수가 없었다.

고혈압 땜시 크게 쓰러지고 난 뒤로는 죽을 날만 기둘리며 몸할라 지대로 움직이지도 못하는 양반이 창해가 있는 외양간으로 기다시피 가더니만 꽥꽥거림서 나옵디다. 내가 야그를 마치기도 전에 이 양반이 울부짖음서 창해가 묻힌 땅을 손가락으로 파내는디 오매, 손톱이 빠지기라도 혔는지 그 양반 손가락 살점들이 찢겨져 피가 홍건해지고 세상 다 망했다는 듯이 눈물을 흘리면서 꺼억꺼억 소리 내어 통곡까정 허더랑게요. 그리고 그날 저녁부텀 시름시름 앓더니만 인자는 저렇게 영영 못 일어나는 신세가 안되야 부렀소. 하이고, 우리 영감 불쌍혀서 어짠단가. 저 양반, 소를 지 자식새끼보다 더 애지중지함서 키웠는디. 좋은 것 많이 멕임서 죽을 때까정 호강시키겄다고 벼르고 있었는디. 말 못 허는 짐승이야 그렇다 치고, 시방 자기할라 이 시상 뜰라고 저래 숨을 꼴딱거리고 있응께 인자는 배겨낼 재간이 없는갑소, 말꼬리를 늘어뜨리며, 당신은 이제 거의 눈물 콧물 범벅인 채로 땅에 털썩 주저앉아 부지깽이처럼 말라비틀어진 손으로 땅바닥을 내리치며 울부짖기까지 한다. 군청에서 나온 조사관이 재빨리 체크리스트를 넘기면서 무엇인가를 찾는다. 그리고 당신과 이장을 번갈아 쳐다보더니 부러 한마디 던진다.

"그건 너무 걱정마세요. 분명 일반소와 싸움소 가치를 달리해서 보상할 테니까요."

"음마! 누가 보상비 바라고 이라요? 거, 좋은 방법으로다 안락사라는 것도 있는디 뭣땀시 애먼 것들을 그리 숭악허게들 생으로 죽이느냐 이 말이제."

금평댁이 당신의 손을 잡아 일으키면서 조사관을 앙칼지게 쏘아보며 한마디 내뱉는다.

"시간과의 싸움이니까요. 지금 저희도 동물방역당국과 협조하에 현장 통제와 소독, 역학 조사를 벌이느라 밤낮없이 많은 사람이 고생하고 있습니다. 최대한 해당 동물들 고통 없이 처리될 수 있도록 최선을 다하고 있으니 너무 염려치 마세요."

"그라요? 그라믄 하다못해 마취제를 쓰든가 아님, 가스를 쓰든가 해야 쓸 것 아니요. 몇 년 전에 전국적으로 구제역 돌 때는 시간 아낀다고 애먼 근육 이완제를 쓴 거 다 아요."

담배만 연신 뿜어대던 낙근 씨가 갑자기 나서면서 3년 전에 전국의 축산업을 위기로 몰았던 구제역 파동으로 이야기를 돌려댄다. 그때는 너무 긴박하고 어려운 상황이라 동물 사체처리반 중에서도 과로사하는 사람이 나올 정도였고, 워낙 많은 수의 살처분이 진행되었기에 근육 이완제만 주사하고 바둥거리는 동물을 곧바로 매몰시키는 경우도 다반사였다. 조사관은 곤란한 표정이 역력한 얼굴로 서류를 신경질적으로 넘겨댄다. 당신은 조사관이 입술 꼬리를 한쪽으로 말아 올리며 인상을 쓰는 모습을 보면서 어쩐지 아들 명호의 그것과 닮아있음을 느낀다.

상현에게 국제결혼을 부추긴 것은 명호였다. 어릴 때부터 소아마비를 앓아서 몸이 불편했던 상현은 나이가 들어서도 연애 한번 제대로 해보지 못했다. 명호는 그런 상현에게 사내로 태어났으면 결혼도 한번은 해보는 게 좋을 거라며, 내켜 않는 그를 꼬드겨 부득불 베트남까지 동행했다. 그렇게 스물다섯 살의 트엉은 낯선 땅에서 신부가 되었다. 트엉은 눈이 솔방울처럼 크고 금방이라도 눈물이 쏟아질 듯 그렁그렁한 눈동자가 사람을 끌어당기는 매력이 있었다. 가느다란 허리와 어딘지 여리게만 보이는 얼굴은 보호본능을 자극하고 서툰 한국말로 인사를 할 때의 목소리는 상냥했다. 얼마간 결혼 생활은 순탄하게 흘렀다. 그러나 소아마비로 한쪽 다리를 절고, 말이 어눌한 것이 늘 상처로 남아있었던 상현이는 툭하면 술에 취해 아내가 자신을 무시한다며 행패를 부려댔다. 낯선 한국에 아직 적응도 되지 않은 채 나이도 어리고 마음마저 여렸던 트엉에게 이제 의지할 사람은 명호밖에 없었다. 그리고 그런 그녀에게 명호가 빠져든 것은 어쩌면 시간문제였다. 명호는 상현이 몰래 농기계를 처분한 돈과 그의 아내인 트엉까지 챙겨서 폭설로 버스마저 끊긴 마을을 도망치듯 떠나갔다. 그날 이후, 매일 술에 취해 동네를 배회하고, 집에 찾아와 명호의 행방을 묻던 상현이는 갈수록 폐인처럼 변해갔다. 겨울이 끝나갈 무렵, 상현이가 베트남 비행기에 올랐다는 소문이 들려왔다. 그리고 이듬해 봄이 되어서야 베트남에서 돌아온 상현이는 형사들에게 둘러싸여 손에 수갑이 채워진 상태였다. 느자구 없는 놈! 하루 점드락 모가지 빠지라 기둘려도 편지 한 장 안 보낸디야. 당신은 우체부가 돌아서는 대문간에서 매일같이 항공우편을 기다렸다. 하지만, 당신이 기다리는 그 편지가 더 이상 오지 않으리라는 사실을 나는 차마 아직껏 말하지 못했다.

꽃상여라? 참말로 벨시럽소잉. 나는 마지막 힘을 짜내어 당신에게 꽃,상,여,라고 말했고, 당신은 웬 뚱딴지같은 소리냐는 듯 뜨악한 표정으로 나를 내려다보았다. 군청 장례식장이나 병원 장례식장에서 치르면 손님 맞이하기도 훨씬 쉽고 오시는 문상객들에게도 편리할 것이다. 그런데 뜬금없이 장마철을 앞두고 꽃상여를 태워 보내달라고 하니, 당신은 분명 영감탱이가 죽을 때까지 참말로 주책없이 군다고 생각했을 것이다. 하지만, 내 마지막 가는 길은 그랬으면 했다. 옛날엔 비록 어렵고 힘들게 살았지만, 동네 사람들이 못줄을 치고 한 줄로 서서 타령 불러가며 모내기를 하고 나락도 함께 베었다. 세상 살기 좋고 편해졌지만, 나는 그때 기억들이 뭉실뭉실하면서 간절해질 때가 있었다. 한 세상 궂은일만 징그럽게 하다가 저세상 가는 마당에 온 동네 사람들이 우리 집 마당에 널찍한 차양치고 넉넉하게 차려진 음식 먹어가면서 시끌벅적하게 웃고 떠들고 하는 것 보면 저세상 가는 게 심심치는 않을 것이다. 간짓대에 걸린 꽃술이 깔끄막부터 온 동네에 휘휘 날리며 저세상 가는 길을 훤히 밝혀 주고, 창해가 맸던 워낭을 요령 삼아 앞소리꾼이 메기고 상두꾼들이 받아주는 상엿소리를 들으며 동네 사람들 모두 다 나와서 잘 가라고 손이라도 한번 흔들어주면 북망산천도 꽃구경 삼아 갈만 할 것이다.

마을 사람들이 바닥에 퍼질러 앉은 당신을 내려다본다. 당신은 바닥에서 천천히 몸을 일으킨다. 금평댁이 다시금 당신의 몸을 부축해 유모차의 손잡이를 잡게 도와준다. 당신은 한 손으로는 유모차의 손잡이를 잡고, 또 다른 손으로는 코를 팽하고 풀어서 바지춤에 쓱쓱 닦는다. 그리고 이제야 사람들에게 전할 말이 생각난 듯 조금은 가볍고 경쾌한 목소리로 말한다. 어짤라요? 내 홍어 무침도 허고 된장 푼 물에 애 넣고 시원허게 홍어국도 끓일 것인디. 거그다 술까정 푸짐허니 준비헐틴게, 여그 계신 양반들 다들 오실 거지라? 나는 인사 싸세싸세 집으로 가봐야 쓰겄소. 오매, 근디 오늘 저녁에는 저놈의 하늘이 기언시 비를 뿌릴랑가 참말로 날씨 한번 미친년 널뛰드끼 요상시럽구만 잉. 당신 것일 수도 있고, 내 것일 수도 있는 목소리에는 끊어질랑 말랑 엿가락처럼 늘어났다 줄었다 박자가 있다. 당신의 유모차는 그 박자에 맞춰 느릿느릿 논두렁 길을 지난다. 그러다가, 당신에게 손짓하며 더 너른 바다를 향해 나아가는 나를 쫓는 듯이, 박자는 점차로 달음박질을 치기 시작한다.

소설을 긁적이기 시작하면서 이런 날이 오기까지 30년이 흘렀다.

……

몇 번의 최종심 심사평이 그나마 위안이 되었던지 얼마간 도전은 계속되었다.

하지만, 40대가 되면서 나는 허물어지기 시작했다.

영화에 빠져들었고, 소설은 그저 이미지로만 내 머릿속을 떠돌았다.

영화 속 수많은 삶과 허구들이 소설로 들어서는 경계를 막아섰다.

50대에 접어들자 프레임 속 이미지에 갇혀있던 눈에서 시리게 눈물이 흘렀다.

나를 가두고 있던 프레임의 틀을 벗어나자 생각은 차곡차곡 정리되고,

그 거름을 자양분 삼아서 이야기들은 조금씩 스스로 살아나기 시작했다.

'글쓰기란 어쩌면 자문자답하는 것이지만, 그 과정에서 독자의 동감을 설득하는 과정을 동반해야 한다는 점을 염두에 두어야 한다.'

작년, 전북일보 최종심에 올랐던 나의 작품에 대해 김병용, 송하춘 선생님은 큰 울림을 던졌다. 꽁꽁 싸매고 살아온 내 삶과 글을 과감히 탈피해서 다양한 타인들의 생각으로 고치고 또 고쳤다.

인생의 변곡점에 들어선 나이에 아직 늦지 않았음을 깨닫게 해주신 심사위원분들께 감사드리고 싶다. 느지막이 맞이한 새로운 도전 앞에서 그저 설레고 벅차다.

심사평 | 이광재 · 백가흠

2025년 전북일보 신춘문예 단편소설 부문 당선작은 「넋두리」이다.

작품은 현재의 농촌을 배경으로 소를 키우고 소를 잃는 농부의 이야기이다. 그런 이유로 낡은 느낌을 주는 것 빼곤 단점이 가장 적고 장점이 넘치는 소설이었다.

위에서 언급한 단점도 소설 안에 들어가면 기우에 불가하다는 것을 알 수 있다. 이 작품은 전혀 낡지 않은 현재를 그리고 있다.

작품은 소설이 가져야 할 여러 미덕을 잘 갖추고 있다. 뚜렷하며 시대적 반영이 이루어진 주제의식, 서사적 긴장감, 안정적인 문장 등 여러 작품 중 단연 돋보인 작품이었다. 지역어의 복원을 통한 유려한 문장은 이 시대의 소설이 필요로 하는 좋은 예이다.

두 심사위원은 지금 꼭 필요한 소설이라는데 의견의 일치를 보았다. 이렇게 진득한 소설은 참으로 오랜만이다.

「넋두리」를 당선작으로 뽑게 되어 기쁘다. 당선자에게 축하를 건네며 좋은 작가로 남길 바란다.

조선일보 **차영은**

1984년생
2025 조선일보 신춘문예 당선

조선일보

경고문 쓰는 여자

차영은

독서할 때 물이나 커피가 필요하다는 건 이해하지만, 공공 자산을 망가뜨리는 시민에게는 보상을 요구해야 한다. 혈세로 복원하는 낭비를 막기 위해서라도 현장 적발이 최선이다.

사람들은 책에 물과 커피와 스무디까지 쏟아놓고 살며시 도망간다. 뒤늦게 연락하면 민원으로 역공을 받는다. 생사람 잡는다고. CCTV를 돌려보고 신원을 파악하는 건 인권 침해라고. 정신적 충격으로 정신과 치료 중이라며 치료비를 요구하기도 했다.

나는 사서지 경찰이 아니다.

새로 쓴 경고문이다.

경고문

2024년 3월 2일. 전시된 레코드판에 물을 쏟은 43세 A씨는 150만 원을 물어주었습니다.(희귀본 레코드판 3개, LP 플레이어 수리비, 진열장 원목 판 교체 등)

2024년 3월 14일. 책누리마루에 앉아 책을 읽던 23세 B씨는 커피를 쏟아 옆자리 이용자에게 1도 화상을 입혔고, 옷을 더럽혀서 20만 원을 물어주었습니다.

테이크아웃 잔 금지
뚜껑 없는 텀블러도 금지

게시일 2024년 3월 20일~
책누리마루도서관장(직인생략)

A씨와 B씨의 일은 당연히 실화다. 경고문을 붙인 뒤로 현재까지 유사 사례는 없었다. 효과가 있었던 것 같다.

경고문을 읽게 하라.

나는 도서관 대출대에 앉아 가시권에 있는 사람들을 관찰한다. 오백 밀리 생수 페트병을 들고 오는 사람들은 비교적 안전하다. 그들은 생수를 책상 위에 올려둘 때 뚜껑을 닫는 편이다.

텀블러가 요주의 대상이다. 텀블러 위는 캔 음료 뚜껑처럼 입을 댈 수 있는 작은 구멍이 있고 뚜껑이 있다. 뚜껑을 여는 건 괜찮지만 뚜껑을 돌려서 컵처럼 마시는 건 안 된다. 습관적으로 뚜껑을 돌려서 컵처럼 마시다가 내용물을 흘리는 사람들이 있다.

여자가 텀블러 뚜껑을 딸깍 연다. 고개를 꺾는다. 마신다. 뚜껑을 다시 딸깍, 닫아야지? 마음속으로 그녀에게 외치는 와중에 여자가 뚜껑을 돌린다. 내가 뛰쳐나간다. 경고문이 붙은 기둥을 가리켰다.

왜 웃으세요?

여자가 물었다.

제가요?

네, 너무 반가워하셔서.

경고문 한 번 읽어보세요.

나는 웃음기를 거두고 대출대로 돌아왔다.

여자는 눈치가 빨랐다.

나는 금지할 때 가장 자유롭다.

내 자유는 타인의 자유와 매번 부딪혀 실금이 생겨나고 있다.

지혈이 필요하다.

경고문을 열여섯 장 인쇄해서 4층짜리 도서관 각 층에 네 장씩 붙였다. 여전히 허전했다. 한 장을 더 인쇄해 가위로 반을 잘랐다.

3층의 음향감상실로 갔다. 43세 A씨가 물을 쏟은 자리에 A씨의 사례를 붙였다. 경고문에 '이곳에서'라는 문구를 빨간 글씨로 써넣었다.

다음은 1층에서 2층까지 이어지는 책누리마루다. 계단을 개조한 독서 공간이다. 무해해보이는 이름과 달리 한 달에 두세 건씩 음료 사고가 났던, 사고 다발 지역이다. 23세 B씨가 커피를 쏟은 자리에도 나머지 반쪽 경고문을 붙였다. '이 자리에서'라는 문구를 써넣었다. 이제 조금 안심이 된다.

경고문은 나의 반창고다.

도서관은 지어진 지 이제 일 년이 되었다. 도서관은 천 세대 규모의 신축 아파트단지 입구에 있다. 도서관은 책처럼 길쭉한 직사각형으로, 맨 위층의 오른쪽 모서리는 책 페이지를 접은 듯 꼭짓점이 사선으로 잘려 나간 형태의 4층 건물이다.

도서관에 들어서면 교보문고 입구처럼 계단을 독서 공간으로 만든 책누리마루가 먼저 보인다. 1층에는 어린이도서방과 영어누리방, 수유실이 있다. 2층에는 청소년도서를 볼 수 있는 꿈누리터, 노트북 책상 30석, 인문사회과학도서와 대출대, 3층에는 정기간행물 열람실과 음향감상실, 문학도서, 그리고 책장 사이 빈 공간마다 일인용 소파가 놓여 있다. 4층은 강의실인 배움누리터, 사무실, 옥상 공원인 하늘바람누리정원이 있다. 밖에서 보면 삼각형으로 접힌 책 모서리처럼 보이는 그곳이다. 답답할 때 바람 쐬라고 만들어놓은 곳인데 거기 애들이 모여 있다는 신고가 가끔 들어왔다.

공용 공간이니 타인에게 피해가 갈 행동은 삼가 주세요.

이 정도의 문구로만 조치했다. 이용객의 불편 신고가 있던 것도 아니고 '모여 있지 마세요'라고 쓸 순 없었다. 최근에는 한 중학생이 거기서 폭죽을 터트렸다. 왜 터트렸냐고 물으니 학생은 답했다. 답답해서요. 학생은 혼자였다. 불꽃을 혼자 터트리는 게 재미있을지는 의문이었다. 불꽃마저도 추진력 없이 픽, 힘없이 사그라들어서 소리가 크지 않았다. 나는 불꽃이 전깃줄에라도 닿았으면 큰일 날 뻔했으니, 다시는 터트리지 말라고 했다. 학생들에게 '여기 불꽃놀이 가능'이라는 광고를 하는 게 될까 봐 경고문 부착은 보류했다.

도서관은 가운데가 뚫려 있고, 계단이 지그재그로 관통한다. 내가 일하는 곳은 2층 대출대로, 도서 대출 등 각종 업무가 들어오는 허브 역할을 한다. 학습이 아닌 독서 친화 도서관이라, 휴대전화나 노트북의 스피커 사용은 금지하지만 마우스 클릭 소리나 책장 넘기는 소리, 소곤거리는 소리는 허용한다. 그렇지만 금지할 소음은 기어코 생겨났다.

경고문

2024년 5월 ×일 오후. 1층 책누리마루와 어린이도서방 사이의 대출자가반납기 옆 공간에서, S중학교에 다니는 자녀가 학원 등원 전 닭가슴살 샐러드와 귀리 주먹밥을 먹었는지, 주말 미적분심화반 입반 테스트 준비는 잘하고 있는지 전화상으로 오 분간 물었던 이용객이 있었습니다. 통화 내용은 3층 독서 공간에서도 또렷하게 들리는 것으로 확인됐습니다.

도서관 가운데가 뚫린 구조라 말소리가 크게 울리오니, 일상적 대화나 전화는 도서관 바깥에서 해주시길 당부드립니다.

게시일 2024년 5월 16일~
책누리마루도서관장(직인생략)

도서관장이 취임 한 달 만에 처음으로 대출대로 찾아왔다.
도서관이 서낭당 같네. 뭐가 주렁주렁.
안녕하십니까.
경고문을 자네가 썼다고? 자잘한 건 좀 떼어버려.
이용객들이 경고문을 숙지하게 하려면, 이 정도는 붙여야 합니다. 아니면

도서관 인력을 늘려주셔도 되고요.

효과 있나?

그럼요. 음료 사고 경고문은 특히 반응이 좋아요. 반응이 좋다는 건, 사고가 없었다는 얘깁니다. 경고문 날짜가 옛날일수록 효과가 좋다는 뜻이죠. 경고문은 개정판을 안 내야 좋은 거니까요.

말은 잘하네. 한 층에 세 장은 넘지 않도록 하게.

관장이 경고문을 세어보지 않을 것을 알기에 그대로 놔두었다.

정기간행물 열람실은 성인들이 주로 드나들었다. 가장 큰 문제는 신문 도난이었다. 신문이 없으면 바로 민원이 들어오니까. 그런데 거기서 캔맥주를 보게 될 줄은 몰랐다. 나는 왠지 모를 굴욕감을 느끼며 잡지를 보고 있는 중년 남성 이용객에게 가서 말했다.

약주를 드시면 어떡합니까?

이거 무알콜이에요.

'제로 0.0%' 문구가 보였다.

사람들 보기에 좀 그렇잖아요.

창밖에 보이는 밤거리가 좋아서 기분 좀 내려고.

무알콜 음료도 안 돼요, 생수나 뚜껑 있는 텀블러만 가능합니다.

나도 경고문 봤어요. 음료 안 된다는 말은 없던데?

선생님, 음료 종류가 많은데 그걸 어떻게 다 씁니까.

경고의 첫 번째 목적은 재발 방지요, 두 번째는 면피다. 어쩌면 순서를 바꿔도 무방하나, 두 목적은 반드시 달성해야 한다. 그런데 이용객도 경고문을 면피의 근거로 이용할 줄은 몰랐다. 나는 음료 사고 경고문의 개정판을 내야 할지 고민에 빠졌다.

LP판이 그렇게 비싼가?

요즘 들어 관장이 대출대로 자주 왔다. 경고문을 떼지 않은 것은 역시나 모르는 눈치였다. 관장이 취임 한 달을 훌쩍 지나서야 음료 사고 경고문을 읽은 모양이었다.

자네 경고문 보고 내가 죄지은 것마냥 뜨끔하더라. 현상수배 전단인 줄 알았네.

나는 칭찬인지 비판인지 알 수 없어 경청하고 있다는 태도를 유지하려고 고개를 끄덕끄덕했다.

우리 도서관에 경고문이 선술집 차림표처럼 많이 붙어 있는데 정작 없는 곳이 하나 있네.

문제가 없는 곳 아닐까요?

영어방.

영어누리방은 관심 밖이었다. 일 층 안쪽에 있어 가시권에서 벗어난 데다, 아이들은 주로 보호자와 함께 영어 동화책을 읽으러 오니까 신경을 덜 썼다.

영어누리방에 가 보았다. 아이들은 대부분 엎드려서 책을 읽었다. 페이지 당 두세 문장에 불과하지만 모두 영어다. 나보다 집중력이 좋았다. 양갈래로 머리를 묶은 아이는 턱을 치켜든 채 아버지의 무릎 위에 앉아서 낭독했다. 발음이 좋았다.

아이들은 페트병에 담긴 물감색 음료나, 빨대컵에 든 물을 마셨다. 어른이 문제였다. 어른 열에 셋은 텀블러 뚜껑을 열어 두었다.

영어누리방을 나오니 그나마 숨통이 트였다. 영어방 앞 벤치에 앉은 어른들도 어쩐 일인지 숨을 몰아 내쉬었다. 흡연실에 온 줄 알았다. 공기청정기가 옆에 있었다면 한숨 속 이산화탄소 농도 탓에 빨간불이 들어오고 팬이 쌩쌩 돌아갔을 것이다. 나는 대출대로 돌아가서 문구를 작성했다.

No Lid, No Read.

뚜껑 없이는 읽지도 마라.

관장이 다시 왔다.

영어방이 살벌한 걸 모르네? 뚜껑이 문제가 아니라고.

관장은 며칠 전 영어누리방에서 폭력 사건이 발생했다고 했다.

학부모들 끼리요?

애들끼리. 우리 도서관 영폭 1호 사건인데. 경찰서 갈 수도 없고.

애들 치고받는 걸 저희가 어떻게. 어린이집도 아니고요.

형님이 대학생 때 데모하다가 수배자가 됐어. 우리 집안이 좀 리버럴하거든. 집에 가는 길 전봇대에서 형님 얼굴이 붙은 수배 전단을 보고 가슴이 어찌나 떨리던지. 전단지 떼서 주머니에 넣고 달리는데 눈물이 나더라고. 형님이 불쌍해서가 아니라, 우리 가족이 도망자가 된 기분이 들어서. 나도 괜히 모자에 마스크 쓰고 숨어 다녔다고. 서고에 처박아두고 잊었던 기억을 자네 경고문이 끄집어냈네. 저번처럼 서늘하게, 다시 한번 써 보겠나?

경고문

2024년 6월 1일. 영어누리방 의자 세 칸을 차지하고 엎드려 책을 읽던 6세 A군은 나머지 의자 한 칸에 앉은 7세 B양의 어깨를 밀쳐 B양이 의자에서 넘어졌습니다. B양은 A군의 머리를 주먹으로 때려 A군은 두통을 호소했습니다. 두 이용자는 전치 2주의 부상을 입고 통원 치료 중입니다.

영어누리방 이용자들의 안전을 위해 보호자들의 각별한 주의를 당부드립니다. 어른은 아이의 거울입니다.

게시일 2024년 6월 5일~
책누리마루도서관장(직인생략)

그때 웃으셨던 분 맞죠?

영어방에 새 경고문을 붙이고 나서 어떤 여자가 대출대로 찾아왔다. 여자의 말을 선뜻 이해할 수 없었다.

경고 좋아하시는 분 맞는 것 같은데.

여자가 텀블러 뚜껑을 여는 시늉을 하더니 경고문이 붙어 있는 기둥을 가리켰다. 여자는 영어방 경고문을 쓴 사람을 찾아왔다고 했다. 영어방이 어떻게 돌아가는지 모르는 사람이 쓴 글이라며.

영어누리방, 와 보긴 하셨어요?

그럼요. 사건 이후로 매일 갑니다.

우리 이준이는 비영유예요.

서가에 비영유라는 색인이 있었나, 잠시 고민했다.

여자의 아들은 집에서 영어교육 앱으로 영어 공부를 한다고 했다. 영어방 이용자들을 생태계 피라미드로 표현하면, 꼭대기 포식자 자리에는 영미권에 살다 온 아이들, 그 아래는 영어유치원 출신, 바닥에서 플랑크톤 역할을 하는 건 비영유 출신이라고 했다.

이준이는 소곤소곤 읽는데, 옆에 누나가 엄청 크게 읽어서 집중이 안 됐대요. 그 누나는 발음이 좋아서, 그게 듣기 싫었다고.

양갈래 어린이의 발음이 떠올랐다. B양은 일곱 살이고 양갈래 어린이는 서너 살 정도로 이준이보다도 어렸던 것 같았다.

경고문으로 겁주시는 거 별거 아니잖아요. 책누리마루에서 화상 입은 사람이 우리 애 아빠예요. 가해자가 들어놓은 자동차보험에 일상배상책임 특약이 있었대요. 가해자가 뭐라고 했는 줄 아세요? '이런 것도 보험 처리가 되네요, 하하.' 사과 한마디도 없이.

23세 B씨가 사과하지 않았다는 말에 무력감을 느꼈다. 경고문 원작자인 나도 책임에서 완전히 자유로울 순 없을 것이다.

경고문 마지막 문장만 좀 지워주세요.

뭐였죠? 직인 생략?

여자는 마지막 문장을 말하지 않았다. 여자가 말하는 동안 경고문 파일에서 마지막 문장을 찾았다.

'어른은 아이의 거울입니다.' 뭐가 잘못됐나요?

우리 애가 그 아이를 밀친 건 영어 때문이었어요. 영어에 돈 쏟아붓는 사람들 잘못이지, 제 잘못은 아니잖아요?

나는 마지막 문장 위에 이면지를 오려서 반창고처럼 붙였다. 그러고는 대출대로 가서 경고문 파일에서 마지막 문장을 지우고 새로 인쇄해왔다. 기존의 경고문을 떼고, 수정판을 새로 붙였다. 새 경고문이 더 간명했다. 승승하긴 했지만.

관장은 영어방 경고문이 밋밋하다고 말했다. 미취학 아동들 사이의 일을 범죄 보고서처럼 쓸 순 없었다. 처벌 조항이 있는 것도 아니고. 이준이와 B양의 부모는 상대방 치료비를 어린이보험으로 처리했다고 들었다. 그걸로 끝이었다.

최대한 드라이하게 썼는데요. 내가 말했다.

싸움이 안 나도록 써야지. 왜 싸웠는지가 경고문에 없어.

관장님, 애들 싸움 막으려면 영어방 문 닫는 수밖에 없어요.

애들이 영어로 싸우나?

그건 저도 모르죠.

영어 때문에 싸우나?

그런 면은 있죠.

영어방이 우리 메인도 아닌데……. 관장은 말을 마치지 못한 채 생각에 잠겼다. 관장의 표정이 하드커버 책 표지처럼 딱딱해졌다.

자네 말이야. 경고문에 '직인 생략'이라 쓰기 전에 나한테 미리 보여준 적이 없더라.

당연했다. 경고문 한두 장까지 관장의 결재를 받다 보면 경고문 부착 시점도 늦어지고 문구도 모호해져서 효과가 반감될 게 뻔했다. 무엇보다 전에 있던 관장이나 현 관장이나 경고문은 제대로 읽지 않았고 관심도 없는 걸로 알고 있었다.

관행인 줄 알고, 죄송합니다.

권한 남용이지만 내가 묵인했으니 괜찮네. 난 좀 리버럴해서.

나보고 어쩌라는 말인가, 잠시 생각에 잠겨 있는데

혁신 도서관 사례 공모한다는데, 출품 준비 좀 해보게.

입사 일 년도 되지 않은 내게 맡기는 건 이례적이었다.

아이디어 있나?

관장이 재차 물었다.

한 사람이 평생 쌓은 지식과 경험은 책과 같다고 하잖아요.

사람 불러서 강연 듣는 그거 뭐더라, 사람책? 한물간 걸 한다고?

제 컨셉은 상황책입니다. 우리 도서관이 통째로 책이 되는 거죠. 도서관을 자주 드나들기만 해도 생활의 지혜를 얻는 거예요.

먼저 도서관 경고문의 종류를 늘리기로 했다.

신문을 가져가시면 다른 이용자들이 불편을 겪습니다. 절대 가져가지 마세요.
CCTV 감시중

신문 열람대 옆 경고문이다. 그 옆에는 안내문을 하나 더 붙였다. '이 경고문과 어울리는 책을 추천해주세요. 선정되신 분께는 커피 쿠폰을 드립니다.'

추천 목록에는『임꺽정』,『레미제라블』,『1984』가 많았다.

음료 사고 경고문에는『넘치지도 모자라지도 않게』,『바다의 뚜껑』,『물이 몰려온다』가 추천되었다.

영어방 경고문 추천 도서 가운데 높은 호응을 얻은 책은

『영어공부 절대로 하지 마라』

한 글자씩 꾹꾹 눌러쓴 고풍스러운 펜글씨체였다. '뿌이뿌이뿌이' '찢었다' '맞말' 등 호응이 가장 많이 쓰여 있었다. 출판 이십여 년이 지난 그 책은 서고에 없었다. 절판된 지도 오래였다.

이용자 추천 도서들의 절반 이상은 서울대 권장 도서, 고교생이 읽어야 할 도서, 사서 추천 도서와 겹쳤다. 영절하,를 제외하고.

㊗경 혁신 아이디어 도서관 우수상 수상 축
책누리마루도서관장

도서관 정문에 걸린 현수막이다.

하고 싶은 대로 다 하고, 하는 족족 다 잘된 건 처음이었다.

수상 소감문 하나 써오게.

관장의 메시지였다.

이제는 경고문이 아닌 글을 쓰는 게 어색할 지경이었다. 나는 최대한 담담하게 글을 써서 보냈다. 관장에게 영광을 돌리는 것을 잊지 않았으며, 마지막 문단을 이렇게 끝맺었다.

역사란 과거와 현재의 끊임없는 대화라고 역사학자 E. H. 카는 명저 『역사란 무엇인가』에서 말했습니다.

그렇다면, 현재와 미래의 대화는 어디서 이뤄질까요?

책누리마루도서관의 경고문이 대화의 장입니다.

여러분을 환영합니다.

구청 소식지에는 내가 쓴 소감문이 게재되어 있었다. 문장에서 주어는 관장 자신으로, 수상의 영광을 돌리는 대상이 직원들로 바뀌었을 뿐이었다. 나는 관장을 도운 '직원들'에 포함되었을 것이다. 그게 끝이었다. 관장은 언제 서재를 배경으로 프로필 사진까지 찍은 모양이었다. 내가 쓰지 않은 부분은 딱 한 군데였다.

책누리마루도서관장 (직인생략)

그 문구를 보고는 인정할 수밖에 없었다.

화룡점정. 소감문의 미학을 관장이 완성했다. 마지막 문구로 인해 글은 완전해졌다.

조지 오웰은 에세이 『나는 왜 쓰는가』에서 글 쓰는 동기로 네 가지를 꼽았다. 순전한 이기심, 미학적 열정, 정치적 목적, 역사적 충동. 관장은 소감문을 최소한으로 교정함으로써, 최소 두 가지는 증명했다. 순전한 이기심과 미학적 열정.

나는 관장실로 찾아갔다.

소감문이 그렇게 나갈 줄은 몰랐어요. 내가 말했다.

순진한 거야, 순진한 척하는 거야?

관장은 내가 철모르고 날뛴다는 말을 하고 싶은 것 같았다.

도서관 수상소감이 신입 사원 이름으로 나간 거 본 적 있나?

제가 썼잖아요.

자네는 자네가 가진 것보다, 자네를 더 크게 생각하는구만. 젊은 친구가 왜 그리 때가 탔어?

관장이 나를 향해 손소독제 스프레이를 두 번 뿌렸다. 공기 중에 퍼진 알코올이 콧속으로 들어오자 나는 손바람을 일으켰다.

우수상도 제가 쓴 보고서로 탄 거고요.

뭔가 이상하지 않았나?

저도 제가 이렇게 잘 쓸 줄은 몰랐어요.

왜 하고 싶은 대로 하게 놔두나, 의문스럽지 않았냐고.

제 실력을 믿고 맡겼다고 생각했죠.

자네는 아무 권한이 없어.

제가 잘하니까, 묵인하신 거 아닌가요?

묵인도 내 권한이야.

관장은 그 말을 하고는 껄껄 웃었다.

경고문에 있어선 필경사가 아니라 작가에 가깝지 않았습니까?

내가 나대는 사람은 귀신같이 알아봐. 그런 사람이 리버럴리스트를 욕 먹이거든. 고생했네.

관장이 나가보라는 듯 턱짓했다.

나는 관장의 웃음소리를 뒤로 하고 2층의 책 소독기 쪽으로 갔다. 나도 때가 탔으니 소독해야 할까. 2층에 사람이 없을 때 나는 종종 책을 소독한다. 책이 자외선을 쬐며 책장을 파르르 떠는 걸 멍하니 바라보면 머리가 비워진다.

엄마와 아들로 보이는 두 사람이 책 소독기 앞에 나란히 서서 책장들이 바람에 파닥파닥 떨리며 소독되는 모습을 보고 있었다.

나비가 날갯짓하는 것처럼 보이지?

아이 엄마가 아이에게 물었다.

나비는 무슨 얼어 죽을, 속으로 생각했다.

아이는 엄마의 얼굴을 살피더니 고개를 갸웃거렸다. 엄마가 아니라 낯선 여자를 바라보는 듯한 느낌이었다.

나비까지는 아니고…… 나방!
나는 웃었다. 아이가 나를 돌아보았다. 아이 엄마도 돌아보았다. 이준이 엄마였다.
네가 이준이구나.
내가 말했다.
이준이 엄마가 내게 목례했다.
누구셔?
이준 군이 그녀에게 물었다.
여기서 근무하시는 책 선생님이야. 인사드려.
그제야 이준 군은 뭔가 의심이 풀린 듯 꾸벅 인사했다.
이준 군이 참 똑똑한 것 같아요. 어른은 아이의 거울 맞는 것 같은데요? 내가 말했다.
그녀는 이준 군이 그랬듯 고개를 갸웃하더니 이내 미소를 지었고, 네에,하는 말을 남기고는 자리를 떴다.
책 소독기에 반납된 책 몇 권을 넣고 소독했다. 소요 시간은 일 분. 세탁기나 전자레인지처럼 내용물을 꺼내 가라고 요란한 알림음을 내는 대신, 책 소독기는 조용히 작동을 멈췄다. 나는 일 분 소독을 세 번 반복했다. 책을 꺼내서 책 수레 위에 다시 얹었다. 어쩌면 나도 관장에게는 책 한 권에 불과했을지도 몰랐다. 필요하면 대출하고, 다시 반납하는. 그러다가 언젠가는 아무도 찾지 않는 책이 되어 서고에 처박히고, 결국 폐기될 것인가.
그런데 그 책이 대출되고 싶지 않다면?
"이 사람에게는 빌려지지 않겠습니다."
책에게는 그럴 권한이 없나?

선생님, 경고문 좀 고쳐주세요.
이준맘이었다. 나는 이준맘을 점점 두려워하고 있었다. 그녀로 인해 나는 최초로 경고문을 정정했기 때문이었다. 물론 나는 꽤 열린 사람으로서 기꺼이 정정을 받아들였지만. 무슨 일이냐고 그녀에게 물었다. 이준이가 위협을 받았다고 했다.

우리 애가 요새 폼이 올라왔거든요. 영어책 한 권을 소리 내서 읽고 있으니까 누나 형들이 막 밀어내고 책을 빼앗고.

많이 다쳤나요?

조금요. 지난번에 지웠던 '어른은 아이의 거울입니다' 그걸 다시 살려주세요. 아무리 애들이지만 동생을 끌어주지 못하고 질투나 하고, 부모들이 못 가르친 탓이에요.

이준맘의 입장이 바뀌어서 의아했지만 어찌 됐건 경고문 원상복구야 어렵지 않은 데다, 원작자의 권위까지 세워주는 제안이니 거부할 이유는 없었다.

경고문을 바꾸고 나서 며칠 뒤 관장실로 불려 갔다.

내가 잘못 생각했네. 이 도서관의 메인은 영어방인 것 같아.

영어방 이용자 증가율이 도서관에서 가장 높다고 했다.

자네는 여기서 뭘 하려고 하나?

사서로 일하러 왔죠.

거짓말. 어쨌든 청원 경찰이나 유치원 선생 하려고 온 건 아니겠지. 지금은 날 따라오는 게 좋아.

나름대로 따라가고 있습니다만.

대학 선배 중에 같이 데모했던 형이 국회도서관장이야. 책도 안 읽는 양반인데. 그 형이 출마하면, 내가 거기로 갈지도 몰라.

정치하시려고요?

국회도서관장이 무슨 힘이 있나. 정치는 아무나 하나.

국회도서관장은 원내 제2당의 추천으로 임명된다. 도서관 경고문은 이용객들이 도서관 생활 양식을 개선하도록 돕고, 그들의 목소리도 반영한다. 그것이 도서관의 정치라면 어느 정도 성공이었다. 그런데 관장의 정치적 목적이 도서관 밖을 향할 줄은 몰랐다.

관장의 얘기를 곱씹을수록 입맛이 떨어졌고 술이 당겼다.

관장의 자신감은 어디서 나온 걸까. 어렴풋이 알 것 같기도 했다. 관장은 글을 거의 쓰지 않고도 조지 오웰이 말한 글 쓰는 동기 네 가지 가운데 순전한 이기심, 미학적 열정에 이어 역사적 충동은 거의 이뤘다고 볼 수 있었다. 도서관의 일상사를 고스란히 담아낸 경고문들이 현재를 살아가는 도서관 이용객에게는 살아있는 역사요, 미래의 이용객들에게도 역사적 사료가 될 테니까.

이제는 관장에게 정치적 목적이 남았다.

퇴근 후 도서관 근처 아파트단지 상가로 갔다. 치킨집에 혼자 가서 뼈 없는 후라이드 치킨 한 마리와 생맥주 한 잔을 시켰다.

밤거리가 좋죠?

옆 테이블에 홀로 앉은 남자가 맥주잔을 들이키며 말했다. 간행물실에서 무알코올 맥주를 마시던 남자였다. 남자의 테이블 위에는 소주 두 병이 놓여 있었다. 빨간 뚜껑과 녹색 뚜껑.

휘발유, 경유 뭘 넣어드릴까?

남자가 물었다.

괜찮습니다.

싱거울 텐데.

정말 괜찮습니다.

하긴, 기름이 뭐가 중요해. 결국 전기차 시대가 왔잖아요? 그럼 짠이라도 합시다.

내 생맥주 500cc 잔과 남자의 소맥 잔이 살짝 닿았다.

접속!

남자의 외침에 나는 소스라치게 놀랐다.

우리는 새 시대로 들어섰다 이거지. 일론 머스크가 사람 두뇌에 칩을 심은 세상이야. 자식 같아서 한마디 하자면, 도서관은 젊은이가 갇혀 있을 곳이 아네요. AI 시대에 책은 곧 멸종한다고.

선생님은 왜 도서관에 오세요?

책 말고 가끔 신문 보러. 신문을 왜 돈 주고 봐요? 신문 있는 방이 뷰가 좋거든. 아무튼 내가 말했어. AI 쪽으로 나가보라고.

남자가 가방에서 텀블러를 꺼내고는 뚜껑을 열어 보였다.
이 안에 뭐 있게?
텀블러 안에서 소맥 냄새가 훅 끼쳤다.
선생님, 저도 주유 좀 부탁드립니다. 휘발유 가득.

본인은 책누리마루도서관의 사서로서 독서율 제고와 도서 문화 진흥에 미력하게나마 힘썼다고 자부했습니다. 그러나 제 노력이 도서관 이용객이 아닌 관장의 영달을 위해 새어나가고 있음을 뒤늦게 깨달았습니다.
정치는 꿈도 꾸지 마십시오.
도서관을 정치의 발판으로 삼지도 마십시오.
관장은 제가 올리는 모든 글을 결재했습니다. 겉표지는 일반 서류로, 내용은 관장의 탄핵소추안으로 문서를 만들어 결재를 올리려다가 참았습니다.
제발 정신 차리십시오.
제 말이 틀렸다면 벽돌책으로 제 머리를 깨십시오.

내가 관장에게 보낸 메시지를 아침에야 발견했다. 관장은 답장하지 않았다. 내 메시지는 대체로 맞는 말이었지만 너무 비장했다.
출근해보니 도서관에 있는 모든 경고문이 제거되어 있었다. 내출대로 갔다. 경고문을 누가 떼어냈는지 본 사람은 없었다. 한 동료는 떼어낸 경고문을 찾아보겠다고 말했다. 때마침 관장이 왔다.
깔끔하고 좋지?
리버럴과 무질서는 다를 텐데요?
이게 내 질서야. 따라오게.
나는 관장이 내 머리를 깨부수면 기꺼이 맞을 각오를 했다. 녹음기를 켰다. 관장실로 들어갔다. 관장이 처음으로 내게 비타민 음료 한 병을 내밀었다.
자네 경고문 읽고 초심에 대해 생각해보게 됐네.
내 문자메시지 이야기였다. 나는 일단 모르는 척했다.
경고문은 왜 떼셨나요?

없어도 잘 돌아가니까.

우수상 현수막은 안 떼셨던데.

지방선거부터 시작하려 하네. 구청장부터.

예? 언제부터 그런 생각을…….

자네 문자 받고 나서. 관심 있나?

나는 대답하지 않았다. 침묵이 이어졌다. 관장은 손가락을 튕겨서 딱, 소리를 냈다.

대출대로 돌아가서 경고문을 다시 인쇄했다. 혼자서 경고문을 다 붙였나. 오후에는 다 떼어져 있었다. 며칠 동안 그것을 반복했다. 관장은 경고문 하나하나 다 결재를 올리라고 했다.

자네가 쓴 경고문 읽어보고 괜찮으면 직인을 찍어 주겠네.

관장은 함박웃음을 지으며 덧붙였다.

진작 이렇게 할 걸.

나는 관장의 붓으로 기능하는 것을 머지않아 멈추려 했다. 그런데 관장은 그 붓을 이미 꺾은 지 오래였다. 나만 뒤늦게 알아챘다.

나는 퇴사했다.

도서관을 나와 횡단보도를 건너려는데 끼이익, 팍, 불꽃이 터지는 소리가 들려왔다. 도서관 옥상 쪽을 돌아보았다. 불꽃이 수직으로 솟아오르더니 커다란 파열음과 함께 사방으로 퍼져나가다 공중에서 천천히 사그라들었다. 하늘바람누리정원에 누군가 서 있었다. S중학교 학생처럼 보였다. 이번엔 네가 해냈구나. 축하한다. 행인들이 도서관 옥상 쪽을 바라보았다. 학생이 폭죽 두 발을 터트렸다. 불꽃이 사라질 때까지 까만 하늘을 한참 동안 바라보았다.

한 번은 봐줘도 두 번은 안 된다.

몇 분만 늦게 퇴사했다면 새 경고문을 남길 수 있었을 텐데.

집 근처 도서관에 갔다. 입구에는 '지식 정보화 시대에 발맞춰 지역 주민들의 삶의 질 향상과 자아실현의 장이 되겠습니다'라는 포부가 걸려 있었다. 1층 어린이실, 2층 간행물실과 컴퓨터실, 3층 학습실, 4층은 문헌정보실이다. 4층으로 갔다.

책을 훼손하지 마세요. 우리 모두의 자산입니다.

경고 대상이 전 인류인가. 너무 광범위했다. 게다가 인간의 양심—개인마다 기준이 다르며, 아예 없는 사람도 있다—에 호소했다. 이런 경고문은 직무유기이자 배임 아닌가.

문헌정보실 입구에는 테이크아웃 음료 반입을 금지한다는 문구와 함께 음료 거치대가 있었다. 얼음이 녹은 아이스 아메리카노, 크림 덩어리가 떠 있는 프라푸치노가 방치되어 있어서 컵 분리수거 장소처럼 보였을 뿐이었다.

나는 신간 코너에서 얇은 에세이 한 권을 꺼내 들고 책상으로 갔다. 대각선 건너에는 이용객이 테이크아웃 잔 형태의 컵형 텀블러에 담긴 음료를 스테인리스 빨대로 마시고 있었다. 빨대가 답답했는지 뚜껑을 열고 마셨고, 결국 음료가 책상 위로 쏟아졌다. 아이스티였다. 이용객은 젖은 티셔츠를 가린 채 뛰쳐나갔다. 책상 위의 아이스티 물줄기는 어느새 에세이 책등 아랫부분을 적셨다.

책을 들고 대출대로 갔다.

텀블러 뚜껑 열고 드신 분이 음료를 흘렸어요. 이 책 빌릴 이용객은 무슨 죄인가요?

내 말에 사서는 건조하게 감사하다고 답했다.

뚜껑 없는 텀블러, 컵 전부 금지하세요. 경고문도 바꾸시고요.

다음 날에도 문헌정보실 경고문은 그대로였다. 나는 미리 준비해 간 음료 사고 경고문을 붙였다. 자기 표절을 했다. 사고 날짜와 내용만 내 사례로 바꿨고 얼룩진 에세이 책장 사진을 첨부했다.

일주일 뒤 문헌정보실을 다시 찾았다. 내 경고문은 없었다.

왜 경고문을 떼셨죠?

대출대 앞에 앉은 사서에게 물었다.

사서는 잠시만요,라고 하더니 다른 직원을 데려왔다.
저희 팀장님이세요.
사서가 말했다.
경고문 잘 봤습니다.
팀장이 말했다.
경고문이 없네요?
그렇죠. 저희한테 나간 게 아니라 불법 부착물이어서.
공공시설 이용객이 시설 발전을 위해 대안을 제시한 건네, 그게 불법이라고요?
저희 기관에서 만든 양식이 아니고 결재가 난 것도 아니라.
나는 고개를 절레절레 흔들었다.
아이고, 제 표현이 좀 서툴렀죠? 사실 선생님 뵙고 싶었습니다.
저도요. 사서가 말했다.
파손 책 전시회도 하고 책 장례식도 하고 별의별 짓을 다 해도 소용없었는데, 선생님 글은 효과가 있었습니다. 저희는 책 얼룩이 아이스티인지 보리차인지도 몰랐거든요. 팀장이 말했다.
경고문 보고 냄새 맡아보니 아이스티더라고요. 사서가 말했다.
아이스티 쏟고 가신 분이 경고문을 보고는 찾아왔어요. 저희한테 사과하고 새 책을 사왔더라고요. 팀장이 말했다.
그 얘기까지 추가해서 경고문을 업데이트 하셨어야죠. 음료 쏟는 분들은 계속 나올 텐데요.
잘 아시네요. 몇 분 더 계셨죠. 안 그래도 선생님 글을 많이 참조해서 새 경고문을 썼는데 관장님 결재가 안 나서…….
팀장은 머리를 긁적였다.
제가 권한만 있으면 선생님 책 대출 권수라도 늘려드리고 싶네요. 사서가 말했다.
대신 이거……. 지난번 행사 때 쓰고 남은 건데 드려도 되겠죠?
사서는 그 말을 하며 팀장을 흘깃 쳐다보았다. 그러고는 책갈피 다섯 장을 내 손에 쥐여주었다.

책을 훼손하지 마세요. 우리 모두의 자산입니다.

집에 도착해서 엘리베이터 버튼을 누르고 우편함을 보았다. 누런 서류 봉투가 꽂혀 있었다. 보내는 사람 이름은 없었다. 봉투를 열어보니 내가 책누리마루도서관에서 쓴 경고문들이 가득했다. 상황책 이벤트 때 이용객들이 자필로 기재한 추천도서 목록과 이용객들의 메모들까지도 들어 있었다.

도서관의 역사적 사료가 내게 환수되었다.

그리하여 나는 경고문들을 시간순으로 정리했다.

여기까지 읽은 사람이 있다면, 효과가 있었던 것 같다.

경고문을 읽게 하라.

당선소감 | 차영은

경고를 받으면 의문이 들었다. 경고하는 자에게 자격이 있는가. 경고를 꼭 따라야 하는가. 경고에 대한 반감으로 소설을 시작했지만, 반감만으로는 몇 문장밖에 쓰지 못했다.

그러다가 경고문을 보았다. 더 나아질 거라 기대하는, 인간에 대한 기대가 남은 사람이 경고문 뒤에 있었다. 그 사람을 발견했을 때, 소설을 완성할 수 있겠다는 희망이 생겼다.

사랑하는 가족과 친구들 그리고, 경고문 쓰는 여자들에게 고마움을 전한다.

심사평 | 최수철 · 조경란

유머와 가벼운 무거움을 지닌… 소설 전체가 하나의 '경고문'처럼 읽혔다

본심에서 읽은 열 편 모두 개성 있고 주제 의식이 돋보였다. 그중 눈에 띄게 개성이 두드러진 작품이라면 '말문이 트이는 복숭아'였는데, 부족한 인과因果들과 불안한 문장을 잠시 뒤로 미뤄 두고 싶을 만큼 '복숭아'라는 상징이 인상적인 데가 있었다. '복숭아를 던지는', 기후 위기를 걱정하는 여성들의 필요해 보이는 작은 연대 또한. '눈에 복숭아 하나가 생긴 것'에 대한 해석의 여지를 지금보다는 조금 더 주었더라면 어땠을까?

'스프링클러'는 "스프링클러 없는 노후 고시원에서 삼 개월 살면 전세 보증금을 대출"해준다는 소설적 상황과 조건이 이 시대 필요한 이야기로 읽혔다. 왜 그런 노후 고시원이어야만 하는지? 그 모든 일을 경험한 후 결말에서 또 새로운 청년 주택을 신청하려고 하는 시점 인물에게 생긴 변화는 무엇인지에 대한 짐작을 미약하게라도 할 수 있게 해주었다면 하는 아쉬움이 남았다. 플롯에 대한 이해와 그것을 이끌고 가는 솜씨만큼 인물들의 성격에도 깊이 있는 시선이 필요하지 않을까 하는 의견을 남긴다.

열 편 중에서 개성도 주제 의식도 가장 뚜렷한 작품이라면 '경고문 쓰는 여자'이다. 금지할 때 자유로우며 경고문이 삶의 반창고인 한 의욕적인 사서의 이야기. '경고문'을 집요하게 붙들고 질문하는 힘과 경고문에 대한 다양한 변주들이 있으며 살아 있는 듯한 보조 인물들의 필요 이유까지, 이 소설은 군더더기가 거의 없다. 경고문 쓰는 시대. 같이 사는 더 좋은 사회, 도서관을 만들기 위해서라면 그래야 하지 않겠는가. 이 당선작을 읽고 나면 그러한 나만의 '경고문', 진심 어린 당부로도 읽힐 수 있는 문장이 쓰고 싶어질지 모른다. 소설 전체가 하나의 경고문으로 읽히기를 원하는 듯한 작가의 바람은 그래서 성공한 듯 보이고. 심사위원들은 이 작품을 당선작으로 선정하는 데 전혀 망설이지 않았다. 유머와 가벼운 무거움을 지닌 경고문들과 소설 속 소년의 폭죽처럼 쏘아 올린 당선자의 개성을 환영하고 축하드린다. 소설이라는 소중한 세계에서 분투하고 계신 모든 응모자에게도 격려의 마음을 보낸다.

한국일보 **길란**

1992년 경기도 광명 출생
명지대학교 대학원 문예창작학과 박사 과정 수료

복 있는 자들

길란

충분한 가난은 행운이 되기도 한다. 엄마는 말했다. 정말 다행이지 않니? 우리가 임대주택에 당첨될 정도로 가난해서.

우리가 당첨된 임대주택은 재개발 아파트단지 내에 있는 임대 아파트였다. 아현역 근처에 있는 방 두 개짜리 신축 브랜드 아파트. 타인의 생활감이 남아있지 않은 곳에 사는 것은 처음이었다. 벽지에 찢어진 부분도, 누런 때도 없었다. 문지방이 깨져 있지도 않았다. 이 집에는 다른 것들이 있었다. 대리석 무늬의 조리대 상판, 30분마다 공기를 순환시켜 주는 환기 시스템, 정해진 시간이면 자동으로 보일러가 켜졌다 꺼지는 난방 같은 것들. 현관에서 엘리베이터를 부를 수도 있었다. 아빠가 아무런 재산도 남기지 못하고 죽어버린 덕분이었다.

이 집에서 평생 살 수만 있다면 얼마나 좋을까.

처음에는 우리도 언젠가 부자가 되어 이런 집을 사자는 이야기를 했었다. 회사에 다니면서 적금도 들고 학자금 대출도 갚았다. 4년 동안 1500만 원을 모았다. 하지만 여전히 대출이 그보다 많았다. 아무리 일을 해도 잔고가 플러스가 되지 않았다. 이틀 동안 집에도 들어가지 못한 채 작업을 하다 회사 수면실 침대에서 눈을 떴을 때, 내가 평생 아등바등 일하며 돈을 모아봤자 영원히 이런 아파트를 살 수 없을 것이라는 걸 깨달았다. 그 길로 회사를 그만

두었다. 돈을 모으는 것도 그만두었다. 모아둔 돈을 전부 학자금 대출과 전세 대출을 상환하는 것에 사용했다. 아파트를 사는 것이 불가능하다면 아파트에 살기라도 해야 했다. 나는 임대주택에서 최대한 길게 살 수 있는 방법을 찾았다. 일반 임대주택은 거주기간이 최대 6년밖에 되지 않았지만, 주거급여 수급자가 되어 계층이동을 신청하면 20년 동안 임대주택에 살 수 있었다. 주거급여 수급자 자격을 잃지만 않는다면.

엄마는 작년에 이모 집으로 세대를 옮겼다. 나는 일 년 내내 중위소득의 43%인 97만 원을 넘지 않는 범위 내의 아르바이트만 했다. 모자라는 생활비는 엄마가 등하원 시터와 가사도우미 일을 해서 벌어오는 것으로 충당했다. 그렇게 주거급여 수급자가 될 수 있었다. 주거급여 수급자가 되니 평생교육바우처도 지급되고 문화지원금이란 것도 나왔다. 그걸로 수영장에 등록해 수영을 배우기 시작했다. 주거급여 수급자가 되니 오히려 이 전보다 많은 것을 할 수 있었다. 가난한 자들에게 복이 있나니. 엄마는 자주 중얼거렸다. 그 말이 맞았다. 어차피 부자가 될 수 없다면 차라리 아주 가난한 쪽이 좋았다.

수영을 마치고 집에 오니 엄마가 언제나처럼 식탁에 앉아 성경을 필사하고 있었다. 베란다 너머로 들려오는 매미 울음소리와 개구리 울음소리가 시끄러웠다.

"이번에는 다 멀쩡한 거로만 왔어."

엄마가 냉장고에서 복숭아를 꺼내며 아쉽다는 듯이 말했다. 이걸 제값을 주고 먹어야 한다고.

살레마켓에서 할인하는 과일을 주문하면 세 번 중 한 번은 상한 과일이 왔다. 사진을 찍어 고객센터에 문의 글을 올리면 과일값을 환불해 줬다. 상한 것이 아주 일부분이어도 그랬다. 과일을 따로 회수해 가지도 않았다. 이걸 알게 된 후로 나와 엄마는 살레마켓에서만 과일을 시켰다. 쿠폰을 적용하면 마트보다 싸게 식자재를 살 수 있었다.

"됐어. 환불 너무 자주 하면 의심받을 수도 있어."

내 말에 엄마는 코웃음을 쳤다.

"얘들도 우리가 환불할 거 알고 파는 거라니까? 이걸 지들이 버리려면 봉툿값이니 처리비니 오히려 돈 나가는데, 우리한테 떠넘기면 그냥 환불해 주기만 하면 되잖아."

논리는 이상했지만 묘하게 설득력이 있었다. 그래, 자본주의 사회에서 기업이 손해보는 짓을 하겠어? 아무것도 안 따지고 환불해 주는 것도 다 이득이 되니까 해주는 거겠지. 그런 생각을 하는 사이 엄마가 복숭아를 깎아 접시에 내왔다.

"올해 과일들은 비싸기만 하고 맛이 없어."

"비가 많이 와서 그런가 봐."

나는 복숭아 한 조각을 입에 넣었다. 확실히 비싼 것 치고는 맛이 덜했다.

"전염병에, 홍수에. 이게 다 종말의 징조야."

엄마가 중얼거렸다.

"개구리가 왜 저렇게 시끄럽겠니? 세상이 끝나려고 그런 거라니까. 출애굽기에도 나와."

엄마는 걸핏하면 종말이 올 거라고 말했다. 성경에 나와 있다고. 그렇게 말하며 엄마는 진통제 한 알을 입에 털어 넣었다.

"또 아파?"

얼마 전부터 생리를 할 때처럼 아랫배가 아프다고 하더니 점점 심해지는 모양이었다. 그렇다고 생리를 하는 것은 아니었다. 엄마의 생리 주기는 더 이상 규칙적이지 않았다. 몇 달을 안 하고 넘어가는 때도 있었다.

"병원에 가라니까."

내 말에 엄마는 손을 저었다.

"짝수 연도라 돈 내야 하잖아."

몇 번을 말해도 소용이 없어서 나도 더는 말하지 않았다. 식탁 위에 놓인 봉투 하나가 눈에 들어왔다.

"이건 뭐야?"

엄마는 내 이름으로 왔길래 뜯어보지 않았다고 답했다. 뜯어보니 서대문구청 복지과에서 온 우편이었다. 내가 부정수급으로 신고당했다는 내용이었다.

류아 언니와 다른 중급반 회원들은 이미 발차기 연습을 하고 있었다. 나도 서둘러 물속으로 들어갔다. 준비운동을 하지 못해 물이 살짝 차갑게 느껴졌다. 강사가 중급반 회원들을 불러 모았다.

"흔히들 평영을 개구리 수영이라고 알고 있죠. 개구리처럼 하는 발차기를 웨지킥이라고 해요. 초급 때는 개구리처럼 해도 괜찮아요. 그런데 여러분들은 중급이니까 개구리 수영을 하면 안 돼요. 초급 때 윕킥으로 배우셨을 텐데 계속 웨지킥으로 발차기를 하는 분들이 계셔서요. 오늘은 발차기 교정을 할 거예요."

강사는 윕킥의 시범을 보인 후 우리에게 킥판을 잡고 윕킥으로만 레인을 네 바퀴 돌고 오라고 시켰다. 나는 류아 언니 다음으로 출발했다. 익숙하지 않은 영법인 데다 킥판까지 잡고 있으니 속도도 느리고 평소보다 힘들었다.

"허벅지랑 무릎 벌리지 말아요. 발만 밖으로 벌려서 다리를 더블유 모양으로 만들었다가 발을 모으면서 물을 밀어내는 거예요."

강사가 내 발을 붙잡고 움직였다. 강사의 손이 떨어지는 것과 동시에 몸이 앞으로 나아갔다. 하지만 그것도 잠시, 점점 하체가 아래로 가라앉았고 몸은 앞이 아니라 위아래로만 움직였다. 뒷사람이 다가오고 있었다. 나는 다시 다리를 개구리처럼 벌렸다. 그제야 몸이 물을 타고 앞으로 나아갔다.

공문에는 내가 동거인과 동거인의 소득을 신고하지 않았다는 내용이 적혀 있었다. 누가 신고한 걸까? 같은 임대 동 사람들일까? 임대주택 거주자의 부정수급이나 규칙 위반을 신고하는 사람은 대부분이 같은 임대 아파트 주민들이라고 들었다. 나와 엄마와 함께 사는 모습을 보고 같은 동의 누군가가 신고했을 수도 있다. 임대주택은 1인 1가구 거주가 원칙이니 말이다. 직계가족과의 동거는 예외적으로 허용되지만, 이를 아파트의 모든 사람이 알고 있지는 않을 것이다. 어쩌면 엄마가 등하원 시터로 일했던 집 중 하나일 수도 있다. 작년 초에 일했던 집과는 끝이 별로 좋지 않았다. 아이를 병원에 데려다 달라거나 목욕을 시켜달라는 요구를 하기에 시급을 올려달라고 했더니 엄마를 해고한 것이다. 그러고는 아파트의 다른 사람들한테 엄마가 아이들에게 정이 없다고 말하고 다니기까지 했다. 덕분에 엄마는 한동안 다른 등하원 시터 일을 구하지도 못했다.

"희재 님, 무릎을 벌리지 않으려고 노력하셔야 해요."

강사가 말했다. 어느새 두 바퀴를 다 돌고 도착 지점에 돌아와 있었다. 강사는 풀부이를 허벅지 사이에 끼우고 네 바퀴 더 돌아보자고 했다. 풀부이를 끼니 발차기가 더 어려웠다. 앞으로 가기는커녕 뒤로 가는 것 같은 느낌마저 들었다.

수영을 하는 내내 나를 부정수급자로 신고한 게 누구인지 계속 생각했다. 짚이는 사람은 많았다. 하지만 모두 심증뿐이었다. 사실 신고자의 이름을 알아낼 방법이 없는지 인터넷에 검색도 했었다. 당연하게도 신고자의 이름은 알 수 없다고 한다. 공익 신고자 보호법이라는 게 있다나. 내가 할 수 있는 건 저주밖에는 없었다. 어떤 새끼인지는 모르지만 그 새끼도 좆되라지. 속도위반 하는 족족 다 걸리고 불법 주정차도 다 걸리라지. 그러는 사이 내 몸은 점점 아래로 가라앉고 있었다.

수영이 끝나고는 류아 언니와 함께 재개발 아파트단지 건너편의 빌라촌으로 향했다. 빌라촌의 식당들은 아파트 상가의 식당들보다 특별히 맛이 좋거나 깨끗하지는 않았지만 저렴했다. 식당으로 가는 동안 공동현관이 없는 빌라들을 여럿 지나쳤다. 집으로 들어가는 문이 길에 노출되어 있는 집들. 그런 집들은 대부분이 문을 열어두고 있었다. 열린 문으로 선풍기가 돌아가고 있는 것이 보였다. 나랑 엄마도 저렇게 살았었다. 술에 취한 남자가 우리 집 안으로 들어오기 전까지는 말이다.

10분 남짓하게 걸었을 뿐인데 그새 땀이 흘러 온몸이 끈적끈적했다. 식당에 들어가 에어컨 바람을 쐬자 그제야 살 거 같았다. 언니는 자리에 앉자마자 이사 갈 집에 대한 이야기를 쏟아냈다. 예비 신랑 직장 때문에 강서구에 신혼집을 알아보고 있는데, 전세 사기가 터져서 걱정이 많다는 내용이었다.

"언니도 그냥 가게 접고 임대주택 신청하라니까?"

언니의 앞에 수저를 놓으며 말했다.

"언니 남자 친구 소득만 따지면 소득 기준 안 넘는다며. 카페로 버는 돈 한 달에 100만 원밖에 안 되는데 그냥 가게 접고 임대주택 들어가는 게 낫지."

언니는 한숨을 쉬었다.

"남편이 버는 돈만 가지고는 생활비만 겨우 할 수 있어서. 100만 원이라도 더 벌어야 돈을 모으지."

언니의 말에 나는 그냥 입을 다물고 고개를 끄덕였다. 언니는 아직도 열심히 일을 해서 돈을 모으면 집도 살 수 있고 부자도 될 수 있다고 생각하는 사람이었다. 순진하다고 해야 할까 멍청하다고 해야 할까. 서울 안의 아파트 매매가가 최소 5억부터 시작인데, 한 달에 100만 원씩 벌어서 언제 5억을 벌겠다는 건지.

곧 우리가 시킨 칼국수가 나왔다. 한동안 우리는 말 없이 칼국수를 먹었다.

"너는 거기 앞으로 20년 더 살 수 있다고 했나?"

먼저 입을 연 것은 언니였다. 나는 고개를 끄덕였다.

"20년 후에는 어떡하게? 모아둔 돈도 없을 텐데."

"고령자 계층 전형이 있어서, 엄마가 그거로 임대주택 신청하고 내가 들어가서 살면 돼."

내가 세운 계획은 이렇다. 앞으로 20년 동안 주거급여 수급자가 되어 지금 집에서 산다. 그때쯤이면 엄마의 나이가 65세를 훌쩍 넘기 때문에 고령자 계층으로 임대주택을 신청할 수 있다. 계약이 만료되기 몇 년 전부터 엄마 이름으로 임대주택을 신청하다가 당첨이 되면 그곳으로 거주지를 옮긴다. 거기서 엄마가 죽기 전까지 살다가, 엄마가 죽고 나면 내가 고령자 계층으로 임대주택을 신청한다. 중간에 비는 시간이 몇 년 있을 수도 있지만, 이 정도면 완벽한 인생 계획이다. 가난하게 사는 걸로 평생 서울 안에 있는 아파트에서 살 수 있다면 싸게 먹히는 것 아닌가. 어차피 난 평생 가난했는데.

"넌 진짜 대단하다."

내 말에 언니가 말했다. 어딘가 비꼬는 듯한 말투였지만 굳이 문제 삼지는 않았다. 멍청한 건 내가 아니라 언니니까.

"가난한 자들에게 복이 있다고 하잖아."
식사를 마친 후 나와 류아 언니는 카운터로 향했다. 언니가 먼저 카드로 계산한 후 내가 현금을 냈다.
"현금영수증 안 해? 그럼 내 이름으로 할래."
언니는 내가 대답도 하기 전에 번호판에 자기 번호를 눌렀다.
가게를 나올 때 언니가 내 팔에 팔짱을 끼며 속삭였다. 저런 가게들은 현금영수증 안 하면 탈세해.

행정복지센터에 찾아가 공문을 건내자 복지과 공무원이 이런 일이 드물지도 않다는 듯 종이 한 장을 내밀었다. 종이에는 제출해야 하는 소명자료 목록이 적혀있었다. 공무원은 엄마를 내가 사는 가구에 전입시켜야 한다고 말했다. 심사를 다시 한 후 소득과 재산이 선정 기준을 넘지 않으면 자격을 유지할 수 있다고. 2024년의 주거급여 수급자 선정 기준은 중위소득의 48% 이하였다. 월 소득이 1인 가구는 106만 원, 2인 가구는 176만 원 이하여야 주거급여 수급자가 될 수 있었다. 내 계산으로 나와 엄마의 한 달 소득은 200만 원 정도였다. 절망에 빠진 채로 집에 돌아오니 엄마가 성경을 필사하고 있었다. 엄마가 나를 보자마자 외쳤다.
"나 알았어!"
"뭐를?"
"우리가 신고당한 이유!"
엄마가 주방 구석을 가리켰다. 거기엔 이번 달 치의 나라미 10kg 한 포대와 살레마켓 박스가 있었다.
"이런 걸 문 앞에 두니까 사람들이 우리를 신고하지! 나라에서 쌀 받아먹는 거 보면 수급자인데 살레마켓같은 걸 시켜 먹으니까 가짜로 가난한 척하는 줄 알 거 아니야."
아차 싶었다. 그래, 여긴 보육원 아이들이 오리털 패딩 입는다고 민원 넣는 씹새끼들의 나라였지. 가난한 놈들이 잘 먹고 잘 살면 죄가 되는.
"진짜 너무한다. 우리가 뭔 명품을 들고 다니거나 외제 차를 끌고 다니는 것도 아닌데."

엄마가 열을 내며 말했다. 나는 오히려 나의 치밀하지 못함을 반성했다. 내가 또 한국을 얕봤구나. 하지만 지나간 일은 어쩔 수 없었다. 앞으로 어떻게 해야 할지를 생각해야 했다.

"소명해서 다시 심사한 후에 자격 유지될 수도 있대."

나는 엄마에게 공무원에게 들은 내용을 설명하며 살레마켓 박스에서 물건을 꺼냈다. 마늘쫑, 장조림, 맛김치 아래 복숭아가 있었다. 복숭아는 과하게 익어있을 뿐 상한 곳은 없었다. 엄마는 내 손에서 복숭아를 낚아채더니 이리저리 돌려보았다.

"우리 마지막으로 환불한 게 2주 전이었지?"

그리고 엄마는 엄지손가락으로 복숭아를 눌렀다. 복숭아의 연한 살이 뭉그러지고 갈색 멍이 들었다.

"여길 나가느니 죽고 말지."

엄마가 나직이 중얼거렸다. 그리고 다음 순간, 엄마는 배를 부여잡으며 바닥에 주저앉았다. 나는 엄마에게 달려갔다.

관리사무소에서 안내 말씀드립니다. 8월 2일 오전 10시부터 8월 4일 오후 5시까지 그린힐 아현의 위탁 관리 업체 변경에 대한 투표를 진행하고 있으니 입주민들은 모두 투표를 해주기 바랍니다. 투표는 인아파트 어플로 가능하며, 어플로 투표가 불가능하신 입주민께서는 관리사무소에 오셔서 투표를 부탁드립니다.

갑작스러운 안내방송에 말이 나오지 않았다. 임대주택 거주자들에게는 투표권이 없어 우리에게는 해당 사항이 없는 이야기였다. 안내방송은 한 번 더 반복되었다. 우리와 관련 없는 소리가 30초나 지속됐다. 그동안 엄마는 계속 바닥에 웅크리고 있었다. 공격을 피하는 짐승처럼.

"병원 가."

엄마는 대답하지 않았다.

"심해지기 전에 가야 돈도 덜 들어."

한참 뒤에야 엄마는 자리에서 일어났다. 그리고 말했다.

"저거 환불해 달라고 해."

어리둥절해하며 엄마가 가리킨 곳을 보니 복숭아가 있었다. 엄마가 멍을 만들어 놓은 복숭아. 엄마는 아무렇지 않게 식탁에 앉아 다시 성경을 옮겨쓰기 시작했다. 나는 방으로 돌아왔다. 잠시 뒤에 엄마의 기도 소리가 들렸다. 주거급여 수급 자격을 잃지 않게 해달라는 내용이었다. 창밖에서 개구리가 울었다. 시끄러워. 창을 닫고 싶었다. 방문도. 하지만 이 더위에 창도 방문도 닫을 수는 없었다.

더위와 습기를 피해 시청 쪽에 있는 류아 언니의 카페에 왔다. 장마가 한창이라 카페에는 사람이 없었다. 이 비를 뚫고 카페에 오는 사람은 현대판 노예들의 음료인 카페인에 중독된 사람이 아니면 집에서 에어컨과 제습기를 틀 여력이 없는 사람뿐일 테니까. 물론 나는 둘 모두에 해당했다. 덥지도 습하지도 않은 공간에서 커피를 마시니 역시 행복은 돈으로 살 수 있는 거구나 하는 생각이 들었다.

"나 그냥 거기 전세 계약했어."

언니가 말했다. 한참을 고민하더니 결국 강서구에 집을 구한 모양이었다.

"등기 확인했을 때는 깨끗했는데, 문제없겠지? 내 전 재산이란 말이야."

문제없을 거라는 말밖에 해줄 수 없었다. 그거 말고 무슨 말을 할 수 있겠는가. 언니는 집주인이 주택을 많이 소유한 사람이 아니고, 이 집을 오래 가지고 있었고, 이 전에 살던 사람들도 다 멀쩡하게 나갔다는 얘기들을 늘어놓았다.

"돈 많아서 내 집 있으면 이딴 걱정 안 해도 될 텐데. 나도 건물주 돼서 월세나 받아먹으면서 살고 싶다. 코인이라도 대박 났으면."

언니의 말에 그냥 맞장구치며 웃고만 있었다. 한참을 혼자 떠들던 언니는 돌연 말을 멈췄다. 그리고 신경질적인 목소리로 내뱉었다.

"저 사람 또 왔네."

언니를 따라 창밖을 보니 장대비 속에서 노숙인 한 명이 걸어오고 있었다. 왜? 내가 물었다.

"며칠 전부터 오는 사람인데, 자꾸 우리 건물 화장실에 들어가잖아."

노숙인이 카페 앞까지 왔다. 멀리 있을 때는 알아보지 못했는데 가까이서 보니 여성이었다. 노숙인은 카페 옆으로 사라졌다. 건물 현관으로 들어간 듯했다.

"화장실에 도어락이라도 걸자고 해야지, 안 되겠어."

언니가 중얼거렸다. 나는 말을 고르고 있었다. 비가 너무 많이 오잖아. 저 사람에게도 화장실은 필요하잖아. 특히나 여자인데. 하지만 언니의 다음 말에 아무 말도 할 수 없었다.

"나는 노숙자들 이해가 안 돼. 사지 멀쩡한 사람이 왜 일을 안 해? 그 사람들 때문에 세금만 낭비되잖아. 정말 쓰여야 하는 데에는 안 쓰이고."

언니는 나에게 동의를 구하기라도 하듯 내 눈을 바라보았다. 본능적으로 알 수 있었다. 나에게 하는 말이라는 걸. 화가 나지는 않았다. 그냥 그런 생각이 들었다. 언니는 정말 운이 좋았던 사람이구나. 언니의 가족들도 운이 좋은 사람들이었구나. 일을 하는 만큼 돈을 벌 수 있었구나.

아빠는 새벽부터 가게에 나가 재료 손질을 하고 밤 10시가 되어서야 문을 닫았다. 영업시간에는 무슨 일이 있어도 가게를 열었다. 박스를 옮기다 디스크가 파열됐을 때에도 그랬다. 그게 손님과의 약속이라 믿었다. 그런데도 아빠는 남긴 게 하나도 없었다. 그건 그냥 운이 없어서였다.

일한 만큼 돈을 벌 수 있었던 사람들은 자신들이 운이 좋았던 거라는 걸 모른다. 어떻게 그렇게 순진하고 무지할 수 있을까? 나는 언니에게 묻고 싶었다. 언니는 노숙자가 일 안 하고 화장실 쓰는 건 싫으면서 건물주가 일 안 하고 돈 버는 건 괜찮아? 하지만 차마 내뱉지는 못했다.

집에 오니 엄마가 병원에 다녀왔다고 했다. 엄마의 난소에서 종양이 발견되었다고.

"그래도 빨리 발견해서 수술비가 얼마 안 하는 거래. 큰 수술도 아니고. 정말 다행이지. 주님이 은혜를 주시는 거라니까."

엄마가 덤덤하게 말했다. 요즘 엄마는 은혜라는 단어를 종말이라는 단어만큼 자주 사용했다. 날이 맑으니 은혜라고 했다가 바로 다음 순간에는 비가 오지 않는 걸 보니 종말이 올 거라고 하는 식이었다. 그 두 가지가 엄마한테는 큰 차이가 없는 듯했다.

병원에서 말해준 예상 수술비는 150만 원이었다. 통장에는 80만 원밖에 없었다. 1년 동안 주거급여 수급자로 살면서 모을 수 있었던 돈의 한계였다. 70만 원이 더 필요했다.

수영 강사는 더 이상 웝킥을 강요하지 않았다. 내가 계속 웨지킥으로만 수영하니 그냥 포기한 듯싶었다. 류아 언니는 그새 웝킥에 적응했는지 이 전에 웨지킥을 할 때보다 빠르게 평영을 했다. 강사가 평영으로 세 바퀴를 돌고 오라고 했다. 나와 류아 언니는 줄의 뒤쪽에 서있었다.

"할 말 있다는 게 뭔데?"

언니가 말했다. 말이 쉽사리 나오지 않았다. 이런 얘기를 이런 상황에서 하는 것도 적절하지 않다는 생각이 들었다. 하지만 요즘 언니는 나와 함께 점심을 먹지 않았다. 따로 만나자고 해도 계속 바쁘다며 회피할 뿐이었다. 말을 하려면 지금밖에 없었다.

"혹시 돈 좀 빌려줄 수 있어?"

앞 사람들이 차례로 출발했다. 아직 언니와 내 차례까지는 네 명이 남아있었다.

"돈은 갑자기 왜? 무슨 일 있어?"

언니는 딱히 놀라지도 않으며 대답했다. 내가 이런 얘기를 할 줄 알았다는 듯이.

"엄마가 수술해야 할 거 같아서. 보험금 나오면 바로 갚을게"

류아 언니는 대답 없이 앞만 바라보았다. 엄마의 어디가 아픈 것인지, 무슨 수술을 하는 것인지도 묻지 않았다. 줄이 점점 줄어들었다. 곧 류아 언니 차례였다.

"지금 여기서 할만한 얘기는 아닌 거 같다. 나중에 다시 얘기하자."

그리고 류아 언니가 출발했다. 나는 류아 언니의 뒤를 따랐다. 언니는 점점 빨라졌고 나는 점점 느려졌다. 류아 언니는 그새 레인의 끝에 도착해 턴을 했다. 나는 허우적거리며 필사적으로 언니를 따라갔다. 내가 턴을 하고 다시 출발 지점으로 향했을 때 언니는 이미 레인의 중간을 지나고 있었다. 어떻게 해도 거리가 좁혀지지 않았다.

웨지킥이 윕킥보다 비효율적이라는 게 틀린 걸 거야.

물속에서 멀어져가는 류아 언니를 보며 생각했다.

개구리는 웨지킥으로도 잘만 수영하잖아.

나는 더 빠르고 강하게 다리를 움직였다. 개구리처럼. 순간 종아리가 뒤틀리는 통증이 느껴졌다. 다리를 움직일 수 없었다.

"언니!"

간신히 류아 언니를 불렀지만 언니는 뒤돌아보지 않았다. 언니는 계속 앞으로 나아갔다. 다리의 고통 때문에 팔도 엉망으로 휘둘러졌다. 발을 바닥에 대고 일어설 수도 없었다. 몸이 물 아래로 가라앉았다. 코와 목으로 물이 사정없이 들이쳤다.

뒤에 따라오던 사람이 붙잡아 준 덕분에 물 밖으로 나올 수 있었다. 나는 먹은 물을 뱉어냈다. 코가 맵고 귀가 먹먹했다. 종아리는 여전히 아팠다. 강사가 와서는 쥐가 난 거 같으니 물속에 들어오지 말고 근육을 풀어주라고 말했다. 물 밖에 앉아 다리를 주무르고 있으니 류아 언니가 찾아왔다.

"그러니까 윕킥으로 하라고 했잖아. 웨지킥은 안 좋다고."

류아 언니가 나를 안타깝다는 듯이 내려다보았다.

나중에 다시 얘기하자고 했던 언니는 수영이 끝나자마자 집으로 돌아가 버렸다. 말을 걸 틈도 없었다.

교회 사람들에게서도 돈을 빌릴 수 없었다. 엄마가 교회를 그렇게나 다녔는데도. 헌금을 적게 해서인지, 기부를 안 해서인지, 그것도 아니면 사람들 경조사 때마다 돈을 넉넉히 보내지 못해서인지 알 수 없었다. 땀이 나기 시작했다. 선풍기를 틀고 있었지만 냉기 하나 없는 바람만 방 안을 맴돌았다.

작은방의 창문을 열고 베란다의 창도 열었다. 여전히 후덥지근했다.

"오늘 최고 기온이 40도래. 날씨가 미쳤지. 닭이 다 폐사했다고 계란 한 판이 만 원이 넘는다니까. 정말 세상이 망하려는지."

매미 울음소리와 개구리 울음소리 사이로 엄마의 말이 들려왔다. 개구리는 오늘따라 유독 시끄러웠다. 머리가 울릴 지경이었다.

"그래도 보험금 많이 나온다니까 얼마나 다행이니? 교회 사람들 말이 수술비보다 보험금이 훨씬 많다더라. 오죽하면 착한 암이라고까지 한대. 정말 잘된 거 아니니? 주님께서 우리에게 은혜를 주시는 거야."

수술비를 어디서 구할 것인가 하는 문제가 남아있었지만 나도 엄마도 그 얘기는 하지 않았다. 방법은 어떻게든 찾을 수 있었다. 정 안되면 대출을 받을 수도 있고. 요즘엔 소액 대출도 있고 리볼빙도 있으니까. 어떻게든 해결될 것이다. 그런데 왜 이렇게 시끄러운지.

"저놈의 개구리는 왜 저렇게 시끄러운 거야?"

나는 소리쳤다. 대체 이 아파트단지 어디에서 개구리가 튀어나오는 거냐고. 그 말에 엄마가 모르냐면서 말했다.

"애들이 저기다가 올챙이 버리고 있잖아."

"집 들어오는데 애들이 연못에 뭘 버리고 있더라고. 쓰레기 버리는 건가 싶어서 뭐 하는 거냐고 물어보니까 올챙이랑 개구리 버리고 있다고 하는 거야. 학교 숙제로 기른 건데 이제 숙제 끝나서 버려야 한다나."

"그걸 그냥 뒀어?"

"나도 뭐라고 했지. 그걸 그렇게 막 버리면 되냐, 허락은 받은 거냐, 여기 개구리를 버리면 이 앞에 사는 사람들이 시끄럽지 않겠냐 하면서. 근데 애들이 뭐라고 하는지 아니? 지네 아빠가 운영위원회인데 여기다 버려도 된다고 했단다. 그리고 112동에 사는 사람들은 진짜 우리 아파트 주민도 아니라면서요, 이러는 거 있지? 참나."

어쩐지 문방구 앞에 개구리알 판다고 붙어있더라. 엄마가 중얼거렸다.

112동에 사는 사람들. 나는 그 말을 곱씹었다. 어지러웠다. 옆에서 엄마가 뭔가를 얘기했지만 더 이상 엄마가 하는 말이 들리지 않았다. 너무 더워서인지 너무 시끄러워서인지. 도저히 더 참을 수가 없었다.

"나 잠깐 나갔다 올게."

그대로 집을 나왔다. 1층으로 내려오니 개구리 소리가 더 심했다. 관리사무소는 연못 건너편 109동 1층에 있었다. 휘청거리며 관리사무소 안에 들어갔다. 6시가 다 되어가는 시간이라 직원들은 퇴근 준비를 하고 있었다.

"저기요, 저 연못에 개구리가 너무 시끄러워요."

나는 창 너머의 연못을 가리키며 말했다. 직원 한 명이 나에게 다가왔다.

"몇 동 몇 호 입주민이세요?"

순간 112동이라 대답할 뻔했지만 다행히 대답하지 않았다. 112동에 사는 사람들. 그게 뭘 의미하는지는 초등학생도 알고 있는 것이었으니까.

"개구리가 너무 시끄럽다니까요. 너무 시끄러워서 밤에 잠을 잘 수가 없어요."

내 말에 짐을 챙기고 있던 다른 직원들도 하나둘 나를 돌아보기 시작했다. 직원들은 내가 무슨 말을 하는지 이해할 수 없다는 얼굴을 하고 있었다. 이 소리가 안 들리냐고 하려던 찰나, 나는 이곳에서는 개구리 울음소리가 들리지 않는다는 것을 깨달았다.

"애들이 저기다가 개구리를 버리고 있대요. 아파트 애들이요. 그거라도 좀 막아주면 안 돼요?"

직원은 난처하다는 표정을 지었다.

"저게 생태연못이라서요. 개구리 때문에 민원이 들어온 적도 없었고요. 따로 해드릴 수 있는 게 없습니다."

직원의 말투는 지극히 정중했다. 온몸의 열이 식기 시작했다. 에어컨의 서늘한 바람에 몸서리가 쳐졌다. 굳게 닫힌 창문에는 결로가 맺혀 바깥이 희뿌옇게 보였다. 직원 중 한 명은 카디건을 걸치고 있었다.

"따로 더 필요하신 게 있으신가요?"

직원이 물었다. 모두 나를 바라보고 있었다. 창문을 열라고, 창문을 열고 저 소리를 들으라고 외치고 싶었다. 하지만 아무 말도 할 수가 없었다. 나는 곧장 몸을 돌려 관리사무소 밖으로 나왔다. 숨 막히는 더위가 얼굴을 덮쳐왔다. 개구리는 여전히 시끄러웠다. 주머니에서 핸드폰 알람이 울렸다. 새로 온 알람은 두 개였다. 하나는 류아 언니에게서, 다른 하나는 서대문구 복지과에서 온 것이었다.

언니의 문자는 돈을 빌려줄 수 없다는 내용이었다. 거기에는 이참에 제대로 살라는 말이 덧붙여 있었다. 편법만 쓰지 말고 정당하게 돈을 벌라고.

서대문구 복지과에서 온 문자는 내가 주거급여 소득 심사에서 부적합 판정을 받았다는 내용이었다.

비닐봉지를 들고 집을 나왔다. 아파트단지의 집들은 대부분 불이 꺼져 있었다. 순찰을 돌고 있는 중인지 경비 초소도 비어 있었다. 가로등 덕분에 어둡지는 않았다. 나는 개구리 울음소리가 들리는 곳으로 향했다. 연못 앞에는 과연 생태연못이라는 팻말이 있었다. 모두가 함께 살아가는 행복한 공간이라고, 팻말에는 쓰여있었다. 나는 행복이 무엇인지 정확하게 안다. 행복은 침대에 누웠을 때 주방이 보이지 않는 것이다. 옆집의 말소리가 들리지 않는 것이다. 창밖에 정원이 있는 것이다. 자정이 넘은 시간에도 개를 산책시킬 수 있는 것이다. 한여름에 창문을 닫아놓고 살 수 있는 것이다. 머리가 깨질 듯이 시끄러운 개구리들의 비명 따위는 듣지 않는 것이다.

연못을 둘러싸고 있는 사철나무를 넘었다. 개구리 울음소리가 멈췄다. 물 비린내가 났다. 개구리는 보이지 않았다. 모두 물 속으로 숨어버린 것인지. 연못 안이 보이지 않아 확인할 수는 없었다. 수면 위로 가로등의 불빛이 부서졌다.

앞으로 어떻게 살아야 하지? 두 가지 방법이 있다. 일단 첫 번째. 이 집에서 나가 다시 코딱지만 한 원룸에 들어간다. 그리고 직장을 구해 뼈 빠지게 일하며 돈을 번다. 버는 돈은 최소한만 남기고 모두 저축한다. 과일도 안 먹고 수영도 안 하면서. 그렇게 십 년을 모으면 1억이 모인다. 거기에 전세 대출을 받아 전셋집을 구한다. 그거로 끝이냐고? 당연히 아니다. 대출금도 갚아야 하고 이자도 내야 하니까. 여전히 복숭아도 먹을 수 없고 수영도 할 수 없다. 그렇게 몇십 년 동안 대출금을 갚고 이자를 내며 산다. 대출금을 다 갚으면?

다시 대출받아야 한다. 이번에는 집을 사기 위해. 그 정도 돈으로 살 수 있는 건 지어진 지 십 년은 된 아파트들뿐이겠지만, 그래도 드디어 내 집이 생긴 것이다. 하지만 여전히 남은 것이 있다. 은행 대출. 집을 산 후에도 계속 대출을 갚고 이자를 내야 한다. 수영은 할 수 있고 과일도 먹을 수는 있겠지만, 이미 나이는 50이다. 평생 대출을 갚고 이자를 내다 정년퇴직을 할 때쯤에야 대출을 모두 갚을 수 있을 것이다. 그리고 인생에 나한테 남은 건 일하느라 다 갈려 나간 너덜너덜한 몸뚱이랑 재개발만 기다리는 낡은 아파트 하나뿐. 그러니 어쩌겠는가. 나의 하나 남은 재산을 지키기 위해 아파트값이 떨어지는 모든 정책에 반대하고, 아파트값을 올려준다는 정당에 투표하게 될 것이다. 다른 사람들의 삶 따위는 신경도 쓰지 않고. 시끄러운 소리는 모두 듣지 않고. 두 번째는 이렇다. 일을 줄여서 소득을 줄인다. 그리고 다시 주거급여 수급자 신청을 한다. 1년만 주거급여 없이 생활하면 된다. 그러면 앞으로 20년 동안 이 집에 공짜로 살 수 있다. 수영도 하고 과일도 먹고, 일도 덜 하면서. 계산을 조금이라도 할 줄 안다면 후자가 더 현명한 선택이라는 걸 알 수 있을 것이다. 분명 그렇다. 분명 그런데,

"나쁜 년."

나는 연못에 발을 담그며 중얼거렸다. 나를 신고한 것도 그년일 거라고.

"망해버려라. 확 전세 사기나 당해버려라. 가진 돈 다 잃어버려라."

발로 연못을 마구 짓밟았다. 개구리 몇 마리가 연못 밖으로 튀어나왔다. 나는 물 밖으로 튀어나오는 개구리를 향해 발길질을 했다. 개구리는 잽싸게 내 발을 피했다. 다리가 흙탕물에 뒤덮였다. 분을 이기지 못해 몇 번 더 발길질을 했다. 한참을 그렇게 연못 속에서 헛발질만 하다 고개를 들었다. 눈앞에 아파트들이 늘어서 있었다. 모두 아름답게 반짝였다. 그들의 창문은 굳게 닫혀 있었다. 거지새끼는 서울에서 꺼지라는 듯이. 나는 서울이 고향인데도. 서울에서 태어나서 서울에서 자랐는데도.

"나쁜 년들. 씨발새끼들."

나는 온몸이 더러워진 채 서 있었다. 내가 깨끗하지 못한 건 나도 알고 있다. 그렇지만 이상하지 않아? 집을 갖는 게 이렇게까지 힘든 게. 사람이 이렇

게 더러워져야만 한다는 게.

"내가 도망칠 줄 알고?"

한밤중에도 대낮처럼 밝고 깨끗한 아파트들을 보며 생각했다. 어떻게든 들러붙을 거야. 더럽고 치졸하고 비굴하게 버텨줄게. 너희들이 끔찍하게 보기 싫어하는 오물이 되고 소음이 되어줄게.

나는 비닐봉지를 뜯었다. 뜯어진 봉지에서 개구리알이 쏟아져나왔다. 백여 개의 개구리알이. 이 알에서 부화한 올챙이들은 서로를 잡아먹으며 자라날 것이다. 그리고 낮과 밤을 가리지 않고 비명을 지를 것이다. 나는 모든 사람이 그 소리를 들을 수 있게 해달라고 기도했다. 간절히 구원을 바라는 마음으로.

당선소감 | 길란

2024년 12월의 어느날 밤, 나는 뉴스를 틀어놓고는 간장을 끓이고 있었다. 뉴스를 보지 않으면 무슨 일이 일어나고 있는 것인지 불안해서 견딜 수가 없었고, 양파도 상하기 일보 직전이라 빨리 장아찌로 만들어야 했으므로. 뉴스에서는 맨몸으로 무장한 군인들을 막아선 사람들의 외침이 들렸다. 저들은 그날 밤 죽을 뻔했다. 나도 죽었을지 모른다. 나는 죽을 수도 있다. 고추를 넣은 메케한 간장 냄새에 코가 찡해질 때쯤에야 나는 가스렌지의 후드도 켜놓지 않고 간장을 끓이고 있었다는 것을 깨달았다. 이미 온 집안에 간장 냄새가 스며들어 있었다. 문득 산다는 게 무엇인가 하는 생각이 들었다. 이런 상황 속에서도 상해가는 양파를 어떻게든 먹어보겠다고 간장을 끓여야 한다니.

타인의 외침을 듣지 않는 사람들, 살기 위해 내지르는 악다구니를 간단히 불편과 소음으로 치워버리는 사람들. 그들은 어떻게 그렇게 평온하고 고상할 수 있는 것일까. 또한 겨우 양파나 자르고 간장이나 끓이고 있는 나는 얼마나 치졸한가. 삶은 왜 이렇게 구차하고 구질구질한 것일까.

그날 만든 양파장아찌는 결국 상태가 좋지 않아 모두 버렸다. 하지만 산다는 게 무엇인가 하는 생각은 여전히 내 온몸에 달라붙어 있다. 삶이란 대체 뭘까. 모르겠다. 소설이 무엇인지도 모르겠다. 더 살아보고 더 써보면 알게 될까?

감당하기 힘든 일들이 너무 많아서 다 내던지고 도망가고 싶을 때가 많다.

간장 냄새처럼 달큰하고 맵싸하고 끈적거리는 무언가가 아닐까, 지금은 그 정도로만 막연하게 감각하고 있을 뿐이다.

이 삶을 그래도 살아가고 싶다고 생각하게 해주는 모든 사람들에게 감사의 인사를 전한다. 그리고 나의 고양이 가람이에게도 사랑한다고 말하고 싶다.

심사평 | 김금희 · 문지혁 · 박혜진 · 우찬제 · 조해진

"가난은 지속가능한가… 인생사에 대한 도발적 변화 돋보여"

올해 한국일보 신춘문예에 응모된 작품들은 소설의 소재로 자주 출현한 돌봄, 간병, 코인, 부동산 등을 통해 인생사의 문제를 가리키면서도 그 안에서 읽히는 세부 풍경과 가치관에 있어서는 한층 도발적인 변화를 보여줬다. 한국문학의 위상과 한국 콘텐츠에 대한 수요가 높아짐에 따라 상상의 폭이 과감해진 결과가 아닌가 짐작해 본다.

본심에서 검토한 작품은 '복 있는 자들', '고원', '아오리스트의 마지막 습작', '화석', '공원 모임' 등 5편이다. '공원 모임'은 알코올중독 모임에서 만난 두 남녀를 시작으로 그들 각자의 인생을 드리우고 있는 미확인, 미결정 사건들을 복기하는 자아 찾기 소설이다. 진짜 나를 만나고 싶은 사람들의 속절없는 방황이 핍진한 슬픔을 환기하는 한편, 사연이 드러나는 과정보다 사연 그 자체에만 집중하는 평면적 구조가 아쉬웠다. '아오리스트의 마지막 습작'은 독일 유학 중이던 화자가 할머니의 '아오리스트 필사 노트'를 읽기 위해 초급 그리스어를 배우는 과정을 그린다. 언어의 현실을 통해 현실의 언어를 이해하고자 하는 발상이 흥미로웠지만 다양한 시공간에서 수집된 다채로운 사연들이 단편소설이라는 제약적 형식과 조화를 이루기에는 과잉돼 보였다.

현생 인류 DNA에서 네안데르탈인 유전자가 발견됐다는 이론에서 출발한 것으로 보이는 '화석'은 중석기 시대의 화석을 질투하는 한 남자의 사랑에 대한 열등감에서 비롯된 긴장감과 몰입감이 장점이었지만 인물의 개인적 욕망과 사연이 사회의 보편적 욕망과 사건으로 확장되기에는 설득력이 부족해 보였다. '고원'은 부모의 뜻에 따라 대안학교에 입학했지만 진로에 갈피를 못 잡는 학생과 퇴사 후 시골 대안학교 교사로서 생태적 삶을 실천하는 선생의 다소 정체된 생활을 보여준다. 운동권 세대의 성취라 할 수 있는 '대안'적 삶이 그다음 세대에게도 곧장 '대안'이 되지 못하는 세대 간 어긋남을 포착한 것이 돋보이면서도 두 사람의 관계, 내면의 변화 등 소설화 단계에 필요한 서사적 요소보다 직접적 진술로 진행된다는 점이 아쉬웠다.

'복 있는 자들'은 임대주택에서 최대한 오래 살기 위해 지속가능한 가난을 추구하는 주인공의 '완벽한 인생 설계'를 통해 가난의 역설을 가시화하는 작품이다. 중위소득의 43%인 97만 원을 넘지 않는 범위 내의 아르바이트만 하고 현 임대주택 계약이 끝나면 모친의 임대주택을 신청해 아파트 '갈아타기'를 도모하려는 이 인물을 한심하게 바라보는 건 차라리 쉽다. 그러나 "충분한 가난은 행운이 되기도 한다"는 문장으로 시작하는 이 자조적 소설이 일한 만큼 돈을 모을 수 있다고 믿는 사람들을 순진한 사람이라고 부를 때 그 말을 반박하기는 쉽지 않다. 그럼에도 불확실한 성공 신화에 매달리기보다 확실한 구제 정책을 이용해 최소한의 품위를 챙기는 '영악한' 삶의 방식이 그가 느끼는 박탈감과 소외감까지 가려 주진 못한다. 지극히 사실적인 동시에 지극히 반어적이고, 다소 뻔뻔해 보이지만 그저 모범적일 뿐이기도 한 이 소설은 가난이라는 고전적 주제를 동시대 한국의 정서로 정확하게 번역해 보인다. 매력적인 소설은 사람 마음을 움직인다. 딜레마로 가득한 주인공을 바라보는 마음이 고단할 만큼 바빴다. 당선자에게 축하와 응원을 전한다.

한라일보 **김영진**

1964년 서귀포시 영천동.
제주대학교 관광경영학 학사 졸업.
KAL호텔 F&B 부서장.
제주 와인클럽 대표.
이녁동인 회장.
제주 4·3연구소 회원.
제주 민예총 회원.

소금의 집

김영진

어시장에서 떠내려 온 생선 비늘이 하천 바닥에 누워 하얀 몸을 뒤척였다. 바람이 거세게 불어오자 파르르 몸을 떨던 비늘무더기는 긴 꼬리를 만들며 하늘로 날아올랐다.

하천을 반쯤 덮은 콘크리트 구조물 아래를 살피던 태주는 긴 한숨을 내쉬며 자리를 옮겼다. 골목을 기웃거리며 걷던 태주는 고양이처럼 등을 구부려 앉은 할머니를 보고 걸음을 멈췄다. 노인은 손잡이가 구부러진 지팡이 허리를 붙들고 여윈 햇살 아래에서 지나는 사람들을 바라보고 있었다. 물끄러미 할머니의 모습을 살피던 태주는 이내 고개를 돌렸다. 골목을 따라 구불구불 길게 이어진 시멘트 담장과 빛바랜 건물엔 노인의 주름만큼 골 깊은 균열이 새겨져 있었다.

후미진 골목 사이, 어느 빈 공간에 어머니가 갇혀 있는 건 아닌지 건물의 틈새마다 불안한 태주의 눈길이 찾아들었다. 어머니라면 허름하고 작은 방으로 찾아들었을 것이다. 태주는 일을 하며 보았던 혼자된 노인들의 마지막 모습을 떠올렸다.

수 십 번, 그들의 삶을 정리하는 일을 하며 느낀 것들이었다. 직접 주검을 수습하지는 않았지만 텅 빈 방에 서면 모든 물건에서 망자의 흔적이 보였다. 가만 바라보면 방안 가득 두려움에 떨고 있는 망자의 넋도 함께 느껴졌다.

누군가의 발걸음을 그리다 육신이 떠난 자리에 영문도 모르고 남겨진 영혼들이었다. 그들은 드나드는 사람들을 따라 조금씩 밖으로 나와 세상 속을 떠다닐 것만 같았다.

좁은 건물사이를 비추던 햇살이 더 시들해졌다. 할머니는 여전히 사람들을 살피고 있었다. 태주는 휴대폰을 들어 메모한 장소들을 다시 확인했다.

길가에 차를 세운 채, 삼층 짜리 낡은 여인숙으로 들어섰다. 막 계단에 올라설 때 경기도에서 중학교 교사를 하는 여동생이 전화를 걸어왔다. 깐깐한 목소리를 떠올리며 여인숙 복도를 살피다가 뒤늦게 통화표시를 눌렀다. 혹, 어머니 소식을 알까 싶어서였다.

"오빠, 여태 실종신고도 안 하고 대체 뭘 했어?"

여동생은 다짜고짜 쏘아붙였다. 무엇하나 챙겨주지 않은 게 없었지만 아버지가 돌아가신 뒤로 더욱 앙칼진 목소리로 변했다.

"아까 했는데?"

"여기 경찰서거든, 금융정보 조회는 실종신고 한 뒤에 가능하다는데, 가장인 오빠가 뭐 하는 거야?"

"가장? 내가 못한 게 뭐……. 여보세요?"

여동생이 진화를 끊었다. 태주의 목소리가 여인숙 복도를 울리자 닭장 안에 있는 닭처럼 노인들이 일제히 문을 열고 태주를 쳐다보았다. 태주는 노인들의 모습을 보자 저 나이까지 대체 무얼 하며 살았기에 자식도 없이 이런 곳에서 지내는지 울컥 화가 치밀었다.

한 달여 전이었다. 밀감 판매사업이 잘못되어 모든 걸 정리하려 외딴곳을 찾아 나섰다. 물건을 대준 사람들, 그동안 믿고 거래해 준 사람들을 볼 면목이 없었다. 검은색 승용차 뒷자리엔 동네 편의점 주인의 의심스러운 눈초리가 담긴 번개탄 한 뭉치와 동그란 화로, 소주 한 꾸러미와 담요 몇 장이 겨울 옷가지와 함께 아무렇게나 놓여 있었다. 며칠을 돌아다니다 찾은 곳은 일출봉 근처 바닷가였다.

너른 갈대밭을 끼고 달리자 거대한 일출봉이 뒤 따라왔다. 긴 커브를 돌아서니 일출봉이 룸 미러에서 사라졌다. 태주는 누군가를 따돌린 듯 마음이 후련했다. 두 갈래 길이었다. 차 문에 기댄 채 길을 번갈아 살폈다. 늦가을 볕이 바닷가 검은 바위에 드러누운 해초 위에서 소금처럼 반짝거렸다. 태주는 길가에 차를 세우고 밖으로 나서다 중심을 잃고 비틀거렸다. 팔을 뻗어 차에 기댄 태주는 울컥 솟구친 울분에 하늘을 향해 고함을 질러댔다.

"으아! 하느님, 나한테 왜 이러냐고!"

바닷가에 늘어서서 볕을 쬐던 갈매기 몇 마리가 하늘로 날아올랐다. 온몸의 기운이 다 빠져나간 듯 나른해왔다. 주머니 속 휴대폰이 울렸다. '밀양아리랑' 연결음이 요란스레 울리는 전화기를 들고 발신자를 살폈다. 어머니였다. 전화기를 노려보다 두세 번 발돋움하고 휴대폰을 힘껏 하늘로 던졌다. 잿빛 하늘로 날아오른 휴대폰은 까만 점이 되더니 곧 지워졌다.

차 앞으로 '생달리'라 쓰인 자그만 이정표가 나타났다. 태주는 문득, 지명이 자신의 처지와 닮았다고 생각했다. 이정표를 보던 태주는 자신보다 마을 이름이 더 측은하다고 생각을 바꿨다. 휴대폰을 들어 마을 이름의 유래를 찾고 싶었다. 주머니엔 휴대폰이 없었다. 마을 안으로 천천히 움직였다. 골목으로 바람이 제법 세게 불더니 제 갈 길을 아는 듯 빠르게 빠져나갔다. 마을은 소금에 절인 듯 숨이 죽어 있었다.

도로 끝, 소금밭 팻말이 서 있는 건물 앞에 멈춰 섰다. 오래전 바닷물을 끓여 소금을 만들던 곳이었다. 지붕을 씌웠던 재료는 사라지고 앙상한 나무 구조물만 남은 자그마한 집이었다. 벽은 돌 틈을 메웠던 시멘트가 떨어져 나가 겨울바람이 들락거리며 집 안에 자란 잡초를 흔들어 깨웠다. 건물 안쪽 벽에선 군데군데 희부윰한 색이 여린 햇살에 놀라 눈을 희번덕거렸다. 소금의 집이었다.

태주는 밖으로 나오며 소금을 생각했다. 바닷가를 메워 천일염을 만드는 염전이 들어서며 소금을 끓이는 자염煮鹽이 사라졌다. 천일염을 대량 생산하며 많은 이들에게 돈을 안겨주었지만 인간이 만든 오염물질이 영향을 주어 다시 자염煮鹽을 만들거나 암염巖鹽에 관심을 돌리는 이들이 생겨났다.

아버지가 남긴 건 한 줌 소금 같은 집이었다. 사업자금이 모자라 허덕일 때마다 어머니는 그 집을 팔아 남들에게 굽실거리지 말라고 했지만 태주는 그럴 마음이 없었다. 하나뿐인 집을 날리고 싶지 않았다. 태주는 마을 안 골목을 주인 잃은 개처럼 기웃거렸다. 승용차 유량계가 바닥을 가리켰다. 태주는 그제야 우중충한 하늘을 보며 중얼거렸다.

"죽기 좋은 날은 아니네."

이 년 전 봄부터 시작한 밀감 유통 사업은 한동안 잘 풀렸다. 새로운 품종을 온라인 쇼핑 사이트에 올릴 때마다 몸은 바빴지만 웃는 날이 많았다. 건설업을 하다 우후죽순 몰려든 업자들 탓에 손 털고 밀감 유통에 뛰어들었다. 건설업을 그만둔 건 사실, 아이들을 데리고 부산으로 돌아간 집사람이 보내온 이혼소장 덕분이었다. 건설업계의 치열한 수주 경쟁을 견디며 아이들 얼굴을 제 때 볼 수 있는 사람은 없었다. 태주는 여리고 판단이 성급했다. 커다란 덩치에 비해 유약한 성격 때문에 자주 손해를 봤다.

결혼하고 십오 년 만에 어머니가 있는 집으로 돌아와 지내다 밀감 유통 사업을 시작했다. 제주에서 일 년 내내 쏟아지는 밀감을 유통하는 일을, 태주는 바닷물로 소금을 만드는 일이라 생각했다. 경매시장 낙찰가보다 한두 푼 더 얹어주면 사람들은 앞 다투며 물건을 넘겼다. 사업이 자리 잡힐 무렵, 부산상회 정 사장에게 크게 물건 값을 뜯기고 주저앉았다가 주변 지인들의 도움으로 다시 시작했다.

"태주 씨! 그 시끄러운 전화벨 소리 좀 바꿔! 나이가 몇 갠데 그러고 살아?"

새로 나온 밀감을 들고 찾아온 제주농장 김 사장이 소리를 질렀다. 태주는 아랑곳 않고 주머니에서 밀양아리랑 연결음이 나오는 전화기를 꺼내 화면을 검지로 퉁겨내며 말했다.

"얼마나 좋아요? 이런 음악을 들으면 없던 흥도 나더라고요!"

김 사장이 가져온 밀감을 여동생에게 보내던 어머니의 손이 자꾸만 주소 쓰는 칸을 벗어났다. 어머니는 여동생이 중학교 교사가 되어 처음 사준 자주

색 꽃무늬 블라우스를 입고 있었다. 어머니는 작은 글씨로 써야 할 칸을 벗어나 다른 칸까지 주소를 크게 적었다. 태주는 메모지에 적힌 경기도의 'ㄱ' 자 끝이 유난히 길다고 생각했다. 밀감 박스를 두드리며 잘 가라던 어머니는 글공부를 시작한 지 얼마 안 돼 그렇다며 쑥스러운 미소를 지었다. 어머니가 손을 움직일 때마다 블라우스 소매 끝에서 실오라기 몇 개가 하늘거렸다.

다시 시작한 밀감 사업은 잘 버티는 듯했다. 여름이 지나며 성급하게 계약한 밀감이 화근이었다. 수확 전에 오래도록 비가 내렸고 바람이 불었다. 밀감은 당도가 떨어졌고 껍질이 터져 나갔다. 갈수록 경매가가 떨어지고 거래처는 반품을 요구했다.

어두워지기 전에 적당한 자리를 찾아야 했다. 천천히 차를 움직이며 한적한 곳을 살피고 있을 때, 차를 유도하려는 것처럼 두 줄기로 하얗게 빛나는 길을 보았다. 그 길로 누군가에게 끌려가듯 들어섰다. 길 양쪽으로 갈대가 끝없이 펼쳐졌고 군데군데 얕은 바다를 헤엄치는 검둥오리, 도요새, 쇠물닭 무리가 보였다. 멀리 기다란 다리를 흐느적거리는 중대백로의 움직임이 끊어졌다 이어지길 반복했다. 차를 움직이자 갈대 이삭이 웅크리고 있다가 일제히 손을 흔들었다. 길을 보며 태주는 소금을 지고 나르는 여인들의 행렬을 떠올렸다. 길은 소금을 나르던 이들이 흘린 피땀이거나 삶과 죽음의 경계에나 있음직한 모습이었다. 돌아서야 한다고 생각하면서도 자꾸만 빨려 들듯 나아가는 자신을 주체할 수 없었다. 갈대밭 사이, 사람들의 눈길을 벗어난 곳에 차가 들어갈 만한 좁은 길이 보였다. 하얀 길이 알려준 곳이었다. 태주는 그곳에 철새 방역을 위해 뿌려둔 하얀 생석회를 보고 짧은 탄식을 쏟아냈다. 운전대를 잡은 손이 가늘게 떨렸다.

검푸른 어둠이 화선지에 뿌려진 먹물처럼 희미하게 빛이 남은 바다로 빠르게 번져나갔다. 태주는 좁은 길을 따라 차를 움직였다. 번쩍, 앞에서 불빛이 일더니 경광등을 번뜩이며 구급차가 빠져나갔다. 옆에서 차가 다가오는 걸 보지 못했다. 깜짝 놀라 구급차를 바라볼 때, 태주의 차가 콰직 소리를 내며 멈춰 섰다. 고개를 드니 작은 승합차의 문이 열리고 통통한 몸에 머리가 벗어진 칠순 노인이 하얀 방역복을 입고 차에서 내렸다. 태주는 차 안에서 꼼짝도 못 하고 앉아 있었다.

노인이 창가에 선채 문을 두드렸다. 태주가 창을 내리자 노인은 순식간에 차 안 분위기를 훑어봤다. 아차 싶어 뒤를 돌아보았지만 노인은 뒷좌석에 있던 번개탄과 화로까지 둘러본 다음이었다. '피식' 웃음소리와 함께 노인의 쇠를 긁는 목소리가 귓가에 쟁쟁거렸다.

"젊은 놈이…, 집에 가서 곱게 죽어! 나 같은 놈 피곤하게 만들지 말고! 여긴 재수 없는 곳이야, 오죽하면 '여우 바당'일까. 자네, 돈이 없어? 애인 때문인 것 같진 않고. 이리로 찾아와!"

노인이 던진 명함이 운전대 앞쪽으로 떨어졌다. 유리창에 비친 금박 글씨가 바다 위 불빛처럼 빛났다.

"죽는 건 한가할 때, 나한테 전화하고 죽어! 그리고 차 수리비는 나중에 갚아!"

노인은 찌그러진 승합차를 끌고 곧 멀어졌다. '제주 장의사 사장 조 웅연' 까만 바탕 금박 글씨가 거대한 권력처럼 느껴졌다. 태주는 뒷좌석에 놓인 번개탄과 화로를 살폈다.

한가할 때 죽으라던 노인의 목소리가 생생거렸다. 한가할 때…. 태주가 나지막이 중얼거리며 주머니에 든 라이터를 꺼내 엄지를 움직이자 불꽃이 피어났다. 불꽃 따라 태주의 손끝도 떨렸다. 유리창 너머 바닷가 마을에서 하나 둘 불빛이 번쩍였다. 태주는 들고 있던 라이터를 밖으로 던져버리고 어둠이 내린 하얀 길을 천천히 빠져나갔다.

'여우 바당'에서의 일은 금세 잊혔다. 태주는 조 사장을 따라다니며 특수 청소 일을 배웠다. 모든 장비와 임시 숙소로 쓸 컨테이너까지 조 사 장이 내주었다. 일을 소개해 주는 수수료도 없었고 돈이 벌리면 장비 값을 갚아나가는 조건이었다. 태주는 나흘째부터 승합차를 타고 혼자서 청소 일을 나가기 시작했다.

"이거, 예전에 내가 팔던 건데 청소할 때 쓰니 좋더라고. 난 이제 별로 쓸 일이 없어."

"예? 소금을 파셨다고요?"

조 사장은 하얀 나일론 부대에 담긴 소금을 가리켰다. 하얀 부대위로 '신안 천일염'이라 쓰인 검정글씨가 비닐포대와 함께 색이 바래 있었다. 조 사장은 창고 안에 놓인 소금을 가져다 쓰라며 목소리만큼 거칠었던 지난날들을 회상했다.

"소금을 만들어서 팔러 다녔지. 신안 소금이 지금이야 유명하지만 예전엔 팔기 힘들어서 차에 싣고 다녔어. 제주에 소금 팔러 들어왔다가 눌러앉은 게 여태 이러고 있네."

"소금이 더 돈 되는 일 아니었나요?"

"모르는 소리 하지 마. 오래전에야 그랬지. 자네도 알 테지만 천일염이 생기고 자염이 사라졌지. 정제염이 나타나면서 천일염도 한동안 안 팔렸네. 이제 다시 천일염이 팔리 고 있네만 지금은 옛날식 자염이 좋다고 하니 세상일은 어디로 튈지 모르는 거야."

"그런데 소금은 어디에 씁니까?"

"소금은 모든 걸 빨아들여, 청소하러 가보면 바닥에 있는 구질구질한 것들을 제거할 때 소금만 한 게 없어. 바닥에 소금을 쫙 펼치고 나면 예전에 소금밭 일굴 때 생각이나. 그 소금밭 팔지 않았더라면 이런 일은 하지 않았을 건데 말이야."

조 사장은 가족도 없이 혼자 지냈다. 태주는 혼자서 일을 한 첫날, 조 사장에게 돼지갈비를 대접했다. 조 사장의 처지를 생각하면 무언가 얽히는 게 아닌지 조심스럽기도 했다.

일을 마치면 태주는 늘 꼼꼼하게 세차를 했다. 세차 뒤엔 그날 입었던 방역복을 비닐에 넣고 꽁꽁 묶어서 버리고 마지막으로 사우나에 들렀다. 컨테이너 숙소로 돌아오면 문 앞에서 마지막 의식을 치르듯 두 팔을 벌려 온몸을 바람에 말렸다. 옷 속에 배어든 불행한 영혼이 집 안으로 스며들지 못하게. 낡은 컨테이너 철문을 열 때도 항상 방안 공기를 환기시켰다. 이따금 시큼한 페인트 냄새, 코를 자극하는 새 비닐장판, 낡은 이불에서 풍기는 늙은 개의 털 냄새가 날 때면 그것들 속에 자라고 있을 불행의 씨앗들을 다 날려야 한다고 믿었다. 다시는 불행과 가까워지기 싫었다.

태주는 일주일째 같은 꿈을 꾸었다. 갈대숲 사이에서 새들이 노려보고 저수지 위로 경광등 불빛이 어른거렸다. 태주는 바다에서 나온 사람들이 들것에 여인을 실어 구급차로 옮기는 걸 차 안에서 지켜봤다. 들것 위, 여인의 몸은 물에 젖어 몸매가 드러났고 하얀 옷 위로 검정 해초가 흉측하게 달라붙어 있었다. 여인의 팔이 밑으로 툭 쳐지더니 검지가 태주를 가리켰다. 태주는 화들짝 놀라 차문을 잠갔다. 차 밑바닥에서 길고 축축한 물체가 솟아오르더니 태주의 몸을 옥죄어왔다. 태주는 아무 소리도 낼 수 없었다. 남은 힘을 모아 팔을 힘껏 들어 올렸다. 오른손 검지 끝이 움찔거리더니 번쩍 눈을 떴다.

컨테이너 숙소를 나서며 태주는 어머니를 떠올렸다. 혼자 지내는 어머니를 찾아갔던 일도 한 달이 넘었다. 남에게 피해를 주지도, 폐를 끼치지도 않는 조심스러운 삶을 살아온 어머니였다. 어머니를 생각하니 마음이 또 불안해졌다. 그건 어머니 때문이라기보다 아버지의 유산과 같은 것이었다. 어디에 있건, 무슨 일을 하건 태주는 가슴속이 헛헛한 기분이었다. 밥그릇 크기만 하던 빈자리는 아버지가 돌아가신 뒤부터, 더 크게 느껴졌고 태주의 가슴에선 늘 바람소리가 일었다.

오전에 한 군데 청소를 끝내고 어머니를 뵈러 갈 생각이었다. 헛헛한 기분이 생기면 다른 일을 제대로 하지 못한다는 걸 태주는 잘 알고 있었다. 일을 마치고 몸에 남은 악취들을 없애기 위해 늘 가던 부두 근처의 세차장으로 향했다. 세차장은 운전자들을 상대하느라 뒤쪽에 샤워 실까지 갖춰 늘 배를 기다리는 화물차 운전자들로 가득했다. 옷을 벗는 동안, 새벽에 느꼈던 헛헛함이 되살아났다. 숨을 몰아쉬며 다른 생각을 하고 있을 때였다. 옷장 안에서 전화가 크게 울렸다. 익숙한 번호였다.

"여, 여보세요?"

"오빠, 도대체 어디야? 엄마는 어디 있어? 왜 전화가 안 돼? 엄마한테 치매 증세가 있다고 내가 말했잖아. 혼자 두면 안 된다고!"

여동생의 목소리는 언제나처럼 자신감이 넘쳤다. 여동생은 늘 아버지의 보호아래 태주에게 큰 소리를 쳤다. 그건 아버지가 돌아가신 뒤에도 다르지 않았다. 그나저나 언제 내려온 건지 궁금했다.

"난, 바로 은행으로 갈 거야. 사업을 또 말아먹은 건 아니지?"

여동생의 말에 태주는 속이 뜨끔했다. 태주가 하던 건설업이 크게 잘 된 적은 없었지만 아버지가 돌아가신 뒤, 여동생 학비를 내주기에 모사란 적은 없었다. 오래전 일이라 벌써 잊어버린 걸까 생각하다 말을 아꼈다. 샤워를 마치고 선풍기 앞에서 몸을 말렸다. 은행 이야기는 뭘까? 집이 팔린 건가? 어머니는 어디로 간 걸까? 온갖 생각이 끝없이 솟아났다.

집으로 가는 길은 여전히 덜컹거렸다. 바닥에 돌을 박아 넣은 길은 태주의 낡은 승합차 안 물건들을 늘 엉망으로 뒤집어 놓았다. 청소용 빗자루와 양동이, 조 사장이 건네준 천일염 한 부대, 쓰레기를 버리는 나일론 부대, 진공청소기와 훈증 소독기까지, 모든 것들이 제자리를 잡지 못해 차 안을 굴러다녔다.

태주는 어머니 집 대문에 묵직한 자물쇠가 걸린 걸 보고 고개를 갸웃거렸다. 늘 대문이 열려있던 집이었다. 대문 앞으로 다가가던 태주는 집에 있어야 할 문들이 보이지 않아 자리에 우뚝 멈춰 섰다. 현관문이며 거실 앞 유리문들이 사라져 고래뱃속을 들여다보듯 집 안이 훤했다. 담장 안 후박나무 아래에 쌓인 문짝과 가구들이 보였다. 집안은 조용했고 어머니는 어디에도 보이지 않았다.

한적한 주택가 모퉁이에 자리한 집에서 어머니는 혼자 지냈다. 뾰족 지붕과 다락이 있는 서양식 집은 군데군데 은회색 칠이 벗겨져 바람이 불 때마다 마당으로 껍질을 떨쳐냈다. 태주가 어린 시절을 보내고 결혼하기까지 삼십 년 동안 정이 든 집이었다. 태주는 선뜻 집 안으로 들어서지 못하고 망설였다. 겨우 잠재운 불행이 다시 시작되는 기분이었다. 어머니에게 전화를 걸려다 저장된 번호가 없다는 걸 깨닫고 길게 한숨을 쉬었다. 문득, 여동생의 말들이 떠올랐다. 어머니에게 대체 무슨 일이 생긴 건지 태주의 가슴에선 바람 소리가 들렸다. 어머니가 여러 차례 당부하던 말이 생각났다.

"태주야, 내가 조금이라도 이상허믄 날 요양원으로 보내도라. 남들처럼 추하게 늙기 싫으난 나 걱정허지 말곡 꼭 들어줘사 헌다. 가까운데 아니어도 되고 먼먼헌 디도 좋으난 날 꼭 요양원에 보내도라. 거기 가믄 사람들도 많고 할 일도 이실테주."

"……."

"잊지마랑 꼭 보내도라 알아들엄시냐?"

"어머니 무슨 말을…, 그만 헙써!"

어머니는 드라마에 나오는 치매 노인 때문에 자식들이 고생하는 모습이나 주변에 치매로 정신 줄을 놓친 노인들 이야기를 들을 때마다 요양원 이야기를 되풀이했다. 여동생이 전화를 걸어오지 않았더라면 태주는 그마저도 기억하지 못했을 것이다.

태주는 담을 넘어 집 안으로 뛰어들었다. 안방, 작은 방과 건넌방, 욕실과 부엌, 어릴 때부터 쭉 지냈던 다락방까지 살폈지만 어머니는 어디에도 없었다.

태주는 경찰서에서 어머니의 행방을 찾고 싶다고 말했다. 젊은 경찰이 태주의 말을 알아듣지 못했는지 빤히 태주를 바라보았다. 태주는 자초지종을 설명하고 조급한 마음에 서둘러 밖으로 나섰다. 곧 눈이라도 쏟아질 듯 하늘은 잿빛이었다. 길 건너 회색빛 여인숙 건물이 유난히 도드라졌다. 여인숙 앞 언덕을 나이 든 여자가 허리를 구부리고 지나가다 돌부리에 걸려 넘어졌다. 손에 든 비닐봉지에서 밀감이 굴러 나와 태주의 앞을 지나쳤다. 태주는 그 모습을 보고 고개를 돌렸다. 여자의 차림새가 추레해 보였다. 승합차가 있는 곳으로 돌아오자 전화가 요란스레 울렸다.

"이 태주 씨인가요? 여기 경찰서인데요. 실종신고를 하실 겁니까?"

"뭐요? 아까 다 설명드리고 왔잖아요. 경찰이 할 수 있는 건 다 해달라고요!"

"저희도 사실관계를 더 확인해야……."

"아니, 어머니가 사라졌는데 자식이 거짓말이라도 한다는 겁니까?"

태주는 가슴이 더 헛헛해졌다. 도움이 될 거라고 찾아갔던 경찰서였지만 벌써 몇 시간이 지났고 어머니는 그만큼 더 멀어질게 분명했다. 태주는 어딘가에서 홀로 떨고 있을 어머니의 모습을 떠올리며 고개를 세차게 흔들었다.

독거노인들이 살던 방을 청소하러 들어갔을 때 느끼던 기분을 다른 이들이 조금도 모르는 것처럼. 태주 또한 외로운 생을 살다 가신 분들의 마음이 어땠는지 상상조차 못 했다. 그들의 물건을 바라보면 조금씩 느껴지는 기분이 있었다. 혼자서는 아무것도 못하는 마음 약한 이들이었다. 늘 누군가의 손길이 필요했고 누군가의 관심이 있어야만 용기를 낼 것 같았다. 혼자 있다 떠난 이들은 황망한 마음을 남겨두고 육신만 떠난 듯 보였다. 어린아이가 걸음을 배울 때처럼 누군가의 도움이 있어야만 망자의 넋도 다른 공간으로 떠날 수 있는 거라 생각했다.

태주는 바람소리가 한 겨울 같다고 생각했다. 가슴이 두근거리고 호흡이 가빠왔다. 손바닥을 펴서 가슴을 세게 두드렸다. 굵은 통나무를 두드리듯 평평 소리가 머리까지 울렸다. 집을 떠나 머물 수 있는 곳이 어딜까? 태주가 알지 못하는 친구 분이나 이웃집에 가 있는 건 아닐까? 친척집에 전화해서 알려야 할까? 주변이 온통 하얗게 변해갔다.

운전대를 잡은 태주의 손이 덜덜거렸다. 어머니에게 무슨 일이 생긴 건지 알 수만 있어도 이렇게 불안하진 않을 것 같았다. 배가 꼬르륵거렸다. 길가에 있는 만두집에 들러 김치만두를 꺼내 물며 가게 밖을 살폈다. 주머니에 든 전화가 요란하게 울렸다.

"오빠, 혹시 어머니 인증서 비밀번호 알아?

"내가 그걸 어떻게……."

"아, 오빠가 후견인 아니었어? 그 정도는 평소에 준비해 둬야 하는 거 아냐?"

여동생은 금융정보를 조회하겠다고 말했다. 태주는 여동생의 말에도 아무런 대답을 할 수 없었다. 사실, 아무것도 대답해 줄 게 없었다. 아들이면 모든 걸 준비하고 해결하고 책임져야 하는 건지 가슴속 구멍에선 바람이 더 거세게 불었다.

티브이에선 제주지역 독거노인 실태를 얘기했다. 작은 여인숙을 쪼개 노인들에게 임대료를 받는 사람들이 있다는 뉴스에 태주는 만두를 손에 들고 티브이 화면을 뚫어져라 쳐다봤다. 원룸 관련법을 개정하기 전에 이뤄진 일들이라 처벌할 근거가 없다고 했다. 뉴스에 나오는 방들은 혼자 겨우 몸을 누일만한 공간이었다. 마치 시신을 누이는 관을 보는 듯했다. 태주는 자신이 청소하러 들어갔던 방들을 떠올렸다. 조 사장이 알려주던 집들은 항상 허름하고 비좁았다. 겨우 한 사람이 지낼만한 공간에 폐기물 같은 살림도구들이 들어차 있었다. 저승 갈 때 사용할 관에 적응이라도 시키려는 지 작고 작은 공간이었다.

다닥다닥 지붕이 붙은 낮은 골목 사이로 유모차에 매달린 할머니가 지나갔다. 달려가서 어머니 소식을 물어보려다 뒤늦게 어머니 사진이 없다는 생각이 났다. 남들이 다 가지고 있는 휴대폰 사진조차 바닷속으로 사라지고 없었다. 주민 센터에선 이미 달포 전에 다른 사람 이름으로 집 소유자가 바뀌었다고 했다. 직원은 도리어 태주에게 어머니 소식을 물었다. 태주는 직원의 얼굴을 뒤로하고 주민 센터를 나서며 휴대폰에 메모해 둔 장소들을 확인했다.

전화기가 진동을 했다. "조 웅연", 조 사장의 이름이었다.

"일이 들어왔어. 메모해!"

"아, 오늘은 안 되는데……."

"오늘 중으로 꼭 청소해!"

"내일 하면 안 될까요? 아, 아니 당분간 못할 것 같은데요?"

"자네……?"

휴대폰으로 조 사장이 불러준 주소를 검색했다. 전통시장 건너편 여인숙이었다. 여동생이 다시 전화를 걸어왔다. 집이 팔렸는데 어머니 계좌에 돈이 없다며 아는 게 있는지 연거푸 물었다.

"근데 계좌는 어떻게 조회했어?"

"난 오빠랑 다르거든. 알 거 없잖아. 근데, 돈이 어디 갔을까? 돈의 행방이 중요한 단서가 될 수도 있다고 했어."

"단서?"

여동생이 다시 전화를 끊었다. 태주는 여동생의 말이 불쾌했다. 답답한 마음에 두 손을 깍지 끼고 하늘을 올려다보았다. 눈이 쏟아질 듯 하늘이 기운을 끌어 모으며 몸부림치고 있었다. 차 안에 있는 장비들을 살피고 있을 때 다시 전화가 울렸다.

"이 태주 씨 맞으시죠? 경찰입니다. 부족한 게 있어서 전화드렸습니다. 여동생분이 이 태주 씨에게 물어보라고 했습니다. 그리고 ……."

"이봐, 종일 그거 하나 붙잡고 뭐 하는 거야? 언제 시작하냐고, 다 때려쳐!"

여인숙은 하천이 내려다보이는 언덕 위에 있었다. 태주는 고개를 갸웃거렸다. 어쩌면 예전에 일을 하느라 지나갔던 곳 일 수도 있었다. 벌써 두 달 가까이, 수 십 차례나 해 온 일이지만 홀로 삶을 마감한 이가 지내던 공간으로 들어가는 건 여전히 불편했다. 좁고 가파른 길이 여인숙으로 이어졌다. 태주는 여러 차례 심호흡을 해보았지만 마음은 여전히 가라앉아 있었다. 연거푸 거칠게 호흡을 하며 장갑을 끼려는데, 휴대폰이 울렸다. 여동생의 전화였다. 전화를 쥐고 호흡을 가다듬으며 받을까 말까 망설였다. 훅, 하고 태주의 가슴에서 알 수 없는 기운이 솟구쳤다. 여동생은 태주의 기분이나 생각을 헤아리지 않고 평소처럼 바로 말을 꺼냈다.

"혹시 오빠한테도 보냈어?"

"……?"

"엄마가 지난달에 내 계좌로 돈을 보냈는데 이게 집을 판 돈이야?

오빠가 원했던 게 이거야? 혼자 쓰는 게 미안해서 나한테도 보내라고 한 거야?"

"너 무슨 말을 그렇게 ……?"

"겨우 이 돈이 필요해서 그랬어? 더 필요해? 엄마 찾아오고 내 것도 가져가, 그리고 나한테 연락하지 마!"

여동생의 목소리는 더 이상 들리지 않았다. 어머니가 집을 팔아 빚을 갚으라던 이야기가 생각났다. 밀감 사업이 망해서 빚 독촉에 시달릴 때였다.

"너네 아방, 너네 공부도 제대로 못 시키곡 해준 게 어서네, 나도 얼마나 미안 헌 지 모른다. 이제랑 이 집 팔앙 너 빚 갚는디 보태라. 땅값도 막 뛴댄 허는디……. 너네 반대해도 나 죽기 전이 이 집 팔 거난, 경 알라!"

태주는 휘청거리는 몸을 겨우 벽에 기대고 무너지듯 주저앉았다. 어머니는 치매 때문에 나간 게 아니었다. 태주는 여동생의 말들을 떠올렸다. 여동생을 만난 지도 오래됐다고 생각했다. 문득 가슴이 편안해졌다. 오래도록 괴롭혀 온 헛헛함이 사라진 느낌이었다. 언제부턴가 함께 지내 온 불안한 감정, 태주의 가슴에 있던 구멍이 한꺼번에 녹아내렸다.

장비를 챙겨 든 태주는 개숫물이 흐르는 도랑길을 오르기 시작했다. 비릿한 내음이 바닷가를 걷는 것 같았다. 건물 벽에 흰색페인트로 쓴 '길손 여인숙' 글씨가 도랑 위에 부서져 내렸다. 네모 난 문들이 빼곡하게 이어진 건물은 얼룩진 소금결정처럼 보였다. 입구는 건물과 건물 사이 좁은 길에 있었다. 장비를 내려놓고 방역복 지퍼를 끝까지 올렸다. 일을 시작하기 전에 작업복과 장비를 정리하는 일은 묘한 긴장감을 주었다. 긴 고무장갑을 끼고 방역 마스크를 썼다. 안전모를 쓰고 작업용 플라스틱 보안경을 꼈다. 모든 준비를 마치고 옷매무새를 살폈다. 옷매무새를 살피는 건 학창 시절, 새로운 학기를 시작하는 일처럼 두렵고 어색한 마음을 달래는 절차였다. 그건 새로 깎은 연필과 지우개의 향을 확인하는 일처럼 막연한 것이지만 태주는 꼭 해야 한다고 다짐했다. 막상 일을 시작하면 그런 마음은 온데간데없이 사라지지만 일을 시작할 때 옷매무새를 살피고 있으면 마음이 숙연해졌다. 태주는 그게 새로운 영혼을 대하는 예의 같은 거라고 생각했다. 하지만 오늘은 어제와는 다른 기분이었다. 어색하거나 숙연하거나 하는 기분이 아닌 의무감일까, 또는 다른 무엇이 있었다.

긴 복도로 이어진 여인숙은 빛바래고 손때가 꾀죄죄한 밤색 문이 양쪽으로 늘어서 있었다. 예닐곱 개의 문들이 마주하는 통로로 바람이 지나자 문 하나가 삐걱대며 경계신호를 보냈다. 왼쪽 두 번째 방이었다.

복도 안으로 들어서려다 태주는 심한 악취에 고개를 돌렸다. 주인이 뿌려둔 냄새 제거제와 함께 익숙한 시취屍臭가 방역마스크 안을 파고들었다. 태주는 마스크를 고쳐 쓰고 장갑을 단단하게 잡아당겼다. 삐걱대는 문 뒤로 키 큰 노인이 보였다. 흠칫 놀라는 태주와 눈이 마주친 노인은 급히 손에 만 원 지폐 몇 장을 챙겨 들더니 물기를 흘리며 복도 끝으로 사라졌다. 순식간에 일어난 일이었다. 노인은 방문 앞에서 카악, 가래침을 뱉고는 태주를 흘깃거리다 사라졌다. 노인이 사라지자 태주는 방 앞에서 고개를 숙여 예를 갖추고 안으로 들어갔다.

방안은 지저분하다 못해 시궁창 같았다. 물에 잠긴 이부자리와 벽지까지 타고 올라온 까만 곰팡이에 태주는 눈을 찌푸렸다. 방안엔 흔한 티브이도 책상도 없었다. 진작에 같은 건물에 사는 이들이 가져갔을지도 모를 일이었다. 바닥에 떠 있는 냄비에선 라면이 곰팡이와 함께 들떠있고 군데군데 약봉지며 비닐봉지가 물에 젖어 있었다. 방구석엔 물에 불어 두툼한 기저귀 뭉치가 몰려있고 벽을 따라 나이 든 여자가 입었음직한 옷가지들이 기운 없이 늘어서 있었다. 옷차림으로는 어떤 삶을 살았는지 짐작하기 어려웠다. 태주는 창을 향해 고개를 들어 올리며 지지리도 복이 없는 노인이라고 중얼거렸다. 작은 창으로는 겨울 햇살마저 들어오기 힘들어 보였다. 창을 열자 녹나무 끝에 중대백로 두 마리가 앉아 태주를 바라보았다. 태주는 익숙한 장면이라 생각하며 곧 일을 서둘렀다. 바닥에 흥건하게 고인 물부터 빼야 했다. 모든 물건은 남기지 말아야 한다. 망자의 유품은 재활용할 수 있는 게 하나도 없다. 돈이 되는 물건들은 이미 조금 전 노인처럼 같이 살던 이들이 가져가는 게 이런 곳의 불문율 같았다. 벽에 걸린 옷가지를 걷어내자 또 다른 옷의 주머니에 곱게 접힌 종이가 보였다. 태주는 가지런히 접힌 종이가 궁금해서 바지 주머니에 밀어 넣었다.

장판을 걷어내고 남은 물기를 빨아낸 뒤, 조 사장이 준 소금을 방안 가득 채웠다. 바닥을 하얗게 덮은 소금이 습기를 빨아들일 때마다 사그락 사그락 몸을 뒤척이는 소리가 들렸다. 태주는 소금이 하얗게 펼쳐진 방을 나와 주머니에 든 종이를 꺼냈다. 종이를 펴자 주름진 만원 지폐 세 장이 바닥으로 떨어졌다. 하얀 종이에 비뚤게 쓴 글을 읽으며 고개를 갸웃거렸다. 글자마다 'ㄱ' 자 끝이 유난히 길었다. 태주는 종이를 얼굴 가까이 끌어당겼다.

제 육신을 거둬 주어서 감사드립니다.
오래도록 추하게 살아온 몸
부디 화장해 주십시오.
봉투는 제 마음입니다.
고맙습니다.

승합차로 달려간 태주는 정신없이 나일론 부대를 헤집었다. 옷가지들이 들어 있던 부대에서 자주색 꽃무늬 블라우스를 꺼내 들고 소매 끝 해진 자리를 오래도록 바라보았다. 태주는 블라우스를 들고 하늘을 향해 크게 소리쳤다.

"으아아!"

태주가 내지르는 소리에 녹나무에 앉았던 중대백로 두 마리가 날아올랐다. 오래된 건물 사이로 한 방울씩 눈이 내리더니 금세 함박눈으로 바뀌었다. 골목에서 바람이 세차게 불었다. 함박눈이 허공에 잠시 멈춘 듯 하더니 일제히 솟구쳐 올랐다. 첫눈이었다.

당선소감 | 김영진

책상에서 못난 글을 살피다 한라일보 신춘문예 공모 당선 전화를 받았다. 자리에서 일어나 창가에 서니 머리에 흰 눈을 뒤집어쓴 한라산이 슬며시 미소 짓는다. 담담한 기분과 달리 거듭되는 헛기침이 괜찮냐며 안부를 묻는다. 부족한 내게, 당선의 기회를 주신 한라일보와 심사위원 여러분께 진심으로 감사드린다.

제주의 바다와 물이 고인 저수지를 자주 찾는다. 가만 들여다보면 수많은 이야기들이 잠겨 있는 듯했다. 하도리 철새도래지도 즐겨 찾았다. 칠 년 전, 그곳에서 새와 물풀, 갈대를 눈에 담았다. 제주 시내 골목을 자전거로 돌며 낡은 골목과 무너진 담벼락, 빛바랜 건물들의 아우성을 들었다. 오래전 숨소리가 들리는 그곳에 귀를 기울였다. 골목 어디에서도 아이들의 웃음소리는 들려오지 않았다. 마치 장마에 녹아내리는 소금 같은 무언가가 있었다. 한참을 묵혀뒀다가 꺼내어 색을 덧입혔다. 공모전에 내고 나니 아쉬운 부분이 드러났다. 글을 쓰는 일은 늘 종점 없는 버스를 타고 가야 하는 일이었다.

직장을 다니며 온라인 글쓰기 모임을 했고 제주 문학의 집을 시작으로 문학관에서 창작 수업을 들었다. 소설이 뭔지 모르는 마구잡이였다가 뒤늦게 실눈이라도 뜨게 되어 참 다행이다. 그때 만난 스승님의 가르침과 제안으로 멈추지 않고 글쓰기를 지속할 수 있었다. 늦게나마 스승님과 창작교실 자리를 만들어 주신 분들, 함께 하는 이녁동인과 글오름 문우들의 배려에 깊이 감사드린다.

심사평 | 고명철 · 박금산 · 노대원

삶과 죽음의 경계 섬세한 포착 돋보여

이번 응모작들은 고독사와 과학기술, 외국인 노동자 등 현대 사회의 첨예한 문제들을 다양하게 조명했다. 제주와 4 · 3을 다룬 작품들은 관습적 접근에서 벗어나지 못해 아쉬웠다. 4 · 3의 현장을 VR이나 시간여행으로 돌아본다는 발상은 켄 리우나 황모과 SF와 유사했다. 제주의 무속이나 굿 등을 소재로 한 소설들도 새로운 성찰과 상상력이 없다면 '제주 오리엔탈리즘'에 그칠 수 있다.

최종 심의에 오른 '블루홀'은 미래 사회의 재생산과 가족 문제를 다룬 SF로 중요한 문제의식을 보여주지만, 초반부에서 신기술의 지나친 나열이나 결말 처리가 아쉬웠다. '블루'는 조선소, 수중 용접공 등 흥미로운 소재를 다루지만, 여러 소재와 인물들이 산만하게 펼쳐져 있었다.

당선작 '소금의 집'은 고독사와 특수청소라는 소재를 택해 단편소설의 미학적 성취를 이루었다. 작품은 소금이 지닌 정화와 재생의 깊은 상징성을 탁월하게 서사에 녹여내며, 삶과 죽음의 경계를 구체적 현실의 차원에서 섬세하게 포착한다. 제주의 지역적 특수성을 자연스럽게 활용한 점도 돋보인다. 소설은 전통 정서를 현대적으로 재해석한다. 어머니의 사랑이라는 주제를 다루면서도 진부한 감상성에 빠지지 않고, 현대인의 고립된 삶에 대한 따뜻한 위로와 희망을 제시한다. 작가가 계속 아름다운 문학의 집을 건축해 나가길 응원한다.

2025 신춘문예 당선소설집

초판 인쇄 | 2025년 1월 16일
초판 발행 | 2025년 1월 23일

발 행 인 | 이상문
편집위원 | 고중제 권비영 김 경 서용좌 이수정 이영철 이우상 조경진
편집국장 | 박의림
발 행 처 | 사단법인 한국소설가협회
이 사 장 | 이상문
부이사장 | 공애린 이채형 채문수
상임이사 | 채문수
이 사 | 강송화 공애린 김다경 김미수 김성달 박종윤 박희주 윤재룡
윤찬모 이덕화 이수정 이재연 이찬옥 이채형 정수남 정승재
채문수 최성배 최외득
사무국장 | 송인자
등록번호 | 제313-2001-271호(2001. 12. 13)

주 소 | 04175 서울 마포구 마포대로 12, 한신빌딩 1113호
전 화 | 02) 703-9837 팩스 02) 703-7055
전자우편 | novel2010@naver.com
한국소설가협회 홈페이지 | http://www.k-novel.co.kr
인 쇄 | 신아출판사 063) 275-4000
총 판 | 한국출판협동조합 02) 716-5616

ISBN 979-11-7032-104-0 (03810)
정가 20,000원

사단법인 한국소설가협회는 소설가로만 구성된 국내 유일의 단체입니다